念楼学短

钟叔河·著

上册

后浪 CNS 湖南美术出版社

序言

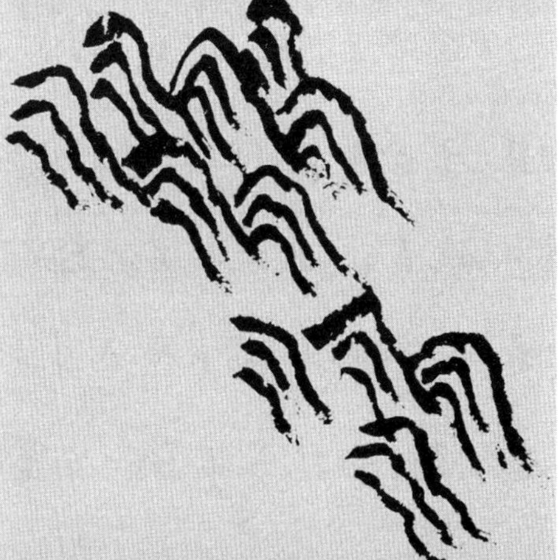

序

杨绛

上个世纪的八十年代，錢鍾書曾主动为鍾叔河先生的《走向世界》一书写过一篇序文。那時的錢鍾書才七十五岁，精力充沛。《走向世界》一书是促使国人向前看。

時光如水，不舍晝夜地流逝。二十年过去了。世事也随着变易。叔河先生这回出《念楼学短》合集，要求书价便宜，让学生买得起。他现在是向錢看了。他要我为这部集子也写一篇序。可是一轉瞬间，我已变成年近百岁的老人。老人腕弱，要提笔写序，一支筆足有千斤重啊！可是"双序珠玉交辉"之说，颇有诱惑力。反正我实事求是，只为这部合集说几句恰如其份的话。《金楼学短》合集，选题好，翻译的白话好，注释好、批语好，读了能增广学识，读来又趣味无穷。不信，只要试读一篇两篇，就知此言不虚。多言无益，我这几句话，句句有千钧之重呢！

二千零九年六月十二日

自　序

锺叔河

九一年自序

学其短，是学把文章写得短。写得短当然不等于写得好，但即使写不好，也可以短一些，彼此省时省力，功德无量。

汉字很难写，尤其是刀刻甲骨，漆书竹简，不可能像今天用电脑，几分钟就是一大版。故古文最简约，少废话，这是老祖宗的一项特长，不应该轻易丢掉。

我积年抄得短文若干篇，短的标准，是不超过一百个汉字，而且必须是独立成篇的。现从中选出一些，略加疏解，交《新闻出版报》陆续发表。借用郑板桥的一句话："有些好处，大家看看；如无好处，糊窗糊壁、覆瓿覆盎而已。"如今不会用废纸糊窗糊壁封坛盖碗了，就请读者将其往字纸桶里一丢吧。

一九九一年八月二十日于长沙。

（首刊一九九一年九月一日《新闻出版报》）

九八年自序

《学其短》几年前在北京报纸上开专栏时，序言中说："即使写不好，也可以短一些，彼此省时省力，功德无量。"这当然是有感而发。因为自己写不好文章，总嫌啰唆拖沓，既然要来"学其短"，便不能不力求其短，这样稿费单上的数位虽然也短，庶可免王婆婆裹脚布之讥焉。

此次应《出版广角》月刊之请，把这个专栏续开起来，体例还是照旧，即只介绍一百字以内的文章，而且必须是独立成篇的。也还想趁此多介绍几篇纯文学以外的文字，因为我相信，有很多人和我一样，常亲近文章，却未必敢高攀文学。

学其短，当然是学古人的文章。但古人远矣，代沟隔了十几代，几十代，年轻人可能不易接近。所以便把我自己是如何读，如何理解的，用自己的话写下来。这些只是我自"学"的结果，顶多可供参考，万不敢叫别个也来"学"也。

一九九八年十二月十日于长沙。

（首刊一九九九年《出版广角》第一期）

零一年自序

“学其短”从文体着眼，这是文人不屑为，学人不肯为的，我却好像很乐于为之。自己没本事写得长，也怕看“讲大道理不怕长”的文章，这当然是最初的原因；但过眼稍多，便觉得看文亦犹看人，身材长相毕竟不最重要，吸引力还在思想、气质和趣味上。

“学其短”所选的古文，本是预备给自己的外孙女儿们读的。如今课孙的对象早都进了大学，而且没有一个学文的，服务已经失去了对象。我自己对于古文今译这类事情其实并无多大兴趣，于是便决定在旧瓶中装一点新酒。——不，酒还应该说是古人的酒，仍然一滴不漏地装在这里；不过写明“念楼”的瓶子里，却由我掺进去了不少的水，用来浇自己胸中的垒块了，即标识为“念楼读”尤其是“念楼曰”的文字是也。

这正像陶弘景所说的，“只可自怡悦，不堪持赠君”。借题发挥虽然不大敢，但箭在弦上不得不发时，或者也会来那么两下吧。

二千零一年六月十一日于长沙城北之念楼。

（首刊二千零一年六月十九日《文汇报·笔会》）

零二年自序

“学其短”十年中先后发表于北京、南宁和上海三地报刊时，都写有小序，此次略加修改，仍依原有次序录入，作为本书序言。要说的话，历经三次都已说完，自己认为也说得十分清楚了。

三次在报刊上发表时，专栏的名称都是“学其短”，这次却将书名叫做“念楼学短”。因为“学其短”学的是古人的文章，不过几十百把个字一篇，而“念楼读”和“念楼曰”却是我自己的文字，是我对古人文章的“读”法，然后再借题“曰”上几句，只能给想看的人看看，文责自负，不能让古人替我负责。

关于念楼，我曾经写过一篇文章，最后一句是这样说的：

“楼名也别无深意，因为——念楼者，即廿楼，亦即二十楼也。”

二千零二年六月四日。

（首刊二千零二年湖南美术出版社《念楼学短》一卷本）

零四年自序

“学其短”标出一个“短”字，好像只从文章的长短着眼，原来在报刊上发表时，许多人便把它看成古文短篇的今译了。这当然不算错，因为我拿来“读”和“曰”的，都是每篇不超过一百字的古文，又是我所喜欢，愿意和别人共欣赏的。谁若是想读点古文，拿了这几百篇去读，相信不会太失望。

可是我的主要兴趣却不在于“今译”，而是读之有感，想做点自己的文章。这几百篇，与其说是我译述的古文，不如说是我作文的由头；虽说太平盛世无须“借题发挥”，但借古人的酒杯，浇胸中的垒块，大概也还属于“夫人情所不能止者，圣人弗禁”的范围吧！

当然，既名“学其短”，对“学”的对象自然也要尊重，力求不读错或少读错。在这方面，自问也是尽了力的，不过将“贬谪”释读成“下放”的情况恐仍难免。虽然有人提醒，贬谪是专制朝廷打击人才的措施，下放是党和人民政府培养干部的德政，不宜相提并论。但在我看来，二者都是人从“上头”往“下头”走，从“中心”往“边缘”挪。不同者只是从前圣命难违，不能不“钦此钦遵”克期上路；后来则有锣鼓相送，还给戴上了大红花，仅此而已。于是兴之所至，笔亦随之，也就顾不得太多了。

公元二千零四年元旦。

（首刊二千零四年安徽教育出版社《学其短》一卷本）

零九年自序

二千零二年由湖南美术出版社初版的《念楼学短》一卷本，只收文一百九十篇。此次将在别处出版和以后发表于各地报刊上的同类短文加入，均按《念楼学短》一卷本的体例和版式作了修订，以类相从编为五十三组，分为五卷，合集共计五百三十篇。

抄录短文加以介绍的工作，事实上是从一九八九年夏天开始的，说是为了课孙，其实也有一点学周树人躲进绍兴县馆抄古碑的意思。一眨眼二十年过去，我已从“望六”进而“望八”，俟河之清，人寿几何，真不禁感慨系之。

《念楼学短》的本意，当然是为了向古人学短，但写的时候，就题发挥或借题发挥的成分越来越多，很大一部分都成了自己的文章。我的文章顶多能打六十分，但意思总是诚实的。此五卷合集，也妄想能和八五年初版的拙著《走向世界》一样，至今已四次重印，得以保持稍微长点的生命。《走向世界》书前有钱锺书先生一序，这次便向杨绛先生求序，希望双序珠玉交辉，作为永久的纪念。九十九岁高龄的杨绛先生身笔两健，惠然肯作，这实在是使我高兴和受到鼓舞的。

二千零九年六月十日。

（首刊二千一十年湖南美术出版社《念楼学短合集》）

一七年自序

《念楼学短》(《学其短》)每回面世,都有一篇自序,这回已是第七篇;好在七篇加起来不过三千五百字,平均五百字一篇,还不太长。

《念楼学短》和《学其短》,开头都是一卷本,后来合二为一,一卷容纳不了五百三十篇文章(虽然都是短文),于是成了五卷本。至今五卷本已经印行三次,销路越来越广,印数越来越多;应读者要求,还会出简要版(《千年的简洁》),出多媒体数字版,五卷本便觉得累赘了。

从本版起,《念楼学短》将分上下卷印行,五卷本成了两卷本,但内容五十三组五百三十篇仍然依旧,只将各组编排次序略予调整。比如将"苏轼文十篇""陆游文十篇"调整到"张岱文十篇""郑燮文十篇"一起,以类相从,也许会更妥帖一些。

八十年前见过一本清末外国传教士编印的书,将《圣经》中同一段话,用各种文字翻译出来,各占一页,只有中国文言文的译文最短。我说过,我们的古文"最简约,少废话,这是老祖宗的一项特长,不应该轻易丢掉"。但老祖宗的时代毕竟是过去了,社会和文化毕竟是在进步。我们要珍重前人的特长,更要珍重现代化对我们的要求和期待,这二者是可以很好地结合起来的,我以为。

二千零一十七年于长沙,时年八十六岁。

目录

目录

上

左传八篇

檀弓十篇

战国策十篇

国语九篇

庄子十篇

奏对十四篇

诏令十四篇

箴铭九篇

文论九篇

书序十四篇

世说新语十一篇［刘义庆］

诗话九篇［王士禛］

容斋随笔九篇［洪迈］

宋人小说类编十篇

老学庵笔记十篇［陆游］

菽园杂记六篇〔陆容〕

南村辍耕录五篇〔陶宗仪〕

巢林笔谈十篇［龚炜］

阅微草堂笔记八篇［纪昀］

子不语八篇［袁枚］

两般秋雨庵随笔八篇［梁绍壬］

扬州画舫录九篇［李斗］

春在堂随笔八篇〔俞樾〕

论语十篇

师生之间

【念楼读】 颜渊和子路陪侍在孔子身旁，孔子对他俩道："随便谈谈各人的志愿好吗？愿意怎样地生活？愿意成为一个什么样的人？"

子路道："我愿意真心慷慨地对待朋友，自己的车马和好衣裳都拿来和朋友一起用，用坏了穿旧了也不在乎。"

颜渊道："我愿意做个谦逊的人，不夸耀自己的优点，不张扬自己的成绩。"

子路反过来对孔子道："请先生也谈谈自己的志愿。"

孔子道："惟愿老年人和我在一起能过得安详，朋友们和我在一起能互相信任，少年人和我在一起以后还能想起这段时光。"

【念楼曰】 孔子曾经被法定为最伟大的导师，是官方明令崇拜的偶像，所以后来才要打倒孔家店。其实他本是苏格拉底、柏拉图一流，若不被包装成大成至圣的金身，原可在思想史上占一席，不至于死尸还要从坟墓里被拖出来烧灰。

《论语》中我最喜欢"公西华侍坐"一章，不但"浴乎沂，风乎舞雩，咏而归"的描写动人，师生之间亦即教育者和被教育者之间，提倡自由地"各言尔志"，平等地进行讨论，此在今日亦属不可多得。可惜的是它篇幅较长，故取此章。

孔子身为导师而不说大话，最为可取。

论语

各言尔志

颜渊季路侍。子曰。盍各言尔志。子路曰。愿车马衣裘与朋友共。敝之而无憾。颜渊曰。愿无伐善。无施劳。子路曰。愿闻子之志。子曰。老者安之。朋友信之。少者怀之。

【学其短】

○本文录自《论语·公冶长》。《论语》是孔子的语录，共二十篇，每篇分为若干章（本书统一称篇）。

○孔子，春秋时鲁国陬邑（今山东曲阜东南）人，名丘，字仲尼。

○颜渊名回，季路（子路）姓仲名由，都是孔子的学生。

○『车马衣裘』，『裘』字前诸本均有『轻』字，阮元、钱大昕认为是后人错加的，从删。

逝者如斯

【念楼读】 孔子站在河岸上，眼望着奔流不断的河水，不禁感叹道：

“要过去的，就这样一去不回头地过去了，没日没夜的啊！”

【念楼曰】 李泽厚著《论语今读》，说“这大概是全书中最重要的一句哲学话语”（原文如此）。我很惭愧，不懂哲学，对于“哲学话语”知道应该尊重，却不大想去亲近，因为它们总使我觉得太玄了。事物和生活本来是明白和生动的，自有其意思和趣味，多少总能理解一点；若是经过哲学家一分析一提高，头脑简单如我者，往往反而不知所云。

我以为孔子是一位仁人，也可以称之为智者，却不是今人所谓的哲学家，虽然二者都是 philosopher。

《论语》中的孔子不像他被供在圣堂上的样子，更不像他后世的徒子徒孙。“逝者如斯”这句话流露出的无常之感，普通人触景生情时总也有过，读到它便会想到，原来二千五百年前的老夫子也有同我们一样的感受和情思，从而觉悟到人性的永恒和伟大。而他老人家把话说得这么精炼这么好，不要说我自己说不出，就是“大江流日夜”“不尽长江滚滚来”等名句比起来也不免逊色。于此又可见智慧的力量的确可以超越时空，逝者如斯，唯思想能长在耳。

子在川上

论语

子在川上曰．逝者如斯夫．不舍昼夜．

【学其短】

〇本文录自《论语·子罕》。

夺不走的

【念楼读】 孔子道:“三军司令的指挥权,是能够被剥夺的;人的思想和意志,即使是一个普通的人,只要他有自信,能坚持,那也是无法剥夺,夺不走的。”

【念楼曰】 旧小说写“老匹夫”,是在骂人。常说的“匹夫之勇”也含贬义。直到读宝应刘氏父子的《论语正义》:

> 匹夫者,《尔雅·释诂》:“匹,合也。”《书·尧典·疏》:“士大夫已上,则有妾媵;庶人无妾媵,惟夫妻相匹。其名既定,虽单,亦通谓之匹夫匹妇。”

才明白,原来匹夫便是无权势无力量蓄妾侍(小蜜、二奶……)的平头百姓。

如果相信“天赋人权”,则人人生而平等,都有独立的人格、自由的思想,都有发表意见、坚持意见的权利。古人所云立志、持志、不可夺志,意思也差不多,但多半只是理想。因为在东方历史上专制政治的现实中,不要说匹夫,就是卿士大夫,要坚持自己不同于君王的意志和意见,也很难很难,是要付出很大代价的。

时至现代,情况当然不同了。梁漱溟要坚持自己的意见,中央人民政府委员当不了,还可以当政协委员;小汽车没得坐了,还可以坐三轮车。后来他又拒绝批林批孔,还真的说了“匹夫不可夺志”的话,可算是绝无仅有的老匹夫了。

不可夺志

论语

子曰.三军可夺帅也.匹夫不可夺志也.

【学其短】

○本文录自《论语·子罕》。

什么最重要

【念楼读】 子贡问怎样才能使国家稳定，孔子道："要有充足的粮食储备，要有强大的武装力量，还要有广大人民的信任。"

"若不能同时保证这三项条件，怎么办？"

"宁可削弱武装力量。"

"若是仍不能兼顾，又怎么办？"

"宁可减少粮食储备。"孔子道，"可能会因缺粮死人，但人总难免要死；失去了人民的信任，政府必垮，国家必乱，死人只会更多。"

【念楼曰】 孔子讲仁。《中庸》云："仁者人也。"郑玄注："读如相人偶之人。""相人偶"语出《仪礼》，意为人与人平等相亲。阮元云："必人与人相偶而仁乃见。"仁就是要推己及人，视人犹己，就是讲人道主义。

讲仁，就要把人放在第一位。故厩中失火，孔子只问"伤人乎"，不问马。可是这里又说"自古皆有死"，难道孔子也认为，既然死人的事情是经常发生的，那么死一些人便无足轻重，即使死掉几个亿，不是还有几个亿吗？

我想孔子的本意决非如此，而是强调必须先得到人民的信任，统治才能合法。强加给人民的统治，它造成的痛苦和死亡，会比遭灾荒更多。

维持统治的一切条件中，人民的信任是最最重要的。孔子的政治思想，这一点最为正确。

子贡问政

论语

子贡问政。子曰：足食足兵。民信之矣。子贡曰：必不得已而去。于斯三者何先。曰：去兵。子贡曰：必不得已而去。于斯二者何先。曰：去食。自古皆有死。民无信不立。

【学其短】

○本文录自《论语·颜渊》。

○子贡姓端木，名赐，是孔子的学生。

君臣父子

【念楼读】 齐景公问孔子:“理想的政治社会秩序,应该是怎样的呢?”

孔子答道:“君王就应该要像个君王,臣子就应该要像是臣子,父亲就应该要像个父亲,儿子就应该要像是儿子。”

“讲得好啊,”齐景公听了以后道,“讲真的,如果做君王的不像君王,做臣子的不像臣子,做父亲的不像父亲,做儿子的不像儿子,国家即使再富足,我又怎么会有好日子过呢?”

【念楼曰】 君臣之称,现在已变为领导与被领导者,不好类比了。父子之称则至今未变,却常听到父亲埋怨儿子不像话:“他倒是成了我的爷,我硬是在跟他做崽。”真父不父,子不子矣。

原说“君君,臣臣,父父,子子”是旧伦常,革命要破旧秩序,不能容它。其实孔子那时并非革命时代,并没有革命者。和孔子争夺过生源的少正卯,五条罪状也没一条是犯上作乱即革命。盗跖“日杀不辜,肝人之肉”,亦并未杀父杀君,因为国君被杀会有记载,他自己的老太爷也就是大名人柳下惠的父亲,如被杀也会有记载,做叉烧肝的原料还是小小老百姓。

我没正式为过臣,更没为过君,难言君臣之事。为子和为父却稍有经验,凭良心讲,还是觉得“父父,子子”的好,不愿意“父不父,子不子”。

论语

齐景公问政

齐景公问政于孔子.孔子对曰.君君.臣臣.父父.子子.公曰.善哉.信如君不君.臣不臣.父不父.子不子.虽有粟.吾得而食诸.

【学其短】

〇 本文录自《论语·颜渊》。

〇 齐景公是公元前五四七至前四九〇年间齐国的国君，孔子于前五一七年到齐国见过他。

偏激和清高

【念楼读】 孔子说:“与人共事,能找到思想不左不右,言行不激不随的人,那是最理想的;若是找不到,就宁愿找偏激一点、清高一点的人了。偏激的人,起码他还有活力,有追求;清高的人,至少不会无所不为、太不要脸。”

【念楼曰】 孔子最欣赏中行,就是行中道,不左不右。但中行绝不是无个性无原则地“跟风”,这从孔子对狂狷的态度看得出来。

除了中行,孔子便宁取狂狷,深恶痛绝的(用朱熹的话形容)却是乡愿。何谓乡愿?朱注云:“谓谨愿之人也,故乡里所谓愿人,谓之乡原。”那么,孔子为什么要深恶痛绝地称“谨愿之人”为“德之贼”,而宁愿找偏激清高的人呢?对于这个问题,孟子的答复是:

> 非之无举也,刺之无刺也。同乎流俗,合乎污世。居之似忠信,行之似廉洁。众皆悦之,自以为是,而不可与入尧舜之道。故曰,德之贼也。

第一句说找不出他什么毛病,第三、四句说考察没发现问题,群众意见更是一致说好,就该进班子了。看来孔子恨的只是他“同乎流俗,合乎污世”,狂狷可取的也只有不同和不合这两点。

前几十年,右的左的都吃了亏,狂狷者被整得更惨,受益最多的,正是“众皆悦之”的乡愿,现在的情形恐怕仍是如此。

必也狂狷乎

论语

子曰．不得中行而与之．必也狂狷乎．狂者进取．狷者有所不为也．

【学其短】

〇本文录自《论语·子路》。

忠不忠

【念楼读】 子贡道："管仲恐怕不能算是行仁义的人吧？齐桓公杀了管仲的主公公子纠，管仲并没有以身殉主，反而做了桓公的臣子，帮助他统治齐国。"

孔子却不以为然，说："管仲辅佐齐桓公，使齐国强大，齐桓公成为诸侯的领袖。各国的政治经济因此而得到发展，人民至今还在享受他的好处。假如没有管仲，华夏很可能会遭异族侵凌，我如今只怕也会披头散发，穿游牧民族的衣服了。难道个人为了对主子表忠信，便可以不顾天下人的利益，一索子吊死在山沟沟里头，不明不白地去做主子的殉葬品吗？"

【念楼曰】 孔子说过"臣事君以忠"，但这是以"君使臣以礼"为条件的。如果君使（支使）臣不以礼（不合乎道德规范，不符合人民利益），则臣事君亦不必忠。他并没有提倡无条件服从，没有提倡愚忠。

其实，即使君无失礼，臣亦未必非得为之尽忠。公子纠失国，非由于失礼失德，而由于对手太强，孔子却仍能原谅管仲的不死。这里有一个最重要的原因，就是管仲留下自己一条命以后，为齐国和天下的百姓做了好事，"民到于今受其赐"。看来，忠不忠，要看对人民尽没尽心，不能只看对"主公"尽不尽节。

论管仲

论语

子贡曰.管仲非仁者与.桓公杀公子纠.不能死.又相之.子曰.管仲相桓公.霸诸侯.一匡天下.民到于今受其赐.微管仲.吾其被发左衽矣.岂若匹夫匹妇之为谅也.自经于沟渎.而莫之知也.

【学其短】

○本文录自《论语·宪问》。

○管仲,原与召忽同佐齐公子纠。公子纠与公子小白争位,管仲奉命伏击小白,射中带钩。后小白得胜,即位为齐桓公。公子纠、召忽均被杀,管仲却因鲍叔牙之荐做了齐桓公的大臣。

○与,同『欤』。

何必使劲敲

【念楼读】 孔子居留卫国时，有次在击磬作乐，一个背草包的人从门前过，正好听见了清亮的磬声。

“听这敲磬的声音，是有心要别人欣赏的吧。”背草包的人说道，“把这磬敲得当当响，好像在说：‘没人知道我呀，没人知道我呀！’岂不有些可鄙么。

“没人知道自己，也就罢了，何必如此使劲地去求呢？不是有两句这样的歌谣么：

河水深，过河不怕打湿身；河水干，扎起裤脚走浅滩。

也不看看现在是一河什么样的水，就值得你这样舍生忘死地想去投入么？”

“他也太武断了。”孔子听到这些话以后，说道，“不过，若要我去说服他，只怕也难呢。”

【念楼曰】 《论语》记载了门人弟子对孔子的许多称颂，也记载了持不同意见者对孔子的不少批评，并未削而不录。

孔子当时已有很高的声望。“仲尼日月也，无得而逾焉。”“夫子之不可及也，犹天之不可阶而升也。”对他够崇拜的了。但崇拜者多是弟子门人，孔子仍只是导师而非领袖，没有被戴上“纸糊的假冠”，谁都碰不得，背草包的讲他几句亦无妨，这是孔子的一大优点。

荷蒉者

论语

子击磬于卫。有荷蒉而过孔氏之门者。曰。有心哉。击磬乎。既而曰。鄙哉。硁硁乎。莫己知也。斯己而已矣。深则厉。浅则揭。子曰。果哉。末之难矣。

【学其短】

○本文录自《论语·宪问》。

○『深则厉，浅则揭』是《国风·匏有苦叶》中的句子。

阿鲤

【念楼读】 孔子的儿子阿鲤，和陈亢他们同在孔子门下读书。

有回陈亢问阿鲤："老师也教了你一些没有给我们大家讲过的东西吗？"

阿鲤答道："没有啊。有次父亲一个人站在院子里，见到我快步走过，只问：'读了《诗》么？'我答说：'没有。''不读《诗》，没法学写作呢。'出来后我就读了《诗》。

"有次他又一个人站在院子里，见到我快步走过，又问：'读了《礼》么？'我答说：'没有。''不读《礼》，不会懂规矩呀。'出来后我就读了《礼》。

"他单独对我说的就是这两次，对大家不也是讲的这些么？"

听了孔鲤的回答，陈亢高兴地说道："我这一问，有了三个收获：知道了该学《诗》，知道了该学《礼》，还知道了高尚的人不会特殊照顾自己的儿子。"

【念楼曰】 本章记录对话十分生动，至今仍然符合人们的语言习惯。金圣叹评《水浒传》瓦官寺和尚道：

> "师兄请坐，听小僧……"智深睁着眼道："你说你说。""……说，在先敝寺……"

以为"章法奇绝，从古未有"。其实孔门弟子在这里记录对话，同样省去了主语，《水浒传》的章法，不是从古未有，而是古已有之。

陈亢问伯鱼　　论语

陈亢问于伯鱼曰．子亦有异闻乎．对曰．未也．尝独立．鲤趋而过庭．曰．学诗乎．对曰．未也．不学诗．无以言．鲤退而学诗．他日又独立．鲤趋而过庭．曰．学礼乎．对曰．未也．不学礼．无以立．鲤退而学礼．闻斯二者．陈亢退而喜．曰．问一得三．闻诗．闻礼．又闻君子之远其子也．

【学其短】

○本文录自《论语·季氏》。
○陈亢是孔子的学生，字子禽。
○伯鱼名鲤，是孔子的儿子，也是孔子的学生。
○《诗》即《诗经》，《礼》指《仪礼》，皆孔子所编订，用以教授。

疯子的歌

【念楼读】 楚国人接舆，看上去有点疯疯癫癫，人称其为“楚疯子”。有次他特地从孔子的车旁走过，嘴里唱着自己编的歌：

凤凰呀凤凰，请看看这世界成了个什么名堂。
过去的已经没法挽救，未来的还来得及商量。
刹车吧，赶快刹车吧！做官的绝没有好下场。

孔子听了，连忙下车，想和他谈谈；接舆却急急忙忙走开了，孔子没有能够和他谈。

【念楼曰】 这个“楚疯子”和上文中那位背草包的，以及长沮、桀溺、荷蓧丈人、晨门者……都是散居于田野或市井中的隐者。他们的观点多接近道家（《庄子》中便记有接舆的言行，包括歌凤兮这件事），跟当权者不合作，对（儒家的）主流思想不认同，觉得孔子恓恓惶惶地东奔西跑犯不着，总想喊醒他。这是出于惺惺惜惺惺的好意，孔子对此完全理解，亦能报之以同情。

这是在“黄金时代”里才有的现象。后来思想渐“定于一”，孔子被塑造成正统思想的偶像。伟大的导师、伟大的领袖兼于一身，百家变成了两家，绝对正确的当然要战胜绝对不正确的，文化思想交由专政机关处理，此种自由的批评、平等的讨论便不复可见。

楚狂接舆

论语

楚狂接舆歌而过孔子曰.凤兮凤兮.何德之衰.往者不可谏.来者犹可追.已而已而.今之从政者殆而.孔子下.欲与之言.趋而辟之.不得与之言.

【学其短】

○本文录自《论语·微子》。

○接舆，楚国人，是佯狂避世的隐士。

○辟，通『避』。

孟子九篇

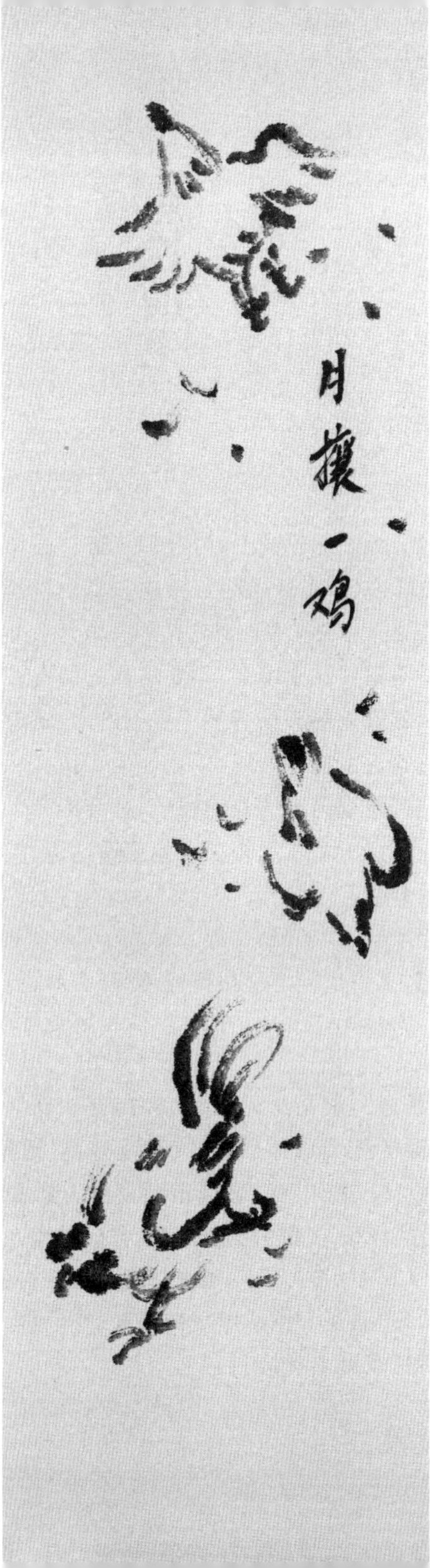

尴尬的王

【念楼读】 孟子见齐宣王时，对宣王道："假如大王的臣民中，有人要到楚国去，行前拜托朋友照顾家小。等到他回来，却见到妻儿在挨饿受冻。大王看他对这位朋友该怎么办？"

宣王答道："马上绝交，不要这样的朋友。"

又问："管人的头头管不了手下的人，该怎么办？"

宣王答道："撤他的职，停止他的工作。"

又问："整个国家的政治腐败，社会混乱，又该怎么办？"

这一下宣王尴尬起来了。他望望这边，望望那边，支支吾吾把话题扯开了。

【念楼曰】 《史记·孟子荀卿列传》开头就说：

> 孟轲，邹人也，受业子思之门人。道既通，游事齐宣王，宣王不能用。

"道既通"，就是学问已经很好，至少语言文字的功夫是上乘的，逻辑严密，词锋犀利，本文就是好例，请他当个"士师"应可胜任。为何"不能用"呢，恐怕正是词锋太犀利，弄得"王顾左右"下不来台的缘故。《四书集注》本卷首引宋儒之言曰：

> 孟子有些英气。才有英气，便有圭角。英气甚害事。

孟子称"亚圣"，说话作文带英气、有圭角，还"不能用"，这大概就是古代东方的政治和文化。

王顾左右

孟子

孟子谓齐宣王曰．王之臣．有托其妻子于其友而之楚游者．比其反也．则冻馁其妻子．则如之何．王曰．弃之．曰．士师不能治士．则如之何．王曰．已之．曰．四境之内不治．则如之何．王顾左右而言他．

【学其短】

○ 本文录自《孟子·梁惠王下》。《孟子》为孟子及其门人所作，共七篇（各篇又分为上、下），篇以下分章（本书统一称篇）。

○ 孟子，名轲，字子舆，战国时邹地（今山东邹城）人。

○ 齐宣王是公元前三一九年至前三〇一年间齐国的王。

暴君可杀

【念楼读】 齐宣王问孟子道:“商汤原来向夏朝称臣,却用武力赶走夏桀;周武王本也是商朝的诸侯,却带头起兵攻打纣王。这些是不是真有其事?”

孟子回答道:“史书上是这样记载的。”

宣王道:“臣子居然敢于犯上,杀掉自己的君王,这难道是允许的吗?”

“严重摧残人民的君主,是害民的强盗;全靠暴力统治的君主,是专制的暴君;强盗和暴君,都是反人道的罪犯。”孟子道,“只听说纣这个坏事做绝、天怒人怨的家伙终于被清算,没听说谁杀了自己的君王啊。”

【念楼曰】 墨索里尼曾是意大利的“领袖”,结果被处死倒吊在街头。齐奥塞斯库曾是罗马尼亚的“总统”,也和老婆同时被枪毙。处死他们,的确没听说有谁大声抗议“弑君”,因为他们双手早沾满人民的鲜血,早就是杀人犯。杀人者死,天理昭彰。

法官判死刑,刽子手执法,那是依法杀人,即使法太严刑太酷,本人还不至于成杀人犯,要像米洛舍维奇一样上国际法庭去受审。指挥大兵团作战,杀敌几千几万,更属战争行为,不由统帅负责。只有夏桀、商纣、墨索里尼这类残民以逞的独夫民贼,才会被清算;即如波尔布特能保全首领死在床上,孟夫子的骂他也是逃不脱的。

未闻弑君也　　孟子

齐宣王问曰．汤放桀．武王伐纣．有诸．孟子对曰．于传有之．曰．臣弑其君．可乎．曰．贼仁者谓之贼．贼义者谓之残．残贼之人谓之一夫．闻诛一夫纣矣．未闻弑君也．

【学其短】

〇本文录自《孟子·梁惠王下》。

〇汤是商朝的建立者。夏桀荒淫无道，汤起兵攻桀，大胜，桀出奔，夏遂亡。

〇武王是周朝的第一代天子。商纣暴虐，武王会合诸侯伐之，纣兵败自焚而死。

暴力无用

【念楼读】 孟子道:“靠暴力压服别人,不管旗号多堂皇,口号多漂亮,也是行霸道;在国际关系上行霸道的,必然是大国。

“靠德政吸引人,重视人,一切以人为本的,便是行人道;行人道的,不一定要是大国。商汤起初的领地不过七十方里,周文王也只有一百方里。

“以暴力压服人,人心是不会服的,不过一时无力抵抗罢了。以德行感化人,人才会心悦诚服。孔子门下的弟子,都敬服孔子。《诗经》歌颂武王建成镐京,天下归心,是这样说的:

从西方到东方,从南方到北方,
人们的心都向着这里向着中央。

这便是德行感化人的结果啊。”

【念楼曰】 在动物世界里,大概完全靠“以力服人”(人在此作代词用,代表猴、鹿种种)。但是猴子争王、雄鹿争偶亦有规则,分胜负后天下便可初定,败者暂时退避,下一轮再来争雄,跟美国的民主、共和两党差不多。胜者并不“宜将剩勇追穷寇”,非得把对手斩尽杀绝不可。此种自然法则,可能便是初民道德的萌芽。

前苏联一把手戈尔巴乔夫新出版的回忆录中说:“作为达到政治目的的手段,暴力是无用的。”旨哉言乎,难道他也早读过《孟子》?

以德服人

孟子

孟子曰．以力假仁者霸．霸必有大国．以德行仁者王．王不待大．汤以七十里．文王以百里．以力服人者．非心服也．力不赡也．以德服人者．中心悦而诚服也．如七十子之服孔子也．诗云．自西自东．自南自北．无思不服．此之谓也．

【学其短】

○本文录自《孟子·公孙丑上》。

○汤，见页二七注。文王，周武王的父亲姬昌，原为商之诸侯。

○七十子，孔子门下才德出众的学生有七十二人，称七十二贤或七十二子，此系举其成数。

○《诗·大雅·文王有声》：『镐京辟雍，自西自东，自南自北，无思不服，皇王烝哉。』

偷鸡的故事

【念楼读】 宋国的大夫戴盈之对孟子道："要恢复古时的办法，将农业税降到十分之一，还要减免市上的关税，这一时难以做到。只能先将税率改轻些，来年再彻底改，您看如何？"

孟子没有作正面的回答，却给他讲了下面这个故事：

"某人有个坏毛病，隔天总要从别人那里偷一只鸡。后来有人告诫他说：'偷鸡这样的坏事，有品格守规矩的人是不会干的。'他听了便说道：'我愿意改，先改为每个月偷一只鸡，来年再彻底改正。'

"既然知道应该改，那么就快一些改吧，何必等到来年呢。"

【念楼曰】 孟子之文，最著名的当然是"有为神农之言者许行"一章，气盛理足，论敌完全无法反驳，读来跟看鲁迅毛泽东的文章一样过瘾，可有时又觉得太霸气了。即如此篇，譬喻固妙，话亦简峭，的确是篇好杂文；但减田赋免关税究系国之大事，要求和停止偷鸡一样喊做到就做到，也未免不很合情理。

《孟子》七篇中佳文甚多，却少见《论语》"子在川上""吾与点也"之类有人情味可以当作散文读的篇章。这和孔子能宽容长沮桀溺，孟子却要辟杨朱墨翟，或同是一理。

说孟子强词夺理，我还没有这胆子，梁启超《论中国学术思想变迁之大势》里却好像的确是这样说的。

何待来年

孟子

戴盈之曰．什一．去关市之征．今兹未能．请轻之．以待来年然后已．何如．孟子曰．今有人日攘其邻之鸡者．或告之曰．是非君子之道．曰．请损之．月攘一鸡．以待来年然后已．如知其非义．斯速已矣．何待来年．

【学其短】

○本文录自《孟子·滕文公下》。

○戴盈之，宋国的大夫。

有毛病

【念楼读】 孟子说："一个人如果一心只想当导师，只想教训别人，他一定是有毛病了。"

【念楼曰】 孟子曾说，"君子有三乐"，其一是"得天下英才而教育之"；又曾严厉批评过陈相，说他不该"师死而遂倍（背）之"。可见他本是重视教育、提倡尊师的。这也是儒家的传统。

孟子认为有毛病的，一不是正正经经传道授业解惑的师。孔墨诲人不倦，是为了理想，为了责任；人们尽可不接受他们的教育，却不能不予以相当的尊重。二不是老老实实教童子的学堂先生。他们选择这个职业，是为了养家糊口；即使认白字，好吃，想女人，也顶多被写入《笑林广记》，哪有资格上经书？

这里讲的毛病，全在"好为人师"的"好"字上。"好"即是有瘾，瘾一重，便会产生种种精神症状。如果只是发花痴，或整天自言自语，倒还罢了。若是成了偏执狂、妄想症，小则像"马列主义老太太"那样聒噪难耐；大则如邪教之传播"经文"，教别人赴汤蹈火；再大的则是洪秀全，发一阵高烧便成了上帝的次子，编出什么《原道醒世训》，硬要"点化"大众跟他去建立地上的天国。其症结皆在于自以为是伟大的导师，不听他的就不行。结果在世上造成无数麻烦，给世人带来无穷痛苦，毛病大矣。

人之患

孟子

孟子曰．人之患．在好为人师．

【学其短】

○本文录自《孟子·离娄上》。

读书知人

【念楼读】 孟子对万章道："以学问和品行在本地知名的人，一定会结交本地知名的人；在诸侯王国内知名的人，一定会结交本国以内知名的人；在普天下知名的人，一定会结交普天下知名的人。

"切磋学问，砥砺品行，只靠和朋友交流还不够，得取法乎上，追随古时的智者贤人。他们人虽然故去了，他们的思想和著述却还存在着。读他们的书，便能接近他们，了解他们的为人和时代，也就等于和他们交了朋友。

"从书中结交古时的智者贤人，可算是最高级的交友方式了。"

【念楼曰】 古人著书，是为了表达自己的思想感情。太史公"隐忍苟活"，唯一的原因是"恨私心有所不尽"，一定得写完《史记》，"藏之名山，传之其人"。要传的这一点"私心"，便是他的思想感情。二千年后的我们，读其书，知其人，论其世，犹不能不为之感动，觉得汉武何止"略输文采"，实乃视臣民如草芥的大暴君。于是我们便和二千年前的太史公有了交流，并从而获益。

当然，古人之中，也有当官以后"改个号，讨个小，刻部稿"的；也有为了当官应制作文，为了得钱卖脸卖文的。这样的"书"印得再多也难传世，故我们亦无须为错交俗物而过虑。

友善士

孟子

孟子谓万章曰：一乡之善士，斯友一乡之善士；一国之善士，斯友一国之善士；天下之善士，斯友天下之善士。以友天下之善士为未足，又尚论古之人。颂其诗，读其书，不知其人，可乎？是以论其世也。是尚友也。

【学其短】

○本文录自《孟子·万章下》。

○万章，战国齐人，孟子弟子。

○尚，同「上」。

○颂，同「诵」。

杯水车薪

【念楼读】 孟子说:“人道主义是人类进步的观念,它应该能不断克服不人道的现象,就像水能够灭火一样。现在有的地方,不人道的现象普遍地大量地存在,有时口头上也讲讲人道主义,却像端一小杯的水往满满一车柴的熊熊大火上泼洒,熄不了火,便说此时还不具备灭火的条件。这其实是在反对人道主义,等于参与和助长不人道的罪行。

“不人道的恶行,终归是要被人类弃绝,彻底灭亡的。”

【念楼曰】 “人道主义”是一个新词,我们的古书中没有它,只有“仁”。但我以为,用“人道主义”译“仁”是可以的。《说文解字》:

仁,亲也,从人从二。

二人者,自己和别人也。将人和己都当作人,不当成异类,相亲而不相斗,此之谓仁,即人道主义。

“四人帮”把人道主义全送给资产阶级,只剩下医院墙上的“革命人道主义”。难道在未革命以前,咱们的祖宗和先人都是行兽道的?苏联批判过《第四十一》,严责红军女战士当孤岛上只剩下她和一个“漂亮的蓝眼睛”白军时,不立刻一枪崩掉他(虽然最后还是崩了),反而和他谈恋爱。我想,若此红军娭毑离休后当了董事长,白军也没有被崩掉,老了从海外回来投资,久别重逢,岂不会成为如今拍电视的好材料么?

仁之胜不仁

孟子

孟子曰．仁之胜不仁也．犹水胜火．今之为仁者．犹以一杯水．救一车薪之火也．不熄．则谓之水不胜火．此又与于不仁之甚者也．亦终必亡而已矣．

【学其短】

○本文录自《孟子·告子上》。

不能尽信书

【念楼读】 孟子道："专门记载古代历史的《书经》，也不能完全相信。如果硬要说它绝对正确，没有半点错误，那还不如不要它为好。

"我看《周书·武成》篇，便只取其一部分，因为它写武王伐纣，有的叙述明显是夸大了。武王统率的是大行仁义之师，各方响应，征伐的又是不仁不义已极的商纣，绝对孤立，胜负形势显然，当然一战即胜，仁者也决不会好杀。可是它写牧野之战'血流漂杵'，意思是战场上流的血，将舂臼用的木棒都漂浮起来了，这怎么可能呢？"

【念楼曰】 《尚书》是"经"，《孟子》后来也是"经"，成为当了领袖又要当导师的专制帝王统一思想的本本，同时又成为考试的科目，抄都不准抄错一个字，谁还敢质疑它们说得不对。

杵的直径至少四厘米，使它漂起来恐非血深好几寸不可。武王伐纣即使用人海战术，河南的黄土地上要积几寸深的血，亦断无可能。那么《周书》原说得不对，孟子的批评则是对的。

本来经书也是人的著作，有对有错亦是当然，祖师爷自己有时还能承认，而后世信徒偏要奉为金科玉律，岂不可笑。

"凡是派"早不吃香了，但在八届二中全会以前，谁又敢说"凡是"不对呢。想到这里，又无论如何笑不起来了。

不如无书

孟子

孟子曰.尽信书.则不如无书.吾于武成.取二三策而已矣.仁人无敌于天下.以至仁伐至不仁.而何其血之流杵也.

【学其短】

○本文录自《孟子·尽心下》。

○武成,《尚书·周书》的篇名,记武王伐纣之事。

○策,古书写在一片片的竹简上,简又称策。

○杵,此处指在石臼中舂捣谷物用的木棒。

民重于国

【念楼读】 孟子道:“人民是首先应当尊重的,国家是第二位要尊重的,至于统治者个人,比较起来,就不那么特别需要尊重了。

“必须得到人民的信任,才适合当最高的统治者;而只要得到最高统治者的信任,便可以当诸侯;只要得到诸侯的信任,就可以当官吏。最高统治者的重要性尚不及国家的重要性,更何况诸侯和官吏呢?

“所以,如果诸侯的行为危害了国家,便应该换掉他。如果人民作了贡献,尽了义务,而国政不修,灾祸频仍,便应该改变国家的最高统治者。”

【念楼曰】 在民国四年北京第一公园(现在的中山公园)挂牌以前,社稷坛的名和实都还存在着,就在天安门旁边。辛亥革命以前,这里更是国家的象征、统治权力的象征。崇祯皇帝宁死不离京,恪遵“君死社稷”的古训,便赢得了不少尊敬;而后来的亡国之君,做了日本的干儿子,又向联共(布)呈交入党申请书(结果自然不批准),便只能令人瞧不起了。

批林批孔时说,“民为贵”的民,不包括农奴贱隶,这可能是事实。但比起联共(布)的政治局委员都无权对斯大林说“不来”,二千三百年前中国之“民”的政治权利,恐怕还要多一点。

民为贵

孟子

孟子曰．民为贵．社稷次之．君为轻．是故得乎丘民而为天子．得乎天子为诸侯．得乎诸侯为大夫．诸侯危社稷．则变置．牺牲既成．粢盛既洁．祭祀以时．然而旱干水溢．则变置社稷．

【学其短】

○本文录自《孟子·尽心下》。

○社，土神。稷，谷神。古时设坛庙祭祀社稷，视之为国家的象征。

○牺牲，宰杀来祭祀神祇的牲畜。

○粢盛，装在祭器中祭祀神祇的谷物。

歌於斯哭於斯

死后别害人

【念楼读】 成子高病倒了，病势十分严重。庆遗进病房请问他道："您的病已经不轻了，万一难得好了，怎么办呢？"

子高知道这是在征询自己对后事的意见，于是对庆遗道："听别人说过，一个人活着总要于人有益，死后总要于人无害。我即使活在世上对人没有多少益处，死后也不能让坟墓占掉良田，给后人留下害处呀！你们找一块不能栽种的地将我埋掉就得啦。"

【念楼曰】 古人重丧葬，统治阶级尤其如此，劳民伤财在所不惜。成子高却是个例外，他不想在自己死后，修坟墓还要占掉大片有用的土地，认为这是"以死害于人"。他的生死观，实在远高于古代大修陵墓的秦皇汉武。更不堪的是自称唯物主义者的斯大林，死后硬要把水晶棺摆在莫斯科红场上，占掉好大一片，过了些年又掘出来烧，折腾来折腾去，都是国库开支，百姓付出。

关于《檀弓》的文章，洪迈谓之"雄健精工，虽楚汉间诸人不能及"；胡应麟称其"在《左传》《考工》之上，《公》《谷》所远不侔"；陈世崇评《沐浴佩玉》一章"迭四'沐浴佩玉'字，而文不繁"，《齐大饥》一章"省二'饿者黔娄'字，而文愈简"，誉为古人叙事的典范。本篇则不仅文字"精工"，思想更为可取。

成子高　　檀弓

成子高寝疾．庆遗入请曰．子之病革矣．如至乎大病．则如之何．子高曰．吾闻之也．生有益于人．死不害于人．吾纵生无益于人．吾可以死害于人乎哉．我死．则择不食之地而葬我焉．

【学其短】

○本文录自《礼记·檀弓上》，檀弓本是人名，《礼记》记其言，遂以其名作篇章名。

○成子高，春秋时齐国的大夫。

○革，通『亟』，很急迫的意思。

想起袁世凯

【念楼读】 鲁穆公问子思道："离开原来的君主改投新君的臣子，还为死去的旧君服丧，是古时的规矩吗？"

子思答道："古时读书做官的人，为君主服务时，一切都依规矩；不得已离开君主时，也一切都依规矩，所以依规矩为旧君服丧。如今读书做官的人，想巴结君主时，可以将身体给他当做坐垫；改换门庭后，又可以反戈一击，恨不得将他推入万丈深渊。只要不带着军队杀过来就不错了，还有什么为旧君服丧的规矩可讲。"

【念楼曰】 民国成立后不久，代表清廷下退位诏书，决定"将统治权公诸全国，定为共和立宪国体"的隆裕太后便去世了。民国大总统袁世凯特遣专使吊唁，送了这样一副挽联：

> 后亦先帝之臣，得变法心传，遂公天下；
>
> 礼为旧君有服，况共和手诏，尚在人间。

"礼为旧君有服"出于《孟子》，看来袁世凯还是将隆裕视为旧君，愿意为之"尽礼"的，虽然迫使孤儿寡妇"逊国"的也是他。

这已是百年前的旧事了。社会道德观念的变化，应该说比时间的变化更快，袁世凯若生于今日，恐怕连假惺惺亦不必做，夏寿田、张一麐辈的笔杆子也无须劳烦了。

不过平心而论，挽联还是副好挽联。如今就是要讲礼数，又到哪里寻找这样的作者呢？

为旧君反服　　　檀弓

穆公问于子思曰．为旧君反服．古欤．子思曰．古之君子．进人以礼．退人以礼．故有旧君反服之礼也．今之君子．进人若将加诸膝．退人若将坠诸渊．毋为戎首．不亦善乎．又何反服之礼之有．

【学其短】

○本文录自《礼记·檀弓下》。

○子思，即孔伋，孔子之孙。

争接班

【念楼读】 卫国的大夫石骀仲死了，他没有正妻生的嫡子，只有姬妾生的六个庶子，要用龟卜决定谁来继承，说是得修饰仪容佩戴玉饰，才能卜得吉兆。

有五个庶子都忙着修饰仪容佩戴玉饰，只有石祁子说："哪有为父亲服丧，却修饰仪容佩戴玉饰的呀！"便不修饰仪容不佩戴玉饰去占卜，结果却是他卜得了吉兆。

卫国的人，都说这次的龟卜真灵验。

【念楼曰】 接班人的位子总是要争的。民主国家还好办，一人一票，选出来就是，即使选上个混蛋，也可以弹劾、罢免。家天下的国家则不大好办，父传子，子传孙，外人固然无话可说，祸起萧墙变生肘腋也叫人防不胜防。李家的老二杀了老大、老三，朱家的叔叔逼死了亲侄子，爱新觉罗家即金家的阿哥们也斗得凶，雍正虽未亲手杀人，八阿哥、九阿哥仍"暴卒"于高墙之内。像石家庶子这样以占卜分胜负，要算顶文明的了。

"五人者皆沐浴佩玉"，石祁子偏不，仍然披麻戴孝，哀毁骨立，真是个孝子，难怪"有知"的乌龟会选中他。

石祁子接了班，"五人者"悔不该沐浴佩玉也迟了，但大夫第的禄米还是会分给他们一份，玉饰也还是会让他们佩戴的。再看列宁死时的联共中央政治局，七个委员处决了四个，逼死了一个，暗杀了一个，只留下一个斯大林接班，比起来，二千七百年前春秋时的卫国开明多了。

沐浴佩玉

檀弓

石骀仲卒。无嫡子。有庶子六人。卜所以为后者。曰。沐浴佩玉则兆。五人者皆沐浴佩玉。石祁子曰。孰有执亲之丧而沐浴佩玉者乎。不沐浴佩玉。石祁子兆。卫人以龟为有知也。

【学其短】

○本文录自《礼记·檀弓下》。

○兆，此处指用龟甲占卜，卜得吉兆。

○古礼，孝子居丧，须『衰绖憔悴』，故不宜修饰打扮。

是不是蠢猪

【念楼读】 工尹商阳随同公子弃疾追击吴军，追上以后，公子对商阳道："这是国家的事，你赶快拿起弓来啊！"商阳拿出了弓，公子又道："你射呀！"

商阳开弓射杀了一人，便收弓入袋。但楚军的车马还在继续追，又追上了，公子又对商阳说，商阳又射杀了两人。

两次射杀人后，商阳都掩上了自己的眼睛，接着便叫停车不追了，说："庆功酒不去吃了，我也不去坐上头了；已经杀了三名敌军，我们总算执行命令了。"

孔子说："商阳也在杀人，但还是很有节制的呢。"

【念楼曰】 语云"盗亦有道"，现在说的是战争杀人亦该有道，即应该遵守规则，遵守国际法。二战中日军虐杀战俘，违犯了国际公法，负责的主官山下奉文，战后便因此受审判，被处死；如果无此恶行，只在两军阵前指挥作战，杀敌再多，这只"马来之虎"也不会上绞架。

孔子是肯定工尹商阳的，认为他"杀人之中又有礼"，这"礼"便是当时的规则。所谓"不重伤"（不重复杀伤已负伤者）、"不禽二毛"（不擒拿老者），宋襄公身体力行的，也正是当时的规则，却被讥笑为"蠢猪式的仁义道德"。那么，为了不做蠢猪，就得杀伤兵，抓老者，将仁义道德、人道主义全都抛弃吗？

商阳不追"穷寇"，不求多杀，是不是"蠢猪"呢？也不知公子弃疾有没有向楚子报告他作战不力，楚子又是如何处置的。

工尹商阳

檀弓

工尹商阳与陈弃疾追吴师．及之．陈弃疾谓工尹商阳曰．王事也．子手弓而可．手弓．子射诸．射之．毙一人．韔弓．又及．谓之．又毙二人．每毙一人．掩其目．止其御．曰．朝不坐．燕不与．杀三人．亦足以反命矣．孔子曰．杀人之中．又有礼焉．

【学其短】

○本文录自《礼记·檀弓下》。

○工尹，楚国的官名。商阳则是任此职的人名。

○陈弃疾，即楚公子弃疾，曾为楚灭陈，故称。

孟姜女

【念楼读】 齐庄公发兵袭击莒国，在一处名叫“夺”的地方发生战斗，大夫杞梁在那里战死了。杞梁的妻子到路上来迎接丈夫的灵柩，哭得十分悲伤。

庄公派人到路上去慰问她。她说：“主公的臣子如果是犯法而死，尸首就应该公开示众，妻子也应该拘禁起来；如果不是犯法而死，开吊的地方就应该在他自己家里，父母总算给我们留下了几间破房子，主公不必派人来到这荒郊野外。”

【念楼曰】 杞梁妻便是后世传说中的孟姜女。

从表面上看，杞梁之妻只是争一个合乎规格的丧礼，跟如今领导干部的遗属争追悼会谁主持，悼词怎么写差不多。其实她是对国君发动战争，驱使臣子去“为国捐躯”有深切的不满，对国君假惺惺地派人来“路祭”更不满，才会将战死疆场和砍头示众相提并论。

齐庄公称霸主远不够格，也要称兵耀武，对外侵略去打莒国。后来的专制君主，越热心打仗的，越能青史留名，秦皇、汉武、唐(太)宗、宋(太)祖便是典型，成吉思汗的武功更为显赫。

至于东征西讨要死多少个杞梁，有多少杞梁妻要“哭之哀”，唐宗宋祖们是不会怎么考虑的，死了多少亿，不是还有多少亿吗？顶多“使人吊”一下，送上一个“高山下的花环”。

但老百姓心中是有数的，于是创造了哭倒长城的孟姜女。

杞梁妻

檀弓

齐庄公袭莒于夺，杞梁死焉，其妻迎其柩于路，而哭之哀。庄公使人吊之，对曰：君之臣不免于罪，则将肆诸市朝，而妻妾执；君之臣免于罪，则有先人之敝庐在，君无所辱命。

【学其短】

○本文录自《礼记·檀弓下》。

○莒，春秋时国名，城在今山东莒县境内。

苛政猛于虎

【念楼读】 孔子一行经过泰山旁边，见有个妇人在坟墓前哭得十分凄惨。孔子很用心地听了一会，便要子贡去问她道："听你这样哭，一定有很伤心的事吧。"

妇人说："是啊，从前我公公就是被老虎咬死的，后来丈夫也是被老虎咬死的，如今儿子又被老虎咬死了。"

孔子问："为什么不搬家离开此地呢？"

"因为这里的政府比较好，当官的不那么凶啊。"

"大家都听到了罢，"孔子对学生们道，"你们得好好记住，暴虐的政府比老虎还可怕啊！"

【念楼曰】 老百姓活得真不容易，一家三代都被老虎咬死了，既无人来抚恤慰问，也不见解珍解宝兄弟俩，奉了杖限文书来为民除害。三十六计走为上吧，人多之处没有吊睛白额虎，那戴官帽穿官服的同样要吃人肉喝人血，他们虽然只生两只脚，敲骨吸髓却比四只脚的更凶残；又不敢往山更深、林更密的地方走，那里大老爷们不会去，大虫却更多了。于是只好在吾舅吾夫吾子的坟旁守着，难过得不行便哭一哭，但哭声太大哭得太久也不行，怕招得老虎再来。真不容易啊！

《孔子过泰山侧》是《檀弓》中传诵最广的一篇，几十年前，几乎各种课本都选上它，不知为什么如今却不选了，也许是老虎和苛政都没有了的缘故吧。

孔子过泰山侧　檀弓

孔子过泰山侧，有妇人哭于墓者而哀。夫子式而听之，使子贡问之曰：子之哭也，壹似重有忧者。而曰：然。昔者吾舅死于虎，吾夫又死焉，今吾子又死焉。夫子曰：何为不去也？曰：无苛政。夫子曰：小子识之，苛政猛于虎也。

【学其短】

○本文录自《礼记·檀弓下》。

○式，将双手搁在车轼上，是乘车人表示敬意的一种姿势。

○壹，肯定的意思。

人的尊严

【念楼读】 齐国闹大饥荒，一个名叫黔敖的人，到大路旁去向逃荒的饥民施放食物。见有个饿汉跌跌撞撞地走来，趿拉着鞋子，奇怪的是还将衣裳遮着脸。黔敖忙迎上前去，一手端着水，一手端着饭食，招呼那饿汉道：

“哎！来吃啊！”

饿汉露出脸来望了黔敖一眼，冷冷地说：

“我就是不吃‘哎’起我来吃的饭，才走到这一步的。”说着便继续跌跌撞撞地走过去了。

黔敖跟着他走，向他道歉，但他硬是不肯接受施舍，终于饿死了。

曾子听说以后道：“何必呢？开头‘哎’你可以不接受，后来向你道了歉，也就可以接过去吃了。”

【念楼曰】 《檀弓》的文字真的很好，读时不仅能欣赏文章之美，而且从中可以看到极有性格的古人。

黔敖是一位古时的慈善家、志愿者。他以个人身份参加社会救助，而他对因饿肚子发脾气的汉子，是多么宽容，多有礼貌。那汉子宁可饿死，也要保持自己作为人的尊严，又是多么令人起敬。近日阅报，见有乞丐跪地讨钱去嫖老妓女，二千馀年来要饭的人格变化之大，叹为观止矣。

齐大饥

檀弓

齐大饥。黔敖为食于路。以待饿者而食之。有饿者蒙袂辑屦。贸贸然来。黔敖左奉食。右执饮曰。嗟。来食。扬其目而视之曰。予唯不食嗟来之食。以至于斯也。从而谢焉。终不食而死。曾子闻之曰。微与。其嗟也可去。其谢也可食。

【学其短】

○ 本文录自《礼记·檀弓下》。

○ 辑，原注为敛，是收的意思，说因饿者无力穿鞋。我却纳闷如何收法，夹在腋下岂不更加费力？收入行囊黔敖又怎能见到呢？

○ 曾子，名参，与其父曾皙都是孔子的学生。

会讲话

【念楼读】 晋国的赵文子新建府第落成，大夫们都备礼来祝贺。张老大夫致贺词道："多宏伟呀，多美丽呀！在这里笑，在这里唱，在这里高兴得流眼泪，族人和客人都团聚在这里。"

文子接着致答词道："我赵武能够在这里笑，在这里唱，在这里高兴得流眼泪，族人和客人都团聚在这里，那就是托大家的福，能够一生平安，直到追随列祖列宗于地下了。"说完又恭敬地跪下行礼。

张老和文子的致辞，听者无不称好。都说，这真是既会恭维，又会答谢。

【念楼曰】 赵家世代为晋重臣，晋文公"反国及霸，多赵衰（赵武的曾祖父）计策"（《史记》）；衰子盾为晋上卿，专国政者二十余年；盾子朔娶了晋景公之姊，刚生下赵武，赵家就被灭门，男人全被诛杀，只留下赵武一个，是为"赵氏孤儿"，有戏剧传世，便是至今还在演的《搜孤救孤》。

杀赵朔满门，说是屠岸贾"不请"（君命）所为，我想这是不大可能的。十五年后，晋景公又要为姐夫平反，遂"胁诸将"使"攻屠岸贾，灭其族，复与赵武田邑如故"，赵家又复兴了。新府第造得美轮美奂，父亲被杀、母亲裤内藏孤，却还不曾忘记，难怪赵武要祷祝神灵，只求能"全要领以从先大夫于九京（原）"了。

政治斗争真是残酷而不可预测的啊，在专制制度下。

善颂善祷　　檀弓

晋献文子成室．晋大夫发焉．张老曰．美哉轮焉．美哉奂焉．歌于斯．哭于斯．聚国族于斯．文子曰．武也得歌于斯．哭于斯．聚国族于斯．是全要领以从先大夫于九京也．北面再拜稽首．君子谓之善颂善祷．

【学其短】

○本文录自《礼记·檀弓下》。

○文子，姓赵名武，即赵孟。

○发，打发礼物，前往别人家庆贺。

○要领，人的腰和颈。

○九京，郑玄和孔颖达都认为『京』为『原』之误，指地下。

犬马的待遇

【念楼读】 孔子养的狗死了，要子贡将死狗拿去埋葬，对他说：

“常言道，破了的帘幕不要丢弃，留着来埋马；破了的伞盖不要丢弃，留着来埋狗。我家里穷，没有伞盖，也得拿床席子去包起它，不要让泥土直接压着它的头啊。”

【念楼曰】 狗作为宠物，如今的地位是比较高了，死后也有好好埋葬它的了。但在过去，犬马列于“六畜”，而畜牲不过是活的工具或玩具，爱惜不爱惜它全凭主人，谈不到死后还有什么“待遇”。孔子葬狗，实行“狗道主义”，乃是他仁爱之心的一种体现。爱惜和自己亲近过、为自己服务过的一切生命及其载体，即使是犬马的身躯，这只有有仁爱之心的、有道德的人才能做得到，普通的人是难以做到的。

君王称“圣”称“神”，其实他们的道德和智慧，最多亦只是普通人的水平，往往还在普通人之下。孟子曰：“君之视臣如犬马，则臣视君为路人。”如犬马恐怕正是君视臣的常态，如手足者殆属仅见，如草芥者当亦不少。士大夫都成了犬马，草根民众则犬马不如了。

现代极权国家的君王(也有不叫君王的，如希特勒之称“元首”，墨索里尼之称“领袖”……)，视臣民尚不如犬马者，恐怕更多一些，苏联的赫鲁晓夫，便曾经将准备投入战争的军民称为“一堆肉”。一堆肉，拿去红烧清炖都随便，也无须用席子卷起来埋。这些专制独裁者，真是古往今来世界上最没有道德的人。

仲尼使埋狗

檀弓

仲尼之畜狗死．使子贡埋之．曰．吾闻之也．敝帷不弃．为埋马也．敝盖不弃．为埋狗也．丘也贫．无盖．于其封也．亦予之席．毋使其首陷焉．

【学其短】

○本文录自《礼记·檀弓下》。

○子贡，孔子的学生，姓端木，名赐。

朋友之道

【念楼读】 孔子有个老朋友叫原壤，他的母亲死了，孔子去帮他整治棺椁。原壤却爬上准备做棺椁的木材堆，说："好久了，我没有痛痛快快地唱歌了啊！"便唱起歌来：

长满了点点的哟，那是花狐狸的头；

女人般软软的哟，那是拿斧子的手。

孔子知道原壤是在打趣自己不会拿斧子，却装作没有听见。同去的人对孔子说："瞧他这种态度，您不必再在这里帮忙干了吧。"

孔子回答道："亲人不应该不像亲人，朋友也不应该不像朋友啊！"

【念楼曰】 关于原壤，《论语》中有这么一节叙述：

原壤夷俟，子曰："幼而不孙弟，长而无述焉，老而不死，是为贼。"以杖叩其胫。

大意是说，原壤在孔子来时蹲着不起身，孔子道："少年时傲气十足，长大了无所作为，老到这样了还如此放肆，怎么行。"于是用手杖轻轻敲他的小腿，想请他站起来相见。

如果不读《檀弓》，只看《论语》，好像孔子真是海瑞设置的"司风化之官"，见了谁不合意就会用"警棍"打。如今才知道，原壤原来是"孔子之故人"，两老朋友一个是诲人不倦的夫子，另一个却如朱熹集注所说的，"母死而歌，盖老氏之流，自放于礼法之外者"。叩其胫也好，歌狸首也好，都含有调侃之意，也就是虽然道不同却仍能互相理解的朋友之间在进行箴规。

原壤母死　檀弓

孔子之故人曰原壤．其母死．夫子助之沐椁．原壤登木曰．久矣．予之不托于音也．歌曰．狸首之斑然．执女手之卷然．夫子为弗闻也者而过之．从者曰．子未可以已乎．夫子曰．丘闻之．亲者毋失其为亲也．故者毋失其为故也．

【学其短】

〇本文录自《礼记·檀弓下》。

左传八篇

怀璧其罪

【念楼读】 虞国的国君称虞公。虞公有个弟弟，人称虞叔。虞叔藏有一块美玉，虞公向他索要，他开头不肯答应，想想又后悔了，说："周地有句俗话说得好，'老百姓本来没犯法，有了宝贝就犯了法'；留这玉有什么用，只会给我带来祸害。"于是他将玉献给了虞公。

可是虞公接着又来索要他的宝剑。这时虞叔终于忍不住了，说："这样没完没了地要，最后就会来要我的命。"便举兵造反，迫使虞公逃亡到共池去了。

【念楼曰】 韩愈说，"《春秋》谨严，左氏浮夸"。这里说浮夸并无贬义，是形容左氏会作传，会演义，把《春秋》虽简明但未免枯燥的经文演活了。像这一则，便是一个精彩的故事。

故事再精彩，过了二千五百年，记得的人毕竟不多了。但"匹夫无罪，怀璧其罪"这句话，却稳站在成语辞典上，比故事本身经久得多。

只要有人凌驾于别人之上，不仅有夺人之"璧"的特权，而且有科人以"罪"的特权，这句话就会在人们的口头上和心头上传下去。

夺的方式可以变。秦始皇徙天下豪富十二万户于咸阳，十二万户的"璧"就归他了。乾隆叫沈德潜代他作诗，作出来的也就成御制诗了。如虞公者犹小儿科，所以东西没夺到还得跑。

虞公出奔　　左传

初，虞叔有玉，虞公求旃。弗献。既而悔之。曰：周谚有之：匹夫无罪，怀璧其罪。吾焉用此，其以贾害也？乃献之。又求其宝剑。叔曰：是无厌也。无厌，将及我。遂伐虞公。故虞公出奔共池。

【学其短】

〇本文录自《左传·桓公十年》。《左传》是左丘明（生卒年不详）为鲁史《春秋》作的『传』。

〇虞，春秋时诸侯国名，地在今山西平陆一带。

〇旃，在这里作『之』字用。

〇共池，地名，在平陆之西。

政治与亲情

【念楼读】 公子突即位当了郑伯，拥立太子忽的祭仲还在朝中掌权。郑伯很不放心，便拉拢祭仲的女婿雍纠，叫他杀掉自己的丈人公。雍纠接受了任务，便请祭仲到郊外赴宴，准备下手。

雍太太觉察到了这个阴谋，忙回娘家问娘："父亲和丈夫比，哪一个更亲?"娘道："凡男人都可为夫，父亲却只有一个，怎么能相比呢。"于是她便把自己的担心告诉了父亲："雍家的筵席不在家里办，却要到郊外去，您可得当心啊。"

于是祭仲先动手杀掉了雍纠，将尸首摆在周家的池塘边示众。郑伯知大势已去，只好出国逃亡，临行教人带上雍纠的尸，指着死尸道："密谋让女人知道，死也活该。"

【念楼曰】 按理说，女婿请岳丈饮宴，女儿找母亲谈心，都是亲情之举。由姻缘联系着的祭雍两家，关系本来是融洽的。可是突然女婿要杀岳丈，女儿要决定是让丈夫杀父亲，还是帮父亲杀丈夫。如此血淋淋，如此不容情，全是政治斗争进入家庭的结果，真是你死我活的斗争啊。

常言政治有理无情。郑伯叫雍纠杀祭仲，想必也讲了大义灭亲一类大道理，但却摧毁了人之所以为人的亲情。读史常觉政治斗争可怕，尤其是无规则可循，不公开进行，策划于密室，操作于暗箱的政治斗争，更使人毛骨悚然。

祭仲杀婿

左传

祭仲专.郑伯患之.使其婿雍纠杀之.将享诸郊.雍姬知之.谓其母曰.父与夫孰亲.其母曰.人尽夫也.父一而已.胡可比也.遂告祭仲曰.雍氏舍其室.而将享子于郊.吾惑之.以告.祭仲杀雍纠.尸诸周氏之汪.公载以出.曰.谋及妇人.宜其死也.

【学其短】

○本文录自《左传·桓公十五年》。

○祭仲，春秋时郑国的大夫，因拥立太子忽（昭公），为由宋国支持即位的公子突（厉公）所忌，险遭谋杀。事泄，厉公出奔，昭公复位。

○伯，爵位名。郑伯，郑国的国君。此时的郑伯即郑厉公。

抗旱

【念楼读】 夏天久旱不雨，据说是女巫和尪人在作怪，把他们捉来烧死，天就会下雨了。

国君准备下令捉人时，臧文仲谏阻道："这不是抗旱的办法。只有以工代赈，省吃俭用，劝富济贫，补栽补种，才能度过灾荒。天灾和女巫、尪人有什么关系？上天既然让他们生在世上，便不会同意将他们弄死。如果他们真有制造灾害的能力，烧死他们也只会旱得更加厉害。"

国君听从了他的话。结果本年虽然因旱成灾，出现了饥荒，却并没有发生大的动乱。

【念楼曰】 人类面临的问题非常多，细究起来却只两个：怎样对待自然？怎样对待人？任何一个问题处理不好，都会跌大跟头，走大弯路，甚至毁灭自己。古印加和古罗马可以为证。

人在大自然面前是无力的。古汉语无"大自然"一词，只称"天"。须知人只能顺天，替天行道已属自不量力，逆天而行更是自找苦吃。最糟的则是获罪于天遭了报应，却拿人来出气。历朝统治者这样干的很多，焚巫尪即是一例。

臧文仲是可敬的。他知道对付天灾只能尽人力行人道，做得一分便是一分。他也知道即使是为了救人（灾），杀人也是违反天意的，天不会答应。这实在是人道主义在历史长夜中闪光。孔夫子虽然骂过他，他的这番话仍堪称金不换。

臧文仲谏焚巫尪

左传

夏大旱．公欲焚巫尪．臧文仲曰．非旱备也．修城郭．贬食．省用．务穑．劝分．此其务也．巫尪何为．天欲杀之．则如勿生．若能为旱．焚之滋甚．公从之．是岁也．饥而不害．

【学其短】

○本文录自《左传・僖公二十一年》。文中的『公』便是鲁僖公。

○臧文仲，鲁国的大夫。

○尪，音汪，脸只能朝天的残疾人。迷信以为上天怜惜尪人，怕雨水注入他的鼻孔，因而不下雨。

○修城郭，古人注释说是为防备外国趁旱灾来侵犯。其实只要说以工代赈便可以了，因为城郭总是为了防备外敌的。

比太阳

【念楼读】 狄人来侵犯我(鲁)国的边界,国君连忙向晋国告急,因为晋国是诸侯的盟主。

晋国执政的大臣原是赵衰,这时已经交权给儿子赵盾——赵宣子。得知狄人侵鲁,宣子便派了贾季前去责问在狄人那里主事的酆舒,要求停止侵犯。

在谈完正事以后,酆舒问贾季道:"贵国的新执政,比起他的父亲来,哪个更贤明、更能干呢?"

贾季答道:"在敝国人心目中,他俩都是明亮的太阳。赵衰若是冬天的太阳,赵盾就是夏天的太阳啦。"

【念楼曰】 东周列国,都得办外交,这方面的人才不少。贾季答酆舒,既宣传了本国执政的威望如日中天,又警告了对方别希望新领导会软弱,"他可是六月的太阳,厉害着呢"。

秦汉大一统后,此类精彩表现反而少了。自己强时便去"系楼兰王颈",别人强时便送公主去和亲,用不着讲究外交辞令和艺术。一人独裁,对"北走胡南入越"的人越来越不放心。郭嵩焘使英,去听音乐会都有人打小报告。如果他敢在外国人面前说恭亲王是冬天的太阳,曾中堂是夏天的太阳,那就是里通外国反老佛爷,不判斩立决也会判斩监候。

贾季言赵衰赵盾　左传

狄侵我西鄙．公使告于晋．赵宣子使因贾季问酆舒．且让之．酆舒问于贾季曰．赵衰赵盾孰贤．对曰．赵衰冬日之日也．赵盾夏日之日也．

【学其短】

○本文录自《左传·文公七年》。文中之『我』即鲁国，『公』即鲁文公。

○贾季，晋国的大夫。

○赵氏，晋国当权的世家，从赵衰起执政，其子赵盾即赵宣子。后三家分晋，赵为其一。

○狄，分布于秦、晋北方的异族，后逐渐壮大，多次南侵。

○酆舒，狄人之相。

冤大头

【念楼读】 陈灵公、孔宁、仪行父同夏姬淫乱，三人不顾君臣之礼，都贴身穿着夏姬的内衣，在朝廷上互相显示，开下流玩笑。大夫泄冶看不下去，对灵公进谏道："国君和大臣白昼宣淫，怎么给国人做榜样，而且自己的名声也不好，快把女人的内衣收起来吧！"

灵公一时下不了台，只好说："我改嘛！"转身却找孔宁、仪行父商量。二人主张杀掉泄冶，灵公也不说不行，等于默认。于是泄冶被杀。

孔子知道这事以后，说道："不是有两句诗么，'对那些不要脸的人哪，千万别跟他们讲规矩'，真好像是为泄冶写的呀。"

【念楼曰】 旧小说将夏姬写成淫得不得了的女人，古人也说她"杀三夫一君一子，亡一国两卿"，仿佛真是祸水。其实她不过如古希腊海伦，男人人见人爱，沾上舍不得丢罢了。说到淫和祸国祸人，根子还是陈灵公。孔、仪虽身为高干，也只是镶边，未脱带马拉皮条的本色。

冤大头却是泄冶。昏淫之"君"犹禽兽，禽兽是听得进人话的么？那时列国来去自由，看不惯何不远走高飞，等陈国大扫除后再回来。若真不能容忍，或欲一死以成名，又何不先行夏征舒之事，一箭把昏君射死，然后自裁，总比死在拉皮条的人的手里好一些。

陈杀其大夫泄冶　左传

陈灵公与孔宁仪行父通于夏姬．皆衷其衵服以戏于朝．泄冶谏曰．公卿宣淫．民无效焉．且闻不令．君其纳之．公曰．吾能改矣．公告二子．二子请杀之．公弗禁．遂杀泄冶．孔子曰．诗云．民之多辟．无自立辟．其泄冶之谓乎．

【学其短】

○ 本文录自《左传·宣公九年》。题依《公羊传》《穀梁传》。

○ 灵公为陈国君，孔宁、仪行父为陈大臣。夏姬美而淫，初嫁子蛮，子蛮死后嫁陈大夫夏御叔，生子征舒。御叔死后，与灵公等多人淫乱。征舒杀灵公，导致楚国入侵，后征舒被杀。夏姬被俘后被配给连尹襄老为妻，襄老旋死。申公巫臣又教她托辞归郑，随即自己离开楚国娶了她。

好有好报

【念楼读】 晋悼公与楚争郑，不胜而归，也想让民众松一口气，魏绛便建议采取下列措施：

放赈放贷，先帮最贫困的人改善处境。除动用国家储备外，从国公本人起，殷实之家都要尽量拿出自己的积蓄。公家的仓库空了，百姓的困乏也就缓解了。

对于可以生利的事业，取消国家的禁令和大户的垄断，放开让民众经营，遏制少数人的贪心。

厉行节约，祭礼以布帛代替珠玉，宴会宰牲畜只准宰一头，公用的器物不再添置，车辆、仪饰也只求够用，因陋就简。

如此办了一年，国政便上了轨道。之后晋楚三次兵戎相见，楚国都没能占上风。

【念楼曰】 魏绛的建议，一是帮助弱势群体，二是扶植民间经济，三是减少铺张浪费。这第三条看似枝节，却关系重大。君王纵有与民休息之心，如果举行典礼大肆粉饰铺张，迎宾宴客力求丰盛光彩，办公楼越造越高，专用车越换越好，扶贫济困、增产增收岂不又要打一折八扣？

魏绛之父魏犨佐文公成霸业，子魏收为平公破狄兵，三世有功于晋，而以这次最为有德于民。有德于民者民怀之，后来晋室解体，“三家分晋”中有魏一家，可算是好有好报。

晋侯谋息民

左传

晋侯归．谋所以息民．魏绛请施舍．输积聚以贷．自公以下．苟有积者尽出之．国无滞积．亦无困人．公无禁利．亦无贪民．祈以币更．宾以特牲．器用不作．车服从给．行之期年．国乃有节．三驾．而楚不能与争．

【学其短】

○本文录自《左传·襄公九年》。

○晋侯归，指晋悼公为了与楚争霸，会合诸侯攻郑，不胜而归。

○魏绛，晋国大夫。后三家分晋，魏为其一。

品德更珍贵

【念楼读】 在宋国,有人得到了一块玉,拿去献给子罕。子罕不受。献玉的人道:“这请玉工看过,玉工说它很珍贵,才敢来献的。”

“这玉是你的珍贵东西,不贪污不受贿的品德是我珍贵的东西。”子罕道,“玉若给了我,你我珍贵的东西便都失去了,还不如各自留着的好。”

那人一听,跪下磕头道:“小小老百姓,拿着这么贵重的宝玉走来走去,实在不安全,献出来也是为求平安啊。”

子罕便把他暂时安置在本城,找来玉工将玉琢磨好,卖了个好价钱,让他带上钱回家。

【念楼曰】 古时玉的价值超过今时的钻石,虞公为玉失国,卞和为玉刖足,秦王为换赵之玉璧愿割十五城,谁不爱玉呢?

宋人献玉以求平安,当然要献给当大官掌大权、能够给他平安的人。子罕为宋司马,相当于现在的国防部长,正是这样的人,却偏不接受。难道子罕和虞公他们不一样,是特殊材料制成的人么?非也,所异者只是他有更贵重的东西——品德。他不愿以自己的品德去换别的东西,即使是玉。

品德就是人格,是善美,是理想。古人虽不可能有为党为人民的伟大理想,但子罕追求完美品德的这种个人理想毕竟是可贵的。

不受献玉

左传

宋人或得玉．献诸子罕．子罕弗受．献玉者曰．以示玉人．玉人以为宝也．故敢献之．子罕曰．我以不贪为宝．尔以玉为宝．若以与我．皆丧宝也．不若人有其宝．稽首而告曰．小人怀璧．不可以越乡．纳此以请死也．子罕置诸其里．使玉人为之攻之．富而后使复其所．

【学其短】

○ 本文选自《左传·襄公十五年》。
○ 子罕，时为宋司马。

城门之战

【念楼读】 鲁定公八年春天，周历正月间，定公发兵攻齐，围住了阳州的城门。

攻城还没开始，战士们列坐在城下稍事休息。大家说射手颜高的弓最硬，拉开它得百八十斤气力，便要过他的弓来传着看。

这时阳州城内的齐军突然冲杀出来。颜高忙从身边抢过另一张不怎么好的弓应战。齐人籍丘子钼已经冲到他面前，手起刀落，砍倒了他。接着又砍了一个。但颜高毕竟是颜高，倒下去时还对准籍丘子钼面门一箭，从颊部射入，将其射死了。

射手颜息也竭力迎战，一箭正中敌人眉心。他却说："我真没用，本该要射中他眼睛的啊。"

原来要进攻的鲁军，这时只能退了。冉猛假装伤了脚，最先退。他的哥哥冉会见了便大喊："猛子啊，退在后！"

【念楼曰】 本篇只取其叙事精彩。《左传》写战争本最有名，城濮之战、鄢之战的意义比得上双堆集、孟良崮战役，而后者记述文字多过前者数十万倍，能传诵的却少见。本篇原文九十三字，只写一次战斗，而鲁军指挥之懈怠，齐军出击之迅疾，颜高、颜息之尽力，冉氏兄弟之勇怯，一一活灵活现。抓住有特征的细节，生动地记录下来，便能使读者对全局有真实的了解，强于按统一口径作宣传的军事报道远矣。

鲁师败于阳州

左传

八年春王正月.公侵齐.门于阳州.士皆坐列.曰.颜高之弓六钧.皆取而传观之.阳州人出.颜高夺人弱弓.籍丘子钽击之.与一人俱毙.偃且射.子钽中颊殪.颜息射人中眉.退曰.我无勇吾志其目也.师退.冉猛伪伤足而先.其兄会乃呼曰.猛也殿.

【学其短】

○本文录自《左传·定公八年》。『公』即鲁定公。

○颜高、颜息、冉猛、冉会都是鲁军的战将。

○钧,计量单位,等于三十斤。

○籍丘子钽,齐军的战将。

国语九篇

甲鱼太小了

【念楼读】 公父文伯请南宫敬叔吃酒席，邀露睹父做客。席上的主菜是甲鱼，个子很小，露睹父很不高兴。请吃甲鱼的时候，他说了一句："等甲鱼长大了再来吃。"便起身走了。

文伯的母亲知道以后，很生儿子的气，道："你死去的老子说过，祭祀时应该敬奉'尸'，酒席上应该敬奉上座的贵宾。甲鱼有多金贵？为什么不办得丰盛些？使得客人生气。"于是将文伯赶出了家门。

过了五天，鲁国的大夫们来向老太太求情，她才让文伯回家。

【念楼曰】 客嫌酒菜是恶客，历来对露睹父的看法都不好。"等甲鱼长大了再来吃"，悻悻然的态度也太现形，殊少大夫的风度。

但转念一想，吊起人的胃口来，又不让他满足，也是相当缺德的。比如说出本书，先炒得一片锅瓢响，说是什么封笔之作，不快去买便会失之交臂；端上桌来却清汤寡水，捞得块碎皮烂肉还不知是不是甲鱼，也难怪人生气。

《随园食单·带骨甲鱼》云："甲鱼宜小不宜大，俗号'童子脚鱼'才嫩。"长沙也有"马蹄脚鱼四两鸡"之说。那么文伯家厨子选材原不错，若能如随园在山东杨参将家席上所见，"一客之前以小盘献一甲鱼"就好了。

文伯之母

国语

公父文伯饮南宫敬叔酒．以露睹父为客．羞鳖焉．小．睹父怒．相延食鳖．辞曰．将使鳖长而后食之．遂出．文伯之母闻之．怒曰．吾闻之先子曰．祭养尸．飨养上宾．鳖于何有．而使夫人怒也．遂逐之．五日．鲁大夫辞而复之．

【学其短】

○本文录自《国语·鲁语下》。《国语》与《左传》同叙春秋史事，不同的是按国别多记言，作者据说也是鲁国史官左丘明。

○公父文伯、南宫敬叔和露睹父，都是鲁国的大夫。

○尸，祭祀时代表先人受祭的人，可以是活人，也可以是草人。

自家杀自家

【念楼读】 晋惠公杀了里克之后,又后悔道:"全是冀芮,让我错杀了国之重臣,里克的罪不至死啊!"

郭偃知道了这事,道:"轻率进言的是冀芮,轻率杀人的却是主公。轻率进言是事主不忠,轻率杀人会天理不容。事主不忠该得惩罚,天理不容会受报应。惩罚若重便得判死刑,报应到时主公也就难得有第二代了。记着吧,结局恐怕不久就会到来了。"

惠公一死,秦国便送公子重耳回晋为文公,刚刚继位的怀公和冀芮都被杀掉了。

【念楼曰】 先是晋献公杀世子申生,还要杀重耳和夷吾,是父杀子。献公死后,里克以三公子名义,杀了献公临终嘱咐让接班的奚齐,还有奚齐的胞弟卓子,和那个新鲜的遗孀小老婆,是兄杀弟,子杀庶母。惠公(夷吾)杀里克是防重耳,可他死后重耳仍然回国杀了他的儿子怀公,是叔杀侄。这里杀的全是自家人,只有里克以管家自居,管得太热心,白搭上一条命。若说历史只是一部阶级斗争史,试问这里的阶级如何划分?

过去到奴隶社会找奴隶起义,找到个盗跖。先不说这本出自庄生的寓言,就算实有其人,也是仕为士师的柳下惠的弟弟,肯定出身奴隶主。而且他杀的全是无辜,还要炒人肝下酒,活生生一个杀人狂,就是在今天恐怕也该枪毙。

惠公悔杀里克　国语

惠公既杀里克而悔之．曰．芮也使寡人过．杀我社稷之镇．郭偃闻之曰．不谋而谏者冀芮也．不图而杀者君也．不谋而谏．不忠．不图而杀．不祥．不忠受君之罚．不祥罹天之祸．受君之罚死戮．罹天之祸无后．志道者勿忘．将及矣．及文公入．秦人杀冀芮而施之．

【学其短】

〇本文录自《国语·晋语三》。

〇惠公，晋献公之子，名夷吾，因献公宠骊姬，与兄重耳先后出奔。献公死后，里克杀掉骊姬之子，惠公在秦国支持下回晋即位，因怕里克拥护重耳，便听亲信冀芮的话，杀了里克。

〇郭偃，晋大夫。

〇施，杀后将尸示众。

跟着走

【念楼读】 公子重耳在外流亡了十九年，后来回国即位，成了春秋五霸之一的晋文公。

文公出亡时，守库房的小臣头须没有跟着走。文公回国后，头须来见。文公不愿见他，叫接待人员说主公正在洗头。

“洗头得低着头，低着头时想事想不清，难怪主公不愿见我了。”头须道，“跟着走的人，不过是身不由己的奴才；没有跟着走的人，留下也是在为国家做事，何必怪罪他们。当国家领导人的，如果要与普通人为仇，该提心吊胆的就太多了。”

文公听到头须这番话，立刻接见了他。

【念楼曰】 问邓小平长征中干什么，答复只有三个字：跟着走。在历史重要关头，跟不跟着走，确实是一个关系前途命运的大问题。

以跟不跟着走划线，乃是领导者看人用人的常规。文公开头不理头须，可以理解。难得的是在听到头须发牢骚后，不仅没有龙颜大怒，办他污蔑攻击之罪，反而立即改变态度予以接见，其能成为霸主而非庸主，实非偶然。

跟着文公走的人，至少赵衰、狐偃等人，都是人才而非奴才，这一点头须说错了。若要办他的罪，“材料”尽可不必像办胡风那样去找人“交”。文公除了霸才，还有几分雅量，实在难得。

文公遽见竖头须

国语

文公之出也。竖头须守藏者也。不从。公入。乃求见。公辞焉以沐。谓谒者曰。沐则心覆。心覆则图反。宜吾不得见也。从者为羁绁之仆。居者为社稷之守。何必罪居者。国君而仇匹夫。惧者众矣。谒者以告。公遽见之。

【学其短】

○本文录自《国语·晋语四》。

○文公，晋献公之子，名重耳，因骊姬之祸流亡在外十九年，得狐偃、赵衰等之助。惠公死后，在秦国支持下回晋，杀公子圉（怀公）即位，是为晋文公，终成春秋五霸之一。

○竖头须，竖即小臣，头须为人名。

知难不难

【念楼读】 晋文公问郭偃道："开头我以为治理国家很容易，如今却觉得越来越难了，这是为什么呢？"

郭偃回答道："主公以为这件事情很容易做时，做起来自然会越来越难；主公觉得做起来很难时，只要一直做下去，慢慢也就会觉得容易了。"

【念楼曰】 从诸子群经中可以欣赏古人的智慧，其实读史也是一样。这里说的，并不包括诸侯帝王争权夺位、争城夺地的阴谋和阳谋，因为血腥味太浓，读起来会觉得这部"相斫书"太沉重，殊少接近智慧之乐。但若能离开政治军事斗争这条"主线"，即使在暂停和稍息时，当政者和执事者能稍微顾及物理人情（请勿误会为送干部的"人情"），人性向善的一面便会显现出来，智慧之美哪怕在一桩小事、几句对白上也会发光，尽够我们欣赏。

晋文公四十二岁开始流亡，六十一岁才得到晋国。正所谓"艰难险阻备尝之矣，民之情伪尽知之矣"，并不是子承父业或夤缘时会得来的位子。见竖头须和问郭偃，都能看出他的智慧，也就是他长期体察人情物理所造就的能力。郭偃的答话，也算得上是一句格言。孙中山说知难行易，也许部分是受了他的启发。

郭偃论治国

国语

文公问于郭偃曰．始也吾以治国为易．今也难．对曰．君以为易．其难也将至矣．君以为难．其易也将至焉．

【学其短】

〇本文录自《国语·晋语四》。

当头一棒

【念楼读】 这一天，范文子很晚才下班回家。

“为啥忙到这么晚?”父亲武子问他。

“秦国来访的人，在朝堂上打哑谜，出难题。大夫们对答不出，我只好一连三次发言，幸好没有出丑。”文子这样回答。

武子一听就火了:“别人不是对答不了，是要让有经验的前辈出面。你还幼稚得很，却要三次抢在别人前面出风头。我若不在了，你还能干得了几天!”

说着举起手杖就打，打断了文子的帽簪。

【念楼曰】 此为一则很有趣味的记事。老爸是退休的正卿(首席部长，执国政)，儿子刚被立为列卿，都是大臣，却动手就打，可见古人教子之严。帽子上的簪子都打断了，下手不轻哪。

范武子曾为太傅，订立晋法;又统上军，是邲之战唯一的功臣;政绩战绩，举国公认。文子是正牌高干子弟，年纪不大便当上了卿，与父亲的威望自然有关，故不免有些骄气。幸好有这当头一棒，从此谦虚谨慎，终能为晋名臣，后来的声望甚至超过了老爸。

武子斥文子为“童子”。其实这“童子”在这前后已经代表晋国参加过弭兵之会，表现出色;又曾经为副手佐郤克伐齐，在鞍之战中立下战功。他倒不是全凭父荫坐直升机上来的。

范文子被责

国语

范文子暮退于朝。武子曰。何暮也。对曰。有秦客廋辞于朝。大夫莫之能对也。吾知三焉。武子怒曰。大夫非不能也。让父兄也。尔童子而三掩人于朝。吾不在晋国。亡无日矣。击之以杖。折委笄。

【学其短】

○本文录自《国语·晋语五》。

○范文子（士燮）是武子（士会）的儿子。武子为正卿，执国政，灵公八年告老，晋遂以郤献子（郤克）为正卿，并立范文子为卿。

父亲的心

【念楼读】 晋楚两军在靡笄山决战，晋军大获全胜，郤献子率三军凯旋。范文子（士燮）是上军的指挥官，凯旋入城时却走在最后。

“燮儿呀，你也晓得我在眼巴巴地望着你早些回来吗？”文子的老爸见到了他，忙说。

“三军的统帅是郤老总，胜利的光荣应该属于他。入城式上我若走在前，多少会分散对他的注意，所以走在后头。”文子回答道。

“你能这样想，就不会犯错误了，我放心了。”老爸高兴了。

【念楼曰】 范武子时时不忘教子，范文子事事谨遵父训，在当时这是完全合乎标准的模范行为。而“燮乎，女（汝）亦知吾望尔也乎”一句，则充分表现出老父亲的心，表现出他对去打大仗的儿子的担心、渴念和怜爱。如果删去这十个字，文章便没了“颊上添毫”之妙，感染力和可读性都会差多了。

“文化大革命”中躲着读曾国藩为他战死的弟弟作的挽联：

英名百战总成空，泪眼看河山……

心想现在说“英雄流血不流泪”，这样眼泪巴巴地嗟叹“总成空”，岂不会动摇斗志，在“高山下的花环”旁是绝对挂不出来的。而曾家兄弟的斗志，却反而更高了。可见真情才是人性的流露，反对温情则是违反人性的，也不会有助于获得胜利。

范武子知免

国语

靡笄之役。郤献子师胜而返。范文子后入。武子曰。燮乎。女亦知吾望尔也乎。对曰。夫师。郤子之师也。其事臧。若先。则恐国人之属耳目于我也。故不敢。武子曰。吾知免矣。

【学其短】

○本文录自《国语·晋语五》。

○靡笄，齐国的山名，在今山东历城之南，晋景公十一年齐晋鞍（地名）之战的主战场。

○郤献子为鞍之战晋军中军元帅，兼统上、下军。范文子为上军之将。

想快点死

【念楼读】 鄢之战，范文子指挥晋军的下军。得胜回国后，他找来家庙的祭师，对他们说：

“咱们的国君本来就有骄气，过于自信。这回又打了胜仗，功业更加显赫了。那有修养的人还难免被胜利冲昏头脑，何况骄傲的人。国君身边的亲信又多，无功受赏，定会更加放肆。依我看，晋国很快就会发生动乱了。

“你们是我的祭师，请为我祈祷快些死去罢，能赶在动乱之前死去便算是解脱了。”

这是晋厉公六年的事情。第二年夏天，范文子死了。冬天，晋国便发生动乱，先是郤氏三人被杀，最后国君也被杀掉了。

【念楼曰】 “夫人情莫不贪生恶死”，太史公被割了卵子还这样说。范文子累世为卿，荣华富贵尽堪留恋，何以却要求快死？盖知大厦将倾，无法置身事外。与其在动乱中被诛杀，被乱杀，甚至被虐杀，横竖也是死，还不如自行了断来得干净，这和癌症病人之求安乐死差不多。但此仍需要有洞察力和决断力，亦即是智慧，不是人人都做得到的。齐奥塞斯库不是宁愿被枪毙，陈公博不是拖都要拖到上雨花台刑场么？

据说老鼠都知道离开将沉的船，齐、陈之智遑论不及范文子，恐怕比老鼠都不如。当年南斯拉夫也有高官自杀，似乎亦比米洛舍维奇聪明。

文子知晋难

国语

反自鄢．范文子谓其宗祝曰．君骄泰而有烈．夫以德胜者犹惧失之．而况骄泰乎．君多私．今以胜归．私必昭．昭私．难必作．吾恐及焉．凡吾宗祝．为我祈死．先难为免．七年夏．范文子卒．冬．难作．始于三郤．卒于公．

【学其短】

○本文录自《国语·晋语六》。

○鄢，郑国地名，即今河南鄢陵。晋厉公六年，晋军大败楚郑联军于此。

○七年，晋厉公七年。

○三郤，郤锜、郤犨和郤至，郤克死后他们继续在晋执政。

逮鹌鹑

【念楼读】 晋平公打猎，射伤一只鹌鹑，命一个叫阿襄的小臣去逮来，结果却让那鹌鹑逃脱了。平公大怒，将阿襄关了起来，说要杀了他。

叔向当时便听说了，晚上平公和他见面时，又提起这件事，还是说要杀阿襄。

“该杀呀，快杀吧！”叔向对平公道，“咱们的先君唐叔，在徒林射死凶猛的野牛，用它的皮做成甲，表现了胆量和武艺，才被封为晋国之君。如今您是唐叔的继承人，却连一只鹌鹑都射不死，到手的猎物也失掉了，真有点对不起先君啊。还是赶快杀掉阿襄为好，免得这件事传开，晋国丢丑。”

晋平公越听越不好意思，心想，若真杀了阿襄，岂不更加张扬，只好赦免了阿襄。

【念楼曰】 史书所记的讽谏和谲谏，有些不仅故事本身有趣，人物神态和语言也精彩。这些都属于太史公所说的滑稽，和后来林语堂译作幽默的差不多是一回事。它使严肃的话题变得轻松一些，说者和听者便可以减少紧张，效果也就会比较好。但是也得在至少有一点起码的宽容度的条件下才能如此。如果都像在洪武爷雍正爷面前那样开不得半点玩笑，则诤谏固不行，谲谏和讽谏亦会成为诽谤讥讪，罪名比逮不住一只鹌鹑大多了。

叔向谏杀竖襄　国语

平公射鷃不死。使竖襄搏之。失。公怒。拘将杀之。叔向闻之。夕。君告之。叔向曰。君必杀之。昔吾先君唐叔射兕于徒林。殪以为大甲。以封于晋。今君嗣吾先君唐叔。射鷃不死。搏之不得。是扬吾君之耻者也。君其必速杀之。勿令远闻。君忸怩。乃趣赦之。

【学其短】

○ 本文录自《国语·晋语八》。

○ 叔向，晋大夫，是晋平公为太子时的师傅。

○ 唐叔，周成王幼弟，分封于翼（今山西翼城西），建国号唐，后改称晋。

只为多开口

【念楼读】 范献子出使鲁国时，有次问起具山和敖山的事情。鲁人的回答，却只提这两座山的所在地，不说山名。

献子觉得奇怪，说："不就是具山和敖山吗？"

鲁人说："那是我国先君的名讳啊。"

献子回晋国后，见了同事和朋友就说："人真不能没有知识。我因为不知道'具''敖'是鲁国先公的名讳，所以出洋相，丢了丑。如果将人比作树木，知识便是树的枝叶；没有枝叶的树木不仅难看，活也活不了呢。"

【念楼曰】 "一物不知，儒者之耻"，我以为是儒者说的大话。世界上事物这样多，信息这样丰富，要想无一物不知，恐怕谁都做不到。像具山和敖山这样两座不大的山，尤其是这两座山和几代以前鲁公的名字的关系，远处的人（即使是儒者）的确是难以知道的。

问题在于范献子并非常人，而是出使鲁国的晋大夫，那么他就本该多些鲁国的知识，一时咨询不及至少可以藏点拙，不必多开口问东问西。湖南在查处《查泰莱夫人的情人》时，有主管官员责问："中英关系如今还可以，你们为什么偏要出《撒切尔夫人的情人》？"其实当官的不知道世界名著不是什么新鲜事，是非只为多开口。此人之出洋相，也只是吃了多开口的亏。

范献子聘鲁

国语

范献子聘于鲁.问具山敖山.鲁人以其乡对.献子曰.不为具敖乎.对曰.先君献武之讳也.献子归.遍戒其所知曰.人不可以不学.吾适鲁而名其二讳.为笑焉.唯不学也.人之有学也.犹木之有枝叶也.木有枝叶.犹庇荫人.而况君子之学乎.

【学其短】

○本文录自《国语·晋语九》。

○范献子，名士鞅，范文子之孙。

○具山、敖山，鲁国之二山，均在今山东蒙阴境内。

○献武之讳，鲁献公名具，鲁武公名敖。古时讳称君父之名，故鲁人不直呼具山和敖山。

战国策十篇

明白人难做

【念楼读】 名医扁鹊去看秦武王，王将自己的病状告知扁鹊，扁鹊答应给治好。王身边的人却七嘴八舌，说："大王的病，跟耳朵有关，跟眼睛也有关，很不好治，只怕治不好反而会影响听力和视力。"说得秦王没了主意，只好将这些话告诉扁鹊。

扁鹊听了十分生气，把拿在手里准备施治的砭石（治病用的尖石器，有如后来的金针）往地下一丢，说："大王让明白人来做事，却又让不明白的人说三道四来阻挠；国家大事如果也这样办，秦国就会亡在大王您的手里。"

【念楼曰】 明白人从来就怕碰不明白的人。在看病这件事情上，扁鹊当然是当时第一明白人，但他既不能使秦王身边没有那些不明不白的人，也无法使秦王不去听那些不三不四的话，只好气得砸自己挣饭吃的家伙。

到底扁鹊给秦武王治病没有呢？史无明文，只知武王是举鼎折胫而死的。即使没给秦王治病，自亦无碍扁鹊之为良医，在旁边说风凉话的人更不会受任何影响，吃亏的只是秦武王自己的身体。

可见明白人难做，即使有扁鹊那样的本事。不明白的人胡乱发表意见，倒是可以毫不负责的，二千三百年前即如此矣。

扁鹊投石

战国策

医扁鹊见秦武王．武王示之病．扁鹊请除．左右曰．君之病．在耳之前．目之下．除之未必已也．将使耳不聪．目不明．君以告扁鹊．扁鹊怒而投其石．曰．君与知之者谋之．而与不知者败之．使此知秦国之政也．则君一举而亡国矣．

【学其短】

◯ 本文录自《战国策·秦二》。《战国策》分国记述战国至秦的史事，由汉朝的刘向编辑整理成书。

◯ 秦武王，秦王政（始皇）前四代的秦王。

玉石和鼠肉

【念楼读】 讲到平原君时，范雎说了这样一个故事：

“郑国人将没加工的玉石叫做‘璞’，周地人将没熏干的鼠肉叫做‘朴’，‘璞’‘朴’同音。有个周地人在一家郑国商人门前吆喝着‘买朴啊’，郑国商人正想买玉石，说是‘要买’，让他拿出来瞧瞧，却原来是老鼠肉，便表示不买了。

“如今平原君名满天下，都称之为贤公子，平原君也以贤德自居。而赵国自武灵王降为主父，便一直不得安宁，直到沙丘祸作，平原君一直都在赵国当大臣，哪有什么贤德的表现。

“郑国商人买璞，还得先瞧瞧。各国君王争颂平原君，却都只信虚名，不看实际；在这件事情上，各国君王就不如那个郑国商人聪明了。”

【念楼曰】 璞和朴，如今讲普通话声调微有不同，但在长沙话里的读音还是一样的。实际上却一个是玉石，一个是老鼠肉（湖南山区有些地方仍称放在“吸水坛子”里贮存的肉为“朴肉”），此名实之不同。

范雎对平原君名过其实不以为然，但是平原君这个人，太史公虽说他“未睹大体”，仍不失为“翩翩浊世之佳公子”。如今名满天下超过平原君的人多着呢，他们的皮包里装的到底是璞玉还是鼠肉，最好让其先拿出来瞧一瞧，在向他们鼓掌欢呼之前。

应侯论名实

战国策

应侯曰．郑人谓玉未理者璞．周人谓鼠未腊者朴．周人怀朴过郑贾曰．欲买朴乎．郑贾曰．欲之．出其朴视之．乃鼠也．因谢不取．今平原君自以贤显名于天下．然降其主父沙丘而臣之．天下之王尚犹尊之．是天下之王．不如郑贾之智也．眩于名．不知其实也．

【学其短】

○本文录自《战国策·秦三》。

○应侯，范雎在秦国的封号。

○平原君，赵公子胜的封号。

○沙丘，赵国地名。

○主父，赵武灵王废其太子章，传位于少子何（惠文王），自称主父，以平原君为相。四年后废太子作乱，公子成、李兑等诛杀废太子，进而在沙丘围主父之宫，主父饿死。

辩士

【念楼读】 秦王和一位名叫中期的辩士争论，没有能争赢，非常生气。中期却若无其事，踱着慢步走开了。

维护中期的人，眼见中期可能要吃大亏，便对秦王说：

“这个又蠢又倔、不懂事的中期啊！幸亏遇着了贤明的君王。若是同夏桀王、商纣王顶撞，脑袋还能不搬家？”

结果，秦王并没有惩办中期。

【念楼曰】 春秋战国，辩士盛行。最有名的当然是苏秦、张仪，《六国拜相》的戏至今还在演。

辩士的本事，全在口舌。张仪被打得呜呼哀哉，只要舌头还在，便不着急。他们靠口舌合纵连横，靠口舌封侯拜相，靠口舌“位尊而多金”，荣华富贵。这一切都是为君王服务的，也只有为君王服务才能实现。所以，辩士说到底也还是人臣，不过是口舌之臣罢了。古希腊罗马也有辩士，那是一种自由职业，靠替人辩护维生。中国古时没有公开审判法庭辩论那一套，自然只有君王驾前为臣一条路走。

我这样笨口拙舌的人，做辩士是做不来的。在西洋做，最多没有主顾上门；若是在东方古国，万一驷不及舌顶撞了大王，捉将官里去时，连辩护人也找不到了。

战国策

为中期说秦王

秦王与中期争论，不胜。秦王大怒，中期徐行而去。或为中期说秦王曰：悍人也中期，适遇明君故也。向者遇桀纣，必杀之矣。秦王因不罪。

【学其短】

〇本文录自《战国策·秦五》。

〇中期，秦之辩士。

送耳环

【念楼读】 齐国的王后死了。在王的身边，有七位年轻受宠的嫔妃。薛公田婴想要知道，在这七位妃子中，谁会成为新的王后，便给王送上七副耳环，其中有一副特别贵，特别漂亮。

第二天进宫，薛公注意哪位妃子戴上了这副耳环，便向王建议立她为王后。

【念楼曰】 田婴在历史上出名，主要是因为有个好儿子孟尝君。古时贵族的女人多，儿子自然不会少，田婴便有四十多个儿子。孟尝君的母亲只是一名“贱妾”，生下这个儿子，田婴连要都不想要的，后来却让他成了继位的人。贱妾之子固然非凡，能让贱妾之子继位的父亲之非凡亦可以想见。

田婴为他的异母哥哥齐宣王早已经做过不少工作。送耳环这件事只是件小事，也很看得出他的聪明，却总不禁使人想到伺候君王之不易。亲为弟兄，贵为首相，为了揣摩七个小老婆中哪个会扶正，为了能够“先意承志”，把扶正的事办在前头，办得使大王满意，竟得如此地挖空心思；那么，薛公这个封爵要保住也太不容易了，不是么？

古语云，刚日读经，柔日读史。史书写得好的，确有文学性、可读性，但却不是柔性读物，如果边读边想的话。

薛公献珥

战国策

齐王夫人死．有七孺子皆近．薛公欲知王所欲立．乃献七珥．美其一．明日视美珥所在．劝王立为夫人．

【学其短】

○本文录自《战国策·齐三》。

○薛公，齐相国田婴的封号。

○齐王，齐宣王。

邻人之女

【念楼读】 田骈在稷下学宫讲学,门徒很多,名气很大。有个齐国人来求见,见面后恭敬地说:

“很佩服先生的高论,不愿当官,只愿为文化作贡献……”

“哪里,哪里。”田骈很高兴地表示着谦逊,道,“你从哪里听到这些的啊?”

“从邻居的女儿那里呀。”齐国人答道。

“这是怎么说?”田骈略感意外。

“我邻居的女儿,三十岁了,总讲不愿结婚,可是已经连生了七个孩子;婚是没有结,却比结了婚的还会生孩子。”齐国人说,“先生您总讲不愿做官,可是门徒上百,收入上万;官是没有做,也比做官的还会弄钱呀!”

田骈连忙中止接见,转身走开了。

【念楼曰】 战国时学术独立,知识分子自由讲学,地位和收入有时多一些,倒是好社会的好现象。我想那个齐国人未必对此有意见,而是田骈的“高议”调子太高,议得太多,惹恼了他,才会跑到稷下来,开了这个不大不小的玩笑。

诸子百家中,我最佩服的是庄子,最喜欢的却是许行。自己的信仰自己坚持,自己的主张自己实行,何必皇皇如也大肆宣传,更何必“设为”这“设为”那,惹得爱清净的人生气。当然,若是讲的一套,做的又是一套,那就更加要不得了。

齐人讥田骈

战国策

齐人见田骈曰.闻先生高议.设为不宦.而愿为役.田骈曰.子何闻之.对曰.臣闻之邻人之女.田骈曰.何谓也.对曰.臣邻人之女.设为不嫁.行年三十.而有七子.不嫁则不嫁.然嫁过毕矣.今先生设为不宦.訾养千钟.徒百人.不宦则然矣.而富过毕也.田子辞.

【学其短】

○本文录自《战国策·齐四》。

○田骈，齐人，战国时著名的学者。

说客

【念楼读】 齐楚两国相争，夹在齐楚之间的宋国，原想保持中立。齐国施压逼迫宋国表态，宋国只好表示支持齐国。子象便替楚王做说客，对宋王道：

"楚国没有对宋国施压，反而失去了支持，便一定会学齐国的样来施压。齐国一施压就得到了支持，今后更会不断向宋国施压。使两个拥有强大军事力量的大国都来施压，宋国岂不太危险了么？

"'一边倒'跟着齐国去打楚国吧，如果打胜了，齐国独霸天下，首先吞并的必然是宋国；如果打败了，弱小的宋国又哪能抵抗强大的楚国呢？"

【念楼曰】 子象为楚游说宋王，是典型的说客行为。说客也就是辩士，其辩才的确了得，三言两语便把利害挑明了。

子象劝宋王不要一边倒，而要对齐国打楚国牌，对楚国打齐国牌，在大国之间保持平衡，保持中立。从地缘政治看，这的确是高明的外交政策，比把自己捆在老大哥战车上强得多。

说客不为君王所用时，亦只是一介匹夫，却可以对外交政策、国际关系说三道四。若在前时伊拉克，又有谁敢对萨达姆联谁反谁发表半点不同意见呢？故我虽不很喜欢说客，却很羡慕说客们所处的环境。

子象论中立

战国策

齐楚构难，宋请中立。齐急宋，宋许之。子象为楚谓宋王曰：楚以缓失宋，将法齐之急也。齐以急得宋，后将常急矣。是从齐而攻楚，未必利也。齐战胜楚，势必危宋；不胜，是以弱宋干强楚也。而令两万乘之国，常以急求所欲，国必危矣。

【学其短】

○本文录自《战国策·楚一》。

○子象，楚之辩士。

听音乐

【念楼读】 魏文侯请田子方喝酒，旁边奏起了音乐。文侯听着，说道："这编钟的音没调准吗？听起来不协调，左边的偏高呀。"

田子方没答话，只微微一笑。

"先生笑甚么呢？"文侯问。

"我听说，贤明的国君，心思都放在国事上；不贤明的国君，心思才放在吹打弹唱上。"田子方道，"现在您这样精通音乐，对于国家的政事，我怕您就会不那么精明了。"

"先生说得好。"文侯道，"我一定会记住您的教导。"

【念楼曰】 好声色乃人之常情，但君王并非常人。他拥有非常的权力，就该负起非常的责任，要对国家前途、人民福祉负责，不应该像李后主和宋徽宗那样沉浸在艺术里。后主和徽宗放弃自己的责任，只知利用特权追求声色之乐，个人虽博得多才多艺的名声，南唐和北宋末世的老百姓就惨了。

如果并没有李煜和赵佶的才能，却偏喜欢作艺术秀，要人来疯，见了舞台就想登场表演，那就比后主和徽宗都不如，更比不上魏文侯，只能归入唐昭宗一类。

当然，在这样的"玩君"统治下，更不会出现田子方。

田子方谏文侯　　战国策

魏文侯与田子方饮酒而称乐.文侯曰.钟声不比乎.左高.田子方笑.文侯曰.奚笑.子方曰.臣闻之.君明则乐官.不明则乐音.今君审于声.臣恐君之聋于官也.文侯曰.善.敬闻命.

【学其短】

○本文录自《战国策·魏一》。
○田子方，孔子弟子子贡的学生，战国时期有名的贤人。
○魏文侯，名斯，用李悝变法，魏以富强，北灭中山，西取秦三河之地。

牛马同拉车

【念楼读】 公孙衍到了魏国，被任命为大将，却感到无法和相国田需合作。辩士季子为了帮助他解决这个问题，便去见魏王，对王道：

“大王您见过牛驾辕马拉套的车子吗？无论怎么赶，连一百步也走不了。您因为公孙衍有将才，才用他为将，可是又要田需给他拿主意；这真是捉了黄牛来驾辕，却叫马拉套，牛马都累死了也是到不了目的地的，吃亏的却是大王的国家，您恐怕得考虑考虑。”

【念楼曰】 古时马和牛都驾车，王恺的“八百里驳”便是有名的快牛。但牛和马不同的一点，便是马可以有三驾马车，甚至四马车、六马车，牛却只能单干。此乃物性之异，亦犹鸭可以成群放养，鸡却无法成行齐步走。故要马跟牛一起来拉车（服牛骖骥）确实难以做到。就是牵一头牛来让两匹马夹着它站在那里，牛马也会各自走开，不会“团结”在一块。

随便举出一两个人们共见共知的例子，使听者接受自己的意见，而且心悦诚服，此是战国策士（辩士、说客）的擅场之技，但也得君王能听和肯听。若为君者自恃“英明”，兼天地亲师于一身，伟大领袖和伟大导师一肩挑，自然听不进下面的意见，那就哪怕再会说也无用。

公孙衍为魏将

战国策

公孙衍为魏将，与其相田繻不善。季子为衍谓梁王曰：王独不见夫服牛骖骥乎？不可以行百步。今王以衍为可使将，故用之也；而听相之计，是服牛骖骥也。牛马俱死而不能成其功，王之国必伤矣。愿王察之。

【学其短】

○本文录自《战国策·魏一》。
○公孙衍，号犀首，原为秦臣，后入魏为将。
○田繻，即田需，魏相国。
○季子，辩士一流人物。
○梁王，即魏王。魏都大梁（今开封）。

狗咬人

【念楼读】 新城君在魏国位高权重，怕遭忌刻，对于别人在魏王面前议论自己非常敏感，因为白圭常见魏王，身边人提醒他，得防着白圭一点。白圭知道以后，便对新城君道：

“夜里在外面走的人，不一定非奸即盗；他能够保证自己没做坏事，却不能保证人家的狗不对着他叫。同样的，我能够保证自己不会在大王面前议论你，却不能保证别的人不在您面前说我啊！”

【念楼曰】 现在养狗看家的比较少了。五十多年前，不要说在乡下，就是在城里到陌生人家去，或走其旁边经过，常得提防被狗咬。抗战时期疏散到山村中的学生，对此尤其印象深刻。其实真正被咬的也不多，不过那露出白牙咆哮着猛冲上来的恶形，胆小如我者确实很怕。

据说狗对你咆哮时，最好的办法是朝它作揖。荷马史诗写英雄阿迭修斯（即奥德修斯）回家，牧场的狗狂吠奔来，他立即蹲下身子，放下行杖，狗便走开了。亚里士多德说得好，对于卑屈的人怒气自息，狗也不咬屈身的人。这可以做作揖之说的注解。但也有人说，狗停止进攻是怕人弯腰捡石头，未知孰是。

如今的狗都成了宠物，见生人就狂吠的是少了，咬自家人的倒是见到过一两回。此盖是狗之变性，谁遇上了只能自认倒霉。

白圭说新城君

战国策

白圭谓新城君曰.夜行者能无为奸.不能禁狗使无吠己也.故臣能无议君于王.不能禁人议臣于君也.

【学其短】

○本文录自《战国策·魏四》。

○白圭，魏大夫，后为相。

○新城君，魏国的重臣。

不是时候

【念楼读】 卫国有人家办喜事，备了马车去接新娘。新娘子上车时问："拉套的马是谁家的?"赶车人道："是借来的。"新娘便道：

"要鞭打就打拉套的马，别打驾辕的。"

到了家门口，扶新娘下车时，新娘子又对伴娘道："你看，火盆烧得太旺了，等下你快把它弄灭，怕失火。"

进到内院，见院中放着个石臼，新娘又说："这东西妨碍走路，得移到窗户下面去。"

新娘子这三句话，都引起了骇笑。她的话说错了吗？没错，只是说的不是时候。

【念楼曰】 好像有人说过，这位新娘并不该受讪笑，"慎勿为好"乃是古人训女的话，已不适用于今时了。一进门就当家做主，颇有新官上任的气势，正该庆幸收了个能干的儿媳妇呢。但对于只打借来的马不打自家的马这一点，替新娘子说公道话的人却没说什么，大概他想要的正是这样"能干"的媳妇或老婆。

但是，说话的确不能说得不是时候。王造时说苏联不该承认"满洲国"，梁漱溟说农民收入少生活苦更值得关怀，马寅初说在中国不能提倡英雄母亲多生孩子，罗隆基说纠正错案要设立专门机构，"皆要言也，然而不免……者，早晚之时失也"，也是话说得不是时候啊。

卫人迎新妇　　战国策

卫人迎新妇．妇上车．问．骖马谁马也．御曰．借之．新妇谓仆曰．拊骖无笞服．车至门．扶．教送母．灭灶．将失火．入室见臼．曰．徙之牖下．妨往来者．主人笑之．此三言者．皆要言也．然而不免为笑者．早晚之时失也．

【学其短】

〇本文录自《战国策·宋卫》。

庄子十篇

我是谁

【念楼读】 庄子晚上做梦，梦中自己成了一只蝴蝶，在空中翩翩飞舞，十分自由快乐，一点也没想到庄周是谁。霎时梦醒，却还是原来的庄周，手是手，脚是脚，伸直了躺在床上。

庄子于是乎想道：我是谁呢？是我梦中成了蝴蝶，还是蝴蝶梦中成了庄周呢？这两种情况，难道不是同样都有可能发生的么？

我刚才感到很快乐，是因为我成了蝴蝶，能够在空中自由地飞翔。这是两脚落地的庄周从未体验过，也根本不可能体验到的。

蝴蝶和庄周是不同的“物”，感受才会不同。但“物”不可能永存，一觉也好，一生也好，总会要变化，要消亡。“物”如果“化”去了，感觉和意识等等一切还能不变吗？

【念楼曰】 称死亡曰物化，自庄子始。庄子以寓言述人生哲理，汪洋恣肆极矣。尝谓庄子如能复活，肯定不会用电脑，而其智慧较现代人为何如？二千三百年来文章的进化，难道只表现在数量的增长膨胀上么？

有人说白话文比文言文好，他自己的文章又是白话文中最好的，比庄子之文自然好得多。庄子梦中变为蝴蝶，他是高级文人，当然也会做梦，不知梦中变成了什么？至少也该是在进化树上位置比蝴蝶高得多的某种哺乳动物罢。

梦为胡蝶

庄子

昔者．庄周梦为胡蝶．栩栩然胡蝶也．自喻适志与．不知周也．俄然觉．则蘧蘧然周也．不知周之梦为胡蝶与．胡蝶之梦为周与．周与胡蝶．则必有分矣．此之谓物化．

【学其短】

○本文录自《庄子·齐物论》。《庄子》三十三篇，分内篇、外篇和杂篇，篇下再分章（本书统一称篇）。

○胡：通『蝴』。

○庄子，名周，战国时宋国蒙地（今河南商丘）人。

○昔：可通『夕』。

○喻：通『愉』。

○本文中的前三个『与』字均通『欤』。

千万别过头

【念楼读】 人的生命是有限的,知识和成就则是无限的。以有限的生命去作无限的追求,人便会活得很累很累。明知如此,若还执迷不悟,更是枉抛心力,结果只会更糟。

人在社会上,不能不做大众都认为该做的"好事",但不必为了得到好名声,做得过了头。人有时亦难免做点大众说是"坏事"的事,也不要做得过了头,触犯国家的法律和社会的准则。

总而言之,凡事都要循中道、依常理而行,千万别过头。这样,人的精神和身体便能宽泰安详,可以顺其自然地生活了。

【念楼曰】 苦恼和麻烦,大都是做得过了头造成的。作物适当密植本可增产,密得过了头则会人为造出"自然灾害"来。华罗庚用数学为生产服务本是好事,但算出叶子面积证明光合作用还有好大潜力,密植还可以再密,服务也服过头了。他后来若不是硬不服老要出国讲学,亦不至于倒在东京的讲台上,还是吃了过头的亏。

我本凡夫,颇多俗念,一生像玻璃窗内的苍蝇,碰壁碰够了,岂止过头,没碰断头已属万幸。行年七十,方知六十九年之非,读龚定盦、瞿秋白"枉抛心力"之句,觉得悔悟真是来得太晚了。秉烛而行,宁可摸索,决不再盲从乱碰,庶几可以尽年乎。

吾生有涯

庄子

吾生也有涯，而知也无涯。以有涯随无涯，殆已。已而为知者，殆而已矣。为善无近名，为恶无近刑。缘督以为经，可以保身，可以全生，可以养亲，可以尽年。

【学其短】

○本文录自《庄子·养生主》。

○督，人背部的中脉。缘督，守中合道的意思。

选择自由

【念楼读】 庄子在濮水上钓鱼，楚王派了两位大夫先来，代表国王表示："希望将楚国的事情烦累先生。"要庄子去做官。

庄子没放下钓竿，头也不回地道："听说楚国有只'神龟'，已经死去三千年了，楚王将它用丝绸包起，竹匣装起，供奉在圣殿上。不知道这只乌龟，是愿意像这样死去留下甲骨受供奉呢，还是宁愿活着拖起尾巴在泥里爬呢？"

"当然愿意活着在泥里爬。"大夫们回答。

"那么，两位请回吧。"庄子道，"让我拖着尾巴在泥里爬吧。"

【念楼曰】 与庄子同生活于二千三百多年前的古希腊智者第欧根尼，亦鄙视安富尊荣，居木桶中，冬日坐桶外晒太阳。征服世界的亚历山大大帝屈尊步行前去看他，问："想要我为您做点什么吗？"他答道："想请你走开，别遮了我身上的阳光。"

在权威面前，第欧根尼和庄子都选择了自由。

儒家以"学而优则仕"为理想和责任，每批评庄子消极。古希腊智者则学而优不必仕，讲学当辩护士靠施舍（如D氏）均可维持物质的生活，以保持精神的自由。庄子选择自由，钓于濮水却未必能养生，不做大官仍不得不做漆园吏。如果到濮水上来的不是楚大夫而是秦皇帝，顶撞他（秦皇帝）又会有怎样的后果？想想也是很有趣的。

曳尾涂中

庄子

庄子钓于濮水．楚王使大夫二人往先焉．曰．愿以境内累矣．庄子持竿不顾．曰．吾闻楚有神龟．死已三千岁矣．王巾笥而藏之庙堂之上．此龟者．宁其死为留骨而贵乎．宁其生而曳尾于涂中乎．二大夫曰．宁生而曳尾涂中．庄子曰．往矣．吾将曳尾于涂中．

【学其短】

〇本文录自《庄子·秋水》。

真能画的人

【念楼读】 宋元公想要一幅画，画师们应召而至，见过国公行过礼，都挤着站在国公的周围。差不多有半数人无法靠近，只好站在圈子外边。大家舔的舔笔尖，调的调彩墨，都专心致志地等着国公交任务。

有一位画师却到最后才从从容容地到来，上殿也不像别人那样急步走，见过国公行过礼后，知道要画画，便不再侍立，转身回去了。

元公注意到他，叫人跟着去察看。只见他回到屋里，把衣裳一脱，打起赤膊，岔开两条腿坐着，显出十分放松的样子。

元公听说后，高兴地道："行啦，这才是真能画的人呀！"

【念楼曰】 闻风而动，争先恐后，此乃文艺侍从之常态。既靠领导吃饭，就不能不看领导的脸色，贴身紧跟便是最要紧事，不然又怎能了解领导意图呢？而领导多是外行，要的首先是舔笔头、调颜色这样的场面，即所谓"文化搭台"。只要经费批到了手，再找别人来"创作"也容易，反正画得好不好并不重要，重要的是先挤进圈子去察言观色、先意承志。

这次宋元公却不从围在身旁舔笔头的画师中选拔，偏偏看中了脱衣解带打赤膊的这一位，实在是例外。

解衣盘礴

庄子

宋元君将画图，众史皆至，受揖而立，舐笔和墨，在外者半。有一史后至者，儃儃然不趋，受揖不立，因之舍。公使人视之，则解衣盘礴，裸。君曰：可矣，是真画者也。

【学其短】

○本文录自《庄子·田子方》。

○宋元君即宋元公，庄子之前五六代的国君，《庄子》是把他作为寓言中的人物来写的。

○儃，此处读『坦』音。儃儃，很闲散很放松的样子。

○盘礴，箕坐，即将两腿屈曲分开而坐，是一种放松的姿势。

得心应手

【念楼读】 大司马那里，有个锻造钩刀的工匠，已经八十岁了。他打出来的钩刀，每一把的轻重都一样，从来不差分毫。

有次大司马问这个老工匠："你干得这样好，是因为手巧呢，还是另外有什么原因呢？"

他答道："是因为我有我自己的一套方法。从二十岁起，我就干上了打钩，眼里看的全是钩，心中想的也全是钩。对别的事物我全不关心，专心致志的只有打钩一件事。久而久之，就能得心应手，所有工序都很纯熟，所有器材都听支配，自然而然便能锻造出轻重一样的钩刀了。"

【念楼曰】 原文中的"钩"，诸家均释为带钩。带钩系青铜铸成（用失蜡法），有的还要嵌金银，根本捶（锻打）不得。战国时已经用铁，这应该是铁打的武器才对，也才会归管兵的大司马管。带钩属于民品，得归大司空管。

锻件每件重量不差毫分，只有用模锻的方法才能做到。八十岁老锻工说，他有自己的一套方法，应该就是模锻法。

古人云，六经皆史，诸子亦何独不然。庄子的文章"大率皆寓言也"，但涉及"形而下"的事物时并不外行。这一节文章，除了哲学和文学的价值外，还有工艺史的价值。

捶钩者

庄子

大马之捶钩者，年八十矣，而不失豪芒。大马曰：子巧与？有道与？曰：臣有守也。臣之年二十而好捶钩，于物无视也，非钩无察也。是用之者，假不用者也，以长得其用，而况乎无不用者乎？物孰不资焉。

【学其短】

〇本文录自《庄子·知北游》。
〇大马，即大司马，管军事的大官。
〇与，同「欤」。

没有对手了

【念楼读】 庄子送葬经过惠子的坟墓时，回头对跟随的人说：

“有个郢都人，在自己鼻尖上涂一小点白粉，薄得像苍蝇的翅膀，叫匠石把它弄掉。匠石抡起他的斧子，呼呼生风，顺势斫下来，白粉干干净净地削掉了，鼻尖却丝毫没有伤着。郢人站在原处纹丝未动，面不改色。

“后来国君听说了，把匠石找来道：‘给我再干一次。’匠石道：‘我的确斫过，可是，给我做对手的郢人已经死掉了，没法再干了。’

“我也一样。自从惠夫子死去，我也没有对手了，没有人可以交谈了。”

【念楼曰】 斧子抡得呼呼地响，一斧斫掉了鼻尖上薄薄一层白粉，鼻子却一点没受伤，真是神了。我看，更神的却是站在那里的郢人。因为在鼻尖上涂粉虽然容易，人人都行；而在大斧迎面斫来时一动不动，面不改色，却非得对对手的本领有充分的了解和绝对的信任不可，此则大难。庄子末了的几句话，实在很是悲哀，因为他感到了深深的寂寞。

昔钟子期死，伯牙终身不复鼓琴。盖对手——知音本极难得，或有一焉，纵如庄惠辩驳不休，也还不会寂寞。若早早去了，或因他故中道分乖，便是人生最大的不幸，只能留下深深的遗憾。

郢人

庄子

庄子送葬，过惠子之墓，顾谓从者曰：“郢人垩漫其鼻端若蝇翼，使匠石斫之。匠石运斤成风，听而斫之，尽垩而鼻不伤，郢人立不失容。宋元君闻之，召匠石曰：‘尝试为寡人为之。’匠石曰：‘臣则尝能斫之。虽然，臣之质死久矣。’自夫子之死也，吾无以为质矣，吾无与言之矣。”

【学其短】

○本文录自《庄子·徐无鬼》。

○惠子，即惠施，庄子的友人。

○郢人，楚国郢都地方的人。

○匠石，姓石的匠人。

儒生盗墓

【念楼读】 儒家口口声声不离《诗》《礼》，有回大小两个儒生去盗墓，大的站在外边发问道："东方快亮啦，干得怎么样了？"

"里衣里裙还没脱下来哩，口里倒是含了颗珠子。"小的在墓穴里答道。

"有珠子好呀！《诗》不是这样吟唱的么：

> 青青的麦苗儿呀，长满在山坡上呀。
>
> 生前不做善事呀，别把珍珠陪葬呀。

你快抓住他的头发，按住他的胡须，用锤子压住他的下巴，再慢慢扒开他的双颊，——这时要特别注意，千万别弄坏了这口里的珠子呀！"

【念楼曰】 盗墓贼看来古已有之，一面吟诵着儒家经典的《诗》，一面掘开墓穴去剥死人衣裳，扒开死人嘴巴去掏里头的珍珠的盗墓之"儒"，则很可能只会出现在庄子的笔下。

但转念一想，对比度大得令人难以置信的事情，其实并不罕见。陈希同和学生对话时，被问及多少级别拿多少钱，他两手一摊："多少级？一下子真记不起。多少钱？总有好几百元吧，细数没注意过，反正够用了。"十足口不言钱的清廉相，背地里却正在造高级别墅，受巨额贿赂。胡长清副省长作报告大讲共产主义道德，皮包里却揣着一个假身份证和一包春药。如此之大的反差，又岂是大儒小儒可比的呢？

诗礼发冢

庄子

儒以诗礼发冢。大儒胪传曰。东方作矣。事之何若。小儒曰。未解裙襦。口中有珠。诗固有之曰。青青之麦。生于陵陂。生不布施。死何含珠为。接其鬓。压其颊。而以金椎控其颐。徐别其颊。无伤口中珠。

【学其短】

○本文录自《庄子·外物》。
○胪传，上对下发话。
○『青青之麦』四句，《诗经》中没有，注者或说是佚诗，其实更可能是庄子的创作。
○颊，音诲，这里指腮下的胡须。

无用之用

【念楼读】 惠子对庄子道："你说的这些道理，我看都是无用的。"

"知道什么是无用，便能讨论什么是有用了。"庄子回答道，"像你和我站在上面的大地，难道说它还不宽不厚吗，但此刻对于你和我来说，有用的却只有脚底下这一小块。可是，如果把除了这块以外的地都挖掉，一直深挖到九泉，我和你站脚的这一块还有用么？"

"当然没有用了。"惠子说。

"那么，'无用'的用处，岂不十分明白了么？"庄子说。

【念楼曰】 《辞海》称庄子为哲学家，通常都如此说。但古无所谓哲学，这名词还是十九世纪才从日本拿来的。

我这个人没有哲学头脑，很怕学哲学。二十世纪五十年代被编入"中级组"，学米丁、康斯坦丁、斯大林的哲学著作，还要写笔记作发言，思之犹有馀悸。后来到了街道上，"全民学哲学"，那么多文章，读得头昏脑胀，不读又不行，更是难忘。而庄子此文，却轻灵隽永，实在是绝妙的散文小品，闪烁着智慧的光辉。读来不禁要问，这也是哲学么？

日文"哲学"源出西文 philosophy，意为"爱智慧"，这才对了，庄子真爱智者也。

惠子谓庄子　　庄子

惠子谓庄子曰.子言无用.庄子曰.知无用.而始可与言用矣.夫地.非不广且大也.人之所用容足耳.然则厕足而垫之致黄泉.人尚有用乎.惠子曰.无用.庄子曰.然则无用之为用也亦明矣.

【学其短】

○本文录自《庄子·外物》。

寂寞

【念楼读】 放在水中让鱼进来，一进来便出不去的那种用篾编成的“簺”，是为了鱼才设置的。人如果捕到了鱼，簺便可以搁在一边了。

装在草地上让兔子踩，一踩脚便被夹住，跑也跑不脱的弶，是为了兔子才装起的。人如果捉住了兔，弶便可以搁在一边了。

长长短短的话，都是为了让人明白自己的意思，才讲给他听的。人们如果理解了你的意思，那些话也可以搁在一边了。

唉！怎样才能遇到那能够理解我的意思的人，来和我交谈啊！

【念楼曰】 读这一篇，也和读《郢人》一样，深深地感觉到了庄子的寂寞。

寂寞恐怕是具大智慧和大怜悯心者必然的心情。所以，爱罗先珂才会不停地诉苦道：

寂寞呀，寂寞呀，在沙漠上似的寂寞呀！

有岛武郎也才会在自述中说：

我因为寂寞，所以创作。

这恐怕也是《庄子》三十三篇的成因吧。

孔子诲人，是为了理想。墨子垂言，是出于责任。苏秦、张仪掉舌，是为了荣利。庄子和他们都不同，他是为了不寂寞。但打比喻作寓言，竭智尽心，理解者恐终难得。空有运斤成风的本领，却碰不到对手，终不能不寂寞矣。

得鱼忘筌

庄子

筌者所以在鱼．得鱼而忘筌．蹄者所以在兔．得兔而忘蹄．言者所以在意．得意而忘言．吾安得夫忘言之人而与之言哉．

【学其短】

○ 本文录自《庄子·外物》。

○ 筌，此指一种用竹篾制成的渔具，湖南人称为籇（音豪）。籇在《汉语大字典》中只释为竹篙，但确实有一种读做『豪』的渔具，只能写成『籇』字。

○ 蹄，此指一种用夹脚的办法捕小兽的猎具，现在多称之为弶。

少宣传

【念楼读】 庄子说："要弄明白一个道理，还是比较容易的；明白道理以后，要能够含蓄，不急于宣传，急于发表，那就比较难了。

"求知不是为了教化别人，是为了使自己能了解世界，能找到回归自然、通向天人合一境界的途径。一有所知就想宣传，则是为了使别人了解自己，为了从别人那里达到自己的目的。

"古时（理想）的人取的是前一种态度。"

【念楼曰】 孔子也说过："古之学者为己，今之学者为人。"这和庄子所说"古之人，天而不人"，倒似乎多少有一点可以相通。

现在一说为己，好像便成了"个人主义"。其实先圣昔贤的"为己"，绝非满脑子升官发财，"为人"也不是指戴上白手套到校园拾垃圾，指的是出世和入世两种不同的人生观。

孔子承认古之学者高明，自己却要入世，"三月无君，则皇皇如也"，东奔西走，惹得和庄子一派的长沮、桀溺在旁边讲风凉话。他们俩对世事也看得清，却不耐烦去管别人，在孔门弟子看来自然不免消极。但"滔滔者天下皆是也"，即使是圣人，又能有什么法子？若是太积极了，一心只想治国平天下，一手拿宝书、一手拿剑地大干，子民们来不及接受教化便掉了脑袋，岂不太惨了。

知道易勿言难

庄子

庄子曰.知道易.勿言难.知而不言.所以之天也.知而言之.所以之人也.古之人.天而不人.

【学其短】

〇本文录自《庄子·列御寇》。

诏令十四篇

将许越成

【念楼读】 孤王争霸的最大目标是齐国,因此决定接受越国乞和结盟的请求,群臣不得干扰此一战略部署。越国若能从此改变对我国的态度,我的目的即已达到;如若不改,打败齐国回来,再发兵惩罚它就是了。

【念楼曰】 吴王夫差认为越王勾践已经完全臣服于他了,决定不再乘胜追击,不再灭亡越国,而要举全国之兵,北上与齐争霸。

此诏令要言不烦,几句话便将改变战略方针这件大事说清,又解除了诸大夫心中对越国的疑虑,可谓有一定道理,算得上好文章,故将其列为诏令十四篇之一(按时间先后也该它第一)。

霸主枭雄也有写得出好文章的,因为他们有一股王霸之气,而被"培养"出来的二世祖三世祖便不行。夫差此文,虽写得好,但可惜对形势估计错误,尤其是对勾践估计错误,杀掉伍员带兵北上后,越军就来攻姑苏,让伍员被砍下的头颅在城门楼子上干瞪眼。(伍员人头并未挂城门,姑从俗说言之。)

不以成败论英雄,看历史故事,楚汉相争,吴越春秋,都是如此。夫差胜利时对失败者能宽大,失败后要求对手给予同等待遇被拒绝时不怕死,形象至少是完整的,也不难看。若勾践败后带上老婆同为臣妾,尝粪舔痔什么都俯首甘为,一翻盘就"宜将剩勇追穷寇",只认江山不认人,连文种、范蠡都不认,就太穷形恶相了。

告诸大夫

吴王夫差

孤将有大志于齐．吾将许越成．而无拂吾虑．若越既改．吾又何求．若其不改．反行．吾振旅焉．

【学其短】

◯ 本文录自《国语・吴语》。

◯ 吴王夫差，公元前四九五年至前四七三年时的吴王。

约法三章

【念楼读】 父老们在秦朝的严法重刑压迫下，受的苦太多，也太久了。敢说上头不是，就会满门抄斩；互相发几句牢骚，也要杀头示众。言之痛心。

各路义军前已商定，谁先攻入函谷关，即在关中为王。我军最先入关，即应在此负责。为了维持秩序，现与父老们协商，先立法三条：杀人偿命，伤人和抢劫的，分别治罪。其馀秦朝的苛法，均一概废除。希望全体官民都能各安其业。

我军起义灭秦，一心为民除害，决不侵害百姓，大家切勿惊慌。部队出城驻在霸上，是为了等待各军领袖前来，共同安排善后，并无他意。

【念楼曰】 此是西汉开国第一篇大文章，体现了汉高祖和萧何、张良等人很高的政治水平和政策思想。

第一句"父老苦秦苛法久矣"，就很得人心。秦法之苛，苛就苛在不给人民思想言论自由，提倡告密，大搞斗争，镇压严，株连广。秦得天下不过十四年，并不久，人们都受不了，就觉得久了。

说先入关是"为父兄除害，非有所侵暴"。不宣扬暴力，叫大家"毋恐"，承诺了免于恐惧的自由，这比送矿泉水可能更有效。

宣布还军霸上"待诸侯至"，缓称王，不抢先摘桃子，也是高明的策略，想必出于子房（张良），不是做亭长和沛县小吏的人想得到的。

入关告谕

汉高祖

父老苦秦苛法久矣．诽谤者族．耦语者弃市．吾与诸侯约．先入关者王之．吾当王关中．与父老约．法三章耳．杀人者死．伤人及盗抵罪．馀悉除去秦法．吏民皆安堵如故．凡吾所以来．为父兄除害．非有所侵暴．毋恐．且吾所以军霸上．待诸侯至．而定要束耳．

【学其短】

○本文录自《全汉文》卷一。

○汉高祖刘邦，前二〇六年至前一九五年在位。

千里马

【念楼读】 皇家的仪仗队走在前头，随行车辆跟在后面。按照常规，参加庆典的日行速度是五十里，大队人马行军一日只走三十里。如果骑着你们给我送来的千里马，一个人我能够先跑到哪里去呢？

所以，这千里马对我实在没有什么用处，我并不需要它。特此布告天下，再也不要寻求这类稀罕东西来贡献了。

【念楼曰】 一百多年以后，汉元帝初元元年（公元前四十八年）珠崖（在海南岛）又反，元帝欲发军击之。贾捐之时待诏金马门，建议以为不当击，说从前孝文皇帝“偃武行文”，绝逸游，塞货赂，引此诏以为证。

汉文帝本是以俭德著名的明君，“却千里马”却得好，明发诏书使天下咸与闻之，公开打马屁精一个大嘴巴，则做得更好。

都承认权力带来腐化，其实从当权者的个人品质看，亦未必个个生来就是坏坯子。许多人都是吃了献千里马拍马屁唱颂歌的小人的亏，才由清醒变得糊涂，胡作非为起来。

若是本来就有夸大狂、妄想症倾向的人做了皇帝，更会忘乎所以，大干荒唐事，结果是祸延国家民族，害死上千万人。修阿房宫，坐龙船逛扬州，犹其小焉者也。

却献千里马诏　汉文帝

鸾旗在前，属车在后，吉行日五十里，师行三十里。朕乘千里之马，独先安之？朕不受献也。其令四方毋求来献。

【学其短】

〇本文录自《汉书·贾捐之传》。

〇汉文帝刘恒，前一八〇年至前一五七年在位。

非常之人

【念楼读】 不平凡的事业，需要不平凡的人才。千里马往往不易调教，干大事的人，也难免别人对他有看法。好马没有被驯服时，可能弄翻过马车；不一般的人若未能得到重用，也常常会不大守规矩。问题只在于怎样驾驭、怎样使用他们。

兹命令：各州郡主官注意从本地方各级官吏、读书人和普通百姓中，发现和选拔有突出能力的人才，特别是足以担当军政要职，以及能出使远方外国，完成重要使命的。

【念楼曰】 汉武帝本人也是一个非常之人，又是一个想建非常之功的非常之主，这求贤诏更是其非常之举。我曾有句云，“能使人奴拥钺旄”，谓其用卫青为大将军也。这个“从奴隶到将军”的纪录，好像过了两千多年才打破。

有卫青等为将，有张骞等“使绝国”，这位非常之主的确建立了非常之功。但非常之主却是非常不容易伺候的，《汉书》中说，在公孙弘后“继踵为丞相”者六人，仅有一人能终其位，“其馀尽伏诛”；“飞将军”李广功最多却不得封侯，后因失道细故被迫自杀；太史公司马迁管“文史星历”，为李陵讲了几句话，竟被处了宫刑。这都是非常之人在非常之主手下遭非常之祸的例子。

看将起来，平常之人，还是选择平常之主为好。

求贤诏

汉武帝

盖有非常之功，必待非常之人。故马或奔踶，而致千里；士或有负俗之累，而立功名。夫泛驾之马，跅弛之士，亦在御之而已。其令州郡察吏民，有茂材异等，可为将相及使绝国者。

【学其短】

○本文录自《全汉文》卷四。

○汉武帝刘彻，前一四一年至前八七年在位。

○跅（音拓）弛，放荡不羁。

关心低工资

【念楼读】 官吏不廉洁，办事不公平，国家的政治就会混乱。现在的低级官吏要做的工作并不少，工资却实在微薄。如果吃饭的问题都不能解决，想要他们不从老百姓身上打主意，恐怕就困难了。兹决定：俸禄在一百石以下的人员，加俸十五石。

【念楼曰】 中国官吏的薪水从来都不高。查《大清会典》，文职官之俸，一品岁支银一百八十两，二品一百五十五两，三品一百三十两，四品一百五两，五品八十两，六品六十两，七品四十五两，八品四十两，正九品三十三两有奇，从九品、未入流三十一两有奇。四品知府相当于今之地厅级，七品知县则是县处级，都不能算"小吏"。如果以清朝的八品官为例，年薪四十两，即白银一千二百五十克，以每公斤白银为人民币三千元计算，合人民币三千七百五十元，月收入仅三百一十二元五角。

汉宣帝给每年俸禄百石以下的小吏加俸十五石，西汉一石约三十公斤，一百一十五石约三千四百五十公斤，折合人民币六千元，月收入约五百元。加俸以后的小吏，还会不会"侵渔百姓"呢？

"三反五反"运动中当积极分子，听传达说贪污分子可以分几类定处分重轻，"吃饭的"（工资不够维持生活的）从轻，"养汉的"（为了乱搞两性关系的）从重，"操蛋的"（弄了钱去进行反革命活动的）则杀无赦。如今公务员一家温饱不会有问题，贪污为了"吃饭的"总该没有了吧。

益小吏俸诏

汉宣帝

吏不廉平，则治道衰。今小吏皆勤事，而俸禄薄，欲其毋侵渔百姓，难矣。其益吏百石以下俸十五。

【学其短】

○本文录自《全汉文》卷六。
○汉宣帝刘询，前七三年至前四九年在位。

给老同学

【念楼读】 古时有作为的君王，都有以宾师之礼相待的友人；我怎敢将子陵看成臣下，随随便便召唤你呢？

但是，担负着国家的重任，我像是在薄冰上行走；又如腿脚受了创伤，确实需要扶助。如果说，当年的绮里季并未小看高皇帝，张良请他出山保太子他肯来，难道今天的严子陵却定要看不起我这个坐江山的老朋友吗？从前许由宁愿老死在箕山，听说尧帝要请他出山就跳进颍河洗耳朵，未免太矫情，相信你总不会学着他那样做吧。

【念楼曰】 读《后汉书》，知严光"少有高名，与光武同游学"，而光武却是"年九岁而孤，养于叔父"，得"勤于稼穑"，后来才读书，"略通大义"。两人同学，很可能严光还有几分优越感。

> 及光武即位，(光)乃变姓名，隐身不见。帝思其贤，乃令以物色访之。后齐国上言，有一男子，披羊裘钓泽中。帝疑其光，乃备安车玄纁，遣使聘之，三反而后至。

此诏应是在使者"三反"时写的，给足了老同学面子。

严光为何隐身不见，召之不来呢？无非是残存的优越感也就是自尊心作怪。三召四召，不还是来了吗？前人有诗：

> 一着羊裘便有心，虚名浪说到如今；
> 当年若着渔蓑去，烟水茫茫何处寻。

古时又没有户口管理制度，真要逃名，还会逃不掉吗？

与严光

汉光武帝

古大有为之君。必有不召之臣。朕何敢臣子陵哉。惟此鸿业。若涉春冰。譬之疮痏。须杖而行。若绮里不少高皇。奈何子陵少朕也。箕山颍水之风。非朕所敢望。

【学其短】

○本文录自叶楚伧《历代名家短笺》。

○严光，字子陵，少时与光武同游学，光武即位后隐居不出。

○汉光武帝刘秀，汉高祖九世孙，东汉王朝的创建者，公元二五年至五七年在位。

对吴宣战

【念楼读】 此次奉命讨逆，大军南下，荆州刘表之子刘琮望风而降。八十万人马现已完成水战训练，即将开向东吴，准备同将军的部下进行一次演习。

【念楼曰】 曹操自己没有称帝，却是真正的帝王。帝王有的会打仗，却不能文，如朱元璋、皇太极；有的有文采，却不会治国用兵，如宋徽宗、李后主；更多的则既不能文又不能武，只能称昏君、暴君，昏君不过多吸民脂民膏，暴君就要人民大流其血。

又能武又能文的帝王，曹操该排在第一。且不说《短歌行》《观沧海》，就是这封在赤壁之战前写给孙权的宣战书，一场八十万人的大会战，写得如此轻松，毫不装腔作势，真是难得。如果换上别人，即使写得出，又岂能举重若轻如此。

曹操还有件事别的帝王无论如何也比不上，便是儿子个个强，他“有后”。《魏文帝集》和《陈思王集》，在汉魏六朝名家别集中，都跟《魏武帝集》一样，被公认为第一流、上上品。在文学史上，“三曹”的地位比在政治史上更高，千秋万世后还会有人要读他们的作品。

别的帝王和准帝王也有自诩“文武双全”的，却大都“无后”。即使生养过的，生出来的比起曹丕、曹植来只能算弱智，也就等于“无后”了。

与孙权书

曹操

近者奉辞伐罪，旌麾南指，刘琮束手。今治水军八十万众，方与将军会猎于吴。

【学其短】

○ 本文录自《全三国文》卷三。

○ 孙权，字仲谋，此时据有江东六郡，后称帝，国号吴。

○ 曹操，字孟德，此时以『汉丞相』名义统治北方，旋封魏王，死后称魏武帝。

抚恤死者

【念楼读】 为了挽救国家，平息暴乱，我起兵征战；根据地的人民，付出了惨重的代价，死事者极多。旧地重过，整天在路上走，居然见不到一张熟识的面孔，使我深深感到悲哀。

兹命令：为绝了代的阵亡将士从其亲戚中选立后嗣，给他们分田地，买耕牛，让他们受教育。还要为死者建立祠庙，以时祭祀。亡灵得到安息，我身后也就可以少一点遗恨了。

【念楼曰】 《三国志·魏书·武帝纪》："太祖武皇帝，沛国谯人也。"沛国，郡名，在苏鲁豫皖相邻处；谯，县名，今安徽亳州市谯城区，是曹操的家乡。中平六年，曹操"始起兵于己吾"，即今河南宁陵，去谯地不远，"兵众五千人"中谯人一定不少。打了十三年的仗，已经破袁绍，逐刘备，"天下莫敌矣"。再带兵经过故乡，此时"旧土人民，死丧略尽；国中终日行，不见所识"，正是"一将功成万骨枯"的景象。

难得的是，此时曹操并未满怀"功成"的喜悦和兴奋，而能"凄怆伤怀"，只想为"将士绝无后者"寻找亲人，继承香火，立庙祭祀。四十七岁的曹操，认为要办好这件事，自己百年之后，灵魂才会得到安息。这当然是迷信，与所作"神龟虽寿，犹有竟时；腾蛇乘雾，终为土灰"的唯物主义精神不合；但关心"无后"总是积德行善，他自己的儿子一个稳坐龙廷，一个才高八斗，虽然未必是善报，也总比身后凋零的强多了。

军谯令

曹操

吾起义兵．为天下除暴乱．旧土人民．死丧略尽．国中终日行．不见所识．使吾凄怆伤怀．其举义兵已来．将士绝无后者．求其亲戚以后之．授土田．官给耕牛．置学师以教之．为存者立庙．使祀其先人．魂而有灵．吾百年之后何恨哉．

【学其短】

○ 本文录自《全三国文》卷二。

○ 曹操，见页一六一注。

○ 军谯令，发布于建安七年（二○二）曹操大军驻谯（县）时。

天灾人事

【念楼读】 暴雨成灾，洪水泛滥，乃是上天示警。作为国家元首，我实在应该承担主要的责任。想起自己失德至此，我的心情十分沉重。希望文武百官都能指出我的过错，把所见到所想到的统统指出来，不要有任何顾虑，不要有任何保留。

各地对京城包括宫中的各种供应即行核减。所有征用民力之处，或即暂停，或即废止。遭受水害的各地灾民，均应按受灾轻重，分别给予实物补助和救济。

【念楼曰】 人类生活在大自然中，遭遇各种自然灾害是难免的，即在科学技术发达的现代亦是如此，古代更是如此。那时候，人们只能祈求神灵的保佑，并将水旱虫灾看成上天的惩罚；从皇帝到百官，也将为民祈福视为自己应尽之责。

传说商时有九年之旱，汤王裸身自缚在毒日头下久晒，代人民受罚，终于感动上苍，降了甘霖。汉文帝时“数年比不登，又有水旱疾疫之灾”，他找原因首先就是“意者朕之政有所失，而行有过”。唐太宗“大水求直言”，也认为“天心示警”是针对君王的过失，所以要群臣“各上封事，极言朕过”。这都是负责任的表现，用现代眼光看来虽不免迷信，比起硬要将“政有所失”说成“自然灾害”的不负责任者来，政治道德究竟好得多。

大水求直言诏

唐太宗

暴雨为灾．大水泛溢．静思厥咎．朕甚惧焉．文武百僚．各上封事．极言朕过．无有所讳．诸司供进．悉令减省．凡所力役．量事停废．遭水之家．赐帛有差．

【学其短】

〇本文录自《全唐文》卷六。
〇唐太宗，姓李，名世民，年号贞观。

模范君臣

【念楼读】 几天不见，心中很是难过。反省我自己，过失确实不少，说过错话，也做过错事。常言道，不照镜子，不知脸有多脏，现在我总算懂得这个道理了。

本想亲自前往看望，又恐给你带来不便。故派人送去此信，说明我的意思。你看到了什么，听到了什么，想要说的话，尽可以写信来，现在和以后都行。

【念楼曰】 唐太宗和魏徵，历来被认为是模范君臣。魏徵善谏，唐太宗善纳谏。但谏也有让君王受不了的时候，唐太宗受不了，生了气，魏徵便生病请假，唐太宗于是以手诏慰问。"自顾过已多矣，言已失矣，行已亏矣"，等于向魏徵作检讨。

毛泽东曾称张闻天为明君，既有明君，则亦会有昏君，有暴君。毛又曾称彭德怀为海瑞，"海瑞骂皇帝"，也以善谏出名；彭德怀学海瑞，却成了"右倾机会主义分子"。虽然毛后来也对彭说过，"真理可能在你手里"，有点像想纳谏的样子，彭仍不得不"含冤去世"。比起海瑞，尤其是比起魏徵来，彭德怀的遭遇和命运，真是太残酷、太悲惨了。

史臣誉魏徵云，"前代诤臣，一人而已"；若无唐太宗，怎能有魏徵这样善谏的诤臣。史臣赞太宗云，"从善如流，千载可称，一人而已"；若无魏徵，又怎能有太宗这样善纳谏的明君啊。

问魏徵病手诏 唐太宗

不见数日．忧愦甚深．自顾过已多矣．言已失矣．行已亏矣．古人云．无镜无以鉴须眉．可谓实也．比欲自往．恐劳卿．所以使人来去．若有闻知．此后可以信来具报．

【学其短】

○本文录自《全唐文》卷九。

○魏徵，唐太宗的诤臣。

南下三条

【念楼读】 大军南下，平定南唐的行动，即由曹彬全盘负责，应注意者有三条：

一、严禁侵害江南百姓；

二、不必急于军事攻击，应先施加政治压力，迫使南唐政权归顺中央；

三、兵入金陵，杀人越少越好；即使遇到抵抗，亦必须保证李煜一家的生命安全。

另发去宝剑一口，有不遵令者，即以此剑斩之。

【念楼曰】 中国历来自夸"大一统"，地广人多，其实"合久必分"总是免不了的，战国七雄便是七个独立国，三国演义便是三个独立国。最热闹的十六国，中央政权之外，还有十六个独立国。五代十国，也到宋太祖大军南下，才"分久必合"。

南唐是由唐末藩镇割据形成的国家。八九二年杨行密为淮南节度使，据扬州，九〇二年迫唐室封为吴王，四年后唐朝就被朱温灭亡了。九三七年徐知诰代杨氏称帝，迁都金陵，改姓李氏，他就是李后主的祖父。南唐土地富饶，文化发达，国力不弱，疆域曾包括苏、赣、闽、皖南和鄂东，独立局面本可多坚持些时日。可惜李后主只能做"词中帝王"，又碰上了既有实力，又懂策略的宋太祖。"不须急击"，好整以暇，统一反而很快便完成了。

敕曹彬伐南唐　宋太祖

江南之事．一以委卿．切勿暴掠生民．务广威信．使自归顺．不须急击也．城陷之日．慎毋杀戮．设若困斗．则李煜一门．不可加害．朕今匣剑授卿．副将而下．不用命者斩之．

【学其短】

○本文录自《宋朝事实类编》。

○宋太祖，赵匡胤，九六〇年至九七六年在位。

○曹彬，北宋大将。

○南唐，五代十国之一，都金陵（今南京）。

○李煜，南唐后主。

不戴高帽子

【念楼读】 山西还没有平定，河北也尚待收复，说“统一”简直是吹牛皮，讲“太平”更等于放空炮，弄得我都不好意思了。你们想给我戴高帽子，我是绝对不会接受的。

【念楼曰】 宋开宝九年，即赵匡胤开国第十六年，也是他生命完结的那一年，北宋皇朝的胜利可说到达了顶点。心腹之患的南唐已被击灭，卧榻之侧无人鼾睡了。李煜老老实实做了“违命侯”，和南汉来的“恩赦侯”刘𬬮一同匍匐在北宋皇帝脚下。留下来的吴越小国王钱俶，不敢不年年进贡岁岁来朝，剩下一个北汉也只有挨打的份。于是以晋王为首的群臣要为赵匡胤“上尊号”。赵匡胤却还没有被胜利冲昏头脑，他以北汉割据政权尚未归顺，北方的辽国还是重大威胁为理由，坚决拒绝了。

所谓尊号，便是一顶高帽子，是给皇帝再加上一长串“光荣伟大”的称呼。如雍正称“敬天昌运建中表正文武英明宽仁信毅睿圣大孝至诚宪皇帝”，林彪高呼“伟大的领袖伟大的导师伟大的统帅伟大的舵手”……皆是也。高帽子戴在头上不舒服，宋太祖坚决不接受，尚不失为正常人。

要给赵匡胤“上尊号”的晋王，便是匡胤之弟光义，后来的宋太宗。斧声烛影之事虽未必有，在这里他总也没安什么好心。

上尊号不允　宋太祖

今汾晋未平，燕蓟未复，谓之一统，无乃过谈。仍曰太平，实多惭德，固难俞允。

【学其短】

○本文录自《全宋文》卷七。

○宋太祖，见页一六九注。

不杀读书人

【念楼读】 前朝柴氏子孙，如果犯罪，不可施加刑罚；即使谋反必须处死，也只能令其自尽，不可斩首示众，更不可株连族属。

不可杀天下的读书人。

不可杀对朝廷提意见的人。

以上几条，我都立过重誓。后世子孙，如有违背此誓的，必遭报应，切记毋忘。

【念楼曰】 《水浒传》说，小旋风柴进"是大周柴世宗子孙，自陈桥让位，太祖武德皇帝敕赐与他誓书铁券在家，无人敢欺负他"。"戒碑"上的对天发誓，大约便是《水浒传》这样说的根据吧，这些不说也罢。但赵匡胤立誓恪守，子孙不渝，其政治道德可信度，比起当时信誓旦旦，而口血未干，即兵戎相见的什么"德苏同盟""日苏互助"来，谁高谁低，岂不昭然若揭。

宋太祖的誓言中，最值得注意的是"不得杀士大夫及上书言事人"。这就是保证给读书人以"上书言事"的自由，保证不以言治罪，以言杀人。

宋朝的国势并不强，而文化昌盛，立国亦久（三百一十九年，比西汉二百一十四年，唐朝二百九十年都要久），恐怕与此不无关系。

戒碑

宋太祖

柴氏子孙有罪．不得加刑．纵犯谋逆．止于狱中赐尽．不得市曹显戮．亦不得连坐支属．不得杀士大夫及上书言事人．子孙有渝此誓者．天必殛之．

【学其短】

○本文录自《全宋文》卷七。

○宋太祖，见页一六九注。

○柴氏，被宋朝取代的后周最后一个皇帝本姓柴。

民国开篇

【念楼读】 推翻清朝专制政府，建立民主共和的中华民国，谋求民生幸福，这是国民的公意，我誓必遵从，对民国效忠，为民众效力。

当专制政权全被打倒，国内秩序已经稳定，民国政府已经得到国际承认，届时我即自动解除临时大总统的职务，还政于民。

谨此宣誓。

【念楼曰】 民国元年（一九一二年）一月一日孙中山在南京就任临时大总统时宣读的誓词，乃是民国开国第一篇大文章。只用了八十一个字，要说的话便都说清楚了，而且说得十分得体。

大文章难得短，尤难得体。民国之文，我见过实物的，以南京中山陵前的碑文——

中国国民党葬总理孙先生于此

最为得体。字也庄严典重，恰如其分，不知道是不是谭延闿写的，只知道如今已少有人能作擘窠大楷，字都得写出来再放大。

孙中山是位演说家，并不以文名，“余致力国民革命”的遗嘱要言不烦，措辞得体，乃是别人代笔，但仍可以传世。

怕就怕像郭沫若题黄帝陵那样。这当视如商周铭金、泰山刻石，只能敬谨将事，才对得起老祖宗，怎么能以行书来写，再署上个人姓名，难道不怕别人去日本医院查花柳病的病历么。

就职誓词

孙 文

倾覆满洲专制政府．巩固中华民国．图谋民生幸福．此国民之公意．文实遵之．以忠于国．为众服务．至专制政府既倒．国内无变乱．民国卓立于世界．为列邦公认．斯时．文当解临时大总统之职．谨以此誓于国民．

【学其短】

○本文录自《孙中山全集》。

○孙文，号逸仙，在日本曾化名中山樵，人称中山先生，广东香山（今中山）人。

奏对十四篇

脱祸求财

【念楼读】 道理本来是：主公如果为国事着急，臣子就应该加倍努力；主公如果被外国欺侮，臣子就应该抗争到死。二十年前在会稽被迫降吴时，臣就该死；其所以不死，完全是为了报仇雪耻，争取最后的胜利。现在国仇已复，国耻已雪，臣就该履行当时没有履行的义务，从此和大王永别了。

【念楼曰】 古来为君主出力打天下的人，打得天下后称为功臣，但随即就会倒霉，即使不被“烹”掉，也得谨言慎行，夹紧尾巴做人，日子不会好过。于是，聪明人只有及时抽身，求得平安。张良去“从赤松子游”，早就只以蒸梨为食，生活未免太苦；范蠡则偷渡出国，改名经商，发了大财，可算是“脱祸求财”成功的典型。

范蠡辞勾践，勾践也曾经挽留过，说“孤将与子分国而有之，不然，将加诛于子”。范蠡一听，走得更坚决了，还写信给文种叫他也快走，兔死狗烹的名言便是这时说出来的。文种不听，很快便被勾践赐剑逼令自杀了。

这里有一个问题，既知兔死则狗烹，又知人君“可与共患难，不可与共乐”，得赶快设法脱祸求财，又何必当初“苦心戮力与勾践深谋二十余年”呢？如果说张良是为韩报仇，找刘老三如同开头找大铁锤，范蠡他为的又是什么呢？是不甘寂寞，想露一手呢，还是真的为了苎萝山下的姑娘呢？

为书辞勾践

范蠡

臣闻主忧臣劳，主辱臣死。昔者君王辱于会稽，所以不死，为此事也。今既以雪耻，臣请从会稽之诛。

【学其短】

○本文录自《全上古三代文》卷五。

○勾践，春秋时越国国君，前四九七年至前四六五年在位，以卧薪尝胆报仇灭吴而著名。

○范蠡，越国大夫，力助勾践灭吴后，功成引退，变易姓名前往齐宋经商，成为巨富。

○会稽，前四九四年，吴王夫差败越于夫椒，遂入越，勾践退守会稽（今浙江绍兴），在此被迫求和。

不如卖活人

【念楼读】 听说，赵王愿意割让一百方里土地，请魏王杀掉我。我无罪而可杀，因为无足轻重；得到一百方里土地，却是很大的利益，该向大王祝贺了。

不过有一点想请大王考虑：如果那边的土地不交割，这边的人却已经杀掉，这场交易岂不亏本了吗？我想，拿死人去做交易，卖死人，恐怕还不如卖活人稳当吧。

【念楼曰】 “与其以死人市，不若以生人市”，这话说得真有些惊心动魄。既然已经看清，自己即使贵为相国，生命仍然不过是君王手中的一枚筹码，随时可用来交易，又何不赤裸裸地将这个真相说出来，彻头彻尾揭开平日庙堂之上“君使臣以礼”的那一套，让利害关系公之于众呢。这样既能震动君王，使他明白“百里之地不可得，而死者不可复生”的道理，作出对魏国有利的选择，范座的命也就得以苟延，可以等待信陵君来解救了。

奏对文和诏令文一样属于应用文，一个是下对上，一个是上对下。如今“奏”“诏”之类字面已不常用，文体却还在应用，前者例如胡风的万言书，后者便是毛泽东《关于胡风反革命集团的材料》的序言和按语了，可惜太长，只能割爱。

广义地说，这些也都可算是议论文。而能够写得短，加之逻辑性强，理直气壮，文字生动，故能成为公认的名篇。

献书魏王

范座

臣闻赵王以百里之地.请杀座之身.夫杀无罪范座.座薄故也.而得百里地.大利也.臣窃为大王美之.虽然.而有一焉.百里之地不可得.而死者不可复生也.则主必为天下笑矣.臣窃以为.与其以死人市.不若以生人市便也.

【学其短】

○本文录自《全上古三代文》卷四。

○范座，一作「范痤」，战国时相魏王为诸侯（合纵）纵主。赵王欲为纵主，故以百里地请魏杀座。

反对坑儒

【念楼读】 国家刚刚统一，外地的民心还没有归附。读书人读孔子的书，讲孔子的学说，好像也没有什么不对，朝廷却要用严法重刑惩罚他们。儿臣恐怕这样大规模镇压会影响国家的安定，恳请陛下加以考虑。

【念楼曰】 秦始皇二十六年统一天下后说："朕为始皇帝，后世以计数，二世三世，至于万世，传之无穷。"这传位第一个本该传给扶苏，因为他是长子。但扶苏在心狠手辣这一点上并不肖秦始皇，秦始皇焚书坑儒，扶苏却反对这样做。

扶苏本是法定继承人，可是他这种温和的主张，并不符合秦始皇以暴力镇压维持统治的国策。加以胡亥的野心和赵高、李斯等人的构陷，结果他不仅未能接班，还被害死，秦朝也就二世而亡了。

当统治危机深重时，统治阶层内部总会出现温和派，主张在体制内进行改革，主张实行一种比较宽松的政策，但结果总是失败。这一条历史的教训，实在非常深刻。

扶苏是秦始皇的儿子，上书时也得和别人一样称"上"称"臣"。专制政治之扼杀亲情、违反人性，在这一点上也看得十分清楚。

谏始皇　扶苏

天下初定，远方黔首未集，诸生皆诵法孔子，今上皆以重法绳之，臣恐天下不安，唯上察之。

【学其短】

○本文录自《史记·秦始皇本纪》。

○扶苏，秦始皇长子，始皇死后被赵高等害死。

请除肉刑

【念楼读】 小女子的父亲淳于意在山东当太仓，名声一直很好，大家都说他是公正廉洁的，如今却因犯法要受肉刑。小女子知道，人死不能复生，肉体被毁伤亦无法恢复，今后想重新做人也不能够了。

小女子心疼父亲，恳请免除他的肉刑，愿以自身充当公家的奴婢，受苦受累也无怨无悔，只求父亲能有改过自新的机会。

【念楼曰】 从《史记·扁鹊仓公列传》看，淳于意还精通医术，他当太仓长应该没有不廉洁的问题，"坐法当刑"可能是管仓事忙，"不为人治病，病家多怨之者"引起的。

淳于意生有五女，被捕时五个女儿跟着他哭，他骂自己生女不生男，有事无人奔走效力，激发了小女儿缇萦的志气，于是她陪送父亲一直到长安，并且为父亲上了这封书。"上(汉文帝)悲其意，此岁中亦除肉刑法。"

肉刑分刺面、割鼻、断足、阉割、杀头五种，都要毁伤人的肉体，极不人道。缇萦上书后，文帝诏令废除了部分肉刑，或以笞杖代之，刑法有了些改良。

缇萦愿入为官婢以赎父刑，历来被誉为孝女。其实这只是对专制统治严刑苛法的一次控诉，肉刑亦未全部废止，后来司马迁得罪了汉武帝，还是被阉割了。

上书求赎父刑

淳于缇萦

妾父为吏．齐中皆称其廉平．今坐法当刑．妾切痛死者不可复生．而刑者不可复续．虽欲改过自新．其道莫由．终不可得．妾愿没入为官婢．以赎父刑．使得改过自新也．

【学其短】

○本文录自《全汉文》卷五十七。

○淳于缇萦，临淄人。淳于意（仓公）之女，曾为父上书，汉文帝悲其意，除肉刑法。

自告奋勇

【念楼读】 臣毫无在草原上建立军功的经验，五年来空占着近卫的编制。值此边境形势紧张之际，理应奔赴前方，直接参加战斗，却又缺少训练，不谙军事。

听说朝廷要派人出使匈奴，去进行决定战或和的最后谈判。臣愿充当使团的一名随员，决心不顾个人的祸福，在匈奴国王面前捍卫我汉朝的尊严。

臣所恨者，只是被认为年纪轻，资历浅，缺乏办事经验，难以独当一面，担负主要的出使任务。

【念楼曰】 跑官要官的古已有之，终军自请出使匈奴便是一例。但此人要官有其特点：(一)要的官是个危险的官；(二)要官是要得功不是要得禄，故多豪气而无奴气；(三)要官的这份报告写得好。

终军是济南人，《汉书》说他“少好学，以辩博能属文闻于郡中”，十八岁便被选为博士弟子，到长安上书言事，得到汉武帝的赏识，当上了谒者给事中。从此朝中有事，他总积极发言，屡受嘉奖。当武帝要对匈奴用兵并遣使时，终军便自告奋勇。

武帝览书后，即提拔终军为大夫，令其出使南越。终军踌躇满志地说：“愿受长缨，必羁南越王，而致之阙下。”但事与愿违，长缨虽然在手，缚住苍龙仍不能不付出代价，二十几岁的终军竟于元鼎四年(前一一三年)在南越被杀掉了。

请使匈奴书　　终军

军无横草之功。得列宿卫。食禄五年。边境时有风尘之警。臣宜被坚执锐。当矢石。启前行。驽下不习金革之事。今闻将遣匈奴使者。臣愿尽精厉气。奉佐明使。画吉凶于单于之前。臣年少材下。孤于外官。不足以亢一方之任。窃不胜愤懑。

【学其短】

○本文录自《汉书·终军传》。

○终军，汉武帝时人，后出使南越被杀。

疏还是堵

【念楼读】 古时黄河下游，分流的河道很多，称为九河。现在九河堵的堵淤的淤，水只走一条道，光靠修堤就堵不住了。查考文献，治水也只讲疏浚河道，开河行洪，从未讲过什么修堤堵口。如今河水多从魏郡向东北横流，河床难以稳定，就是苦于没有畅流的水道。

窃以为，天下人多少辈的经验应该重视；四海之内，通晓水情水性者总是有的。建议朝廷广泛征召水利人才，任用主张并能着手疏浚水道的人员。

【念楼曰】 大禹治水，用的方法就是“疏”——疏浚河道，加深河床，使水走水路走得快，因而取得了成功。他父亲鲧的方法与之相反，是“堙”——水来土挡，不仅难于挡住，而且这些土最后都到了水里头，水越来越高，终于“洪水横流，泛滥于天下”，鲧也以失职被处死了。平当在汉哀帝时上奏，建议“浚川疏河”，用大禹之法治水。此建议两千多年来却一直未被采纳，以致如今的黄河完全成了一条地上河。

平当的意见虽未被采纳，他本人却没受丝毫影响，随即拜相封侯，荫及子孙了。一九五七年写《花丛小语》的水利专家黄万里，不同意按苏联专家的设计修三门峡水库，意见后来被证明正确，却被打成“极右分子”，比起古人来，真是比窦娥还冤。

奏求治河策

平当

九河今皆填灭．案经义．治水有决河深川．而无堤防壅塞之文．河从魏郡以东北多溢决．水迹难以分明．四海之众不可诬．宜博求能浚川疏河者．

【学其短】

〇本文录自《全汉文》卷四十九。

〇平当，汉哀帝初领河堤事，上此书。

一把菜

【念楼读】 七八十年前明帝在位的时候，皇妹馆陶公主要求皇上让她的儿子到中央做郎官；皇上不肯，只给她一千万钱。有人问为什么宁可给她这么多钱，却不肯让她的儿子做个不小不大的“郎”？皇上说：“郎官的位置很重要，得选用德行好的人，不是我的外甥便可以做得的。”

如今陛下却将此职位视如一把菜，随便给人。明帝眼中千万钱不能换的，如今几斤萝卜白菜就换得了；这样任意贬低朝廷名器的价值，臣以为欠妥。

【念楼曰】 小时读《滕王阁序》，有“人杰地灵，徐孺下陈蕃之榻”一句，后来看《后汉书》，才知此榻是为“高洁之士，前后郡守招命莫肯至，唯蕃能致焉”的周璆特置的；但不管怎样，陈蕃总是个爱才好名的人，也许只有这样的人，才能上谏书、顶皇帝吧。

君主专制时代，用人本是君主的特权。贤君不胡乱用人，宁可“赐钱千万”给妹妹，也不让她那无德无才的儿子做“郎”。《汉书·百官公卿表》载，“郎，掌守门户，出充车骑”，虽不算什么大官，也是天子身边的人，自然“以当叙德，何可妄与人耶”，明帝做得不错。但陈蕃所谏的桓帝却是一个昏君，将官位视如一把菜，随便给人，就根本谈不到什么“叙德”，什么“量才”了。

但桓帝容得陈蕃这样直率的批评，仍属难得。陈蕃之死，亦出于桓帝死后的宦官之手，与桓帝并无关系。

谏妄与人官　　陈蕃

昔明帝时，公主为子求郎，不许，赐钱千万。左右问之，帝曰：郎，天官也，以当叙德。何可妄与人耶？今陛下以郎比一把菜，臣以为反侧也。

【学其短】

○本文录自《全后汉文》卷六十三。

○陈蕃，东汉桓帝时为官，有直声。

○明帝，光武帝子，五七年至七五年在位。

○以当叙德，『当以德叙』之意。

攻其一点

【念楼读】 太史令许芝所举荐的韦抱，为学治事既不能遵循古圣昔贤的轨范，又不能作为同辈和后进的表率。其个人品格，亦颇贪鄙，每逢朝廷举行祭典，分祭肉的时候，总要和经手办事的小吏们争多少，有时拿去了上百斤，他还嫌少呢。

【念楼曰】 汉时太史令掌天文历法，兼管修史，要书读得多的人才做得。所举荐的官员，也该是读书守礼之人，即使还不足以高风雅量博得同僚敬重，又何至于这样不堪，下作到与分祭肉的小吏说少争多，“自取百斤，犹恨其少”呢？

高堂隆反对擢用太史令许芝举荐的这个韦抱，所用的手法，正所谓“攻其一点，不及其余”。但这一点的确是韦抱的要害，分祭肉是在庙堂之上进行的事情，正该礼让为先，表现出一点雍容大度；他却斤斤计较，身份、面子全都不顾，如此自私小器，又怎么适宜太史令来向皇上举荐呢？

分肉争多少，看来只是生活中一小事，但从这类小事上，正可以看得出一个人的品格和气质，虽似与德才等大端无关，却也不可忽略。王氏诸郎在郗家来择婿时“咸自矜持”，只有羲之“在床上坦腹卧，如不闻”，差别亦很细小，却成了胜出的理由；宇文士及在宴会上切肉后以饼拭手，唐太宗见之不悦，随后又见他将此饼卷起来吃掉，才放心委以政事。这类因小见大的故事，都能发人深省。

上韦抱事

高堂隆

太史许芝所举韦抱，远不度于古，近不仪于今。每祭与吏争肉，自取百斤，犹恨其少也。

【学其短】

○本文录自《全三国文》卷三十一。

○高堂隆，汉魏时泰山平阳（今山东新泰）人。

○许芝，魏文帝黄初中为太史令。

如何考绩

【念楼读】 国家的大事，第一是农耕生产，第二是练兵作战。只有农业发展，衣食足了，才能练出强兵；有了强兵，战争才能取胜。所以农事实在是胜利的根本。孔子说足食足兵，也是将“食”放在“兵”之前。

要解决“食”的问题，就要多产粮，多积粮。因此，就要以地方粮食储备的多少和人民生活水平的高低，作为干部考绩提升的依据。这样，有志上进的人，就会把心思放在搞好农村工作，发展农业生产上，拉关系、找门路、请客送礼的自然会少，社会风气也会变好。

【念楼曰】 邓艾是司马懿的人，《三国演义》结尾诗云，“钟会邓艾分兵进，汉室江山尽属曹”，这“曹”该改成“司马”或“晋”吧。但邓艾伐蜀成功，却被诬斩，够冤的。

他上言积粟是伐蜀前当兖州刺史时的事，这却是很对的，尤其是建议“使考绩之赏，在于积粟富民”，以粮食产量和农民收入作为考核地方干部的硬指标，更是绝对正确，正确之至。

听说如今“跑官要官”之风正盛，高升的官位可以跑得来，要得来，甚至买得来，那就不必扎扎实实，埋头苦干，想方设法去提高粮食产量，帮助农民增加收入了。邓艾如果生在今天，不知会怎样上言，想想也蛮有味，总不会因此再一次被诬斩吧。

上言积粟

邓艾

国之所急．惟农与战．国富则兵强．兵强则战胜．然农者．胜之本也．孔子曰．足食足兵．食在兵前也．上无设爵之劝．则下无财畜之功．今使考绩之赏．在于积粟富民．则交游之路绝．浮华之源塞矣．

【学其短】

○ 本文录自《全三国文》卷四十四。

○ 邓艾，三国时棘阳（今河南南阳）人。

魏与吴

【念楼读】 当前的大敌是曹魏，不是孙吴；若先击灭魏国，吴人自会屈服。如今曹操虽死，曹丕却公然篡汉窃国，汉室臣民无不痛恨。正当出兵讨逆，先夺关中，控制黄河和渭水的上游，定能得到中原反曹力量的支持。不应将魏放在一边，而去攻打吴国。这样扩大打击面，是无法速战速决的。

【念楼曰】 儿时看小说，总是替古人担忧。看《三国演义》看到“汉王正位续大统”后，放着“废帝篡炎刘”的曹丕不去对付，却要兴兵伐吴，也替他着急。两面作战，向来是兵家大忌，二战中德国如果不打苏联，日本如果不袭珍珠港，可能也不会败得这样快。

在小说中，第一个“谏伐孙权”的也是赵云，赵云的第一句话也是“国贼是曹操，非孙权也”；但下面的“汉贼之仇，公也，兄弟之仇，私也，愿以天下为重”，就是小说家言了。

赵云“长坂坡前救阿斗”，乃是一身都是胆的战将，但他也有远大的战略眼光。刘备在联合谁对付谁和两面作战这些大问题上犯错误时，他能如此极言直谏，实在可嘉。

刘备没有听赵云的话，却仍然信任他，不像后人对图哈切夫斯基和彭德怀那样，也很可嘉。

谏伐孙权疏

赵云

国贼是曹操，非孙权也，且先灭魏，则吴自服。操身虽毙，子丕篡盗，当因众心，早图关中，居河渭上游，以讨凶逆，关东义士必裹粮策马以迎王师。不应置魏，先与吴战，兵势一交，不得卒解也。

【学其短】

○本文录自《三国志·赵云传》注引《云别传》。

○赵云，三国时常山真定（今河北正定）人。

不能看

【念楼读】 陛下每日一言一行，要由担任拾遗补阙、谏议工作的史臣如实记载，并及时进谏。这“起居注”乃是历代遗留下来的规矩，目的是使皇上能够多做好事，少做不好的事。这些记载不能由陛下自己取去看和改，注记工作更不能取消。

陛下该注意的是，自己怎样多做应该做的事，而不是怎样使臣只记好事，不记不好的事。陛下如果做了不该做的事、错误的事，即使臣不记载，全国臣民人人都可以记载，绝对是瞒天下后世人不住的。

在我的心目中，陛下就是太宗皇帝；希望陛下也能允许我学习褚遂良，做好“起居注”的工作。

【念楼曰】 魏谟是魏徵的五世孙，唐文宗太和年间中进士后，先后做了右拾遗、右补阙，直言敢谏，“似其先祖”。开成年间转任起居舍人，拜谏议大夫，专门负责“起居注”的工作。有次文宗派宦官来要取“起居注”去看，魏谟加以拒绝，上了此奏。

文宗览奏后，召见魏谟，说：“在你之前，我是常常要看一看的。”魏谟说：“那是史臣失职，我岂敢再让陛下违规；如果注记要经陛下看过，执笔的史臣难免心存回避，所记的便不会完全真实，怎能取信于后代。”文宗只得让步。

如今没有“起居注”了，但新闻报道仍然日日时时在“注”着国家领导人，缺少的只是像魏谟这样的人。

请不取注记奏　　魏谟

臣以自古置此，以为圣王鉴戒。陛下但为善事，勿冀臣不书。如陛下所行错误，臣不书之，天下之人皆得书之。臣以陛下为太宗文皇帝，乞陛下许臣比职褚遂良。

【学其短】

〇本文录自《全唐文》卷七百六十六。
〇魏谟，唐朝人，魏徵五世孙。
〇文皇帝，指太宗李世民。
〇褚遂良，唐太宗时为谏议大夫，多次进谏被采纳。

赏艺人

【念楼读】 从前陛下统军抗战时，受重伤的战士，所得奖赏不过几匹绸布。现在供陛下娱乐的艺人，一句台词、一个笑话出了彩，便赐给他成捆的丝绸，数以万计的金钱，还有锦袍和银带。战士们见到了，难道心中不会不平？如果军心涣散了，以后陛下又靠谁来保卫国家呢？

【念楼曰】 历朝历代的帝王，国力强盛时“万国衣冠拜冕旒”，称“天可汗”；国力衰弱时便以金帛、公主“和番”，称“儿皇帝”，都明明白白记载在二十一史上。桑维翰做官的后晋朝，石敬瑭是“儿皇帝”，石重贵是“孙皇帝”，他们在契丹面前是儿孙，在本国臣民面前仍然是至高无上的皇帝，尽可以荒淫无度，任意胡来。艺人的“一谈一笑”，只要称了他们的心，“束帛万钱，锦袍银带”，想赏多少便是多少。

艺人在历史上的社会地位不高，属于“下九流”，“娼优隶卒”连子弟读书应试的权利都没有；收入却一直有高的，若能“色艺双绝”，服务到家，一夕万钱并非难事。这是凭天生丽质和日夜辛劳才能得到的，别人也不该眼红（战士见之觖望是另一回事）。不过钱尽可让他（她）们多拿，名声上和政治上特别加以恭维则似无必要。将陈寅恪和“粤剧名伶”同时请到高级知识分子座谈会上去发言，让彼此都觉得别扭，真是何苦。

谏赐优伶无度疏　桑维翰

向者，陛下亲御胡寇，战士重伤者，赏不过帛数端。今优人一谈一笑称旨，往往赐束帛万钱，锦袍银带。彼战士见之，能不觖望，士卒解体，陛下谁与卫社稷乎。

【学其短】

○本文录自《全唐文》卷八百五十四。

○桑维翰，五代时人，仕于后晋。

长乐之道

【念楼读】 臣在河东任职时，因公往中山，经过井陉，山路十分险峻，于是驾车特别小心，深恐马失前蹄，车轮偏滑，幸得无事。过山以后，到了大路上，以为平安了，便大意起来，反而出事受了伤。

由此可见，在危急的形势下，人谨慎小心，便比较安全；在平顺的境遇中，人疏忽懈怠，反而易出危险。这乃是人情物理的常态，应该从中吸取必要的教训，那就是：越是平安顺利的时候，越不能忘记危险的存在，越应该提高警惕。

【念楼曰】 长乐老冯道历来名声不佳，因为他"身事四朝"，和传统伦理观念的"从一而终"不合。其实他一开头"为河东掌书记"，就在李存勖手下做事，李建立的后唐只有十四年，接上来的后晋也只十一年，后汉更短，不过四年，后周九年他却只干三年便死去了，一共只做了三十二年的官。

五代时军阀混战，情形和北洋时期差不多，谁占了北京谁就当总统、执政、大元帅。不过那时称皇帝，改国号，换一个人，就称一"代"了。军阀们争的是帝位，国事却是不管，也管不好。但国事总得有人管，冯道便是管事人之一，而且管得较好，做了不少好事，如校印"九经"。当然他也有他的"长乐之道"，"安不忘危"即是其一。以这点亲身体会提醒君王，对双方都有好处。长乐之道，似乎亦有可取。

论安不忘危状

冯道

臣为河东掌书记时，奉使中山，过井陉之险，惧马蹶失，不敢怠于御辔，及至平地，谓无足虑，遽跌而伤。凡蹈危者虑深而获全，居安者患生于所忽，此人情之常也。

【学其短】

○本文录自《全唐文》卷八百五十七。

○冯道，五代时瀛州景城（今河北沧州）人。

○河东，唐时河东道领山西及河北、内蒙古一部分。

○中山，今河北定州一带。

○井陉，为山西进入河北的要隘。

拜佛无用

【念楼读】 过去梁武帝虔诚地信佛拜佛，刺出血来抄佛经，舍身入寺当和尚，下跪对方丈长老磕头，解散头发铺在地上让众僧踩。这样做的结果如何呢？结果却被侯景围困在台城，活活饿死了。

如今陛下也信佛拜佛，虔诚的程度，似乎还做不到刺血、舍身、下跪、踩发的程度。那么以后佛、菩萨给陛下的保佑，也未必会比给梁武帝的还多吧。

【念楼曰】 李后主乃“词中帝王”，要他在人世上做帝王本不行，何况他还这样信佛。当北宋兵临城下时，他的唯一办法，就是到佛寺去烧香许愿，结果如何，可想而知。

帝王家信佛，本来就滑稽。佛教主张清静无为，和帝王家的荣华富贵，乃是根本对立、不可调和的，除非像释迦牟尼那样，抛弃掉这一切，坐到菩提树下去，这又岂是李后主这样的人所能做到的呢？

后主是在“春殿嫔娥鱼贯列”的环境中长大的人，不同的是，比起别的帝子王孙来，他还多了一颗诗人的心，在“胭脂泪，相留醉”的氛围中，能够生发“人生长恨水长东”的感慨，写出好词来。但即使如此，这一片痴情，仍为佛家所戒，佛法不容，祈求南无阿弥陀佛来保护他的小朝廷只能是妄想。

谏事佛书

汪焕

昔梁武事佛，刺血写佛书，舍身为佛奴，屈膝为僧礼，散发俾僧践，及其终也，饿死于台城。今陛下事佛，未见刺血践发舍身屈膝，臣恐他日犹不得如梁武也。

【学其短】

○本文录自《全唐文》卷八百七十。

○汪焕，五代南唐人，事后主，为校书郎。

箴铭九篇

低姿态

【念楼读】 一接受任命，便恭敬地把头低；再接受任命，我的头低得更低；第三次受命，弯下腰深深鞠躬，走路总挨着墙基——能够这样做，便没谁会将我欺。

(这是我家煮粥的锅，)稠的总煮在这里头，稀的也煮在这里头，够吃了便别无所求。

【念楼曰】 正考父的曾祖弗父何是宋闵公的儿子，本可继位为国君，却让位给了宋厉公。正考父有显赫的家世，本身又历佐三代宋君(戴、武、宣)，在朝中有很高的地位。但他却是“恭而有礼”的典型，铸在自家鼎上的这一铭文，便是他的家训——他居家处世的格言。

据《左传》记载，鲁国的大夫孟僖子将死时，举正考父鼎铭为例，说明礼让是做人的根本，正考父“其共(恭)也如是”，可谓“有明德者”，“若不当世，其后必有达人，今其将在孔丘乎”。

孔丘即是孔子，正是正考父的后人，此时已经三十五岁了。接着孟僖子又交代，要让他的两个儿子说(南宫敬叔)、何忌(孟懿子)师事孔子，“学礼焉，以定其位”。

铸鼎传世，是只有贵族之家才能办的事。宋戴公、宋武公、宋宣公三代，正当周宣王二十九年至平王四十二年，即公元前七九九年至前七二九年间，去今已二千八百年，这铭文可算是本书中最古老的一篇文字。

鼎铭

正考父

一命而偻，再命而伛，三命而俯，循墙而走，亦莫余敢侮。饘于是，鬻于是，以糊余口。

【学其短】

〇本文录自《左传·昭公七年》。

〇正考父，春秋时宋国人，孔子的祖先。

少开口

【念楼读】 不能理解你的人,有什么必要再对他多说?

能够理解你的人,不必多说他自然会明白。

当幕僚好发议论,别人会觉得你心肠难测。

对事物稍作批评,别人又说你整人要不得。

难道教训还不够,害自己硬要害到头发白。

【念楼曰】 箴铭为最古老的文体之一,《礼记》记汤之盘铭曰:

苟日新,日日新,又日新。

这和正考父的鼎铭一样,都已成为古典。

箴铭通常都有韵,祭文也往往有韵,但一般都将这两种文体归于散文而不归于韵文。祭文有长有短,箴铭则都很短。现在祭文变为悼词,题词则可视为箴铭的遗裔,而写得好的越来越少,堪诵读的就更少了。

本篇为韩愈三十八岁时所作《五箴》的第二篇。一般认为,"幕中之辩"说的是他在董晋、张建封手下的经历,"台中之评"说的则是他任监察御史时上疏得罪这件事。

韩愈作《言箴》,警惕自己少开口,因为他已经吃足了自己嘴巴子的亏。但人生了嘴巴总要说话,为了尽自己的责任,争自己的权利,有时更非说话不可,"夕贬潮阳路八千"终于还是难免。

言箴

韩愈

不知言之人．乌可与言．知言之人．默焉而其意已传．幕中之辩．人反以汝为叛．台中之评．人反以汝为倾．汝不惩耶．而呶呶以害其生耶．

【学其短】

○本文录自《全唐文》卷五百五十七。

○韩愈，字退之，唐河阳（今河南孟州市）人，古文唐宋八大家之一。

后有来者

【念楼读】 篆书写得极好的李斯死去以后，过了一千年，到我们唐朝，才又出现一个篆书写得极好的李阳冰。现在李阳冰又已经死去了，以后还能不能再出现这样的篆书大师呢？

即使还会出现，恐怕也得在千年以后吧，谁能够等待如此之久呢？如果千年之后还继起无人，篆法恐怕也就到此为止了。保存着这六幅李阳冰篆书真迹的主人啊，为我们好好地珍藏着吧！

【念楼曰】 在这篇铭文之前，舒元舆还写了篇六百多字的《玉箸篆志》，说他在长安得见“同里客”所得李阳冰玉箸篆真迹，“在六幅素（白绸）”，将其挂于堂上，“见虫蚀鸟步痕迹，若屈铁石陷入屋壁，霜画照著，疑龙蛇骇解，鳞甲活动，皆飞去”。

志文说，李斯的篆书，“历两汉三国至隋氏，更八姓无有出其右者”，唯李阳冰“独能隔一千年，而与秦斯相见”，而且“议者谓冰愈于斯，吾虽未登峄山（看李斯刻石），观此（阳冰真迹）可以信矣”。

古时讲政治必推尧舜，讲道德必推孔孟，讲篆书必推李斯，讲行草必推王羲之，都把祖师爷立为最高的标准，前无古人，后无来者。林彪说天才的领袖几百年上千年才出一个，也没人敢说个“不”字。舒元舆却不简单，能为“愈于（李）斯”的李阳冰作铭，说明后有来者。

玉箸篆志铭

舒元舆

斯去千年，冰生唐时。冰复去矣，后来者谁。后千年有人，谁能待之。后千年无人，篆止于斯。呜呼主人，为吾宝之。

【学其短】

○本文录自《全唐文》卷七百二十七。

○玉箸篆，篆书的一种，笔法圆润若玉箸，故名，亦以之称通行的小篆。

○舒元舆，唐东阳（今属浙江）人，元和进士。

谁坑谁

【念楼读】 秦朝的政策专整读书人，苦的是秦朝的百姓们。

读书人统统都被活埋了，秦朝的天下也就覆亡了。

万千百姓为读书人雪恨，是他们打碎了秦皇的梦。

是秦朝埋葬了读书人，还是读书人埋葬了秦朝廷？

【念楼曰】 秦始皇坑儒的原因，一是怕儒生（知识分子）"为妖言惑乱黔首"（散布不利于专制统治的思想言论，使得老百姓不听话），二是卢生、侯生敢逃走不为他求"仙药"，于是他要杀人泄愤。坑的方法则是先设骗局，利用温泉制造"瓜冬生实"的假象，让诸生集中起来讨论、争鸣，然后一举而坑之。这确实是残暴而又邪恶的行为，是极权主义的"标志性事件"。

对于坑儒这件事和坑儒者秦始皇，从来都没有人说好。只有一位李卓吾，说秦始皇是千古一帝，恭维他。这位先生也不想一想，如果到秦始皇治下去发表不同意见，那就会被腰斩、车裂，或者像儒生那样集体活埋，怎能留一个全尸造"李卓吾之墓"？《焚书》《再焚书》等著作也会真的成为"焚书"，怎能留到今天？司空图写了《秦坑铭》，另外还有首《秦坑诗》，末云：

坑灰未冷山东乱，刘项原来不读书。

说得真对。君不见，斯大林、贝利亚统治的垮台，亦应归功于亿万人民通过"体制内的"叶利钦、戈尔巴乔夫发力，与"坑"掉了的古米廖夫等"儒生"其实并无多少关系。

秦坑铭

司空图

秦术戾儒．厥民斯酷．秦儒既坑．厥祀随覆．天复儒仇．儒绝而家．秦坑儒邪．儒坑秦邪．

【学其短】

○本文录自《全唐文》卷八百八。

○司空图，字表圣，唐虞乡（今山西永济）人。

上天难欺

【念楼读】 国家给你的每一个钱，都浸透了老百姓的汗和血。若敢对百姓作威作福，天理和国法你都应该晓得。

【念楼曰】 此铭文原有二十四句，为五代后蜀国主孟昶所作。宋太宗摘出四句，作为“御制”，后由黄庭坚写了刻成：

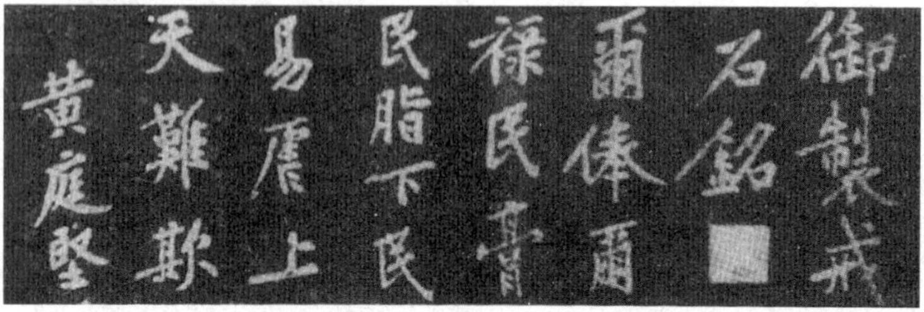

颁行州县，诫官吏不得贪虐。但据袁质甫《瓮牖闲评》载，有的州县的老百姓便在这四句的下面各加了一句，成为：

> 尔俸尔禄，只是不足。
> 民膏民脂，转吃转肥。
> 下民易虐，来的便捉。
> 上天难欺，他又怎知。

本来专制政体就是虐下民的，官吏则是“虐下民”的工具。即使出了个把像孟昶这样的君主，想约束一下手下的官吏，事实上也是不可能的。

戒石铭

孟昶

尔俸尔禄，民膏民脂，下民易虐，上天难欺。

【学其短】

○本文录于《全唐文》卷一百二十九，原有二十四句，但后来刻石传世的只此四句。

○孟昶，五代十国时后蜀后主。

抓住今天

【念楼读】 今天不学,还有明天。

今年不学,还有明年。

一天一天,一年一年。

人生易老,青春难延。

晚年追悔,也是枉然。

劝君努力,抓住今天。

【念楼曰】 七十年前进学堂,劝学的诗文读过不少。文如“人之立志,顾不如蜀鄙之僧哉”,诗如“读书之乐乐何如,绿满窗前草不除”之类,早就记不全了。朱子这一首,却是至今都还记得,写得短,又顺口,恐怕是它易记住的主要原因。

然而,在我辈普通儿童身上,劝学的作用却是很渺茫的。从五六岁到十二三岁,大多数人恐怕都有过厌学的时候,我便是这大多数中的一个。先生在课堂上教读《四时读书乐》七律四首,学生们私下里却在传诵“春天不是读书天,夏日炎炎正好眠……”这比什么“瑶琴一曲来薰风”“数点梅花天地心”更易记住,很快便可以连环倒背。

说也奇怪,淘气的那几年过去以后,却又自然而然地用起功来了,而且并不是读《劝学说》和《四时读书乐》之效。因此我觉得,朱熹这一篇恐怕也起不了医治懒病的作用,不过可以当作写得好的短文章读读而已。

劝学说

朱熹

勿谓今日不学而有来日，勿谓今年不学而有来年。日月逝矣，岁不我延。呜呼老矣，是谁之愆。

【学其短】

○ 本文录自《朱子文钞》。

○ 朱熹，字元晦，南宋婺源（今属江西）人。

廉生威

【念楼读】 下级不怕我威严，只怕我不要钱。

百姓不相信我精明，只相信我办事公平。

办事公平，百姓就不会送礼求情。

不贪不污，下级就不敢马马虎虎。

只有公平，眼前才会是一片光明。

只有不贪污，别人才不会骂你是猪。

【念楼曰】 曹端虽然以理学闻名，但也做过州学正，这是相当于市教育局局长的官。讲“廉”“平”是得经过考验才行的，史称曹端死在霍州（今山西霍州市）任上，“州人为罢市巷哭”，那么“民不敢慢”“吏不敢欺”应是事实，这《官箴》他自己总是能够认真遵守的。

中国社会古来一直是专制的，虽说专制和腐败是一对孪生子，不民主便不可能有真正的公平和正义，也不可能有普遍的清廉。但道德操守优秀的个人，在任何社会里总是有的，人数当然没有真坏蛋和伪君子多。其中一些有名的廉吏、清官，他们的特立独行和人格力量，永远值得人们敬佩，包括他们留下的片言只语，如“公生明，廉生威”。

官箴　　曹端

吏不畏吾严，而畏吾廉，民不服吾能，而服吾公。公则民不敢慢，廉则吏不敢欺。公生明，廉生威。

【学其短】

○本文录自曹端《月川语录》。

○曹端，明渑池（今属河南）人，人称月川先生。

集句为铭

【念楼读】 外形完全是一段枯木,不是吗?

其中完全积满了冷灰,不是吗?

这样的东西,只有你才会送、我才会收,不是吗?

【念楼曰】 这是采用“集句”形式而作的一篇器物铭,全文只有三句。所铭的器物为一木瘿炉,即是利用天然树瘤为外壳,内加炉胆做成的香炉。

形固可使如槁木,而心固可使如死灰乎?

这两句是《庄子·齐物论》中的名句。

惟我与尔有是乎!

这一句则是孔子对颜渊讲的话,出自《论语》。

用“集句”的形式作诗文,是一种传统的创作方式,也是文人卖弄自己读得多、记得住、用得活的一种方法。诸子群经,记得住不足为奇;用来作玩物的铭文,带有游戏的味道,便显得聪明了。

树瘤挖成的香炉本极少见,对送来的人说“惟我与尔有是乎”,恰合口吻。而树瘤之“形”正是槁木,香炉“心”中装的正是死灰;借庄子和孔子这两段话“铭”木瘿炉,不仅形容得天衣无缝,由儒、道两家祖师爷来称赞香炉这件禅房中的器物,又特别带有一些调侃的趣味。

木瘿炉铭

陈继儒

形固可使如槁木乎·心固可使如死灰乎·惟我与尔有是乎·

【学其短】

○本文录自《陈眉公集》。

○陈继儒，号眉公，明末华亭（今上海松江）人。

第一清官

【念楼读】 一粒米，一根纱，不该拿的决不拿；

吃的饭，穿的衣，都是百姓供养的。

对百姓宽一分，天下受益不止一分；

向百姓要一文，我为人便不值一文。

说什么往来应酬都是如此，其实是掩盖自己的无耻；

如果不是不明不白的东西，怎么会悄悄送来我屋里？

【念楼曰】 张伯行是康熙整顿吏治树立的样板，上谕称之为“天下第一清官”，这是他任督抚时传谕府、州、县官的檄文，亦可算作箴铭。

据公私记载，张伯行的清廉是过得硬的。因为反贪污受贿，他得罪的人多，经手的事也多，在山东曾发仓谷二万二千多石赈饥，在福建请发帑五万两购粮平抑米价，在江苏时库银亏空三十四万两，康熙五十年江南乡试又发生了舞弊大案。不满他的人有的很有势力，如总督噶礼便是康熙乳母的儿子，曾多次攻讦他在这些事情上“有问题”。康熙也曾派人彻查，结果证明他一文未取。噶礼等人后来反而都落马了，因为他们实在禁不起问“此物何来”，当然也还有别的原因（如噶礼的“不孝”）。

禁馈送檄

张伯行

一线一粒，我之名节；一厘一毫，民之脂膏。宽一分，民受赐不止一分；取一文，我为人不值一文。谁云交际之常，廉耻实伤；倘非不义之财，此物何来。

【学其短】

〇 本文录自《清稗类钞·廉俭类》。

〇 张伯行，清仪封（今河南兰考）人。

书序十四篇

何必从严

【念楼读】 颁行法令，是为了规范人民的行为；实施刑罚，是为了防止人们犯罪。但是，有些地方，有的时候，刑法虽不很严，维持秩序的武力虽不很足，社会还是十分安定，这是什么缘故呢？就是因为做官的自己不胡来，办事讲情理，执法能公平。看来国家要稳定，也不一定要天天"严打"，事事"从严"啊！

【念楼曰】 要进行统治，便得讲求统治之道。统治之道的精义，则在恰当地掌握"宽""严"二字。

《左传·昭公二十年》记述郑子产的政治遗嘱云："唯有德者能以宽服民，其次莫如猛。"猛就是严。

子产的继任者"不忍猛而宽"，于是"郑国多盗"；转而用猛，"尽杀之"，盗就"少止"了。孔子知道以后，深有感慨地说：

> 政宽则民慢，慢则纠之以猛；猛则民残，残则施之以宽。宽以济猛，猛以济宽，政是以和。

能够照孔子说的这样做，宽严（猛）相济，统治之道得乎其中，"政是以和"，就能够得到和谐了。

但子产和孔子还忽略了一点，那就是统治执行者——官吏的重要性。官若不能"奉职循理"，政宽时老百姓也得不到多少实惠，从严时残民以逞的事情则会更多。

所谓循吏，即是并不刻意追求政声政绩，却能够遵纪守法认真执法的官吏。循吏一多，社会上的乱，也不会大乱。

循吏列传序

司马迁

太史公曰：法令所以导民也，刑罚所以禁奸也。文武不备，良民惧然身修者，官未曾乱也。奉职循理，亦可以为治，何必威严哉？

【学其短】

○本文录自司马迁《史记·循吏列传》。

○司马迁，字子长，西汉夏阳（今陕西韩城）人。

孝与非孝

【念楼读】 孝是首要的道德，经是永恒的真理。所以《孝经》是最重要的经典，也是规范人伦最根本的准则。

我避难到南城山，住在岩壁下，想念先人，追慕古圣贤，于是，利用闲暇的时间，按照我所领会的孔夫子的见解，作了这部《孝经注》。

【念楼曰】 《孝经》为儒家基本经典之一，从汉代起即列入“七经”。郑玄是当时的大学者，《后汉书》本传说，玄所注七经，“几百余万言”，后来我们长沙（原善化）皮锡瑞作《孝经郑注疏》，收入《四部备要》，寒斋亦藏有一部。

《孝经》原说是曾子所作，“开宗明义章第一”的开头一句是：“仲尼尻。”郑注云：

> 仲尼，孔子字；尻，讲堂也。

即使在今天，我们都知道孔子字仲尼，“尻”这字却多半还要查字典；可见在一千八百年前，郑玄注经书，对于典籍的流传普及，确实功不可没。

《孝经》我没认真读过，五四时施存统作《非孝》，我在高中时读后却十分赞成。父慈子孝，本只是家庭伦理，此乃是人性的自然流露，本不该“非”它；但传统宗法社会所提倡的“孝”，却是下对上的无条件服从，推及于政治（所谓“以孝治天下”），统治者都成了“民之父母”，“天下无不是的父母”，老百姓只有服从的份，这就不能不“非”之了。

孝经注序

郑玄

孝经者．三才之经纬．五行之纪纲．孝为百行之首．经者不易之称．仆被难于南城山．栖迟岩石之下．念昔先人馀暇．述夫子之志．而注孝经．

【学其短】

〇本文录自《全后汉文》卷八十四。

〇郑玄，字康成，后汉时北海高密（今属山东）人。

〇南城山，在山东费县，即曾子葬父处。郑玄遭黄巾之乱，避居于此。

写得漂亮

【念楼读】 魏王西征，我留守谯郡。其时，繁钦负责管理王府（也就是丞相府）的事务，和我在一起。他发现薛访所蓄乐队中，有个歌童的嗓子特别好，能够发出像笳管那样的高音，便在写给我的信中极力形容、称赞他。虽不免言过其实，但繁钦的文章写得好，从那时起我便是知道的了。

【念楼曰】 曹丕说繁钦"其文甚丽"，就是说他的来信写得漂亮。在《文选》卷四十里，此信题为《与魏文帝笺》，现节抄如下：

> 顷诸鼓吹广求异妓，时都尉薛访车子，年始十四，能喉啭引声，与笳同音。白上呈见，果如其言。即日故共观试，乃知天壤之所生，诚有自然之妙物也。
>
> ……及与黄门鼓吹温胡迭唱迭和，喉所发音，无不响应，曲折沉浮，寻变入节。自初呈试，中间二旬。胡欲傲其所不知，尚之以一曲，巧竭意匮，既已不能。而此孺子遗声抑扬，不可胜穷，优游转化，馀弄未尽……
>
> 是时日在西隅，凉风拂衽，背山临溪，流泉东逝，同坐仰叹，观者俯听，莫不泫泣殒涕，悲怀慷慨……

的确是写得漂亮。《典论·论文》的作者论文，自然一言九鼎。繁钦此作虽难称"经国之大业"，亦可谓"不朽之盛事"。

繁钦集序

曹丕

上西征，余守谯，繁钦从。时薛访车子能喉啭，与笳同音。钦笺还与余而盛叹之。虽过其实，而其文甚丽。

【学其短】

〇本文录自《汉魏六朝百三名家集·魏文帝集》。

〇曹丕，字子桓，曹操之子，建魏称帝，谥曰文。

〇繁钦，后汉时颍川人，为曹氏父子文学侍从之臣。

〇车子，本义是家奴。薛访车子，指薛访家一歌童。后即以车子泛指歌者。

还当道士去

【念楼读】 张道士本来是一位隐居在嵩山之上的高人，于新旧学问均有理解，又有为国家做事的热心。老子学说只是他人生的寄托，做道士也是为了赡养父母。

元和九年，听说朝廷作了决定，要处理东部地区拒交国税的长官，他以为有了为国出力的机会，立刻出山建言，三次上书却都没有结果。于是他掉头回山，仍旧做他的道士去了。

张君临行时，京城的友人们都作诗相送，并要我为诗集写了这篇序。

【念楼曰】 张道士能"通古今学，有文武长材"，当然不会是普通帮人家打醮做水陆道场的道士。朝廷有事，他就自告奋勇，想一试身手；上书没有结果，又"长揖而去"，像韩愈这样的名士大夫还写诗作序，为他送行，可见其不简单。

古代士人本有"天下有道则见，无道则隐"的说法。"见"就是出场，争取出现在官场；隐就是隐藏，隐于山林、市廛都行，隐于僧寺、道观也没什么不可以。总而言之，读书人那时候还是有选择的自由的。韩愈自己送张道士的诗云，"既非公家用，且复还其私"。"且复还其私"，就是还当道士去。

我一九五八年被划为右派后，申请自谋生活，便只能进街道工厂在"群众监督"下拖板车。曾申请到麓山寺去种菜，也不行。

送张道士诗序　　韩愈

张道士．嵩高之隐者．通古今学．有文武长材．寄迹老子法中．为道士以养其亲．九年．闻朝廷将治东方贡赋之不如法者．三献书．不报．长揖而去．京师士大夫多为诗以赠．而属愈为序．

【学其短】

○本文录自《全唐文》卷五百五十五。

○韩愈，见页二一一注。

酬唱之交

【念楼读】 长庆四年我在和州当刺史，现在的李相国那时做地方官驻南徐州。他每次写了新诗，都要用快信寄来，让我成为第一个读者，同时还一定要我同他唱和。后来彼此的工作虽然都有变动，仍然跟在邻境一样，始终没有中断过以诗相往来。

这一卷我和他两人作的诗，开始于江南，结束在川西，所以题名《吴蜀集》。

【念楼曰】 长庆四年即公元八二四年，时刘禹锡为和州刺史。和州古称历阳。行文喜欢使用古时的地名和称谓，乃是中国文人的一种习惯。

李公指李德裕。他是赵郡（今河北赵县）人，长庆二年任南徐州观察使，辖浙西江南，驻地在京口即今镇江；太和三年任成都尹、剑南西川节度使；太和五年内召，七年拜相。此人曾权倾一时，是“牛李党争”的主角。奇怪的是，牛李又都能文，都有作品传世。牛和白居易、李和刘禹锡的唱和，都可称文坛佳话。

相互唱和的诗友飞黄腾达做了宰相，这时候将两人酬唱的诗结成集子，当然是既风雅又风光的事情。但这件事情如果换由李德裕来做，似乎更得体一些，我以为。

但不管怎样，这篇小引（序文）写得既简短，又将两人“始于江南，而终于剑外”的“酬唱之交”讲得清清楚楚，动情可感，全无趋附“今丞相”的痕迹，是一篇好序。

吴蜀集引

刘禹锡

长庆四年余为历阳守．今丞相赵郡李公时镇南徐州．每赋诗．飞函相示．且命同作．尔后出处乖远．亦如邻封．凡酬唱始于江南．而终于剑外．故以吴蜀为目云．

【学其短】

○本文录自《全唐文》卷六百五。

○刘禹锡，字梦得，中唐诗人，洛阳（今属河南）人。

○剑外，剑门以外（南）的川西（成都）地区。

强词夺理

【念楼读】 左丘明的《国语》，气势恢宏，词句奇崛，许多人都喜欢读。但是作为史书，它的叙述颇多失实，观点同圣人的理论也不一致。读者如果只陶醉于它的文章，不能清醒地辨明是非，那就会在学术上误入歧途，偏离孔夫子的思想。因此我根据自己的观点，写成了这部《非国语》。

【念楼曰】 此文只取其简洁，思想态度则大为我所不喜。说句不好听的话，它用的简直就是从前检查官和后来审读员的口气，不过这些人的文章远远比不上柳宗元罢了。

《非国语》共六十七节，第一节"非"的是密康公母教康公之言。康公从王出游，"有三女奔之"，其母教他将三女献给周王，因为小人物多得美女，则"终必亡"。康公不献，一年之后，果然被灭掉了。《国语》在这里不过记述了一个女色亡国的故事，柳宗元却硬要那位老母亲作道德说教，说什么"母诚贤耶，则宜以淫荒失度命其子"，岂非强人所难。

史书如果"说多诬淫"，当然是应该辨正的。但"不概于圣"却不是什么缺点，甚至还是它的优点。《非国语》未能考订多少原作的"诬淫"，却要勉强原作者和原作中的人物"由中庸以入尧舜之道"，文虽峭厉，也是强词夺理，并不可取。

非国语序 柳宗元

左氏国语.其文深闳杰异.固世之所耽嗜而不已也.而其说多诬淫.不概于圣.余惧世之学者.溺其文采而沦于是非.是不得由中庸以入尧舜之道.本诸理作非国语.

【学其短】

○本文录自《柳河东集》卷四十四。

○柳宗元,字子厚,中唐时河东(山西永济)人,古文唐宋八大家之一。

委曲求全

【念楼读】 这五卷书，我称之为《野人闲话》。“野人”就是我这个并无官吏身份的草野之民；“闲话”指它并非正式著作，而是朋友之间随便的谈话，谈的只限于民间的见闻，不涉及正经的国家大事。

这些都是在前孟氏政权统治下谈的和记的，事情也是那时的事情，却无关那时的政治。我从来就认为，国家大事和地方上的大事，自有史官们去写去记，用不着我操心。我所感兴趣的，不过是自己看到或听到的社会上流传的故事。

这些故事来自民间，体例自然比较杂乱，语言也不一定雅驯。但我希望，它们仍能使读者多少从中得到一些感悟。

【念楼曰】 此序写于宋太祖乾德三年三月十五日，时距宋兵攻入成都，蜀主孟昶投降，仅仅两个来月。

孟氏所建的这个蜀国，史称“后蜀”，以别于王氏所建的“前蜀”。序文所云“前蜀主孟氏一朝”，乃是“前政权孟氏”的意思，可见作者用词之谨慎。文中强调自己只记人（民）间闻见之事，不述朝廷规制，也是同一用心。

五代十国中，蜀国和南唐的经济和文化，都是比较发达的，其比梁、唐、晋、汉中央政权的朱温、石敬瑭辈对文化和文人重视得多，景焕的《野人闲话》可以为例，而委曲求全，亦可怜也。

野人闲话序

景焕

野人者．成都景焕．山野之人也．闲话者．知音会语．话前蜀主孟氏一朝人间闻见之事也．其中有功臣瑞应朝廷规制可纪之事．则尽自史官一代之书．此则不述．故事件繁杂．言语猥俗．亦可警悟于人者．录之．编为五卷．谓之野人闲话．

【学其短】

○本文录自景焕《野人闲话》。

○景焕，五代时后蜀成都人，后入宋。

诗人选诗

【念楼读】 和次道同事时，他拿出家藏的唐人诗集，总共有一百多种，要我选编一部《百家诗选》(书名也是他定的)。现在诗选已经编成，想起自己为此付出的时间和精力，多少有些后悔。

不过，人们若要了解唐代的诗，有了这部选集，看它一遍，大概也就差不多了。

【念楼曰】 十多年前曾将《全唐诗》浏览一遍，初步印象是可读者不到十分之一，而吟诵不能舍去的精品则最多百分之一。如果不做研究，只图欣赏，读选本是足够了。

王安石自己就是一位大诗人，也是我很喜欢的宋诗作者之一。“欲知唐诗者，观此足矣”，一句话便充分写出了他的自信。比起如今的人来，既要打肿脸充胖子，又要假惺惺故作谦虚，说什么“岂能尽如人意，但求无愧我心”，何止高出百倍。

但《唐百家诗选》却不是一个成功的选本，并没有得到广大读者的认同。它和清代大诗人王士禛所选《唐贤三昧集》一样，成了“最好诗人莫选诗”的例证，以致后人编出了这样的故事：王安石拿别人藏的诗集选诗，不便用墨笔圈选，遂以指甲刻划，而力透纸背，于是“抄胥”误抄了不少本来没选上的诗。王士禛则选定一首，即在其处夹一纸条，只记下这一卷中夹了多少纸条，“抄胥”欺其不会再查看，便将所选的长诗大半换成未选的短诗了。

唐百家诗选序

王安石

余与宋次道同为三司判官时，次道出其家藏唐诗百馀编，诿余择其精者，次道因名曰百家诗选。废日力于此，良可悔也。虽然，欲知唐诗者，观此足矣。

【学其短】

○本文录自王安石《临川文集》卷八十四。

○王安石，宋临川（抚州）人，古文唐宋八大家之一。

○宋次道，名敏求，赵州（今属河北）人，多藏书。

○三司，盐铁、度支、户部三司，主管国家财政。

诗与真实

【念楼读】 元丰初年开办军校，我祖父因为在教育部门工作，兼管过那里的事。现在军校的学制和规模，大半还是那时定下来的。祖父的遗集中，还保存着有关的文稿。不过这都是百年前的事了。

侄儿陆朴研究军事，写了《闻鼙录》这部专著，希望朝廷能够采用，要我写序。我的年纪已老，又从来胆小怕打仗，哪有纸上谈兵的资格。但陆朴的热心仍不能不使我感愧，便给他写了这几行。

【念楼曰】 陆游的序跋文，数量颇多，特点也很鲜明，大抵皆能言简意赅，别有情味。此文从“先太师”写到“从子”辈，叙说陆家几代人和“武学”的关系，既有策问“具载家集中”，又有专著“论孙吴遗意”，真可谓渊源有自。

南宋是一个积弱挨打的朝代，而士大夫偏好谈兵，表现自己的“许国自奋之志”，此亦一很有意思的现象。人们常说，陆放翁“集中什九从军乐”，有句如“前年从军南山南……赤手曳虎毛毵毵”，“头颅自揣已可知，一死犹思报明主”，很勇敢，不怕死。在这里，他却老实承认自己“懦且老，非能知武事者”，并不高唱从军乐了。两种说法不一样，这就牵涉“诗与真实”的问题。我想，诗人在写诗时，感情总该是真实的；而更真实的，恐怕还是给自己亲侄儿写的序。

闻鼙录序

陆游

元丰初置武学，先太师以三馆兼判学事，今学制规模，多出于公，而策问亦具载家集中，后百馀年，某从子朴作闻鼙录若干篇，论孙吴遗意，欲上之朝，且乞序于某。某儒且老，非能知武事者，朴许国自奋之志，亦某所愧也，乃从其请。

【学其短】

○本文录自陆游《渭南文集》卷十五。

○陆游，字务观，号放翁，南宋山阴（今绍兴）人。

○先太师，作者的祖父陆佃，字农师。

○三馆，广文、大学、律学三馆，主管教育。

题诗难

【念楼读】 赵君重建观潮阁，完工以后，将阁上原有题诗尽可能刊印保存。有些诗失落了，无法收齐，赵君颇为遗憾。

自古以来，由于题诗的原因，使得一地一物名扬天下的固然不少，但这并不在乎题诗的数量。好的诗用不着多，也实在不可能有那么多。但若不单纯从文学角度着眼，而要了解地方的政治沿革、经济发展、社会变迁、风土民俗，则材料越多越好。任何一篇作品的遗失，的确都是十分可惜的。

【念楼曰】 壁上题诗亦是中国文人的一种传统，无论是在阁上还是楼上，以至驿舍和酒店中，都可以题上几句，既展示了自己，又交结了友朋。宋江浔阳楼题反诗，更是抒发愤懑、释放压力的一种方式。

外国诗人没听说有这样到处题诗的，我想他们的钢笔或鹅毛笔无法在壁上写，写上去别人也难得看清楚，恐怕是重要的原因之一。那么，中国用毛笔蘸墨作径寸行草的书法，真可与五、七言诗相结合，成为双绝。

但题诗和书法要能“绝”也难。叶适的序至今还在，观潮阁上那些诗却早被遗忘了，即使有叶适为之作序。序文不云乎，一题一咏之工，事实上是“不能多”的；即是足以“验物情，怀土俗”的诗，也差不多。

观潮阁诗序

叶适

赵君既成观潮阁．遍索阁上旧诗刻之．恨其遗落不尽存也．余观自昔固有因一题一咏之工．而其地与物遂得以名于后矣．若是者何俟多求．而势亦不能多．至于阅世次．序废兴．验物情．怀土俗．必待众作粲然并著．而后可以考见．则其不尽存者．诚可惜云．

【学其短】

○本文录自叶适《水心集》卷之十二。

○叶适，南宋时永嘉（浙江）人，世称水心先生。

当朝的史事

【念楼读】 因为文献缺乏，所以在杞、宋无法考察夏、商的制度；因为档案还在，所以文王、武王的事迹得以流传。可见研究当今，须先熟悉历史，“通今”和“学古”其实是一回事情。少年贾谊论政，曾说过：“没有做官的经验，看别人办公就可以了。”我觉得很对。于是便采辑本朝史事，计三百四十四则，编成了这部《今言》。

项家外甥是位进士，抄读以后说：“《书经·周官》说‘其尔典常作之师’，就是主张用已有的法规指导行为。《汉书》大量辑录历史文献和前人的政论，也是为了以史事为师法。《今言》正可以起到同样的作用，何不与您著的《古言》一同印行？”

于是他就将其印成了这一册。

【念楼曰】 《今言》六十年来只印过一次，流传不广，所述当朝史事三百四十四条，有的却颇有意思。如第一百六十五条记：

> 正德年间，亲王三十位，郡王二百五十位，将军、中尉二千七百位，文官二万四百，武官十万，卫所七百七十二，旗军八十九万六千，廪膳生员三万五千八百，吏五万五千，其俸禄粮约数千万石。天下夏秋税粮，大约二千六百六十八万四千石，已出多入少……今宗室王、将军、中尉、主君凡五万余，文武官益冗，财安得不尽，民安得不穷哉！

财政收入只有这么多，而“文武官益冗”，亲王、将军等成倍增加，入不敷出，民穷财尽，烂摊子就只能由李自成来收拾了。

今言序

郑晓

文献不足。杞宋无征。方策尚存。文武未坠。盖通今学古非两事也。洛阳少年。通达国体。尝曰。不习为吏。视已成事。予有取焉。述今言三百四十四条。藏之故箧中。项甥子长进士录而观之。曰。周官师典常。汉史述故事。盍与古言并梓之。予不能止也。

【学其短】

○本文录自郑晓《今言》。

○郑晓，明嘉靖时浙江海盐人。

○杞宋无征，《论语》：『子曰，夏礼吾能言之，杞不足征也，殷礼吾能言之，宋不足征也，文献不足故也。』

○洛阳少年，指贾谊。

○项甥，郑晓的外甥项笃寿，为郑晓刻印《古言》《今言》等著作。

今昔不能比

【念楼读】 从开始读书以来，每有心得，我都把它们记下来。后来有了新的认识、新的材料，又加以修改补充。如果发现前人著作中说过了的，便将自己所记的删去。三十多年，积成了这么多卷。

《论语·子张》："子夏曰，日知其所亡（无），月无忘其所能，可谓好学也已矣。"我不敢自称好学，但读书"日知其所无"倒是确实的，故称之为《日知录》。

愿后来的读者，能够加以检查，予以指正。

【念楼曰】 明清之际的学者之中，顾亭林的学术地位，似乎比王船山、黄梨洲还要高些。《日知录》为其一生精力所注，积三十馀年，乃成一编，《四库全书总目》谓其学有本原，博赡而能通贯，故引据浩繁，而抵牾者少，非如他人知其一而不知其二者。此评价可谓极高，但若只谈这篇序文，我特别佩服的则是这两点：

第一，一部三十多卷八十余万言的大著，作者自谓"平生之志与业皆在其中"，却只写了五十六个字的前言。若在今人，喜欢表襮者必会连篇累牍，至少也要用上万字作自我介绍。

第二，发现别人"先我而有者，则遂削之"。而今之学者则抄袭成风，将别人的成果"拿来"就是。在学术道德上，今昔真不能相比。

日知录前言

顾炎武

愚自少读书，有所得辄记之。其有不合，时复改定。或古人先我而有者，则遂削之。积三十馀年，乃成一编。取子夏之言，名曰日知录，以证后之君子。

【学其短】

○本文录自顾炎武《日知录》。

○顾炎武，明末清初昆山（今属江苏）人，学者称亭林先生。

以笑代哭

【念楼读】 世界本是个笑闹的剧场，戴的戴鬼脸，跳的跳猴圈，装的装腔，献的献丑。实在看不下去了，想大哭一场，又不甘心浪费自己的眼泪；老是压抑着，那痛苦又无法麻醉我的心。

朋友说：苦中作乐，不正是剧场中的常态么？

那么，就让我们同声一笑，或者同声一哭吧！

于是编了这部《笑倒》。

【念楼曰】 笑话本是活在人们口头上的东西，但形之于笔墨的历史亦已久长，先秦的诸子群经中材料便不少。"月攘一鸡"和"无故得百束布"的主角，看得出都是乡村和市井中的人。汉时也还有东方朔现滑稽，王褒作《僮约》。后来思想渐趋统一，庙堂之上容不得开玩笑，笑话成文的就少了。

南宋时国势最弱，统治者最没有自信，以至朱熹对"梨涡一笑"都不能容忍，结果让蒙古人做了皇帝。"道统"崩溃了，元曲盛行，笑话在插科打诨中又兴盛起来。明朝政治更黑暗，冯梦龙、李卓吾辈才来编笑话书，《笑倒》也就是卓吾老子辑编的《开卷一笑》十四卷中的一卷。

陈皋谟讲得很明白，他"买笑"是为了"征愁"，"笑倒"其实是"哭倒"。黑暗压迫下，有话不敢说，只好"脱裤子放屁"，发泄一通。古人长歌当哭，这就是以笑代哭。

笑倒小引　陈皋谟

大地一笑场也.装鬼脸.跳猴圈.乔腔种种.丑状般般.我欲大恸一番.既不欲浪掷此闲眼泪.我欲埋愁到底.又不忍锁杀此瘦眉尖.客曰.闻有买笑征愁法.子曷效之.予曰.唯唯.然则笑倒乎.哭倒也.集笑倒.

【学其短】

○本文录自周作人校订的《明清笑话四种》。

○陈皋谟,字献可,自号咄咄夫,晚明人。

文人打油

【念楼读】 在认真作诗的人看来，这些诗多半都不像样子，只能称之为打油诗，本来写它们也只是为了自己开开心。

不像样子，就该丢进字纸篓去；可是有时看看，还是觉得开心，于是又舍不得丢。

久而久之，这些舍不得丢的东西，居然成了一集。古人说：咱老百姓，听到讲大道理，反正甚也不懂，只会觉得好笑；如果连笑都不准我们笑，大道理就更加懒得去听了。

【念楼曰】 滑稽和诙谐是文学的一种特色，而中国文化中向来缺乏这种分子，总认为它是不登大雅之堂的东西。谐诗的作者张打油、志明和尚等，不是平民便是僧道，若士大夫者，即使有这种才能或兴趣，也顶多偶一为之，作为游戏。

曾衍东为曾子六十七世孙，科举出身，做过知县大老爷，却好作打油诗，而且“公然一集”，《哑然绝句》中《黄鹤楼》一首云：

楼高多少步楼梯，直上高楼远水低，
画鹤鹤飞都不见，大江东去夕阳西。

还有《下乡》一首，是写自己当官时坐轿子下乡所遇到的：

丝穗榔竿轿大乘，四围雪亮玉壶冰，
村姑不识玻璃面，纤手摸来隔一层。

文人打油，自有其意趣，诗中亦少不得此一种。

哑然绝句自序

曾衍东

七如诗句．多不成话．却又好笑．以其不成话．便当覆瓿．因其多好笑．搁在巾箱．舍不得糟蹋他了．久之成堆．公然一集．古云．下士闻道．大笑之．不笑不足以为道．

【学其短】

〇 本文录自曾衍东《哑然绝句》。
〇 曾衍东，清山东嘉祥人，自号七道士。

文论九篇

忌迎合

【念楼读】 吴兴的清昼和尚(皎然)会作近体诗。他去拜访大诗人韦应物,知道韦喜作古体,便在航船上用心写了十几首古诗送上,韦却不感兴趣。他很是失望,第二天只好拿出原来写作的律诗来。韦一见大喜,反复吟诵,连声说好,并对清昼说:

“你不把自己得意的作品拿出来,几乎将名声败坏了。为什么要学我的样迎合我呢?作诗各人有各人的风格,要改也改不了的啊。”

清昼和尚十分高兴,从此更加佩服韦应物对诗的眼光。

【念楼曰】 人们嘲笑东施效颦,邯郸学步,因为“丑女来效颦,还家惊四邻”,学步不成,匍匐而归,都是十分丢脸的事。皎然应该还不至于此。他去见韦应物,自然是希望得到赞赏,因为韦长于五言古诗,所以投其所好,“作古体十数篇为贽”,亦人情之常,不知却“失其故步”,将自己“工律诗”的长处丢掉了。

无论是作诗还是做人,模仿都是没有出息的表现;而像皎然开头那样迎合,只知顺着杆儿往上爬,则不仅没出息,还会大失其格——文格和人格。好在皎然毕竟还写得出像样的律诗,“写其旧制献之”,韦应物仍然“大加叹咏”。如今有的“作家”拿不出东西,又想高身价,自然只能一味迎合,舍得不要脸。

韦苏州论诗

赵璘

吴兴僧昼，字皎然，工律诗。尝谒韦苏州，恐诗体不合，乃于舟中抒思，作古体十数篇为贽。韦公全不称赏，昼极失望。明日写其旧制献之，韦公吟讽，大加叹咏。因语昼云：师几失声名，何不但以所工见投，而猥希老夫之意。人各有所得，非卒能致。昼大服其鉴别之精。

【学其短】

○本文录自赵璘《因话录》，原无题。
○赵璘，中唐时平原（今属山东）人。
○韦苏州，即韦应物，唐诗人，时任苏州刺史。
○皎然，本姓谢，唐诗僧。

意趣同归

【念楼读】 这里的第一首，是梅尧臣写竹鸡；第二首呢，是苏舜钦写黄莺；第三首呢，是我写画眉鸟。

三首诗都是即兴之作。作诗时彼此并未沟通，写成一看，诗的意思和趣味却十分接近。这难道不说明，我们三个人确实意气相投、情感相通，诗的风格也是很接近的吗？

他俩去世后，我就没有再写，也没有人再同我来写这样的诗了。

【念楼曰】 梅圣俞《宛陵集》卷四《竹鸡》诗云：

泥滑滑，苦竹冈。雨萧萧，马上郎。
马蹄凌兢雨又急，此鸟为君应断肠。

苏子美《苏学士文集》卷八《雨中闻莺》诗云：

娇骏人家小女儿，半啼半语隔花枝。
黄昏雨密东风急，向此飘零欲泥谁。

欧阳修自己所作的《画眉鸟》诗见全集卷十一：

百啭千声任意移，山花红紫树高低。
始知锁向金笼听，不及林间自在啼。

他们三人确是意趣同归的好朋友，梅长欧五岁，苏小欧一岁，却都死在欧前。欧评二子诗云：“苏豪以气轹，举世徒惊骇；梅穷我独知，古货今难卖。”自谓：“语虽非工，粗得其仿佛，然不能优劣之也。”同样是评说，也同样充满了感情。

书三绝句诗后　欧阳修

前一篇，梅圣俞咏泥滑滑；次一篇，苏子美咏黄莺；后一篇，余咏画眉鸟。三人者之作也，出于偶然，初未始相知；及其至也，意趣同归，岂非其精神会通，遂暗合耶？自二子死，余殆绝笔于斯矣。

【学其短】

○本文录自《欧阳文忠全集》卷七十三。

○欧阳修，字永叔，谥文忠，北宋庐陵（今江西吉安）人，古代唐宋八大家之一。

○梅圣俞，名尧臣，北宋宣城（今属安徽）人。

○泥滑滑，竹鸡。

○苏子美，名舜钦，北宋绵州（今四川绵阳）人。

文章如女色

【念楼读】 林逋的咏梅诗，欧阳修最称赞的两句是：

> 清浅的池边，横斜着几枝清瘦的花。
> 朦胧月色中，浮动着些淡淡的香味。

我却以为：

> 园子里雪也下过了，梅树才慢慢地开始茁蕾。
> 在园外水边丛落中，却伸出了开满花的枝干。

似乎更好，不知欧公为什么却没有看上。

看来，文人的作品，大约也好像女人的容貌，喜不喜欢，全在于看她的人吧。

【念楼曰】 文章亦如女色，好恶止系于人。黄庭坚说这话，是在为女性发感慨，也是在为文人发感慨。

撇开这一层言外之意不说，文艺作品在人们心中引起的感受，确实是因人而异的。怡红院匾额上的题字，贾宝玉说用“红香绿玉”四字，方两全其美；贾政却摇头道“不好，不好”；贾元春回来，又改作“怡红快绿”了。

同一个人的感受，也会因时而异。郑板桥不云乎，“少年游冶爱秦柳，中年感慨爱辛苏，老年澹忘爱刘蒋”，这里似乎没有什么是非高下可分。到底是“暗香疏影”还是“雪后水边”，我看也可以各取所好。

书林和靖诗

黄庭坚

欧阳文忠公极赏林和靖疏影横斜水清浅．暗香浮动月黄昏之句．而不知和靖别有咏梅一联云．雪后园林才半树．水边篱落忽横枝．似胜前句．不知文忠缘何弃此而赏彼．文章大概亦如女色．好恶止系于人．

【学其短】

〇本文录自《山谷题跋》卷二。

〇黄庭坚，号山谷，北宋分宁（今江西修水）人。

〇林和靖，名逋，北宋钱塘（今杭州）人。

同时异时

【念楼读】 对于过去的人和文，可以表示同情，加以赞美；对于眼前的人和文，反而特别苛刻，专找岔子，看来从来如此。

苏舜钦去世一百多年了，当时将他和欧阳修等人视为“朋党”，加以弹劾，主张一网打尽，进行无情打击的刘元瑜那一帮人，假如今天还在，见到这份诗歌手稿，恐怕也会像这样谨敬珍藏、倍加爱护的罢。

【念楼曰】 周必大这样说，得有一个前提，就是刘元瑜辈应是能够识得苏子美诗歌和书法的美的。如果此辈但以嫉妒、举报、大批判为能，其实并不识货，那么即使“百年之后”，也还会不识货，不会珍重值得珍重的东西。

这样的人，如今似所在多有。他们嫉妒、举报、大批判，又往往不是因为作品有什么不好，只是因为作者挡了他们的路，或者不小心在什么事情上得罪了他们。这种人在品格上，恐怕还不如刘元瑜。

周必大说“同时则妒贤嫉能，异时乃哀穷悼屈”，这和表扬古人“舍得一身剐，敢把皇帝拉下马”，却给眼前想学“海瑞骂皇帝”的人戴上右倾机会主义帽子，倒有异曲同工之妙。

有人则不然，既想攻讦同时的人，又怕遭报复，于是专门对张爱玲、周作人这些“异时”的人开骂，既能哗众取宠，又没什么后患，其精明远胜刘元瑜了。

跋苏子美真迹　　周必大

同时则妒贤嫉能，异时乃哀穷悼屈，古今殆一律也。使刘元瑜辈见子美词翰于百年之后，则所谓一网之举，安知不转为十袭之藏乎。

【学其短】

○本文录自周必大《平园集》，原题《跋苏子美四时歌真迹》。

○周必大，号平园老叟，南宋庐陵（今江西吉安）人。

○刘元瑜，北宋谏官，曾奏劾欧阳修、苏舜钦（子美）等多人，论者以为『此小人恶直丑正者也』。

生气

【念楼读】 人是活的。写意高手速写人像，眼睛、鼻子不必画出来，动作和神态却活灵活现。给死人画遗像的画匠画得再逼真、再细致，因为画不出生气，画出来的则只能是挂在灵堂里的“标准像”。

文章也贵在有生气。如果一味要求写得细致，写得“真实”，反而不易写好。比如一个七尺大汉，只看他的背，岂不十分雄伟？若叫他转过身，那脸上的眉毛、鼻子未必长得匀称，长得匀称也未必能入画；即使画得出来，也未必能够使人觉得美。如果画成了一个呆头呆脑的泥菩萨，再高再大，又能给人什么印象呢？

【念楼曰】 看似一则短小精悍的画论，论的却是整个的文艺创作，尤其是写文章。

写得好的文章有生气，写不好便有死人气，而写得好写不好的关键，就要看是“高手”还是“拙塑匠”了。

高手画的人，即使无眼鼻，神情也是可爱的；拙塑匠用心装点刻画，五官俱全，还是鼻子不像鼻子，眼睛不像眼睛。事实难道不正是如此么？

人是活的，人生全是活的，所以才叫生活；贵在顺其自然，尊重其自由，千万别让“拙塑匠”来装点刻画。死人气确实难闻，那伟然十丈的死人像，最好也不要再来塑造了。

高手画画

傅山

高手画画．作写意．人无眼鼻．而神情举止．生动可爱．写影人从而装点刻画．便有几分死人气矣．诗文之妙亦尔．若一七八尺体面大汉．但看其背后．岂不伟然．掉过脸来．模模胡胡．眼不成眼．鼻不成鼻．则拙塑匠一泥人耳．微七八尺．即十丈何为．

【学其短】

○本文录自傅山《霜红龛集》，原无题。
○傅山，字青主，明末清初山西阳曲人。

不相同才好

【念楼读】 感情爆发需要大肆宣泄的时候，才有可能写出好的文章。若需要在修辞造句上下功夫，这样勉强作出来的，顶好也只能是二等品。

许多人都是先有题目再作文章，我则是有了文章再找题目。正好比心中伤悲才流眼泪，不会是有了眼泪才会伤悲。

题目是公共的，文章是自己的。所以只会有相同的题目，不该有相同的文章。

【念楼曰】 有这样一个笑话：从前有人去考秀才，初试文章规定要做满三百字，他无法交卷，灰溜溜地回家了。妻子问他：

"每天读书，书上尽是字，为什么写不出三百字呢？"

"字倒是在我肚子里，却没法将它们串起来做成文章啊！"

从唐朝到清朝，读书人像这样做文章做了一千三百年。出的题目是"率兽食人"，作文章就讲率兽食人；题目是"为民父母"，文章就讲为民父母。辛辛苦苦把三百字串起来，也只能"代圣贤立言"，写出来的都是相同的意思。

如今科举是停开了，但考试还要考。考试之外的文字工作，也还是"命题作文"者多，写出来的也还是相同的文章。

相同的文章看得太久，实在看厌烦了，总想看到点不相同的才好，此亦人之常情。是的，不相同才好啊！

题目与文章

廖燕

凡事做到慷慨淋漓激宕尽情处便是天地间第一篇绝妙文字.若必欲向之乎者也中寻文字.又落第二义矣.世人有题目始寻文章.予则先有文章偶借题目耳.犹有悲借泪以出之.非有泪而始悲也.题目是众人的.文章是自己的.故千古有同题目.并无同文章.

【学其短】

○本文录自廖燕《山居杂谈》,原无标题。

○廖燕,号柴舟,清初曲江(今广东韶关)人。

新旧唐书

【念楼读】 我读《新唐书》,觉得它不如《旧唐书》。因为《新唐书》作者只想把“古文”写好,反而使资料性、文献性削弱了。它将许多有价值的诏令、公文大量删去,虽说写到的事情有所增加,叙述同一事件的字数有所减少,含金量却比《旧唐书》低。

【念楼曰】 《新唐书》二百二十五卷,《旧唐书》二百卷,卷数和总的字数,前者反而更多。赵翼《廿二史札记》云:

> 论者谓新书事增于前,文省于旧。此固欧宋二公之老于文学,然难易有不同者。旧书当五代乱离,载籍无稽之际,掇拾补辑,其事较难;至宋时文治大兴,残编故册,次第出现……据以参考,自得精详。

但王氏对新书的批评,仍能从《廿二史札记》中得到佐证,关于纪事的如:

> 僧玄奘为有唐一代佛教之大宗,此岂得无传?旧书列于“方伎”是矣。新书以其无他艺术,遂并不立传。

这便是它“远逊旧书之详雅”的地方。至于文字这一方面,则:

> 欧宋二公不喜骈体,故凡遇诏诰章疏四六行文者,必尽删之。

连徐敬业讨武后檄这样“时称绝作,传诵至今”的好文章,也都被“省”掉了,可见“辞省于旧”也有流弊。

欧阳修和宋祁等撰《新唐书》功不可没,刘昫、张昭远等撰《旧唐书》也功不可没,如今廿四史中两者并存,还是比较合理的。

唐书

王士禛

予尝论新唐书不及旧书。盖矜奇字句。全失本色。又制诏等文词率皆削去。虽谓事增于前。辞省于旧。远逊旧书之详雅矣。

【学其短】

○本文录自王士禛《池北偶谈》卷十三。

○王士禛，号渔洋，清新城（今山东桓台）人。

竹轩

【念楼读】 某人用竹材建了座小轩，也可能是在竹林中建了座观竹的小轩，求东坡给题个匾。过了很久，才题来两个字："竹轩"。这两个字题得真妙，但也可见题名不易。

在四川参观武侯祠，见某抚台题匾，用杜句"丞相祠堂何处寻"开头四字——"丞相祠堂"，既切合，又大方，真好。

济南重修历下亭，有人题云"海右此亭古"，也是用现成的诗句，竟像为此而作，想改都不能改。

【念楼曰】 古人笔记杂录，内容常有重复，此则所记在迟于渔洋一百二十三年后出生的郝兰皋的《晒书堂笔录》卷六中亦有记载，系据《艮斋续说》卷八云：

> 西京一僧院后有竹园正盛，士大夫多游集其间，文潞公亦访焉，大爱之。僧因具榜乞题名，公欣然许之，数月无耗，僧屡往请，则曰：吾为尔思一佳名未得，姑少待。逾半载，方送榜还，题曰"竹轩"。妙哉题名，只合如此，使他人为之，则"绿筠""潇碧"，为此君上尊号者多矣。
>
> ……余谓当公思佳名未得，度其胸中亦不过"绿筠""潇碧"等字，思量半载，方得真诠，千古文章事业，同作是观。

文潞公即文彦博，是苏东坡同时代的人。我想，北宋时有过这么回事大约是确实的，二者不过传闻异辞罢了。而郝君结语尤妙，即作文无他诀窍，只要简单、本色，便胜过百千绿筠潇碧了。

题榜不易

王士禛

有求竹轩名于东坡者。久之书匾还之。乃竹轩二字。甚矣。题榜之不易也。余再入蜀。谒武侯庙。见某中丞题榜曰。丞相祠堂。余深叹其大雅。不可移易。又吾郡重修历下亭。或题其榜曰。海右此亭古。亦叹其确。此所谓颠扑不破者也。

【学其短】

〇 本文录自王士禛《古夫于亭杂录》卷五。

〇 王士禛，见页二七一注。

文字狱

【念楼读】 《孑遗录》的作者戴名世，是因为《南山集》一案而被杀的，此书亦是文字狱一罪状。它叙述桐城流寇祸乱的史事，对晚明民变的全貌和明朝灭亡的原因，都交代得清清楚楚，却又并未离开桐城扯到别的地方去，确实是大手笔。难怪他自比司马迁、班固，敢于以一人之力来编明史，可惜大志未酬，即遭杀害。

比起他来，司马迁虽然受了宫刑，却还能写成《史记》，可算是十八层地狱里头侥幸重见天日的了。

【念楼曰】 清王朝统治的一大罪恶是文字狱。从顺治朝起，即有吴季子充军宁古塔，金圣叹血染苏州城。康熙时庄氏《明史》一案，逮捕了二千余人，作者全家十五岁以上男丁尽行斩决，参订者十四人亦全部处死。戴名世案亦株连三四百人。雍正时汪景祺一首诗"皇帝挥毫不值钱"，即被立斩枭示；查嗣庭出了个"维民所止"的题目，也被戮尸示众，儿子处斩。到乾隆时，文字狱发案率更高，平均五个月就有一起。胡中藻作"一把心肠论浊清"，蔡显作"风雨龙王欲怒嗔"，八十六岁老翁刘翱抄录禁书，都被处死。九十多岁老诗人沈德潜，退休在家，只因编选诗集收入了钱谦益的诗，刻板即被查缴解京销毁，还派官到其家查抄钱氏诗文，吓得他"惊惧而死"。

可叹的是，如今的顺治、康熙、雍正、乾隆，一个个都成了"光辉形象"，文字狱的记忆却早模糊了。

戴南山子遗录

梁启超

子遗录以桐城一县被贼始末为骨干．而晚明流寇全部形势乃至明之所以亡者具见焉．而又未尝离桐而有枝溢之词．可谓极史家技术之能．无怪其毅然以明史自命而窃比迁固也．所志不遂．而陷大僇．以子长蚕室校之．岂所谓九渊之下．尚有天衢者耶．

【学其短】

○本文录自梁启超《饮冰室文集》。

○梁启超，号任公，清末民初广东新会人。

○戴南山，即戴名世，因《南山集》被杀。

诗话九篇

诗中用典

【念楼读】 作诗不能完全不用典。但用典要切合此时此地、此情此景，要变成自己的话说出来，使读者看不出是用典，才算得高明。御史董公下放到甘肃时，告别友人的诗中有两句：

被放逐的人要向西北走，
黄河水却照样往东南流。

开始都以为只是普通的叙说。后来读《北史》，见魏孝武帝往长安投靠宇文泰，在黄河边流着泪对随从说："河水仍旧向东流，寡人却要往西走。"才知董公是在用这个北朝的典故来表现自己无可奈何的心情，不禁深为佩服。

【念楼曰】 五四先贤提倡文体改革，有"八不"之说，其一便是不用典。其实鲁迅那时的诗文，开篇便是"大欢喜""陈死人""首善之区""夜游的恶鸟"，都是成语典故。不过有的搬来时改砌了一下，和御史董公一样，做得比较高明。

北魏孝武帝的故事则很悲哀。他离开高欢去投宇文泰，是出虎穴入狼窝。这一点他自己亦未尝不清楚，所以在黄河边上说的话还有下半句："若得重谒洛阳庙，是卿等功也。"果然到长安半年之后，他就被宇文泰毒死了。

诗话实际上也是一种文学评论，但却是中国独有的文体，而且都是短文，今从王渔洋（士禛）的作品中选辑九篇。

用事

王士禛

作诗用事，以不露痕迹为高。往董御史玉虬（文骥）外迁陇右道，留别予辈诗云，逐臣西北去，河水东南流。初谓常语，后读北史，魏孝武帝西奔宇文泰，循河西上，流涕谓梁御曰，此水东流，而朕西上。乃悟董语本此，深叹其用古之妙。

【学其短】

○本文录自王士禛《池北偶谈》卷十二。

○王士禛，见页二七一注。

○北魏孝武帝，姓元（拓跋）名修，为南北朝时北魏最后一位皇帝，在位时间为五三二年至五三四年。

○宇文泰，北魏军阀，利用孝武帝西奔，分裂北魏为东魏、西魏，旋毒死孝武帝，改立文帝，自为太师专政。其子宇文觉遂篡西魏为北周。

四句够了

【念楼读】 过去的应试诗，规定作五言六韵（两句一韵，六韵就是十二句），多则八韵，少则四韵。祖咏《终南望馀雪》却只作两韵，成了一首五绝。主考官怪他作得太少，他答道：

“意思已经说完，四句够了。”

后来王士源说：“孟浩然写诗全凭兴致，他宁可不写，也不用平庸的语句凑数。”黄庭坚说：“诗不必写得太多太长，把心里想写的写出来了就行。”都是同样的意思。

只要意思好，写得好，又何必硬要多少句呢？

【念楼曰】 诗纯粹是抒发个人情感的，为了完成任务，或者执行指示，是写不好的，所以“应制”和“赋得”极少有好诗。钱起《省试湘灵鼓瑟》，能写出“曲终人不见，江上数峰青”，只是极个别例外。

祖咏是先有了“意思”，后碰上题目，才写了这四句。还有不到四句便成佳作的，如“风萧萧兮易水寒”和“乐莫乐兮新相知”，均非应试之作。钱镠的：

> 陌上花开，可缓缓归矣。

极富诗意，却不是诗。小林一茶的俳句：

> 不要打哪，苍蝇在搓他的手搓他的脚呢。

先后为苦雨斋和万荷堂所激赏，但非我族类，也不能算。

意尽　王士禛

祖咏试终南雪诗云云。主者少之。咏对曰。意尽。王士源谓孟浩然每有制作。伫兴而就。宁复罢阁。不为浅易。山谷亦云。吟诗不须务多。但意尽可也。古人或四句或两句便成一首。正此意。

【学其短】

○ 本文录自《池北偶谈》卷十三。

○ 祖咏，盛唐诗人，其《终南望馀雪》诗云：『终南阴岭秀，积雪浮云端。林表明霁色，城中增暮寒。』

盛唐不可及

【念楼读】 唐宋诗人，以桃花源为题的不少，最著名的，是王维、韩愈、王安石的三篇。

我读韩愈的“种桃处处惟开花，川原近远蒸红霞”，王安石的“世上那知古有秦，山中岂料今为晋”，觉得意思都好，笔力也雄健。但作者总好像用全力拉硬弓，虽然弓开如满月，总免不了有些面红气喘。

而读王维诗，从“渔舟逐水爱山春”起，到“春来遍是桃花水，不辨仙源何处寻”，都如行云流水，自由自在，全是美的享受。

盛唐的最高成就，真是难得赶上。

【念楼曰】 恭维好作品，称之为“力作”，不知始于何人，料想王渔洋不会同意。我也以为，作者未必会喜欢别人多看他使尽全身气力的样子，尤其在创作的时候。

苦吟诗人有的自称“两句三年得，一吟双泪流”，如果不是艺术的夸张，也可说是用力作诗了。但这力只应该是心力，对月推敲，闭门觅句，当然需要付出。若无天分和情趣，不要说“捻断数茎须”捻不出好诗，就是头发胡子一把抓，霸蛮扯下一大把来，亦难充数。

“文章本天成，妙手偶得之。”这当然不容易，却不是光凭“力作”能“得”的。我辈凡庸，还是别“枉抛心力作词人”为好。

桃源诗　王士禛

唐宋以来，作桃源行最传者，王摩诘、韩退之、王介甫三篇。观退之、介甫二诗，笔力意思甚可喜。及读摩诘诗，多少自在。二公便如努力挽强，不免面赤耳热。此盛唐所以高不可及。

【学其短】

○ 本文录自《池北偶谈》卷十四。

○ 王摩诘等三篇，二王的诗题都叫《桃源行》，韩愈的诗题叫《桃源图》。

雪里芭蕉

【念楼读】 王维是大诗人，又是大画家。他画雪景，雪里的芭蕉长着大大的叶片，这实际上是不会有的。

他的诗也有同样的情形，比如：

> 九江地方的枫树啊，青了又变红，
> 扬州的月亮，将五湖的烟水照明。

九江、扬州都是实有的地名，接下去一连串兰陵、富春、石头城，也是地名。可这些地方相隔既远，和诗中的景物、事件亦看不出有何联系。当作纪游诗或叙事诗看，有的人便觉得他写的不符合实际。

其实，诗和画所表现的，不过是诗人和画家心灵创造的意境，不必都要写实。王维如果只描绘人人习见的雪景，只按照旅游路线历述地名，就不是王维了。

【念楼曰】 绘画不等于照相，作诗不等于写报告文学，现代的人好像都能明白，但亦未必尽然。“现实主义”对于雪里芭蕉，也是很有可能审查通不过的。而换了日丹诺夫的“社会主义现实主义”即“革命浪漫主义”，则又会要雪里芭蕉结出一串串又肥又大的香蕉来。

放诗歌卫星，压倒王维超李白，尽管乱喊。真中了邪，以为人有多大胆，地有多高产，则非砸锅不可。

王右丞诗

王士禛

世谓王右丞画雪中芭蕉．其诗亦然．如九江枫树几回青．一片扬州五湖白．下连用兰陵镇富春郭石头城诸地名．皆寥远不相属．大抵古人诗画．只取兴会神到．若刻舟缘木求之．失其指矣．

【学其短】

○本文录自《池北偶谈》卷十八。

○「一片扬州五湖白」，接下去是「扬州时有下江兵，兰陵镇前吹笛声，夜火人归富春郭，秋风鹤唳石头城……」见王维《同崔傅答贤弟》诗。

说苏黄

【念楼读】 “苏东坡的诗不乏小毛病，却不能轻易批评它。就像长江大河，当然会挟带泥沙，卷起泡沫。在它的水面上，既有精美的游艇航行，也漂浮着破烂杂物。若是好环境中的一眼井泉，一处池塘，一条山涧，水当然很清，甚至没有一点杂质，但它们的规模和气势，又怎能和大江大河相比呢?”这是许彦周的评说。

“男子汉去会朋友，提起脚便走。如果是女士们，便少不得梳妆打扮，费多少力气。这就是苏东坡和黄山谷的不同。”林艾轩也这样说。

【念楼曰】 这里说的，也就是通常所谓大家和名家的区别。苏轼毫无疑问是大家，他的作品多，读者多，议论的也多。作品多了，当然不可能首首都好；挟带的泥沙，漂浮的杂物，更难逃习水者的眼睛。但这些东西毕竟无碍江河的宽广深长，更阻滞不了波涛的汹涌澎湃。

黄庭坚的文学成就，总的说来稍逊于苏，其实也是大家。林氏的评论，我以为欠妥，尤其是将其女性化，更有点不伦不类。若将翁卷、叶绍翁等小名家拿来跟苏轼比，似更适当。“子规声里雨如烟”和“应怜屐齿印苍苔”等句，真有如“珍泉幽涧”，可烹茶，可濯缨，更可欣赏。但要涤荡心胸、浮沉天地，那就只能求之于长江大河了。

论坡谷

王士禛

许彦周诗话云．东坡诗不可轻议．词源如长江大河．飘沙卷沫．枯槎束薪．兰舟绣鹢．皆随流矣．珍泉幽涧．澄泽灵沼．无一点尘滓．只是体不似江河耳．林艾轩论苏黄云．譬如丈夫见客．大踏步便出去．若女子便有许多妆裹．此坡谷之别也．【学其短】

○本文录自《池北偶谈》卷十八。

○鹢，一种水鸟，常画在船头上，后即用它来指讲究的船。

多馀的尾巴

【念楼读】 柳宗元所作七古《渔翁》的前四句，写人在景中：

渔翁夜傍西岩宿，晓汲清湘然楚竹。

烟销日出不见人，欸乃一声山水绿。

岂不是一首极妙的七绝？不知为什么要加上：

回看天际下中流，岩上无心云相逐。

便近乎画蛇添足了。好像记得苏东坡在谈柳诗时，也说过最后这两句可以不要，看来像一条多馀的尾巴。

【念楼曰】 柳宗元为唐宋八大家之一，诗名也极高，《渔翁》又是他的代表作。王渔洋却认为后两句是累赘，给他删掉了全诗的三分之一。我觉得，作为在评诗说诗时示例，渔洋的删是删得高明的，我也是能够接受的。

现在有的批评家，似乎只会对新作者新作品提意见，尤其是在这作者作品的“倾向”出了问题，或者和他有了明的暗的“过节”的时候。而对于已经有了“历史地位”的前辈们，却总是宁可恭维，不加得罪。有谁敢对“伟大作家”提意见，也立刻被同声斥为“砍旗”。观乎此，则渔洋敻乎远矣。

东坡批评《渔翁》末二句的文字，我未见到。他在《书郑谷诗》中极赞前四句，以为“殆天所赋，不可及也”，虽未明说末二句多馀，意思却也十分清楚明白。

柳诗蛇足

王士禛

余尝谓柳子厚渔翁夜傍西岩宿一首末二句蛇足，删作绝句乃佳。东坡论此诗亦云，末二句可不必。

【学其短】

〇本文录自王士禛《分甘馀话》卷一。

含蓄

【念楼读】 作诗写文章，都要力求含蓄；填词作曲，也是一样。

词的风格，主流一派提倡婉约，秦观和李清照是最含蓄的；柳永的描写虽然曲折细致，却嫌过于铺张渲染，品格不是太高。

非主流一派则追求豪放，苏轼首开风气，做得最好；辛弃疾豪气更足，偶尔偏粗；刘过有几首，为显示粗豪而故作浅易，毫无蕴蓄，最为差劲。

学词的人，得弄明白这些区别。

【念楼曰】 词本是合乐的歌，专写男女之情。但写情也有高下之分，含蓄还是不含蓄，有时的确可以作为区分高下的分界线。如秦观的“郴江幸自绕郴山，为谁流下潇湘去”，李清照的“惟有楼前流水，应念我终日凝眸”，拿来比柳永的“师师生得艳冶，香香于我情多，安安那更久比和，四个打成一个”，高下岂不分明？

到了苏轼，才把词当作诗来作，加上他个人的风格，言情也带几分豪气，如“纵使相逢应不识，尘满面，鬓如霜”，不作喁喁儿女态，却同样是很含蓄的。辛弃疾豪气十足，好词亦多，“老子平生，原自有金盘华屋”，便有点嫌粗。若刘过的“臣有罪，陛下圣，可鉴临，一片心”，毫不含蓄，专喊口号，便难说是好词，虽然是在歌颂岳飞，政治第一。

贵有节制

王士禛

凡为诗文，贵有节制，即词曲亦然。正调至秦少游、李易安为极致，若柳耆卿则靡矣。变调至东坡为极致，辛稼轩豪于东坡，而不免稍过，若刘改之则恶道矣。学者不可以不辨。

【学其短】

〇本文录自王士禛《分甘馀话》卷二，原题《诗文词曲贵有节制》。

〇秦少游名观，李易安名清照，柳耆卿名永，辛稼轩名弃疾，刘改之名过，都是宋代著名词人。

创作自由

【念楼读】 胡应麟评诗，说苏东坡、黄山谷的古体诗，不学《古诗十九首》和建安七子，是他们的缺点。这个说法不对。

没有独创，便没有好的作品和好的作家。苏黄之所以为苏黄，正因为他们能不受《古诗十九首》和建安七子的束缚，别出蹊径。胡应麟这样说，简直像将挽具往纯种赛马的身上套，硬要它们跟驾辕的骡子"拉帮套"。

【念楼曰】 胡应麟，明代文学批评家，著有《少室山房笔丛》。

《古诗十九首》和以三曹为代表的建安诸人，确实是"五言之冠冕"（刘勰语），"几乎一字千金"（钟嵘语）。但即使如此，也不能说后人写作就必须学他们，必须走他们的路。

创作最重要的是要自由，要如天马行空，不受拘束。"作辕下驹"，车辕架着，缰绳套着，口铁衔着，鞭子抽着，主人喝骂着，只能"令行禁止"，那就没有什么自由了。

作家属于自由职业者，以文作饭，砚田无税，本应该是自由的。《古诗十九首》作者不可考，若建安七子，虽食曹家（名为汉家，实是曹家）俸禄，不得不归曹家管，孔融还被曹操杀了，但即使是孔融作诗文，也不必奉承曹氏父子的意旨，事先请示批准。

只有到了日丹诺夫、苏斯洛夫管文艺的体制之下，作家才会痛感没有创作自由，古米廖夫被枪毙，帕斯捷尔纳克得了诺贝尔奖也不敢去领。

评诗之弊　王士禛

胡应麟病苏黄古诗不为十九首建安体，是欲绁天马之足作辕下驹也。

【学其短】

〇本文录自《分甘馀话》卷四。

得其神髓

【念楼读】 颜之推在他的《颜氏家训·文章篇》中，很是欣赏王籍《入若耶溪》诗中的两句：

树林里单调的蝉声在久久地诉说着寂寞，
忽听几声鸟叫才觉得此山中是多么清幽。

写出了喧闹中的寂静，用的是《诗·小雅·车攻》的写法，如：

伫听那战马在仰天长嘶，
凝望着军旗在空中飞舞。

其实《车攻》写的是军旅，王籍写的是山林，绝不相同，表现的方法却是一样。可见学古人要学他的精神，得其神髓，不必袭用他的题材和字句。若仅得其皮毛，那就差劲了。

【念楼曰】 颜之推认为，读文学作品，最要紧的是对作者的用心要有所理解。他先举出江南文士对王籍两句诗的评论，或"以为不可复得"，或"言此不成语，何事于能"，然后道：

《诗》云，萧萧马鸣，悠悠旆旌。《毛传》云，言不喧哗也。吾每叹此解有情致，籍诗生于此意耳。

可谓善解人意，因为他能体贴人情，而不是拿什么"义法"来作机械的"分析"。

《梁书》曾为王籍列传，说他七岁能文，有集行世，可是却只有这两句流传下来。看来竹帛纸张并不能使作品不朽，能得到理解者如颜君的赞赏，才得以流传。

勿袭形模

王士禛

颜之推标举王籍蝉噪林逾静，鸟鸣山更幽，以为自小雅萧萧马鸣，悠悠旆旌得来，此神契语也。学古人勿袭形模，正当寻其文外独绝处。

【学其短】

○ 本文录自王士禛《古夫于亭杂录》卷六。

○ 颜之推，南北朝时人，入北齐为官，后入北周，有《颜氏家训》二十篇。

○ 王籍，南北朝时梁人，《梁书》称其七岁能文，『至若耶溪赋诗，其略云，蝉噪林逾静，鸟鸣山更幽，当时以为文外独绝』云云。若耶溪在今浙江绍兴境内。

世说新语十一篇

永恒的悲哀

【念楼读】 桓温为大司马，领平北将军，统兵北伐。行经金城，见到自己从前任琅邪太守时移栽在此地的杨柳，已经长成合抱的大树，他很有感触，深情地说：

“树都长得这么大了，教人怎么能不老。”

一面攀挽着低亚的柳条，轻轻地抚摸着，眼泪夺眶而出。

【念楼曰】 生命有限而流年易逝，这是人类普遍的永恒的悲哀。王羲之《兰亭集序》和朱自清《匆匆》写的便是它。不过常人“欣于所遇”时，就像飞舞在阳光中忙着找对象的蜉蝣，不会感觉到这一点。

桓温在史书上被称叛逆，说他是“孙仲谋、晋宣王（司马懿）之流亚”，反正是一个野心大本事也大的人。他二十三岁就当了琅邪（治金城）太守，可谓少年得志，后来在东晋朝廷中的地位步步上升，少有蹉跌。此次北伐，余嘉锡《世说新语笺疏》说在太和四年，桓温的权力已臻顶峰，总统兵权，专擅朝政，到了可以废立皇帝的程度。然而“公道世间惟白发”，“温时已成六十之叟”（《世说新语笺疏》引刘盼遂语），大概觉得纵然人生得意，仍然“大命未集”（同上）。这时候，大司马领平北将军也就现了原形，仍然是一个普通而真实的人。

木犹如此

刘义庆

桓公北征经金城，见前为琅邪时种柳，皆已十围，慨然曰："木犹如此，人何以堪！"攀枝执条，泫然流泪。

【学其短】

○本文录自《世说新语·言语》。《世说新语》是杂记汉末魏晋人物言行的一部书，刘义庆撰。

○刘义庆，南朝彭城人，宋武帝刘裕之侄，袭封临川王。

○桓公，桓温，东晋权臣，明帝的女婿。

○琅邪，郡名，治地在今山东诸城。晋室南渡后在金城（今江苏句容）侨置。

才女

【念楼读】 某日天寒下雪，谢安正在同本家的儿女们谈文学，谈文章。雪越落越大，他的兴致也越来越高，问儿女们道：

“这大雪纷纷，如果要描写它，你们用什么来比拟呢？”

侄子胡儿道：“刚才下雪子，落下来沙沙地响，有点像从空中往下撒盐吧。”

另一个侄女儿却说道：“此刻的鹅毛大雪，倒像是春风将柳絮吹得满天飞哪。”

谢安听了，高兴地笑了起来。

这位将柳絮比雪花的姑娘，便是谢安大哥的女儿道韫，后来给王羲之做二儿媳的，有名的才女谢氏夫人。

【念楼曰】 前人也说过，以撒盐比下雪子，以飞絮比下雪花，都很形象，无分优劣。但若从文学描写的角度看，空中撒盐断难为真，风吹柳花则是常景；而这种似花还似非花的东西，作为春天的标志，又特别能使人联想起春的温馨和情思，在天寒下雪枯寂之时，更具有亲和力。难怪谢太傅当时“大笑乐”，即我辈于一千六百余年后，亦不能不为之折服。

从此亦可见当时江左高门中的文化氛围，似乎比十四个世纪后的大观园中还多一点自由平等的空气，因为没见过贾政和林、薛、史、探春“讲论文义”。

柳絮因风

刘义庆

谢太傅寒雪日内集。与儿女讲论文义。俄而雪骤。公欣然曰。白雪纷纷何所似。兄子胡儿曰。撒盐空中差可拟。兄女曰。未若柳絮因风起。公大笑乐。即公大兄无奕女。左将军王凝之妻也。

【学其短】

○本文录自《世说新语·言语》。

○谢太傅，名安，字安石，东晋名臣。

○胡儿，谢安次兄据之子，名朗。

○兄女，谢安长兄奕（字无奕）之女，名韬元，字道韫。

○王凝之，王羲之第二子。

从容与慷慨

【念楼读】 嵇康在洛阳东门外被杀时，到了刑场，神色不变，镇定如常。他要来一张琴，弹了一曲《广陵散》，弹完后道：

“袁孝尼找我要学这支曲子，我不肯教。从今以后，这《广陵散》只怕也无人能弹了。”

太学里三千学生上书，请求赦免嵇康，让他去教书。晋王司马昭不准，还是将嵇康杀了。不过这位后来被尊称为文皇帝的奸雄，据说也有一些后悔。

【念楼曰】 慷慨就义易，从容赴死难，如嵇康者，可说是从容赴死的了。当时宣布处死嵇康的理由是：

> 今皇道开明，四海风靡，边鄙无诡随之民，街巷无异口之议。而康上不臣天子，下不事王侯，轻时傲世，不为物用，无益于今，有败于俗。昔太公诛华士，孔子戮少正卯，以其负才乱群惑众也。今不诛康，无以清洁王道。

嵇康在众口一词（街巷无异口之议）中偏要讲自己的话，在齐颂皇道开明时偏不服从领导（不臣天子，不事王侯），其走向华士、少正卯的结局乃是必然，也在自己意料之中。这才是他临刑不惧的根本原因。但不怕死并不等于不留恋生，一曲《广陵散》，是何等从容，又何等慷慨。此岂是骂瞿秋白、金圣叹死时说豆腐和豆腐干好吃为软弱的人所能理解的。

广陵散

刘义庆

嵇中散临刑东市．神气不变．索琴弹之．奏广陵散．曲终曰．袁孝尼尝请学此散．吾靳固不与．广陵散于今绝矣．太学生三千人上书．请以为师．不许．文王亦寻悔焉．

【学其短】

○ 本文录自《世说新语·雅量》。

○ 嵇中散，即嵇康，中散大夫是他曾任的官职。

○ 《广陵散》，琴曲。

○ 袁孝尼，名准。

○ 文王，指晋王司马昭，其子炎称帝后谥之曰『文』。

生死弟兄

【念楼读】 王子猷、子敬两兄弟都病重了。子敬先死，家人并没有将噩耗告诉病中的子猷。

两兄弟的感情一直极好，病中仍不断派人互通音讯。人一死，音讯就断了。子猷觉得不对，便向身边的人说：

“为什么子敬没来消息？人一定不行了。”这时的他，反而特别冷静，并不显得悲伤，只叫备轿，抬着他往弟弟家奔丧。

子敬生前爱弹琴。子猷到了灵堂，也不哭，坐下后便要人将子敬的琴取来，想弹弟弟常弹的曲子，琴弦却总是调不好。这才将琴往地下一丢，哀号道：

“子敬呀子敬！你怎么就死去了，这张琴也没人能弹了啊！”接着便放声大哭，一直哭到昏了过去。

一个多月后，子猷也去世了。

【念楼曰】 兄弟若只是血缘关系，亲当然亲，却断不会到如此生死相依的程度。《世说新语》记子猷事十九条，子敬事二十九条，可以看出两兄弟的性情气质，都堪称六朝人物的典型(虽然子敬曾经被夫人看不起)。其相投相许，有这样一个基础，故能超出寻常的弟兄。

父子、兄弟、夫妇，只有兼而为好朋友的，感情才能真笃，不然再好亦只是互尽义务罢了。

人琴俱亡

刘义庆

王子猷子敬俱病笃．而子敬先亡．子猷问左右．何以都不闻消息．此已丧矣．语时了不悲．便索舆来奔丧．都不哭．子敬素好琴．便径入坐灵床上．取子敬琴弹．弦既不调．掷地云．子敬子敬．人琴俱亡．因恸绝良久．月馀亦卒．

【学其短】

○ 本文录自《世说新语·伤逝》。

○ 王子猷、子敬，都是王羲之的儿子，子猷（徽之）为兄，子敬（献之）为弟。

妈妈的见识

【念楼读】 赵夫人嫁女，在女儿出门时，叮嘱她道："到了婆家，切记不要只想做好事啊。"

"不做好事，难道去做不好的事？"女儿问。

"好事还不必急于做，何况不好的事呐。"赵夫人说。

【念楼曰】 赵母为三国时吴人，学问很好，著有《列女传解》，作赋数十万言。她这段话很有名，历来多有诠释，我觉得余嘉锡先生说得最好：

> 盖古之教女者之意，特不愿其遇事表暴，斤斤于为善之名，以招人之妒嫉，而非禁之使不为善也。

本来长沙人说的"能干婆"是十分讨厌的，若不是真能干还喜欢"遇事表暴"大出风头则更加讨厌了，自己也会费力不讨好。赵母之女想不至于此，但看她反问妈妈的话，大概也聪明不到哪里去。知女莫若母，所以才给她打预防针。

做好事当然是对的，但如果不顾条件，不具实力，为了出成绩而急于去做，则好事亦会办成坏事。一家一室的小事固如此，天下国家的大事又何尝不如此。全民炼钢三年超英赶美岂非好事，结果搞出自然灾害就不好了。赵母有此见识，何止教女修身齐家，即治国平天下也已足够，这在现代妈妈中恐亦少有。

赵母嫁女

刘义庆

赵母嫁女，女临去，敕之曰：慎勿为好。女曰：不为好，可为恶邪？母曰：好尚不可为，其况恶乎？

【学其短】

○本文录自《世说新语·贤媛》。

○赵母，又称赵姬，三国吴颍川人，东郡虞韪妻，赤乌六年卒。

一罐鲊鱼

【念楼读】 陶侃为东晋名臣，很受尊重。他年轻的时候做过管理捕鱼设施的员工。有一次，他托人带了罐鲊鱼给母亲。母亲却将这罐鱼加封退回，在回信中责备他道：

“你在替公家做事，拿了公家的东西送回家来；这不会使我高兴，只会让我为你担心着急。”

【念楼曰】 百年前开始兴女学的时候，流行过一句话：健全的国民，有赖于健全的母教。这句话恐怕到什么时候都是对的。

陈垣先生在题《林屋山民送米图卷子》时引《旧唐书·崔玮传》中辛玄驭之言，谓：

> 儿子从官者，有人来云贫乏不能自存，此是好消息；若闻赀货充足，衣马轻肥，此是恶消息。

一罐腌鱼远未到“赀货充足，衣马轻肥”的程度；陶母却也从中闻到了“坏消息”的气味，加封退回，写信训斥。陶侃之所以能成为晋室名臣、修身模范，看来的确与高堂的教育有关。

如今年纪轻轻当官的不少，老太太应该都还健在。但不知道愿意听“好消息”的有几多，愿意听“恶消息”的又有几多。想做这项社会调查，只怕很难。

陶母封鲊

刘义庆

陶公少时作鱼梁吏．尝以坩鲊饷母．母封鲊付使．反书责侃曰．汝为吏．以官物见饷．非唯不益．乃增吾忧也．

【学其短】

○ 本文录自《世说新语·贤媛》。

○ 陶公，即陶侃，东晋寻阳（今九江）人。

林下风气

【念楼读】 王羲之的太太郗夫人回娘家，对她的两个弟弟郗愔和郗昙说：

“我见谢安、谢万来王家做客，你们姐夫总是兴高采烈，叫家人翻箱倒柜，把好东西全拿出来招待。你俩来时，他却是平平淡淡的，应付而已。依我看，你们以后也就不必多到王家走动了。”

【念楼曰】 王、谢、郗三家都是高门，又都是亲戚。郗太傅向王丞相求女婿，王家说男孩子都在东厢房里，叫郗家的人自己去选。结果没看上“闻来觅婿，咸自矜持”的诸郎，却选中了“在床上坦腹卧，如不闻”的王羲之。王羲之同郗夫人所生的第二个儿子凝之，又娶了谢太傅的侄女谢道韫。若论亲戚，亲家不会比妻弟更亲。若论官位，谢家有太傅，郗家也有太傅；谢万是中郎（将），郗昙也是中郎（将）。王羲之不是“朝势走”的人（湖南俗谚云“狗朝屁走，人朝势走”），更不会从中分厚薄。其所以在二谢来时兴高采烈，二郗来时却平平淡淡，也只是气味相投不相投的缘故。六朝人物的可爱，就可爱在这一点上。

郗夫人对丈夫并无责怪之意，反而劝弟弟自己识趣，可谓和她的二媳妇一样“有林下风气”。

无烦复往

刘义庆

王右军郗夫人谓二弟司空中郎曰.王家见二谢.倾筐倒庋.见汝辈来.平平尔.汝可无烦复往.

【学其短】

○本文录自《世说新语·贤媛》。

○王右军，即王羲之，曾为右军将军，晋代大书法家。

○郗夫人，名璿，太傅郗鉴之女，嫁王羲之。

○二弟司空、中郎，谓郗愔、郗昙。

○二谢，指谢安、谢万兄弟。

乘兴

【念楼读】 王子猷住山阴的时候，有个冬天的晚上忽下大雪。他睡一觉醒来，推开卧房的门，叫家人送酒来喝。忽见屋外四处雪色又白又明，兴致勃发，便不想睡了，在屋内走来走去，一面朗诵起左思的《招隐诗》来：

> 杖策招隐士，荒涂横古今。岩穴无结构，丘中有鸣琴。
> 白雪停阴冈，丹葩曜阳林。……

又因“招隐”想起了隐居在剡溪的友人戴安道，立刻叫人备条小船，冒着大雪乘船前往。

小船摇到剡溪，天已大明。船一直摇到戴家的门口，这时子猷又不想进门了，叫船掉头，仍走原路回家。

后来有人问子猷为什么这样做，他说：“我是趁着当时的兴致上船的，兴致满足了，也就可以打转了，何必一定要见到什么人呢。”

【念楼曰】 王子猷这件事，《世说新语》归之于“任诞”门，略有贬意，其实它也只是魏晋风度的一种表现。在大一统瓦解、礼法崩坏之际，读书人的思想解除了束缚，个性得以张扬，才有可能“乘兴”做一做想做的事情，说一说想说的话，不必太顾及别人会如何看，尤其是执政者会如何看。魏晋南北朝、五代十国和明之末世，便是文化历史上这样的时期，我以为其中有些人事颇有趣味，亦可发深思。

雪夜访戴

刘义庆

王子猷居山阴．夜大雪．眠觉．开室．命酌酒．四望皎然．因起彷徨．咏左思招隐诗．忽忆戴安道．时戴在剡．即便夜乘小船就之．经宿方至．造门不前而返．人问其故．王曰．吾本乘兴而行．兴尽而返．何必见戴．

【学其短】

〇本文录自《世说新语·任诞》。

〇山阴，今绍兴。

〇左思，晋代诗人，其《招隐诗二首》见《文选》卷二二。

〇戴安道，名逵，东晋隐士。

〇剡，剡溪，为曹娥江上游的一支，附近曾置剡县，故址在今嵊州市西南。

酒给谁喝

【念楼读】 王戎年轻时很受阮籍赏识，有次他去看阮籍，恰逢刘公荣也在座。阮籍见到王戎，十分高兴，忙叫家人设酒，说：

“这里有两瓶好酒，正好你我同饮，这位公荣老兄就没有份了。”于是二人开怀畅饮。刘公荣坐在一旁，连酒杯也没碰到。而谈笑戏谑，三人却是一样开心。

刘公荣本是好喝酒的人，为什么要这样对待他？阮籍的理由是：

“比公荣高明的人，自然不得不请他喝酒；不如公荣的人，又不敢不让他喝酒；只有像公荣这样的人，才可以不给他酒喝啊。”

【念楼曰】 据说刘公荣与人饮酒，“杂秽非类”，他又是仕宦中人，同阮籍游，也多少带有附庸风雅的意思（但也不会太多，不然便不敢不给他喝了）。而王戎后来名声虽然不好，那却是三十岁以后的事情，阮籍已经去世了；而他小时候本是个聪明子弟，阮籍对比自己小二十四岁的“阿戎”一直十分喜欢，才将他引到竹林下面去喝酒清谈。

刘公荣的官做到了刺史，相当于省部级了。若在今时，阮籍名气再大，也最多当一个政协委员、文史馆员。部长登门，岂非殊遇，坐首席敬头杯恐怕理所当然。

公荣无预　刘义庆

王戎弱冠诣阮籍.时刘公荣在坐.阮谓王曰.偶有二斗美酒.当与君共饮.彼公荣者无预焉.二人交觞酬酢.公荣遂不得一杯.而言语谈戏.三人无异.或有问之者.阮答曰.胜公荣者.不得不与饮酒.不如公荣者.不可不与饮酒.唯公荣可不与饮酒.

【学其短】

○本文录自《世说新语·简傲》。

○王戎、阮籍都是『竹林七贤』中人。刘公荣名昶，刘孝标注说他『为人通达，仕至兖州刺史』。

『亲爱的』

【念楼读】 王安丰的妻子，总是叫安丰“亲爱的”，叫得安丰都不大好意思了，对她道：

“老婆叫老公，老是‘亲爱的’‘亲爱的’，也不分场合，这好像不大合习惯。以后你别这样叫了，好不好？”

“亲你，爱你，才叫你‘亲爱的’；我不叫你‘亲爱的’，该谁叫你‘亲爱的’？”妻子答道。

安丰无话可说，以后只好由她。

【念楼曰】 读《世说新语》印象最深的两点，一是读书人的自由精神，可于阮籍猖狂、嵇康傲岸见之；二是女人能表现自我，没有后世那么多束缚，以及由束缚养成的作伪和作态。

表现当然不仅仅在“亲卿爱卿”上。这里可以再来说说谢道韫。她在“讲论文义”时的发挥和后来参加辩论“为小郎(夫弟王献之)解围”，遇孙恩之祸时“抽刃出门，手杀数人”，以及众人都不以为然的公然对丈夫表示鄙薄(均见《晋书》)，其实都一样，都是一种自信的表现，不是后来的女人们所能有的。

汉魏六朝虽是乱世，但只要不碰上司马昭和孙恩，文人还是相当自由的。男人自由了，女人也才能得自由，表现出自我来。只有敢“亲卿爱卿”的女人，才能得到平等的爱；也只有敢公开鄙薄男人的女人，才能得到男人的尊重。

王安丰妇

刘义庆

王安丰妇常卿安丰．安丰曰．妇人卿婿．于礼为不敬．后勿复尔．妇曰．亲卿爱卿．是以卿卿．我不卿卿．谁当卿卿．遂恒听之．

【学其短】

○本文录自《世说新语·惑溺》。

○王安丰，即『竹林七贤』中的王戎。

急性子

【念楼读】 王述是有名的急性子。有回吃水煮的囫囵鸡蛋，他用筷子去夹，连夹递夹，老是夹不起，发起急来，竟将蛋往地下摔去。可是煮熟了的蛋摔下去并不开花，而是圆溜溜地在地下滚。他见了更是生气，起身追着蛋用脚去踩。

那时人们脚上穿的不是鞋，而是木屐，木屐底下是前后两排屐齿。鸡蛋又圆又滑，老是往屐齿的空当里滚，几次踩上去也踩它不烂。王述这时真急了，居然从地下捡起蛋，塞进嘴里，狠狠几口咬碎，然后再"呸"地一口将它吐掉，这才消了气。

王右军听说了这件事，笑着说："太没涵养了。就是他老子，这副德行也不会受人尊敬，何况他！"

【念楼曰】 写人物要写出个性，就要刻画其性格特征的细节。性急急到这个样子，真是够典型了。但王述毕竟是个率真的人，且负清简之誉，《世说新语》中还有这样一条：

> 谢无奕性粗强，以事不相得，自往数王蓝田，肆言极骂。王正色面壁不敢动，半日，谢去良久，转头问左右小吏曰，"去未"，答云已去，然后复坐。时人叹其性急而能有所容。

看来他对人还是能克制的，那么在个人生活中性急一点，似乎也是可以原谅的吧。

王蓝田

刘义庆

王蓝田性急．尝食鸡子．以箸刺之．不得．便大怒．举以掷地．鸡子于地圆转未止．仍下地以屐齿碾之．又不得．瞋甚．复于地取内口中．啮破即吐之．王右军闻而大笑曰．使安期有此性．犹当无一豪可论．况蓝田邪．

【学其短】

○本文录自《世说新语·忿狷》。

○王蓝田，名述，东晋晋阳（今太原）人，袭爵为蓝田侯。

○王右军，即王羲之。

○安期，姓王名承，蓝田之父，为东晋名臣。

○豪，通『毫』。

容斋随笔九篇

白氏女奴

【念楼读】 为白居易提供服务的女奴中，“樱桃樊素口，杨柳小蛮腰”人所共知，也知道这两位主要是用口和腰来为诗人服务的。但白氏还在一首题为《小庭亦有月》的诗中，写到过家中宴客时吹笙的菱角、弹琵琶的谷儿、献舞的红绡和唱歌的紫绡，说这四个都是家奴。从名字看，至少红绡和紫绡也是女的，那么他家养的女奴显然不止樊素、小蛮两个了。

【念楼曰】 从读书时候起，就知道白居易是关心人民疾苦的伟大诗人，《卖炭翁》和《新丰折臂翁》确实写得感人。但是，有人说他的诗“忆妓多于忆民”也是不争的事实，而且从“老大嫁作商人妇”到“生来十六年”，老少咸宜，人数自然不会少。

妓女一般只会在浔阳江头之类家庭之外的地方使用，在自己府第之内，那就用得着樊素、小蛮、红绡、紫绡她们了。其实在家里，白居易还有更多的女人，请看他的《失婢》诗：

笼鸟无常主，风花不恋枝。今宵在何处，唯有月明知。

这也不是同火车上的服务员、办公室里的秘书那样的关系啊，一看便明白了。

有人喜读《容斋随笔》，据说做了不少批注，不知他对这一篇批过没有？又是怎么批的呢？

乐天侍儿

洪迈

世言白乐天侍儿唯小蛮樊素二人。予读集中小庭亦有月一篇云。菱角执笙簧。谷儿抹琵琶。红绡信手舞。紫绡随意歌。自注曰。菱谷紫红皆小臧获名。若然。则红紫二绡亦女奴也。

【学其短】

〇本文录自洪迈《容斋随笔》卷二。

〇洪迈，南宋鄱阳（今江西鄱阳）人，字景卢，号容斋。

〇《容斋随笔》（含《续笔》《三笔》《四笔》《五笔》）为著名学术随笔，收入《四库全书·子部》。

近仁鲜仁

【念楼读】 刚强坚毅的人，决不会一副拍马屁相。朴实沉默的人，决不会满嘴花言巧语。孔子说：刚毅朴诚，便接近于仁德。又说：阿谀谄媚，和仁德就隔远了。究竟是能够养成仁德呢，还是只能成为不仁无德之人呢？人们的本质和修养不同，结果也就不同了。

【念楼曰】 孔子的原话，第一句是“刚毅木讷近仁”，见《论语·子路》，大意是说，刚毅的人不会屈服于环境和自己的欲望，质朴迟钝的人不会为了表现自己抢着出风头，这就有可能培养出仁人志士的品德来。第二句是“巧言令色鲜矣仁”，这讲过两次，分别出于《论语》的《学而》篇和《阳货》篇，大意是说，话讲得漂亮，神色很恭敬，一味想讨人喜欢的人，他心里想得多的一定是自己的利益，求仁取义的考虑就很少很少了。

洪迈认为，孔子这两句话，说的是一个道理：刚毅木讷的人，决不会巧言令色；前者近仁，后者“鲜仁”。

“仁”在这里，指的是整个人的道德人格。一个人有没有独立的人格，从他是否在领导面前诺诺连声、胁肩谄笑，便看得出来。这样的人，道德水平自然也是极低的。

刚毅近仁

洪迈

刚毅者，必不能令色；木讷者，必不为巧言。此近仁鲜仁之辨也。

【学其短】

○本文录自《容斋随笔》卷二。

○木，质朴。讷，迟钝。

○鲜，很少。

不平则鸣

【念楼读】 韩愈《送孟东野序》说，事物有不平，有震动，才会发出声来，即所谓“不平则鸣”。但接着又说，尧舜时的皋陶、大禹和夔，殷商时的伊尹，西周初的周公，这些太平盛世的圣贤都是“鸣”的代表。还说，这是时代的需要，要他们用和谐的声音来赞美国家的昌盛，这就不能说是“不平则鸣”了。

【念楼曰】 韩愈为古文唐宋八大家之首，历来被奉为权威，《送孟东野序》又是他的代表作，选入《古文观止》后，稍微接触过一点古文的人都读过。其实正如洪容斋所批评的，这篇文章在逻辑上就不清楚，先说不平则鸣，又说盛世才出“善鸣者”，岂非自相矛盾。还说什么“以鸟鸣春，以虫鸣秋”，硬将自然现象和社会政治扯在一起，难道鸟和虫也有不平之事才会鸣叫，那和春秋时令又有什么关系呢？道理没有说通，意思前后冲突，虽有人极力称赞它“只用一鸣字，跳跃到底，如龙之变化，屈伸于天”，我看也难称好文章。

一九五七年上了“百家争鸣”这个“阳谋”的当，我以为自己对工作有意见，就可以鸣一鸣，争一争，求得“体制内解决”。谁知道舆论一律是不允许争的，要鸣也只能“和其声而使鸣国家之盛”，结果栽了个大跟斗。

送孟东野序　　洪迈

韩文公送孟东野序云：物不得其平则鸣。然其文云：在唐虞时，咎陶禹其善鸣者，而假之以鸣；夔假于韶以鸣；伊尹鸣殷，周公鸣周。又云：无将和其声而使鸣国家之盛。然则非所谓不得其平也。

【学其短】

○本文录自《容斋随笔》卷四。

○孟东野，名郊，唐诗人。

○咎陶，即皋陶，舜大臣。

○夔，舜的乐官。

○韶，夔所作著名乐曲。

○伊尹，殷商的大臣。

○周公，周武王弟，辅其成王者。

简化字

【念楼读】 现在人们写字时，常常将字的笔画简化，比如将“禮”字简化成“礼”字，将“處”字简化成“处”字，将“與”字简化成“与”字，只有向皇上呈奏和办理正式公文时，才不得不照笔画多的写。其实，按《说文解字》的说明，简化后的才是这些字的本来面目。书中解释“礼”字道：“它是‘禮’字的古文。”解释“处”字道：“它的意思是停止，有了几案，得以坐下，便可以停止了，也可以写作‘處’字。”解释“与”字道：“它的意思是给，跟‘與’字的意思一样。”由此可知，正规的写法，倒应该是简体，《说文解字》正是这样说的呀。

【念楼曰】 汉字的笔画，有的确实比较繁多，从前要一笔一笔地写，想简化一下，也合情合理。像“礼”“处”“与”这些字，古时笔画本来简单，后来却“繁化”了，当然该简化回来。就是敝姓“锺”简化为钟，也还可以接受，虽然“鍾”和“鐘”简化成了一个字，钱锺书先生还不太愿意。但将“葉”简化成“叶”，则不仅与草木都不搭界，叶子生长在什么上头成了问题，而且这“叶”本是另外一个字，读音和意义都和“葉”字完全不同，这就十分不合理了。

其实汉字要简化的只是写，何不学英文、日文的样，搞一套印刷体、一套手写体，岂不皆大欢喜，难道写得出 a、b、c、d 还不认得 A、B、C、D 么？

字省文

洪迈

今人作字省文，以禮为礼，以處为处，以與为与，凡章奏及程文书册之类不敢用，然其实皆说文本字也。许叔重释礼字云，古文；处字云，止也，得几而止，或从處；与字云，赐予也，与與同。然则当以省文者为正。

【学其短】

○本文录自《容斋随笔》卷五。

○说文，东汉许慎所著《说文解字》一书的简称。

○许叔重，名慎。

○几，古人席地而坐时倚靠的器具。

逢君之恶

【念楼读】 皇帝老子杀人，也是要助手的。汉宣帝杀赵广汉的助手便是魏相，杀韩延寿的助手便是萧望之。魏、萧也是有名的大臣，怎么为了私怨，便忍心将两个能干的官员置之死地呢？

杨恽在《报孙会宗书》里发了几句牢骚，于定国便给他定了“大逆不道”的死罪。史书却说于定国执法公平，百姓没有冤屈，我看未必是事实。

宣帝主张从严治政，杀人如草芥。魏、萧、于三人不说是助纣为虐，至少也是逢君之恶，想起来真堪痛恨。

【念楼曰】 赵广汉和韩延寿，原来都是执法严明的地方官，因为政绩好才被调升来管京畿的。二人都以“执法不避权贵”自许，赵要管丞相魏相府中婢女的自杀，韩要查前任萧望之（已升为副丞相了）“放散”的官钱，结果被抓住把柄，自己反而成了严打的对象，赵被腰斩，韩也“弃市”了。《汉书》本传云“吏民守阙号泣者数万人，……愿代赵京兆死，使得牧养小民”，韩亦有“吏民数千人送至渭城，老小扶持车毂，争进酒炙”。民意纵使如此，但被吸收参了政、做了官的社会精英，一个个都紧跟万岁爷施严刑峻法，甚至“以其私”任意陷人于死地，难怪汉室江山终于无法稳定。

魏相萧望之

洪迈

赵广汉之死由魏相．韩延寿之死由萧望之．魏萧贤公卿也．忍以其私陷二材臣于死地乎．杨恽坐语言怨望．而廷尉当以为大逆不道．以其时考之．乃于定国也．史称定国为廷尉．民自以不冤．岂其然乎．宣帝治尚严．而三人者又从而辅翼之．为可恨也．

【学其短】

○本文录自《容斋随笔》卷六。

○魏相，汉宣帝时丞相。

○萧望之，宣帝时御史大夫（相当于副丞相）。

○赵广汉，宣帝时以京兆尹被诛死。

○韩延寿，宣帝时以左冯翊被诛死。

○杨恽，宣帝时以『怨望』被诛死。

○于定国，宣帝时廷尉。

○宣帝，西汉第八位皇帝。

改地名

【念楼读】 严州本来叫睦州，宣和二年方腊在这里聚众造反，连破许多州县，杀官改元，东南大震，结果朝廷动用十多万军队，打了几个月的仗，才得“敉平”。可能朝廷认为，跟造反的百姓难得讲和睦，只能从“严”，于是将睦州改名为严州。

这和本州富春江上的严陵滩也有关系，因为严子陵是大名人，东汉光武帝叫他做官他不做，跑到这里来钓鱼，留下一座钓台，久已闻名全国，正好借借他的名气。

其实严子陵（严光）本来姓庄，光武帝刘秀死后，孝明帝刘庄继位，庄字必须避讳，于是庄光变成了严光。如今东汉已过去上千年，庄字早不必避讳，我看以后也不必再叫严州了。

【念楼曰】 地名是千百年来形成的，最好不要随便改动。有些改动也许有理，但不顾历史沿革，出于意识形态，但凭长官意志，甚至违背常识，乱改一气，就不好了。像我们长沙，从宋朝到清朝本是两个县，即长沙和善化，如今还留有长善围等地名。清末名人中，黄兴称黄善化，皮锡瑞称皮善化，瞿鸿禨称瞿善化，称善化的比称长沙的还多。民国时两县合二为一，一九四九后又一分为二，却弃去善化之名不用，偏要将一个小地名望城坡的望城升作县名，其实此地不仅从来不是县治，而且早就划出望城县境了。事之荒唐，莫过于此。

严州当为庄

洪迈

严州本名睦州，宣和中，以方寇之故改焉。虽以威严为义，然实取严陵滩之意也。殊不考子陵乃庄氏，东汉避显宗讳，以庄为严，故史家追书，以为严光。后世当从实可也。

【学其短】

○本文录自《容斋随笔》卷六。

○严州，今浙江建德等地。

○宣和，宋徽宗年号。

○方寇，指方腊。

○严陵滩在桐庐（原属严州）境内，因严子陵（名光）而得名。

○显宗，汉明帝庙号。

杀功臣

【念楼读】 汉高祖拜韩信为大将，却三次对他使用诈术。

第一次在韩信攻取赵地后，高祖立刻从成皋渡河，清晨赶到营中，趁韩信尚未起床，夺过他的印信，召集诸将，宣布收回兵权，任韩信为丞相，派他去齐地。

第二次在项羽败死后，韩信已封齐王，高祖又一次突然宣布夺了他的兵权，改封他为楚王。

第三次是伪装去游楚地，于韩信迎谒时逮捕了他。

史称汉高祖"豁达大度"，是开国之君，对功臣却是这样。最后杀韩信，说他想谋反；其实原来蒯通劝韩信反他都不反，后来他即使真起了反心，也是汉高祖的猜疑逼出来的啊。

【念楼曰】 刘邦自己承认，"连百万之众，战必胜，攻必取，吾不如韩信"。所以，在打完大仗之前，对韩信确实是"豁达大度"的。韩信想当个"假王"（摄政王），刘邦便封他为真的齐王。尤其在登坛拜将时，"择良日，斋戒，设坛场，具礼"，恭恭敬敬，只差没有高歌"惟我韩大将军"了。

打完仗以后，"豁达大度"就一变而为"多疑善妒"。韩信于汉王四年被封齐王，五年正月就"徙封楚王"，六年十二月又被降封为淮阴侯，既无部队，又无地盘，"养"起来"与绛、灌等列"了。最后仍被吕后诈入宫中，斩于钟室，并被夷了三族。

幸运的是，这位"大将军"死时并未被迫喊"高皇帝万岁"，而是留下了句真心话："悔不听蒯通之言。"

汉祖三诈

洪迈

汉高祖用韩信为大将，而三以诈临之。信既定赵，高祖自成皋度河，晨自称汉使，驰入信壁，信未起，即其卧夺其印符，麾召诸将易置之。项羽死，则又袭夺其军。卒之伪游云梦而缚信。夫以豁达大度开基之主，所行乃如是，信之终于谋逆，盖有以启之矣。

【学其短】

〇本文录自《容斋随笔》卷十四。

〇汉高祖，即刘邦。

〇韩信，汉大将，后被诛。

〇成皋，地在今河南汜水境内。

〇云梦，在华容，应即洞庭湖。

同情者的诗

【念楼读】 《昭明文选》卷二十九，选了李陵的《与苏武诗三首》和苏武的《诗四首》。不少人怀疑，苏武在匈奴告别李陵归汉，归来后住在长安，诗句却写道“俯观江汉流”，能够俯观长江和汉水之处应在南方，苏武这个人什么时候跑到南方去了呢？

苏东坡说这些诗是后人的拟作，我不仅同意，还可以补充一点：李陵诗第二首的结尾两句“独有盈觞酒，与子结绸缪”，汉惠帝名盈，按汉朝法律，犯皇帝名讳是要判罪的，李陵虽然人在匈奴，也不会这样写。可见诗的作者并非李陵和苏武，这一点苏东坡是说对了。

【念楼曰】 “苏武诗”之三，“结发为夫妇，恩爱两不疑，欢娱在今夕，燕婉及良时”，明明是夫妇之辞。苏李二人并无《断背山》那种人物关系，怎会写出这样的诗来呢？

但诗确是好诗，《昭明文选》将其放在《古诗十九首》后面，也还过得去。那么作者至少是南朝时人，昭明太子也是认可的吧。

李陵不死，降了匈奴，汉武帝杀了他全家还不解恨，将帮他说话的司马迁的××也割掉了。但天下后世人总还有同情李陵的，这些诗便应该是同情者的诗。不仅如此，《昭明文选》还有篇《答苏武书》，也托名李陵，说什么“陵虽辜恩，汉亦负德，……谁复能屈身稽颡，还向北阙，使刀笔之吏，弄其文墨耶”，曾被选入《古文观止》，也应该是同情者的作品。

李陵诗

洪迈

文选编李陵苏武诗凡七篇.人多疑俯观江汉流之语.以为苏武在长安所作.何为乃及江汉.东坡云.皆后人所拟也.予观李诗云.独有盈觞酒.与子结绸缪.盈字正惠帝讳.汉法触讳者有罪.不应陵敢用之.益知坡公之言为可信也.

【学其短】

○本文录自《容斋随笔》卷十四。

○李陵，汉武帝时为将，败降匈奴。

○文选六十卷，梁昭明太子选编。

○苏武，武帝时出使匈奴，被扣留十九年。

○惠帝刘盈，汉高祖之子。

保护伞

【念楼读】 “城墙洞里的狐狸，没人用水去灌；土地庙内的老鼠，没人烧烟去熏。”说的是它们的巢穴找对了地方，有了保护伞。这乃是一句古话。后来的人，便把君王身边的亲信称为“城狐社鼠”。

《说苑》书中记载孟尝君门客的话道：“灌狐熏鼠，是通常的做法。但从来没人去灌谷神祠里的狐，去熏土地庙中的鼠。为什么呢？就是因为它们有谷神和土地爷的保护啊。”将城墙洞换成谷神祠，语词变了，意思还一样，“谷神祠里的狐狸”，听起来也新鲜。

【念楼曰】 过街老鼠，人人喊打；李斯云“厕中鼠，食不洁，见人犬，数惊恐之”。土地庙里的老鼠却很安全，没人会用烟去熏它，因为怕失火。同样是鼠，有庇护没庇护，命运完全不同。

《诗经》中也有篇《硕鼠》，指的是“蚕食于民，不修其政，贪而畏人”的统治者。他们虽然贪腐，却总还有点“畏人”，还不至于太理直气壮，招摇过市，像今天的陈希同、陈良宇这样“牛”。

城狐社鼠，历朝历代都会有的。鼠害再猖獗，拼着烧掉几座土地庙，也可以灭掉几窝，求得一时清静。怕就怕过街老鼠成了当道豺狼，吃起人来不吐骨头，那就糟天下之大糕了。

城狐社鼠

洪迈

城狐不灌．社鼠不熏．谓其所栖穴者得所凭依．此古语也．故议论者率指人君左右近习为城狐社鼠．予读说苑所载孟尝君之客曰．狐者人之所攻也．鼠者人之所熏也．臣未尝见稷狐见攻．社鼠见熏．何则．所托者然也．稷狐二字．甚奇且新．

【学其短】

○本文录自《容斋随笔》卷十六。

○《说苑》，二十卷，汉刘向撰，所引见卷十一《善说》。

老学庵笔记十篇

一副八百枚

【念楼读】 政和年间，京城里有次准备在岁末举行盛大的迎神驱鬼活动，下令桂州供应扮演鬼神所用的木雕面具。送来的公文上写着“面具一副”，收公文的人觉得一副怎么够用，太少了。

谁知一看实物，这一副竟有八百个之多。诸神众鬼，各色人物，居然无一相同。大家不禁大为惊奇。

桂州面具至今天下第一，那里许多做面具的都发了财。

【念楼曰】 《论语》云：“乡人傩，朝服而立于阼阶。”可见乡人行傩，连孔夫子都是要穿戴整齐，站在阶基上观看的。如今西南有些乡村中还有傩戏，演出时所戴木雕面具，刷上五颜六色，大都狰狞恐怖，不然瘟神疫鬼怎么会害怕，能够被驱赶走呢？

古人迷信，认为疫病是恶鬼害人。人不是鬼的对手，于是只有请比鬼还恶的“方相氏”等各方神怪来帮忙。慢慢便觉得请神容易送神难，还不如自己装神弄鬼，戴上面具，击鼓鸣锣，又能娱乐，原始的戏剧便由此诞生了。

我觉得“乡人”也就是老百姓还是很有办法的。他们对付不了鬼，便请神怪来保平安。雕些木脑壳，八百个一套，由州府送中央，合礼合法。于是天下太平，该发财的也发了财。

大傩面具

陆游

政和中大傩．下桂府进面具．比进到．称一副．初讶其少．乃是以八百枚为一副．老少妍陋无一相似者．乃大惊．至今桂府作此者皆致富．天下及外夷皆不能及．

【学其短】

○本文录自陆游《老学庵笔记》（下简称《笔记》）卷一，原无题，下同。

○陆游，字务观，号放翁，南宋山阴（今绍兴）人。

○政和，宋徽宗年号（一一一一——一一一七）。

○桂府，即桂林府。桂林原名桂州，南宋时升为静江府。

不为人知

【念楼读】 晏敦复是名宰相、大词人晏殊的后人，家学渊源。他文名大，官也大，慕名来求文的极多。朱希真则是建康城中一位名妓，通文能诗，小字秋娘。

有次晏尚书答应别人的请求，为一位去世的官员写了篇墓志，正好要去朱希真那里，便将文稿带去给她看。

“您的文章写得好极了。”朱希真说，“只是有处地方可能加四个字更好。”

晏尚书问她哪处要加字，她却迟疑着不大敢说，经再三追问，她才指着“有文集十卷”这一句下面道：

“这里。”

“要加上哪四个字呢？”

“‘不行于世’四个字啊。”

晏尚书想了想，觉得也对，于是提笔添了一句“藏于家”，笑着对朱希真道：“这可是照你的意见加上去的啊。”

【念楼曰】 在范进、匡超人时代，用心读书，有阀阅之后，急于要办的有三件事：改个号，讨个小，刻部稿。如今时代进步了，改号已不时行，那就改学历、改年龄；讨小也不必讨到屋里去，另外安排房子就是；只有刻部稿这件事，秘书代笔，单位拨款，出版社印行，下级包销都好办，怕就只怕“不为人知”。

墓志增字

陆游

晏尚书景初作一士大夫墓志，以示朱希真。希真曰：甚妙。但似欠四字。然不敢以告。景初苦问之。希真指有文集十卷字下曰：此处欠。又问欠何字。曰：当增不行于世四字。景初遂增藏于家三字。实用希真意也。

【学其短】

○ 本文录自《笔记》卷一。

○ 景初，指晏景初，名敦复，宋临川（今属江西）人。

○ 朱希真，小字秋娘，宋建康（今南京）女子。

刺秦桧

【念楼读】 秦桧主持和议，杀了岳飞，不满他这样做的人很多。

每日上朝，秦桧坐的轿子总要经过望仙桥。有一次，轿子正在桥上，一名军人突然从桥下冲到轿前，挥刀猛斫。可惜一下斫偏了，只斫断一根轿柱，没有斫到秦桧。

经查明，此人原是殿前司的小校施全，随即审判斩决了。斩时众人围观，有人大骂道：

"不中用的东西，不杀掉留着有什么用！"

众人都会心地笑了。从此秦桧出门，每次都有五十名亲兵卫护。

【念楼曰】 施全当然是条血性汉子。《宋史·忠义列传》多达十卷，表彰了二百八十一个人，不知为何遗漏了他。以现役军人行刺当朝宰相，成与不成都得死，其慷慨赴死完全出于公愤，确实可称忠义。

《史记·刺客列传》文章虽好，但所传之人，曹沫在外交场合"执匕首劫齐桓公"，只能算乱来；专诸刺王僚，聂政刺侠累，均属买凶杀人；豫让"为知己者死"，全出于个人意气；荆轲本人亦无意反秦，不过是太子丹用"恣其所欲"的手段请来的杀手。论品格，这些人全不如施全。

但笑骂"不了事汉"，我却是极其不以为然的。秦太师的轿子天天从桥上过，要充"了事汉"，你何不自己冲上去斫呢？

不了事汉

陆游

秦会之当国，有殿前司军人施全者，伺其入朝，持斩马刀邀于望仙桥下斫之，断轿子一柱，而不能伤，诛死。其后秦每出，辄以亲兵五十人持梃卫之。初斩全于市，观者甚众，中有一人朗言曰：此不了事汉，不斩何为！闻者皆笑。

【学其短】

○本文录自《笔记》卷二。
○秦会之，名桧，南宋江宁（今南京）人，高宗时为丞相十九年。
○殿前司，宋代率领军队的机构。和侍卫司分领禁军。
○施全，钱塘（今杭州）人，为殿前司小校。

炒栗子

【念楼读】 汴京李和家炒栗子过去大大有名，别家想尽了法子也比不上。后来金兵攻入汴京，强迫商民北上，李和家亦在其中。南宋迁都临安后，人们就吃不到李和家的炒栗子了。

绍兴年间，陈、钱两位大臣出使金国。到燕京时，忽有两人来见，给两位使臣各送上十包炒栗子。所有随员，每人也都得到一包。来人没多说话，只留下一句："是李和家的呢！"便流着泪转身走了。

【念楼曰】 炒栗子很好吃，又受季节限制，所以儿时记忆里总少不了它。放翁这一则笔记也写得特别动情，前人多有提及。赵翼《陔馀丛考》说北京炒栗最佳，即引李和儿之言为证：

> 盖金破汴后，流转于燕，仍以炒栗世其业耳，然则今京师炒栗是其遗法耶。

周作人《药味集》中亦有《炒栗子》一文，云：

> 糖炒栗子法在中国殆已普遍，李和家想必特别佳妙……三年前的冬天偶食炒栗，记起放翁来，陆续写二绝句，致其怀念，时已近岁除矣，其词云：
>
> 燕山柳色太凄迷，话到家园一泪垂。长向行人供炒栗，伤心最是李和儿。
>
> 家祭年年总是虚，乃翁心愿竟何如。故园未毁不归去，怕出偏门过鲁墟。

文、诗均有情致，亦可读也。

李和儿

陆游

故都李和炒栗名闻四方．他人百计效之．终不可及．绍兴中．陈福公及钱上阁出使虏廷．至燕山．忽有两人持炒栗各十裹来献．三节人亦人得一裹．自赞曰．李和儿也．挥涕而去．

【学其短】

〇本文录自《笔记》卷二。

〇绍兴，南宋高宗年号（一一三一——一一六二）。

〇陈福公，名康伯，字长卿。

〇钱上阁，名楷，以『知阁门事』名义任副使。

〇三节人，使臣随员，分上、中、下三节，各若干人。

蔑视痛苦

【念楼读】 诗人黄庭坚因文字得罪，屡遭贬斥，最后被除名羁管，到了宜州。

宜州是个偏僻地方，没有招待所，也没有民房可租，唯有住庙；又碰上庙里正在为皇上祝寿，不能接客，只好住在南门城墙上的小城楼里。那楼又矮又窄，时逢三伏，热得简直像蒸笼。

有天下了雨，炎威稍杀。诗人喝了点酒，坐着矮凉床，把双脚从城楼的栏杆中伸出去让雨淋，一面喊着范寥道：

“信中呀，这真是我一生中最快活的时候啦！”

范寥说，没多久，诗人便死在这城楼上了。

【念楼曰】 有人说，中国的文人全靠有阿Q精神，才能勉勉强强活下来。写“江湖夜雨十年灯”和“人生莫放酒杯干”的诗人，因为能够从蒸笼似的屋子里把脚伸到雨中凉快凉快，便说这是他一生中最快活的时候，岂不是阿Q精神吗？

我认为这不是的，而是黄庭坚蔑视痛苦的表现。

他视文人的良心和创作的自由重过一切，不怕贬官谪放，在撰《神宗实录》时坚持自己的观点；不怕除名羁管，在《承天塔记》中揭露“天下财力屈竭之端”。这种不屈从权威，坚持说自己想说的话的大无畏精神，实在是文人的脊梁骨，阿Q云乎哉？

鲁直在宜州　　陆　游

范寥言，鲁直至宜州，州无亭驿，又无民居可僦，止一僧舍可寓，而适为崇宁万寿，法所不许，乃居一城楼上，亦极湫隘，秋暑方炽，几不可过。一日忽小雨，鲁直饮薄醉，坐胡床，自栏楯间伸足出外以受雨，顾谓寥曰：信中，吾生平无此快也。未几而卒。

【学其短】

○本文录自《笔记》卷三。

○范寥，字信中，往广西见黄庭坚，黄死为其办后事。

○鲁直，北宋大诗人黄庭坚（山谷）的别字。

○宜州，今广西省河池市宜州区。

○崇宁，宋徽宗的年号（一一〇二—一一〇六）。

名字偏旁

【念楼读】 绍圣年间，贬逐元祐时期选用的人。苏轼字子瞻，被贬往儋州；苏辙字子由，被贬往雷州；刘挚字莘老，被贬往新州。其地名和人名，都有一个字偏旁相同。

看得出来，这完全是有意安排的，实际上是元祐时被罢官这时又重新当上了丞相的章惇的主意。可见“复出”的当权派搞起政治报复来，是多么残忍，又是多么轻薄。

【念楼曰】 宋神宗熙宁、元丰时以王安石为相行新法，用的是章惇、吕惠卿这班人。神宗死后，宣仁皇太后于元祐时改以司马光为相，复行旧法，用的是苏轼、苏辙、刘挚这班人。一朝天子一朝臣，于是形成“党争”，用“议论公正”者常安民的话来说：

> 元祐中进言者，以熙宁、元丰之政为非，而当时为是；今日进言者，以元祐之政为非，而熙宁、元丰为是。

这话是太后驾崩后说的，原来被斥逐的章惇已经“复相”，轮到他来贬逐“异党”了。

苏轼等人的被贬，也不是一步到位的。以苏辙为例：他先是以“门下侍郎”（副总理）降为“知汝州”（市级），再徙知袁州，再降为“化州别驾，雷州安置”（在化州挂名副县职，实际上下放到雷州）。苏轼最后是“责授琼州别驾，移送昌化军安置”，昌化军即儋州。刘挚则“责授鼎州团练副使，新州安置”。

时相忍忮

陆游

绍圣中贬元祐人．苏子瞻儋州．子由雷州．刘莘老新州．皆戏取其字之偏旁也．时相之忍忮如此．

【学其短】

○本文录自《笔记》卷四。

○绍圣，宋哲宗年号（一〇九四—一〇九七）。

○元祐，宋哲宗年号（一〇八六—一〇九三）。

○儋州，今属海南。

○雷州，今属广东。

○新州，今广东新兴。

泥娃娃

【念楼读】 国难之前，天下太平，小孩子的玩具也多讲究。鄜州城里有家姓田的字号，做的泥娃娃有各种各样的姿势和表情，天下闻名。汴京城里的，也不如他家做得好。

一对这样的泥娃娃，通常能卖到十吊钱，一“床”（五至七个）则要卖到三十吊。娃娃小的只两三寸高，大的一尺左右，没有再大的。

我家那时也有一对卧着的泥娃娃，身上标记着“鄜畤田玘制”。绍兴初年逃难到东阳山里住过一段时间，回来以后便找不着了。

【念楼曰】 雕塑人像的历史非常久远，演化出人形的玩具当然远在其后，但《太平广记》引《广异记》中有“帛新妇子”和“瓷新妇子”，即是绢扎和瓷塑的“美人儿”，可见唐代以前即有此种事物，实在可以称为现代“芭比娃娃”的老祖宗。

陆游所记的泥孩儿是从陕西销到浙江的商品。别的笔记里还记有“摩睺罗”“游春黄胖”等名目，《红楼梦》里宝钗要薛蟠给带虎丘泥人，周作人也写过他儿时所见火漆做的老渔翁，白须赤背，要二十四文一个。这些都是玩具史的好资料。

玩具在儿童生活中实在有重要的意义。有的成人，在工作和食色之馀，也还需要玩具，除了扑克和麻将牌。

鄜州田氏

陆游

承平时．鄜州田氏作泥孩儿名天下．态度无穷．虽京师工效之．莫能及．一对至直十缣．一床至三十千．一床者．或五或七也．小者二三寸．大者尺馀．无绝大者．予家旧藏一对卧者．有小字云．鄜畤田玘制．绍兴初．避地东阳山中．归则亡之矣．

【学其短】

○本文录自《笔记》卷五。

○鄜州，今陕西富县。

○鄜畤，音富至，即鄜州州城（今陕西富县）。

放火三天

【念楼读】 田登忌讳别人直呼其名——登。他做了州官，在本州之内，只要听到有人叫“登”，不管说的是“灯”还是“蹬”，都犯了他的讳，要挨板子。他手下的人怕打，要说“灯”时，只好改口叫“火”。

到了元宵节，州里要放花灯与民同乐，得通知四乡居民都可以进城来看灯，那告示是这样写的：

“元宵佳节，本州照例放火三天。”

【念楼曰】 “只准州官放火，不准百姓点灯”，即起源于此。

我不知道这是讲笑话的人创作出来的笑话，被作者记录下来的呢，还是“并非笑话”，在现实生活中确实发生过的。但它有一个黑暗而沉重的背景，认真想想，就一点都不好笑，也笑不起来了。

在“领导”集权、民众无权的年代里，总是有人享有特权，各种各样的特权。普通老百姓不能做的事情，他能做；普通老百姓得不到的东西，他能得。普通老百姓上大街得处处留神，别违犯了交通规则；他则汽车一长溜，还得“清道”，为了保证“安全”；普通老百姓必须遵纪守法，他则可以“和尚打伞，无法无天”，何止“只准州官放火，不准百姓点灯”。

田登忌讳

陆游

田登作郡．自讳其名．触者必怒．吏卒多被榜笞．于是举州皆谓灯为火．上元放灯．许人入州治游观．吏人遂书榜揭于市曰．本州依例放火三日．

【学其短】

○本文录自《笔记》卷五。

地下黑社会

【念楼读】 汴京城里的下水道，又宽又高。不少逃犯躲藏在里面，说是住进了“安乐窝”；有的甚至把女人带进去淫乐，自称“地下夜总会”。从建国时起，直到金兵打来，情况一直如此。再能干的地方官，也没法将这些角落完全管死。

【念楼曰】 记得看过一部法国“古装片”，巴黎的下水道里也是流浪者和小偷集结之处。想不到在“包龙图打坐在开封府”这里，也有同样的现象，而且花样更多，整个一地下黑社会。

我想，自从有了居民聚集的城市之时起，恐怕也就有了黑社会。太史公笔下的“夷门监者”侯嬴、“市井鼓刀屠者”朱亥、“藏于博徒”的毛公、“藏于卖浆家”的薛公、“大阴人”嫪毐、“以屠为事”的聂政、“藏活豪士以百数”的朱家、“铸钱掘冢不可胜数”的郭解、“年十三杀人”的秦舞阳、“狗屠及善击筑者”高渐离，包括“游于邯郸、燕市”的荆轲，都是进得“无忧洞”，上得“鬼樊楼”的人物。若要写中国城市史——中国黑社会史，绝对少不得这些人物。

如今媒体常宣传各地打击“涉黑势力”的成绩，“涉黑”的都这么多了，真的黑社会却似乎还未露面，是不是都躲到“无忧洞”里去了，正在“鬼樊楼”上作乐啊？

无忧洞　陆游

京师沟渠极深广，亡命多匿其中，自名为无忧洞；甚者盗匿妇人，又谓之鬼樊楼。国初至兵兴常有之，虽才尹不能绝也。

【学其短】

○本文录自《笔记》卷六。

○京师，北宋京城在开封，时称汴京，又称东京。

○樊楼，当时开封最出名的酒楼，多妓乐。

口头语

【念楼读】 今日之后的第三日叫"外后日",大家都这么叫。我原以为是老百姓的口头语,后来见到《唐逸史·裴老传》,其中也有"外后日"这个词。裴老是唐朝大历年间的人,可见它成为书面语言,也已经有很长的历史了。

【念楼曰】 考察日常生活用语中词语的来源,寻出它最早出现在哪本书里,这是很有学术意义的事情,同时也能引起不懂学术的我这样普通人的兴趣。《唐逸史》我没读过,也没见过,如果没有这本书,"外后日"这个我们口语中至今还在用的词儿,最早便是出现在《老学庵笔记》里了。

但是,按我们长沙人的口音,"外后日"的"外"要念作 ái,"外后日"要念成"挨后日",从来如此。

今日之后是明日,明日之后是后日,后日之后是"挨后日"。挨者,拖延也,迟后也。照我想,写成"挨后日"也是"通"的。

放翁本以为"外后日"是俗语,硬要在书上见到了它,才发觉它早就成为"雅言"(书面语)了。其实,书面语本来是由口头语形成的,将书面上找不到的一概称之为"俗",其实也不必吧,我以为。

外后日　陆游

今人谓后三日为外后日。意其俗语耳。偶读唐逸史裴老传。乃有此语。裴大历中人也。则此语亦久矣。

【学其短】

○本文录自《笔记》卷十。

宋人小说类编十篇

之乎者也

【念楼读】 宋太祖要扩建东京城，亲自到朱雀门去踏看，准备做规划，特别指定赵普陪同。

那城门上原来题了四个大字——“朱雀之门”。太祖见了，便问赵普道：

“明明是‘朱雀门’，为什么要加上一个‘之’字呢？”

赵普回答道：“他们读书人说，这‘之’字是个语助词。”

太祖听了，哈哈一笑，道：“‘之乎者也’这一套，‘助’得了什么事啊。”

【念楼曰】 “之乎者也，助得甚事”，这句话充满了蔑视。赵匡胤“一条杆杖打遍天下七十四军州”，是凭武力夺得天下的。他对于“没铲过滂田塍，没使过七斤半”的读书人，其蔑视十分自然，发自内心，“改也难”。

但他后来毕竟还是改了。在治理天下时，他慢慢认识到：“作宰相须是读书人”，因为读书人在经济、政治尤其是文化方面，还是有本事的，而且本事可能比自己还大。

于是他转而“重文”，死后还留下了一块“戒碑”，告诫嗣位子孙“不得杀士大夫及上书言事人”，给自己留下了一个好名声。

朱雀之门 高文虎

太祖将展外城.幸朱雀门亲自规画.赵韩王普特从.上指门额询普曰.何不只书朱雀门.何须着之字.普对曰.语助.太祖笑曰.之乎者也.助得甚事.

【学其短】

○本文见高文虎《蓼花洲闲录》，转录自《宋人小说类编》（下简称《类编》）卷一之二『地理类』。

○高文虎，字炳如，宋鄞（今宁波）人。

○太祖，指宋太祖赵匡胤。

○赵韩王普，宋太祖大臣赵普，死后被追封为韩王。

敢言的戏子

【念楼读】 韩侂胄自恃拥立宁宗有功，掌握了朝廷大权，到嘉泰末年封平原郡王以后，更是独断专行，作威作福，国事都由他说了算，丝毫不由大内（皇宫里面）做主。许多人对此不以为然，却敢怒而不敢言。

有次宫中宴会演戏，演丑角的戏子王公瑾倒是讲出了一句谁也不敢讲的话：

“如今的事，就像伞贩子卖的伞，是不油（由）里面的啊。”

【念楼曰】 不记得是一九七三年还是一九七四年，反正是反帝反修、批林批孔搞得天昏地暗的时候，我和Z君正以现行反革命犯身份在劳改队服刑。其时社会上鸦雀无声，人们都敢怒不敢言，劳改犯人更不敢乱说乱动，“天天读”却雷打不动，天天照读。有天读一篇关于“欧洲的社会主义明灯”的文章，大讲霍查的好话。Z君被指定读报，读到口干舌燥时允许他起身喝口水，他站起来后，不经心似的吐出一句：

“我是不喜欢霍查的。”

全组为之愕然，Z君却不慌不忙端起杯子继续说道：

“所以我只喝白开水。”

举国敢怒不敢言时，戏子利用插科打诨的机会敢言一两句，有时也可以收到和“不喜欢霍查（喝茶）”同样的效果。二千年前有优孟，八百年前有王公瑾，如今恐怕就只有Z君了。

不油里面

张仲文

嘉泰末年，平原公恃有扶日之功，凡事自作威福，政事皆不由内出，会内宴，伶人王公瑾曰，今日正如客人卖伞，不油里面。

【学其短】

○本文见张仲文《白獭髓》，转录自《类编》卷三之四『隐语类』。

○张仲文，未详。

○嘉泰，宋宁宗年号（一二〇一—一二〇四）。

○平原公，韩侂胄拥立宁宗，被封为平原郡王。

不如狮子

【念楼读】 石副宰相生性滑稽。真宗皇帝天禧年间他在部里当员外郎时，有西域国家送来一头狮子，养在御花园里。他和同事们去参观，听说狮子每天得供应羊肉十五斤，有的同事便发牢骚：

“一头野兽一天给这么多肉，我们是部里的郎官，一天所得却只有几斤肉，还不如它啊。”

石中立听到了，便高声说道：“怎么能和它比呢，它是园中狮子，我们却是园外狼（员外郎）啊！”

【念楼曰】 这也是一个利用谐音开玩笑的故事。将“郎”比“狼”，顶多使人发笑；“园外”和“苑中”相比，使人想起了离“无颜”远近的差别，感慨就深了一层。

员外郎从字面上看，好像是编制定“员”之“外”的“郎”官，隋初始置时本来如此。但他们也是中央国家机关里办实事、掌实权的，作用并不小，实际地位也不算低，一开头便是从六品，到宋朝则已是正六品。石中立天禧中为员外郎，还是“帖职”，到仁宗景祐时不过十多年，即官至“参知政事”（副宰相），正二品了。

清朝六部中，尚书从一品，侍郎正二品，是为堂官，现称部级；其下则郎中正五品，员外郎从五品，是为司官，等于司局级。五品年俸八十两，京官加恩俸八十两，每天不到四钱银子，用来买羊肉的钱只怕还没有石中立那时多。

员外郎　张师正

石参政中立性滑稽．天禧中为员外郎帖职时．西域献狮子．畜于御苑．日给羊肉十五斤．尝率同列往观．或叹曰．彼兽也．给肉乃尔．吾辈忝预郎曹．日不过数斤．人翻不及兽乎．石曰．君何不知分耶．彼乃苑中狮子．吾曹员外郎耳．安可比耶．

【学其短】

○本文见张师正《倦游杂录》，转录自《类编》卷三之五『笑谈类』。

○张师正，字不疑，宋归安（今浙江吴兴）人。

○中立，即石中立，洛阳人，宋仁宗景祐（一〇三四—一〇三八）中拜参知政事。

○天禧，宋真宗晚期年号（一〇一七—一〇二一）。

拍马屁

【念楼读】 最会拍马屁的，要算神宗皇帝时被我父亲推荐去做番禺太守的那个人了。

后来王安石做了宰相，那个人知道王安石会写文章，跟不少人家做过墓志铭，就找了王安石，对他说：

“我现在最大的恨事，就是贱体太顽健，不像是很快就会病死的样子。真希望我能得急病早点死去，那么便能求相爷您给我写一篇墓志铭，贱名便可以沾您的光，永垂不朽了。”

【念楼曰】 写文章的人，恭维他的文章写得好，就跟恭维女人说她长得漂亮一样，总是不会碰钉子的。

但是，为了得到他一篇文章，便宁愿自己早点死，深恨“微躯日益安健”，脑不出血，心不绞痛，检查也没发现癌症，这就非情非理，马屁拍得太离谱了。

王安石是著名的拗相公，送他金钱美女、汽车洋房，他未见得会要。这样来投其所好，他会不会着了道儿，将其引为知己，委以重任呢？张师正没说，我们自然不知道。但是我想，他自家老太爷肯定是被此人灌米汤而且灌晕了的，不然怎么会将其“荐守番禺”。番禺是一处多好的地方，到那里当一把手，还不是顶肥顶肥的肥缺么？

愿早就木

张师正

有善谀者．熙宁中曾以先光禄卿荐守番禺．尝启王介甫丞相曰．某所恨微躯日益安健．惟愿早就木．冀得丞相一埋铭．庶几名附雄文．不磨灭于后世．

【学其短】

〇 本文来源及作者均与上一篇相同。

〇 熙宁，宋神宗年号（一〇六八—一〇七七）。

〇 先光禄卿，作者的父亲，熙宁中官光禄寺卿。

〇 王介甫，即王安石。

县太爷写字

【念楼读】 苏东坡当钱塘县令时，有人来告状，说扇子店欠了他二十吊钱不还。苏东坡派人将店主带来一问，店主回答道：

"不是不肯还账，而是因为久雨不晴，天气又冷，扇子没人买，所以无钱可还。"

苏东坡便叫他拿二十把扇子来，用判案的笔墨在每把扇子上随意写几行字，或者画几笔枯木竹石，叫他拿出去卖。

那店主一出县衙，市民立刻将二十把扇子抢着买完了，一吊钱一把，于是他立刻还清了账。

【念楼曰】 这故事和王羲之"躲婆巷"的故事一样，未必是真实的，却符合人们心理上的预期，"为钱塘县"的苏东坡就可能是这个样子，也只有他能这个样子。

县令"七品官耳"，但当作"百里侯"来做，也可以大作威福。试问如今有哪个县太爷会管老百姓二十吊钱的小事，就是"作亲民状"管一管，也决不会更没本事用自己的字画帮人还账。

如今的县长、市长、省长也有"会写字"的，他们给名胜景点、纪念碑堂、学校企业题词题字，比起从前最喜欢题字的乾隆皇帝来多出何止百倍。卖得起钱的也大大的有，前江西省副省长胡长清一幅字便价值几十万，可惜这只是在他在任的时候。

东坡书扇

陈宾

东坡为钱塘县时，民有诉扇肆负钱二万者，逮至则曰：天久雨且寒，扇莫售，非不肯偿也。公令以扇二十来，就判事笔随意作行草，及枯木竹石，以付之。才出门，人竞以千钱取一扇，所持立尽，遂悉偿所负。

【学其短】

○本文见陈宾《桃源手听》，转录自《类编》卷四之一『服饰类』。

○陈宾，未详。

○钱塘，即今杭州。

皇帝的风格

【念楼读】 西湖北山“九里松”牌匾上的字，本是吴说题写的。高宗皇帝去天竺路过时见到了，不禁技痒，于是自己动笔，另外写了，将吴说的字换下。

不久以后，吴说被派去信州任职，向高宗辞行。高宗问他：“‘九里松’是你写的么?”吴答是的。高宗说：“我写了三次，看来看去，还是不如你写得好。”吴说再三表示不敢，然后告退。

吴说走后，皇上仍叫换上吴说的题字，找了许多地方，最后总算从天竺的库房里找得，便将其重新挂上了。

如今挂在那里的，还是吴说所题的“九里松”。

【念楼曰】 宋高宗因为批准秦桧杀岳飞，历来名声不好。其实他的书法倒很出色，后世谓其“专意羲献父子，直与之齐驱并辔”，评价十分之高。他既为书家，见到好字，想写出来比一比，应该也是常情。比了又比，觉得自己“终不如卿”，便放下皇帝的架子，将“御笔”撤下，“再揭原牌”，有此风格，作为书家已属难得，作为皇帝就更难得了。

前面说过清乾隆特喜欢题字，他的字其实远不如宋高宗。马宗霍说他“每至一处，必作诗纪胜，御书刻石；其书千字一律，略无变化”。字并不怎么样，却硬要包着写，风格真不足为道。至于书法和风格还远不如乾隆的皇帝或准皇帝，则更不足道矣。

九里松牌

陈晦

北山九里松牌。吴说书。高宗诣天竺。遂亲御宸翰。撤去吴书。吴未几出守信州。陛辞。高宗因与语云。九里松乃卿书乎。吴唯唯。复云。朕尝作此三次。观之终不如卿。吴益逊谢。暨朝退。即令再揭原牌。遍索之。乃得之天竺库院。复令植道旁。今所榜是也。

【学其短】

○本文见陈晦《行都纪事》，转录自《类编》卷四之五『花木类』。

○陈晦，未详。

○吴说，南宋著名书法家。

○信州，今江西上饶。

独乐园

【念楼读】 独乐园是司马光在洛阳任职时修造的私人住宅，有小园林，因为他写了文章，苏轼又写了诗介绍，所以小有名气。他调离洛阳后，仍常有人去那里游览。

后来司马光有次再去独乐园，见园内新建了一处侧屋，便问守园人，建屋的钱是从哪里弄来的。答说有人来游观，是向他们收得的钱。

"收得的钱你自己为甚么不用?"

"钱是给园里的，不是给我的；也只有相爷您才不要钱，没来把钱拿走啊!"守园人答道。

【念楼曰】 孟子劝梁惠王"与民偕乐"，司马光偏要独乐，在《独乐园记》中答复质疑他不能学"君子所乐必与人共之"的人道：

> 叟愚，何得比君子？自乐恐不足，安能及人？况叟之所乐者，薄陋鄙野，皆世之所弃也，虽推以与人，人且不取，岂得强之乎。必也有人肯同此乐，则再拜而献之，安敢专之哉！

看了俞文豹这则小文，觉得司马光虽然命名独乐，其实倒是做到了和"肯同此乐"的人同乐的。他自己造了园，任人来观赏，观赏的人自愿给守园者一点钱，守园者用来造了间侧屋，他还不知道，知道了还问守园人为什么自己不把这些钱用掉，真可谓"不要钱"的相公了。

这守园人也真安分守己。"相公不要钱"，他也不要。

只相公不要钱

俞文豹

温公一日过独乐园，见创一侧室，问守园者何从得钱。对曰：积游赏者所得。公曰：何不留以自用？对曰：只相公不要钱。

【学其短】

○本文见俞文豹《清夜录》，转录自《类编》卷四之八『杂记类』。

○俞文豹，字文蔚，宋括苍（今属浙江）人。

○温公，司马光卒后被追封为温国公。

朝云

【念楼读】　朝云是苏东坡最喜欢的侍女。

苏东坡有天下班回家，饭后扪着肚皮慢慢地散步，一面问侍女们道："你们说，我这肚子里头都是些什么东西？"

"都是文章啊。"一个侍女抢着答道。

东坡摇摇头。

"都是见识。"又一个说。

东坡又摇摇头。

最后轮到朝云了，她说道："我看呐，一肚子都是牢骚，不合时宜的东西。"

东坡听了，哈哈大笑。

【念楼曰】　伟大的领袖身边也要有女服务员、女秘书、女护士照顾，千年前的苏东坡自亦难免。地位虽然悬殊，人性却无两样。"食罢扪腹徐行"时问问侍儿，无非寻寻开心，助助消化，难道还想得到认真的答案么？

妾妇之道，本在逢迎主人，使其悦乐。但也得看主人和妾妇两方面的素质，若是那种喜欢对客掏出小镜子照着梳头的主，则用不着恭维他满腹都是文章见识，只要对他说革命人永远年轻，就足够使他笑得合不拢嘴了。至于东坡，自然只有朝云才能引得他捧腹大笑，以至流传出来成为佳话。费衮写了它，我们今天还要写。

一肚皮不合时宜

费衮

东坡一日退朝．食罢扪腹徐行．顾谓侍儿曰．汝辈且道是中有何物．一婢遂曰．都是文章．坡不以为然．又一人曰．满腹皆是识见．坡亦未以为当．至朝云乃曰．学士一肚皮不合时宜．东坡捧腹大笑．

【学其短】

○本文见费衮《梁溪漫志》，转录自《类编》卷四之八『杂记类』。

○费衮，字补之，宋无锡人。

○朝云，苏东坡的侍女。

黑暗时代

【念楼读】 神宗皇帝问王安石:“你读过欧阳修编纂的《五代史》吗?”

王安石回答道:“臣没有仔细读过。草草翻阅,只见他每篇结语都用‘呜呼’开头;难道说,对于当时的每件事、每个人,都只能够摇头叹气么?”

我说,从这句话来看,王安石一定是真的没有仔细读过《五代史》;如果仔细读过,他就不会觉得用“呜呼”开头有什么不对了。残唐五代时,还有什么事情能够使人不摇头叹气的么?

【念楼曰】 署名“欧阳修撰”的《五代史》,现称《新五代史》,以别于署名“薛居正等撰”的《旧五代史》。欧氏结语每篇纪、传的结语“首必曰呜呼”本是事实。如《梁太祖本纪》结语首云:

> 呜呼!天下之恶梁久矣!

《(后)唐明宗本纪》结语首云:

> 呜呼!自古治世少而乱世多,……况于五代耶。

历史上有所谓“黑暗时代”(Dark Age),原是指欧洲公元五百年至一千年之间,这时战争不断,没有自由的生活、自由的思想、自由的城市和自由的人。其实如咱们的残唐五代、秦始皇时代,外国的希特勒时代、斯大林时代……,这类人人挨整、人人受苦的时代,也是公认的黑暗时代,也是“事事可叹”的。

必曰呜呼

孙宗鉴

神考问荆公云.卿曾看欧阳公五代史否.公对曰.臣不曾仔细看.但见每篇首必曰呜呼.则事事皆可叹也.余谓公真不曾仔细看也.若使曾仔细看.必以呜呼为是.五代之事.岂非事事可叹者乎.

【学其短】

○本文见孙宗鉴《东皋杂录》，转录自《类编》卷四之八『杂记类』。

○孙宗鉴，未详。

○神考，对死去的神宗皇帝的尊称。

○欧阳公，对欧阳修的敬称。

傍人门户

【念楼读】 东坡居士给道潜和尚写过这样一些话：

“有户人家，门板上贴着门神，门楣上挂着艾人，门槛下钉着桃符，都是用来辟邪的。

“忽然那桃符抬起头来，骂艾人道：‘你是什么东西，一把草叶子，居然爬到我的头上来！’艾人低头看桃符一眼，也骂道：‘半截身子都埋到土里去了，还敢同我争高下！’互相吵得不可开交。

“门神实在看不下去了，半劝半骂道：‘你们以为自己是谁？不过是几个给人家看门的，还有工夫在这里争闲气么。’

“请大师看看，收尾这一句，是不是有点意思。”

【念楼曰】 我辈凡人，不通禅理，但对于桃符和艾人之间的争高下，也觉得没有多大意思。本来挂高挂矮、钉上钉下，全凭主人随意，争有何益。

倒是写文章的人，不妨多想想门神的话，因为自己和看门人的处境其实也差不多，反正得“傍人门户”，按统一口径说话，无从发表独立的思想和见解。就是我们这些人，对于文人学者之间的高下之争，亦不必太加注意。谁拿不拿大奖，谁称不称大师，又有多大区别，又有多少价值呢。

争闲气

苏轼

东坡示参寥曰.桃符仰视艾人而骂曰.汝何等草芥.辄居我上.艾人俯而应曰.汝已半截入土.犹争高下乎.桃符怒.往复纷纷不已.门神解之曰.吾辈不肖.傍人门户.何暇争闲气耶.请妙总大士看此一转语.

【学其短】

○本文见苏轼《调谑篇》,转录自《类编》卷四之八『杂记类』。

○苏轼,号东坡,北宋眉山(今属四川)人。

○参寥,即僧道潜,后赐号妙总大师,与苏轼结交于杭州。

南村辍耕录五篇

棒打不散

【念楼读】 元朝由蒙古入主华夏，世祖改燕京为中都时，已历太祖（铁木真）、太宗（窝阔台）、昭慈皇后（乃马真）、定宗（贵由）、宪宗（蒙哥）等朝，还没有营造宫殿，制定礼仪。

每逢庆典，大小臣工拥挤在大帐外面，争先恐后要进去磕头。蒙古的执法官十分讨厌，举棒痛打，可是官儿们却打都打不散。王磐奏请快立规矩，免得外国耻笑，皇上当即同意。

【念楼曰】 元朝留下的笔记不多，陶宗仪《南村辍耕录》记述忽必烈进北京做了皇帝，依旧按蒙古习惯在帐篷里上朝，新老官员抢着磕头，棒打不散，确实是很有趣的掌故。

更为有趣的，则是王文忠公磐“虑将贻笑外国”的“外国”，并非有黄发碧眼的人，而是刚刚被蒙古大军赶到江南去的南宋王朝，刘克庄正在那里填《贺新郎》词，问“谁梦中原块土”哩。

王磐本人也是出生在金国的汉族读书人，因为举报李璮叛元投宋（在南宋要算是反正吧）有功，才被召为翰林学士的。

古时无所谓“爱国”，读书人只知道“忠君”，谁坐在金銮殿上就向谁磕头，重视利禄的更是争着去磕，棒打不散。王磐奏请立磕头的规矩有功，于是他死后便成为元朝的“王文忠公”。

谥法也是传统“礼制”的内容之一，却很快被蒙古人“拿来”用上，亦足以说明汉文化的同化力强，能够“与时俱进”。

朝仪　　陶宗仪

大元受天命.肇造区夏.列圣相承.至于世皇至元初.尚未遑兴建宫阙.凡遇称贺.则臣庶皆集帐前.无有尊卑贵贱之辨.执法官厌其喧杂.挥杖击逐之.去而复来者数次.翰林承旨王文忠公磐时兼太常卿.虑将贻笑外国.奏请立朝仪.遂如其言.

【学其短】

○本文录自陶宗仪《南村辍耕录》卷一。

○陶宗仪，字九成，元末明初黄岩（今属浙江）人。

○世皇，元世祖忽必烈。

○至元，元世祖年号（一二六四——一二九四）。

○磐，指王磐，字文炳，永平（今河北顺平县）人，金进士。

学者从政

【念楼读】 元朝初年，学者许衡被征召去做官，顺路看望了另一位学者刘因。

“一召便去，你是不是太快了一点？”刘因这样问许衡。

“如果不去，我的‘道’怎么能够实现呢？”许衡这样回答。

没过几年，刘因也被征召去做了官，但没多久便辞职了；接着朝廷又来征聘他，他仍以病坚辞。

“你为什么一定要辞官不做呢？”有人这样问刘因。

“如果不辞，我的‘道’不是太廉价了么。”刘因这样回答。

【念楼曰】 许衡和刘因都强调一个“道”字，他俩一个出生于金卫绍王大安元年，一个出生在蒙古灭金以后，都没有做过宋朝的臣民。他们读书治学，虽然在异族统治之下，走的仍然是历代儒生的路子，其“道”就是为了“得其君而事之”，实现“修齐治平”；至于这个君怎么样，他们是不能选择也无权选择的。

许衡深研程朱理学，“慨然以道为己任”。元世祖征聘他去当国子祭酒（国立大学校长），后又拜中书左丞，成了国之重臣，“见帝多奏陈”，算是“能行其道”的了。刘因也讲朱子之学，却更重视个人操行，安排的官职也小些，可能有点“吾道不行”的意思，于是急流勇退，走了“退则山林”这另一条路。

征聘

陶宗仪

中书左丞魏国文正公鲁斋许先生衡。中统元年应召赴都日。道谒文靖公静修刘先生因。谓曰。公一聘而起。毋乃太速乎。答曰。不如此。则道不行。至元二十年。征刘先生至。以为赞善大夫。未几辞去。又召为集贤学士。复以疾辞。或问之。乃曰。不如此。则道不尊。

【学其短】

○本文录自《南村辍耕录》卷二。

○许衡，字仲平，号鲁斋，元河内（今河南沁阳）人。

○中统，元世祖始用的年号（一二六〇—一二六四）。

○至元，见页三八七注。

○刘因，字梦吉，号静修，元容城（今属河北）人。

大国的体面

【念楼读】 元明善在仁宗朝擢参议中书省事，升翰林学士。正值朝廷派某蒙古大臣出使交趾，元为副使。此时交趾国内政权不稳，国主想结交中朝大官，便在使臣回国时以重金贿赠。那位蒙古大臣欣然接受了，元明善却坚不肯受。

“正使大人都收下了，您为何定要拒绝呢?”国主问道。

“他未加拒绝，是为了看重国主的情面，使你们小国安心；我必须拒绝，是为了保持自己的操守，维护大国的体面。”

听了元明善这番话，国主不禁肃然起敬。

【念楼曰】 元朝是蒙古人建立的政权，其用人标准是一蒙古、二色目(中亚及西亚人)、三汉人(辽金遗民及北方汉人)、四南人(南方汉人)。元明善属于汉人，虽为翰林学士，也只能当副使，还得帮受贿的蒙古正使打圆场，以“全大国之体”。

当时的蒙古(元)确实是大国。元太祖铁木真(成吉思汗)和太宗(窝阔台)命拔都的两次西征，横扫亚欧大陆，小国纷纷臣服。但世祖(忽必烈)灭南宋后，出征日本、安南(交趾)都不顺利，他死后的成宗、武宗、仁宗对外已无法用兵，但“大国”的架子还在。元明善当着交趾“伪主”面称其为“小国”，便是这种“大国心理”的暴露。

大国其实不好当，不能只图大国的风光，不顾大国的体面。

使交趾

陶宗仪

翰林学士元文敏公明善．字复初．清河人．参议中书日．会朝廷遣蒙古大臣一员使交趾．公副之．将还．国之伪主赆以金．蒙古受之．公固辞．伪主曰．彼使臣已受矣．公独何为．公曰．彼所以受者．安小国之心．我所以不受者．全大国之体．伪主叹服．

【学其短】

○本文录自《南村辍耕录》卷二。

○交趾，越南，当时是元朝的属国。

○明善，指元明善，字复初，元清河（今属北京）人，谥文敏。

正室夫人

【念楼读】 御史大夫也先帖木儿，嫌弃自己的夫人好几年了，一直对她十分冷淡。

有次首席翰林学士阿目茄八剌死了，也先帖木儿派一名司马去吊孝，回来后问他死者的后事，司马回答说：

“承旨大人府上，戴凤冠的姨太太有十五位，都忙着争分财物，全不悲伤；一直守在灵前哭着的，只有一位正室夫人。”

也先帖木儿听后，默然无语。当天晚上，他便到夫人房中住了，从此恩爱如初。

【念楼曰】 读《元史》，尤其是这回写这节小文，十分讨厌“也先帖木儿”“阿目茄八剌”这类名字。读《清史稿》便好得多，“阿桂”“和珅”均可接受，因为他们愿意汉化，后来连“爱新觉罗”都改成了“金”。

但夫妻男女之间的事情，民族差异却似乎并不明显，官做大了，都会想多要几个娘子。戴罟罟（罟音古）的姨太太达十五位，承旨大人身体再棒，恐怕也难以“承旨”，于是正室夫人不能不“坐守灵帏，哭泣不已”了。

如今世界上有些国家允许一夫四妻（这倒正合了辜鸿铭老先生“一把茶壶四个杯”的妙喻），咱们这儿还有共产主义道德约束着，当官的总不会三妻四妾，自然会珍重正室夫人，不会冷落她的吧。

司马善谏

陶宗仪

御史大夫也先帖木儿.与夫人不睦.已数年矣.翰林学士承旨阿目茄八剌死.大夫遣司马明里往唁之.及归.问其所以.明里云.承旨带罟罟娘子十有五人.皆务争夺家财.全无哀戚之情.惟正室坐守灵帏.哭泣不已.大夫默然.是夜.遂与夫人同寝.欢爱如初.

【学其短】

○本文录自《南村辍耕录》卷二十二。

○也先帖木儿，蒙古许兀慎氏，元仁宗时知枢密院事。

○罟罟，蒙古语，蒙古贵妇所戴的高冠。

『有气味』

【念楼读】 大画家倪云林讲究清洁讲究得过了头，简直成了病态。有次他看上了一个叫赵买儿的歌妓，招来陪宿。叫她洗澡上床后，又手摸鼻嗅，仔细检查。检查到私处，觉得“有气味”，又叫她下床再去洗。洗后再嗅，嗅后再洗，折腾到天亮，兴致也折腾得等于零了，白给了一笔服务费。

后来赵买儿说起这回事，每次都笑得直不起腰来。

【念楼曰】 艺术家的行为，往往有一般人觉得怪异的。这件事涉及两性关系，更容易引起人们的兴趣，或认为不可理解。其实倪云林此种怪癖乃是一种病症，现代医学上称为“强迫症”，“洁癖”只是其表现之一。我曾亲见有患者总嫌自己的手不干净，从早到晚不断地洗手，冬天因为手的皮肤老用肥皂洗，总是开裂，以至流血，他却仍然不断地洗。据说此病很难治好，患者痛苦不易解脱，甚至为此轻生。

人的性器位于“两便之间”，佛家说最为“不净”，难怪我们的大画家要“且扪且嗅”，至再至三，仍然觉得“有气味”，不行。其实这种“不净观”乃是反自然、反科学的。人体只要没有生病，并保持清洁，有气味亦不至于“秽”。据性学者说，两性互相吸引的途径，主要是通过视觉、触觉和嗅觉；那么“有气味”乃是正常的，毫无气味反而未必正常了。

病洁

陶宗仪

毗陵倪元镇有洁病。一日，眷歌姬赵买儿，留宿别业中。心疑其不洁，俾之浴。既登榻，以手自顶至踵，且扪且嗅，扪至阴，有秽气，复俾浴。凡再三，东方既白，不复作巫山之梦，徒赠以金。赵或自谈，必至绝倒。

【学其短】

○本文录自《南村辍耕录》卷二十七。

○毗陵，今常州。

○倪元镇，名瓒，号云林子，元无锡人。

菽园杂记六篇

儿子岂敢

【念楼读】 明英宗正统年间，司礼监太监王振掌权，势倾朝野。英宗称之为“先生”，百官尊之为“翁父”，还有些最不要脸的官员，干脆自愿做干儿子，叫他干爸爸。

工部侍郎王某最会拍马屁，又年轻貌美，很得王振欢心。有一次王振问他：

“王侍郎，你为什么不蓄胡子呢？”

王某恭恭敬敬地回答道：“您老人家没有胡子，做儿子的我，又怎么敢有胡子啊！”

【念楼曰】 演《西厢记》，张生得了相思病，头上扎着手巾，手里撑根木棍，走出来叫书童。书童上台时，头上也扎着手巾，手里也撑根木棍，显得比张生病得更厉害。张生惊问道：“你也病了？”书童答道：“相公病了，我不敢不病呀！”

书童“不敢不病”，是为了学样；王侍郎“不敢有须”，却是为了逢迎。小书童只是可笑，堂堂侍郎则可耻至极矣。

为了做官，不惜先做别人的儿子，甚至做太监的儿子。这种死不要脸的人怎么能够当上侍郎（副部长），真是怪事。明士大夫高谈气节者最多，寡廉鲜耻、毫无骨气者亦最多，这其实是一件事情的两面。当时君权最尊，人格最贱，进士翰林出身的官，动辄可以廷杖（打屁股）。屁股朝夕不保，脸面如何能存，所以王侍郎他们就干脆不要脸了。

王侍郎

陆容

正统间。工部侍郎王某。出入太监王振之门。某貌美而无须。善伺候振颜色。振甚眷之。一日问某曰。王侍郎。尔何无须。某对曰。公无须。儿子岂敢有须。人传以为笑。

【学其短】

〇本文录自陆容《菽园杂记》(下简称《杂记》)卷二，原无题，下同。

〇陆容，字文量，明太仓(今属江苏)人。

〇正统，明英宗年号(一四三六—一四四九)。

〇王振，明英宗时宦官，擅权跋扈，后死于乱兵之中。

『凡是派』

【念楼读】 英宗皇帝初年，御史彭勖（当时在督理南京学政）认为，永乐年间编成的《五经四书大全》辑录各家的论点，颇有与朱子《集注》不合的地方；于是加以辩证，写成专书，准备送审。有人说，《五经四书大全》（以下简称（《大全》）是永乐皇上“御制”的书，怎么能改，这事便中止了。

现在看来，彭君所见不为无理。学问愈研讨愈精进，真理越辩论越分明，怎么能因为是“御制”的便不允许讨论、修改了呢？

【念楼曰】 “凡是派”好像只在上世纪七十年代末八十年代初出现过一阵子，就“前不见古人，后不见来者”了。读了这则“杂记”，才知道明朝正统年间也有。古人云，“五百年犹比膊”，不仅五百年前有，就是五百年后亦未必没有，如果专制政治和专制文化还能存在五百年。

《五经四书大全》（以下简称《大全》）出自御制，彭勖要“删正自为一书”，“或以《大全》出自御制而止”，这“或以”的他们不正是“凡是派”么？

《大全》所采“诸儒之说，有与（朱子）《集注》背驰者”，彭勖就要来“删正”，他难道不也是“凡是派”么？

凡是“御制”便得维护，凡是“朱注”便得遵从。最可怕的是，此亦不必以朝廷诏令行之，反彭勖的和彭勖都是自觉自愿这么干的，他们早就被训练成“志愿凡是派”了。

御制大全

陆容

正统初．南畿提学彭御史勖．尝以永乐间纂修五经四书大全讨论欠精．诸儒之说有与集注背驰者．遂删正自为一书．欲缮写以献．或以大全出自御制而止．以今观之．诚有如彭公之见者．盖订正经籍．所以明道．不当以是自沮也．

【学其短】

〇本文录自《杂记》卷三。
〇正统，明英宗年号（一四三六—一四四九）。
〇南畿，即南都，明朝时指南京。
〇彭勖，字祖期，明永丰（今属江西）人。
〇永乐，明成祖年号（一四〇三—一四二四）。

自称老臣

【念楼读】 危素和余阙，都是所谓文学名臣，在元朝都入过翰林院，修过史。后来元朝灭亡，余阙死于守城，危素则又进了明朝的翰林院。

有一天，明太祖派了个小太监去翰林院问问是谁在值班。危素朗朗高声地回答道："老臣危素。"

小太监回宫复命，太祖听了，一言不发。大概他觉得危素的"老"是"老"在前朝，现在实在不该倚老卖老，于是第二天就传旨令危素去余阙庙（在安庆）烧香，意思是要他到死节的老同事坟前去一趟，看他还好不好意思活得这样精神。

【念楼曰】 叫危素去余阙庙烧香，正好比叫陈明仁去战犯管理所看宋希濂、杜聿明，区别只在于一是看死者，一是看生者。一死一生，死者无言，还好应付；生者见了面总不能不说话，一为座上客，一为阶下囚，这话又如何说，岂不尴尬。想想这种安排也实在太挖苦人了，真不知当初怎么想得出来。

只做做文章的老先生如余阙者，本不必为元朝"死节"，何况那是"非我族类"的姓奇渥温的家天下。危素若迟生六百年，说不定还可以早点伸张民族大义，参加民族起义，那就不但可以自称老臣，而且可以自称老革命了。

危素

陆容

高皇一日遣小内使至翰林，看何人在院。时危素太仆当值，对内使云：老臣危素。内使复命，上默然。翌日传旨，令素余阙庙烧香。盖余危皆元臣，余为元死节，盖厌其自称老臣，故以愧之。

【学其短】

○本文录自《杂记》卷三。
○高皇，时人对明太祖朱元璋的称呼。
○危素，字太朴，元大臣，明初授翰林侍讲学士。
○余阙，元大臣，曾同危素修史，后死于红巾军手中。

染　发

【念楼读】 陆展将白头发染青讨好小老婆，寇准拔掉胡须争取当宰相，都是为了个人目的，对抗自然规律；但是晋人张华在《博物志》中就介绍过染白胡须的方法，唐人、宋人也写过镊去自己白头发的诗，可见此事由来已久。

不过如今这样做的人，多数倒不是为了搞到女人，而是为了搞到官位。不信你可以看看，卖乌须药和镶牙补牙的广告，岂不是都贴在吏部衙门前，并没贴到风月场所去么。

【念楼曰】 陆展不知何许人，"染白发以媚妾"，这种"装嫩"虽然太肉麻，但只要他自己的老脸上搁得住，毕竟与别人没太多关系。拔掉白毛、补齐牙齿，说想多为人民服务，其实想的全是功名利禄，更进一步则改小年龄，假造履历，相率而为伪，这就于世道人心大有妨碍，不完全是个人的事情了。

对于我来说，乌须药首见于《龙凤呈祥》，戏台上的刘备招亲成功，它起到了决定性的作用。当然皇叔的大目标乃是荆州而非孙尚香，政治从来是第一位的。不爱江山爱美人，是无大志的人生哲学，大英帝国温莎公爵庶几近之。在男尊女卑的东方，则只要有了江山，又何愁没有美人，即使他七八十岁了，如还有此需要，年轻的女秘书、女护士不都争着上，谁还敢要他染头发。

白发白须

陆容

陆展染白发以媚妾。寇准促白须以求相。皆溺于所欲。而不顺其自然者也。然张华博物志有染白须法。唐宋人有镊白诗。是知此风其来远矣。然今之媚妾者盖鲜。大抵皆听选及恋职者耳。吏部前粘壁有染白须发药修补门牙法。观此可知矣。

【学其短】

〇本文录自《杂记》卷九。

〇陆展，未详。

〇寇准，字平仲，北宋时下邽（今陕西渭南）人。

〇张华，字茂先，西晋时方城（今河北固安）人。

画圣像

【念楼读】 太祖皇帝召来多位画师为自己画像，画出来都不满意。有画像技术最高、画得最像的，以为自己画的万岁爷一定会满意，结果也不行。

只有一位画师揣摩出了皇上的心思，特地将御容画得格外慈祥，呈上去以后，龙心大悦，又叫他再多画几幅，分赐给封了王的各位皇子。

【念楼曰】 都知道朱元璋“五岳朝天”，满脸横肉，一副杀人不眨眼的凶狠相。如果照着真容来画圣像，自然会越逼真越难看，画得越像越“不行”。

只有杀起人来绝不心慈手软，才能夺得天下。夺得天下以后，为了收揽人心，又得以慈眉善目的姿态出现，于是此圣像便只能依赖画师们来“创作”了。这种“创作”当然是一种宣传，“客观主义”首先要反对，“为真实而真实”也不行，必须服从政治，服从国家的最高利益，无论如何也得画出一副“穆穆之容”，画出一个亲民爱民的皇帝来。

我很佩服那位能够“探知上意”的画工的本领，凭着这套本领，明朝那时候如果建立“美协”，他“当选”主席肯定没有问题。那些画得最像的，则只怕还会落下个丑化万岁爷形象的罪名，吃不了兜着走。

传写御容　陆容

高皇尝集画工传写御容．多不称旨．有笔意逼真者．自以为必见赏．及进览．亦然．一工探知上意．稍于形似之外．加穆穆之容以进．上览之．甚喜．仍命传数本以赐诸王．盖上之意有在．他工不能知也．

【学其短】

○本文录自《杂记》卷十四。

○高皇，见页四〇三注。

乌柏树

【念楼读】 乌柏树只能用接枝法繁殖，成树后才能结子，否则即使结子，也不会多。

十一月间采了柏子，用水碓舂捣，使核外的一层“肉”脱落，然后过筛，将二者分开。“肉”煎成蜡，是制烛的材料。核磨碎蒸软榨出油，可用来点灯，也可掺在蜡中制烛，或掺入桐油制雨伞；但不能食用，误食了会使人上呕下泻。

柏子榨油后的枯饼，是农田的好肥料。

【念楼曰】 在我的家乡，水边常有柏树，树干和树枝多弯向水面，小孩可以爬上去，当然印象最深的还是它的红叶。后来才知道，张继的“江枫渔火对愁眠”、刘伯温的“红树漫山驻岁华”，都是咏乌柏的。陆子章《豫章录》云：

> 饶信间柏树冬初叶落，结子放蜡，每颗作十字裂，一丛有数颗，望之若梅花初绽。枝柯结曲，多在野水乱石间，远近成林，真可作画。

也写得很传神。可惜我从离乡以后，即未再见过它的身影。

柏子出的油有三种，平江人分别称为皮油（“肉”即核外蜡质层所制）、子油（核即种仁所制）、木油（整粒柏子所制）。皮油的硬脂酸含量高，浇成的蜡烛较硬，优于用木油者。

如今乡下有了电灯，敬神的烛亦改用石蜡制成，柏树不再有经济价值，唯愿还能留一点下来，点缀山村的风景。

柏 陆容

种柏必须接．否则不结子．结亦不多．冬月取柏子舂于水碓．候柏肉皆脱．然后筛出核．煎而为蜡．其核磨碎．入甑蒸软．压取清油．可燃灯．或和蜡浇烛．或杂桐油制伞．但不可食．食则令人吐泻．其渣名油饼．壅田甚肥．

【学其短】

〇本文录自《杂记》卷十四。

古今谭概五篇

心中无妓

【念楼读】 程颢（明道）、程颐（伊川）两兄弟，都以讲道学出名，被尊称为“两程夫子”。有回哥俩同往官宦人家赴宴，有妓女来陪酒。小程先生怕妓女近身，连忙站起，整整衣襟，大步离开了；大程先生却若无其事，和众客人一同笑谈饮酒，直至终席。

第二日，小程先生来到哥哥书房，讲起头天让妓女来陪酒，仍然气愤。大程先生便对弟弟说：“昨天酒席上有妓女，我心目中却没有妓女；今天这书房中没有妓女，你心里却还有妓女啊。”

【念楼曰】 《古今谭概》是冯梦龙纂辑的一部书，“心中无妓”这个故事传说甚广，大概亦非冯梦龙虚构的。两兄弟都是道学家，但看来哥哥的“道学”水平比弟弟更高。他以为，只要心中无妓，座中即使有妓，也不会影响自己的“道学”形象。

其实在古时，士大夫们对家妓或官妓，逢场作戏一下是完全没有关系的，不过道学先生要当“夫子”，便不得不从高从严要求自己，装出一副特殊材料做成的人模人样。

小程先生“拂衣起”，至次日“愠犹未解”，面皮绷如此久，血压肯定升高，比起大程先生随大流“尽欢而罢”，似乎更不利于养生。可是弟弟只比哥哥小一岁，却在哥哥去世后还活了二十二年，这又如何解释呢？难道要做到“心中无妓”，见可欲而心不乱，竟如金庸所写的“必先自宫”，比起板起一副脸装正经，对于身心健康更为不利么？

两程夫子

冯梦龙

两程夫子赴一士夫宴。有妓侑觞。伊川拂衣起。明道尽欢而罢。次日。伊川过明道斋中。愠犹未解。明道曰。昨日座中有妓。吾心中却无妓。今日斋中无妓。汝心中却有妓。伊川自谓不及。

【学其短】

○本文录自冯梦龙《古今谈概》(下简称《谭概》)『迂腐部第一』。

○冯梦龙，字犹龙，明长洲(今苏州)人。

○两程夫子，即程颢、程颐兄弟，北宋洛阳人。

○伊川，程颐(字正叔)的外号，为颢之弟。

○明道，程颢(字伯淳)的外号。

大袖子

【念楼读】 曹奎中了进士，制袍服时有意将袖子做得特别大，穿在身上，招摇过市。

“你这袖子做得太大了吧？”杨衍见了，问他道。

“就是要大，才装得下天下黎民百姓呀。”曹奎得意洋洋地回答。

“我看哪，天下黎民百姓虽然装不下，一个两个倒硬是装得进去了。”杨衍笑着说了这么一句。

【念楼曰】 做大官的总说“心中要装着老百姓”，翻译成古话，也就是“盛天下苍生”了。

若真能如此，当然很好。怕就怕像曹奎那样，专门只在衣服之类事情上做表面功夫。修行馆若干处，一掷几个亿，衣服却打上几十个补丁，还摆出来展览，也不怕漫画化了自己。

在上者提倡某种精神，宣传某种思想，要收效莫如身体力行，而不在多言。颁布几条顺口溜式的口号，比如“盛天下苍生”之类，以为如此天下苍生便会得救，岂非捏着鼻子哄自己。官儿们倒是会闻风而动，“上头”怎样说，他们立马就会怎样表现，曹奎的大袖袍便是表现之一。但是，蒋介石手订的“党员守则”背得再滚瓜烂熟，亦无救于国民党的败亡啊。

盛天下苍生

冯梦龙

进士曹奎作大袖袍。杨衍问曰。袖何须此大。奎曰。要盛天下苍生。衍笑曰。盛得一个苍生矣。

【学其短】

〇本文录自《谭概》『怪诞部第二』。

不怕杀头

【念楼读】 嘉靖时北方蒙古族俺答汗率部入侵，京师一度危急。皇上怪罪兵部尚书丁汝夔抵御无方，将其斩首示众，这件事在百官中引起很大震动，都觉得仕途险恶，说：

“动不动就杀头，谁还敢做官。”

“怎么没有人敢做呢，这是大官呀！”有人笑道，“兵部尚书这把虎皮交椅，如果坐一天便杀头，也许没人争着坐；只要坐得上个把月，就是杀头，也还是有人要争着坐的。”

【念楼曰】 为了做官不怕杀头，这似乎是一句挖苦话，其实不然。后来明朝的兵部尚书被“大辟”的仍旧不少，如熊廷弼、袁崇焕，而且都是忠臣。明知这把交椅坐上危险，还是毅然决然坐上去，真所谓忠臣不怕死了。

贪官不怕死的就更多。明太祖恨贪官，县官贪污被告发，便将其剥皮填草，挂在县衙内堂示众。新县官来上任，吏胥们常窃窃私语：“填草的又来了。”

如今读报，亦常见有贪官判死刑、判死缓，不怕判的却越来越多。斯蒂文森写《自杀俱乐部》，有波斯王子花钱买死；我们的贪官用来买死的钱，本就是凭空手道得来的，不必从波斯王宫远道搬来，所以才会更加“大方”和“痛快”。

仕途之险

冯梦龙

世庙时．通州虏急．怒大司马丁汝夔．置之辟．缙绅见而叹息曰．仕途之险如此．有何宦情．中一人笑曰．若使兵部尚书一日杀一个．只索抛却．若使一月杀一个．还要做他．

【学其短】

○本文录自《谭概》『痴绝部第三』。

○世庙，明世宗，即嘉靖皇帝。

○丁汝夔，字大章，明沾化（今属山东）人。

那两年靠谁

【念楼读】 有个姓吴的人，二十岁做了爸爸，儿子养到三十岁，他自己已经五十岁了。这个儿子蠢得很，名字就叫“蠢子”，生活全得爸爸照顾。

有天来了个算命先生，爸爸请他替自己和儿子算命，结果算出，爸爸寿八十，儿子也会活到六十二。蠢子听后，号啕大哭：

“爸爸八十岁死了，我六十岁以后还有两年，那两年靠谁养活啊！”

【念楼曰】 不幸生下白痴或低能儿，只能尽一世义务，身后还会留下遗恨。对此社会应予同情，国家也该关心，决不该觉得好笑。旧笑话打趣残疾人，乃是国民心理不健全的表现。但取笑弱智和病人的毕竟还少，除了借呆女婿、傻新娘讲黄色笑话。

这位吴蠢子却未必很蠢，他知道父亲大自己二十岁，算得出八十减二十再减六十二等于负二，知道父亲死后还有两年无人养活自己。如果及早训练他学会独立生活，不让他养成饭来张口、衣来伸手的习惯，很可能他就不会如此号啕大哭了。

社会上有所谓的特权阶层。让一部分人先富起来以后，又出现了新富阶层。富贵之家，自然会注意子女教育。但如果教之不以其道，子女虽然并不弱智，也会被娇惯成饭来张口、衣来伸手的少爷小姐。富人的命即使再长，寿终正寝时也会放心不下的。

吴蠢子

冯梦龙

吴蠢子年三十．倚父为生．父年五十矣．遇星家推父寿当八十．子当六十二．蠢子泣曰．我父寿止八十．我到六十以后．那二年靠谁养活．

【学其短】

○本文录自《谭概》『专愚部第四』。

人之将死

【念楼读】 刘宋朝的明帝决定要王彧死在自己前头，自知不起时，派使者将敕书和毒酒送到江州去，令其服毒自尽。

使者到时，王彧正在和客人下棋。他读过敕书，将它和毒酒放在一旁，继续将一局棋下完，收好棋子，才从容对客人说：

"皇上要我死呢。"顺手将敕书递给客人一看，然后举起毒酒说，"这壶酒没法请你喝啦。"自己几口吞下，随即气绝。

【念楼曰】 人之将死，其本来面目、风度、修养都会显示出来。

王彧出身名门，富有才学，从小即很受宋武帝（明帝之父）爱重，选他妹妹为太子妃，又要将公主嫁给他，想太子和他互为郎舅。王彧倒没什么野心，他多次辞谢加官晋爵，还以病体辞不尚主。明帝即位后，他更加谨慎小心，主动请求出守外地，远离政治中心。但即使如此，当明帝重病快死时，怕以后太子年幼，皇后临朝，王彧是"元舅"自然会出掌国政，以他的才能和资望，天下便可能会由姓刘变为姓王，所以还是决定请他喝毒酒，先行一步。

这便是专制政体最可怕、最黑暗的一面。君要臣死，臣便不得不死。即使位极人臣，甚至是二把手，毒酒送来也不能不喝。王景文能留下这么一句有风度的、耐人寻味的话，至少比邓拓在遗书中还不得不三呼万岁自在得多。

此酒不堪相劝

冯梦龙

宋明帝赐王景文死．景文在江州．方与客棋．看敕讫．置局下．神色怡然．争劫竟．敛纳奁毕．徐言．奉敕赐死．方以敕示客．因举鸩谓客曰．此酒不堪相劝．遂一饮而绝．

【学其短】

○ 本文录自《谭概》『越情部第十』。

○ 宋明帝，即刘彧，南朝宋皇帝，四六五年至四七二年在位。

○ 王景文，名彧，南朝宋临沂（今属山东）人。

○ 江州，今江西九江。

广东新语八篇

水流鹅

【念楼读】 广东地方有一种水鸟叫做“淘鹅”，有时口音略变又叫“逃河”，阳江的方言则叫“水流鹅”，其实就是别处叫鹈鹕的。其形体大小如鹅，会潜水捕鱼，还会将浅水弄干取鱼。捕得鱼它并不全都立即吞食，而是将有的鱼“养”在下喙下面的皮囊里；养鱼的水，有时多达两升。它每游弋捕鱼一次，便能吃上好几天。

水流鹅哎莫淘河，我的鱼少你鱼多。

弯起竹弓想射你，你又会跑奈不何。

渔家有一首儿歌就是这样唱的。

【念楼曰】 《辞海》(一九七九年版一七七五页)云：

鹈鹕(Pelecanus)，亦称“伽蓝鸟”“淘河鸟”“塘鹅”，……下颌底部有一大的皮囊，俗称“喉囊”，可用以兜食鱼类。性喜群居，主要栖息在沿海湖沼、河川地带。……

我想这里说的“淘鹅”即《辞海》所谓的“塘鹅”，“逃河”即“淘河鸟”，应该没有什么问题，只有“伽蓝”这个梵文音译词有点突兀。一查，方知“伽蓝鸟”出于佛经，给中国人用的《辞海》本该稍加说明，不能怪屈大均失记。

屈大均对于渔童歌唱的水流鹅“竭小水取鱼”和(颐下皮袋)“常盛水二升许以养鱼”的生态，观察入微，描写生动，在关于自然史的记载中殊不多见。

淘鹅

屈大均

淘鹅．即鹈鹕也．曰逃河者．淘鹅之讹也．阳江人则谓水流鹅云．其大如鹅．能沉水取鱼．或竭小水取鱼．颐下有皮袋．常盛水二升许以养鱼．随水浮游．每淘河一次．可充数日之食．渔童谣云．水流鹅．莫淘河．我鱼少．尔鱼多．竹弓欲射汝．奈汝会逃何．

【学其短】

○本文录自屈大均《广东新语》（下简称《新语》）卷二十。○屈大均，字翁山，明末清初番禺人。○阳江，今广东省阳江市江城区。

狗与奴才

【念楼读】 澳门地方多有洋狗，躯体矮小，长着狮子似的长毛。它们完全不能看门、捕猎，却要卖十多两银子一只。

洋人很看重自己养着玩弄的这种狗，和它同住同吃，好吃的食物先给它吃，对狗比对买来的幼年奴仆宠爱得多。

洋狗也很听洋人的话，叫它坐就坐，叫它站就站，人和狗倒是蛮融洽的。所以澳门当地有这样一句俗话：

“宁可变洋狗，也甭作洋奴。”

【念楼曰】 西洋人对狗的态度，自来和中国人很不相同。葡萄牙人居留澳门已久，他们养狗作为玩伴，还买来黑人或华人的幼童作为仆役，此即所谓“奴团”。在葡萄牙人心目中，这些“奴团”的确是“万不如狗”的。

“宁为番狗，莫作鬼奴”，这是痛恨“洋鬼子”的本地“奴团”才讲得出的心里话。但在大多数中国人看来，狗总是更卑贱的东西，骂人骂“狗奴才”也显得更为厉害。但狗与奴才，在必须服从主人这一点上其实并没有什么不同，他们和它们都必须交出自己的自由，作为被豢养的代价。不过奴才读过书，能识字，心思也更灵泛一些，所以得为主人做更多的事，也更不容易讨好。

番狗　屈大均

蠔镜澳多产番狗．矮而小．毛若狮子．可值十馀金．然无他技能．番人顾贵之．其视诸奴囝也．万不如狗．寝食与俱．甘脆必先饲之．坐与立．番狗惟其所命．故其地有语曰．宁为番狗．莫作鬼奴．

【学其短】

〇本文录自《新语》卷二十一。

〇蠔镜澳，当作『濠镜澳』，即澳门。

瑶人美食

【念楼读】 竹老鼠住行都在地下，专门在地下吃竹根。它的皮毛柔软，躯体也很柔软，肉非常肥美，可以切成大片，一两片便是一盘，呈紫色，鲜甜如嫩笋。它的鲜血直接饮用，据说也很养人。

瑶家将它视为上等食品，称之为“竹猪”。我在一首写广东风物的诗中也赞赏过：

海上人采来的鲜贝，山里人捉到的竹猪。

【念楼曰】 “文化大革命”中，我在湖南茶陵“洣江茶场”服刑，曾和一个从江华林区送来的瑶族犯人同队。有次他讲起，捉了竹老鼠，用“木叶”烧熟后撕成大块，就着上山打猎或挖笋时随身带的“盐巴”，咬一口肉，舐一舐盐巴，“那个味道呀，真比睡婆娘还美”！

他就是因为烧竹老鼠吃，失火延烧了一小片山林，被作为“纵火犯”判刑五年的。我打趣他道：

“吃只竹老鼠，判了五年刑，你后悔不后悔？”

他仍然沉浸在对美味的回忆中，低下头想了想，才慢慢地回答我道：

“后悔当然有点后悔，判了我五年哪五年——不过竹老鼠那硬是好吃得很！”

竹鼦 屈大均

竹鼦穴地食竹根．毛松．肉肥美．亦松肉一二脔可盈盘．色紫．味如甜笋．血鲜饮之益人．瑶中以为上馔．谓之竹豚．予诗．海人花蜃蛤．山子竹鸡豚．

【学其短】

〇本文录自《新语》卷二十一。

何必引韩诗

【念楼读】 龙虾可以大到七八斤一只，头部可以有尺把宽，俨然像个龙头，色彩斑斓，还有两根三四尺长，粗如手指的须。

它的肉味鲜甜，但是比普通河虾肉要粗些。在它的壳内点灯，光亮有如红琥珀，便是有名的龙虾灯。

东莞、新安、潮阳沿海都产龙虾。韩愈在潮州时写诗道：

见到龙虾时不禁想问问它，谁还有更长更美的须和牙？

【念楼曰】 旧时作文喜欢引用古人句子证明自己的渊博，其实这在大多数情况下都是没有必要的，屈大均介绍龙虾引韩愈的诗，即属此类。

韩愈当然是大文豪，确实写过不少好诗，这两句却写得并不好。全诗见《昌黎先生集》卷六，题目是《别赵子》。这里说龙虾的须"雄"也许不错，说龙虾的"牙"也"雄"就太离谱了，因为虾是没有牙的呀。古诗为了凑字数或者押韵，常有这种用字不顾字义的情形，虽韩公亦不免焉。

屈氏说龙虾肉粗，则一点不错，我就不喜欢吃龙虾（和一切的海虾），只喜欢吃河虾，尤其是现剥现炒的虾仁。至于"光赤如血珀"的龙虾灯，自己虽未见过，知道"东莞、新安、潮阳多有之"也足够了，昌黎诗实在不必抄引也。

龙虾

屈大均

龙虾巨者重七八斤，头大径尺，状如龙。采色鲜耀，有两大须如指，长三四尺，其肉味甜，稍粗于常虾，以壳作灯，光赤如血珀，曰龙虾灯，东莞新安潮阳多有之。昌黎诗，又尝疑龙虾，果谁雄牙须。

【学其短】

○本文录自《新语》卷二十二。

○东莞、新安、潮阳，皆当时广东县名，即今之东莞市、深圳市宝安区、潮阳市。

○昌黎诗，即韩愈诗，昌黎为韩氏郡望。

金色的丝

【念楼读】 广东阳江有种野蚕叫天蚕，专吃樟叶和枫叶。每年三月蚕体成熟即将吐丝时，将其捉来浸在醋里，可以抽出七八尺异常坚韧的丝来。其丝金光灿烂，最适于用来缠葵扇的边。

如果不如此浸制，天蚕也能在树上成茧。这茧要比家蚕的大好几倍，却无法缫成丝。《尚书·禹贡》所说的充当贡品的“厥篚檿丝”，有人说是这种天蚕丝，其实应是山东地方野生桑蚕的丝。

另外还有一种长在沙柳树上的野蚕，也可以取其丝缠扇子。

【念楼曰】 《禹贡》叙述夏禹“别九州”后“任土作贡”（依照各州土地的出产，决定其贡献的种类），在谈到青州的时候，说了“厥篚檿丝”这句话。

“厥”即是“其”；“篚”音非，是装东西的竹器；“檿”音掩，是山桑树。“厥篚檿丝”的意思便是：其地用竹笼装山桑蚕丝。据说“山桑叶小于桑而多缺刻，（木）性尤坚紧”；吃山桑树叶的蚕所吐的丝，特别适于做琴弦。

看来青州所贡的这种丝，确实不是“以作蒲葵扇缘”的天蚕丝；“海岱惟青州”，在渤海和岱（泰）山之间吃山桑叶的野蚕，也确实不是在广东阳江地方“食必樟枫叶”的天蚕。

天蚕的金色的丝，不知道如今还有没有人在用醋浸取，真想搞“长七八尺”的一根来看看，虽然蒲扇早就不用了。

天蚕　　屈大均

天蚕出阳江．其食必樟枫叶．岁三月熟．醋浸之．抽丝长七八尺．色如金．坚韧异常．以作蒲葵扇缘．名天蚕丝．亦有成茧者．大于家蚕数倍．禹贡．厥篚檿丝．或即此类．然不可缫为丝．入贡者．齐鲁之山茧也．有沙柳虫．腹中丝亦可作缘．

【学其短】

〇本文录自《新语》卷二十四。

香分公母

【念楼读】 丁香树广州也有，它高一丈多，叶子有些像栎树，花朵细圆，花蕊色黄，结紫色的子，这子就是人们所说的丁香。

人们又将丁香分为公、母两种，小颗的叫"公丁香"，大颗的叫"母丁香"。母丁香效力大一些，但也不如从外国来的贵重。南洋人喜欢嚼丁香，跟嚼槟榔一样。

丁香树结子时，常有彩色羽毛的鹦鹉飞来，啄食嫩的丁香子；人们采过子以后，鹦鹉便啄食留下的皮。

【念楼曰】 丁香是一种香料，中国又用来入药，《本草纲目》介绍它有公母之分，李时珍曰"雄为丁香，雌为鸡舌"；李珣云"小者为丁香，大者为母丁香"；陈藏器云"最大者为鸡舌，击破有顺理而解为两向如鸡舌，故名，乃是母丁香也"。

查了《辞海》才知道，丁香树的"浆果长倒卵形至长椭圆形，称'母丁香'……干燥花蕾入药，称'公丁香'"，只有采收迟早之分，并无公母之别。长倒卵形分为两向，倒真有点像鸡舌，它又是香料，女人可含在口中。所以好色多情的李后主，才会写出"向人微露丁香颗"这样的句子来。香分公母，被赋予性别意识，是不是与此多少有关？

"从洋舶来者珍"，因为丁香的原产地乃是南洋，那里出产的本来才是正宗的。

丁香

屈大均

丁香．广州亦有之．木高丈馀．叶似栎．花圆细而黄．子色紫．有雌有雄．雄颗小．称公丁香．雌颗大．其力亦大．称母丁香．从洋舶来者珍．番奴口常含嚼．以代槟榔．其树多五色鹦鹉所栖．以丁香未熟者为饵．子既收．则啄丁皮．

【学其短】

〇本文录自《新语》卷二十五。

夺香花

【念楼读】 乳源山上长着许多白瑞香，十一二月间盛开如雪，人们叫它“雪花”。砍了它的枝条做柴火，夹着野生的兰草和川芎，烧起来四邻都闻得到浓烈的香气。

瑞香以枝干骈生的为最好。有一种开紫花的尤其香，和别的香花放在一起，别的花香都闻不到了，所以又叫它“夺香花”。

将瑞香花晒干入药，可以治痘症，使患者减轻症状。

【念楼曰】 第一代搞新文学的人，写过些介绍“草木虫鱼”的短文，周作人的《菱角》和《苍蝇》最为著名，他引述过汤姆逊《秋天》文中关于落叶的一节：

> 最足以代表秋天的无过于落叶的悉索声了。它们生时是慈祥的，因为植物所有的财产都是它们之赐，在死时它们亦是美丽的，在死之前，它们把一切还给植物，一切它们所仅存的而亦值得存的东西。它们正如空屋，住人已经跑走了，临走时把好些家具毁了烧了，几乎没有留下什么东西，除了那灶里的灰。但是自然总是那么豪爽的肯用美的，垂死的叶故有那样一个如字的所谓死灰之美。

末了说，此一节“寥寥五句，能够将科学与诗调和地写出，可以说是一篇落叶赞，却又不是四库的哪一部文选所能找得出的”。

《四库全书》里的确找不出汤姆逊这样的文章，只有《广东新语》这些篇也许可以算作无鸟之乡的蝙蝠。

瑞香　　屈大均

乳源多白瑞香．冬月盛开如雪．名雪花．刈以为薪．杂山兰芎䓖之属烧之．比屋皆香．其种以李枝为上．有紫色者香尤烈．杂众花中．众花往往无香．皆为所夺．一名夺香花．干者可以稀痘．

【学其短】

○本文录自《新语》卷二十五。

○乳源，县名，今属广东省韶关市。

草木之名

【念楼读】 “步惊”是一种木本植物。将它的嫩叶加几粒米稍微炒一下，煎汤喝了，可以治疗呕泻寒症。

它的花的香味很像兰花。人们在山野间行走，忽然闻到兰的幽香，在附近又找不到兰草，总免不了惊异，所以将这种树木叫做“步惊”。“步惊”也因此有了名气。

广东永安人进北京，常常带一点晒干了的“步惊”嫩叶，作为本地土产送人。

【念楼曰】 草木之名有一些十分有意思，比如说“步惊”，还有上一节中的“夺香花”，从中不仅可以看出人的心智和情思，更重要的是，还可以看出人和自然的关系。

同一种植物，在不同的地方和不同的人群中，常常有不同的名称。湖南人爱吃的苦瓜，在广东叫凉瓜，北京老百姓喊作癞葡萄，士大夫则称为锦荔枝。研究这些不同的名称，也很有自然史和社会学的价值。

很希望有人能编一部《植物俗名大词典》，若能对木部和草部的许多古字进行研究，将它们如今在各地的俗名一一考证出来，加上绘图说明，那就更好了。现在还没见有这样的大词典，那么就先找些像《广东新语》这样的书来看看也好。

但这往往被人“惊为蕙兰”的“步惊”到底是一种什么植物，它的正式名称和学名该是什么，又有谁能够明白无误地告诉我们呢？

步惊

屈大均

步惊，木本，以嫩叶和米数粒微炒，煎汤饮之，可愈呕泻寒疾。花有幽香，步行遇之，往往惊为蕙兰，故曰步惊。永安人每以嫩叶干之，持入京师作人事。

【学其短】

◎本文录自《新语》卷二十五。

◎永安，今广东紫金县。

广阳杂记十一篇

洪太夫人

【念楼读】 洪承畴降清后，被编入汉军八旗，进京师当了兵部尚书，统兵经略西南。他本是福建南安人，这时见天下大定，便派人回老家接母亲来京城享福。

洪太夫人一来，见到儿子，怒气冲冲地举起拐杖就打，痛斥他贪生怕死，无耻不义，骂道："你接我来，想叫我跟旗人去做老妈子吗？我打死你，为世人除害！"洪承畴抱头鼠窜，才没有被痛打。

骂过以后，太夫人命令家人备好船只，立刻南回。

【念楼曰】 满洲如果和中国不再分离，则多尔衮和洪承畴都是统一的功臣。作为部队长官，战败投降犹可谓迫不得已，《日内瓦公约》也会予以保护。可洪承畴却不是投降而是"起义"，不仅不要缴械，还要继续持械"经略"大西南，杀原来的袍泽。太夫人骂他无耻不义，并不冤枉。

洪太夫人痛骂过无耻不义的儿子以后，仍然坐船回南方去当老太太，这也是合情合理的。她虽是朝廷命妇，却并未担负政治军事的责任，用不着为了改朝换代而绝粒或悬梁。至于本来就在压迫剥削下的平头百姓，则更无须如此。关内几万万居民若都在甲申殉国，汉人从此绝种，中国岂不真正灭亡，永远灭亡了么？

洪承畴母

刘献廷

洪经略入都后。其太夫人犹在也。自闽迎入京。太夫人见经略。大怒。骂。以杖击之。数其不死之罪。曰。汝迎我来。将使我为旗下老婢耶。我打汝死。为天下除害。经略疾走得免。太夫人即买舟南归。

【学其短】

○本文录自刘献廷《广阳杂记》（下简称《杂记》）卷一，原无题（下同）。

○刘献廷，字继庄，别号广阳子，清大兴（今北京）人。

○洪经略，即洪承畴，降清后以兵部尚书经略西南。

谢客启事

【念楼读】 崇祯帝殉国后，福王在南京即位，马士英为首相。黄仲霖向朝廷奏参马士英，召对之后，知道马士英参不倒，自己闯下了弥天大祸，回到家里，便写了张启事粘在门首：

“我触犯了权威，离死已经不远，为免连累他人，特令本宅传达，对于来访各位，一概请辞不见。”

【念楼曰】 金兵入汴京，靖康亡国后，南宋又支持了一百五十多年；闯军入北京，崇祯亡国后，南明的弘光小朝廷却仅仅支持了两年。

谈起弘光小朝廷的事，真是既可气，又可笑。这皇帝不像个皇帝，即位后要办的第一件事便是大选“淑女”；首相也不像个首相，口说要“力图恢复”，干的却是“日事报复”，打击妨碍自己结党营私的人；只有一个史可法，却不让他参与朝政，将其派到外地去督师；而所“督”的将官也不像将官，清兵已快临城下，还在内战不止，然后分别降清。黄仲霖在弘光面前参马士英，其志可嘉，其愚却不可及，虽说尽愚忠也是臣子的本分，也得看看这个君值不值得你尽愚忠哪。

但黄仲霖的书生意气，毕竟还有其可爱之处，“以白纸大书于门”的几句话，也写得挺牛的，看了很能使人解气，这恐怕是甲申乙酉间南京城中唯一的亮点。

参马士英

刘献廷

黄仲霖参马士英，召对归署，以白纸大书于门曰：得罪权奸，命在旦夕，诸客赐顾，门官一概禀辞。

【学其短】

〇本文录自《杂记》卷一。
〇黄仲霖，未详。
〇马士英，字瑶草，明末贵阳人。

抬轿子

【念楼读】 南岳山上的轿夫，抬轿子的身手，可称天下第一。旅客坐在轿子上，他们抬着行走如飞，速度比得上跑马。他们又特别善于爬陡坡、过独木桥。过桥时，脚板只能横踩在独木上，轿夫们侧着身子，以单肩“挑”着轿杠，脚趾和后跟悬空，全凭脚板心在木头上蹭着走。由一前一后两个轿夫“挑”起的轿子，却仍旧平平稳稳，不侧不偏，使坐轿的人舒舒服服，虽然免不了有些紧张，过后谈起，还不禁吐出舌头，连呼啧啧。

【念楼曰】 一九四九年以前，在报纸上看见蒋介石坐轿子上庐山的照片，曾经破口大骂，说这是压迫人民的象征。蒋氏走后，名山胜地的轿夫确曾一度绝迹，大概比城市中的人力车夫们歇业得还早些。

可是在改革开放以后，旅游兴起，供旅客爬山代步的轿子，又应运而复生。八十年代我在四川青城、峨眉都看到过不少顶，争着揽客的，讨价还价的，甚至空轿子跟在客人后面苦口婆心劝客上轿的，均所在多有，供过于求。

天下的事物，本来有需便有供。轿子只要有人要坐，便会有人来抬。取缔既难实行，实亦无必要；从旁替“被压迫者”打抱不平，更属多事，只怕还会被轿夫们认为断了他们的财路，挨一顿臭骂。

舆夫

刘献廷

衡山舆夫矫健冠天下。走及奔马。上峻阪。走独木危桥。舆在肩侧。其足逡巡。二分在外。舆平如衡。无少敧仄。吁。亦异矣。

【学其短】

○本文录自《杂记》卷二。

小西门

【念楼读】 在长沙小西门外，看湘江两岸居民的房屋，都是竹篱茅舍，朴素中显出一种雅致，丝毫没有城市的拥挤和做作。

湘江中有不少船只。走上水的，走下水的，挂满风帆快速驶过的，停泊在岸边不动的，船上的人正在整理樯橹的，大大小小的船，都很入眼。将它们画下来，肯定十分好看。

我走遍了大江南北，风景绝妙之处，恐怕要算这里。

【念楼曰】 我少年时代的一头一尾，都是在长沙度过的，小西门自然是十分熟悉的地方。但在我的记忆中，那里早成了热闹嘈杂的码头。上下船的货担和人流，使小孩子在尘土飞扬中只能侧着身子走。

在河中间的水陆洲上和河对岸的岳麓山下，那时候还有一些竹篱茅舍（父亲曾在那里买过一处房屋，虽非茅舍，却带竹篱，还有几十株橘树，一九五四年被师大征收去修成体育场的一角了），但河这边早变成了一间挨着一间的铺面和住宅，河街上则是低矮污秽的棚户。刘献廷笔下的风景，早就大大变样了。

近来听说长沙市正在规划建设“小西门历史风貌保护区”，这当然是件好事情，但不知“保护”的是什么样的“历史风貌”。照我想，康熙年间的风貌是没有可能恢复的了，也没有必要恢复；只要能在新修的“风光带”上留下小西门这地名和刘献廷这五十七个字的文章就好。

天下绝佳处

刘献廷

长沙小西门外，望两岸居人，虽竹篱茅屋，皆清雅淡远，绝无烟火气。远近舟楫，上者，下者，饱张帆者，泊者，理楫者，大者，小者，无不入画，天下绝佳处也。

【学其短】

○本文录自《杂记》卷二。

春来早

【念楼读】 长沙地区的春天来得早。二月初，在府境之内，桃花、李花都已盛开，柳树的枝条也又绿又长了。

这里的物候，比下江地方的苏州、常州一带，要早三四十天；比北京附近，则要早五六十天。如果再往南，过了五岭，只怕还要早。

【念楼曰】 中国几千年以农立国，四时节气全凭物候安排农事，而幅员广大，各地气候的差异自然也大。读书人如果不行万里路，则不会注意到这种差异，更不会写出来。

我一直喜欢看笔记，尤喜看其中关于岁时风俗的记载，这些都是自然史、社会史和人民生活史的材料，可惜的是它们太少了。通常笔记中间可以看看的，还包括：(一)历史掌故；(二)人物故事；(三)学术考证；(四)诗话文评。这些材料开卷亦能得益，却并不是我的最爱。至于因果报应、忠孝节烈、神佛鬼怪、风花雪月那一类东西，除非有民俗研究的价值，我就很少看了，也实在看不得那么多。

《广阳杂记》便是我常读的一种笔记。其记事多可取，文字亦简洁，看得出作者的真性情。

清朝时候的长沙府，比现在的长沙市大得多，湘阴、湘乡都是其属县。所以左宗棠和曾国藩都算长沙人，坟墓和祠庙都修建在长沙。

长沙物候

刘献廷

长沙府二月初间．已桃李盛开．绿杨如线．较吴下气候．约差三四十日．较燕都约差五六十日．五岭而南．又不知何如矣．

【学其短】

○本文录自《杂记》卷二。

看衡山

【念楼读】 都说泰山为五岳之首，可是南岳衡山的规模气势，实在超过了泰山，更不必说嵩山和华山了。

我来衡山，一走近山脚，便觉得它不同凡响。它不像别的山靠一座主峰显示，而是群峰插天，峰峰各面，依远近高低，自然分出了层次。这里的每座山峰，各有不同的面貌，都可称秀丽奇崛；但它们秀而不媚，奇而不怪，没有犬牙裂齿、矫揉造作的小摆设相。正好比古时青铜器，也有填朱鎏金的，却绝不见斧凿痕，纯以古朴苍老的厚重感取胜。又好比杜甫的杰作，大气磅礴，用他恭维李白的诗句“清新庾开府，俊逸鲍参军”来形容，那是远远不够的。

这便是我心目中的衡山。

【念楼曰】 既为名山，就必不是一般的山，就必有它不同于其他山（包括名山）的景色。用拟人化的话说，也可称为山的个性。本文写出了衡山的个性，便能给人留下不一般的印象。

山尚以有个性为贵，而况人乎。奇怪的是偏偏有过叫“人人都做螺丝钉”的时候。螺丝钉是“标准件”，按标准成批制造，颗颗一样，绝不允许有任何差异，也就是个性。想想看，这有多可怕，如果人人都成了“标准件”。就是世上的山水，若是都成了“标准件”，处处一样，还有人愿意出门旅游么？

南岳

刘献廷

南岳规模宏阔，过于岱宗，无论嵩华。初陟山麓，即觉气象迥别，群峰罗列，层层浮出，各极奇秀，而雄浑博大，绝无巉岩刻削之状，正如雷尊象鼎，虽丹碧烂然，而太朴浑沦之气，非鬼工匠手所能拟议。又如杜少陵诸绝作，必非清新俊逸超脱幽奇等目所可形容者也。

【学其短】

○本文录自《杂记》卷二。

瑰丽的雪

【念楼读】 在南岳，我有一晚住宿在山麓一处叫“云开堂”的僧房里。半夜被大风雨惊醒，雨泻在屋瓦上如注如倾，风则把整栋房屋都吹得摇动起来。

第二天一早，知客僧来说，昨晚山上下了大雪。于是我穿衣出门，走到屋后，抬头望去，只见香炉峰以上一片白，高山密林全被晶莹洁白的雪覆盖起来了。可香炉峰以下，却仍然还是绿色。眼中的全景，竟像翡翠盘中装满水晶白玉，有种说不出的美丽和庄严。

此时风雨已小，但仍没停。遥想祝融峰顶上封寺里的人，恐怕还在看雪花飞舞吧。

平生所见过的雪，这一回可说是最瑰丽的了。

【念楼曰】 老实说，我是一个美感迟钝的人，从小就被讥为“缺乏艺术细胞”，不会欣赏良辰美景，自己也完全承认。但不知为什么，我却特别喜欢下雪，尤其是下大雪，把一切都覆盖、使所有东西都改变了常态的大雪。

家人和朋友们都知道，我从来懒得出门，不愿走动，只有大雪天是例外。这时天亮得也特别早，我总是一早就收拾出门，到外面去走走。一边走，一边听着自己靴子踏在雪上，发出细碎的、带着点清脆的声音，好像在低语。平常看去永不会变的一切，至少暂时是改变了，这样真好啊！

雪景之奇

刘献廷

余宿衡山云开堂时．夜半梦醒．闻雨声如注．风撼屋宇皆动．晓起．主僧来言．夜来峰顶大雪．亟出屋后仰望．自香炉峰以上．皆为雪覆．如银堆玉砌．香炉而下．依然翠霭千重．时风雨犹未止．想上封正在撒盐飞絮也．雪景之奇．于斯极矣．

【学其短】

○本文录自《杂记》卷二。

○上封，寺名，在衡山祝融峰顶。

○撒盐飞絮，此处用《世说新语》典故，见页三〇一注。

鸡公坡

【念楼读】 彭岳放的家在善化县衙右首，地名鸡公坡，门前并无多人经过，显得很寂静。宅门之内，广植树木，虽在街巷之中，却有山林之致，可谓难得。

门上的楹联是彭君自制的，写的是：

白发添新，缕缕记一生辛苦；

青山依旧，匆匆看百代兴亡。

从联语中，便可以想见其为人了。

【念楼曰】 彭岳放其人待考。从本文看，他应是刘献廷在本地结识的友人。另一则云：

> 袁文盛言湖南之妙，宜卜筑于此，为读书讲学地，柴米食物庐舍田园之值，较江浙几四分之一。……而质人甚非之，以湖南无半人堪对语者，以柴米之贱，而老此身于荒陋之地，非夫也。

既然有人认为“湖南无半人堪对语者”，那么这位“白发消穷达，青山傲古今”的彭岳放，岂不难得又难得，更值得珍重吗？

在明清两朝，善化县和长沙县同为府城“附郭”之县，县衙同城，一南一北。如今长沙黄兴南路大古道巷，全长不到四百米，在一九四九年以前却分为三段，有三个名字，即大古道巷、鸡公坡、县正街。在鸡公坡和县正街的分界处，还有个地名叫县门口。刘献廷去过的彭岳放家，应该就在它的右边。

门联

刘献廷

彭岳放住善化县右鸡公陂.门径幽寂.有山林之致.书其门曰.白发消穷达.青山傲古今.读此联.可想见其人矣.

【学其短】

〇本文录自《杂记》卷二。
〇陂，在这里同『坡』。

孤独的夜

【念楼读】 康熙三十二年四月十七，从长沙水路往衡山，船夜泊在昭陵。半夜醒来，见月光从船篷空隙处射入舱中，明亮如同白昼，便再也睡不着了。伸头出外，只见长空万里，没有丝毫的云翳，就像水洗过一样的干净，衬托得月亮更大更明。

我呆呆地望着月亮，心里觉得极度的寂寥，不禁想起了从前所作的一首诗：

孤独的夜晚，孤独的船。
只能呆想着远方的月亮，
是否也照着有人在无眠。

也是在十七日晚上写的，也是在舟中望月。不过现在离家更远，也更加凄苦了。

【念楼曰】 久居城市，看星星、看月亮已经成为遥远的往事。几年前不知是听说“五星联珠”还是“狮子座流星雨”，半夜里也曾被孙儿辈的中学生拉到阳台上去看过。但城市“亮化”以后的万家灯火抢尽了星月的光，加上我老眼昏花，在模糊的天穹上终于找不着想看的天象。

像曹操和李白所赞叹过的“星汉灿烂”和“明月光”，像第谷和伽利略久观不倦的旋转的天球和明亮的星座，晚间只能在电视荧屏前消磨时间的我，在剩给我的不多的岁月中，恐怕再也见不着了。

舟泊昭陵

刘献廷

癸酉四月．望后二日．舟泊昭陵．夜卧至夜半即觉．碧天如洗．皎月自篷隙照入舟中．如白昼也．对之凄然．予尝有诗曰．孤舟寂寂更无邻．惟有长安月照人．亦十七夜舟中也．而苦乐之致．不啻天渊矣．

【学其短】

○本文录自《杂记》卷三。

○昭陵，今属株洲县，为江行必经处。

采茶歌

【念楼读】 去年在衡山县过元宵节，睡在床上听采茶歌，颇为喜欢它的音调，词句却一点也听不懂。

今年又来到衡山，又听了采茶歌。土话虽然还不能全懂，意思却总算能明白三四分。这才觉得，乡下妇女、小孩子口里唱的歌，它们的意思、词句和表现方法，其实跟《诗经》里保存的古代民歌，相差并不很远。衡山老百姓的创作，差不多比得上“十五国风”了。

这也可以说是我对文学起源的一点见解，可叹的是在这里找不到人可以谈这些。

【念楼曰】 在南方乡村里，直至“中国农村的社会主义高潮”兴起之前，家家户户吃茶都是靠自己，因而年年到时候都要采茶，都有人唱采茶歌。其实歌也不单在采茶时唱，大抵只要男女能有在家庭外接近的机会，劳作又不是太苦太累，还有点剩余精力供宣泄，便可以对唱甚至对舞一番，元宵节自然也是个适宜的时候。上世纪五六十年代农村变化奇大，“红旗歌谣”一来，真正的民歌于焉绝迹。虽然仍有“采茶灯”“采茶戏”的名目，却已成为像花鼓戏一样由文化馆管的剧团，在演《浏阳河》之类的节目了。现在当然又有了新的变化，但卡拉OK、三点式都下了乡，采茶歌恐怕已经没有人会唱和要听了。

十五国章法

刘献廷

旧春上元在衡山县.曾卧听采茶歌.赏其音调.而于辞句懵如也.今又来衡山.于其土音虽不尽解.然十可三四领其意义.因之叹古今相去不甚远.村妇稚子口中之歌.而有十五国之章法.顾左右无与言者.浩叹而止.

【学其短】

○本文录自《杂记》卷四。

○『今又来衡山』，句中『来』字原本作『□』，今以意补。

○十五国，《诗经·国风》有十五国风。

『双飞燕』

【念楼读】 汉阳和汉口之间，隔着条襄河（汉水）；往来过渡，全靠一种叫“双飞燕”的小船。这种船由一个人驾驶，荡两支桨。两支桨一左一右，好像燕子的两只翅膀，“双飞燕”的名称便由此而来。

“双飞燕”的驾者站在船尾，两手同时荡桨，力量均匀，船走得快，而且十分平稳。它收费也很低，一位客人只收两文钱，还不到一厘银子。如此便宜，所以有俗话道：

走遍天下路，只有武昌好过渡。

真是一点不假。

【念楼曰】 此文作于康熙三十年顷，过了一百五十年，道光二十年前后叶调元作《汉口竹枝词》，其十二云：

五文便许大江过，两个青钱即渡河。

去桨来帆纷似蚁，此间第一渡船多。

渡（襄）河仍然只收两文钱。若从汉阳、汉口到武昌，则要过大（长）江，水面宽得多，便得收五文，照想刘献廷时也是如此，不会大江小河一个价。而一百五十年间，收费一直没有变，即可见直到十九世纪中叶，中国的社会经济还是“超稳定”的。

长沙五十多年前过江的划子，也就是“双飞燕”，有风时偶有扯帆借力的，但不常见。

汉阳渡船

刘献廷

汉阳渡船最小.俗名双飞燕.一人而荡两桨.左右相交.力均势等.最捷而稳.且其值甚寡.一人不过小钱二文.值银不及一厘.即独买一舟.亦不过数文.故谚云.行遍天下路.惟有武昌好过渡.信哉.

○本文录自《杂记》卷四。

○文，指一枚钱，当时通用的钱中间有方孔，四边有文字，故一枚钱称一文。

巢林笔谈十篇

悲哀的调子

【念楼读】 我对于音乐没有多少了解，只喜欢笛声的高亢清越，每当心情抑郁，觉得无聊，便取出笛子来吹。也不管吹的是什么，入耳好像都是悲哀的调子。吹着吹着，有时泪水便不知不觉地流下来了。

今夜月白风清，静静地倚靠着栏杆，心境倒是少有的好。拿过笛子来，特地选了两支谱古诗的曲子。诗境本是平和的，可是不知怎的，吹出来的声音好像仍然带着一丝呜咽……

【念楼曰】 在古代中国的“个人写作”中，抒情全用诗歌，即所谓“诗言志，歌永（咏）言”。用散文形式作内心独白的，则极为少见。龚炜的《巢林笔谈》中却有好些这样的文字，值得注意。

这篇小文写笛，可是并没有写任何一支具体的笛子和笛曲，也没有写任何一次具体的吹笛过程，只写他自己的笛音“往往多悲感之声”，连适意时吹的“和平之词”，“其声仍不免于呜咽”。此全是个人内心的一种感觉，他自己也不知怎的了，为什么会这样……

这样的题材，这样的写法，在唐宋八大家的文集中是找不着的。如果作者改用《红楼梦》《儒林外史》的白话来写，写出来便是现代的抒情散文或散文诗了。作者自谓，“四十年来视履所及，暨胸中所欲吐，稍稍见于此矣”。我以为值得注意的，正是他“胸中所欲吐”的文字，比如说这一篇。

笛音

龚炜

予于声歌无所谙，独喜笛音寥亮。每当抑郁无聊，趣起一弄，往往多悲感之声，泪与俱垂，审音者知其为恨人矣。今夜风和月莹，阑干静倚，意亦甚适，为吹古诗一二首，皆和平之词，而其声仍不免于呜咽，何也。

【学其短】

○本文录自龚炜《巢林笔谈》（下简称《笔谈》）卷四，原无题（下同）。

○龚炜，字巢林，清昆山人。

中秋有感

【念楼读】 今天晚上，又是中秋了。

未老的身心，被病耗着；大好的年华，被迫闲着。想上进的人，只怕谁都会怄气；平生无大志的我，却正可借此躲懒，并不觉得有什么难过。

可是今夜却偏偏碰上这讨厌的雨。

月光被雨云遮住了，眼前不见半点秋色，耳中也只有单调的檐溜声。

一生一世，也不知过得了几个中秋，像今天晚上这样杀风景的，简直不能算数。

【念楼曰】 人生苦短，一年中有数的几个有点情趣、差堪玩味的日子，如果又因为什么白白糟践掉了，例如中秋无月、重阳遇雨，的确是憾事。

但也得对文化生活有理解、有追求的人才会有此感觉，专门等着通知开会的老同志殆未足以语此，当然等到了通知能够去开会，可能也是他们的幸福。

我也是一个没什么文化品位的人，赏月登高乃至现代化的各种文娱活动，从来都很少参加，也没什么兴趣。不过顶不感兴趣的还是开会，已经退休，就应该“退”、应该“休”了，还要去开什么会呢？

绝无佳景　龚炜

今夕是中秋节矣.病侵强岁.闲过清时.功名之士.所为短气.不佞缘以藏拙.亦自不恶.但檐溜泠泠.月光隐翳.绝无佳景.一生不知几度此节.似此便可扣除.

【学其短】

○本文录自《笔谈》卷四。

自作孽

【念楼读】 任何事物，你不看重它，不争取它，绝不会不请自来，得不到它也是十分自然的。

求名的，把全副心思都放在八股文上，自然能考取，能得名；求利的，把身子脑袋都钻进钱眼里，自然能发财，能得利。我一生不得名利，就是因为看不起八股文，得罪了文曲星；又看不起守财奴，得罪了财神爷。

还是商朝那个不争气的君王太甲说得好，“自己作的孽，怪不得别人”，有什么可埋怨的呢？

【念楼曰】 此篇看似自嘲，实是反讽。

作者内心里十分看不起应试的时文，认为钻研制义是“抛却有用功夫”，学做八股是“聚成一堆故纸”，后来干脆托病不赴乡试，以诸生终老，对于累代阀阅的世家来说，乃是不肖子弟，故牢骚颇多。自嘲也好，反讽也好，都是在发牢骚，都是在发泄内心的不满。

全无爱名求利之心的人，大概是没有的。但“把心思智巧都倾入八股中”，“把精神命脉都钻入孔方里”的人，毕竟也只有那么多，因为“倾”也要有本钱才能倾，“钻”也要有本领才能钻，并不是每个人都能具备。但如果这种人越来越多，像龚炜的就会越来越少，读书人的总体素质就会越来越差，社会的风气也会越来越坏。

名利两穷

龚炜

凡物不贵重之，则不至。如求名者把心思智巧都倾入八股中，自然得名。求利者把精神命脉都钻入孔方里，自然得利。樵朽一生，名利两穷，只缘看得时文轻，便是上渎文星；看得守钱鄙，便是获罪财神。太甲曰：自作孽，不可逭。

【学其短】

○本文录自《笔谈》卷五。

○樵朽，作者自称。

○太甲，商代的国君，曾被放逐。

江上阻风

【念楼读】 孩子从没出过远门，头次去省城参加考试，不能不陪送。船到沙漫洲，为风所阻，只得停下来等风停。

挨着的船，也有去赶考的。府城中宋家叔侄，将船移泊到岸边柳荫下，两人坐在船头下棋。我们则去看近处的荷花，只见夕阳将花叶映照得分外鲜活，又将我们几个人不戴帽子、摇着蒲扇的影子投射在水面上。如果画一幅江上阻风图，下棋、看花，都堪入画。

【念楼曰】 明清两代，文童通过县、府、院试，取得“县学生员”（俗称“秀才”）身份以后，每逢“子、午、卯、酉”年（三年逢一次），可以到省里参加乡试。如能考中，成了“举人”，第二年入京会试，若又能中“进士”，便登了仕途，有官做了。

省试（乡试）每次取录的举人名额有限，江苏定额六十九名，后加额十八名，总共也只有八十七名。全省来考的却在万人以上，“中举”的机会小于百分之一，故十分难。龚炜自称“三黜乡闱”，就是三次应乡试都失败了。但这是明清士人唯一的出路，所以一而再，再而三，总得考，还得送儿子去考。不过他此时已淡泊科名，不再将考试和送考视为人生头等大事，所以才能以“萧疏”的心情“科头握蕉扇，委影池塘”看荷花，也不怕江上阻风会耽误了考期。

佳景如画

龚炜

儿子从未远出．初应省试．不能不一往．阻风沙漫洲．舳舻相接．郡中宋氏叔侄．移船头就柳阴．棋于其下．崇友拉予看荷花．夕阳反照．荷净花明．萧疏四五人．科头握蕉扇．委影池塘．若绘江上阻风图．二景绝佳．

【学其短】

○本文录自《笔谈》卷五。

○省试，秀才考举人，分省举行，三年一次。

黄连树下

【念楼读】 入秋以来，家贫再加上发病，心情总是这样抑郁。晚间坐在屋里，更是感到寂寞，觉得无法消愁。

这时忽然从内室传出了琴声，像一阵清风，吹开了久闭的窗户，精神为之一振。

这是妻在弹琴。

妻还能借音乐暂时忘却难堪的处境，难道我就只能永远被境况压倒吗？于是拿过挂在壁上的琵琶，随手挑拨几声，算是给正在“黄连树下弹琴”的妻伴奏。

但是，琵琶的声音却总是这样迫促凄清，不能够委婉柔和，终究无法发泄我满怀的郁闷。

【念楼曰】 明人小说中，就有“黄连树下弹琴，苦中取乐”的话。这话如今还有人使用，想不到龚炜将它写到了文章里头。

借音乐以抒情，在古代文人生活中，也是常有的事。读古人的诗，王维“独坐幽篁里，弹琴复长啸”，白居易“忽闻水上琵琶声，主人忘归客不发”，李益“不知何处吹芦管，一夜征人尽望乡”，都能引人入胜。高启听笛，“始知嶰谷枯篁枝，中有人间无限悲。愿君袖归挂高壁，莫更相逢容易吹”，更把黄连树下借以消愁愁更愁的心情，婉转而又淋漓尽致地写出来了。但用散文自述奏乐情状尤其是夫妻合奏的，却极为少见。

琴声

龚炜

秋来病与贫俱．夜坐小斋．郁结不解．忽琴声自内出．不觉跃起．妇能忘境．我乃为境滞耶．因取琵琶酌两三弹．作黄连树下唱酬．其声泠泠．终不能啴以缓．发以散也．

【学其短】

○本文录自《笔谈》卷六。

悼亡妻

【念楼读】 今晚就是大年三十夜了么？那么，妻死去已经快二十天了。

提笔想写一点妻的事情，手在写，眼泪也在流，勉强写出了一个她的生平大略。但三十七年来的贫病相依、温存慰藉和病中的愁苦、死别的惨凄，却是写不尽也写不出的。

往岁过年，不管怎样艰难，妻总会想方设法，安排周到。今年则只有孝帐里的哭声，还有披麻戴孝的孙儿孙女两双泪眼，哪里还有心情过年。

【念楼曰】 此文作于壬午即乾隆二十七年，时龚炜五十九岁，已入老境，失去了同甘共苦、贫病相依的伴，又是个能"作黄连树下唱酬"的知心知性的人，其悲痛可想而知。所谓"粗述其生平大略"，应是替妻写墓志。这篇小文则特意提到了墓志中"不忍一二道也"的"三十七年夫妇之情"，一反常规，直抒胸臆，故比寻常文字动人得多。

后来长洲（今苏州）人彭绩作《亡妻龚氏圹铭》，文情与此可以相比，可惜文字稍多，只能节录其后半于下：

> ……嫁十年，年三十，以疾卒，在乾隆四十一年二月之十二日。诸姑哭之，感动邻人。于是彭绩始知柴米价，持门户，不能专精读书，期年，发数茎白矣。铭曰：作于宫，息土中，吁嗟乎龚。

壬午除夕

龚炜

今夕是除夕耶.内亡且二十日矣.含泪濡毫.粗述其生平大略.三十七年夫妇之情.与一切病亡惨境.不忍一二道也.往年度岁.纵极艰难.内必勉措齐整.今夕但闻幕内哭声.孙男女麻衣绕膝.泪霪霪不止.何心更问度岁事.哀哉.壬午除夜泪笔.

【学其短】

○本文录自《笔谈》卷六。

○壬午，此处指乾隆二十七年（一七六二）。

○内，指龚炜妻王氏。

微山湖上

【念楼读】 从夏镇到南阳镇，船都在微山湖上走。

太阳西下时，落照将千姿百态的云霞染成异彩，赤金色的天光投射在广阔的水面上，再反射出来，闪烁不定，使得倒映出来的各种形象和颜色更加好看。

太阳一落，蓝天立刻开始黯淡，彩霞也很快变成了浓云。霎时间苍穹上便出现了一钩新月，点点明星。

变化中的天地，真是一篇大文章、一幅大图画，充满了无穷无尽的创造力。

【念楼曰】 小学六年级时，国文先生给选读过一篇郑振铎写红海日落的散文，题材与此篇相似，篇幅则不止长十倍，虽然在现代散文中仍算短篇。

“五四”时提倡白话文，提倡口语化，应该说是不错的。但过于否定文言文，则不无过正，因为文言文简练的优点，是多少代文人呕心沥血创造得来的，不该随便丢掉。如果作文都记口语，像我在六年级课堂里听先生讲的话，如今的小学生即难完全听懂，何况还有方言的差别。元朝的白话谕旨、明太祖的手诏，也比八大家文更难读。

尤其在抒情写景方面，无论是作诗还是作散文，语体文（白话文）真能赛过文言文的，还真不多。

大块文章

龚炜

从夏镇抵南阳．时当落照．云霞曳天．澄波倒影．俯仰上下．无彩不呈．俄而浓云四布．宝净色忽焉惨淡．已又推出新月．清光一钩．疏星万点．大块文章．真是变化不尽也．

【学其短】

○本文录自《笔谈》续编卷上。

○夏镇，时属江苏沛县，即今山东微山县城。

○南阳，镇名，位于微山湖中，原属山东鱼台县。

惜华年

【念楼读】 挨着节气数下来，又是清明时分了。

反正多的是闲时，今日出门到野外去散步，枝头已可见新生的柳叶、初绽的桃花。浓绿的麦田和深黄的油菜花，更将大地铺上了锦绣，真是一派大好春光哪。

林中的百鸟都在唱歌，水里的鱼鳖也开始追逐游戏了，所有植物和动物都现出了勃勃的生气。接触到这一切，真的既能添游兴，也有益文思。

只可惜人的青春却一去不回，能够享受欢乐的时间啊，真是太少太少了。

【念楼曰】 上一篇谈到了写景抒情，抒情虽不必写景，写景则必得抒情。人们常说此情此景，“此景”若不入人目，不动人心，又怎能被写成文字，抒发作者的襟怀，引起别人的感兴，生出“此情”来。

上篇又将今人和古人写景抒情的文章比较，说今人的文章是写给大众看的，总不免做作，古人的文章则是写给自己看的，不会有太多做作，龚炜便是一个好例。

龚炜写凄清时是写愁，写“春林渐盛”“春水方生”时，想起青春易逝也还是写愁，看来多愁善感的确是他与生俱来的气质。

但这和“少年不识愁滋味”偏要“强说愁”有所不同，龚炜倒是“识尽愁滋味”而不能“欲说还休”的。

清明闲步

龚炜

数时报节．已届清明．闲步郊原．枝间柳桃．花铺菜麦．春林渐盛．黄莺紫燕．何树不啼．春水方生．黛甲素鳞．何波不跃．一切卉木禽鱼之胜．多是文章朋友之资．独惜少年一去不回．为欢常如不及．

【学其短】

○本文录自《笔谈》续编卷上。

暑中悬想

【念楼读】 盛夏时节，大太阳当头晒，无处不热气逼人，老年人又特别怕热，真是受不了。

听说浙南括苍山中有一处整个被绿荫笼罩的地方，一百二十里路两边全是茂密的竹林，两边多有茶亭、房舍，尽可流连休息。明朝刘一介先生在此一住六十年，从来不想离开。

热得不得了的时候，心想着这个清凉世界。想得入神时，身上仿佛也分得了一丝凉气。

【念楼曰】 过去没有空调，生活在几大“火炉”旁的人，都领教过夏夜热得无法入睡的滋味。那时也记得“心静自然凉”的老话，心却无论如何也静不下来，更无法像龚炜这样，悬想遥远的“绿天深处”，“便觉清气可挹”。

这是一个个人修养的问题，也是一个读书多少的问题。记得有佛教居士写过这样两句诗：“身居火宅中，心在清凉境。”印度习瑜伽的人，据说也有暑不觉热、冻不怕冷的本事。这些类似“练功”的说法，老实说我是不太相信的。但不能不承认，读书多、见识广、思想通脱的人，确实较能抵御外力的侵扰，较能保持内心的平静。无论是对自然界的酷热严寒，或者对人世间的狂暴横逆，大抵都是如此。

绿天深处

龚炜

夏月赤日行天.炎气逼人.衰年怯暑.大是苦境.旧闻处州括苍山有绿天深处.缘竹径入.百二十里绿阴.五里一亭.十里一室.明刘一介处此六十年.悬想便觉清气可挹.

【学其短】

○本文录自《笔谈》续编卷上。

○处州，今浙江丽水。

○刘一介，未详。

画中游

【念楼读】 平生心愿是游遍名山大川，可是体力财力都不足，又总是穷忙，虽有此心，却难实现。

如今老病缠身，此事更成了空想。只好多看看名家画的山水，想象自己身在其中，算是一种弥补。

【念楼曰】 古时候，出游尤其是出远门去游名山大川，不是那么容易的。行路住店，都只为两种人准备，一种是商人，一种是做官的人和准备做官的读书赶考的人。旅游不仅不方便，而且不安全，因为不能只走官商大路，只能像徐霞客那样犯难冒险，真的需要财力和体力。故龚炜老来作此语，是潇洒，亦是可怜。

如今旅游成了温饱之后人人得以享受的一种文娱活动，一种休闲方式。龚炜心目中的名山水，只要想去游，完全可以不必画饼充饥了。但今人之中，也有像我这样不会享福的。老朋友、老同事都在到处跑、满天飞，我却是很少出游的一个。说忙吧，离休以后应该不忙了。说穷吧，公费旅游也享受得到。究其原因，主要是现在的名山水已非清净场，旅游更成了上餐厅、看表演，闲散之乐已经很少。其次则同游者全是“老干”，原来的政治水平高，现在跳舞打牌的水平也高，而我于此二者都不沾边，混迹其中便成了异类，浑身不自在，只好恕不奉陪。

置身画图中　　龚炜

常思遍游名山水.而阻于无事之忙.限于不足之力.今老矣.虚愿难酬矣.披览名人图画.恍若置身其中.亦可少补游屐所未至.

【学其短】

〇本文录自《笔谈》续编卷下。

子不语八篇

虫吃人

【念楼读】 明朝亡国的那一年，河南发生严重蝗灾。飞蝗每来一批，如同急雨利箭，吃光草木，便群集在人身上啃皮肉。婴儿若无保护，很快皮肉就会被啃光，整个被蝗虫吃掉。

开封的城门也被蝗虫塞满，交通为之断绝。祥符知县调来大炮，对准城门开炮，一炮轰开一条通道；不到一顿饭时间，城门又被飞蝗填满了。

过去读《北史》，见上面说北魏灵太后时闹虫灾，有许多人被蛾子吃掉了，现在才相信那是真的。

【念楼曰】 《论语》云，“子不语怪力乱神”。就是说，孔夫子是不谈论怪异、暴力、淫乱、鬼神这类事物的。袁枚却将他这部笔记小说取名为“子不语”，专记这类事物。他在序文中表明了自己的观点：不能只吃大鱼大肉、海参鱼翅，也要尝尝通常不会吃的蚂蚁蛋酱和腌的野菜；欣赏庙堂上演奏的正乐之后，无妨再听听少数民族的山歌。我以为他很有道理。

“怪力乱神”的记述，有些也有自然史和文化史的价值。蝗虫吃人和炮打蝗虫，对于研究昆虫和虫害的人，便是很有用的材料。何况还可以当作三百七十多年前的新闻，可广见闻，可资谈助，岂不比讨论文怀沙到底有没有一百岁更为有趣和有益么？

炮打蝗虫

袁枚

崇祯甲申，河南飞蝗食民间小儿，每一阵来，如猛雨毒箭，环抱人而蚕食之，顷刻皮肉俱尽，方知北史载灵太后时，蚕蛾食人无算，真有其事也。开封府城门被蝗塞断，人不能出入，祥符令不得已，发火炮击之，冲开一洞，行人得通，未饭顷，又填塞矣。

【学其短】

○本文录自袁枚《子不语》卷十二。

○袁枚，字子才，号随园老人，清钱塘（今杭州）人。

○崇祯甲申，即崇祯十七年（一六四四），明亡国之年。

○灵太后，姓胡名充华，北魏孝明帝之母，五一五年至五二八年掌权。

○祥符，旧县名，当时河南省治和开封府治所在地。

死不松手

【念楼读】 雍正九年冬天，山西发生地震。介休县有个村子出现了地陷，塌陷处长宽有一里左右。其中有些房屋破坏严重，屋基成了深坑；有的整体陷没，被土埋了，房屋结构却大体完好。

事后有人掘出一户姓仇人家的宅子，仇姓全家人俱在，只是都成了僵硬的尸体，却不曾腐烂。家具杂物、锅盆碗盏等一切东西，也都完好无损。仇家的主人正在用天平称银子，他的右手紧紧握着一个元宝，掰都掰不出来。

【念楼曰】 意大利的庞贝(Pompeii)古城，公元七十九年被维苏威火山爆发喷出的火山灰埋没，一千六百多年后开始出土，经过陆续发掘，也发现了不少受难者遗体，在六至七米深的火山灰堆积层中保存完好。其中也有正好在数钱时遇难的，手中仍紧抓着金币。山西人抓元宝，罗马人抓金币，都死到临头不松手。可见人同此心，心同此理，全世界都有人把钱看得比命重。

康有为光绪三十年五月四日游庞贝，见“死尸人十四，……皆作灰色，有反覆卧者，有作业者。其移至各国博物院者盖太多，存于此者不过此数。其衣服冠履，皆已黑霉……”。大概这也和马王堆那具女尸一样，才出土时颜色如生，接触空气、日光后便迅速变质，自然不能像介休县仇姓主人那样虽死犹生了。

僵尸执元宝　袁枚

雍正九年冬．西北地震．山西介休县某村．地陷里许．有未成坑者．居民掘视之．一家仇姓者．全家俱在．尸僵不腐．一切什物器皿．完好如初．主人方持天平兑银．右手犹执一元宝．把握甚牢．

【学其短】

〇本文录自《子不语》卷十二。

千佛洞

【念楼读】 甘肃肃州合黎山的顶上，有一处万佛崖，那里的几千个菩萨像，容貌俨然，如同生成的一般。有位章道台路过那里，亲眼见到过。

据说康熙五十年间，寂静的合黎山顶上，忽然听见有人大声喊道：

“开不开？开不开？”

一连喊了几天，没人敢答应。后来有个牧童随口应了一声：“开！”

立刻石裂山开，惊天动地，现出了这座万佛崖。

【念楼曰】 肃州即今甘肃酒泉，合黎山在其北。至今为止，甘肃已知的石窟造像，并没有在合黎山顶的。因此我想，这一则传说可能是甘肃境内别处佛教石窟造像被发现后不久开始形成的，“万佛崖”也可能就是后来闻名世界的敦煌“千佛洞”。

在前面我说过，讲“怪力乱神”的，有时也有自然史或文化史上的价值，但这需要披沙拣金，善于发现和别择。像这一篇讲牧童随口应一声“开”，立刻山石大开，出现了“天生菩萨像数千”，当然不可能是事实，只是“章淮树观察过其地”时听来的故事，袁枚以其“怪”而记录下来。但甘肃确有万佛崖——千佛洞，内地士大夫过去并不知道，更从未前去看过，那么此篇实可谓为甘肃千佛洞的早期报道，有它文化史的意义。

肃州万佛崖

袁枚

康熙五十年，肃州合黎山顶，忽有人呼曰：“开不开？开不开？”如是数日，无人敢答。一日，有牧童过，闻之，戏应声曰：“开！”顷刻砉然，风雷怒号，山石大开，中现一崖，有天生菩萨像数千，须眉宛然，至今人呼为万佛崖。章淮树观察过其地，亲见之。

【学其短】

○本文录自《子不语》卷十六。
○肃州，今甘肃酒泉。
○合黎山，在甘肃省西部和内蒙古自治区西部边境。

大榕树

【念楼读】 云南楚雄碍嘉州有一处名叫者卜夷的地方，长着一株特大的常绿树。树的根从地下长出来，成为枝干又再往下进入地中，上下盘绕，连绵恐怕有上十里。远远望去，一株树简直成了一处林子。

人们走到此树下，只见那些树根树干，有的可以当作桌子、凳子、床铺，中空的可作为橱柜，住上十来户人家不成问题。只可惜树叶毕竟不能充当屋瓦，无法完全遮蔽风雨。

这种树的树根可以破土而出，朝上长成树干；干上的树枝又可以朝下钻，钻到土里成为树根，真是奇观。

【念楼曰】 袁枚笔下的“楚雄奇树”，从形态上看，可以知道便是岭南遍地可见的榕树，不过长得特别大罢了。

地球上陆地非常宽广，不必说七大洲，即是中国这几百万平方公里土地上，种类繁多的生物也是人的一生中难以遍见，更难以尽识的。袁氏能凭传闻将榕树的特点说对十之七八，已属不易。

养蚕取丝，织成丝绸，这是中国最早使得泰西人惊异的文明成就。可是古希腊人却说：

> 中国人用粟米和青芦喂养一种类似蜘蛛的昆虫，喂到第五年虫肚子胀裂开，便从里面取出丝来。(《希腊纪事》)

莫笑古希腊人记述失真，这却是他们好奇和注意观察记录的表现，不容轻视。

楚雄奇树

袁枚

楚雄府碍嘉州者卜夷地方．有冬青树．根蟠近十里．远望如开数十座木行．其中桌椅床榻厨柜俱全．可住十馀户．惜树叶稀．不能遮风雨耳．其根拔地而出．枝枝有脚．

【学其短】

〇本文录自《子不语》卷二十三。

〇碍嘉，当时州名，今属云南楚雄彝族自治州双柏县。

卖祖宗像

【念楼读】 有个小偷,白天进屋在人家厅堂壁上偷取下一幅画,卷起来拿着走到门口,正好碰上回家的主人。小偷急中生智,连忙跪下,双手举起画轴,对主人说:

“小的家中无米下锅了,这幅自家祖宗的画像,求求您买下它,给我一点买米的钱,或者给我几斗米,也是做了好事啊!”

主人听了,觉得卖祖宗遗像简直太可笑,也太荒唐了。于是想都没想,便挥手叫他快滚。

走进厅屋以后才发现,原来挂在那里的一幅赵子昂的画,已经被刚刚碰着的这个人偷走了。

【念楼曰】 这可能是袁子才听来的一则笑话,未必实有其事。但当作“骗术奇谈”看看,也还有点趣味,能引人一笑。

在口头上流传的故事或笑话,属于民间文学的范围,研究它们的发生和演化、内容和情节,不仅有文学史的意义,也有社会风俗史的意义。像堂上挂字画,还有卖祖宗画像这类事情,都带有时代的色彩,后世的人未必清楚,这便是有意义的地方。一笑置之,固未尝不可;不置之的话,也是有学问可以供研究的。

如今祖宗画像和水陆道场画一样成了文物,被公开拍卖,价钱还越来越高,“大笑,嗤其愚妄”的,大概不会有了。

偷画

袁枚

有白日入人家偷画者，方卷出门，主人自外归，贼窘，持画而跪曰：此小人家祖宗像也，穷极无奈，愿以易米数斗。主人大笑，嗤其愚妄，挥叱之去，竟不取视。登堂，则所悬赵子昂画失矣。

【学其短】

〇本文录自《子不语》卷二十三。

〇赵子昂，名孟頫，号松雪道人，元代大画家。

装嫩

【念楼读】 杭州范某娶了个老新娘，五十多岁，牙齿都掉了好些。她带来的箱笼里头咯噔噔地响，一看是盒子里装着两个核桃，都以为是偶然放在那里的。

谁知第二天早上梳妆时，新娘因为牙齿脱落，腮帮子凹进去，粉扑不匀，便喊丫环：

“把我的粉楦头拿来。”

丫环忙送上那两个核桃，新娘接过去塞进口中，一边一个，腮帮子凸起，粉就扑匀了。

从此，杭州人开玩笑，就把核桃叫做“粉楦头”。

【念楼曰】 金圣叹曰：“人生三十未娶，不应更娶；四十未仕，不应更仕……何则，用违其时，事易尽也。”如今提倡晚婚，三十岁不结婚没什么不好，不过“用违其时，事易尽也”却说得不错。

“年五十馀，齿半落矣”的老太婆要再婚，已是“用违其时”；牙齿掉了双颊内陷，扑粉无法扑匀了，硬要将胡桃塞进口里当“粉楦”，更是“用违其时”，使人觉得装嫩，大可不必。

这是袁枚所在的乾隆时候的事情。如今人的寿命延长，五十几岁可能还不算很老，还可以搞搞“黄昏恋”。但六十几、七十几、八十几，总有老的时候吧。可偏有八十好几的老人要装嫩，要找“孙女级”的太太。“用违其时”当然是他的自由，但他一定要四处登场炫耀“上帝给我的礼物”，则亦难以阻止观众要作呕。

粉楦

袁枚

杭州范某娶再婚妇，年五十馀，齿半落矣。奁具内橐橐有声，启视，则匣装两胡桃，不知其所用，以为偶遗落耳。次早，老妇临镜敷粉，两颊内陷，以齿落故，粉不能匀，呼婢曰：取我粉楦来。婢以胡桃进。妇取含两颊中，扑粉遂匀。杭人从此戏呼胡桃为粉楦。

【学其短】

○本文录自《子不语》卷二十三。
○楦，放入鞋中将鞋面撑起的木制模型。

雁荡奇石

【念楼读】 南雁荡山有两块奇石，叫“动静石”，上下相叠，都有七开间的房子那么大。

在下的那块为“静石”，它是不动的，人可以躺在它上头；用双脚去蹬在上的“动石”，哪怕蹬的是个七八岁的小孩，它也会轧轧地响着，摆开约一尺远，人一缩脚，又随即恢复原状了。

如果站着去推，即使叫十几个轿夫一齐用力，这“动石”仍丝毫不动。

天地间有些奇事，它们的道理我一直弄不明白，此亦其一。

【念楼曰】 读高小时，教地理的先生给我看过一张照片，是印在一本什么书上的，正是“一人卧静石上，撑以双脚”的情形，当然石轰然作声，移开尺许是听不见也看不着的。先生还讲解过支点、力矩和重心的关系，这本是自然课的内容，结合生动的例子，印象更加深刻，不然我怎能七十多岁了还记得。

我很少旅游，连名气大得多的北雁荡山都未到过，更别提南雁荡山了，也不知道这两块巨石现在还在不在。如果还在的话，何不将《子不语》这一节刻在石头上面，并根据物理学常识简单说明“其理”——物体的重心和力矩。这样既介绍了古人的记述，又普及了科学的知识，岂不好么？

动静石

袁枚

南雁宕有动静石二座．大如七架屋之梁．一动一静．上下相压．游者卧石上．以脚撑之．虽七八岁童子能使离开尺许．轰然有声．倘用手推．虽舆夫十馀人．不能动其毫末．此皆天地间物理有不可解者．

【学其短】

○本文录自《子不语》续集卷六。

○南雁宕，即南雁荡山，在浙江平阳。

○七架屋之梁，疑当为『七架梁之屋』。

砸夜壶

【念楼读】 山西人张某在如皋任县官，聘了杭州人王贡南当师爷。某次王贡南随张某乘船出行，夜间小解，用了张某的夜壶。

第二天，张某发觉以后，勃然大怒，说："咱山西人把夜壶当女人，这夜壶嘴巴是放啥东西进去的，能够让别人乱用吗？王先生你也太不讲规矩了。"一面骂，一面叫拿板子来，将夜壶砸得粉碎，丢进水中。又叫听差将王师爷连人带行李一起送上岸，径自开船走了。

【念楼曰】 夜壶为生活用具，本不便共用。但张县令生气的却不是别人用了自己的便壶，而是"乱用"了自己的"妻妾"。

性的独占性，盖出于雄性的本能。我们在电视屏幕上看《动物世界》，从海狗一雄管百雌、雄狮夺"位"后急于杀尽"前夫"留下的幼子这类事情上，感觉得到这种自然力是如何之强，根本不是人类的道德观念所能约束的。

但人类毕竟是人类，经过几百万年的进化，兽性总应该淡化到接近于零的无穷小了吧。可是歌颂唐太宗的功德，说他将"怨女三千放出宫"，此数量是海狗的三十倍，也只是他用不了的一小部分。

古代如此，现代的准皇帝或超皇帝，也有多位女人侍奉，未"婚"者想结婚，已婚者想回家，都须他批准。此皆是兽性的遗留，不能不使人叹息。相形之下，张县令视夜壶为"妻妾"，不许王师爷"染指"，虽近于变态，却也情有可原吧。

溺壶失节

袁枚

西人张某，作如皋令，幕友王贡南，杭州人，一日同舟出门，贡南夜间借用其溺壶，张大怒，曰：我西人俗例，以溺壶当妻妾，此口含何物，而可许他人乱用耶？先生无礼极矣！即命役取杖，责溺壶三十板，投之水中，而掷贡南行李于岸上，扬帆而去。

【学其短】

〇本文录自《子不语》续集卷九。

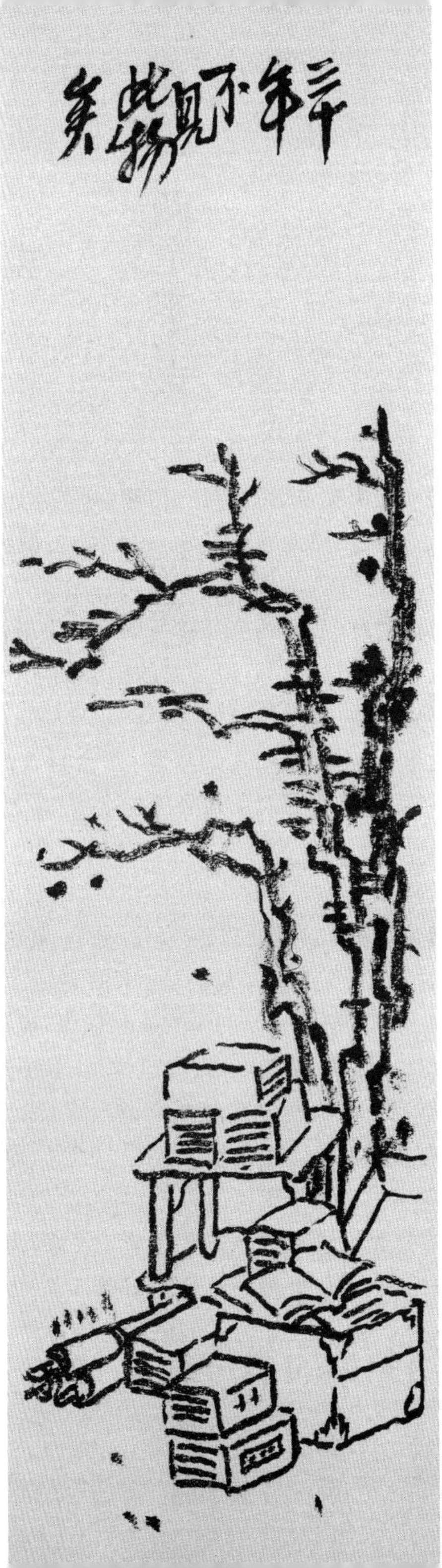

阅微草堂笔记八篇

两个术士

【念楼读】 安中宽告诉我：吴三桂起兵时，术士某甲会占卜吉凶祸福，前往投吴。路上遇见某乙，也说要去投吴，二人便结伴同行。

夜间住宿时，乙将铺位开在西墙下。甲说："别睡那儿，这墙今天半夜时分会坍倒。"乙说："墙的确会倒，不过不会向内，而会向外倒。"到时候，墙果然向外倒了。

我觉得，安中宽讲的这个故事，不会是真的。如果甲、乙二人真能预知吉凶，也就能预知吴三桂会失败，怎么还会不远千里去投奔他呢？

【念楼曰】 前面介绍过陆游、陶宗仪、陆容、屈大均和龚炜等人的作品，基本上属于纪实，我以为是正宗的笔记。若冯梦龙和袁枚所写，虽然也有名有姓，但创作的成分居多，应该视之为小小说。

纪晓岚这八篇，都是从《阅微草堂笔记》中选出来的，名为笔记，亦是小说。纪氏题记亦谓："小说稗官，知无关于著述；街谈巷议，或有益于劝惩。"用小说来进行"劝惩"，即想它承担起教化的任务，事实上恐怕不大可能。比如说，我们早就不信"六壬"能卜吉凶了，这与看没看这一篇实在毫无关系；而那些烧香敬神求罪行不被揭发、畏罪潜逃还要请术士择日子的大小贪官，就是给他们看上一千遍，又岂能为他们破除迷信。

之所以选它，只因为它是篇好看的小小说，这就够了。

安中宽言

纪昀

安中宽言．昔吴三桂之叛．有术士精六壬．将往投之．遇一人．言亦欲投三桂．因共宿．其人眠西墙下．术士曰．君勿眠此．此墙亥刻当圮．其人曰．君术未精．墙向外圮．非向内圮也．至夜果然．余谓此附会之谈也．是人能知墙之内外圮．则知三桂之必败矣．

【学其短】

○本文录自纪昀《阅微草堂笔记》(下简称《笔记》)卷一，原无题，下同。

○纪昀，字晓岚，清献县(今属河北)人。

○安中宽，人名疑非实指，故不注，下同。

○吴三桂，字长白，辽东人，叛明投清，后又叛清。

○六壬，用阴阳五行占卜吉凶的方术。

自己不肯死

【念楼读】 听人说，某人在明朝当御史时，有次扶乩，他向乩仙请问自己的寿命。乩示说他不久就会死，死期在哪年哪月哪日，讲得十分具体。某人为此忧心忡忡，谁知到时候却平安无事。

到了清朝，某人的官做得更大了。有次往别人家去，正遇上扶乩。碰巧扶乩者和请来的乩仙都和上次相同，他便请问上次判的为何没有应验，乩示道：

"到了时候您自己不肯死，我有什么办法？"

某人低头想了一想，脸色大变，立刻起身，匆匆离开了。

原来上次乩示他的死期是甲申年三月十九日，正是崇祯皇帝吊死煤山那一天。

【念楼曰】 此篇构思精巧，讽刺深刻，是一篇上乘的小小说。

它讽刺的对象，是那位"在明为谏官"，"入本（清）朝至九列"的某公。当然，明朝不明，这是历史的事实，搞得亡了国，也是咎由自取。崇祯皇帝不肯做宋徽宗那样的"昏德公"，或者像后来的爱新觉罗·溥仪那样向斯大林交入党申请书，一索子吊死在煤山，倒不失尊严。吃过明朝俸禄的人，是不是全得和他一同"殉国"呢？成千上万的"旧官吏"一齐"同日死"，我看亦可不必。但对于"九列"的地位总不该那么积极去争取，当然他还没有像某军统大特务那样津津乐道"光荣起义"的经过，还没那么不要脸。

乩判　　纪昀

宋按察蒙泉言。某公在明为谏官。尝扶乩问寿数。仙判某年某月某日当死。计期不远。恒悒悒。届期乃无恙。后入本朝。至九列。适同僚家扶乩。前仙又降。某公叩以所判无验。又判曰。君不死。我奈何。某公俯仰沉思。忽命驾去。盖所判正甲申三月十九日也。

【学其短】

〇本文录自《笔记》卷二。

〇九列，即九卿，古时朝廷所设九个高级部门的主官，也可泛指朝廷大臣。

老儒死后

【念楼读】 有个“走阴差”(生魂被神召去,办完阴间的差事后又还阳)的人,说是在阎王殿的走廊上见到一位刚刚死去的老先生,站在那儿瑟瑟发抖。

这时走过来一位判官,好像是老先生的熟人,热情地同他打过招呼后,和颜悦色地问道:

“老先生你天天讲无鬼论,说是没有鬼,那么今天该怎样称呼你呢?”

听了判官这话,旁边的鬼一齐哈哈大笑起来;再看那位老先生,却更加抖得缩成一团了。

这个故事是边随园先生讲给我听的。

【念楼曰】 世上到底有没有鬼这种东西,现在似乎已经不称其为问题,但在以前恐怕就很难干脆做出回答。那时候很多人的心中,或多或少总会留有些鬼的影子或记忆。有人曾下令编过一本《不怕鬼的故事》,说是不怕鬼,其实是心中有鬼;若心中无鬼,又怎么会有那么多鬼来考验人是怕还是不怕。

老先生生前不相信有鬼,死后成了鬼,信念破灭的痛苦自然难免。但只要不是生前宣传“无鬼论”宣传得太过头,打鬼打得太多,把新鬼故鬼全都得罪了,重新做鬼也并不太难,又何至于站在那儿瑟瑟发抖。

边随园言

纪昀

边随园征君言.有入冥者.见一老儒立庑下.意甚惶遽.一冥吏似是其故人.揖与寒温毕.拱手对之笑曰.先生平日持无鬼论.不知先生今日果是何物.诸鬼皆粲然.老儒猬缩而已.

【学其短】

○本文录自《笔记》卷四。

○边随园，名连宝，清任丘（今属河北）人，曾召试鸿博，又举经学，辞不赴，故称征君。

鬼有预见

【念楼读】 徐某在福建当盐运使时，家中原本很正常，后来却连出怪事：箱笼锁得好好的，火却从里面烧起来；小老婆的头发，一觉醒来，竟被剪掉许多。——都是鬼来作怪。

不久，徐某便被罢了官，而且来不及动身离开福建就病死了。原来鬼有预见，知道徐的官做不长了，便来欺负他。

人走上风，鬼不敢放肆；走下风，鬼就目中无人。如此看来，鬼的确是“能知一岁事”的。

【念楼曰】 “山鬼能知一岁事”，语出《史记·秦始皇本纪》：

> 三十六年，荧惑守心，有坠星下东郡，至地为石。黔首或刻其石曰：“始皇帝死而地分。”
>
> ……秋，使者从关东夜过华阴平舒道，有人持璧遮使者曰：“……今年祖龙死。”使者问其故，因忽不见，置其璧去。使者奉璧具以闻，始皇默然，良久曰：“山鬼固不过知一岁事也。”

秦始皇是三十七年七月死的，三十六年已经有“黔首”在陨石上刻字咒他死，又有人在夜里拦住朝廷使者求他死（是求才会送上玉璧）。秦始皇明明知道，刻字送璧都是人干的，也只有人才干得了，“默然良久”后偏要说：“山里的鬼，也顶多晓得一年的事情吧。”真不知道他是有了预感呢，还是在自宽自解。

妙就妙在，祖龙——始皇真的死了，徐道台也“未及行而卒”了。看来鬼真能预见，有恃无恐、作威作福的人，你们不怕人，也该怕鬼呀。

徐景熹　　纪昀

徐公景熹官福建盐道时，署中箧笥每火自内发，而扃钥如故。又一夕，窃剪其侍姬发，为祟殊甚。既而徐公罢归，未及行而卒。山鬼能知一岁事，故乘其将去肆侮也。徐公盛时，销声匿迹，衰气一至，无故侵陵。此邪魅所以为邪魅欤。

【学其短】

〇本文录自《笔记》卷六。

报应

【念楼读】 人做坏事，常说天理难容；天理怎样昭彰，却谁也无法预测。又说善有善报，恶有恶报，却是有的报，有的不报，有的报得快，有的报得迟，也有报得很巧的。

我在乌鲁木齐时，有次吉木萨地方来报告，充军犯人刘允成因为无法应付债主的催索，被迫上吊自杀身亡。我叫办事员找出刘的档案准备注销，只见刘原判的罪名，正是“重利盘剥，逼死人命”。这便是报应报得很巧的了。

【念楼曰】 社会不公平，便只能寄希望于“报应”。林彪摔死是报应，江青得癌症吊颈也是报应。在吃够了他们苦头的百姓心里，这样的报应当然来得越快越好，越巧越好。

常言道“多行不义必自毙”，便隐含了“善恶到头终有报”的意思。“秦王扫六合，虎视何雄哉”，中国头一回大一统，如果他不焚书坑儒、不大肆诛杀的话，本不该只统治十五年。可是他偏要焚书坑儒，偏要大肆诛杀，有人在石头上刻了“始皇帝死而地分”，他破不了案，便“尽取石旁居人诛之”。如此多行不义，“报应”自然来得快，身死国灭，连子孙都没能留下一个半个。

纪晓岚讲的这个“巧报应”，自己“重利盘剥，逼死人命”，结果也因“逋负过多，迫而自缢”，巧则巧矣，意义却不够广大。只有等着看秦始皇之类暴君的下场，人们才会有“得报应”的愉快感。

天道乘除

纪昀

天道乘除.不能尽测.善恶之报.有时应.有时不应.有时即应.有时缓应.亦有时示以巧应.余在乌鲁木齐时.吉木萨报遣犯刘允成.为逋负过多.迫而自缢.余饬吏销除其名籍.见原案注语云.为重利盘剥.逼死人命事.

【学其短】

○本文录自《笔记》卷八。

○吉木萨，今吉木萨尔县，在乌鲁木齐东北。

死了还要斗

【念楼读】 山东嘉祥人曾英华给我讲过他的一次奇遇。

一个秋天的晚上，月色正明，他们几个朋友正在菜园旁边散步。忽然一阵旋风从东南方刮来，只见十多个鬼你扭着我，我抓住你，边打边骂。鬼话连篇，不甚了了，只听清一句两句，好像是在争论唯心唯物的问题。

难道讲斗争哲学斗一世还没斗够，做了鬼还要斗下去吗？

【念楼曰】 这一篇写十多个鬼为争“朱陆异同”，居然打成一团，闹得不可开交。我想这只怕是纪公的创作，有没有听鬼谈哲学的“嘉祥曾英华”其人呢，亦毋庸追究了。

我不曾活见鬼，只见过“全民学哲学”运动的热闹场面，那真是惊心动魄啊。“嘉祥曾英华”所见十馀鬼所争的“朱陆异同”，指朱熹和陆九渊二人在哲学思想、学术方法上的争论，后来变成了宗派之争，没完没了，令人生厌，但亦只令人生厌而已。我所经历的“革命大批判”，则是“斗争哲学”的活学活用，其实与哲学完全不沾边，只是为了满足“与人奋斗，其乐无穷”的快感，硬要斗到“杀关管教”为止。我即是斗争对象之一，终于被“牵曳”进了劳改队，一关就是九年。

曾英华言

纪昀

嘉祥曾英华言。一夕秋月澄明，与数友散步场圃外。忽旋风滚滚自东南来，中有十余鬼，互相牵曳，且殴且詈，尚能辨其一二语，似争朱陆异同也。门户之祸，乃下彻黄泉乎。

【学其短】

〇本文录自《笔记》卷十二。

〇朱陆异同，朱熹、陆九渊皆理学家，学派不同。

狐仙也好

【念楼读】 老前辈陈句山先生有次迁居，搬家具时，先搬了十几箱书放在准备迁入的院子里。这时，仿佛听见院子旁边的树后面有人小声道：

“这儿见不到这些东西，已经有三十多年了。”

去看树后，却什么人也没有。家人们以为一定是狐狸精，有些害怕。句山先生却说：

“能够说出这样的话来，狐仙也好啊。”

【念楼读】 是读书人家，才会有书，才会喜欢书。

陈句山乾隆初举博学鸿词，授翰林院检讨，确实是纪晓岚的前辈。他是有著作行世的人，家里的书自然不会少。

那在树后小声说话的狐仙，想必也是个喜欢书的。喜欢书喜欢到极点了，就会更进一步，不喜欢不喜欢书的人。三十馀年不见书，也就是三十馀年只能和不喜欢书的人住在一个院子里，当其见书箱而欢喜，忍不住要现“声”。

陈句山愿与此狐为邻，大约也是很不喜欢自己那些不喜欢书的同事、邻居和朋友的，当然这里面不会包括纪晓岚。

在《阅微草堂笔记》和《聊斋志异》里，狐仙比鬼往往更亲近人，更具人性，这一点外国人大概不容易理解，我们的研究者应该给他们做些解释。

陈句山移居

纪昀

陈句山前辈移居一宅.搬运家具时先置书十馀箧于庭.似闻树后小语曰.三十馀年.此间不见此物矣.视之阒如.或曰.必狐也.句山掉首曰.解作此语.狐亦大佳.

【学其短】

〇本文录自《笔记》卷十五。
〇陈句山，名兆仑，字星斋，清钱塘(今杭州)人。

贪官下地狱

【念楼读】 有个做知州的地方官，因为贪赃枉法、横行霸道被判了死刑。随后，地方上便出现种种传言，讲他完全是因为坏事做多了才受报应，将他下地狱受罪的情形讲得活灵活现，走刀山呀，下油锅呀，跟亲眼见到的一样。

我想这大概是此人作恶太多，大家不解恨，才编出这些故事来。我哥哥晴湖那时还在，却另有一番说法：

“讲报应，当然只能是天报应。但天既没眼睛又没耳朵，只能通过人们来看来听；既然老百姓们都说他在受报应，便是他实在该受报应，也真的在受报应了。”

【念楼曰】 纪晴湖的这番话，讲得实在是深刻极了。“新沙皇”时代，俄罗斯民间流传种种政治笑话，不正是“民言如是，是亦可危也已”，后来在“苏东波”中一一都应验了么。

我如今也托福住在老干部宿舍楼，时常听到传言，某个前书记、某个前省长被中纪委来人带走了，或者是被“双规”了。对此我总是笑答云，未必会有此事，只不过说明人们心里认为会出这种事罢了。这也就是“民言如是，是亦可危也已”了。

州牧即知州。清朝省以下分府、厅、州、县。州有两种，直隶州属省管，下可辖县，地位相当于府；单州则属府管，地位相当于县。

州牧伏诛

纪昀

有州牧以贪横伏诛．既死之后．州民喧传其种种冥报．至不可殚书．余谓此怨毒未平．造作讹言耳．先兄晴湖则曰．天地无心．视听在民．民言如是．是亦可危也已．

【学其短】

○本文录自《笔记》卷十五。

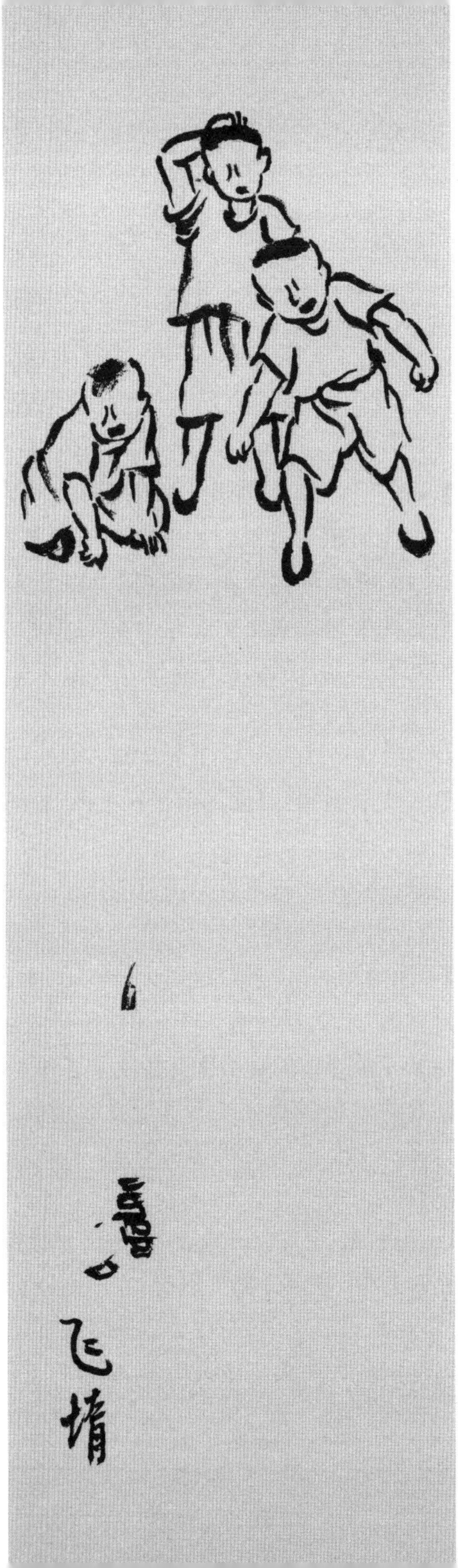

扬州画舫录九篇

飞堶

【念楼读】 扬州城外运河两岸，有不少可以游观的处所，其中一处叫叶公坟，是明朝一位姓叶的刑部侍郎的墓地。墓后有座十多丈高的土山，墓前流过一条小河（河上建了座石桥，本地人叫它叶公桥）。此处地形像骆驼耸起个驼峰，算得上一景。墓前建造了石牌坊、石香案，还修筑了墓道。墓道两旁，排列着石人石马。

清明前后，扬州人常来这里放风筝，还玩一种叫“飞堶”的游戏：先在石人头上搁些瓦片，再用瓦石去掷，看能否击中，以预测自家的运气。

重阳到叶公坟登高，也成了扬州的风俗。

【念楼曰】 屈大均的《广东新语》，天、地、山、水、食、货、动、植无所不包，自称为“广东之外志”；李斗的《扬州画舫录》，覆盖面只限于扬州，又专录居民的社会文化生活，“琐细猥亵之事，诙谐俚俗之谈，皆登而记之”，亦有其不可代替的价值。这类专记地方风土的书，在汗牛充栋的历代笔记中，本来就是凤毛麟角，正是我的兴趣所在。

纸鸢、飞堶，都是儿童喜欢的游戏。飞堶在长沙一带称为“打碑”，在僻巷中、井台旁都可以玩，亦不必以石人头作为目标，就在地上将瓦片码成小塔，站在丈许外以瓦砾击之，以一击能中者为胜，如能只削去塔尖不波及塔身，则够得上称大哥了。

叶公坟

李斗

叶公坟．明刑部侍郎叶公相之墓也．墓后土阜高十馀丈．前临小迎恩河．右有石桥．土人称之为叶公桥．相传为骆驼地．其上石枋．石几．翁仲．马羊．陈列墓道．里人于清明时坟上放纸鸢．掷瓦砾于翁仲帽上．以卜幸获．谓之飞堶．重阳于此登高．浸以成俗．

【学其短】

〇 本文录自李斗《扬州画舫录》(下简称《画舫录》)卷一，原无题，下同。

〇 李斗，号艾塘，清仪征(今属江苏)人。

僻静得好

【念楼读】 桃花庵妙就妙在僻静得好。到那里去，先得过长春桥，再沿着溪流走进山谷。这条路相当险峻，很不好走。要走上一段，才会发现，溪水在两山之间汇成了一个湾。湾虽不大，却在两边都有山脚形成的小岛。岛上各有一小亭，叫做“螺亭”和“穆如亭”。走过小岛和小亭，人就到了桃花庵的石阶下，溪水也一直到了庵前。

庵门上有做盐运使的朱某人的题额。坐在洁净的石阶上，弯腰便能接触到洁净的水——洁净到简直可以掬起来漱口。一群白色的水鸟，羽毛刚刚长满，在水中尽情嬉戏。这里溪水既深，游人又少，看得出它们很自由和快乐。

【念楼曰】 门口的石阶上能坐人，坐着还能弯腰掬水，漱口润喉，看成群水鸟自在游戏，这真是一处人和鸟都能“得人稀水深之乐”的既僻静又能休闲游览的好处所。

我以为，休闲游览之处，第一就是要静。要静先得人稀，如果不是人稀而是人密，成了游乐场，便只有热闹，无法安静了。何处人才会稀而不密呢？那就得找寻僻静处。山径很不好走，过了小澳还要过小屿才走得到的桃花庵，大概就是这样的僻静处。不然的话，这里的水鸟早已惊飞，门前的水也断然无法进口了。

桃花庵

李斗

桃花庵僻处长春桥内。过桥。沿小溪河边折入山径。嵽嵲难行。小澳夹两陵间。屿亦分而为两。左右有螺亭穆如亭。屿竟琢石为阶。庵门额为朱思堂转运所书。溪水到门。可以欹身汲流漱齿。中多水鸟。白毛初满。时得人稀水深之乐。

【学其短】

○本文录自《画舫录》卷二。

○嵽嵲，音『叠聂』，形容山高。

茶楼酒馆

【念楼读】（天宁门）大街的西边，有家餐馆叫“扑缸春”。到扬州城外游玩的人，饱览湖光山色后，满脸高兴，想找人说话，进城后多半在这里歇脚，一边享受扬式菜肴的美味，一边互相叙说感受和见闻。

街西边还有一处著名的茶馆，叫“青莲斋”，是安徽六安山里的和尚们开的。和尚们自有茶园，春夏两季在山里采茶制茶，秋冬两季便进了城，到店里来帮着卖茶。上东门这边游玩的客人，大都会到这里买茶，作为一天的饮料。

青莲斋里面挂着一副对联：

从来名士能评水，自古高僧爱斗茶。

此乃郑板桥的手笔。

【念楼曰】此文写扬州一条热闹大街上的茶楼酒肆，只介绍了两家，因为抓住了特点，几十个字便能使人留下鲜明的印象。

“扑缸春”过去称酒肆，现在叫餐厅，因为位置靠近“游屐入城”之处，客人多是“山色湖光（是平山堂的山色和瘦西湖的湖光吧），带于眉宇”的游客，这便是它的特点。

“青莲斋”的特点更明显，它乃是六安山里的和尚来扬州卖六安茶的店子。六安茶，这可是大观园里栊翠庵中妙玉捧给王夫人、凤姐她们吃的茶啊，只有贾母才说：“我不吃六安茶。”

扑缸春

李　斗

扑缸春酒肆在街西.游屐入城.山色湖光.带于眉宇.烹鱼煮笋.尽饮纵谈.率在于是.青莲斋在街西.六安山僧茶叶馆也.僧有茶田.春夏入山.秋冬居肆.东城游人.皆于此买茶.供一日之用.郑板桥书联云.从来名士能评水.自古高僧爱斗茶.

【学其短】

○本文录自《画舫录》卷四。

○六安，今安徽六安市。

○郑板桥，名燮，清兴化（今江苏）人，书画名家，『扬州八怪』之一。

演法聪

【念楼读】 扬州的戏班里，扮演二花脸最出名的，要数蔡茂根。我看过他演《西厢记》里的法聪和尚，大吼一声跳上台，怒目圆睁，胳膊收紧，再猛然两肩一沉，双拳齐出，好一个亮相，真是演活了一个跃跃欲试的莽和尚。叫他打出普救寺去搬救兵，他兴奋得摩拳擦掌，一连串大动作将头上的和尚帽抖得摇摇欲坠。

台下看戏的人越来越紧张，生怕和尚帽子掉下来露出了头发。蔡茂根却若无其事，仍然做他的大动作，头上的帽子也仍然摇摇欲坠，一直到终场。

【念楼曰】 古人笔记中的戏剧史料，以《陶庵梦忆》写得最为生动。这一条写演员表演，似可与之比美。中国戏剧的表演都是夸张的，但演得传神，也能使观众感情激动。这就需要演员自己先投入整个身心，“兴会飙举”才行。

小花脸在戏中一直是配角，但高明的演员凭精彩的演技也可以大获成功。蔡茂根能让头上的和尚帽子摇摇欲坠，马上要掉落下来似的，使得满场观众都替他捏一把汗。和尚帽子掉下来，露出的却不是一个光头，岂不露馅了吗？可是他却“颜色自若”，像是完全不觉得，于是观众们更担心、更紧张，他的表演也更加讨好。

这便是二面蔡茂根的本事，也是《扬州画舫录》作者的本事。

二面蔡茂根

李斗

二面蔡茂根演西厢记．法聪瞪目缩臂．纵膊埋肩．搔首踟蹰．兴会飙举．不觉至僧帽欲坠．斯时举座恐其露发．茂根颜色自若．

【学其短】

〇本文录自《画舫录》卷五。

男旦

【念楼读】 魏长生艺名三儿，从四川出来，演红了各地舞台。四十岁时，江鹤亭邀请他到扬州来演出，一出戏的酬金就是一千两银子。

某天他乘船游湖，消息传出，扬州花船上的妓女，全都打扮整齐，催船追看魏三儿。一时桨碰桨、船挤船，衣香鬓影，简直把湖水都搅开了。魏长生却萧然自若，态度和平常一样闲远。

【念楼曰】 妓女争看男戏子，性心理属于正常，和现在女人们追捧男艺人没有什么不同。不过在李斗的时代，普通妇女(更不要说大家闺秀了)没有这种自由，所以只能由妓女来代表。她们那时候的“发烧”劲，亦不过多熏一点香，多给几个钱叫船夫用力划桨，比起如今的女学生跳上舞台去抱着“哥哥”狂吻，或者因为“偶像”不肯签名便投水自杀，实在是还很“保守”。

魏长生是一名男旦，在一九一九年以前，男旦和“相公”乃同义词，尽人皆知，老实说没什么自尊好讲。《海上花》中所写长三痛打相公，是妓女恨男旦抢走生意，是“同行相妒忌”，不将其视为异性，而将其当成做皮肉生意的同行，究属变态。因为男旦毕竟是男人，本应该由女人来看来追。而魏长生在“妓舸尽出”都来追看他的情况下，并不像香港的陈冠希那样扬扬自得，这倒是罕见的。

魏三儿

李斗

四川魏三儿．号长生．年四十．来郡城投江鹤亭．演戏一出．赠以千金．尝泛舟湖上．一时闻风．妓舸尽出．画桨相击．溪水乱香．长生举止自若．意态苍凉．

【学其短】

〇本文录自《画舫录》卷五。

丝竹何如

【念楼读】 “知己食”是一家餐馆的招牌。那里的老板兼主厨姓杨，他创造了一种新式的烧烤方法做熏肉，很是有名。

餐厅里有块匾额，四个大字是“丝竹何如”，顾客都不太明白它的意思。有人说是用王羲之的话，“虽无丝竹管弦之盛，一觞一咏，亦足以畅叙幽情”，意思是此处宜“觞咏”，即饮酒赋诗；有人则说是用桓温的话，“丝不如竹，竹不如肉”，意在宣传这里的“肉”即熏肉。众说纷纭，莫衷一是。

其实饮食店的招牌，本意只在标新立异，吸引顾客，也不必硬要做十分确切的解释吧。

【念楼曰】 取招牌名，或者说取名字（店名、商标文字等），的确需要一点巧思。清末有家酒楼取名“天然居”，两边的对联是：

客上天然居

居然天上客

还有美国奶粉品牌 KLIM（克宁）的四个字母，颠倒过来正是 MILK（牛奶），都是好例。

“知己食”和“丝竹何如”，都是走偏锋，用使人觉得特别的方法来吸引人注意。顶极端的例子还有一个：《东观汉记》记西南夷“白狼王唐菆”作歌颂汉云“推潭仆远……”，无人能解，犍为郡椽由恭素与相狎，始译云“甘美酒食……”。清代京城有家餐馆用“推潭仆远”做招牌，一下便吸引了京城人的眼光。

知己食

李斗

知己食在头桥上。宰夫杨氏工宰肉。得炙肉之法。谓之熏烧。肆中额云。丝竹何如。人皆不得其解。或以虽无丝竹管弦之盛语解之。谓其意在觞咏。或以丝不如竹竹不如肉语解之。谓其意在于肉。然市井屠沽。每藉联匾新异。足以致远。是皆可以不解解之也。

【学其短】

○本文录自《画舫录》卷七。

○『虽无丝竹管弦之盛』，见王羲之《兰亭集序》。

○『丝不如竹，竹不如肉』，见陶渊明《晋故征西大将军长史孟府君传》。『竹不如肉』的『肉』指人的歌喉。

以眼为耳

【念楼读】 二钓桥南的明月楼茶馆，紧挨着二道沟水道。二道沟是淮水的一条支流，但涨潮时长江的水也会进来。所以，能够同时用淮河的水和长江的水给客人泡茶，也就成了明月楼的一大特色。

因此明月楼的生意特别好，总是客人满座，笑语喧天。加上许多人都带着笼养的鸟儿来坐茶馆，鸟儿聚会，叫得更欢。茶客之间交谈，如果隔了一两张桌子，便根本听不清，彼此得依靠脸色和手势。

【念楼曰】 研究中国城市史，了解古代中国的城市生活，有几部书真是十分重要。北宋时的开封有《东京梦华录》，南宋时的杭州有《武林旧事》，明代的北京有《春明梦余录》，清朝极盛时的扬州则有这部《扬州画舫录》。而论材料之富赡，见解之明达，文字之生动，则后来者居上，前三者均有所不及。

《扬州画舫录》最优胜的一点，就是注意普通市民的日常生活，光是写茶楼酒馆的便有好多条。在太平盛世时，这类地方最能反映出市民生活的逸豫，看起来也饶有趣味。明月楼中的喧阗嘈杂，“以眼为耳”四个字便写尽了。当然乱世中或暴政下的茶楼酒馆里有时也人声鼎沸，但气氛、情调则大不相同，用心便能分辨得出。

明月楼

李斗

明月楼茶肆.在二钓桥南.南岸外为二道沟.中皆淮水.逢潮汐则江水间之.肆中茶取于是.饮者往来不绝.人声喧阗.杂以笼养鸟声.隔席相语.恒以眼为耳.

【学其短】

〇本文录自《画舫录》卷七。

同声一哭

【念楼读】 珍珠娘是个妓女的花名。她本姓朱，十二岁便以唱歌出名，成了吴家的养女。陪酒卖笑的生活，使她年纪轻轻就染上了肺病，但她仍不能不用心打扮，勉力应酬。每次梳头，头发就像霜叶经风，纷纷下落，这时她总忍不住伤心。

珍珠娘的客人中有一个同情她的人——诗人黄仲则。仲则见到我，总用怜惜的口吻谈起珍珠娘，谈起她的病和愁，谈时他常常忍不住伤心流泪。

珍珠娘死时才三十八岁。几年以后，仲则为谋事远走山西，死在绛州，死时也才三十八岁。

【念楼曰】 黄仲则生前穷困潦倒，身后却名满天下。我少年时把《两当轩集》常放在枕边，"独立市桥人不识，一星如月看多时"尤喜吟诵。郁达夫写黄的那篇《采石矶》，更是我爱读的小说。黄和珍珠娘有这么一段感情，却是看《扬州画舫录》后才知道的。

从《画舫录》看，珍珠娘年纪比黄仲则要大好几岁，且患肺病，"每一栉杓，落发如风前秋柳"，又病又老（旧时妓女年过三十即"老"了）。黄仲则为少年名士，虽然无官位、无钱财，在诗酒场中还是人人为之侧目的，却每天陪着她梳头，对朋友谈起她时还"声泪齐下"。我想联系他和她的肯定不全是性，而是人间自有的真情，真值得同声一哭。

珍珠娘　　李斗

珍珠娘姓朱氏。年十二工歌。继为乐工吴泗英女。染肺疾。每一栉杓。落发如风前秋柳。揽镜意慵。辄低亚自怜。阳湖黄仲则。见余每述此境。声泪齐下。美人色衰。名士穷途。煮字绣文。同声一哭。后以疾殒。年三十有八。数年后仲则客死绛州。年亦三十有八。

【学其短】

○本文录自《画舫录》卷九。

○栉杓，疑当作『栉枋』。栉是一种白色的木，栉枋是用白木做的梳子，引申为用梳子梳头发。

○阳湖，旧县名，属江苏，后并入武进县（今武进区）。

○黄仲则，名景仁，清武进人，以诗著名。

○绛州，今山西新绛。

扬州泥人

【念楼读】 扬州出产的泥人，形态生动，外加彩绘，制作方法和苏州的“不倒翁”相同，却以人物故事不断翻新取胜。戏园子里上演的新戏，如《倒马桶》《打盏饭》《杀皮匠》《打花鼓》……很快人物都做成了泥人。两个一组的叫一对，三个以上一组的叫一台，价钱都卖得很高，简直超过了宋朝的名牌泥人“鄜畤田”。

【念楼曰】 “拔不倒”别的书中多写作“扳不倒”，应是对的，现则称为不倒翁。“鄜畤田”，《老学庵笔记》云“鄜州田氏作泥孩儿名天下”，末又云“鄜畤田玘制”。鄜畤即鄜州，今陕西富县，田玘则是田氏的代表，制作泥人儿的手工艺人。古时不重庶民，手艺人能在文人笔下留名，很不容易。

“扳不倒”即不倒翁，这种玩具下部是重心所在，又做成半球状，故可扳而不倒，即使用手按住它，一松手又起来了。中国历来尊老，小孩在家中没什么地位，有个泥做的白须白发的老头儿，能够扳倒他几下，也会给儿童一种心理上的愉快感。

至于要将多个泥人做成一台戏，工艺就复杂多了。《倒马桶》这些戏没看过，《打花鼓》在湖南乡下演出，至少一旦一丑，动作都很大，表情又丰富，用泥塑表现并不容易。若要像天津泥人张做《钟馗嫁妹》尤其是《寿怡红群芳开夜宴》，则更难矣。

雕绘土偶　李斗

雕绘土偶.本苏州拔不倒做法.二人为对.三人以下为台.争新斗奇.多春台班新戏.如倒马子.打盏饭.杀皮匠.打花鼓之类.其价之贵.甚于古之鄜畤田所制泥孩儿也.

【学其短】

○ 本文录自《画舫录》卷十六。

○『三人以下为台』，按如今的说法，当作『三人以上为台』。

○ 鄜畤田，详见页三五五『畤』原误作『志』，今改。

两般秋雨庵随笔八篇

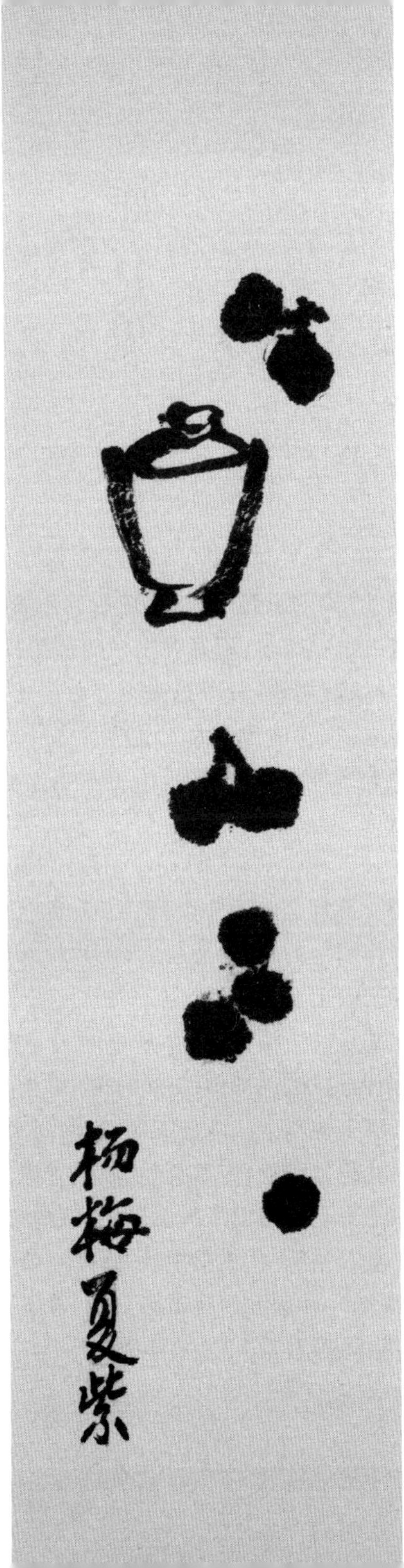

座右铭

【念楼读】 “如今谈起用人，总埋怨人不容易安排出去；其实这只能怨进人进得太多，不管哪里来的都接收，太浮滥了。

“如今谈起用钱，总埋怨钱不容易弄进来；却不知这只能怨花钱花得太多，各种开支太大了。”

明朝人吕坤的这两句话，当官和当家的人都值得好好听一听，想一想。

【念楼曰】 吕坤是一个有学问、有见识的人。周作人民国十二年曾撰文介绍他的《演小儿语》，认为“颇有见地”，并曾在北京大学《歌谣周刊》上全文转载。

吕坤又是一个做过官、办过事的人。他在万历年间成进士后，官至山西巡抚、刑部侍郎，史称其“举措公明，立朝持正”，“以是为小人所不悦”，上疏陈天下安危，朝廷又“不报”（不予理会），于是中年就辞官归隐，专事著述，以学者终老了。

吕坤绝不是不谙世事的书呆子，他的有些格言确实“可为居官居家者座右铭”。从古书中找“管理经验”，这是改革开放以来才有的“课题”，在这方面亦不必只抄《管子》《盐铁论》，随笔杂书中的材料也可以看看。

吕叔简语

梁绍壬

明吕叔简云：今之用人，每恨无去处，而不知其病根在来处；今之理财，每恨无来处，而不知其病根在去处。二语可为居官居家者座右铭。

【学其短】

○本文录自梁绍壬《两般秋雨庵随笔》（下简称《随笔》）卷一。
○梁绍壬，号晋竹，清钱塘（今杭州）人。
○吕叔简，名坤，号新吾，明宁陵（今属河南）人。

不白之冤

【念楼读】 通政使陈句山先生，年纪已经过了六十，胡须却全是黑的，还没有白一根。裘叔度先生是陈先生的好友，见了陈，便跟他开玩笑道：

“莫怪别人不敬你老，只怪你的胡子不肯白，给你造成了‘不白之冤’啊！”

【念楼曰】 陈兆仑（句山）和裘曰修（叔度），都是当时（清乾隆朝）的名人。陈是雍正进士，乾隆初举博学鸿词，入翰林院，诗文和书法都为人称赏，官至通政使。裘是乾隆进士，参编《太学志》《西清古鉴》《石渠宝笈》等书，历任三部尚书。这篇短文是一则小小的名人逸事。

此类小记事、小语录，完全没有什么重大的意义，就只是好玩。无伤大雅，却可以使人莞尔一笑，精神上偶尔放松一下，便于心理健康有益。有的进行讽刺或谐谑，亦各有其功用，却是别一类。如今记“名人”、记“明星”，多注意八卦绯闻，往往猥亵油滑，堕入恶趣，则是下流行径，在避谈闺阃的古人那里，倒是极为少见的。

附带说一下，《西清古鉴》四十卷和《石渠宝笈》四十四卷，分别著录内府所藏古代铜器和历朝书画，至今仍是研究文物的重要参考书。

不白

梁绍壬

陈太仆句山先生.年逾耳顺.须尚全黑.裘文达公戏之曰.若以年而论.公须可谓抱不白之冤矣.

【学其短】

○ 本文录自《随笔》卷二。

○ 陈太仆句山，见页五一九注。

○ 裘文达公，名曰修，字叔度，清江西新建人。

警句

【念楼读】 北宋末年的学者刘子明隐居乡下，坚决不出来做官，徽宗皇帝曾给他赐号“高尚先生”。他有几句话，是在写给友人王子常的信中说的：

“人们用嗜好杀害自身，用财富杀害子孙，用政府行为杀害国民，用政治理论杀害人类。”

此话初听觉得有点吓人，仔细想想，恐怕确是如此。

【念楼曰】 嗜好如果于健康不利，于道德有碍，于社会有害，是有可能杀害自身的，如吸毒、聚赌、滥淫……

财富也有可能杀害子孙，大少爷恣意妄为，以致犯下死罪，如上世纪八十年代初上海枪毙的几名高干子弟。

这头两句，乃是人所能见、人所能言的。

政府行为杀害国民的事实，古往今来，并不少见。秦始皇修长城造陵墓，斯大林搞“集体化”消灭富农，希特勒清洗犹太人，……都死了成千上万的人。万里长城、奥斯维辛、古拉格群岛……至今还在，可以为证。

秦始皇、斯大林、希特勒等的“政府行为”，都是有“政治理论”做指导、为依据的。李斯在咸阳宫的长篇发言，斯大林几十卷的全集，《我的奋斗》和“德国德国，高于一切”的歌词……，白纸黑字，赖也赖不掉。

这后两句，未必人人都能看出，都敢说。“高尚先生”能够如此简单明白地把它说出来，确可称警句。

刘子明语

梁绍壬

宋刘卞功字子明．隐居不仕．赐号高尚先生．答王子常书曰．常人以嗜欲杀身．以财货杀子孙．以政事杀民．以学术杀天下后世．此数语甚奇辟．

【学其短】

〇本文录自《随笔》卷一。

〇刘卞功（原本误作刘十功），字子明，北宋末安定（今河北保定）人。

〇王子常，不详。

蔡京这样说

【念楼读】 北宋时候，吴伯举做苏州太守。蔡京那时对他十分赏识，当宰相后，立刻推荐他入京任职，又一连三次提拔，使他担任相当于中央政府副秘书长的高官。吴伯举却不能事事同蔡京保持一致，于是后来被贬到扬州当地方官去了。有人为吴伯举抱不平，向蔡京提意见。蔡京说：

“既要做官，又要做好人。吴伯举他也不想想，这两件事情是兼顾得来的么？”

【念楼曰】 要做官，便不能做好人。蔡京这样说，他也是这样做的。

司马光执政时，蔡京任开封知府。司马光停止“新政”，恢复“差役法”，限期五日实行。大家都说办不到，只有蔡京雷厉风行，如期完成，因而受到表扬。可很快司马光下了台，章惇又上了台，重行“雇役法”，蔡见风转舵，更加雷厉风行，遂得一路升官，终于取章惇而代之，当上了首相。

蔡京确实不怕做恶人，他当权时尽贬支持司马光的诸臣，称其为“奸党”，又籍没批评“新政”者，称其为“邪等”，共三百零九人。他对这些人的子孙亦予以禁锢，并将其姓名刻石立碑，决心办成“铁案”，做恶人做到底。

好在恶人到底做不太久。蔡京和他儿子的官，做到金兵南下时终于还是丢掉了，父子还先后送了命。

丧心语

梁绍壬

宋吴伯举守姑苏．蔡京一见大喜．入相首荐其才．三迁中书舍人．后以忤京．落职知扬州．客或有以为言者．京曰．既做官．又要做好人．两者可得兼耶．此真丧心病狂之语．

【学其短】

○本文录自《随笔》卷一。

○蔡京，字元长，北宋末为太师，仙游（今属福建）人。

○吴伯举，不详。

女人之妒

【念楼读】 山东人张映玑在浙江当盐运使，他的性情平易近人，尤其喜欢开玩笑。某天坐官轿出门，有个女人拦着他的轿子喊冤，状告丈夫宠爱小老婆而欺压她。张映玑接过状纸一看，便边笑边用学来的杭州话对她说：

"阿奶！我这个官职只管盐事，不管民事，只管得人家吃盐，管不得人家吃醋啊！"

随即吩咐手下人好好地劝那个女人回家去。

【念楼曰】 用"吃醋"形容男女之间产生的嫉妒，不知始于何时。元人杂剧、明人话本中，即已常见此语，但我想一定还要早得多。因为这种情感恐怕是人类与生俱来的，亚当和夏娃离开了乐园，有了第三者、第四者……，其爆发即无法避免。《圣经》云"爱情如死般坚强，嫉妒如地狱般残忍"，只此一语，便可见它的厉害和无法克服。

无论是民间或士大夫间的笑话，笑"吃醋"的都不少，对象则差不多全是女人，这是很不公平的。古时男人可以有多个女人，对她们实行独占；女人则"淫"和"妒"都犯"七出"，有一条便可以被逐出夫家。其实女人也是人，既然是人，便有人的权利和需要，应该得到尊重。要求女人都不"吃醋"，都做《浮生六记》里的芸娘，一心为丈夫谋娶小老婆，实在不合情理，也是不可能的事。

吃醋　　梁绍壬

浙江转运张映玑．山东人．性宽和善滑稽．一日出署．有妇人拦舆投呈．则告其夫之宠妾灭妻者也．公作杭语从容语之曰．阿奶．我系盐务官职．并非地方有司．但管人家吃盐事．不管人家吃醋事也．笑而善遣之．

【学其短】

○本文录自《随笔》卷二。

借光

【念楼读】 写《围炉诗话》的吴修龄说：

“现在作诗的人，总喜欢依附名家，标榜什么体、什么派，不禁使我想起苏州一户人家送葬的铭旌，长长的白布幔上面写着的大字是：

大明太子少保文渊阁大学士申公隔壁王娭毑之灵柩

我想，这样的铭旌，请那些一心想依附名家的人们高高举起，走在什么门派的队伍前头，大概也还合适。”

吴氏的话说得挖苦了一些，但是对趋炎附势的人，刺他们一下也好。

【念楼曰】 大学士就是宰相，为文职最高官，正一品。少师即太子少保(长沙有席少保祠)，为仅次于太子太保的荣誉头衔。大学士加少师衔，等于现在的常务副总理，申公的荣光自不待言。但这和隔壁的王娭毑有什么关系呢？除了隔壁邻居这一点外，实在可以说毫无关系。

明明没有什么关系，偏要扯上关系，目的全在借光。王阿奶家，小门小户，想把丧事办得光彩一点，未尝不情有可原；但扯得太没有边了，效果又会适得其反。《传世藏书》请季羡林当主编，印《闲情偶寄》请余秋雨作序，还不和“作诗动称盛唐”一样只能令人齿冷？还不如像《儒林外史》里的戏子鲍文卿，死后铭旌就题“皇明义民”四个字，只要有老友向鼎来题。

诗傍门户

梁绍壬

吴修龄围炉诗话云．今人作诗．动称盛唐．曾在苏州见一家举殡．其铭旌云．皇明少师文渊阁大学士申公间壁豆腐店王阿奶之灵柩．可以移赠诸公．此虽虐谑．然依人门户者可以戒矣．

【学其短】

○ 本文录自《随笔》卷三。

○ 吴修龄，名乔，一名殳，清初太仓（今属江苏）人，著有《西昆发微》《围炉诗话》等。

立威信

【念楼读】 明朝初年，一位监生出身的官员，当了都察院的都御史。科第出身的御史们看不起他，约了几个即将出差到外省去巡按的，一同去请他做训示，想试试他的斤两。

谁知他竟毫不推辞，立即接见，放大声音讲的重话却只有两句：

“从这里出去，不要使人害怕；回到这里来，不要让人笑话。”这两句话一说出来，从此全院上下，再没人敢小看这位学历不硬扎的新来的主官了。

【念楼曰】 这里讲的是一位原来为下属看不起的主官如何为自己树立威信的故事。

科举时代，由秀才、举人、进士一路考上去，经过殿试分派官职，叫做正途出身，资格才过得硬。监生本来是进京师国子监读书的生员，后来则多由父兄功勋或捐纳银两取得空名，等于现在得奖或买来的文凭，为读书人所看不起。

都掌院即都察院，为最高监察机关，且有奏言政事的权责。其主官称都御史，为从一品，高于正部级。下设御史若干名，为从五品，相当于副局级，级别虽不高，对于分管的省、道，尤其是前往巡按时，却有弹劾专断之权。如果擅作威福，便会使人怕；若以权谋私，便会被耻笑。主官话虽不多，却击中了要害，要言不烦，威信自立。

上舍　　梁绍壬

明初，一上舍任都掌院，群属忽之，约二三新差巡按者请教，掌院厉声云：出去不可使人怕，归来不可使人笑，闻者凛然。

【学其短】

〇本文录自《随笔》卷五。

夏紫秋黄

【念楼读】 北方的水果，品味最佳妙的莫过于葡萄。有人问汪琬：

“南方的水果，有什么能和葡萄相比呢？”

汪答道：“秋天有金黄的橘柚，夏天有紫红的杨梅。”

这答语比得上晋代名人陆机的名句：“千里地方的莼菜丝做汤，末下出产的咸豆豉调味。”

还有南朝“出口成章”的周颙所说的“早春剪下的嫩韭叶，霜后摘取的白菜心”。

这三句话，都形容出了食物令人歆羡的色香味。

【念楼曰】 话题别致，吐属风流，也是文人雅趣的一种表现。梁绍壬引来和汪钝翁“橘柚、杨梅”句相比的“莼丝、盐豉”，出自《晋书·陆机传》，而文字微有不同，《晋书》的原文是：

> (王)济指羊酪谓机曰：“卿吴中何以敌此？”答云：“千里莼羹，未下盐豉。”

通常解释为：从远方运来莼菜，淡煮作羹不加盐豉。或谓莼菜不能致远，也没有淡吃的，以为“未”字系“末”字传写之误，千里和末下都是吴中的地名。《两般秋雨庵随笔》是采取后一说的。“早韭、晚菘”句，则出自《南史·周颙传》：

> 文惠太子问颙：“菜食何味最胜？”颙曰：“春初早韭，秋末晚菘。”

葡萄

梁绍壬

北地葡萄最美。有客问：南中何以敌此。汪钝翁曰：橘柚秋黄，杨梅夏紫，此与千里莼丝，末下盐豉，春初早韭，秋末晚菘，同一风致。

【学其短】

○本文录自《随笔》卷七。

○汪钝翁，名琬，清长洲（今苏州）人。

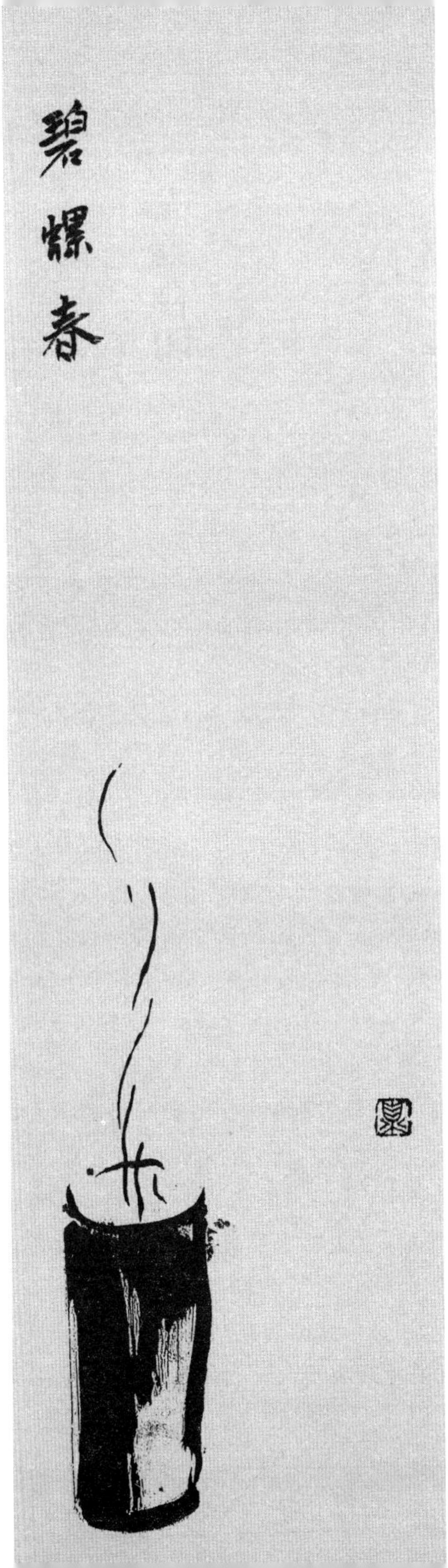

春在堂随笔八篇

夫妻合印

【念楼读】 松江的尹鋆德(别字冰叔)拿了一卷画来叫我题诗,画的是他祖母黄老太太在纺织,已经题咏不少了。其中有一首七言古诗,作者署名"吴江张澹",书者是"璞卿女史陆惠",最有意思的是盖的一枚图章:

文章知己/患难夫妻/张春水陆璞卿合印

既是患难夫妻,又是文章知己,真可说是文坛佳话。

【念楼曰】 从现代各国(包括中国)实际情况看,女子在文学艺术方面的天赋和能力,绝对不比男子差。但古代中国的女文学家、艺术家,真正为多数人认知认可的,却屈指可数。女诗人还有个李清照,女画家、女书家就很难数得出。杜甫诗"学书初学卫夫人",可是唐人论书法将她列为"下之下品",作品亦不见(至少我不见)有传世的,不好硬拉来凑数。

直到"少文缺礼"的蒙古和满洲来做了主,男尊女卑的关系才起了微妙的变化。女子的地位虽未上升,男子的地位一下降,差距渐渐缩小,才有了管夫人"书牍行草,殆与其夫不辨"的评价,但宋濂修《元史》,仍然连她的名字都没有提。张春水、陆璞卿这一对"文章知己",已是鸦片战争以后的人,又是以鬻书画为业而非仕宦之家,才能如此"合印"。如果换成了当宰相的"刘罗锅",那就说什么也不会让为他代笔的姬人盖印落款。

词场佳话

俞樾

华亭尹冰叔鋆德，以其祖母黄纺织图索题。图中题者甚众，有张春水七古一章，署云吴江张澹未定草。璞卿女史陆惠书，钤一小印云，文章知己，患难夫妻。张春水陆璞卿合印，亦词场佳话也。

【学其短】

○ 本文录自俞樾《春在堂随笔》（下简称《随笔》）卷一，原无题，下同。

○ 俞樾，号曲园，清末浙江德清人。

○ 华亭，旧县名，后改名松江，今属上海。

○ 张澹，字春水，清末江苏震泽（后并入吴江）人。

百工池

【念楼读】 西湖净慈寺外有一个“百工池”，寺里的大圆和尚说，这是济公和尚开出来的。

查《西湖志》，净慈寺历史上多次发生火灾，北宋熙宁年间，有会风水的人说，须得挖一处水池才能消灾。当时的住持宝文和尚为此发动募捐，参加捐助者不下万人，才建成“百工池”。可见此池在北宋即已修成，与南宋时的济公并无关系。

如今都说是济公开池，全不知是宝文和尚出的力。以讹传讹，真伪真有些难辨。

【念楼曰】 济公倒是实有其人的，他出生在台州，原名李心远。后在杭州灵隐寺出家，法名道济，一直疯疯癫癫，不守戒律，喝酒吃肉，被称为“济颠”，常做出些不可思议的不寻常的事。入净慈寺后，其名声渐大，经过附会渲染，“灵迹”越来越多，几乎被信众视为“活佛”，许多事迹都归到了他的名下。

宝文和尚募捐修成“百工池”，乃是济公之前一百多年的事情，《西湖志》记载得清清楚楚。可是众口一词，都要把开池归功于济公的法力，连本寺的老和尚也这样认为。

俞樾毕竟读书多，一翻《西湖志》，便判明了真伪。但他的文章又有几人读？“济公”我却在电视上看过好多回。

非颠僧遗迹

俞樾

余游净慈寺。寺僧大圆指门外百工池。谓是宋时颠僧道济遗迹。余按西湖志云。宋建炎已前。寺累遭火鞠为荆墟。熙宁间有善青鸟之术者云。须凿池以禳之。寺僧宝文乃募化开池。与力者万人。故名。则此池之开。非道济也。世俗知有道济。不知有宝文。传讹久矣。

【学其短】

○本文录自《随笔》卷二。

○道济，南宋僧人，世称济公。

○熙宁，宋神宗年号，一〇六八—一〇七七年。

○青鸟术，即青乌术，今称「风水」。

碧螺春

【念楼读】 太湖洞庭山出产名茶碧螺春，我久住苏州，送碧螺春给我的不算太少，真正的极品却难遇到。

屠石巨家住洞庭山，拿了《隐梅庵图》来要我题诗，送给我一小瓶(碧螺春)。那颜色，那味道，那香气，才是真正的极品。

我将它带回杭州住处，打来湖畔的好泉水将它泡上，品味之余，不禁叹息道：穷书生有限的口福，只怕这一盏茶便让我享用完啦。

【念楼曰】 “碧萝春”应作“碧螺春”。比俞樾大一百三十八岁的王应奎写的《柳南随笔》中说，此茶原是洞庭东山上“野茶数株”所产，某年采摘时筐盛不下，揣了些在怀里，受热后香气勃发，采茶人直喊香得吓杀人了。“吓杀人者，吴中方言也，因遂以名是茶。”康熙三十八年即一六九九年南巡到太湖，巡抚宋荦“购此茶以进，上以其名(吓杀人)不雅，题之曰碧螺春。自是地方大吏岁必采办，而售者往往以伪乱真”。

野茶树就那么几株，地方大吏采办了去进贡的尚不免“以伪乱真”，俞樾说“佳者亦不易得”当然是事实；但在一百九十年后(《春在堂随笔》刊行于光绪十五年即一八八九年)，将碧螺春的“螺”改成“萝”，则似乎不必。时间又过去了一百二十年，王稼句君今年寄来的两盒，上面印的名字也还是“碧螺春”。

洞庭山茶叶

俞樾

洞庭山出茶叶.名碧萝春.余寓苏久.数有以馈者.然佳者亦不易得.屠君石巨居山中.以隐梅庵图属题.饷一小瓶.色味香俱清绝.余携至诂经精舍.汲西湖水.瀹碧萝春.叹曰.穷措大口福.被此折尽矣.

【学其短】

○本文录自《随笔》卷二。

又是一回事

【念楼读】 道光庚戌年和我同榜中进士的谢梦渔，考得很好，是第三名探花及第，学问也不错，可是官运不好，当了二十多年京官，一直不得重用。他曾对我说：

“学问是一回事，考试是一回事，官运又是一回事，各不相干；有学问的未必考得好，考得好的也未必能升官。”

我把他的话告诉了翰林前辈何绍基先生。何先生加上了一句：“有学问，能不能真正出成果，恐怕又是另外一回事。”

【念楼曰】 中国是名副其实的考试大国，千年以来体制屡变，只有这一点始终没变。中国人读书，也主要是为了考试。

但书读得好不等于会考得好，俞曲园的书读得未必不如谢梦渔（保和殿复试俞取得第一），后来学问文章的成就更远大于谢梦渔，进士名次却让谢居了先。

俗话道：“一缘二运三风水，四积阴功五读书。”说的就是书读得好不好，与能不能考中状元、探花，能不能被保送清华、北大，当然颇有关系，但亦不如跟贵人有缘千里来相会，或者幸运地拿到了一两块奥运金牌，或者爷爷奶奶的坟风水好，爸爸妈妈积了阴功，因而可以一掷千万元作“教育投资”，更有把握。

谢梦渔　　俞樾

余同年生谢梦渔.以庚戌进士第三人及第.学问淹雅.官京师二十馀年.郁郁不得志.尝语余曰.学问是一事.科名是一事.禄位是一事.三者分而不合.有学问者不必有科名也.有科名者不必有禄位也.余深韪其言.偶以语何子贞前辈.先生曰.传不传.又是一事.

【学其短】

〇本文录自《随笔》卷二。
〇同年生，同一榜考试得中者。
〇谢梦渔，名增，江苏人。
〇庚戌，清道光三十年。
〇何子贞，名绍基，清湖南道州（今道县）人。

纪岁珠

【念楼读】 吴仰贤太守(别字牧驺)将他自己作的诗抄了一册，拿给我看，其中一首题为《纪岁珠》的，有小序介绍本事：

徽州有一个商人，新婚刚满月，便出外经商。其妻在家，以刺绣维生，每年都要用节省下来的钱，买一颗珍珠用彩色丝线络起，取名"纪岁珠"，作为对远行不归的丈夫的纪念。

待得这个徽州商人回来，他的妻已死去三年。打开她的箱子，用彩色丝线精心结络成串的纪岁珠，数一数，已经串连二十多颗了。

纪岁珠这名字取得真好，记录了这个女人好不容易打发的一生——只可惜我们不知道她的名姓。

【念楼曰】 这实在是一个凄惨的故事，它诉说着旧时代妇女的无告和无望、寂寞和凄苦。俞曲园能记下这故事是可取的，说它"新艳可传"，这"艳"字看出他赏玩的态度，就不可取了。

成书早于《春在堂随笔》的《熙朝新语》，亦记有此事，末云：

> 汪千鼎洪度为作《纪岁珠》诗云："珠累累，天涯客，归未归?"较白香山"商人重利轻别离"之句，尤觉婉约可悲。

这"婉约可悲"四个字用在这里，就比"新艳可传"好多了。

白居易在浔阳江头遇到的只是又一个"苏三"，还在为来往客官们卖艺，而这位守着二十余颗纪岁珠守到死的徽州女子，却是想抱琵琶也没得抱的。

歙人妇

俞樾

吴牧驺太守仰贤，手录所为诗一册见示，内有纪岁珠一首，序云：歙人某，娶妇甫一月，即行贾，妇刺绣易食，以其所馀，岁置一珠，以彩丝系之，曰纪岁珠。夫归，妇殁已三载，启箧得珠，已积二十馀颗。余谓此妇幽贞自守，而纪岁珠之名亦新艳可传，惜不得其姓氏也。

【学其短】

○ 本文录自《随笔》卷五。

○ 歙，音『涉』，歙县，今属安徽黄山市。

甘露饼

【念楼读】 甘露饼是天长县的特产，九文钱一枚，并不特别甜，却特别松脆。

勒少仲有次得到一百枚，认为难得，分送给我和吴平斋、应敏斋二君各二十四枚。

他在送饼来的信中说："此饼风味很不错，特送请一尝，如果感觉还好，可否写它一写？"

他显然不知道，对于我来说，这并不是什么新奇之物，于是我回信道："这是天长苏家的出品，所以做得这样酥。"有意卖弄了一下自己的老资格。

但不管如何，能够又一回吃到自己喜欢的甘露饼，心情总是高兴的，一下子竟仿佛回到了顽皮的少年时。

【念楼曰】 勒、吴、应、俞四人，都是谈文论学的朋友。勒方锜做到了河道总督，应宝时署江苏布政使，吴云署苏州知府，官都比俞樾大，写文章则是俞当仁不让的事情。每人送二十四枚饼，看得出他们完全是以文人身份平等相待、随意往来，自有一份生活的情趣。

一百二三十年前，哪怕在苏南这样富庶之区，物资交流也是不怎么通畅的。出生于江西偏远小县的勒方锜，恐怕还是到江苏当了河督，才能"偶得百枚"甘露饼。初尝之后，觉得"风味颇佳"，赶忙分赠三位好友"各二十四枚"，自己剩下的恐怕还不到二十四枚了吧，谁知却被俞樾幽了一默。

勒少仲送饼　　俞樾

甘露饼出天长县。一饼直钱九，味不过甜。而松脆异常。勒少仲同年偶得百枚，分贻吴平斋应敏斋及余各二十四枚。滕以书云。此饼风味颇佳。请试尝之。不知尚足一说否。余报以书云。此苏家为甚酥也。偶书于此。识老饕口福。

【学其短】

○本文录自《随笔》卷五。

○天长县（今天长市），属安徽，邻近江苏。

○勒少仲，名方锜，字悟九，江西新建人。

○吴平斋，名云，号退楼，浙江归安人。

○应敏斋，字宝时，浙江永康人。

封印

【念楼读】 明朝嘉靖年间，田汝成著《西湖游览志》，说是政府机关在每年大年三十那天将印加封，停止用印，新年正月初三过后将印启封，开始办理公事。

可见当时封印的时间只有四天。

现在年头年尾官厅封印的时间却长达一个月，此规定不知是何时开始实行的，值得查考查考。

【念楼曰】 看《平贵回窑》，王宝钏不相信丈夫成了西凉国主，而当丈夫边唱边做，“用手拿出番邦宝，三姐拿去仔细瞧”，一瞧，便连忙跪下讨封了。此“宝”即是印，在古代亦即是权力的标志和代表。

旧戏中还有一出《炼印》，说的是官员失去印信便失去了权力的故事。

古时印玺确实能够代表政权，不仅仅作为印鉴。新官到任，未接印前，便不是官。过年封了印，官府便不能行政，更不能执法了。封印和开印都是很郑重的事情，要按规定，不能随意。

明朝封印时间规定是四天。而清朝则规定十二月十九至廿二择吉封印，至明年正月十九至廿一择吉开印，封印时间长达一个月。

看来政府机关放假越来越长，公务人员越来越懒，历史上从来即是如此。

官府年假　　俞　樾

西湖游览志，乃明嘉靖时田汝成所著，内有一条云：除夕官府封印，不复签押，至新正三日始开。然则明代封印，殆止此四日欤。今制未知何时更定，亦宜查考也。

【学其短】

○本文录自《随笔》卷六。
○嘉靖，明世宗年号，一五二二—一五六六年。
○田汝成，字叔禾，明钱塘（今杭州）人。

不说现话

【念楼读】 写牛郎织女的诗词，一般都是感怀有情人被无情阻隔，分别多而欢会少，或欣慕生离胜于死别，怨偶总有相聚时，很少有别出机杼的。

光绪三年七夕，恩竹樵填了一首《诉衷情》词，邀友人唱和，潘玉泉的和作中，有这样几句：

神仙过的日子从来就不似人间，
都说道山中方七日世上已千年。
在凡人看来是一年只许一相见，
他们两个却是刚刚离别又团圆。

这一层意思，好像倒是未曾有人说过的。

【念楼曰】 潘君之作，其实也很平庸。他说“仙家岁月”流逝得比人间慢得多，凡人的一年只等于他们短短几天，牛郎织女“小别即团圆”，不会觉得有多么难受。殊不知七夕题材本在刻画相思不得相见的痛苦，这样冷冰冰一解释，反而毫无诗意了。俞曲园看中的，恐怕只是他不跟着人家说同样的话这一点。

在我们的政治社会中，尤其在强调“保持一致”的时候，说现话是必然的，因为不可能有说不同的话的选择。都喊万岁，你怎能喊少几岁，就是喊九千岁也不行啊。但如果还要搞点文化，尤其是搞文学艺术，不说现话便是最起码的要求了。

赋七夕

俞樾

自来赋七夕诗词，大率伤其离多欢少，否则羡其有生离无死别耳。丁丑七夕，恩竹樵方伯赋诉衷情词，索同人和。潘玉泉观察和云：仙家岁月异人间，弹指便经年。一年一度相见，小别即团圆。此意颇未经人道也。

【学其短】

〇本文录自《随笔》卷七。
〇恩竹樵，名锡，字新甫。
〇潘玉泉，未详。

念楼学短

锺叔河·著

下册

后浪　CNS 湖南美术出版社

目录

说明文十三篇

议论文十三篇

抒情文十一篇

写景文十篇

哀祭文十一篇

记事文十三篇

题画文七篇

记人物十三篇

记社会十三篇

苏轼文十篇

记言语十一篇

张岱文十篇

陆游文十篇

郑燮文十篇

苏轼的短信

王闿运日记

问候的短信

邀约的短信

赠答的短信

文友的短信

倾诉的短信

说事的短信

家人的短信

劝勉的短信

临终的短信

议论文十三篇

桃李不言

【念楼读】 古书中说得好——

自己行得正，不用下命令，群众也会照样行动；

自己行不正，再怎么发号施令，群众也不会听。

这前一句，说的不就是李广李将军带兵的情形么？

我所见的李广，谦虚谨慎，像个乡下人，嘴里有时连话都说不出，更不会交际应酬。可是他自杀的消息传开，听到的人，无论是否熟悉，无不为之悲悼。因为他的忠勇和诚信，早已为人所知，成为共识了。俗谚道：

桃树和李树，对自己的美好不会宣传；

它们的花果，却将人们都吸引到跟前。

此话用古文讲就是“桃李不言，下自成蹊”，用来形容这位伟大的人物，倒还适当。的确，真的伟大是无须宣传的。

【念楼曰】 “学其短”中，我有意将“学”的范围扩大，使之不限于所谓纯文学，特别想要从传统的各类文体中选读些名文。所谓名文，大都是历来传诵公认的名篇，但也有原来并不普及，而是我十分欣赏，认为可以和公认的名篇并列的。

姚鼐“为《古文辞类纂》，其类十三”，首为“论辨类”；曾国藩编《经史百家杂钞》与之“微有异同”，分十一类，“论著”类仍列为第一。这些现在通称为议论文，自本篇起共选读十三篇。

司马迁为李将军的孙子说话，付出了惨重的代价，故其议论隐含着对汉家的不平。“桃李不言”，公道却自在人心。

李将军列传赞

司马迁

太史公曰：传曰"其身正，不令而行；其身不正，虽令不从"。其李将军之谓也？余睹李将军悛悛如鄙人，口不能道辞。及死之日，天下知与不知，皆为尽哀。彼其忠实心诚信于士大夫也？谚曰："桃李不言，下自成蹊。"此言虽小，可以谕大也。

【学其短】

○本文录自司马迁《史记》卷一百九。

○李将军，即李广，为西汉名将，善战有功，而不得封侯，后被迫自杀。

○司马迁，字子长，西汉夏阳（今陕西韩城南）人。他和李广的孙子李陵是朋友，因帮李陵说话受宫刑，发愤著《史记》。

○『其身正』四句，见《论语·子路》。

○悛悛，通『恂恂』。

○蹊，人踏成的小路。

○谕，通『喻』。

怕不怕民众

【念楼读】 从古到今，帝王的统治，都是有盛必有衰，有兴必有亡，就像白天之后必然会是黑夜一样，永远都不会有不落的太阳。

做皇帝的人，如果闭目塞听，不注意民间的疾苦，不倾听民众的呼声，他的统治就会结束得更快。

《书经》中有两句："可爱的难道不是君王吗？可怕的难道不是民众吗？"意思就是说：在民众心目中，君王是他们生活的保障，自然应该为民众所爱戴；但君王若不顾及民众的生活，要当无道昏君，民众便会抛弃他，打倒他，这时在君王心目中，民众就会成为可怕的人了。

【念楼曰】 唐太宗李世民这篇文章，收在《全唐文》卷十"太宗七"中。原文仅五十五字，却尖锐地提出了统治者生死存亡的大问题，并且直截了当地做了回答，这就是：民众有能力也有权利决定统治者的兴亡，关键是统治者是否代表民众的利益。

历代总集，总把帝王之作冠冕全编，害得读者只能从若干卷以后看起，只有魏武帝、魏文帝等少数例外。李世民没有文学遗传基因，他出身军人家庭，十九岁便带兵打仗，而能写出这样的文章，尤其是敢于承认统治者无论多么英明伟大，其统治都只能是暂时的，实在难得，此其所以为明君乎。

民可畏论

唐太宗

古之帝王，有兴有衰，犹朝之有暮，皆为蔽其耳目，至于灭亡。书云：可爱非君，可畏非民。天子有道，则人推而为主；无道，则人弃而不用，诚可畏也。

【学其短】

○本文录自《全唐文》卷十『太宗七』。

○唐太宗，姓李，名世民，年号贞观。

○『可爱非君，可畏非民』二句，见《尚书·皋陶谟》。孔颖达疏曰：『言民所爱者岂非人君乎？民以君为命，故爱君也。言君所畏者岂非民乎？君失道则民叛之，故畏民也。』

不能不学

【念楼读】 玉石不经过切削打磨，不能制成精美的玉器；人不学习，不接受教育，不会懂得知识、明白道理。但人和玉石毕竟有所不同，玉石即使不经过加工，也还是玉石；人却有活的生命，本性自然要发展，要变化，要适应环境。也就是说，人是生来就需要学习的。

人如果不学习，不自觉接受教育，便无法使自己变好，无法成为一个高尚的人、有用的人，甚至还会变坏、堕落，迷失自己的本性。

这一点，总要时时记住才好。

【念楼曰】 “玉不琢”几句本是《礼记》中的话，后来的《三字经》又写进去（只改了一个字），差不多尽人皆知了。接下来的“苟不教，性乃迁”，也是欧公“人之性因物则迁”的三字化。

这里所说的“性”，即人的本性，也就是现在通称的人性。动物行为学认为，学习是动物的天性，小老虎自然会在丛林中学会捕猎，终至百兽之王。但如果是在铁笼子里“培养教育”出来的老虎，即使斑毛白额依然，却见了牛犊、家鹅甚至公鸡也害怕，只会在鞭子的指挥下站起来打躬作揖，然后伸起颈根等冰冻牛肉吃。此则已灭尽应有的虎性，成为枉披一张老虎皮的畜生了。虎固如此，人亦如之。故一切教育，都必须尊重人性，而不能戕贼人性。

诲学说

欧阳修

玉不琢，不成器；人不学，不知道。然玉之为物，有不变之常德，虽不琢以为器，而犹不害为玉也。人之性因物则迁，不学，则舍君子而为小人，可不念哉？

【学其短】

○本文录自《欧阳文忠公全集》卷一百二十九，是欧阳修写给其次子欧阳奕看的，文末原有『付奕』二字。

○欧阳修，字永叔，谥文忠，北宋庐陵（今江西吉安）人，古文唐宋八大家之一。

儿子取名

【念楼读】 苏洵《名二子说》，说的是他给两个儿子（苏轼和苏辙）取名的用意，全文如下：

车辆的各部分——轮、顶、底盘，等等，都有作用，都不可缺。只有轼——车厢前那根横木，似乎没什么大用处；但若去掉它，看起来便不像一辆完整的车了。轼啊，我愿你在人们眼中，不要成为可有可无的东西。

车都得在辙——车道上才能走，讲起车辆做的工作，却不会提到车道；可是，车即使翻了，马即使受伤死了，车道也不会受连累。无大福者无大祸，辙啊，愿你一生平安。

【念楼曰】 眉山三苏祠有一副署名"道州何绍基"的对联：

一门父子三词客，千古文章四大家。

韩柳欧苏，这一家子占了三个。咱们中国除了"三曹"，很难再数出第三家；外国我只知有大小仲马，父子俩也还差一个。

这则短文，说的是这个"文学之家"的家事，却表现出了生活的智慧和父子间的亲情。苏辙儿时一定聪明绝顶，父亲怕他锋芒太露，长大了到社会上会吃亏，所以宁愿他放低姿态。苏轼则根器更大，更深厚含蓄，父亲怕他太"不外饰"（不爱表现），所以希望他要进取。

贤父有知子之明，佳儿则双双用事实证明，父亲的操心没有白费，担心却是多余。

名二子说

苏洵

轮、辐、盖、轸，皆有职乎车，而轼独若无所为者。虽然，去轼则吾未见其为完车也。轼乎，吾惧汝之不外饰也。天下之车，莫不由辙，而言车之功者，辙不与焉。虽然，车仆马毙，而患亦不及辙。是辙者，善处乎祸福之间也。辙乎，吾知免矣。

【学其短】

○本文录自苏洵《嘉祐集》。

○苏洵，字明允，号老泉，北宋眉州眉山（今属四川）人，古文唐宋八大家之一。

谈人才

【念楼读】 都说孟尝君能尊重知识、尊重人才，人才都被延揽到他门下。因此，当他被秦国扣留时，才会有门客施展才能，使之脱险。

可是，这是什么人才啊？他们的本事只是在半夜里装成狗子进秦宫取回白狐裘，只是在拂晓前靠口技装鸡叫诓开关门逃出去。孟尝君门下的这班门客，不过是些装鸡扮狗之流，哪能算人才呢？

当时齐国的国力并不比秦弱，若真能得到像管仲、乐毅那样的人才，何愁不能对付强秦，怎会要靠装鸡扮狗才能逃命？

装鸡扮狗之流都招揽来，真正的人才就不会来了。

【念楼曰】 “士”这个名词，如今在人们嘴上，大约只有下象棋时用一用，古时却是知识分子的总称，社会地位相当高。神偷和名艺人，有时确实能派上大用场，但也确实没有资格被称为士。

士之为士，得有两条：一是凭知识智能吃饭；二是心里有天下民生，头脑里有思想。后一点尤为重要。长沮桀溺耦而耕，苦力的干活，“滔滔者天下皆是也”这番话一说，其为“避世之士”即已无疑。而玉臂匠金大坚，图章刻得呱呱叫，篆隶俱精，技艺肯定一流，却难入士流，更不必说“歌舞吹弹，普天下伏侍看官”的白秀英了。

读孟尝君传

王安石

世皆称孟尝君能得士.士以故归之.而卒赖其力以脱于虎豹之秦.嗟乎.孟尝君特鸡鸣狗盗之雄耳.岂足以言得士.不然.擅齐之强.得一士焉.宜可以南面而制秦.尚何取鸡鸣狗盗之力哉.夫鸡鸣狗盗之出其门.此士之所以不至也.

【学其短】

○本文录自王安石《临川先生文集》卷七十一。

○孟尝君，战国时齐公子。

○王安石，字介甫，号半山，北宋临川（今江西抚州）人，古文唐宋八大家之一。

○鸡鸣狗盗，《史记》说，孟尝君被秦国拘留，靠门客装狗入秦宫盗回白狐裘行贿，又靠门客装鸡鸣诓骗秦人开关，才得以逃归齐国。

宽与严

【念楼读】 吴世英曾经对我说:“老子讲的‘管理大地方,就像煎小鱼’,这可以做两种解释:主张‘从宽’呢,就是不要多翻动,免得将鱼皮鱼肉弄碎;主张‘从严’呢,就是为了出味道,得多放姜醋加辣椒。”

我知道,他是在用玩笑话讲道理,便对他说:“难怪司马迁写《史记》,要将老子、韩非合传,原来法家强化专政的理论,还可以从《道德经》中找根据啊!”

【念楼曰】 中世纪佛罗伦萨的马基雅弗利(Machiavelli)著《君王论》,建议君王“不应顾虑被谴责为残暴”,“要懂得善于利用兽法(暴力),又善于利用人法(法律)”进行统治,“与其为人所爱,还不如为人所惧更为安全”。韩非便是早一千七百多年生于中国的马基雅弗利。

中国传统思想的神位,正中间供着的当然是儒家,可法家和道家却一左一右占了两边。人们称颂贤明的君主,总恭维他“外圣内王”,说穿了就是虽尊孔孟,讲爱民,讲仁政,行的则是韩非传授的法、术、势,是靠严刑峻法施行虐民的暴政。从秦皇汉武到雍正王朝,莫不如此。至于老子《道德经》,因为有“治大国若烹小鲜”、“将欲夺之,必固与之”这样的政治智慧,对于聪明的统治者也的确很有用。

治大国若烹小鲜

陈　善

吴世英尝语予，治大国若烹小鲜，是有二义，盖自宽厚者言之，则曰宜勿烦扰，自刻薄者言之，则曰当加咸酸，予知其戏，因语之曰，太史公所谓，申韩刑名惨刻，皆原道德之意，无乃是乎。

【学其短】

○本文录自陈善《扪虱新话》卷之四。『治大国若烹小鲜』，语见《老子》六十章。

○陈善，南宋高宗、孝宗两朝时人，字子兼，一字敬甫，号秋塘，南宋罗源（今属福建）人。

○太史公所谓，指《史记·老庄申韩列传》赞语：『韩子引绳墨，切事情，明是非，其极惨礉少恩，皆原于道德之意，而老子深远矣。』礉，刻薄。

官与贼

【念楼读】 县太爷问怎么样办好县政，龙门子说：

“百姓被伤害得太久、太厉害了，应该像对待伤病员那样，让他们安静地休息。”

“是这样吗？请问还要注意什么？”

“不要去抢，不要去偷。”

“这话怎么说？”

“从老百姓身上刮一块钱放进自己腰包，便是偷和抢。当官的都偷都抢，百姓们就更活不下去了。”

“有这么严重吗？”

“还有更严重的哩！当官不给民做主，白吃俸禄，还要浪费、贪污，不等于盗窃人民和国家的钱，不等于做贼吗？”

【念楼曰】 宋濂的七十多年生命，在元朝度过了五十八年。他在元朝已经取得翰林院编修的职位，却辞官不做，隐居在龙门山中著书，当然是不满意当时政治的黑暗和吏治的腐败。本文即是隐居时所作，看得出他眼中的官就是盗贼和“准盗贼”。我想，这应该是他后来成为新朝文臣的原因。

朱元璋严惩过贪官，甚至将其剥皮处死。但剥下的人皮还在衙门口挂着，新官又乐滋滋地来上任了，照样贪。严刑峻法杀不完贪官，因为专制政治是贪污的温床和催化剂。正是这种专制政治，最后也要了宋濂的老命。

龙门子论政

宋濂

县大夫问政。龙门子曰。民病久矣。其视之如伤乎。曰。是闻命矣。愿言其他。龙门子曰。勿为盗乎。曰。何谓也。曰。私民一钱。盗也。官盗。则民愈病矣。曰。若是其甚乎。曰。殆有甚焉。不称其任。而虚冒既廪者。亦盗也。

【学其短】

〇本文录自宋濂《龙门子凝道记》，见《宋文宪公全集》卷五十一。

〇宋濂，字景濂，号潜溪，元末明初浦江（今属浙江）人，曾入龙门山著书，自号龙门子。

一团熟猪油

【念楼读】 不正派的人，就像一团熟猪油，看上去又白又润泽，一点也不难看，若是沾上手，便腻腻糊糊，洗都洗不掉了。

这种人在没有得志的时候，总是低声下气，对人显得十分顺从；一旦得了志，便立刻由低姿态变为高姿态，头也抬高了，嗓门也变大了，生怕别人不知道他成了角色。

正派的人，是不会愿意跟不正派的人为伍的，其实亦无须看到他们的后来，在他们唯唯诺诺、打躬作揖的时候，早就会深恶而痛绝之，绝不会沾上手，等着他们“一阔脸就变”。

【念楼曰】 说刘伯温作《烧饼歌》，和姜子牙、诸葛孔明一样，能未卜先知，是小说家的“戏说”。但此人生于乱世，跟上英明领袖朱元璋以后，又几经大起大落，对世态人情有比较深切的了解，倒是真的。

小人的特征是前恭后倨，《一捧雪》中的裱褙汤勤，《大卫·科波菲尔》中极力表示谦卑的尤里，莫不如此。此种小人时时处处皆有，为人处世，不沾他也就是了。但如治国用人也只求其“听话”，偏爱“驯服工具”，则无异于公开宣布将小人作为优先选拔的对象，祸国殃民的根源实在于此，后果要多严重有多严重。在这一点上，刘伯温真有先知。

小人犹膏

刘基

郁离子曰.小人其犹膏乎.观其皎而泽.莹而媚.若可亲也.忽然染之.则腻不可濯矣.故小人之未得志也.尾尾焉.一朝而得志也.岸岸焉.尾尾以求之.岸岸以居之.见乎声.形于色.欲人之知也如弗及.是故君子疾夫尾尾者.

【学其短】

○本文录自刘基《郁离子》，见《诚意伯文集》卷四。

○刘基，字伯温，元末明初青田（今属浙江）人，封诚意伯。

舆论一律

【念楼读】 八哥鸟生长在南方，捉来经过调教，就会模仿人的声音，翻来覆去叫几句现话。

有一次，知了在庭前高歌，八哥笑它发不出人的声音。知了说："你能学人话当然好，但这是你自己的话么？我唱的可是我自己的歌呀！"

八哥听后觉得惭愧，低下了头，从此不再一开口就照本宣科了。

高唱一个旋律、一种调子的人，唱的全是别人教给的几句，活像一群八哥鸟，却完全不知道惭愧。

【念楼曰】 有个时期很提倡"舆论一律"，不仅仅提倡，实际是强迫。我说"梁漱溟反动透顶"，舆论一律得说"梁漱溟反动透顶"；我说"胡风、贾植芳是反革命"，舆论一律得说"胡风、贾植芳是反革命"；我说"《文汇报》的资产阶级方向必须批判"，舆论一律得说"《文汇报》的资产阶级方向必须批判"……如敢不从，劳改劳教，至少也得去北大荒、夹皮沟。在这样的高压态势之下，舆论自会一律，所有人都成了鸲鹆鸟，"但能效声而止"，都不能"自鸣其意"。

世界和人本来是多样的，舆论自然也是多样的，硬要它成为"一律"，硬要万马齐喑，一花独放，统治者能力再强，亦只能行其意于一时，断断不能长久的。怕只怕被调教成的"八哥"很多，却又不知惭愧，仍要不断聒噪："一律，一律！""一致，一致！"

鸲鹆鸟

庄元臣

鸲鹆之鸟．出于南方．南人罗而调其舌．久之．能效人言．但能效声而止．终日所唱．惟数声也．蝉鸣于庭．鸟闻而笑之．蝉谓之曰．子能人言．甚善．然子所言者未尝言也．曷若我自鸣其意哉．鸟俯首而惭．终身不复效人言．今文章家窃摹成风．皆鸲鹆之未惭者耳．

【学其短】

〇本文录自明人庄元臣著《叔苴子》。

做不做官

【念楼读】 荷蓧丈人是避乱隐于农民中的贤者，子路说他不出来做官是不负责任，只顾自己一身干净，不替君王出力，是破坏了伦常。如果子路批评得对，那么《论语》所记孔子的话，"国家政治清明，便该出来效力；政局混乱，便该隐身匿迹"，岂不反而错了？《论语》此处的矛盾，真使人不大好理解。

【念楼曰】 荷蓧丈人"植其杖而芸"，撑着一根薅禾棍薅田，这是相当劳累的农活，所以他对"四体不勤，五谷不分"，带着一帮弟子周游列国到处求仕（跑官）的孔子，表示不很赞同。于是，孔子的好学生子路就要批评他"不仕无义"（不肯出来做官，不尽君臣之义），是"欲洁其身而乱大伦"，话说得相当重。

其实，孔子自己也说过，"天下有道则见（现），无道则隐"（《论语·泰伯》），意思是政治开明时才能出来做官，政治黑暗时便只能当隐士。你孔子认为如今是清平世界朗朗乾坤，想跑官，自家跑就是；荷蓧丈人认为世界不清平，要"农隐"，不愿让别人说自己"邦无道，富且贵焉，耻也"，也该有他的自由。

四百多年前天天读《论语》，赵南星能质疑书中的矛盾，实在难得。不过孔子还是尊重荷蓧丈人的隐者身份的，才"使子路反见之"。子路在讲过一通大道理之后，仍不能不承认"道之不行，已知之矣"，这便是先儒比如今阅评组审读员高明得多的地方。

论语难解

赵南星

荷蒸文人遭乱世而农隐．而子路以为无义．以为乱伦．然则孔子所谓无道则隐非耶．论语之文．此为难解．

【学其短】

○本文录自赵南星《闲居择言》。

○赵南星，别号清都散客，明万历、天启时人，因反对魏忠贤被贬逐而死。

○荷蒸文人，见《论语·微子》，他不赞成孔子出仕，受到子路批评。

谈读书

【念楼读】 世间休闲适意之事，如游山水、赏胜迹、饮酒、下棋……都要有同伴，有对手。只有读书，才是纯粹属于个人的事，个人完全可以自由支配。

读书，你可以读一整天，也可以读上一年。坐在小屋子里，你能够纵览天下；隔了千百年，你也能晤对古人。这是任何其他赏心乐事都比不上的，只可惜世人不一定体会得到。

【念楼曰】 有岛武郎说："我因为寂寞，所以读书。"读书确实是"止须一人"来做的事，除非是大庙里和尚念经，和"文化大革命"中"天天读"，但那又怎能算是读书呢？

周作人在《文法之趣味》一文中说，拿一两本有趣味的书，在山坳水边去与爱人同读，是消夏的妙法。这只能是他的想象之辞，因为同读是不可能的，即使是同爱人。每个人的心智、学识和情绪不会完全相同，一本书，两个人读的感觉也不会完全相同，所谓"奇文共欣赏，疑义相与析"，亦须各具慧眼、各有会心才能做到。故图画可以同赏，音乐可以同听，戏剧可以同观，书则"止须一人"来读。《红楼梦》中宝哥哥"展开《会真记》从头细看"，林妹妹问是看什么书，他搪塞道"不过是《中庸》《大学》"，她不信，硬要瞧瞧，宝哥哥便只能"递过去"给她。一人读后再给另一人读，各读各的，也就不是什么同读了。

读书本是纯粹属于个人的事，是寂寞的事啊！

天下最乐事

张岱

陶石粱曰。世间极闲适事。如临泛游览。饮酒弈棋。皆须觅伴寻对。惟读书一事。止须一人。可以竟日。可以穷年。环堵之中而观览四海。千载之下而觌面古人。天下之乐。无过于此。而世人不知。殊可惜也。

【学其短】

○本文录自张岱《快园道古》卷四。

○张岱，字宗子，号陶庵，明末清初山阴（今绍兴）人。

○陶石粱，明会稽（今绍兴）人，以文有名于时。

说现在

【念楼读】 人们在生活中，对于过去，总是最为怀念，最为留恋的；对于未来，总是最多憧憬，最抱希望的；唯独对于现在，却往往最为忽视，最不要紧。

其实，过去的已经过去了，正如流逝的江水，纵使依依难舍，也不可能回头。未来谁也无法预测，就像明年今日的天气，想象着多么晴和，却难免不来风雨。只有此时、现在，才是属于你的。不管现在是顺利还是坎坷，是丰富还是困乏，你都可以去适应、去改变、去创造……

人如果不抓住现在，一味感怀昨日，等待明天，或者依赖别人、姑息自己，任凭大好光阴虚度，那就太可惜了。

【念楼曰】 孙奇逢在《清史稿·儒林一》中名列第一，第二、第三则分别是黄宗羲和王夫之。孔子评述弟子之所长，分为德行、言语、政事、文学四科，孙氏于后三项似均不及黄、王，但他“自力于庸行”，“以慎独为宗，以体认天理为要，以日用伦常为实际”，更近于古希腊的智者哲人。

宋明理学，也谈心性，但专门绍述圣贤，反不免迷失自我。孙奇逢于康熙三年（一六四四）因甲辰“大难录”受牵连时，对门人说：“古来忠臣孝子，义士悌弟，只是能自作主张，学者正在此处着力。”

能抓住现在，还要能“自作主张”，才是有意义的生活。

题壁

孙奇逢

人生最系恋者过去．最冀望者未来．最悠忽者见在．夫过去已成逝水．勿容系也．未来茫如捕风．勿容冀也．独此见在之顷．或穷或通．时行时止．自有当然之道．应尽之心．乃悠悠忽忽．姑俟异日．诿责他人．岁月虚掷．良可浩叹．

【学其短】

○本文转录自王士禛《池北偶谈》卷七《苏门孙先生言行》。

○孙奇逢，字启泰，一字钟元，学者称『夏峰先生』，明清之际容城（今属河北）人。

明不明

【念楼读】 明朝初年，在皇帝心目中，臣民的性命，连一根草都不如。并未触犯刑法，只为政治原因（其实是皇帝个人的喜怒），被冤枉杀掉的人，数也数不清。苏州知府魏观之死，尤其使我为之不平。

在苏州这地方，百姓都知道魏观是个好官。不必说疏浚河道，就是修理府城建筑，也是地方官该做的事。只因一纸诬告，“兴灭国，继绝世”触犯了政治忌讳，皇上想“从严治政”，借此立威，立刻便人头落地。这种不经司法程序，无惩罚条例可依，由最高“指示”断人生死的搞法，只在最黑暗的专制统治下才会有。

最黑暗的统治，偏要自称“明”朝。大家想想看，它到底明不明？

【念楼曰】 魏观既未贪污受贿，更未残民以逞，旧府治即使不该修，可修也绝非为张士诚“复国”。专制帝王，一怒即可杀人，一喜又可平反。臣民之生死，全系于一人之手。此种“清明时世”，纵能饱食暖衣，恐亦无多生趣。

此文抓住魏观一事，直斥“明”之不明。所谓厉行“法”治，其实法即君王意志；在下者无法可对其制约，只有“接受”的份。作者生当雍乾文字狱极盛之时，说起“前明”来鞭辟入里，心中想着的恐怕还是“圣清”清不清。

明初冤狱

龚炜

明初芥视臣僚，以非罪冤杀者无算。予于魏苏州观之狱，尤痛恨焉。魏公治郡有声，即其浚河道，修府治，亦政中所应有事，一经诬奏，致贤守才士，株连蔓抄，虽极暗之世不至此。明朝之谓何。

【学其短】

○　本文录自龚炜《巢林笔谈》卷五。

○　龚炜，字巢林，昆山（今属江苏）人。

○　魏苏州观，即明苏州知府魏观。魏观在苏有惠政，考绩为天下第一，已升任四川行省参政，因民众挽留复任，后却因修复旧府衙（张士诚据吴时王宫），被诬『兴既灭之基』，为明太祖所杀。

说明文十三篇

宫门的标志

【念楼读】 古时候造宫门，都要在两边建筑很高的望台，作为宫门的标志。台上要能住人，在上面能观望很远，所以称之为“观”。

宫门之内，便是帝王的居处。臣子去见帝王得诚惶诚恐，走到这里，必须多想自己的阙（缺）失，所以又将“观”称为“阙”。

阙上面的楼台，涂饰得庄严明亮。下面的墙壁上则画出诸方神像、异兽珍禽，显示皇室的威严和气派。

【念楼曰】 阙这种建筑形式，后世慢慢变样，终于消失了。北京故宫午门两侧的“阙左门”和“阙右门”，只在门楣上留了个字，游人过此，大约不会再眼观鼻、鼻观心地“思其所阙”了。

“存在决定意识”这句话，从学“猴子变人”起即已背熟。奇怪的是，阙这种东西自从西晋以后即不复存在，泥马渡江只求“临安”的南宋朝廷更无力恢复古建筑，可是岳飞精忠报国，却说是为了“待从头，收拾旧山河，朝天阙”。再八百年后的王国维，也因“不忍宫阙蒙尘”，觉得“义无再辱”，捐了“五十之年”的生命。

作为宫门的标志，阙的象征意义，真是够大的。盖君王崇拜深入旧国民意识，阙虽已荡为丘墟，作为皇权代表的意义却依然存在。君不见，“文革”中万人高呼“万岁”，现在“圣地”也还有人三跪九叩首吗。

阙

崔豹

阙．观也．古每门树两观于其前．所以标表宫门也．其上可居．登之则可远观．故谓之观．人臣将至此．则思其所阙．故谓之阙．其上皆丹垩．其下皆画云气仙灵奇禽怪兽．以昭示四方焉．

【学其短】

○本文录自崔豹《古今注·都邑》。

○崔豹，西晋惠帝时燕国（在今河北）人，字正熊，官至太傅。

煎鱼饼

【念楼读】 做煎鱼饼的方法是这样的：

先选用好的白鱼，整治干净，去骨刺，将肉斩碎备用。熟肥猪肉斩碎备用。

取碎鱼肉三升与碎肥猪肉一升混合，再用刀剁成细茸状。加入醋五合，切细的葱和酱瓜各二合，姜末和碎橘皮各半合，鱼露三合。按食者口味适当加盐。和匀后做成大如杯口、厚约半寸的饼，入熟油锅，以小火煎成暗红色，便可以食用了。

【念楼曰】 《四库全书》将《齐民要术》列为子部农家第一，“提要”引《文献通考》称其“专主民事”，贾氏序文自谓“起自耕农，终于醯醢”。“民事”即“民生之事”，食事当然居首。“醯醢”即调味品。可见中国早就讲究美食，烹调大国的称号可以居之不疑。

贾思勰在文学上似乎没什么地位，但此篇作说明文看实在写得不坏。一千二百年后袁子才撰《随园食单》，记鱼圆做法，也是取白鱼肉“斩化”，加熟猪油拌和，入微盐、葱姜汁做团，反嫌不详，文字亦不如此篇质朴可喜。

过“苦日子”时，好不容易弄点鱼肉，我也郑重其事亲自下过厨。手翻菜谱，最感为难的就是“料酒五钱、胡椒粉一分”（如今的零点五克、一点五克更不易掌握）……心想还不如以容量计数好，如今不用升、合，就用一汤匙、一茶匙计量也更易操作，在这方面还真该学学《齐民要术》。

饼炙

贾思勰

作饼炙法．取好白鱼．净治．除骨取肉．琢得三升．熟猪肉肥者一升．细琢．酢五合．葱瓜菹各二合．姜橘皮各半合．鱼酱汁三合．看咸淡多少盐之．适口取足．作饼如升盏大．厚五分．熟油微火煎之．色赤便熟．可食．

【学其短】

○本文录自贾思勰《齐民要术》卷第九『炙法』第八十。

○贾思勰，北魏齐郡益都（今属山东）人。

虎皮鹦鹉

【念楼读】 川中彭州、蜀州地方，常见一种美丽的小鸟，躯体才如人的拇指，羽毛五颜六色，头上有冠羽，就像微型的小凤凰。它爱吃桐花，每年桐树开花时，群集在桐树上，桐花谢了，即难见其踪迹，因此人们叫它桐花鸟。

桐花鸟野生的似乎不易捕得，人工饲养的却很温驯，容易调教。常见它站立在陪酒女郎钗头上，直到酒阑席散，也不飞离。

【念楼曰】 郎似桐花，妾似桐花凤。

王渔洋的这两句词，不知曾勾起多少情思。

四川的这种小鸟，在唐时即已大大闻名。除了张鷟以外，地位和文名比张鷟高得多的李德裕在《画桐花凤扇赋》的序文中，也曾这样描写过这种美丽的小鸟：

> 成都夹岷江矶岸，多植紫桐，每至暮春，有灵禽五色，小于玄鸟，来集桐花，以饮朝露。及花落则烟飞雨散，不知所往……

而它站在美人钗头的形象，尤易引人怜爱。《钗头凤》这个词牌，可能便是由此而来。

桐花凤现在没人提起了，我以为便是如今的虎皮鹦鹉。《琅嬛记》说桐花凤又称“收香倒挂”。高青丘咏“倒挂”诗“绿衣小凤”云云，描写的形态与虎皮鹦鹉正合，但不知在四川还有没有自由活动在桐花树上的虎皮鹦鹉？

桐花鸟

李昉

剑南彭蜀间．有鸟大如指．五色毕具．有冠似凤．食桐花．每桐结花即来．桐花落即去．不知何之．俗谓之桐花鸟．极驯善．止于妇人钗上．客终席不飞．人爱之．无所害也．

【学其短】

○本篇录自《太平广记》卷四六三『禽鸟四』。《太平广记》共五百卷，李昉等撰。

○李昉，字明远，宋初深州饶阳（今属河北）人。

○剑南彭蜀，今四川彭州、崇州等地。

地理模型

【念楼读】 沈括出使北国，行经边境时，开始在板上标记山川形势和道路旅程。为了求得准确，标记的地方都经过踏勘。随即觉得这样做显示不出地形起伏，便用糨糊调和细木屑，在板面上堆塑山脉河流，做成地形模型。但天气一冷，糨糊冻结了，便不能堆塑，于是又改用熔融的蜡来做。蜡质较轻，旅行携带也较方便。

后来到了边防任所，安置下来，又改用雕刻的方法，全用木制成地形模型，呈送朝廷。皇上召集宰辅大臣看了，下令边疆各州都要做了送上去，将模型收藏在中央机关，以备讨论边防边政时参照。

【念楼曰】 沈括所制“木图”，是有记载的世界最早的地理模型。欧洲瑞士人开始做同样的事，已经到了十八世纪，迟于沈括七百余年。

《梦溪笔谈》记点石成银、佛牙神异、彭蠡小龙诸事，亦与其他志异小说无殊；但不少观察和实验的记录，尤其是制“木图”这类实践活动，确实闪耀着科学的光芒。沈括的头脑中，蕴藏着不逊于后来培根、笛卡儿、伽利略诸人的智慧。因而又想到，我们的墨子也生在亚里士多德之前，其分析物理的思辨水平并不逊于亚氏。何以现代科学思想和方法只能产生于泰西，赛先生要到二十世纪初，才说要请到中国来呢？

木图

沈括

予奉使按边，始为木图，写其山川道路。其初遍履山川，旋以面糊木屑写其形势于木案上。未几寒冻，木屑不可为，又熔蜡为之。皆欲其轻易赍故也。至官所，则以木刻上之。上召辅臣同观，乃诏边州皆为木图，藏于内府。

【学其短】

○本文录自沈括《梦溪笔谈》卷二十五，原无题。

○沈括，字存中，晚号梦溪丈人，北宋钱塘（今杭州）人。

以虫治虫

【念楼读】 五岭以南耕地不足，许多农民靠种柑橘为生，很怕害虫影响收成。有一种蚂蚁能克治害虫，橘树上蚂蚁一多，害虫便绝迹了。种橘的人家都需要蚂蚁，愿意出钱买，于是便出现了“养柑蚁”的专业户。

“养柑蚁”的方法，是先准备好猪或羊的膀胱，在里面涂抹油脂，敞开口放在蚂蚁洞旁边。等膀胱里面爬满了蚂蚁，便扎起口子，拿去卖给需要的橘农。

【念楼曰】 生物防治，在现代农艺学上号称新技术，其实古已有之。《鸡肋编》成书于南宋绍兴三年即一一三三年，距今近九百年。当时岭南“以虫治虫”如此普及，甚至出现了专业户，可见这早已是一项成功的技术。值得研究的是，为什么后来它又失传了呢？

古人各类著作中，有关自然史和工艺技术史的材料本来就不多，尤其是其中往往夹杂些荒诞的东西，或勉强加上意识形态的说教，更加影响了科学性。像这样翔实明白的记载，要算最珍贵的了。

这些材料，似乎应该引起各科专家的注意。但是如今自然科学、技术科学的学者中，大约已少有如胡先骕、张其昀、黄万里那样兼通文史的，看过《鸡肋编》的也不知有没有。

养柑蚁

庄绰

广南可耕之地少，民多种柑橘以图利。常患小虫，损失其实，惟树多蚁，则虫不能生，故园户之家，买蚁于人，遂有收蚁而贩者，用猪羊脬盛脂其中，张口置蚁穴旁，俟蚁入中，则持之而去，谓之养柑蚁。

【学其短】

○本文录自庄绰《鸡肋编》卷下，原无题。

○庄绰，字季裕，宋惠安（今属福建）人。

凤凰不如我

【念楼读】 寒号虫即经书中的曷旦，是夜里叫着等天亮的鸟，五台山中很多，体如小鸡，却有四足，还有皮膜如翅。夏天它有一身很好看的毛，叫起来好像在自鸣得意：

凤凰不如我！凤凰不如我！

到冬天毛都脱落了，光着身子挨冻，又叫道：

得过且过！得过且过！

它的粪便（入药叫五灵脂）常堆积在一处，气味很难闻，外观像豆粒，有时黏结如糊如糖。采集出售的人往往掺入砂石，但应选用无掺杂、润泽糖心的。

【念楼曰】 《本草纲目》收药用动植矿物一千八百九十二种，是药物学和分类学巨著。但将状如蝙蝠的寒号虫附会为经书中的曷旦，归入"禽部"，却是盲从。正如"文革"中写什么都要冠以"最高指示"，难免文不对题，亦名著之小疵。

此文所记录的"禽言"，却比"姑恶""不如归去"等更为精彩。当胡风、艾青、冰心诸位老诗人都成了"反革命""右派""资产阶级"，×××却因一纸"上谕"称同志，一首《五七干校颂》，当上了"左派诗人"，此时的他自有"凤凰不如我"之感。如今则其"左德"既不足以服人，其"左才"更不堪闻问，只能靠荣誉头衔和特殊津贴维持门面，终于沦为"得过且过"的角色了。

寒号虫

李时珍

盍旦乃候时之鸟也。五台诸山甚多。其状如小鸡。四足。有肉翅。夏月毛采五色。自鸣若曰。凤凰不如我。至冬毛落如鸡雏。忍寒而号曰。得过且过。其屎恒集一处。气甚臊恶。粒大如豆。采之有如糊者。有粘块如糖者。人亦以砂石杂而货之。凡用。以糖心润泽者为真。

【学其短】

○本文录自李时珍《本草纲目》卷四十八。

○李时珍，字东璧，明湖广蕲州（今湖北蕲春）人。

○曷旦，即盍旦。《礼记·坊记》引《诗经》云：『相彼盍旦，尚犹患之。』注疏云：『盍旦，夜鸣求旦之鸟也。』李时珍曰：『《杨氏〈丹铅录〉》谓寒号虫即鹖鴠，今从之。』

锄头的快口

【念楼读】 凡种植作物、挖土除草，都要用锄头。无论哪种锄头，窄口也好，宽口也好，都是熟铁锻打成的，但必须以生铁淋口，锄口才有刚性，才能挖掘泥土。这是制锄的诀窍。

淋口，是先将生铁熔成铁水，趁锻件赤热时，拿铁水淋在锄口上。淋口以后，锄口还要淬火。红热的锄口淬入水中骤然冷却，表面硬度增加，经过修锉，用起来才会快。

根据经验，锄头重一斤（合五百克），淋三钱（合十五克）生铁水正好。少了，硬度不够；过多，太硬而没有韧性，使用时锄口容易崩折。

【念楼曰】 欧洲学者说《天工开物》是“中国十七世纪的工艺百科全书”，大体不错。作者记述多凭实际观察而来，很少因袭陈言，掺杂迷信或加上道德的说教。因袭或说教这些都是古时读书人“格物”的通病，即李时珍亦未能免。

中国用铁的历史并不是世界上最长的，但在冶炼和铸锻工艺上确有独特的创造，“生铁淋口”便是其一。现在乡下铁匠打锄头，仍然有用此法的。这实际上便是用“淋”的办法，在质软的锻铁表面加上极薄的一层硬而脆的白口铁，再通过淬火使其“金相”发生变化，更加符合使用的要求，现代金属工艺学将这称为“表面处理”。

锄镈

宋应星

凡治地生物，用锄镈之属，熟铁锻成，熔化生铁淋口，入水淬健，即成刚劲。每锹锄重一斤者，淋生铁三钱为率，少则不坚，多则过刚而折。

【学其短】

〇本文录自宋应星《天工开物》第十『锤锻』。

〇宋应星，字长庚，明江西奉新人。

灶王爷

【念楼读】 有的书中说，灶王爷每月三十日上天报告凡人的过错。段成式笔记也说，灶王爷有六个女儿，每月底上天去检举人家的罪行，罪重者罚短命十二年，罪轻者也总要折阳寿。

所以人们都怕灶王爷，有人每月二十四五起便吃斋念佛。其实，真心做好事，何必在这五六天。若只是为了应付月底那一天的检查，从二十四五起不又太早了么？

【念楼曰】 《五杂组》是明朝谢肇淛的著作，多记民间风俗和自然现象，周作人对它评价很高。这一则写灶王爷监督各家各户，定期检举揭发的情形，若和现实相对照，更有意思。

元朝时候，若干户人家得供养一位阿合马或呼图鲁，让他管着。后来办保甲，联保联坐，更为周密，随时检举揭发，并不限于月底。但统治者还不放心，若能跟玉皇大帝那样，家家派一个灶王爷，手下还有六名女将，每个老百姓日夜都有几双眼睛盯住，那才好呢。

但老百姓也有老百姓的办法，到二十四五吃几天斋，初一初二再开始打牙祭就是了。更为简便而有效的，则是送几块扯麻糖，让灶王爷甜一甜嘴（有人说是粘住嘴皮，但我想米熬的糖不会有这么大黏性），自然不会乱打小报告。人间一派祥和，上天也会高兴。

灶神

谢肇淛

万毕术云.灶神晦日归天.白人罪过.西阳杂俎云.灶神有六女.常以月晦上天.白人罪状.大者夺纪.小者夺算.然则今以廿四五持斋者.不太蚤计耶.

【学其短】

○本文录自谢肇淛《五杂组》卷之二，原无题。

○谢肇淛，字在杭，福建长乐人，明万历进士。

珍奇的书桌

【念楼读】 巴相国出事，被抄家没收财产，抄出来的奇珍异宝，多得简直无法计数。有一张书桌，桌身全部用琥珀制成。桌面上嵌一整块水晶，长、宽各二尺。下面的抽屉也用水晶制成，深约三寸。屉中蓄着水，养了几条金鱼。朱红色的鱼，碧绿的水草，都像游弋在透明的空中。见到的人，无不啧啧称奇。

【念楼曰】 旧籍中所载“奇器”，有些颇有工艺美术史资料的价值。琥珀是古代松脂的化石，拼接黏合虽然可能，要做成严丝合缝的书桌，仍然需要精巧的手艺。水晶则是二氧化硅的纯净结晶体，如何加工成“方广二尺”的板材，又如何做成能蓄水的抽屉，真不可思议。

《觚賸》成书于康熙四十年（一七〇一）前后，这时荷兰人已将玻璃制镜带来中国，称“红毛光”，也许钮琇所见者是荷兰人带来的玻璃板。但此亦是宝货，非王公贵族，断不会有。

有趣的是，诸如此类的珍奇宝物，收藏在豪门巨邸中，要不是他们窝里斗，“反腐败”，揭露一部分出来，小民和文士们又怎能见到？观《天水冰山录》（记籍没严嵩家产事）、和珅抄家单、康生“文革”所取文物图书一览表，均不禁咋舌。好在这些东西总还保存于世，若由张献忠、杨秀清们来处理，则阿房一炬，影子也没有了。

琥珀案

钮琇

元辅巴公籍没时，宝货不可胜纪。有一书案，纯以琥珀琢成，面嵌水晶，方广二尺，下承以替，高可三寸，亦以水晶为之，贮水蓄金鱼数头，朱鳞碧藻，恍若丽空，见者叹为奇器。

【学其短】

〇 本文录自钮琇《觚賸》卷四《燕觚》。

〇 钮琇，字玉樵，清江苏吴江人。

〇 元辅巴公，可能指巴泰。巴泰于康熙初年授大学士，康熙二十三年（一六八四）去职。

〇 替，同『屉』。

相爷的名片

【念楼读】 听说严嵩当权时，谁要是能够拿一张严嵩的名片，到某家大当铺去“拜会”一次，便可以从那家当铺里得到三千两银子的酬劳。因为有了这张名片，便没有任何人敢去那里找麻烦了。

现在南京三山街上的“松茂典”，就还收藏着一张这样的名片。“嵩拜”二字写的是颜体，有五寸大，把整张纸都写满了。乾隆五十四年（一七八九）间，我曾经在那里亲眼见过。

【念楼曰】 严嵩的字写得好，大概没有问题，北京有名的“六必居”，那三个大字至今还保存着。但名片上的两个字，无论如何也值不得三千两，如果写的人不是“当国”的首辅。

得了当朝首辅的一张名片，这位老板就保足了险，合法经营也好，非法经营也好，都不怕谁会来找麻烦，“献程仪三千两”，值哪！

大款靠大官当保护伞，大官则靠大款来“献程仪”，看来自古即是如此，也是“传统”。

不同的是，严嵩的字确实写得好，所以他垮了台、罢了官，别人“犹藏此帖，以为古玩”，如今的大官写的，只怕差得远。

需要说明一点，民国以前的名片（帖），通常都是手写的，随写随用。我所见者，也有字大两三寸的。

严嵩拜帖

姚元之

额岳斋司农云.旧闻严嵩当国时.凡质库能得严府持一帖往候者.则献程仪三千两.盖得此一帖.即可免外侮之患.金陵三山街松茂典犹藏此帖.以为古玩.帖写嵩拜二字.字体学鲁公.大可五寸.纸四边不留馀地.乾隆四十五年曾亲见之.

【学其短】

○本文录自姚元之《竹叶亭杂记》卷七。

○姚元之，清嘉、道时安徽桐城人。

○严嵩，明江西分宜人，嘉靖时为相，揽权二十年，后革职为民。

乞巧

【念楼读】 七月初七人称“乞巧节”，在头天的晚上，苏州的女孩子各自将阴阳水（开水和生冷水各一半掺和）一杯搅匀，在露天底下敞放一夜，日出后晒上一阵子。然后每人各拿一根绣花针，轻轻地放在水面上，注意不使下沉；再看针映在杯底的影子像什么事物，以此来判断心灵手巧的程度。苏州人把这叫“磬巧”，大概也就是“乞巧”吧。

【念楼曰】 “金风玉露一相逢，便胜却人间无数”，七月初七牛郎织女鹊桥相会，这是中国少有的美的神话，很能激起女孩子们的想象和憧憬，是她们使这一天成为“女儿节”。许多风俗活动，破例全是由女孩们来办的。现存较古老的风俗志《荆楚岁时记》记载：

> 七月七日为牵牛织女聚会之夜。是夕，人家妇女结彩缕，穿七孔针，或以金银鍮石为针；陈瓜果于庭中以乞巧，有喜子网于瓜上，则以为符应。

这里写到了穿针、乞巧，却没有写到水面放针的事。

《荆楚岁时记》成书于南朝梁时（六世纪初），《清嘉录》成书于十九世纪初，苏州女孩们磬针“以验智鲁”，大概是“乞巧”风俗在这十三个世纪中的延伸和变相。

男耕女织时期，针线活代表了女子的慧巧程度。月下穿针和水面放针，正是她们表现心灵手巧的机会。

磬巧

顾禄

七日前夕，以杯盛鸳鸯水，掬和，露中庭。天明日出，晒之。徐俟水膜生面，各拈小针，投之使浮，因视水底针影之所似，以验智鲁，谓之磬巧。

【学其短】

○本文录自顾禄《清嘉录》卷七。

○顾禄，清嘉、道时苏州人。

○磬，音笃，落石也，吴人谓弃掷曰『磬』。

缩微玩物

【念楼读】 苏州人喜欢供奉财神，有一种不到一尺高的小财神，精雕细刻，颇堪欣赏。手工艺人制作出来供人赏玩的，还有小型的楼台、桌椅、杯盘、衣帽、仪仗、乐器、赌具、戏具和其他日用杂物，都缩小到只有寸许大，称为“小摆设”。出售这种工艺品的地方，总有许多男女围观，热闹得很。

【念楼曰】 二十世纪八十年代初游苏州，在拙政园、沧浪亭、刘庄等处，还有人兜售这种“小摆设”，它们多是红木做成的小太师椅、小贵妃榻之类，高或长一般只有五六厘米，也就是一寸多到两寸，而接榫精密，镶嵌入微，完全是明式古董家具的缩影，十分可爱。据说制作者多已年迈，歇业多年，改革开放后才重操旧业，不久即将辞世，故欲购必须从速云。

将社会生活中的各种事物，“缩微”成为玩物，的确是很有意思的，外国的车船飞机模型，还有“芭比娃娃”，亦属此类，而苏州自明清以来即有此传统。《桐桥倚棹录》“市廛”“工作”部中所记绢人“多为仕女之形”，“又有童子拜观音、嫦娥游月宫……诸戏名，外饰方匣，中游沙斗，能使龙女击钵，善才折腰，玉兔捣药，工巧绝伦”，“竹木之玩，则有腰篮、响鱼、花筒、马桶、脚盆，缩至径寸”，“宝塔、木鱼、琵琶、胡琴、洋琴、弦子、笙笛、皮鼓、诸般兵器，皆具体而微”。这些和《清嘉录》中的记载，都是玩具史的好材料。

小摆设

顾禄

好事者供小财神．大不逾尺．而台阁．几案．盘匜．衣冠．卤簿．乐器．博弈．戏具．什物．亦缩至径寸．无不称之．俗呼小摆设．士女纵观．门阑如市．

【学其短】

○本文录自顾禄《清嘉录》卷八。

○顾禄，见页五一注。

巧合

【念楼读】 明朝崇祯年间，皇帝一度将北京西边一座城门改称“顺治门”，南边一座城门改称“永昌门”。没多久“闯王”进京，年号便叫“永昌”。随后清兵入关，多尔衮保福临登上了金銮殿，年号又叫“顺治”。崇祯改的两个名字，正好都用上了。

紫禁城的东边有座东华门，西边有座西华门，中间的午门，民国后改称“中华门”，好像预先留在那儿准备换名号似的，也可算是巧合。

【念楼曰】 《旧京琐记》的作者枝巢子（夏仁虎）久居北京，熟悉掌故，他知道北京的城墙和城门都是明朝修建的。永乐十九年（一四二一）建成内城，设九座城门，有所谓“九门提督”；嘉靖二十三年（一五四四）又建成南边的外城，设七座城门。城门的名称，在明朝有过改动，入清后倒是没有再改，一直沿用下来。

崇祯改称“永昌门”，李自成便建号“永昌”；改称“顺治门”，爱新觉罗家便建号“顺治”，似乎是巧合。但如果说，“永昌”“顺治”都是好字眼，题在城门上更加深入人心，因此便成新朝建元的首选，倒是一种合情合理的推测。

在读《旧京琐记》的同时，我又看了《日下旧闻考》，卷十九补辑《春明梦余录》云：

> 辽之正殿曰“洪武”，元之正殿曰“大明”。是后之国号、年号，已见于此，谁谓非定数也。

古人说是定数，如今就只能说是巧合了。

北京城门

夏仁虎

明崇祯之际，题北京西向之门曰顺治，南向之门曰永昌，不谓遂为改代之谶，流寇入京，永昌乃为自成年号，清兵继至，顺治亦为清代入主之纪元，事殆有先定欤。禁城东华西华二门对峙，然至民国，则中门易为中华，亦若预为之地者，谓之巧合可矣。

【学其短】

○本文录自夏仁虎《旧京琐记》卷八。

○夏仁虎，南京人，清光绪举人，二十世纪五十年代为中央文史馆馆员。

抒情文十一篇

月下

【念楼读】 半夜醒来，只见皓月当空，自己原来睡在户外。月亮的光洒遍了地面，也洒遍了我全身。花和树的影子，在衣服上纵横交错；月光如水，它们便像是水草。我的心魂浮游在月光的海洋中，上下四方，全都是清冷的月光和月色。

【念楼曰】 王琦注《李太白文集》卷三十，《诗文拾遗》有《杂题》四则，云原见《龙江梦余录》，又云："类书中多摘引太白诗句，然不能无错缪。"那么，这四则《杂题》到底是不是李白的作品，恐怕也和"平林漠漠烟如织"和"秦娥梦断秦楼月"一样，千载而后还会有争论。

语云，君子恶居下流，天下之恶皆归焉。故希魔作画，江青演戏，未尝无一毫可取，而人皆厌恶之。而另一方面，也可以说才人幸居上流，天下之美皆归焉。铁杵磨针，骑鲸捉月，"百代词曲之祖"都归了他，这几则《杂题》亦犹是耳。

时间过去了一千三百来年，我们这些后辈，智商比李白增了多少，恐不好说。如果太白从月下醒来想写诗，给他一台电脑，他肯定不会用，这能否证明我们就比他"进化"了呢？

听说台湾有位太白后人，说他自己的文章超过了所有前人，诺贝尔奖本要归于他，后来才被姓高的小子抢了去，这也许才是"进化"的实例。

杂题一则

李白

夜来月下卧醒.花影零乱.满人衿袖.疑如濯魄于冰壶也.

【学其短】

○本文录自《李太白文集》卷三十《杂题》，共四则，此为其二。篇末注引《方舆胜览》云：『象耳山在眉州彭山县，有太白书台，有石刻留题云云。』

○李白，字太白，幼时迁居绵州昌隆（今四川江油）。

江上的笛声

【念楼读】 一个秋天的晚上，李牟在瓜洲江边的一艘小船上，吹起了他的笛子。

船只很小，却坐满了人，停泊在渡口上的船又多，所以船内船外都充满着嘈杂的声音。可是嘹亮的笛音一起，发声的人们立刻便静了下来。

笛音不仅使人觉得悦耳，好像还带来了丝丝凉意，有如从江上轻轻吹过的清风，驱散了烦嚣和郁闷。

吹奏的曲调，渐渐由婉转变为凄凉。这时所有的听众，包括邻船上的客商和水手，都沉浸在哀伤之中，有的低头垂泪，有的忍不住哽咽抽泣……

【念楼曰】 在我的印象里，古人听音乐，写的诗不少，写得好的也多。白居易听琵琶，韩愈听琴，李颀听琴、听胡笳、听筚篥，精彩的句子我至今还能背诵得出。可是用散文写音乐，尤其是像这样着重写音乐在听众心里引起的感受的，我却极少读到。一直到后来白话文登场，才有《红楼梦》第八十七回和《老残游记》第二回那样的描写。这情形和看图画不同，题画的诗虽多，却难得比过韩愈《画记》和郑板桥题画的文字。这是什么缘故呢？真希望学美学的朋友们能讲出点道理来。

李牟吹笛

李肇

李牟秋夜吹笛于瓜洲，舟楫甚隘。初发调，群动皆息。及数奏，微风飒然而至。又俄顷，舟人贾客，皆有怨叹悲泣之声。

【学其短】

○本文录自李肇《唐国史补》，原无题。
○李肇，唐长庆、大(太)和时人。
○瓜洲，向为长江南北水运交通要冲。

习 字

【念楼读】 苏子美谈起习字的乐趣，窗户要通明透亮，桌子要干干净净，纸笔墨砚都得选用最精良最好的，这时写起字来便会有一种特别的感觉，觉得这真是生活中很快乐的事情。

他说得不错，但那样的条件恐怕不是人人都能办到的。如果不具备条件，或虽有条件却受到外界干扰，仍能从习字中得到真正的乐趣，那就更加难得了。

我进入晚年后，才慢慢尝到这种乐趣。只恨字总是写不好，难以达到古人的境界。但我本就没有这样的奢望，只求自得其乐，所以感觉也还不错。

【念楼曰】 这是欧阳修习字留下的“试笔”，是苏辙收集保存下来的，连它在内共有几十件。苏轼跋云：

> 此数十纸，皆文忠公冲口而出，纵手而成，初不加意者也。其文采字画，皆有自然绝人之姿，信天下之奇迹也。

此“初不加意”“纵手而成”的试笔，其实并不比这位唐宋八大家之一的正经文章差。

文中对于明窗净几并无贬斥之意，审美也是需要条件的嘛，要紧的是应将个人内心修养看得比外部条件更重要。若能做到“不为外物移其好”，那就即使“初不加意”，也能写出字、写出文章来。能不能“到古人佳处”不必管，能够自得其乐便好。

学书为乐

欧阳修

苏子美尝言：明窗净几，笔砚纸墨皆极精良，亦自是人生一乐事。能得此乐者甚稀，其不为外物移其好者，又特稀也。余晚知此趣，恨字体不工，不能到古人佳处，若以为乐，则自给有馀。

【学其短】

○本文录自《欧阳文忠公全集》卷一百三十《试笔》。

○欧阳修，字永叔，北宋庐陵（今江西吉安）人。古文唐宋八大家之一。

○苏子美，名舜钦，北宋绵州盐泉（今四川绵阳市东南）人。

怨华年

【念楼读】 我作词喜欢自己配曲，不喜欢照着现成的词谱来“填”；总是先写词句，句式长短不受拘束，然后再谱曲。既然上下片的句式未必全同，谱成的曲调也就不一定简单地重复了。

起意作这首词，则全是因为在《枯树赋》中读了桓温老来重见昔年所栽柳树时说的话：

当年我栽小柳树，嫩叶柔条依依在身旁。

今日重来看柳树，枯枝败叶摇落向秋江。

柳树啊你都老了，我又怎能禁得这风霜。

这些话流露出人生无常的感伤，深深地打动了我，使我的心情久久不能平静，想要写。

于是便写了这首《长亭怨慢》。

【念楼曰】 王国维说：“古今词人格调之高，无如白石。”白石的词，一是格调高，如“数峰清苦，商略黄昏雨”，“二十四桥仍在，波心荡，冷月无声”，真如张炎所评，似“孤云野鹤，去留无迹”。二是情思深，就像这首《长亭怨慢》中的警策，也是全篇的主题：

阅人多矣，谁得似，长亭树？

树若有情时，不会得青青如此。

这不只是共鸣，不只是因桓温说“树犹如此”生发的感慨，更是从自己身世飘零，联想到阅人多矣的长亭树，树未必有情，故得青青如此，而人不能无情，就只能哀怨华年易逝了。

长亭怨慢小序

姜夔

予颇喜自制曲.初率意为长短句.然后协以律.故前后阕多不同.桓大司马云.昔年种柳.依依汉南.今看摇落.凄怆江潭.树犹如此.人何以堪.此语余深爱之.

【学其短】

〇本文录自姜夔《白石道人歌曲》卷四。

〇姜夔，字尧章，号白石道人，南宋饶州鄱阳（今属江西）人。

〇桓大司马，即桓温。

〇『昔年种柳』六句，引自庾信《枯树赋》。

我爱独行

【念楼读】 每次进京会试，我总是独往独来。因为旅行也是个人的生活，如果随行结伴，总不免要迁就别人，委屈自己，这是我很不乐意的。杜甫诗云：

眼前无俗物，多病也身轻。

宁愿生病，也不愿跟气味不相投的人行走在一起。老杜若是还在，和我倒也许会有共同的语言。

此次从瓜州渡大江，船上未载旁人，四顾茫茫，江天尽归眼底，畅快至极。接着走运河，过浒墅关，尽管有风有雨，秋气已深，却凭栏饱看了太湖山色，山峰远近高低，相映成趣。不劳腿脚，便可游山，也算不虚此行了。

【念楼曰】 归有光嘉靖十九年（庚子，一五四〇）中举后，一连八次进京会试均不利，直到六十岁才成进士。本文为其《己未会试杂记》中的一则，己未即嘉靖三十八年（一五五九），这次又是铩羽而归，而他心情潇洒，夷然不屑的神态自然流露，正可喜也。

此时归氏文名已重江南，应试的文章却仍然难得合格。可是眼前的"俗物"，却一个个都先他跳进龙门，春风得意了。考试衡文的标准，从来便是靠不住的。

我喜欢归氏的文章，觉得《先妣事略》《项脊轩志》《寒花葬志》都可读。他虽被称为"唐宋派"，其实已经走出"八大家"的范围，个人色彩渐浓，已开晚明风气。

归程小记

归有光

予每北上．常翛然独往来．一与人同．未免屈意以徇之．殊非其性．杜子美诗．眼前无俗物．多病也身轻．子美真可语也．昨自瓜州渡江．四顾无人．独览江山之胜．殊为快适．过浒墅．风雨萧飒如高秋．西山屏列．远近掩映．凭阑眺望．亦是奇游．山不必陟乃佳也．

【学其短】

○本文录自归有光《震川先生集》别集卷六。

○归有光，字震川，明江苏昆山人。

○眼前无俗物，该句见杜子美（甫）诗《漫成二首》，通行本作『眼边无俗物』。

日长如小年

【念楼读】 天上没有起半点风。屋前屋后那些长得高高的竹子，枝叶动也不动。不知从哪里飞来一只斑鸠，在外边叫起来。几声啼呼，使四周显得更加寂静。

我在屋子里静静地坐着，默默面对着送上来的茶点，闻着窗外野花的淡淡香味。

过了些时，从竹林外又传来了鸟儿的对唱，这比斑鸠那紧迫的啼声听起来舒服得多，简直可以说是天然的音乐。我听它听得入了神，守坐在茶炉旁的童儿，却将头靠在屏风上睡着了，偶尔发出细小的鼾声。

此时的我，觉得从自己心中，到屋子内外，到能够感知的周围的世界，全都消除了纷扰和烦忧，连时间都仿佛变慢了。宋人云“山静似太古，日长如小年”，可不是么？

【念楼曰】 晚明小品写闲适，曾被骂为反动。此文是写闲适的一个例子，我却看不出多少反动来。

人生当然须尽责任，但片刻安闲、偶求舒适恐怕也是正常的需要。纯粹的文人往往更看重精神上的宁静，追求闲适实在无可厚非，因为他们在闲适过后也还要用心写文章。

当时大骂闲适的人，住着洋房，养着二太太，吸着茄立克（烟的品牌名），其闲适的程度，较之静坐听鸟叫的，其实不知高出了多少倍。

此坐

张大复

一鸠呼雨，修篁静立，茗碗时供，野芳暗度，又有两鸟，咿嘤林外，均节天成，童子倚炉触屏，忽鼾忽止，念既虚闲，室复幽旷，无事此坐，长如小年。

【学其短】

○本文录自张大复《梅花草堂笔谈》卷二。
○张大复，字元长，晚明昆山(今属江苏)人。
○宋人唐庚《醉眠》诗：『山静似太古，日长如小年。』

夜之美

【念楼读】 夜里偶然起床，估计已是三更时分。河水悄悄地涨近了岸边，从岸上下垂的藤萝，几乎接触到了流水。皎洁的月亮高挂在空中，又大又明。轻风在树梢间滑行，几乎没发出一点声响。四周再不见有人活动，点缀着一片寂静的，只有偶尔从远处村落中传来的几声狗叫，再就是在附近停泊的渔船旁，间或有鱼儿在水中跳跃。曳着碧光的萤火虫，在近水处乱飞……

我完全沉浸在这无垠的寂静之美中。

【念楼曰】 《甲行日注》始作于甲申明亡之后的乙酉年（一六四五），是遗民的作品，极富《黍离》《麦秀》之感，如“故乡风景半似辽阳以东矣，但村人未吹芦管耳”之类描写，多不胜举，但也并非除此便不写别的了。知堂在介绍此篇时说：

> 清言俪语，陆续而出，良由文人积习，无可如何，正如张宗子所说，虽劫火猛烈烧之不失也。

作者叶天寥在国破之前，即已家亡。他的女儿小鸾是有名的才女，不幸早死，夫人沈宛君也因哭女去世。叶氏曾在工部当官，主管修治京师城墙、河道，在别人这是发财的好机会，他却在任期内反而卖掉了家产十分之八，弄得夫人死了，棺材钱都付不出，店主诟厉不止，他“惟有号泣旁皇而已”。会写文章的人不会有钱，从叶氏看确实如此。

夜中偶起

叶绍袁

夜中偶起，似可三更时分也。洑流薄岸，颓萝压波，白月挂天，蘋风隐树，四顾无声，遥村吠犬，渔棹泼剌，萤火乱飞，极夜景之幽趣矣。

【学其短】

○本文录自叶绍袁《甲行日注》卷六，此为丁亥七月十七日所记，原无题。

○叶绍袁，字仲韶，别号天寥，明末吴江（今属江苏）人。

○洑流，吴江近太湖，湖西有一条洑河，『洑流』应指洑河之流，不像是说回流之水，更不会是地下河。

老年

【念楼读】 老年人干甚都没劲，想干的也干不动。动笔想写写字吧，还没写得两三行，眼皮就开始发黏，渐渐用力睁也难得睁开了。

倒是哪里有打花鼓唱“三倒腔”的，去跟村里的老汉们一同挤坐在板凳上，听听《飞龙闹勾栏》什么的，还多少有些兴趣，可以打发时光。

姚大哥说十九日请听戏，想他一定会割两斤肉，烙几张饼，时新瓜菜更不会少，又有吃的又可听唱，岂不甚妙。但不知他是不是真的会来请，若到十七、十八还没动静，就上红土沟去，弄碗大锅粥喝喝也好。

【念楼曰】 傅青主的学问、文章、医道，都极有名。康熙时对明遗民搞“统战”，开“博学宏词科”，指名要他去赴试，他装病拒绝，又哪里会是同村老汉坐板凳看社戏的角色。盖正如他在另一篇文章中所云，“处乱世无一事可做”，故而如此，悲哉悲哉！

但他这样写这样做，亦非做作，而是达人至性的流露。其向往姚大哥的烧饼煮茄，正好像日本俳句诗人小林一茶在等邻人送来的年糕，他有一首著名的俳句：

> 来了罢来了罢的等了好久，饭同冰一样的冷掉了，年糕终于不来。

是皆能不失其赤子之心，远不是一心等通知开会的老同志所能企及的。

失题

傅山

老人家是甚不待动.书两三行.眵如胶矣.倒是那里有唱三倒腔的.和村老汉都坐在板凳上.听甚么飞龙闹勾栏.消遣时光.倒还使的.姚大哥说十九日请看唱.割肉二斤.烧饼煮茄.尽足受用.不知真个请不请.若到眼前无动静.便过红土沟.吃碗大锅粥也好.

【学其短】

○本文录自傅山《霜红龛集》卷二十三。

○傅山，字青主，明清之际山西阳曲人。

○三倒腔，当时当地的一种民间戏曲，《飞龙闹勾栏》应是其演出的节目之一。旧小说有《飞龙全传》。

在秋风里

【念楼读】 在洞庭湖上看君山，每个人都有不同的感受。

在孟浩然心目中，昔时云梦泽，今日洞庭湖，八百里浩荡波涛，是在拍打着千年历史的节奏，居然能“撼”动岳阳城。

杜甫的眼界更宽，吴楚东南，乾坤日夜，大地和湖海充分体现了空间的广大、时间的久远，人只是“浮”在其中的一小点，欲求无限又是多么不易。

我最羡慕的还是李白。“白银盘里一青螺”明明为万顷平湖生了色，却偏要“刬”去它，竟要让长流天地之间的全都是水，全都是酒，让“巴陵无限酒，醉杀洞庭秋”。这才是真正的酒人、真正的诗人。

我来看湖山，正值秋时，西风吹起了一湖浊浪。从烟雾迷茫中望去，君山只见几点隐隐约约的影子，出没在湖水之中。满目萧然引起了满怀惆怅，我不禁低声唱起了《湘夫人》的歌：

帝子降兮北渚，目眇眇兮愁予……

终于自己也作了几句：

秋风吹起这一湖的水，遮住了半个蓝天，
望不见湘娥黛髻青鬟，只有这斑斑几点。

【念楼曰】 浮山愚者本是风流倜傥的明末四公子之一，如今成了亡国遗民。是啊，哪里还有他的湖山、他的天地呢？

洞庭君山

方以智

浩然之撼，杜陵之浮，何如太白之刬耶。愚者尝作词曰，竟把青天埋在秋风浪里，眇眇愁予，斑斑点点而已。

【学其短】

○本文录自方以智《浮山文集》。
○方以智，字密之，别号浮山愚者，明清之际桐城人。
○浩然之撼，孟浩然诗『气蒸云梦泽，波撼岳阳城』。
○杜陵之浮，杜甫诗『吴楚东南坼，乾坤日夜浮』。
○太白之刬，李白诗『刬却君山好，平铺湘水流』。
○眇眇愁予，《九歌·湘夫人》句，『帝子降兮北渚，目眇眇兮愁予』。

燕子来时

【念楼读】 去年燕子来时，园内的桃花已经开老，残红遍地了。也许因为迟到的关系，它们的巢造得比较匆忙，附着在梁间，不够牢固，有天夜里忽然倾侧，幼雏掉到了地上。妻怕小狗来伤害，连忙将其捧起，小心呵护，又将倾侧的泥巢扶正，在下面钉些竹片加固，然后使小燕子回巢。

今年燕子来时，桃花正在盛开，它们的旧巢仍在，妻却不在了。再也没有人和我并肩携手，看双燕在花里轻飞，听它们在梁间私语了。

归来的燕子啊，你们不断地绕屋飞鸣，不断地穿帘入户，恐怕也是在苦苦寻觅，寻觅那曾给你们温存照拂的贤惠的女主人吧！

【念楼曰】 去年燕子来，绣户深深处。花径得泥归，都把琴书污。

今年燕子来，谁共呢喃语。不见卷帘人，一阵黄昏雨。

燕子从来寄托着人们的感情。它们岁岁还巢，和人同住，却不是贪图豢养或迫于羁锁，而是自由地选择，所以特别受到人的珍重。

其实还巢不过是候鸟的本能，但在见惯世事沧桑、人情冷暖的人们心目中，却成了念旧和守信的象征。尤其在哀悼亲人或遭际乱离，感到无常之痛时，见到比翼双飞的归燕，当然更会“记得去年门巷”，产生“谁共呢喃语”的深深的惆怅。

人是多么软弱，多么需要安慰。

念亡妻

蒋坦

去年燕来较迟.帘外桃花已零落殆半.夜深巢泥忽倾.堕雏于地.秋芙惧猧儿所攫.急收取之.且为钉竹片于梁.以承其巢.今年燕子复来.故巢犹在.绕屋呢喃.殆犹忆去年护雏人耶.

【学其短】

○本文录自蒋坦《秋灯琐忆》,原无题。

○蒋坦,字蔼卿,清钱塘(今杭州)人。

○秋芙,作者的亡妻,姓关名锳,能诗词。

一年容易

【念楼读】 七月秋风起，枣树上挂的果渐渐变红，架上的葡萄也越来越紫了。到月底这两样便开始上市，在水果摊子上总挨在一起，红红紫紫，十分好看。

小贩们叫卖吆喝，本是市声中热闹的分子，可是在秋风中听起来，不知怎的却似乎带着一种凄凉。尤其在自己心情不好的时候，它会使你想起，一年容易，又是秋天了。

【念楼曰】《燕京岁时记》一卷，刻于光绪丙午（一九〇六）即清亡前五年。一九三五年有了 Derk Bedde（卜德）的英译本，名 *Annual Customs and Festivals in Peking*。一九四一年又出了小野胜年的日译本，名《北京年中行事记》。用知堂的话来说，“即此也可见（其）为有目者所共赏了”。

二十世纪六十年代初我在长沙市上拖板车的时候，曾经花三角九分钱，买过北京出版社将它和另一种书合印的一册。这次选录，即用此本。

文中说到小贩的吆喝“音韵凄凉”，这在同年闲园鞠（菊）农所编的《一岁货声》中也有记录。叫卖葡萄的还较单纯：

约（哟），干葡萄来！

叫卖枣的便差不多是一首儿歌了：

枣儿来，糖的咯哒（疙瘩）喽！

尝一个再来买哎！一个光板喽！

枣儿葡萄

富察敦崇

七月下旬，则枣实垂红，葡萄缀紫，担负者往往同卖，秋声入耳，音韵凄凉，抑郁多愁者不禁有岁时之感矣。

【学其短】

○本文录自富察敦崇《燕京岁时记》。

○富察敦崇，字礼臣，满族人，自清入民国都居住在北京。

哀祭文十一篇

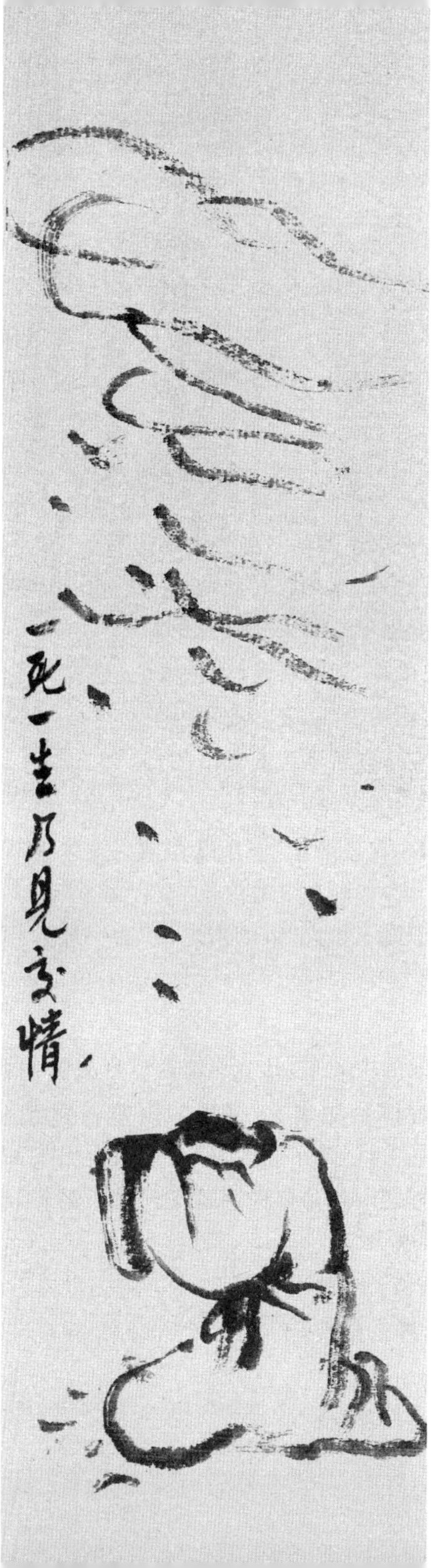

简短的悼词

【念楼读】 某年某月某日，韩愈请老同事某某专备酒菜，祭奠从四川老远来到本州当一名小官的房君。

房君啊，你竟在此时此地和我们永别了吗？我又有什么话好说，还能用什么话来安慰你呢？

天地鬼神，如若有灵，请来做证：只要我还活在这世上，就请不要担心你的遗属，安心地远行吧！

房君啊，你听到我的话了吗？

【念楼曰】 古之祭文，即今之悼词。古今都有依例不能不写的祭文或悼词，如韩愈之对这位“五官蜀客”，只因为他是新死去的属吏，便不能不派人“以酒肉之馈”去一祭。但文章高手写出来的东西，总能够表达出一份人情，读来也低回有致，虽然只有短短的六十余字。

“村上的人死了，开个追悼会”，自从这一条“最高指示”发布以后，开追悼会便成了“常规”，致悼词也成了死者的一项“待遇”。讲老实话，除了老朋友，我是很少去参加公家组织的追悼会的，原因之一便是悼词总是又长又不精彩，听得厌烦，反而怕对亡人不敬。

如果机关单位人事处、老干办管去世者后事的同志，能多读几篇像这样的祭文，至少可以学得将文辞写得短一些，让大家少站些时候。

祭房君文

韩愈

维某年月日．韩愈谨遣旧吏皇甫悦．以酒肉之馈．展祭于五官蜀客之柩前．呜呼．君乃至于此．吾复何言．若有鬼神．吾未死．无以妻子为念．呜呼．君其能闻吾此言否．尚飨．

【学其短】

○本文录自《全唐文》卷五百六十八。

悼横死者

【念楼读】 某年某月某日，湖州刺史杜牧，派本州军事部门官员徐某，致祭于遇难辞世的龚秀才之灵前。

死是人生的痛苦之极，肢体遭残，不幸短命，更是死亡的痛苦之极。何以至此，竟是不明不白，或说是前世冤孽，或说是出于偶然。唉，你是多么不幸啊！

你思念的家乡在哪里？你眷恋的亲人在何方？都不必多想了吧。卞山的朝阳之处，也可以长眠，你就在此处安息了吧！

【念楼曰】 这也是一篇“因公”而作的祭文，却写得文情并茂，“三生杜牧之”真是不凡。

死者“乡里何在，骨肉何人”都不清楚，无非是一位行旅中的秀才。“折胫而夭”，看得出是横死，死于事故。死者的年龄也不大，青年人之死，本来更易引起同情和无常之痛，而作为一州之长的杜牧，亲自为之营葬致祭，除了履行公务职责之外，诗人的爱心肯定也起了作用。

古代地方政府虽然是专制统治的机关，但也有抚恤流亡、收葬路死的传统，社会救助也能够得到政府的支持。刺史即使不是杜牧，龚秀才的尸体还是不会暴露于郊野的，至于祭文写不写得这样好，那就难说。

祭龚秀才文

杜牧

维大中五年岁次辛未五月朔二日．湖州刺史杜牧．谨遣军事十将徐良．敬致祭于故龚秀才之灵．死者生之极．折胫而夭．复死之极．言于前定．莫得而推．出于偶然．魂其冤哉．乡里何在．骨肉何人．下山之南．可以栖魂．呜呼哀哉．伏惟尚飨．

【学其短】

○本文录自《全唐文》卷七百五十六。

○杜牧，字牧之，晚唐京兆万年（今西安）人。

求止雨

【念楼读】 久雨成灾，危害极多，这修城墙的工程，您却不能不管啊！

修城已经投入六万九千工，一千三百石米也已吃空。这雨若不止，工就只得停，修好了的城墙也得返工。

我只能管人，不能管雨。天上的事，还得天上的神祇做主。

求城隍神快快显灵，让天公停雨放晴。工程能早日完成，您和我就是造福于民。

【念楼曰】 祭文是要当众宣读的，尤其是祭神祇，为民祈福或者求免于灾祸，与祭者多，旁观更盛，更宜读得铿锵婉转，效果才会更好，所以这种祭文押韵的多。通常的地方官，大都只照老套子炮制了事，祭城隍有祭城隍的，祭龙王有祭龙王的，求降雨有求降雨的，求止雨有求止雨的，不会为难。

欧阳修当然不是通常的地方官，一篇祭城隍神文，别人不知念过多少遍了，都是照葫芦画瓢，到了他手里，却成了非常个性化的创作，这便是高手与凡夫的差别。

欧阳修求神止雨，完全从此时此地的实际情况出发，因为久雨严重影响了城墙工程。他又不像别人，只知千篇一律地向神讲奉承话，而是“敢问雨者，于神谁尸”，提醒神有神的责任。神而有灵，对他这位有水平的“吏”，恐怕也不能不买账。

祭城隍神文

欧阳修

雨之害物多矣。惟城者神之所职。不敢及他。请言城役。用民之力。六万九千工。食民之米。一千三百石。众力方作。雨则止之。城功既成。雨又坏之。敢问雨者。于神谁尸。吏能知人。不能知雨。惟神有灵。可与雨语。吏竭其力。神佑以灵。各供厥职。无愧斯民。

【学其短】

○本文录自《欧阳文忠公全集》卷四十九。

○欧阳修，见页七注。

悲愤的两问

【念楼读】 您就像文彦博，因为“诋毁先烈”，不能不退居二线；又像司马光，因为“诬谤先帝”，不能不被取消荣誉头衔；又像与秦太师政见不合的赵鼎，不能不降职降级，谪贬岭南；最后则像遭疑忌的寇准，不能不死在遥远偏僻的他乡。

怨只怨老百姓没有福气，怨只怨老天爷没有主张。世上如果没有了像您这样的人，又有谁能将您的志业继续下去？世上如果还能出像您这样的人，又有谁能够等到那一天呢？

【念楼曰】 这篇祭文的写法独特，前四句提到四位本朝前辈大臣，都是道德文章都好，却在政治上遭到打击，受过不公正待遇的。用他们来和祭吊的吴潜相比，不作结语，为抱不平的意气却跃然纸上。“尔民无禄，岂天厌之，呜呼”之后，连发两问：“后世而无先生者乎？”“后世而有先生者乎？”痛失了先生，也就是痛失后世，痛失国家的希望了。

和前几篇“因公”而作的祭文不一样，这一篇祭吊的是作者的朋友，不仅仅是朋友，而且是思想上的知己、政治上的同道。最后的两问，充分表达了作者对失去朋友、知己、同道的悲痛和愤激。

祭吴先生履斋

季芯

潞公不能不疏。温公不能不毁。赵忠简不能不迁。寇莱公不能不死。尔民无禄。岂天厌之。呜呼。后世而无先生者乎。孰能志之。后世而有先生者乎。孰能待之。

【学其短】

〇本文录自叶楚伧编《历代名人短笺》。
〇吴履斋，名潜，南宋理宗时谪贬死于岭南。
〇季芯，南宋时人。
〇潞公，文彦博封潞国公。
〇温公，司马光封温国公。
〇赵忠简，赵鼎谥忠简。
〇寇莱公，寇准封莱国公。

无言之痛

【念楼读】 西山君的灵柩，终于从流放地——遥远的道州回乡了。得知消息以后，我特地在家里办了这点酒肴，来灵前致祭，请接受我这个老朋友的吊唁。

【念楼曰】 蔡元定比朱熹小五岁，据《宋史》记载：

> (元定)闻朱熹之名，往师之。熹扣其学，大惊曰："此吾老友也，不当在弟子列。"遂与对榻讲论诸经奥义，每至夜分。四方来学者，熹必俾先从元定质正焉。

从此蔡便成了朱熹最推重的人、最好的朋友。

南宋时，士大夫论政之风正盛，门户派别之争激烈。朱、蔡等人，居官讲学比较方正，不肯苟同于邪僻的韩侂胄之流，于是韩侂胄当权以后，便指责朱熹等人"文诈沽名"，要治他们"伪学之罪"。庆元中朱熹被劾落职，蔡受牵连，也被流放到道州(古舂陵)，就死在那里了。

蔡的灵柩从道州运回建阳，朱熹侨居于此，前往吊唁，心中有话不敢说，只写了这寥寥四十字的哀辞。

韩侂胄当权十三年，封平原郡王，位居左右丞相之上。他说反"伪学"，却未进行任何学术讨论批评，搞的全是政治上的排斥异己，这一套倒是为后世整知识分子创造了经验。

朱熹这几句平淡无奇的话，包含着对政治压迫的深深的悲愤，包含着强烈的无言之痛，足以引起后世的深思。

祭蔡季通文

朱熹

窃闻亡友西山先生蔡君季通羁旅之榇，远自春陵言归故里，谨以家馔只鸡斗酒酹于灵前。呜呼哀哉。

【学其短】

○本文录自《朱子大全》卷第八十七。

○蔡季通，即蔡元定，建阳（今属福建）人，人称西山先生。

○朱熹，字元晦，南宋婺源（今属江西）人。

不敢出声

【念楼读】 我宁愿死一百次，只要能将你从冥国唤回。眼泪如泉水涌流，因你竟匆匆先我而逝。相隔既远，我又衰老，不能执手相送，只有魂梦相寻。愿你死而有知，接受我心香一瓣。

【念楼曰】 前一篇文章，是朱元晦（熹）祭悼蔡季通（元定）；这一篇文章，是陆放翁（游）祭悼朱元晦。前后相隔，不到三年，祭悼者便成了被祭悼者。

蔡元定和朱熹，都是被韩侂胄一党戴上“伪学”帽子，遭打击受委屈的人。他们奏劾朱熹有不孝母、不敬君、不忠国、侮朝廷、结私党、坏圣像六大罪，和“诱引尼姑二人以为宠妾”等劣行，使被褫职，并将蔡元定“追送别州编管”，两人至死都没能“平反改正”。因为如此，故叶绍翁《四朝闻见录》云：

> 陆公之祭（朱）文公，文公之祭蔡君，俱不敢以一字诵其屈，盖当时（韩党）权势熏灼，诸贤至不敢出声吐气，以目相视而已。

“不敢出声吐气”，我们在反胡风、反右派、“文化大革命”中，不也正是这样的吗？当然，那些大反大革的人，在当时倒可以出声吐气；但后来反胡风的又成了右派，反右派的又成了“文革”对象，最后统统都不敢出声吐气了。

祭朱元晦侍讲

陆游

某有捐百身起九原之心，有倾长河注东海之泪。路修齿髦，神往形留。公殁不亡，尚其来飨。

【学其短】

○本文录自《渭南文集》卷四十一。

○朱元晦，即朱熹。

○陆游，字务观，号放翁，南宋山阴（今绍兴）人。

无人对饮了

【念楼读】 你刚走十天，夫人也走了，只留下孤身老母存活在世上。如此惨况，即使是泥塑木雕的偶人，对之亦不可能不难过，何况平生至交的好友。

老友啊，还记得过去喝酒时，你我总是埋怨酒少不够喝吗？此刻这满满一杯，你却再不能一饮而尽了，我的老友啊！

【念楼曰】 人过中年以后，老朋友的丧失，确是令人十分难过的事情。

在社会生活中，人与人结合成各种关系，有自然的关系，有经济的关系，有政治的关系……既成关系，即有义务、有权利，均不免牵涉到功利。唯有朋友关系，在本质上是超越利害的，所以最纯洁，最值得珍惜。

刘克庄是著名词人，感情充沛，且善于表达。他写的这篇祭文充分表现了这种悲痛的感情，具有很强的感染力。虽然简短，却不空泛。“昔与公饮，常恨酒少；今举此觞，公不能釂。”酒友已逝，虽举杯亦无人对饮了。有形象、有细节的描述，更能看出生死的交情。他还有一首怀念亡人的《风入松》词，虽未必是写方孚若的，亦可参看：

> 橐泉梦断夜初长，别馆凄凉。细思二十年前事，叹人琴，已矣俱亡。改尽潘郎鬓发，消残荀令衣香。　多年布被冷如霜，到处同床。箫声一去无消息，但回首，天海茫茫。旧日风烟草树，而今总断人肠。

祭方孚若宝谟

刘克庄

公殁浃旬，小君偕逝。高年之母，茕然独存。语之土木，犹当流涕。况平生交友之情哉。呜呼，昔与公饮，常恨酒少，今举此觞，公不能釂。呜呼哀哉。

【学其短】

〇 本文录自王符曾辑《古文小品咀华》。

〇 刘克庄，号后村居士，南宋莆田（今属福建）人。

送别老臣

【念楼读】 我当太子，您是我的先生。

我即位后，您是我的大臣。

我刚过江，便听说您寿终。

哎呀，这是多么叫我伤心。

【念楼曰】 帝王专制下，君臣之分极严，即使彼此能够相安，也很难产生、更难保持正常的人与人之间的感情。

但是在明清两朝，大臣死了，皇帝赐祭并前往（也可以派人代表）致祭，却成了一种礼仪规矩。致祭自然得读祭文，祭文通常都由文臣代笔。正德十四年（一五一九）冬武宗南巡，次年秋，靳贵死于丹徒，帝拟亲临其丧，对文臣所撰祭文都不满意，便自己动手写了这一篇。

无论在历史上还是在舞台上，正德都是一个酒色皇帝，“豹房”中的胡作非为，“梅龙镇”上的游龙戏凤，他给人留下的印象很糟，但给老臣的这篇祭文却写得简而有致。我读文章从不以人废言，所以还是将其选入了本书。

靳贵，丹徒人，曾侍东宫（教太子读书），正德九年（一五一四）以礼部尚书兼文渊阁大学士，故称阁老。在阁三年，无所建白，致仕归。但此人据说学问还好，当师傅时应该还是尽职的。

正德皇帝游江南，名义上说是“御驾亲征”造反的宁王宸濠，其实渡江时，王守仁早就消灭反叛，抓住了宸濠。

祭靳贵

明武宗

朕在东宫．先生为傅．朕登大宝．先生为辅．朕今渡江．闻先生讣．哀哉尚飨．

【学其短】

○本文录自叶楚伧编《历代名人短笺》。

○明武宗，即正德帝朱厚照。

○靳贵，明丹徒（今属江苏）人。

生死见交情

【念楼读】 古人道，“一个高官一个平民，才看得出交情”，您对我不正是这样的么？“一个死了一个活着，才分得出厚薄”，我现在也是这样来做的，相爷啊，您知道么？

【念楼曰】 《史记》里有这样一个故事：始翟公为廷尉（中央主管刑狱的大官），宾客阗门；及废，门外可设雀罗。翟公复为廷尉，宾客欲往，翟公乃大署其门曰：

> 一死一生，乃知交情。
> 一贫一富，乃知交态。
> 一贵一贱，交情乃见。

顾仲言深感于翟公这番话，不愿做反复的势利小人。到刑场去祭奠被斩决的夏言，在专制的时代是不容易做到的。

夏言是一个先登九天后沉九渊的典型。嘉靖皇帝先是重用他，特赐“学博才优”银章，加上柱国，后来一怒又撤他的职。撤而复用，用而复撤，反复了好多次，终于在严嵩的构陷下将他杀掉了。

夏言当政时，曾识拔许多人，包括顾仲言；杀头时无人敢往送别，除了这个顾仲言。

正如鲁迅所云，中国少有敢于为被处死者抚尸痛哭的吊客。因为这一点，所以选读了这一篇。

刑场祭夏言

顾仲言

古人曰.一贵一贱.交情乃见.太师有焉.一死一生.乃见交情.余小子何多让焉.呜呼哀哉.尚飨.

【学其短】

○本文录自叶楚伧编《历代名人短笺》。

○顾仲言，不详。

○夏言，号桂洲，明贵溪（今属江西）人。

带笑而死

【念楼读】 不昧良心，不贪惬意。

安于平庸，逢场作戏。

活了九十年，并不太惭愧。

生前同大家快快活活，死后愿留下一团和气。

【念楼曰】 自祭文、自为墓志铭其实应该属于绝笔、遗嘱一类。我曾经想将这类文字选编为一集，名叫《人之将死》，也是很有意思的。那倒不必限于百字短文，张岱的《自为墓志铭》有一千多字，却非选不可。

外国好像没有埋入地下的墓铭，却有自撰碑铭刻在墓石上的。写《老人与海》的美国大作家海明威，于一九六一年七月二日以猎枪自杀，事先为自己准备的碑文也写得又短又好，是专门写给到墓地上去吊唁他的朋友们看的，特别俏皮：

请原谅我不起身。

看得出他不是哭兮兮舍不得，也不是气冲冲咬着牙（“一个也不宽恕”），而是心平气和，甚至还带上几分幽默感告别人生的，王象晋亦近之。

王象晋父之垣官侍郎，兄象乾官至太师。他自己却淡于名利，中年即退居林下，著《群芳谱》《欣赏编》，是一个爱生活、会生活的人，故能“含笑而长逝”。

自祭文

王象晋

不敢丧心，不求满意。能甘淡泊，能忍闲气。九十年来，于心无愧。可偕众而同游，可含笑而长逝。

【学其短】

○本文录自叶楚伧编《历代名人短笺》。

○王象晋，明新城（今属山东）人。

哭宋教仁

【念楼读】 与君七载同游，忝居一日之长，对君常有愧心。而君之待我，却照顾很多，繁重的事务，常为我分劳。为何年轻的你却先我而去，苍天真是不公呀！

被刺身亡之时，你还念着我的名字。若不是两心相通，怎么会濒死还记得万里外的我？我又怎能不一闻凶讯，立刻辞去政府官职，前来为你执绋送行呢？

我随身的这点东西，是你说过很喜欢的，仍给你带来，以为纪念。宋君呀宋君，你若有知，请来梦中相见吧！

【念楼曰】 文言文到民国以后，作为通行文体，便快到它最后的日子了。梁启超想与时俱进，他的文言文努力现代化，“新民体”一时大受欢迎，但终究无法和胡适、陈独秀提倡的白话文竞争。章炳麟坚持作古文，写出来的文章和汉魏六朝文无大差别，大众认为难懂，读者自然越来越少。

文言文是二千年来“言”“文”分离的结果，比起拼音文字来，它确实难学些。但有弊亦有利，利就是它稳定，汉唐人写的文章，明清人阅读运用毫无困难；北方人写的文章，闽粤人阅读运用亦无困难。时至今日，“文革”时的语言都不大使用了，古人包括章炳麟的文章却还可看看，学点它的长处。

宋渔父哀辞

章炳麟

炳麟不佞．七年与君子同游．钓石之重．夙所推毂．如何苍天．前我名世．殂殁之夕．犹口念鄙生．非诚心相应．胡而相感于万里哉．即日去官奔丧．躬与执绋．拜持羽扇．君所好也．若犹有知．当见颜色．

【学其短】

〇本文录自《章太炎文集》。

〇章炳麟，号太炎，浙江余杭人，著名学者。

〇宋渔父，名教仁，湖南桃源人，中国民主革命家，民国二年（一九一三）被暗杀。

写景文十篇

石门山

【念楼读】 吴均告病回乡，想寻一处可以亲近草木的地方安家，在梅溪西边发现了石门山，高兴地写信给友人道：

石门山的山头高，阳光在谷底停留的时间少。每天的朝晖和落日，将峰头和石壁高处照得熠熠生辉，特别好看。山峰间常常缭绕着白云，溪谷中长满了绿色的藤萝草树，风景十分美丽。

山中幽静却不岑寂，蝉声、鸟声、猿啼声、流水声……不绝于耳，音调丰富而又和谐，使人听赏忘倦。

我非常高兴得到了这个好地方，于是便在此建造了几间房屋。屋的周围，现在正盛开着野菊花，还有结了竹米的竹林。大自然所能赐予人的，这里几乎全都有了。

孔子说，智者喜爱水，仁者喜爱山。我虽非智者仁人，也觉得这话不错。

【念楼曰】 绍兴“二周”都看重魏晋南北朝的文章，盖此时非大一统，思想的活动空间有时得以稍宽，文章也就能多点个性的色彩。从《世说新语》《颜氏家训》和王右军、陶彭泽诸人作品看，也确是如此。

但这时流行的骈俪文、对偶句，虽说跟单音又具四声的汉字还相配，我却不很喜欢，所以本书中只选很少的几篇。

与顾章书

吴均

仆去月谢病．还觅薜萝．梅溪之西．有石门山者．森壁争霞．孤峰限日．幽岫含云．深溪蓄翠．蝉吟鹤唳．水响猿啼．英英相杂．绵绵成韵．既素重幽居．遂葺宇其上．幸富菊花．偏饶竹实．山谷所资．于斯已办．仁智所乐．岂徒语哉．

【学其短】

〇本文录自《吴朝请集》。

〇顾章，吴均之友人。

〇吴均，南朝梁吴兴故鄣（今浙江安吉）人。

〇石门山，在今安吉县东北。

〇仁智所乐，语出《论语·雍也》『智者乐水，仁者乐山』。

徐知诰故居

【念楼读】 到扬州后第六天，我同王君玉往游寿宁寺，并在寺中用饭，见建筑颇异寻常。问起它的历史，才知此处原是五代十国时期吴国建都扬州时徐知诰的故居，后来才改为孝先寺，我朝太平兴国年间又改称今名。

因为是帝王的故居，所以屋宇十分壮丽，壁画尤其可观。老和尚说，柴世宗带兵打南唐，攻进扬州后，将此处作为行宫，绝大部分壁画都被粉刷掉了。如今只剩下藏经院壁上的《玄奘西行取经图》，我一见便惊为绝笔。想到柴世宗干的蠢事，心中好久好久都觉得不舒服。

【念楼曰】 写景，不必都写自然景色，记述人文史事，有时也很可观，因为能够引起更多的思索。

柴世宗史称明君，将精美壁画一"刷"成白，这件事却无法让人原谅。其动机恐怕不全是灭佛（显德二年，他曾废天下佛寺三千三百三十六座），一定也是为了扫除前朝遗迹，树立自身权威，即是"破字当头，不破不立"的意思。这在政治斗争中本是常用的手段，不过辣手施之于精美文化，就未免太过。后周二世而亡，不亦宜乎。

乾隆修《四库全书》删改古籍，"塔利班"反异教炸毁大佛，以及"四人帮"在"文化大革命"中的作为，古今同例，都令人切齿。

寿宁寺

欧阳修

甲申，与君玉饮寿宁寺。寺本徐知诰故第，李氏建国，以为孝先寺。太平兴国改今名。寺甚宏壮，画壁尤妙。问老僧，云周世宗入扬州时，以为行宫，尽圬墁之，惟经藏院画玄奘取经一壁独存，尤为绝笔，叹息久之。

【学其短】

○ 本文录自《欧阳修全集》卷一二五。

○ 欧阳修，见页七注。此文作于扬州。

○ 君玉，即王君玉。

○ 徐知诰，李后主的祖父，五代十国时吴国大臣，后代杨氏称帝，自扬州迁都金陵（今南京），改姓名为李昪，改国号为唐（南唐）。

○ 太平兴国，宋太宗年号。

○ 周世宗，名柴荣，显德三年（九五六）统兵攻南唐，取扬州。

观泉

【念楼读】 林虑的泉水，又旺又清。今天在西楼上看了元好问来游时写的《善应寺五首》，如“百汉清泉两岸花”“石潭高树映寒藤”，都是写泉的。我也和作了几首，接着便叫人去石潭中捕鱼，捕得了些鲤鱼和鲫鱼，送到席前，鱼还活蹦乱跳着。

午后便上船观泉，先往寺观的西面去看泉源。洹水自山西进入林虑山，部分成为地下河，从此处石崖下大股冲出，那势头简直跟济南的趵突泉差不多，流量甚大，水质又清。居民筑堰引流，带动水碓水碾，充分利用了水力。

随后又到了龙王庙，这里的泉水迸流得更加汹涌。观赏既久，天色向晚，寺观中派道人用船送来酒菜，醉饱之后，仍回储祥宫歇宿。

【念楼曰】 《林虑记游》前一则(庚午)记：“至善应，宿储祥宫。”《古今图书集成·山川典·林虑山部·艺文》只收了元好问一首《黄华水帘》，“湍声汹汹转绝壑”，写的也是林虑之水。许有壬登西楼时，看到的则是上引的《善应寺五首》。

山水可以激发文思，亦赖文人以传。林虑山现在是不怎么“知名”了，那里腾涌如趵突的泉水也不知怎么样了。林县在“大跃进”时期修红旗渠以后，是否还有“泉出尤怒”“清澈尤甚”的景观呢？真想能够前去看看。

林虑记游一则

许有壬

辛未.登西楼.和元裕之诗.遣捕鱼.得鲤鲫.活跃几席前.午泛舟观泉于宫之西.泉皆洹之洑流.而突出石崖下.腾涌有历下所谓趵突者.清澈尤甚.土人疏导作堰.以激碾磑.为利甚大.登龙祠.祠下泉出尤怒.日已暮.道人载酒于岸以俟.遂醉而归.仍宿于宫中.

【学其短】

〇本文录自许有壬《林虑记游》。林虑,今河南林县,境内林虑山有林泉之胜。作者于至元四年(一二六七)秋来游,居储祥宫,此即文中的『宫』。

〇许有壬,字可用,元代汤阴(今属河南)人。

〇元裕之,即金代大诗人元好问,曾数游林虑,集中有《善应寺五首》。

龙关晓月

【念楼读】 从龙尾关上看过天生桥，便在海珠寺里住下来，等着看苍山八景之一的“龙关晓月”。

龙关就是龙尾关。说是关，其实乃是又高又陡的两座山，中间夹着条窄窄的峡谷。从海珠寺望去，就像一扇巨大的城门开了条缝。人工建造的城关，断无此高大、无此雄奇。

破晓之前，西坠的月亮落进峡谷，这“晓月”便入“龙关”了。天未明时更暗，黑黝黝的山体中空一线，大而黄的月亮悬挂在其间，仿佛正在进入地下。

我和李君对此奇景，都发了诗兴。诗成以后，月亮还挂在那“关”中间，我们却不得不下山了……

【念楼曰】 苍山洱海，明朝时候可说是蛮荒之地。杨升庵是正德六年（一五一一）的状元，在京城里翰林学士当得好好的，偏要对朝廷大事发表不同意见，结果屁股挨打不说，还被谪戍万里外的永昌（云南保山），终于死在戍所，连想回到桂湖家中落气亦不可得。文人以言得罪至此，五百年后的我们，亦当为之扼腕。

但转念一想，若不远戍云南，他又怎能见龙关晓月，怎会写洱海苍山，《升庵集》中又怎得添许多文字？游桂湖时读对联：

> 五千里秦树蜀山，我原过客；
>
> 一万顷荷花秋水，中有诗人。

望风怀想，能不依依？

点苍山游记一则

杨慎

二月辛酉，自龙尾关窥天生桥，夜宿海珠寺。候龙关晓月，两山千仞，中虚一峡，如排闼然。落月中悬，其时天在地底。中溪与予各赋一诗，诗成而月犹不移，真奇观也。下山，乘舟至海门阁小饮。

【学其短】

○ 本文录自杨慎《点苍山游记》。点苍山在云南大理洱海西，作者谪云南时来游。

○ 杨慎，字用修，号升庵，明四川新都人。

○ 中溪，李元阳，当地的文人。

丽江木府

【念楼读】 二月初一，到丽江的第六天。

昨天见到了木公，今天他便派大管事送来见面礼，是白银十两和一些家藏的“黑香”，下午又在解脱林东堂设宴招待，还特地请来一位汉族秀才（姓许，楚雄人）作陪。

按照本地的风俗，设宴的大堂中，地上垫了一层松毛，走上去像铺了地毯。开席时又向客人献礼，礼物是银杯两只、绿色绉纱一匹。

筵席极为丰盛，大菜竟多达八十样。摆在远处的，是些甚么珍肴异味，看都看不清。宴会到晚上才结束。还有一桌酒席送给许秀才，他便赏给随从听差了。

【念楼曰】 徐霞客活了五十五岁，其游记所叙，始自癸丑，终于己卯。他在二十七年中（从二十八岁到五十四岁）只做了一件事——游历并写游记。这使他成了千古奇人，他写的游记也成了“千古奇书”（见钱牧斋与毛子晋书）。

徐霞客之游，一不是宦游，二不是商旅，三不是传教，唯一的目的只是为了好奇，费用全靠自己筹措，常常是“肩荷一襆被，手挟一油伞”（赵翼诗），其可贵亦正在此。

《徐霞客游记》重要的价值，是记录自然景观。但本篇叙述丽江民族习俗、木府的排场、木公对汉文化和文人的尊重，亦富有民族学和社会学的意义。

木公设宴

徐弘祖

二月初一日。木公命大把事。以家集黑香。白镪十两来馈。下午。设宴解脱林东堂。下藉以松毛。以楚雄诸生许姓者陪宴。仍侑以杯缎。银杯两只。绿绉纱一匹。大肴八十品。罗列甚遥。不能辨其孰为异味也。抵暮乃散。复以卓席馈许生。为分犒诸役。

【学其短】

○ 本篇录自《徐霞客游记》卷九上『西南游日记十五』，原无题。

○ 徐弘祖，号霞客，明末江阴（今属江苏）人。

○ 二月初一日，在己卯年即崇祯十二年（一六三九）。

○ 木公，木增，么些（纳西）土司，世袭丽江知府。

○ 大把事，木府大管家。

○ 解脱林，寺庙名，实际上是木府的一部分。

○ 卓，同『桌』。

寓山的水

【念楼读】 “寓山”以山为名，妙处却在于水。

坐船来到“寓山”，你可能会以为水路到了头。可是进园门后，一条走廊引着你往西，廊的一侧仍然全是水，清清的水一直在你脚边。浓绿的树冠将水映成碧色，客人和陪行的主人像是行走在空翠中，全身都带上了波光树影。这时想起了杜诗：

四更山吐月，残夜水明楼。

觉得意境很切合，于是便叫它“水明廊”。借用了老杜两个字，不知他会不会同意。

【念楼曰】 此篇充分表现了晚明文人的审美趣味，即追求独特的个性，力避庸熟。园名“寓山”，记名“寓山注”，都不是作八股文章的人想得出的。盖晚明时期和春秋战国、魏晋六朝、五代十国时一样，王纲解纽，有利于个性解放，思想比较自由，文艺也就活泼了。

祁氏为山阴巨族。张岱《陶庵梦忆·祁止祥癖》中的主人公，便是祁彪佳的弟弟，名豸佳。他们还有两个哥哥——麟佳和骏佳，四兄弟都是词曲作者，精赏鉴，会生活。彪佳还做过大官，最后在清兵南下时投水自杀，应了“须眉若浣，衣袖皆湿”的谶语，这却不是一般填“功过格”谈道学的人做得到的。

水明廊

祁彪佳

园以藏山.所贵者反在于水.自泛舟及园.以为水之事尽.迨循廊而西.曲沼澄泓.绕出青林之下.主与客似从琉璃国而来.须眉若浣.衣袖皆湿.因忆杜老残夜水明句.以廊代楼.未识少陵首肯否.

【学其短】

○本文录自祁彪佳《寓山注》。寓山为祁家园林。

○祁彪佳，号幼文，明末山阴（今绍兴）人。

招隐山

【念楼读】 听人说招隐山风景好，山水林泉都不俗，心中早就向往这个地方了。

顺治十七年（一六六〇）十一月间，终于同友人来作小游。一见满林的红叶、瘦露的山岩、清冷的泉涧，胸间万虑顿消。不知不觉，我的整个身心，便被这幽旷的情境同化了。

登上玉蕊亭，遥望江水苍茫、归帆倦鸟，一种说不出的惆怅无端地袭上心头，使得我久久不能离去。

【念楼曰】 登临名胜，乘兴而作，信笔而题，是古时文人雅事。历代总集、别集中，此类文字不少，多数是诗，近世亦有诗余、联语，散文比较少见。古人题字，最初我想是题在石上和壁上，后来则大半都题在纸上了，若是名流巨宦，自会有人摹刻。

题者既多，便成了风气。连半个文人也不能算的宋押司，在浔阳楼上也可以叫店家笔墨伺候，题些“敢笑黄巢不丈夫”和“血染浔阳江口”之类的诗词，惹出天大的麻烦来。

时至今日，此风仍未息。各级领导、各界名流，诗和字还比不上“及时雨”，也仍然到处乱题。文人和准文人，乐此不疲的更是多有，当然异口同声都在歌颂风景这边独好，像王渔洋这样抒个人之情者甚少。至于题反诗的，清平世界，朗朗乾坤，当然更不会有了。

招隐寺题名记

王士禛

昔人言招隐水深山秀，烟霞洞毛皆不凡。予以庚子仲冬月同昆仑子来游，红叶满山，石骨刻露，泉流萧瑟。登玉蕊亭上，远眺江影，惝恍久之。

【学其短】

○本文录自王士禛《渔洋文略》卷四。招隐寺在丹徒南，因南朝隐士戴颙隐居于此得名。

○王士禛，号渔洋山人，清新城（今山东桓台）人。

○毛，指草木。

再上名楼

【念楼读】 烟雨楼是江南的名楼，四季皆可游观。乾隆十四年（一七四九）我曾来此，饱览了南湖的春色。已经过去五年了，印象还很鲜明。

此次又到嘉兴，已是重阳将近，当然还是先去烟雨楼。楼边湖畔的桂花仍芳香扑鼻，绿荫中露出的楼顶和脊兽在阳光下格外鲜明。湖中低浅处，莲叶田田，铺开大片大片的碧绿，如果还能开着荷花，那就更好看了。

再上名楼，我一边看景，一边品茶。卖茶的人，采得湖里的鲜菱供客，其色娇艳，咀嚼起来也很爽口，难道也带上了名湖的风味么？

临别时，对着楼影波光，心想一定还要来看盛夏的莲花、冬天的雪景，但不知又得再过多少年。

【念楼曰】 旅游者总是喜新厌旧的，一去再去还愿三四去的地方很少。龚巢林于烟雨楼情有独钟，亦由其善于观察和领略，才能不断有新鲜感。张宗子说：

> 嘉兴人开口烟雨楼，天下笑之，然烟雨楼故自佳。楼襟对莺泽湖，涳涳蒙蒙，时带雨意。

莺泽湖后来又叫鸳鸯湖，龚巢林称为彪湖，现则通称南湖，因为中共在此开过“一大”，是益发有名了，我却还从来没有去过。嘉兴范笑我君曾约我去玩，也没有去成。

槜李烟雨楼

龚炜

槜李烟雨楼，四时皆宜。予自己巳登此，得领彪湖春色，忽忽五年往矣。重阳在望，桂香犹复袭人，龙楼拥翠，悬以秋日，别具晶莹。再得芙蓉冒绿池，则全美矣。登眺之馀，卖茶者采菱饷客，色味迥殊。因思荷香雪景，又不知何年得备览此胜。

【学其短】

○ 本文录自龚炜《巢林笔谈续编》卷上。

○ 龚炜，字巢林，清昆山（今属江苏）人。

○ 槜李，嘉兴古称。

荷花深处

【念楼读】 太湖洞庭西山脚下，有一处荷花最多、最好、最适宜欣赏的地方，名叫消夏湾。

这里遍处都是荷花，盛夏时花朵盛开，满眼云霞锦绣。来此避暑的人，坐在游船上，吹着湖上的凉风，闻着荷花的清香，流连忘返。有的还要等到月出东山，赏玩湖上的夜景，甚至留宿船中，让翠盖红裳伴随着入梦。

【念楼曰】 顾禄《清嘉录》十二卷，分别记叙一年十二个月内苏州的风土人情，道光十年（一八三〇）刊行，翌年传入日本。后来中国才又从日本翻刻本再翻刻过来，周作人曾写文章介绍，从此它才为人所重。近来某出版社排印此书，前言批评周对《清嘉录》版本之说“未妥”，可是在提到周氏《夜读抄》时，却一连三次都错成了《夜读草》，则其考证的精密程度亦不无可疑。

消夏湾传为吴王避暑处，旧《苏州府志》有介绍云：

> 消夏湾在洞庭西山之址，深入八九里，三面峰环，一门水汇，仅三里耳……
>
> 荷花有红、白、黄数种。洞庭东西山人善植荷，夏末秋初，一望数十里不绝，为水乡胜景。

沈朝初《忆江南》词云：

> 苏州好，消夏五湖湾。荷静水光临晓镜，雨余山翠湿烟鬟，七十二峰间。

描写情景，亦有韵味。

消夏湾看荷花　　顾禄

洞庭西山之址。消夏湾为荷花最深处。夏末舒华。灿若锦绣。游人放棹纳凉。花香云影。皓月澄波。往往留梦湾中。越宿而归。

【学其短】

〇本文录自顾禄《清嘉录》卷六。

〇顾禄，字总之，一字铁卿，清苏州人。

会稽山色

【念楼读】 一行三人乘船到瓦窑堡上岸，走昌安门进城；一路上，饱看会稽山色，十多里路一点不嫌远，只恨自己的脚步走得太快。

途中经过一处乡村中的小庵堂，临水有廊有槛，可坐可倚，在那儿看霜枫红叶，特别有意思。

接着又走过一座高高的石拱桥，桥已危圮，但从桥上远望，夕照中的陶山，像美人精心梳裹的发髻，金翠首饰变幻成或紫或绿的色彩，在一片深红的背景中，显得奇丽无比。

西天的红霞愈望愈远，愈远愈深。这种变化中的色彩，绝不是人工所能画得出的。

到进城时，戒珠寺的晚钟已经敲响了。

【念楼曰】 会稽山阴（民国废府并县，以清代府名绍兴作新县名）的风景自古有名，当地也有游山玩水的习惯。一千六百多年前，王羲之等人修禊（也就是春游），“会于会稽山阴之兰亭”，该处跟萝庵相去不远。王羲之的儿子献之也说过：

从山阴道上行，山川自相映发，使人应接不暇。

以后记会稽山阴风景的越来越多，《萝庵游赏小志》算是晚近的。民国时期，徐蔚南写的一篇也较为有名，题目就叫做《山阴道上》，却已是现代散文，有两千多字。

十里看山

李慈铭

十一月十五日.坐舟至瓦窑岭.偕雪瓯平子二子登岸.行十馀里.溯昌安门.一路看会稽山.恨若有速其步者.过一村庵.坐水槛上看枫.尤有意致.立危桥上四望.陶山在夕阳中.一髻嫣然.紫翠缕起.更远更红.非画工所能仿佛也.入城.闻戒珠寺钟矣.

【学其短】

○ 本文录自李慈铭《萝庵游赏小志》,原无题。

○ 李慈铭,号莼客,室名越缦堂,清会稽(今绍兴)人。

题画文七篇

画飞鸟

【念楼读】 黄筌画的飞鸟，颈和腿都是伸着的。有人说，鸟飞时若是伸着脚，便一定会缩起颈；若是伸着颈，便一定会缩起脚，没有两者都伸着的。一看果然如此。

可见若对事物不认真观察了解，即使是大画师，亦难免疏失，何况办大事。读书人除了读书，真还得多看多问才行。

【念楼曰】 散文状物写景，能使人移情忘倦，便是美文。绘画状物写景，能使人移情忘倦，便是好画。故文与画实可相通，对苏轼这样诗文书画均臻绝妙的大家来说，更是如此。

此一则《书黄筌画雀》，只谈了个“画师观物”的问题，也就是“画”与“真”的问题。到底飞鸟是“颈足皆展”，还是“无两展者”呢？老实说我也说不清，按理说应该是鸟有多少种类便会有多少飞法，黄永玉画的飞鹤飞鹭，便都是“颈足皆展”的。

但苏轼强调“观物”，强调观物须“审”，须认真、细致、准确，总是对的。在这里他不只是对画师说话，而是对更大范围的“君子”说话，提倡大家要“务学”，要“好问”，不能人云亦云，不能“想当然”，因为这确实是传统读书人普遍存在的毛病。

书黄筌画雀

苏轼

黄筌画飞鸟，颈足皆展。或曰：飞鸟缩颈则展足，缩足则展颈，无两展者。验之信然。乃知观物不审者，虽画师且不能，况其大者乎？君子是以务学而好问也。

【学其短】

○本文录自《东坡题跋》卷五。

○苏轼，字子瞻，号东坡居士，北宋眉山（今属四川）人。

○黄筌，五代时大画家，擅画花鸟，成都人。

李广夺马

【念楼读】 看书画，主要是看它的神韵。从前大画家李公麟为我画李广夺马：李广跳上敌军的坐骑，挟持着一个匈奴兵纵马南奔，又夺过他的弓箭转身射敌；箭锋所向，他开弓的手还没有松，追来的人马就像要应弦而倒，真是画活了。

公麟笑道："要是让别的什么人来画，李广的这支箭画出来，一定是射到人马身上的了。"

这番话提高了我赏画的能力，使我渐渐能够分辨画作品格的高下。我想，作画作文都一样，要紧的是写出神韵。不过这个道理要人人领会，只怕也难。

【念楼曰】 本篇是题在一幅临摹的《燕郭尚父图》上的，此图所画应是宴请郭子仪的盛况，但黄庭坚谈的却是另外一幅《李广夺胡儿马》。借题发挥，高手往往如此。

箭锋所向，人马皆应弦而倒。此并非事实，却满有神韵，觉得李广就该有这样的本事。若一味写实，则不中箭人马不会倒，箭一离弦"引满"的弓也就收了，画面岂不就"死"了么。此李公麟与"俗子"之不同，亦黄庭坚与"俗子"之不同也。

李广的故事十分有名，《史记》所述夺马南驰的情节是：

> 胡骑得广，广时伤病。置广两马间，络而盛卧广。行十余里，广详死，睨其旁有一胡儿骑善马。广暂腾而上胡儿马，因推堕儿，取其弓，鞭马南驰……骑数百追之，广行取胡儿弓，射杀追骑……

画上添加了"挟胡儿南驰"的景象，更加显出了李广的本领和神威。

题摹燕郭尚父图　黄庭坚

凡书画当观韵。往时李伯时为余作李广夺胡儿马，挟儿南驰，夺胡儿弓，引满以拟追骑。观箭锋所直，发之，人马皆应弦也。伯时笑曰：使俗子为之，当作中箭追骑矣。余因此深悟画格，此与文章同一关纽。但难得人入神会耳。

【学其短】

○本文录自《山谷题跋》卷三。

○黄庭坚，字鲁直，号山谷道人，北宋分宁（今江西修水）人。

○燕，通『宴』。

○郭尚父，唐郭子仪以大功称『尚父』。

○李伯时，名公麟，画家。

真与美

【念楼读】 早春时天气还冷，怎么知了便已经上树，苍蝇也迫不及待地飞出来了呢？

仔细一瞧，原来是老章在耍笔杆子，跟我们开玩笑哪。

【念楼曰】 画家作大写意，具象在似与不似之间，靠笔墨、色彩构成，仍可以给人以美感。

但齐白石的草虫，则仍以逼真见长。大笔渲染的荷叶荷花上头停着一只蜻蜓，透明的翅膀上的脉络都看得清清楚楚。据说他为了“防老”，预先将蜻蜓、知了等画在纸上，留待以后再来补花卉，这样画了好多张。其实他早就心中有数，画草虫须用和画花卉画山水不同的方法，后者可以大写意，前者却得逼真，真得近乎照相，甚至超过照相。

艺术上的真与美，本无法和实际生活中的对应或等同。对于人来说，飞蝇百分之百是讨厌的东西，尤其是大头苍蝇，它们出于粪缸，人根本无法与之和平共处。新蝉爬上树便放肆聒噪，那单调刺耳的声音，也是谁都不乐意听的。可是章伯益用作“墨戏”，诚斋便忙不迭为之题记，我们今天亦可欣赏，这就是艺术和实际生活的不同。

人们大概不会因为画上的飞蝇生动有趣，便喜欢上嗡嗡叫着挥之不去的苍蝇；但也不必因为苍蝇是“除四害”的对象，便认为它在画中也只能表现丑恶，永远不能够表现美。

题章友直草虫

杨万里

春寒尔许，飞蝇新蝉辈遽出耶，细观，盖章伯益墨戏也。

【学其短】

○ 本文录自叶楚伧编的《历代名人短文笺》。

○ 杨万里，学者称诚斋先生，南宋吉水（今属江西）人。

○ 章友直，字伯益，画家。

动人春色

【念楼读】 道君皇帝考画师，用诗句“万绿丛中红一点，动人春色不须多”为题。大家想的都是如何画出“动人春色”来，用心画花卉，在构图设色上努力下功夫。

只有一人与众不同。他画的是楼台一角，掩映在杨柳深处，楼上有一位年轻的女郎，在凭栏眺望。

结果是这位画师考得最好，大家也都心服。

【念楼曰】 将女人比作花，这肯定不是第一例。道君皇帝所取者，我想只是此画师不肯同于众人这一点。

创作最怕的便是同于众人。同于众人，便没有了特点，显不出个性。当然有个性有特色的未必就好，但好的创作必然是独一份，有特色，有个性的。

有好长一段时间，文学批评、艺术批评只做了一件事：消灭个性。于是“众工遂服”（不敢不服啊）的只剩下一幅“去安源”（听说此画如今又大红特红，拍卖出高价了），画两边若再题上“高天滚滚寒流急，大地微微暖气吹”，岂不正好跟道君皇帝的命题交相辉映。

附带说一点，北宋时画画的，大约仍以画工为主。苏东坡、米元章和文与可辈那时即使还活着，大概是不会去应试的，去了也未必能画得好万岁爷心目中的“动人春色”，这真是他们那一辈喜欢弄笔杆子的人的幸福。

徽庙试画工

俞文豹

徽庙试画工，以万绿丛中红一点动人春色不须多为意。众皆妆点花卉，独一工于层楼缥缈绿杨隐映中画一妇人凭栏立，众工遂服。

【学其短】

〇本文录自俞文豹《吹剑录》，原无题。

〇俞文豹，字文蔚，南宋括苍（今属浙江）人。

〇徽庙，宋徽宗。

还是东坡

【念楼读】 当东坡着了公服在朝堂上，总是被人骂，讨人嫌，众人巴不得快点将他排挤走；当他穿起木屐戴起斗笠下了乡，又总是受人恭维，被人吹捧，他们哪怕看上一眼也觉得高兴。其实，骂的是东坡，捧的还是东坡。

看着画中的东坡，设想自己就是悠游自在的他。别人过去骂我也好，如今捧我也好，一概不必当真，置之一笑好了。

【念楼曰】 克鲁泡特金的《互助论》是读高中时读过的，他宣传互助是生物（包括人）的本能，想以此纠正达尔文"竞争论"（物竞天择，适者生存）带来的弊病。其实竞争、互助都是生物学上客观存在的事实，蜂和蚁本群间的互助是有名的，也是成功的，但群与群间的斗争则异常剧烈，打起仗来死得满地都是。当然斗争自有其原因，或为地盘，或为食物，如果隔得天差地远，利益并不交叉，也就不得斗。

人与人之间的潜规则也是远交近攻。斯大林杀的并不是希特勒和罗斯福，而是和他同为联共政治局委员的季诺维也夫、加米涅夫。东坡"冠冕在朝"时，衮衮诸公是他的同事，自然难得容他；如今"山容野服"，相去已远，而且已经到了画里，则"争先快睹"亦是人情，何况称赞他几句，还能赚个"尊重文化、尊重人才"的美名。

题东坡笠屐图

陆树声

当其冠冕在朝，则众怒群咻，不可于时，及山容野服，则争先快睹，彼亦一东坡，此亦一东坡，观者于此，聊代东坡一哂。

【学其短】

〇 本文录自施蛰存编的《晚明二十家小品》。

〇 陆树声，号平泉，明华亭（今属上海）人。

残缺之美

【念楼读】 夏圭这幅画，笔墨洗练而气势开张，使人能够从画面之外感受到一种广阔的意境，产生美感。可是拼接处的笔墨和意境都不相连，显然有缺失，真是可惜。

看平常画的云中之龙，龙身没有不被云遮蔽着的，总有一部分肢体看不见，但龙的整个形态还是矫健生动的。只要是好画，画面虽欠完整，震撼力还是很大的。

【念楼曰】 不久前在报纸上看到，大陆馆藏的《富春山居图》残卷，台湾博物院藏有另一截，双方同意合起来办一次展览，可称盛事。其实就是合起来，这轴长卷也还是残的，因为原画被投入火中，幸而有在场的人抢救，才救出这两截。

残缺之美，亦堪欣赏。一是它本来是美的创作，虽然残缺，美仍存在。二是美的东西被破坏，受摧残，不能不在人们心中引起悲怆和同情，这种超越个人利害、完全出于人性的单纯的感情，亦即是美感。

至于徐文长文中提到的龙这个东西，不管被画得如何好，我觉得总是不大好看的。所以高明的画师需用云遮掩它，能表现一点飞腾的动感，便不错了。若是像美国唐人街上做标志的那样张牙舞爪，整个一个鳞甲森森的大蜥蜴，越是活灵活现，越使人恐怖厌恶。真不知为什么有人硬要将这只伪劣的爬虫奉为祖先，硬要将自己说成是它的“传人”。

书夏圭山水卷

徐渭

观夏圭此画，苍洁旷迥，令人舍形而悦影，但两接处墨与景俱不交，必有遗矣，惜哉！云护蛟龙，支股必间断，亦在意会而已。

【学其短】

○本文录自《徐文长文集》。

○徐渭，字文长，明山阴（今绍兴）人。

○夏圭，南宋钱塘（今杭州）人，名画家。

孤山夜月

【念楼读】 和兄弟们喝够了酒，半醉中驾着小船，从西泠摇过湖来。此时夜月初升，堤边柳树的影子，在水波上荡漾，像在镜中，又像在画中。

这印象久久地存留在心中，万历四十年（一六一二）住在湖边别墅里，它忽然又浮现在眼前，于是匆匆写出给孟阳，我自己仿佛又进入画中了。

【念楼曰】 前面几篇，或记述，或评论，或感想，写的都是别人的画，此篇写的却是自己的画。

李流芳是文人画家，钱谦益谓其画“出入元人”。其诗文尤为有名，选明人小品少他不得。此篇写自己的生活和友情，写西湖的景色和风物，全没有离开自己这幅画，真可谓文情并茂、画中有人。

孤山夜月是西湖一景（虽然“西湖八景”中没有列入），我却没有亲历过。李流芳在文中也未直写孤山，只写了夜月，写了夜月中的人，而孤山也就写入人的胸臆了。

五十岁以后多次到过西湖，印象反而不及从前足迹未至时想象中的西湖美，因为那都是从文人笔下看来的，首先是张岱、吴敬梓，然后是白居易、苏轼、“三袁”兄弟，也包括李流芳。

“甚矣，文人之笔足以移情也”，梁绍壬这句话，移用在这里，正是恰好。

题孤山夜月图

李流芳

曾与印持诸兄弟。醉后泛小艇。从西泠而归。时月初上。新堤柳枝。皆倒影湖中。空明摩荡。如镜中。复如画中。久怀此胸臆。壬子在小筑。忽为孟阳写出。真是画中矣。

【学其短】

○本文录自李流芳《檀园集》。

○李流芳，字长蘅，明嘉定（今属上海）人。

○孟阳，姓程，名嘉燧，李流芳的画友和诗友。

记事文十三篇

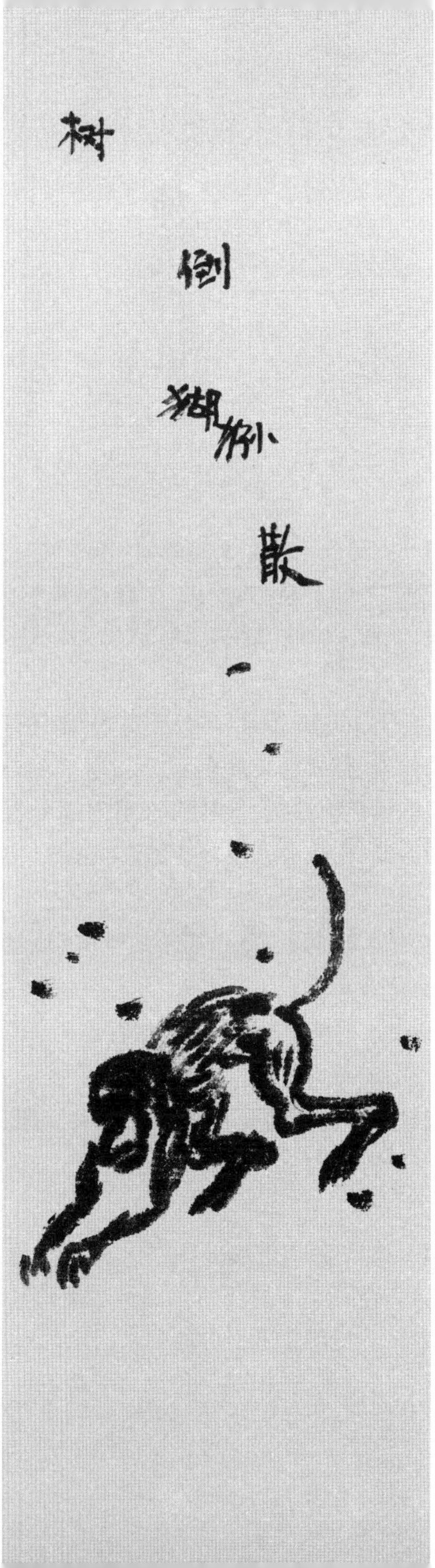

种仇得仇

【念楼读】 齐懿公还是公子的时候，和邴歜的父亲争田地，没有争得赢，恨恨不已。等到他当了国君，邴歜的父亲已经死去，他仍不解恨，竟命人将坟墓掘开，斫掉死人一只脚，并且叫邴歜给自己做仆役。

他是一个十足的昏君，不仅滥施刑罚，还荒唐渔色。庸织的妻子长得好看，他就抢来放在后宫，又要庸织给自己赶马车。

当他到申池去游玩时，邴歜、庸织二人也跟去了。休息时二人到池中洗澡，邴歜故意拿鞭子敲庸织的头。庸织生气了，邴歜便对庸织道：

“别人抢走你的妻子，你都不敢生气，敲敲脑壳又有什么关系呢？”

“这比父亲的脚被砍，仍然忍气吞声的人如何？”庸织反问邴歜道。

原来二人都把齐懿公种下的深仇大恨埋在心里，彼此一挑明，便再也压制不住了。于是二人杀了懿公，将尸体藏在竹林中。

【念楼曰】 种瓜得瓜，种豆得豆，种下仇恨应得的回报便是仇恨。延安有首歌唱得好，“谁种下仇恨他自己遭殃”，齐懿公正是如此，用人不当，只不过加速了报应的到来而已。看来有权有势的人，最好还是少结点仇，曾国藩不是说，“有势不可使尽”吗？

懿公之死

刘向

齐懿公之为公子也.与邴歜之父争田.不胜.及即位.乃掘而刖之.而使歜为仆.夺庸织之妻.而使织为参乘.公游于申池.二人浴于池.歜以鞭抶织.织怒.歜曰.人夺女妻而不敢怒.一抶女庸何伤.织曰.孰与刖其父而不病奚若.乃谋杀公.纳之竹中.

【学其短】

○本文录自刘向《说苑》卷六。

○刘向，西汉沛（今属江苏）人。

○齐懿公，前六一二年至前六〇九年间齐国的国君。

○邴歜，人名，音丙触。

○女，通『汝』。

圀和圀

【念楼读】 武则天做了皇帝，改了国号改年号，还要改革文字。她又迷信吉凶祸福之说，说好说坏都信，越信越要改。

幽州有个叫寻如意的人奏称："'国（國）'字中间一个'或'字，大不吉利，好像暗示新国家或者会出事。不如将'或'字换成'武'字，改'國'为'圀'，一看便知是武姓的国家。"则天大喜，下令照改。

刚刚改成"圀"，又有人奏称："'武'字放在口中，就像在坐牢，太不吉利了。"则天大惊，忙下令将"圀"再改为"圀"，意思是八方全都归于一统。

也许真是说好不灵说坏灵，后来唐中宗复辟，武则天果然被囚禁在上阳宫，一直到死。

【念楼曰】 汉字本不是随意造出来的，每个字都有它的形、音、义。"國"字从口从口从戈，代表土地、人民、武装，乃是立国三要素，一望而知。改"圀"改"圀"，岂非多事。统治者害妄想症小民不会着急，只苦了读书写字的人。

后来的天王洪秀全，将口里的"或"改成"王"。人民当家做主后，不便称王，又在"王"旁加一点成了国。"玉"比"或"少三笔，算是简化。其实打字无须一笔一画打，印字也无须一笔一画印，只简化了手写的工夫。原来何不学英文日文那样，规范出一套简化的手写体就行了，难道写得出 and 还认不得 AND 么？

则天改字

张鷟

天授中。则天好改新字。又多忌讳。有幽州人寻如意上封云。國字中或。或乱天象。请囗中安武以镇之。则天大喜。下制即依。月馀。有上封者云。武退在囗中。与囚字无异。不祥之甚。则天愕然。遽追制改令中为八方字。后孝和即位。果幽则天于上阳宫。

【学其短】

○本文录自张鷟《朝野佥载》卷一。

○张鷟，唐深州陆泽（今河北深州）人。

○则天，姓武名曌，唐高宗之后，后自立为帝，国号周。

○天授，武则天称帝后所改的年号。

○孝和，唐中宗。

以饼拭手

【念楼读】 宇文士及入唐后，太宗李世民有次大宴群臣，叫他分割熟肉。宇文士及一面割肉，一面拿摆在案上的薄饼擦手上的油。

太宗素性节俭，对此不以为然，几次用眼盯他。宇文士及发觉了，却装作没有发觉似的，继续擦，直到将手擦干净，然后将擦手的饼卷起来纳入口中吃掉，便没事了。

【念楼曰】 此则叙事小文，通过从“以饼拭手”到“以饼纳口”，这些看似自然平常，实在设计精巧的小动作，将宇文士及这个人察言观色随机应变的本领，刻画得淋漓尽致。

宇文士及原姓破野头，是鲜卑人，其父宇文述为北周重臣。隋朝统一天下后，士及当上了隋炀帝的驸马爷。士及的哥哥化及弑帝自立，封士及为蜀王。李渊父子起兵，士及“从龙”有功，又被封郢国公，拜中书令，算得上政治上的不倒翁，全亏了这一套随机应变的本领。

饼要能用来拭手，必须又软又薄，首先得有优质面粉，而厨人做饼的手艺尤其要好。唐初距今一千三百多年，当时已有如此精美的面食，研究烹饪史的人大可注意。

除了食物之外，用餐分食的制度，也是饮食文化史应当注意的。皇室盛宴，令大臣分割熟肉，可见当时实行的还是分餐制，不是许多双筷子在一个海碗里捞。

宇文士及割肉

刘悚

太宗使宇文士及割肉，以饼拭手，帝屡目焉，士及佯为不悟，更徐拭而便啖之。

【学其短】

○本文录自刘悚《隋唐嘉话》上，原无题。

○刘悚，唐彭城（今徐州）人，著名史学家刘知幾之子。

○宇文士及，隋炀帝女婿，后入唐为臣。

人不如文

【念楼读】 吴均是南北朝时著名的文人,《吴朝请集》中写战争军旅的篇什,总是豪壮之气十足,如:

男儿不惜死,破胆与君尝。

还有:

不能通瀚海,无面见三齐。

但是当侯景叛军渡江来,将梁武帝围困在台城时,问吴均有何应敌之策,他却只讲了一句:

"我看只有赶快投降才是办法。"

【念楼曰】常说"文如其人",吴均写诗"慷慨",临敌"忙惧",却是人不如文,可笑亦复可怜。

但转念一想,吴均本来只是个要笔杆子的人,皇帝被围,满朝文武,束手无策,却问他"外御之计","不知所答"也是难怪。

金庸笔下的东邪西毒武功那么高强,金庸却说他自己根本不会武术,劳伦斯写得出查泰莱夫人关不住的春色春光,他也并没有和伯爵夫人上过床,"人"和"文"本来未见得是一回事。

我们可以同意"人归人,文归文",但写(说)一套做一套毕竟是不好的。"副统帅"对客挥毫写"四个伟大",关起门来搞"五七一工程"无论矣,就是习水县一小小司法所干部,刚整完流氓分子的材料,马上就"亲自"去嫖宿幼女,其不可恕的程度也大大超过了吴均。

降为上计

刘悚

齐吴均为文多慷慨军旅之意。梁武帝被围台城。朝廷问均外御之计。怆惧不知所答。但云。愚意愿速降为上。

【学其短】

○本文录自《说郛》三八。
○刘悚，见上页注。
○吴均，见页一〇七注。
○梁武帝，姓萧名衍，五〇二年建梁称帝，五四九年被侯景困于台城饿死。
○台城，在玄武湖侧，南朝宋齐梁陈四代的宫城。

豺咬杀鱼

【念楼读】 武则天信佛，曾经很严厉地禁止杀生。官员们不能吃鱼吃肉，尽吃蔬菜，都吃得厌烦了。

御史大夫娄师德到陕西视察，吃饭的时候，厨子给他端上来一盆烧羊肉。娄问："朝廷正在禁屠，怎么会有这个啊？"

厨子答："是豺狗咬死的羊。"

"真懂事的豺狗子啊！"娄高兴地说，便将羊肉吃了。

接着厨子又送上来一盆溜鱼片。娄又问怎么会有鱼，厨子又答："是豺狗咬死的鱼。"

"蠢东西，咬死鱼的该是水獭啊！"娄骂道。厨子忙改口说，是水獭咬死的鱼。

骂归骂，结果娄师德还是奖赏了这个给他烧羊肉和溜鱼片的厨子。

【念楼曰】 这真是一篇十分精彩的叙事文。厨子不缺乏伺候老爷的经验，但毕竟是个粗人，难免有"智短"的时候。娄师德为御史大夫，等于副宰相，即使装模作样，表面上也得维护朝廷的禁令。"是豺狗咬死的羊"，"真懂事的豺狗子啊"，是无可奈何的矫饰，也是天然绝妙的诙谐。至于"豺狗咬死的鱼"和大骂蠢东西，则简直无以名之，只能称为无上妙品的黑色幽默。

娄师德

李昉

则天禁屠杀颇切，吏人弊于蔬菜。师德为御史大夫，因使至于陕，厨人进肉。师德曰：敕禁屠杀，何为有此？厨人曰：豺咬杀羊。师德曰：大解事豺。乃食之。又进鲙。复问何为有此？厨人复曰：豺咬杀鱼。师德因大叱之：智短汉，何不道是獭？厨人即云是獭。师德亦为荐之。

【学其短】

○ 本文录自《太平广记》卷四九三，原无题。

○ 李昉，北宋深州饶阳（今属河北）人。

○ 娄师德，唐贞观进士，武后时参知政事。

有脾气

【念楼读】 杨亿任翰林学士时，有次奉诏起草致契丹的国书，稿中写了一句“邻壤交欢”。呈请皇帝裁示时，真宗皇帝因为心里对契丹有气，便在“壤”字旁边批了“朽壤，鼠壤，粪壤”六个字。杨亿见到，便将“邻壤”改成了“邻境”。

第二天上朝，杨亿便提交辞呈，而且态度十分坚决，说：“唐朝有规定，翰林学士为朝廷起草文字，如果有地方需要改动，即属于不称职，是应该罢免的。”

真宗皇帝拿他没办法，只好对宰相说：“杨亿的文章不让改，硬是没得一点商量，这个人真有脾气。”

【念楼曰】 如今的文学史上，恐怕未必提到杨亿，就是提到，给他的评价亦未必高。但在宋真宗时，他却是首席御用文人，即便如此，他也还是“有脾气”的，也就是还能保持自己的独立性和人格。

北宋国力不强，常吃契丹的亏。真宗皇帝有气无处出，只好在草稿上贬之为“朽”为“鼠”为“粪”，其实这和阿Q躲着骂“秃儿”骂“驴”一样，是绝对不敢写上国书的；何况杨亿用的“邻壤”一词，并无过分恭维之意，改为“邻境”，仍是半斤八两。这样乱改，难怪杨亿要甩纱帽。

学士草文　欧阳修

杨大年为学士时。草答契丹书云。邻壤交欢。进草既入。真宗自注其侧云。朽壤鼠壤粪壤。大年遽改为邻境。明旦引唐故事。学士作文书有所改为不称职。当罢。因亟求解职。真宗语宰相曰。杨亿不通商量。真有气性。

【学其短】

○本文录自欧阳修《归田录》卷一，原无题。

○欧阳修，见页七注。

○杨大年，名亿，宋建州浦城（今属福建）人。

献赋

【念楼读】 赵匡胤定都开封，重新装修了丹凤门（就是后来的宣德门）。刚一完工，留用的翰林学士梁周翰，便忙不迭地献上一篇《丹凤门赋》。

“干吗呢，写上这一大篇？”赵匡胤问身边的人。

“梁某是读书人，做文字工作的；歌颂国家的新建设、新气象，是他的职责啊。”

“不就是盖个门楼吗，还值得这样吹捧？这帮酸文人也太会拍马屁了。”赵匡胤满脸瞧不起的神气，将赋往地上一丢。

【念楼曰】 御用文人及时献赋，歌颂国家的新建设、新气象，乃是他的本分，本该受到奖赏。若在乾隆一类讲求“文治”的皇帝陛下那里，献得不及时只怕还要受斥责，即使不开除，也会影响得大奖拿津贴。可是这次偏偏碰上了刚刚由“点检”做天子的赵匡胤，还不习惯这一套。拍马屁拍到了马腿上，龙马尥起蹶子来，挨的这一下可不轻。

“荃不察余之中情兮……”屈大夫的牢骚，想必会在挨了踢的翰林学士心中引起共鸣。

铺天盖地的歌颂文章使眼睛看胀了的人，却肯定会为太祖皇帝这一次的英明而高兴，喊几声万岁也有可能是真心的了。

丹凤门

龚鼎臣

艺祖时新丹凤门．梁周翰献丹凤门赋．帝问左右．何也．对曰．周翰儒臣．在文字职．国家有所兴建．即为歌颂．帝曰．人家盖一个门楼．措大家又献言语．即掷于地．即今宣德门也．

【学其短】

○本文录自龚鼎臣《东原录》，原无题。

○龚鼎臣，号东原，北宋须城（今山东东平）人。

○艺祖，即宋太祖赵匡胤。

○梁周翰，五代后周进士，入宋后为翰林学士。

树倒猢狲散

【念楼读】 曹咏投靠秦桧，成为秦的亲信，当上了副部长，有权有势，巴结他的人很多。他的妻兄厉德斯，却非但不来趋炎附势，反而因此和他疏远了。曹咏以为这样没有面子，便想着法子要让厉德斯也来捧场，软的硬的办法都用尽了，厉德斯就是不买账。

后来秦桧一死，秦党立刻失势，土崩瓦解，到曹咏府上来的人也绝迹了。这时厉德斯才叫人给曹咏送来个大信封，拆开一看，原来是一篇《树倒猢狲散赋》。

【念楼曰】 猢狲靠树吃树，对树的攀缘依附，乃是它们的天性。但这是以树根基牢固、枝繁叶茂、果实累累为前提的，只有这样，树才能给猢狲提供吃喝玩乐往上爬的条件。如果大树一倒，对于猢狲便失去了利用的价值，猢狲们自然要另谋高就，再去攀缘依附别的大树，其“散”也就是必然的了。

猢狲虽属灵长科，毕竟是畜生。其来爬也好，散去也好，均不能以人的道德求之。而人则不同，通常人情冷暖，世态炎凉，人们的同情总倾向于被冷被凉的这一方面，对势利小人则予以鄙视。这个故事却颇为特殊，被讥笑的最后只剩下一个曹咏。

稍觉难解的是，暴发了的老妹郎，起初何以“百般威胁”大舅子，硬要他来捧场？难道树一大便非得要猢狲来爬么？

不依附

庞元英

宋曹咏依附秦桧，官至侍郎，显赫一时。依附者甚众，独其妻兄厉德斯不以为然。咏百般威胁，德斯独不屈。及秦桧死，德斯遣人致书于曹咏，启封，乃树倒猢狲散赋一篇。

【学其短】

○ 本文录自庞元英《谈薮》，原无题。

○ 庞元英，北宋时单州成武（今属山东）人。

巧安排

【念楼读】 宋真宗大中祥符年间，皇宫发生火灾，灾后重建，需要取土。主管工程的丁谓决定挖掘皇宫周围的大道，挖出土来供施工之用，这样取土的距离就近了。

原来的道路挖成了很宽很深的沟，引入汴河的水，便成了运输的水道，建筑需用的竹木可扎成排筏，砖瓦石料则可用船载运，从城外一直运到工地，进行施工。

重建完成，大量的建筑垃圾需要处理，将其填塞在沟内，水沟又恢复成了宽阔的道路。

丁谓一个点子，办好了三件大事，节省了上亿的工程费用，还缩短了工期。

【念楼曰】 《梦溪笔谈》中，确实有不少科学技术史的材料，这一条便是管理科学和运筹学实际运用的好例。

丁谓这个人，在历史上的名声并不好，因为他是寇准的对头；寇准为贤相，他就是奸臣了。《宋史》说“世皆指为奸邪”，但也承认他“机敏有智谋，憸狡过人”，“憸狡”自然是贬义词，但智商高总是事实，不然又怎能“一举三役”，让沈括佩服呢？

《宋史》还说丁谓“文字累数千百言，一览辄诵”，“尤喜为诗，至于图画、博弈、音律，无不洞晓”，可惜这些没能够保存下来，这大概是做奸臣该付出的代价。

一举三役　沈括

祥符中.禁内火.时丁晋公主营复宫室.患取土远.公乃令凿通衢取土.不日皆成巨堑.乃决汴水入堑中.引诸道竹木排筏及船运杂料.尽自堑中入至宫门.事毕.却以斥弃瓦砾灰壤.实于堑中.复为通衢.一举而三役济.计省费以亿万计.

【学其短】

○本文录自沈括《梦溪笔谈》『补笔谈卷二』，原无题。

○沈括，字存中，北宋钱塘（今杭州）人。

○丁晋公，名谓，宋真宗时为相，封晋国公。

父与子

【念楼读】 曹璨是北宋开国功臣曹彬的儿子。后来他也做了大官，此时其父曹彬已经去世，但母亲还在。

老太太有天走进家中的库房，见到一大堆的钱，总数有好几千贯。她便将曹璨叫来，指着这些钱教训道："你父亲在朝中官做到太师兼侍中，封了国公，在外面带兵打仗，又贵为元帅，却从没为家里弄来这么多钱。看起来，和父亲比，你还差得远。"

【念楼曰】 这里说的是儿子不如老子的品德好。《国老谈苑》多记北宋"国老"事迹，曹家三代都可称国老，都做大官。都说高干子弟喜欢钱，但曹彬也是高干子弟，他老子曹芸在前朝也做过节度使，他自己归宋后却一直谦恭谨慎，坚持操守。宋初灭后蜀，下南唐，平北汉，他都是主帅。打了胜仗，部下将官多有子女玉帛，他则一毫不取，"橐中惟图书衣衾而已"。

曹璨却不能同他父亲一样廉洁，虽然比起家财万贯的大贪官来，几千贯还不算太多。后来曹璨的政声也不太坏，恐怕多亏了老太太的教训监督，还是曹彬的遗泽。

如今有些"第二代"和"第三代"，比曹璨更贪，外快一次即是几亿十几亿，远不止"数千缗"。人们的价值观念也变了，能登富豪榜才是真成功，在捞钱的能力上，比起他们来，真正"不及远矣"的该是老一辈了。

曹彬曹璨

王君玉

曹璨，彬之子也，为节度使，其母一日阅宅库，见积钱数千缗，召璨指而示曰：先侍中履历中外，未尝有此积聚，可知汝不及父远矣。

【学其短】

◯本文录自王君玉《国老谈苑》，原无题。

◯王君玉，宋人，《宋史》称其夷门君玉。

◯曹彬、曹璨，父子均为北宋大臣。

须读书人

【念楼读】 宋太祖赵匡胤的年号，最初称“建隆”，后来改称“乾德”。

乾德三年（九六五）春，宋兵攻入成都，灭了后蜀。蜀宫女有的被送入宋宫，其随带的铜镜上有“乾德四年铸”字样。赵匡胤很是诧异：今年才是乾德三年，怎么提前出现乾德四年了呢？于是他便去问陶、窦二位翰林学士。二位学士答道：“四十六年前，前蜀少主王衍也曾用‘乾德’做年号，这铜镜一定是那时铸的。”

赵匡胤大为佩服，说：“看来宰相还是要用读书人。”从此开始重视文臣。

【念楼曰】 赵匡胤在戏台上是条红脸大汉，本来出身“骁勇善骑射”的人家，完全是靠打仗的功劳，才当上后周朝的“点检”（司令官），接着就“点检做天子”了。他自己不是文人，却知道管理国务的宰相还是要用读书人，这就十分难得。

如果不用读书人，便只能用跟自己一路打仗打出来的“老干部”，这些人没文化，少知识，不仅不知历朝列国的年号，更不知管理经济和文教。这方面可以举出一个我亲见亲闻的例子：一九五一年我去某国营大矿采访，听党委书记做报告总结年度生产工作，每项数字最后三位都是“010”，好生疑惑，将报告文本拿来一看，才知道他将“%”都念成“010”了。

乾德铜镜

李心传

乾德三年春平蜀．蜀宫人有入掖庭者．太祖览其镜背云．乾德四年铸．上大惊．以问陶窦二内相．二人曰．蜀少主尝有此号．镜必蜀中所铸．上曰．作宰相须是读书人．自是大重儒臣．

【学其短】

○本文录自李心传《旧闻证误》卷一，原无题。

○李心传，字微之，宋井研（今属四川）人。

○陶窦二内相，应是陶穀、窦仪两位翰林学士。

勿与钥匙

【念楼读】 北周常遭突厥入侵。有次定州城被围，和后方隔断了好几十里，快要守不住了。州里的行政首长孙彦高，慌忙躲进家中收藏物件的木柜子，叫仆人将柜子锁上，交代道：

“死死地抓着这片钥匙，突厥兵问你要，千万不能给他们啊。”

【念楼曰】 这一则简直是一个笑话，像是《笑林》和《百喻经》里的东西，但此文言之凿凿，有名有姓，想必是真的。就是不知道城破以后，突厥兵到底打开这个柜子没有？初读此文时我这样想。

继续翻看下去，在《说郛》里又发现了写孙彦高的一条，说他在突厥围城时，先是“却锁宅门，不敢诣厅事，文案须征发者，于小窗内接入”。城破以后，他“乃谓奴曰，牢关门户，莫与钥匙”。而结果则是，“俄而陷没，刺史之宅先歼焉”。

《说郛》这两节，都说明辑自张鷟《朝野佥载》。但《朝野佥载》在“慎勿与”句下还有以下文字：

> 昔有愚人入京选，皮袋被贼盗去，其人曰：“贼偷我袋，将终不得我物用。”或问其故，答曰：“钥匙尚在我衣带上，彼将何物开之？”此孙彦高之流也。

不管是锁柜子还是锁宅门，孙彦高认为最要紧的都是钥匙，必须死死抓住，林彪云“悠悠万事，唯此为大”者是矣。

刺史避贼

陶宗仪

周定州刺史孙彦高，被突厥围城数十里，彦高乃入柜中藏，令奴曰：牢掌钥匙，贼来索，慎勿与。

【学其短】

○本文录自陶宗仪纂《说郛》卷二引《朝野佥载》，原无题。

○陶宗仪，字九成，号南村，元黄岩（今属浙江）人。

一览皆小

【念楼读】 清圣祖康熙皇帝登泰山，要题匾。原来想用“孔子登泰山而小天下”的典故，题“而小天下”四个字。不料提笔一挥，将“而”字的一横写得太低，无法再写下去了。

陪侍在一旁的高士奇，见到康熙皇帝不再动笔，呆呆地站在那里，心知肚明，立刻凑近去低声问道：“陛下是想写‘一览皆小’四个字么？”

康熙一听，豁然开朗，立刻高高兴兴地题写了这块匾额——“一览皆小”。

【念楼曰】 高士奇既无背景，又无功名，一肩行李入京，居然成为皇帝的宠臣，参与机要，直到可以和宰相明珠争权夺利的地步，当然有他过人的本事。看了这则叙事，对他的本事应该有所了解，那真不是旁人轻易学得来的。

这则叙事，竟似文坛佳话，故事性强，人物动作鲜明。但深入一层看，最高统治者信手挥毫，本领不济；文学侍从先意承志，及时捉刀，却更有意思。

那时君王“无屎不黄金”，“放屁”也成文；文臣“时刻准备着”，准备给君王擦屁股。擦得好的如高士奇，便可以安富尊荣一辈子。

书匾额

易宗夔

高澹人随圣祖登泰山。圣祖欲书匾额。已拟定而小天下四字。提笔一挥。将而字一画写太低。以下难再着笔。帝甚踌躇。高曰。陛下非欲书一览皆小四字耶。帝欣然一挥而就。

【学其短】

○本文录自易宗夔《新世说·捷悟》，原无题。

○易宗夔，民国湖南湘潭人。

○高澹人，名士奇，清钱塘（今杭州）人。

记人物十三篇

吸脓疮

【念楼读】 吴起在魏国当大将，统率军队去攻打中山国。有一名军士生了毒疮，吴起便去殷勤照料，用嘴去吸他疮口里的脓。那军士的母亲知道了，便伤心地哭了起来。旁边的人问她道：

“将军对你的儿子这样好，你为什么还要哭呢？”

“上次泾水之战，战前孩子他爸也生了毒疮，吴将军也替他吸了脓。战事一打起来，他爸就一步不停地往前冲，很快就战死了。这回吴将军又替我儿子吸了脓，这孩子还不是死定了么？”

【念楼曰】 想用不多的笔墨刻画人物，必须抓住他最突出、最引人注意的特点，例如吴起的吮疽——吸脓疮。

用嘴为人吸脓，从溃烂的疮口中吸脓，那气味，那感觉，想必是很难很难接受的吧。只听说过有母亲施之于婴孩的，而且是濒死的婴孩，舍此再无别法，但结果仍未能挽救其生命。若施之于旁人，就只有我佛如来的大慈大悲、耶稣基督的博爱万民，才能如此。而我们的吴起却这样做了。

古之名将，首推“孙吴”，这“吴”便是吴起。吴起杀妻求将，又曾杀“乡党笑之”者三十余人，以“猜忍”著名。猜忍之人，却能使士兵为他“战不旋踵而死”，其办法便是为士兵吸脓。吸了一个又吸一个，吸得个个都愿为他而死。一将功成万骨枯，万骨枯了，他就“功成”，成了名将。

吴起为魏将

刘向

吴起为魏将攻中山.军人有病疽者.吴子自吮其脓.其母泣之.旁人曰.将军于而子如是.尚何为泣.对曰.吴子吮此子父之创.而杀之于泾水之战.战不旋踵而死.今又吮之.安知是子何战而死.是以哭之矣.

【学其短】

○本文录自刘向《说苑》卷六。

○刘向，见页一四五注。

○中山，春秋战国时国名，位于今河北定州、平山一带。

高下自见

【念楼读】 东晋名人祖约和阮孚，一个好积存钱币，一个爱料理木屐，都耗费了不少的时间和精力。这本来只是他两个人的事情，别人不会管，更不会去评论谁高谁下。

直到有次人们去看祖约，他正在数钱，听说客来，慌忙收拾。来不及收进去的两只小竹箱，他只好用身子遮着，在客人面前左偏右挡，显得很不自然。

又有人去看阮孚，他正在给木屐上蜡，却仍然从从容容地吹着火，一面还发着感慨："人生一世，真不知能穿得几双木屐啊！"

从此在人们心目中，他俩便分出了高下。

【念楼曰】 生年不满百，本穿不了几双木屐。后人诗如"山川几两屐"、"岁华正似阮孚屐"，对此都深有感触。盖人生多艰，能够欣赏一点自觉美好的事物，暂时忘却尘世的烦忧，便是生活艺术的高境界，亦易得到理解和同情。

有点爱收藏之类的癖好，为累亦不多。若不是想在公众面前装出不玩物丧志的模样，又何必把本可大大方方做的事情，搞成一副见不得人的样子。祖约的表现，确实只能"落败"。

木屐现在东洋人还在穿，西洋荷兰的木鞋亦仿佛近之。湖南过去也有"湘潭木屐益阳伞，桃花江的妹子过得拣（读如赶）"的谚语，今则此物作为国粹似已完全消失矣。

祖阮得失

裴启

祖士少好财。阮遥集好屐。并常自经营。同是一累。而未判其得失。人有诣祖。见料视财物。客至屏当未尽。馀两小簏。以置背后。倾身障之。意未能平。或有诣阮。正见自吹火蜡屐。因叹曰。未知一生当着几两屐。神色闲畅。于是胜负始分也。

【学其短】

○本文录自裴启《语林》辑本，原无题。

○裴启，字荣期，东晋初河东闻喜（今属山西）人。

○祖士少，名约，东晋人，为祖逖之弟，继兄为刺史，后叛奔后赵，被杀。

○阮遥集，名孚，东晋人，为阮籍侄孙。

牛头马面

【念楼读】 武则天建立“大周”，厉行镇压，重用刑部侍郎周兴，提拔其为尚书左丞。周兴大搞刑讯逼供，务求置人于死地，杀了好几千人。审讯时犯人受不了各种酷刑，喊冤枉喊得惊天动地，当时人们都将他比作阴曹地府的牛头马面。周兴为了反击舆论，公然在办公楼前贴出一张公告：

“犯人被审问时，没有一个不喊冤枉的；砍掉脑壳以后，就没一个再喊冤枉了。”

【念楼曰】 在武则天任用的酷吏中，来俊臣出身市井无赖，索元礼是“胡人”，侯思止“贫懒不治业，为渤海高元礼奴”，只有周兴“少习法律”，算是被“结合”的老政法干部。所以尽管周兴努力学做牛头马面，大张旗鼓地砍脑壳，大张旗鼓地宣传，还是当不上一把手。结果他被交付来俊臣审查，被“请君入瓮”了。

周兴在贴出他精心撰写的公告时，肯定是满腹豪情、满脸喜色的，因为这是在为“大周革命”镇压反革命，砍脑壳自然越多越好，越多越有功，何况自己还会写四言诗做宣传，肯定会受上赏。殊不知“大周皇帝”要的只是巩固武氏政权，李唐旧臣自须多杀，错杀乱杀亦无妨；但“好皇帝”的名声还是要的，牛头马面的恶名只能由周兴来背，必要时还得杀掉他“以平民愤”。

周兴残忍

张鷟

周秋官侍郎周兴，推劾残忍，法外苦楚，无所不为，时人号牛头阿婆，百姓怨谤。兴乃榜门判曰：被告之人，问皆称枉，斩决之后，咸悉无言。

【学其短】

〇本文录自张鷟《朝野佥载》卷二，原无题。

〇张鷟，见页一四七注。

〇周兴，唐长安（今西安）人。

〇周，此处指武则天建立的周朝（六九〇—七〇五年）。

〇牛头阿婆，应作牛头阿旁，指地狱中的鬼卒，喻指凶恶可怖的人。

英雄本色

【念楼读】 英国公李勣，曾经这样介绍自己的一生：

“我十二三岁便是个流氓，当了土匪。那时候糊里糊涂的，见了人就杀。

“十四五岁时，已经成了个出名的恶强盗，无论是谁，只要瞧着不顺眼，没有不被我杀掉的。

“十七八岁开始造反，学做好强盗，上阵打仗才杀人。

“二十岁当了大将，要夺天下，从此带兵作战，就是为着解放人民群众了。”

【念楼曰】 李勣原名徐世勣，字懋功，“瓦岗寨”中的徐茂公便是他，当过李世民的总司令（行军大总管）和副首相（开府仪同三司同中书门下）。有胆量承认自己流氓土匪出身的历史，是其坦白可爱处，亦英雄本色也。

他的话要言不烦，总结了“农民起义”的四个阶段：先从请人吃板刀面开始，练基本功。成了团伙，明火执仗，算是揭竿而起，势必乱杀多杀。迨火并出头，稍成气候，看到了造反的前途，才会慢慢开始讲点纪律，“学做好强盗”。等到野心升格为“大志”，想要开国平天下，那就得立大旗颁口号了。

李勣是胜利通过了四个阶段的成功者。李自成功败垂成；洪秀全连“好强盗”都算不上；义和拳请黎山老母下凡，更只能算邪教，不成气候了。

英公言

刘悚

英公尝言．我年十二三为无赖贼．逢人则杀．十四五为难当贼．有所不快者．无不杀之．十七八为好贼．上阵乃杀人．年二十便为天下大将．用兵以救人死．

【学其短】

〇本篇录自刘悚《隋唐嘉话》上卷，原无题。

〇刘悚，见页一四九注。

〇英公，即李勣，唐朝开国元勋，封英国公。

听其自然

【念楼读】 裴度任门下省侍郎时，到吏部考察官吏，对同去的给事中（官名）道："你我还不是因为机会好，才侥幸能到这样的地位；今天来考察别人，多给他们一官半职，也是应该的。"于是审核一概从宽，尽量不"卡"人。

后来他当了宰相，封晋国公，地位崇高，处事严正，但待人接物仍很随和，老来也不信邪不信气功，不忌口不吃补药，常常这样说自己：

"荤菜素菜，来啥吃啥；生老病死，听其自然。"

这几句话，很可以看出他的思想、见识和气量。

【念楼曰】 一个人的气量和器识，从他对待死的态度上，最能够看得出来。有的人临死还记恨别人，咬牙切齿地说什么"一个也不宽恕"；有的人被抬去抢救时，念念不忘的仍是自己的政治地位，高声大叫以明心迹……他们都死得太累了，当然比起死不放心小老婆谁来养、崽安排什么官的诸公来，还要好看一点。

生老病死，佛家所谓"四苦"。生来会老，会病，会死，这是秦始皇、斯大林也不能例外的。故最好的生活方式，便是学裴度这样听其自然，勿倒行逆施以促其死，亦勿服食求仙妄冀长生，"鸡猪鱼蒜"还是"逢著则吃"为好。且不说回龙汤、活蚂蚁吞起来太恶心，凌晨四五点钟起床上马路去跑也是可怜无补徒费精神也。

裴晋公

赵璘

裴晋公为门下侍郎，过吏部选人官，谓同过给事中曰：吾徒侥幸至多，此辈优与一资半级，何足问也。一皆注定，未曾限量。公不信术数，不好服食，每语人曰：鸡猪鱼蒜，逢著则吃；生老病死，时至则行。其器抱弘达皆此类。

【学其短】

○本文录自赵璘《因话录》卷二，原无题。

○赵璘，字泽章，南阳（今属河南）人，后徙平原（今属山东）。

○裴晋公，裴度，唐闻喜（今属山西）人，元和中为相，平吴元济，封晋国公。

靴价

【念楼读】 老一辈中熟悉五代时掌故的人，给我讲过冯道、和凝的一件事。那是他俩同在中书省当宰相的时候，和凝有回见冯道穿了双新靴，便问他道：

“您这双新靴子是多少钱买的？”

“九百。”冯道举起左脚，这样答道。

和凝是个急性子，一听就火了，回头便呵责自己的随从：“我的怎么要一千八？”骂个不停。冯道在一旁好像插不上嘴，过了一会，才向和凝举起自己的右脚，慢吞吞地说：

“这一只也是九百。”听者无不大笑。

老一辈说，五代时便是这样，连宰相都开玩笑，大小官员还会认真办事吗？

【念楼曰】 此文叙述生动，但末尾的评论却是蛇足。即使都在严肃认真地办事，上班前后同事之间偶尔开点无伤大雅的玩笑，调节一下紧张的气氛，也是有益无害的。何况在改朝换代像走马灯一样的时候，不断地表忠、紧跟都来不及，玩“黑色幽默”又不免有讥谤朝政之嫌，若是连这类小玩笑都不能开，岂不令人窒息？

标榜忠于一姓的人常苛责冯道，其实冯道在那时候还是为保护经济文化做了不少好事的，如校印“监本九经”即是其一。开开小玩笑，恐怕也是他应付时局的一种方法。

冯道和凝

欧阳修

故老能言五代时事者云．冯相道和相凝同在中书．一日．和问冯曰．公靴新买．其直几何．冯举左足示和曰．九百．和性褊急．遽回顾小吏云．吾靴何得用一千八百．因诟责久之．冯徐举其右足曰．此亦九百．于是烘堂大笑．时谓宰相如此．何以镇服百僚．

【学其短】

○本文录自欧阳修《归田录》卷一，原无题。

○欧阳修，见页七注。

○冯道、和凝，五代后晋时同为宰相。

○中书，唐、五代时的中书令就是宰相，其办事机构叫中书省，都可以简称『中书』。

胡铨

【念楼读】 胡铨主战，上书请斩秦桧，停止与金议和。金国用一千两银子的重价，买得胡铨上书的抄本。看了以后，君臣相顾失色道：

“南朝还有人呐。”

如果宋高宗当时能采纳胡铨的上书，金国利用秦桧使得南宋求和的打算便落空了。

直到孝宗即位以后，金国使臣来临安，还要问：“胡铨现在在哪里？”

怪不得张浚要说：“秦太师执政二十年，只造就了一个胡铨。”

【念楼曰】 胡铨上书请斩秦桧，是南宋反对议和的最强音。时在高宗绍兴八年（一一三八），宰臣秦桧决策主和，金使来以“诏谕江南”为名。胡铨上书激烈抨击秦桧、孙近（参知政事）、王伦（赴金专使），“愿断三人头，竿之藳街……不然，臣有赴东海而死，宁能处小朝廷求活耶”。书上，铨被“除名编管”，舆论为之不平。有人将其书传抄刊刻，“金人募之千金”。

南宋当时该不该像列宁和德国签订布列斯特和约那样同金人议和，这是历史学家研究的问题。但胡铨敢于对执政大臣的根本政策提出不同意见，公开激烈地攻击其人，倒颇有现代政治中反对派的气魄。“秦太师专柄二十年”，并没有剥夺他的言论自由，也是十分难得的。

斩桧书

罗大经

胡澹庵上书乞斩秦桧．金虏闻之．以千金求其书．三日得之．君臣失色．曰．南朝有人．盖足以破其阴遣桧归之谋也．乾道初虏使来．犹问胡铨今安在．张魏公曰．秦太师专柄二十年．只成就得一胡邦衡．

【学其短】

○本文录自罗大经《鹤林玉露》甲编卷六。

○胡澹庵，名铨，字邦衡，南宋庐陵（今江西吉安）人。

○罗大经，字景纶，南宋庐陵（今江西吉安）人。

○秦桧，字会之，南宋江宁（今南京）人。

○乾道，宋孝宗年号。

○张魏公，即张浚，南宋绵竹（今属四川）人，封魏国公。

更快活

【念楼读】　梅询在朝中当翰林学士，有天交来叫他起草的文件特别多，又特别费斟酌。他忙得头昏脑涨，搁下笔想外出走走，手里还拿着正在修改中的文稿，出房门便见一个老兵躺在那里晒太阳，正伸着懒腰。

“多快活啊！”梅询感叹道，接着便和颜悦色地问那老兵：“你认识字吗？”

“不认识字。”老兵答道。

“那就更快活了。”

【念楼曰】　翰林学士属于最高级的秀才班子，是国家元首身边的工作人员，其地位、待遇比老兵何止高出百倍。可梅询却说在阳光下伸懒腰的老兵比自己“更快活”，而且还是发自内心的感叹，并不是在镜头前装出的样子。

是快活还是不快活，在梅询看来，关键在于识字还是不识字，古人也有过“人生识字忧患始”的感慨，难道识字真是一切苦恼的根源吗？我看坏就坏在识字稍多就会要思想，尤其在用文字笔墨为统治者服务的时候，如何体会圣心紧跟旨意，怎样风来随风雨来随雨，还得在明明没有道理的事情上说出个道理来，都得挖空心思用尽脑力，又如何快活得起来呢？当然只能够羡慕老兵在太阳底下伸懒腰了。

梅询

谢肇淛

梅询为翰林学士．一日书诏颇多．属思甚苦．操觚巡阶而行．忽见一老卒卧于日中．欠伸甚适．梅忽叹曰．畅哉．徐问曰．汝识字乎．曰．不识字．梅曰．更快活也．

【学其短】

〇本文录自谢肇淛《五杂组》卷之十六，原无题。

〇谢肇淛，字在杭，明长乐（今属福建）人。

〇梅询，宋宣城（今属安徽）人。

洗马

【念楼读】 古时朝廷设有“太子洗马”一职，后世詹事府的主官也有称“洗马”的，都是相当于副部级以上的高官。

杨文懿公以吏部侍郎兼詹事府告假还乡，在路上住驿所时，自称“洗马”。所长见杨公毫无大官的派头，以为“洗马”真的只管洗马，同自己一样是个芝麻官，便问杨公：

“你负责洗马，一天要洗多少匹马？”

杨公无法回答，只好随口说道：“勤快就多洗，不勤快就少洗，没有一定的。”

此时忽说有位御史要来住，所长便叫杨公腾房。杨公说：“等大人一到我就腾。”

御史一到，见了杨公，纳头便拜。所长这才慌了神，跪求恕罪，杨公一笑置之。

【念楼曰】 据说招待所长亦须选机灵人，看来确实如此。这里有趣的是杨公的幽默感，若他跟报载的××市长一样，没给安排总统套房便破口大骂其娘，就写不出引人发笑的文章了。

人分三六九等，也以在公家接待场合最为显明。杨公原被视为小官，御史老爷来了便得腾房；后来被视为大官了，招待所长又对他磕头如捣蒜。曾见名片上印着“享受正厅级待遇”，觉得何必如此，现在想想，也许还是有必要的。

杨文懿公

张岱

杨文懿公守陈.以洗马乞假归.行次一驿.其丞不知为何官.与之抗礼.且问公曰.公职洗马.日洗几马.公曰.勤则多洗.懒则少洗.俄而报一御史至.丞乃促公让驿.公曰.此固宜.然待其至而让未晚.比御史至.则公门人也.跽而起居.丞乃蒲伏谢罪.公卒不较.

【学其短】

○本文录自张岱《快园道古》卷之一，原无题。

○张岱，字宗子，号陶庵，明末清初山阴（今绍兴）人。

○杨文懿公，名守陈，字维新，明弘治时为吏部右侍郎，后兼詹事府，卒谥文懿。

○洗马，汉代太子少傅属官有太子洗马。后世设司经局，左春坊，皆洗马领之。明代詹事府官亦称『洗马』。

又哭又笑

【念楼读】 董默庵原任左都御史（从一品），后被明珠排挤，外放到两江（江南、江西）去当总督（正二品）。都察院有位御史，听说长官要调，特来董府问候，刚落座就放声大哭，一副难舍难分的样子。董不禁为之感动，在座的旁人，则不免觉得有些奇怪。

这位御史老爷告辞了董，立刻又赶往阿附明珠新当上相国的余国柱府上去，进门一揖后便哈哈大笑。余问他为什么乐成这样，他说："董某某已经调走，您的眼中钉拔去了呀！"

此事在京城传开，官场上的人都觉得此人太会变脸，太可怕了，结果他的官也没能做久长。

【念楼曰】 选官若只凭上司意旨，做官若只为富贵功名，下属势必成为长官的跟班。《西厢记》中书童对张生说的，"相公病了，我不敢不病呀"，此类台词便不难听到。而官场多变，又不得不随时寻觅新门路，预找新后台。某御史大哭大笑，切换迅速，胜过了川剧的变脸，比《西厢记》书童的表演更为精彩，所谓"当面输心背面笑"者非耶？只可惜观众多了些，传播开来，遂罹物议，若是关起门来单向长官一人哭或笑则妙矣。

《清史稿》说董讷"为政持大体，有惠于民"。余国柱则党附明珠，"一时称为余秦桧"。都御史职司监察，成为明珠一党的眼中钉也理所当然。

御史反覆

王士禛

平原董默庵讷，以御史大夫改江南江西总督。有某御史者造之，甫就坐，大哭不已。董为感动，举座讶之。某出，旋造大冶相余佺庐国柱，入门揖起，即大笑。余惊问之，对曰：董某去矣，拔去眼中钉也。京师传之，皆恶其反覆。未几罢官。

【学其短】

○ 本文录自王士禛《古夫于亭杂录》卷一。
○ 王士禛，见页一一九注。
○ 董默庵，即董讷，清山东平原人，康熙年间曾任两江总督。
○ 余佺庐，即余国柱，清湖广（今湖北）大冶人，康熙二十六年（一六八七）授武英殿大学士，二十七年（一六八八）革职。
○ 拔去眼中钉也，《新五代史》说赵在礼罢官，人们相庆曰『拔去眼中钉也』。

性情中人

【念楼读】 严感遇是乌程地方的人，年轻时以豪爽出名。他的行为举止，常人往往不能理解。比如说，他曾笼养过一只白鹊子，总随身带着它；后来鹊子死了，他竟哭了好几天。

严感遇老来穷困，住在偏僻山村，饿着肚子还在作诗。有一回，友人见他断了炊，送他一块银子去买米。他到市上，见到心爱的小玉器，便不买米了，将小玉器买回来摩弄不已，直到饿得倒卧在地上。

【念楼曰】 张宗子说，人无癖不可与交，以其无深情；人无疵不可与交，以其无真气。像严感遇这样的人，应该是有深情又有真气的了。

有深情，有真气，便是真正的性情中人，可惜的只是严君太穷了。本文中所写到的这两件事，养鹊鸟、玩玉器，如果发生在贾宝玉、杜少卿身上，都可以算得上是佳公子和真名士的“雅人深致”。他们不差钱，小玉器买得再多，亦不至于受饿。正因为如此，严君的名士气就显得更为真切。

古所谓书痴、石痴……今之爱收藏、集邮……如果动机全出于性情，行事不妨碍别个，亦可视之为严君一流。多几个这样的性情中人，便会少一点庸俗，少一点低级趣味，对于社会生活来说，真不是什么坏事。

严感遇

王士禛

严感遇．乌程人．少豪宕．举止与俗异．尝畜一白鹊．行止与俱．鹊死．哭之数日．老而贫．居山中穷僻处．忍饥赋诗．一日米尽．友人遗白金一饼．携之市米．遇小汉玉器．辄买以归．玩弄之．饿而僵仆．几绝．

【学其短】

○本文录自王士禛《池北偶谈》卷十一。

○王士禛，见页一一九注。

○乌程，旧县名，民国时并入吴兴，今属浙江湖州市。

不讲排场

【念楼读】 戴金溪先生名敦元，他官做得大，却生性淡泊，不喜欢繁文缛节，日常生活和交际应酬，都毫不讲究，随别人安排。他从刑部尚书任上请假回浙江，省城里抚台设宴款待。正值下雨，他找双木屐踏上，走着去赴宴。

宴会结束后，省里全体官员排着队送他，奏乐开中门，直喊戴大人的座轿跟马。这些他全没有，于是笑着摆摆手，从旁人手中要过一把雨伞，打开来，自己撑着，大踏步地出了门。

【念楼曰】 古时最讲“礼”，而讲礼必重繁文缛节，也就是讲排场，这也是“礼仪之邦”的一项“传统”。像戴敦元这样的正部级大官，能够如此不讲排场，穿着木屐打起雨伞去参加省一把手为他举行、省里主要官员全都出席的盛大宴会，实属罕见。

瞿兑之《人物风俗制度丛谈》曾录有戴氏故事，如：

> 由江西臬(台)升山西藩(台)……途次日以面饼六枚作为三餐，不解衣，不下车，五更呼夫驱而行而已……独行数千里，而车子馆人初莫知其为新任藩司者……居京师，同僚非公不得见。部事毕，归坐一室，家人为之设食饮，暮则置烛对书坐，倦而寝。

但他又决非书呆子，而是“于刑部例案最熟，无一事可以欺之，老胥滑吏见之束手”的精明能干的长官，这就更为难得了。

戴金溪

易宗夔

戴金溪生平简而寡营。凡人事居处。皆适来而适应之。自刑部尚书假归武林。大府宴之。天雨着屐往。终饮。群官拥送。鼓吹启戟门。呼公舆马。公笑。索伞自执之。扬扬出门去。

【学其短】

〇本文录自易宗夔《新世说》卷一，原无题。
〇易宗夔，见页一六九注。
〇戴金溪，名敦元，清浙江开化人。

送寿礼

【念楼读】 陆陇其在江苏任嘉定县令时，省里的抚台慕天颜做生日，州县官员争着送礼。别的人送的珍奇异物，都是用贪污舞弊的钱购买的，陆陇其却只随身带去一匹家织的布，两双家制的鞋，说：

“这不是从老百姓那里搜括来的，才敢作为礼物送上，请大人笑纳。”

慕天颜听了陆陇其的话，心里当然不高兴，更看不起这一匹布两双鞋，冷笑着辞谢不收，随后便找个借口，将陆陇其的县令官职撤掉了。

【念楼曰】 据说如今送礼之风愈来愈盛，一位镇长(这在陆陇其时代属于保正总甲之流，根本算不得官)做生(或为父母做生)，收礼金可高达十几万，摆寿席可多达百余桌，媒体常有报道。地位高于乡镇长者的，在省、市报纸上，倒反而少见。

从送礼者和受礼者的表情动作中，也看得出官场上复杂微妙的关系来。陆陇其书生本色，心里是老大不愿意给抚台大人送礼的，但“群吏争献”的风气迫使他不得不送。于是故意“出布一匹屦二双”，说几句带讽刺的话。慕天颜听得懂陆陇其话里的话，“笑却之”，很可能还会打几句冠冕堂皇的“不受礼”之类的官腔，但终于还是赏罚兑现，“以微罪劾罢”了陆陇其的官。

陆稼书

易宗夔

陆稼书令嘉定时．苏抚慕天颜生辰庆祝．群吏争献纳珍物．公独于袖中出布一匹．屦二双．曰．此非取诸民者．谨为公寿．天颜笑却之．卒以微罪劾罢其官．

【学其短】

〇本文录自易宗夔《新世说》卷三，原无题。
〇易宗夔，见页一六九注。
〇陆稼书，名陇其，清平湖（今属浙江）人。
〇慕天颜，字拱极，清静宁（今属甘肃）人。

记社会十三篇

市井无赖

【念楼读】 唐宪宗时，李夷简在成都做官。那时成都城里有个无赖叫赵高，专门打架斗殴，横行市上。他在自己背上刺满天王菩萨的像，每次犯法被捕要鞭背，执行的人不敢打天王菩萨，便不鞭打他了。赵高因此有恃无恐，成了街市上一霸，居民拿他毫无办法。

李夷简听说此事，勃然大怒，立刻下令拘捕赵高，拿来新做的三寸粗的大棒，喝令执法的人役："打天王！打到看不见天王为止。"一共打了这个无赖三十多棒。

十多天后，赵高露出背部的棒伤，重新上街头乞讨。这时他不敢再恃强逞凶了，只喊："老少爷们行行好，打发一点修补天王菩萨的功德钱！"

【念楼曰】 流氓无赖作为社会上的异类，是和城市的成长史一道发生发展起来的。历代笔记杂书中关于流氓无赖的记述，既能帮助人们了解过去各个时期的社会百态，又是研究城市史的好材料，值得重视。

成都这个姓赵的无赖，背部被打得稀烂，十多天后又上街乞讨，袒露棒伤，"叫呼乞修功德钱"。贴肉粘住天王菩萨不肯放，其"打不倒"的流氓精神，恐怕只有"文化大革命"中将毛主席像章别在胸脯上的"闯将"差堪继武，真算得是市井无赖的老前辈了。

蜀市人赵高

段成式

李夷简元和末在蜀．蜀市人赵高好斗．常入狱．满背镂毗沙门天王．吏欲杖背．见之辄止．恃此转为坊市患害．左右言于李．李大怒．擒就厅前．索新造筋棒．头径三寸．叱杖子打天王．尽则已．数三十馀不绝．经旬日．袒衣而历门叫呼．乞修理功德钱．

【学其短】

○本文录自段成式《酉阳杂俎》卷八。

○段成式，字柯古，唐临淄（今山东淄博）人。

○李夷简，唐元和时为剑南（今属四川）节度使。

○元和，唐宪宗年号（八〇六—八二〇）。

○毗沙门天王，佛教四天王之一，又名多闻天王。

○功德钱，施舍给佛事或佛教徒的钱。

乐工学画

【念楼读】 翟院深是营丘地方的一位乐工，能指挥演奏，却极爱绘画，业余学习山水画大师李成的技法（尤其是著名的“卷云皴”），很有成绩。

某一天，太守府中举行宴会，乐队在堂下演奏，由翟院深用鼓点指挥。演奏到高潮时，鼓音倏停，音乐中断，满座愕然。太守问何故停奏，翟院深答道：

“刚才天光突变，我朝空中一瞥，见有朵云匆匆飞过。那云的姿态飘逸卷舒，十分美丽。我想着怎样将它画下来，不知不觉手就停了。”

太守为之一笑，并没有责备他。

【念楼曰】 从乐队指挥来说，心想别事，手停不动，是绝无仅有的失误。但从学画一心要捕捉形象来说，又是绝无仅有的典型。翟氏随时随地不忘作画，痴迷到如此程度，已逾越正常人的界限，达到了张岱所说的“癖”或“疵”的程度，带几分病态了。

按照张岱的说法，深情则成癖，真气则成疵。这两个字属于“疾病部”（疒），外国的凡·高、中国的徐渭庶几近之，都是伟大的艺术家。普通人自然不敢高攀他们，哪怕有时也不很甘心做螺丝钉做一世。不过如果要学文艺，搞创作，“癖”与“疵”虽不必有，更不能故意去学，深情和真气却还是必要的。

营丘伶人

王辟之

翟院深。营丘伶人。师李成山水。颇得其体。一日。府宴张乐。院深击鼓为节。忽停挝仰望。鼓声不续。左右惊愕。太守召问之。对曰。适乐作次。有孤云横飞。淡伫可爱。意欲图写。凝思久之。不知鼓声之失节也。太守笑而释之。

【学其短】

○本文录自王辟之《渑水燕谈录》卷七，原无题。

○王辟之，字圣涂，北宋临淄（今属山东）人。

○营丘，古邑名。

○李成，五代宋初画家。

琴师

【念楼读】 琴师黄振技艺高超，深为南宋高宗皇帝赏识，常常被召到御前演奏，每次得赏一两黄金。可是，当黄振的儿子开始学艺时，黄振却不让他学琴。

“你的儿子没有学琴的资质么？”皇上问道。

黄振听了以后，深深叹了一口气，回答道：“要何年何月，几生几世，才能遇到万岁爷这样的知音啊！”

果然，黄振死后，他的弹奏便成为绝响了。

【念楼曰】 真正的艺术大师，从来很少将艺术传授给自己的儿子。这话也可以换一个说法：真正的艺术大师，从来很少由世袭或遗传成功，因为这百分之百要靠自己，不能靠爸爸。

黄振宁愿“绝弦”也不让儿子学琴，他回答宋高宗的几句话说得委婉，也很得体，但有可能是托词。俗话说伴君如伴虎，专制君主尤其是患有迫害症、被迫害妄想症的，对于其“身边工作人员”，爱则拔之于九天，恶则沉之于九渊，文艺侍从和政治秘书，几乎没有一个有好结果。黄振宁可不要儿子继续赚这一两黄金，未必不是出于害怕。

当然也还有另一种可能，就是黄振和鲁迅一样“知子莫若父”，知道儿子“不是吃菜的虫”，如果硬要他学琴，那就只能成为“空头琴学家”，所以打了退堂鼓。

黄振以琴被遇

叶绍翁

琴师黄震，后易名振，以琴召入，思陵悦其音，命待诏御前，日给以黄金一两，后黄教子乃以他艺，入诏以尔子不足进于琴耶，黄喟然叹曰，几年几世，又遇这一个官家，黄死，遂绝弦云。

【学其短】

○本文录自叶绍翁《四朝闻见录》乙集。

○叶绍翁，字嗣宗，南宋龙泉（今属浙江）人。

○思陵，此处指宋高宗，其死后葬于绍兴永思陵。

一连三个

【念楼读】 正德年间的三任吏部尚书，张彩因“刘瑾一党”被处死，陆完因“宸濠一党”、王琼因“奸党乱政”先被判死刑后被改充军，都没有好结果。

王琼获罪，石宝接任吏部尚书时，社会上有人写下了这样一张匿名帖子：

莫做莫做，莫贺莫贺；十五年间，一连三个。

将它贴在吏部衙门的大门口。

【念楼曰】 政治不清明，言论不自由，匿名帖子、顺口溜、无头信息这类东西便会多多出现（如今大约多半转移到了互联网上吧）。我感兴趣的是，上面这张帖子到底是谁贴到吏部衙门大门口去的？

谁贴的呢？跟石宝争尚书位子没争到的人，吏部衙门里不欢迎他的人，自然都有可能，但我想最可能的恐怕还是爱管点闲事、想出口鸟气的小小老百姓，而正在读书准备应考的士子们多半不敢。

本来嘛，在个人独裁的专制体制下，就是做到了六部之首的“大冢宰”，也还是要看“一人”的脸色充当小媳妇，不幸卷入了政争，不仅随时可“下”，而且可被杀或充军，“一连三个”只怕还不止。而官瘾大的却总是不怕充军不怕死，还是一个一个争着来做这个尚书。老百姓看不下去了，于是来这么一下，可谓之民间讽刺，亦可谓黑色幽默。

莫贺莫贺　　郑晓

正德中．吏部三尚书．张彩坐瑾党死．陆完坐宸濠党．王晋溪坐奸党乱政．皆论死．减谪戍．石文隐公代晋溪．有匿名书帖吏部门云．莫做莫做．莫贺莫贺．十五年间．一连三个．

【学其短】

〇本文录自郑晓《今言》卷之二，原无题。
〇郑晓，字窒甫，明海盐人。
〇正德，明武宗年号（一五〇六——一五二一）。
〇张彩，明安定（今属陕西）人，瘐死狱中，仍弃市。
〇陆完，明长洲（今苏州）人，后谪戍靖海卫。
〇王晋溪，名琼，字德华，明太原人。
〇石文隐公，名宝，字邦彦，明藁城（今属山西）人。

边唱边摘

【念楼读】 龙眼树的木质脆，枝条容易断。龙眼熟了，果农得雇有经验的工人上树采摘。因为怕工人在树上吃得太多，便立下一条规矩：上树后必须不停地唱歌，不唱的便不给工钱。

每当采龙眼的时候，处处园中枝繁叶茂的果树上，都有工人在边唱边摘果。歌声高的高，低的低，汇成一部大合唱。远处听来，觉得十分悦耳。

这是龙眼熟时的一景，当地人把它叫作"唱龙眼"。

【念楼曰】 龙眼现在还是南方的主要水果之一，但"唱龙眼"的风俗却似乎不再有人提起。

老百姓生产、生活中习以为常的事情，不大会有人来记录它。过了几十年几百年，人们生产生活的方式变了，用具、建筑之类的"硬件"还可能部分地遗存下来，成为考古研究的对象，风俗习惯这类"软件"便消失得无影无踪了。"唱龙眼"若非河南人周亮工到了福建，乍见以为新鲜，也不会写到书里。

五十多年前办报纸，主张刊登一点记录平凡事物的小文，被批为"妄图转移宣传的大方向"。如今大帽子虽少了，但举目仍然还是"大道理"居多，"学术名词"也越来越看不懂了。

唱龙眼

周亮工

龙眼枝甚柔脆．熟时赁惯手登采．恐其恣啖．与约曰．唱勿辍．辍则勿给值．树叶扶疏．人坐绿阴中．高低断续．喁喁弗已．远听之．颇足娱耳．土人谓之唱龙眼．

【学其短】

○本文录自周亮工《闽小纪》卷一。

○周亮工，号栎园，明清之际河南祥符（今开封）人。

咬屁股

【念楼读】 有个车夫推一辆载重的车上坡，正当他用尽全身气力往上推的时候，一匹狼觑准了这个机会，跑来咬他的屁股。

车夫被咬，十分疼痛，却无法抵御，更无法躲避，因为如果一松手，载重的车辆往后翻，车后的人必然性命难保。

等到车子推上坡，狼已经从车夫的屁股上咬下一块血淋淋的肉，远远地跑开了。

此事说来好笑，却可见狼的狡猾。

【念楼曰】 常说狗咬人不是新闻，人咬狗才是新闻。狼咬人比狗咬人罕见，亦具新闻价值；若以此刁钻新奇的法子来咬人，更是特别的新闻。看来，即使事情不是发生在此时此刻，只要原来闻所未闻，对于“新”听到的人来说，也就是新闻。

所以说，蒲松龄在豆棚瓜架下摆出茶烟，请过路人坐下来讲的既是故事，也是新闻。他实在是采访的老手，而叙事简洁，不添加教训，尤为可取。

古来讲动物故事讲得好的，常常给故事加上道德的教训，最为我所讨厌。其实故事的价值就只是好玩，如法国的《列那狐的故事》，可以给儿童也可以给成人带来快乐，这就足够了。新闻未必都有故事性，只有满足人们求知欲的功能；何必见到吐出舌头夹着尾巴的，便硬要给贴上什么“野心狼”之类的标签耶。

车夫

蒲松龄

有车夫载重登坡。方极力时。一狼来啮其臀。欲释手。则货敝身压。忍痛推之。既上。则狼已龁片肉而去。乘其不能为力之际。窃尝一脔。亦黠而可笑也。

【学其短】

◯ 本文录自蒲松龄《聊斋志异》卷十二。

◯ 蒲松龄，字留仙，清淄川（今山东淄博市淄川区）人。

太行山

【念楼读】 甲乙二人同去游太行山，见到山名碑。甲道："碑上明明是大行（形），怎么却叫太行（杭）？"乙道："本来是太行（杭），如何能叫大行（形）？"

二人争执不下，去问一位老人，老人说甲对。甲走开以后，乙责怪老人不该。老人道："偏执负气的人，不必同他争辩。这就是一个偏执负气的人，总以为自己绝对正确，同他争辩，他生起气来，更听不进真话了。既然如此，我看就让他一世不晓得有座太行山好啦！"

【念楼曰】 汉字本来有多音多义的，比如我们可以说"听了这场音乐（岳）会，我很快乐（勒）"，而不能说"听了这场音乐（勒）会，我很快乐（岳）"。

拿"大行"二字来说，"大"可以读"瘩"（大小），又可读"代"（大夫），又可读"泰"（大极）；"行"可以读"形"（进行），又可读"杏"（品行），又可读"杭"（银行）。这在口头上谁都分得清，写成字却未免夹缠，不然的话，外国人怎会说汉字难学。

古文"大""太"不分，太行山的读音专家也有过讨论，但约定俗成早都叫"太行（杭）山"了。甲一定要说该叫"大行（形）山"，那也奈何他不得。如果他有"一言而为天下法"的地位，像"文革"时那样，说刘少奇是"叛徒、内奸、工贼"，谁还敢说不是。只能让他"终身不知有太行山"，一直到死，死了再来改吧。

争山名

金埴

甲乙二人同游太行山。甲曰：本大行。何得曰太行。乙曰：本太行。如何称大行。共决于老者。老者可甲而否乙。甲去。乙询云：奈何翁亦颠倒若是。答曰：人有争气者，不可与辩。今其人妄谓己是，不屑证明是非，有争气矣。吾不与辩者，使其终身不知有太行山也。

【学其短】

○本文录自金埴《不下带编》卷二，原无题。
○金埴，字苑孙，清浙江山阴（今绍兴）人。
○太行山，在河北、山西两省之间。

四十年河西

【念楼读】 松江有户宰相人家，第三代家道便中落了，孙少爷竟到了向人求乞的地步。某次在外面乞得米，自己搬不动，只好在市上叫个揽零活的苦力来背，嫌他走得慢，问他道：

“我是相府子弟，下不得力也难怪；你是卖劳动力的，为什么背点东西便走不动？”

那苦力气喘吁吁地答道：“我家爷爷也是位尚书大人啊。”

这件事是董苍水亲口告诉我的。

【念楼曰】 相国等于内阁总理大臣，尚书则是正部长，第三代居然一寒至此。赵翼为乾嘉时人，上溯三代是康熙朝，可见承平时也有这样的事。中国古代社会号称“超稳定”，其实还是有变化的。尚书的孙子可能成苦力，则苦力的孙子也可能成尚书。所谓“三十年河东四十年河西”，三十年本来就是一世也。

如果河东永远是河东，河西永远是河西，秦一世之后永远是秦×世，洪水齐天，就会冲毁这个世界来重造了。

相国和尚书不会不顾惜子孙，留下的财富肯定不止几千几万袋米，却终归无用。如今世界上还有把财富连同委员长、司令官的职位都传给子孙的，我想最终也会从河东传到河西去的。

尚书孙

赵翼

云间某相国之孙，乞米于人，归途无力自负，觅一市佣负之。嗔其行迟，曰：吾相门之子，不能肩负固也；汝佣也，胡亦不能行？对曰：吾亦某尚书孙也。此语闻之董苍水。

【学其短】

○本文录自赵翼《檐曝杂记》卷五，原无题。
○赵翼，号瓯北，清江苏阳湖（今常州）人。
○云间，今上海松江区。

愉快的事

【念楼读】

海上月明
九月的晴空
远处听人吹笛
意外到来的知音
风和日丽百花齐放
绿阴深处人坐卧其中
细雨微风中船轻轻靠岸
灯光转暗音乐听来更轻松
老友畅谈推心置腹毫无拘束
邀二三知己随心所欲出外旅行

【念楼曰】 这是一首“宝塔诗”。创自唐朝白居易的“一至七字诗”，后来成为一种文字游戏，多用于谐谑，但也有写得比较雅致的，像张荩的这一首《十爱》和后面的《十憎》。译文却未能做得“一至十字”，却写成“四至十三字”，不是尖尖的宝塔，而是平顶的印第安人金字塔了。

“愉快的事”系借用日本古典名作《枕草子》中的题目，《枕草子》中“愉快的事”，如“小船下行的模样”“牙齿上的黑浆很好地染上了”之类，和《七爱》中的“花开值佳节”“四围新绿周密”可以相比，都反映了当时的文人趣味和仕女生活，是当时的一种社会相。

十爱　张荩

月．秋日．闻远笛．不速之客．花开值佳节．
四围新绿周密．烟波细雨横舟楫．灯火
迷离笙歌不绝．故友谈心言语多真率．
结伴离家任我山川浪迹．

【学其短】

○本文录自张荩《仿园清语》。

○张荩，字晋涛，清新安（今安徽歙县）人。

讨厌的事

【念楼读】

教条主义
狗追财主屁
算盘精得来兮
占便宜假装无意
救灾扶贫专送旧衣
邻居睡后高唱样板戏
打赢帝国主义绝无问题
公寓楼的隔墙刚改又重砌
看完黄色录像后说儿童不宜
二奶处归来五讲四美宣扬正气

【念楼曰】 《十爱》可以逐句对译，《十憎》的“夜深好点杂戏”和“粗知风水频迁祖地”，不了解明清时社会生活的年轻人，却未必懂得其如何会“讨厌”，所以只能“大写意”式地拟作了。

原文第一句“泥”按去声读如“逆”，它不是“泥土”之泥，而是“致远恐泥”之泥，即古板固执的意思。

教条主义者正心诚意宣传“凡是”，说他“泥”，但在我看来，其可憎亦不亚于“二奶处归来五讲四美宣扬正气”也。

李义山《义山杂纂》“煞风景”十二事中的“松下喝道”“苔上铺席”“斫却垂杨”“花下晒裈”等，“恶模样”十事中的“对丈人丈母唱艳曲”“嚼残鱼肉归盘上”等，这些即使到现在也应该说还是讨厌的，虽然比它更讨厌的事还多得很。

十憎　张荩

泥势利．市井气．自夸技艺．碌碌全无济．夜深好点杂戏．难事说得太容易．粗知风水频迁祖地．无所不为向人谈道义．事急非常故作有意无意．

【学其短】

○本文录自张荩《仿园清语》。

○张荩，见页二一七注。

敬土地

【念楼读】 二月初二是土地生日。大小衙门里都有土地祠，供着土地公公。当日主官要亲自去敬土地，佐杂人等还要吹吹打打，摆上猪头三牲。乡下人家家也得去田头小庙里奠酒，求个好年成，还给土地公公配上了婆婆，统称“田公田婆”。

【念楼曰】《清嘉录》成书于清道光十年即一八三〇年，距今亦不过一百八十年左右。那时到处都有土地庙，城中“大小官廨皆有其祠”，乡下也家家户户都要敬二月二，田公田婆隔不上一里半里总有一对。由此可见，中国人和土地的关系实在深广，人们最古老的神便是“土地”，知识阶层的意识形态亦植根于此。《池北偶谈》云：

> 今吏部、礼部、翰林院土地祠，皆祀韩文公。

真可比作如今退休的部级干部“亲自”出任社区主任。

小时看《西游记》，悟空不见了师父，“念了一声唵字咒语”，本处土地即刻前来跪禀告知，心想这倒十分方便。中国人一是离不开土地，二是总被人管着。土地神官不大，却是无处不在管着人民的一切。人民需要他，统治者也需要他，故能历千百年香火不断。君不见，随着村干部的年轻化，如今乡村中的田头小庙也正在翻新重建，准备让“新农民”都去敬土地么。

土地公公生日

顾禄

（二月）二日为土地神诞，俗称土地公公。大小官廨皆有其祠，官府谒祭，吏胥奉香火者，各牲乐以酬。村农亦家户壶浆以祝神厘，俗称田公田婆。

【学其短】

○本文录自顾禄《清嘉录》卷二。

○顾禄，见页五一注。

妓女哭坟

【念楼读】 虎坊桥南边有座“江南城隍庙”，庙南是一片乱葬的洼地，唤作“南下洼”。此处十分冷落，庙里的戏台也多年没演过戏了。清明时候，乱葬处有人上坟，这座庙才开放。

上坟人以妓女居多，都换上白衣裳，来祭乱葬在洼地里的妓女，也是物伤其类的意思。有的妓女在坟前哭了很久，很伤心。其实坟中之人，有的已死去几十年，甚至上百年，和来上坟的人根本没有见过面。

【念楼曰】 南下洼丛葬处的祭吊，哭者与逝者并不相识，那么哭者所哭的，便只是一个和自己同样孤苦伶仃的妓女罢了。

哭了很久，很伤心，因为她所哭的，不仅是那个几十年、上百年前死去的同类，也包括了如今还在做妓女的自身。

小时读《瘗旅文》，读到“吾与尔犹彼也”这句，有时竟不禁凄然泪下。这种“物伤其类”的感情，才是最普遍、最真切的感情，也是最伟大的感情，主体和客体是谁都没有关系，反正都是同类，都是人。

以今视昔，还该看到的是：那时的妓女都是弱者，生前哀乐由人，死后只能葬南下洼；如今做妓女则是致富的手段，有些“高级的”甚至能进入“上层”，据说还有当上了开发区新闻出版局局长的，当然是不会再去哭坟的了。

南下洼

崇彝

清明节．江南城隍庙开放．庙在虎坊桥之南．地名南下洼．其地多丛葬处．庙居其北．有戏台为赛神之所．然多年不闻有演戏之举．是日上冢．以妓女为盛．多着素服．亦悼其同类意也．有痛哭欲绝者．但所吊者．或百年外之人．或数十年前者．绝不相识也．

【学其短】

○本文录自崇彝《道咸以来朝野杂记》，原无题。

○崇彝，蒙古族人，姓巴鲁特，清末在户部为官。

吃瓦片

【念楼读】 北京人把靠房租维持生活叫作“吃瓦片”，又把贩卖书画碑帖牟利叫作“吃软片”（注意勿与今所谓“吃软饭”混为一谈）。

要“吃瓦片”，总得先贴出小广告。从前这些小广告，和现在的“谢绝中介”一样，也总要附上一行字：

贵旗贵教贵天津免问。

“贵旗”指“八旗”，即满族人，“贵教”指伊斯兰教，这看得出民族和宗教上的歧视，多少有点怕惹不起的意思，当然不对。“贵天津”也请“免问”，则因为早期到北京来的天津人，从事的职业和社会地位都比较低下，明显是看他们不起了。

【念楼曰】 《旧京琐记》的作者夏仁虎（枝巢子），清末民初久宦北京，对这里的社会情形十分熟悉，所记多有可观，如此节叙述所透露的旗（满）汉关系。

清朝的皇帝是满族人，八旗中的王公贵族都有“赐第”，不会要租房子；最下的旗丁照样有“铁杆庄稼”一份钱粮，也付得起房租。请“贵旗免问”，恐怕的确如夏仁虎所言，是出于“畏”。平头百姓不敢和带特权色彩的人打交道，应该说是实情。不过，在旗人“领导”下还容得汉人贴这样的小广告，可见爱新觉罗的统治，比起希特勒斯大林他们来，还是宽松得多。

贵旗免问

夏仁虎

京人买房宅取租以为食者．谓之吃瓦片．贩书画碑帖者．谓之吃软片．向日租房招帖．必附其下曰．贵旗贵教贵天津免问．盖当时津人在京者．犹不若近时之高尚．而旗籍．回教．则人多有畏之者．

【学其短】

○本文录自夏仁虎《旧京琐记》卷一，原无题。

○夏仁虎，清末南京人，二十世纪五十年代为中央文史馆馆员。

记言语十一篇

点上蜡烛

【念楼读】 晋平公对他的乐师师旷道："我年已七十，想学习恐怕已经晚了。"

"那就点上蜡烛吧。"

"开什么玩笑！这是臣子对主公说的话吗？"

"我瞎着一双眼睛，怎敢和主公开玩笑呢！我听说过，少年用功学习，那就像初升的太阳；壮年用功学习，那就像高照的日光；老年还能学习，那就像烛焰将黑夜照亮。有支蜡烛点亮，总比摸黑走夜路好吧。"

"对，说得好。"晋平公终于高兴了。

【念楼曰】 我们说"晋平公的乐师师旷"，其实是不对的，因为"师旷"的意思就是"乐师旷"，他的本名只叫"旷"。

古代的乐师，都是为君主和宗庙服务的，而宗庙亦即是君王。君王对臣民总不会放心，乐师常在身边，更不放心，于是常常选择盲人（或者将人弄瞎，如秦王之对高渐离）来充当。师旷据说"生而无目"，没有受过高渐离那样的痛苦，也许因为如此，他才会对晋平公说这样的话。

师旷的这番话确实说得好，不仅说了学习对人生的意义，用日出、日中和炳烛分别比喻少年、中年和老年也非常贴切，对老人更是一种鼓励。我早已年过七十，"昧行"了好几十年，如今真该炳烛，再不能摸黑了。

平公问师旷

刘向

晋平公问于师旷曰：吾年七十，欲学恐已暮矣。师旷曰：何不炳烛乎？平公曰：安有为人臣而戏其君乎？师旷曰：盲臣安敢戏其君乎？臣闻之：少而好学，如日出之阳；壮而好学，如日中之光；老而好学，如炳烛之明。炳烛之明，孰与昧行乎？公曰：善哉。

【学其短】

○本文采自刘向《说苑·建本》，原无题。

○刘向，见页一四五注。

○晋平公，晋国君主，前五五七年至前五三二年在位。

○师旷，春秋时晋国的乐师，盲人。

答得好

【念楼读】 法畅和尚去见庾太尉。太尉见法畅手里拿着的拂尘是件好东西,便问道:“这支拂尘太精美了,你一天到晚拿在手里,见到的人难免不打主意,怎么能够留得住呢?”

“廉洁的人不会开口向我要,贪心的人我不会给他,怎么留不住呢?”法畅和尚这样回答。

【念楼曰】 好东西难留住,尤其是被有特权者看上了的好东西。“一捧雪”的故事,看京剧的人都知道,就是因为一只玉杯被人看上了不肯献出,害得莫成替死,雪艳身殉。清咸丰时官至侍郎的两兄弟钟翔和宝清(姓伊剌里),都是满族高官,钟家有太湖石,宝家有匹好马,被权相穆彰阿看上了,舍不得相送,结果钟翔被派往乌什(新疆西境),宝清被派往西藏,都久不调回,这是我从《道咸以来朝野杂记》中看到的。

在东晋时,庾亮也是位高权重的人物。康法畅却是个外国和尚,答庾亮却真的答得好:“廉者不求”,太尉您自然是廉洁的大清官,总不会开口问我要吧;“贪者不与”,贪心的人虽然也有,出家人无所求无所畏,我也不会给他呀。

麈尾、拂尘,早已成为书面词语,到底是什么样子的东西,我也说不明白,总不会是戏剧里头太监拿在手里的那玩意吧。

法畅答庾公　　裴启

康法畅造庾公．捉麈尾至佳．公曰．麈尾过丽．何以得在．答曰．廉者不求．贪者不与．故得在耳．

【学其短】

○本文录自裴启《语林》辑本，原无题。

○裴启，见页一七五注。

○康法畅，东晋时从康（居）国来的和尚，名法畅。

○庾公，名亮，字元规，东晋鄢陵（今属河南）人。

手足情深

【念楼读】 李勣封英国公，位居宰相，爵位官位都很高，可是姐姐病了，他还亲自为她熬粥。

这时他的年纪已经很大，胡须长得长，熬粥时得低头看锅下的火，好几次胡须都被火引燃。姐姐劝他别干了，说：

“男女用人多的是，何必自己动手呐。”

“难道是没人动手我才做的吗？”李勣道：“我是看见姐姐你年纪老了，我自己也老了，就是想长久给姐姐你熬粥，只怕也很难了啊！”

【念楼曰】 李勣对老姐姐讲的话，充满了手足之间的深情。这种亲情，想必仍会在人间存在。但如今身居高位，自己胡子一大把的老同志，能叫“仆妾”为年老生病的姐姐熬稀饭，只怕已经十分难得，亲自动手则绝无可能。“身边工作人员”也不会同意首长这么做的，即使首长自己有这份心。

前几十年革命反封建，反掉了地主、把头，但是违背伦理温情，提倡斗争哲学，于是“六亲不认”，和谐无望。三年困难时期，一家人各按粮食定量蒸钵子饭，兄弟姊妹总要争水放得多饭蒸得满的钵子，那时更难得有“为姊作粥”的了。

言为姊作粥

刘悚

英公虽贵为仆射．其姊病必亲为粥．釜燃．辄焚其须．姊曰．仆妾多矣．何为自苦如此．勣曰．岂为无人耶．顾今姊年老．勣亦年老．虽欲久为姊粥．复可得乎．

【学其短】

○本文录自刘悚《隋唐嘉话》上卷，原无题。

○刘悚，见页一四九注。

○英公，见页一七九注。

○仆射，古官名，在唐代相当于宰相。

我不会死了

【念楼读】 户部郎中裴玄本，一贯喜欢讲俏皮话。有次左丞相房玄龄生病，说是病得不轻，部里的同事们商量去看望。裴玄本又开玩笑道：

“病人若是会好呢，当然得去看望；若是已经病危，那又何必去看呢。”

这话很快传到了房玄龄那里。但裴玄本还是和同事一道，去看望了房玄龄。房玄龄见到裴玄本，便笑着对他道：

“裴郎中也来看我，大约我不会死了。”

【念楼曰】 “好谐谑”是一种性格，应该说这种性格还是很受欢迎的，因为能活跃氛围，促进和谐。但在人们关系紧张时，谐谑若被“上纲上线”，亦往往造成严重的后果，因为独裁者是不大能够容忍幽默的，金圣叹被杀即是一例。

裴玄本在上司病时“戏曰”，虽不适宜，但传话的人若是为了讨好领导，或是为了构陷同事，用心就很不光明，十分卑鄙了。这种卑鄙小人随时随地都有，我亦“好谐谑”者，一生中便遇见过好几个这样的卑鄙者。这次“碰鬼”的是裴君，幸而房玄龄大人大度，知道他不过是“戏言”，于是也用一句“戏言”收场。彼此一笑，这边表示不在乎，那边也就无所谓了。

由此可见，好谐谑亦须看对象，玩笑只能跟开得起玩笑的人开。

笑对谐谑

刘肃

裴玄本好谐谑．为户部郎中时．左仆射房玄龄疾甚．省郎将问疾．玄本戏曰．仆射病可．须问之．既甚矣．何须问也．有泄其言者．既而随例候玄龄．玄龄笑曰．裴郎中来．玄龄不死矣．

【学其短】

○本文录自刘肃《大唐新语》，原无题。
○刘肃，唐人，元和时在江都、浔阳等地做官。
○房玄龄，唐初良相，临淄（今山东淄博市临淄区北）人。

说 蟹

【念楼读】 陶穀在宋朝任翰林学士，奉命往吴越国宣慰。吴越王钱俶设宴款待，珍错杂陈，有梭子蟹。陶穀是陕西人，不识海蟹，问是什么东西。钱俶便让人从最大的梭子蟹到最小的招潮蟹逐一介绍，一共摆出了十多种。

陶穀见后，笑着对钱俶说："爷爷这么大，孙子这么小，真是一代不如一代啊！"

【念楼曰】 "一蟹不如一蟹"后来成为成语，有讥笑一个比一个更差劲的意思。

署名苏轼的《艾子杂说》中也有这句话，但多疑此书未必为苏轼作，那么也有可能是陶穀临场发挥，用来暗讽钱俶的，一语双关，可谓能言。明人陶宗仪纂《说郛》，第九十三卷选入《国老谈苑》若干则，这句话写成了"一代不如一代"，则嫌太露骨，奉使的大员似不会如此直白。

五代十国后皆统一于宋，此时吴越不敢与"中央"抗衡，却仍想竭力保持半独立的地位。钱俶摆出十几种螃蟹给陶穀看，未必没有显示吴越物产富饶力量充足的意思。但钱俶毕竟是钱家的第三代了，武功远不及他爷爷钱镠，文治也比不上他爸爸钱元瓘。陶穀借着看蟹的机会，"敲打"这位三世祖一下，也是给他一点颜色看看，正所谓折冲樽俎——筵席上的斗争。

一蟹不如一蟹

王君玉

陶穀以翰林学士奉使吴越．忠懿王宴之．因食蝤蛑．询其名类．忠懿命自蝤蛑至蟛蜞．凡罗列十馀种以进．穀视之．笑谓忠懿曰．此所谓一蟹不如一蟹也．

【学其短】

○本文录自王君玉《国老谈苑》，原无题。

○王君玉，见页一六三注。

○陶穀，字秀实，五代宋初时新平（今陕西彬县）人。

○忠懿王，即五代十国时吴越第三代国王钱俶。

披油衣吃糖

【念楼读】 绍圣年间，有位叫王毅的官员，是王文贞公王旦的孙子，为人很是滑稽。

王毅被任命去泽州当知州，他很不满意，却又无可奈何。临到上任时，他去向当时的宰相章惇辞行。章惇知道他心里不高兴，想把话题扯开，便对他说道：

“泽州的油布雨衣，听说做得很好。”

王毅没有答言，冷了许久的场，章惇只好又没话找话地说：

“那里的麦芽糖尤其有名。”

“谢谢领导对我的照顾，”这时王毅开口了，“看来我去到泽州，天天可以坐在那里披着油布雨衣吃麦芽糖啦！”

章惇听了，也忍不住笑了起来。

这位说滑稽话的王毅的儿子，便是宋室南渡后几次使金，临危不屈，为国捐躯的王伦。

【念楼曰】 王毅一肚子牢骚，但用滑稽的形式表现出来，就涂上了一层润滑剂，自己能够轻松地发泄，别人听着也不太刺激。英国人说过，幽默是文明的副产品，这话说得真不错。这须得王毅这样见过世面又有文化的人，才说得恰好；章惇亦须有一点雅量，同他才开得起这样的玩笑。若毫无人情味，只强调下级服从上级，则没有搞笑的可能，只能公事公办，毫无趣味。

滑稽

王明清

绍圣中，有王毂者，文贞之孙，以滑稽得名。除知泽州，不满其意，往别时宰章子厚。子厚曰：泽州油衣甚佳。良久又曰：出饧极妙。毂曰：启相公，待到后当终日坐地，披着油衣吃饧也。子厚亦为之启齿。毂之子，伦也。

【学其短】

○本文录自王明清《玉照新志》卷三，原无题。
○王明清，南宋汝阴（今安徽阜阳）人。
○绍圣，宋哲宗年号。
○文贞，宋真宗时宰相王旦的谥号。
○泽州，今山西晋城。
○章子厚，名惇，宋哲宗时为宰相。
○伦，指王伦，南宋时数次使金，后被金人杀害。

救马夫

【念楼读】 齐景公有匹爱马得急病死掉了，景公很是生气，下令将马夫肢解处死。晏子请求由他来宣布罪状，于是当众对养马人说道：

“你有三条大罪：

“派你养马，你却让马死掉了，这是第一条死罪。

“你不好好照顾主公的爱马，这是第二条死罪。

“因为你，使得主公不得不为了一匹马而杀人，使得百姓心中觉得主公残暴不仁，使得列国诸侯都看不起我们齐国，这是第三条死罪。你真是该死，死定了。”

景公听了，只好叹一口气，说：“还是将其释放算了吧。”

【念楼曰】 晏子本来善于辞令，本篇所记尤为出色。爱马暴死，养马者即使有罪，罪亦不至于死，更不至于要被肢解，这明明是齐景公在乱来。作为国之大臣，晏子不能不加以阻止，但景公正在气头上，正面拦阻未必拦得住，只能表面上顺着他，实际上讲反话给他听，使他知道，如果“以一马之故杀人”，不仅百姓会“怨”，别国也会看不起，然后使他自己转弯。

晏子这样说话，叫作讽谏，即以反讽的方式对在上者进行劝谏，往往能收到意外的效果。他有不少这样的故事，都收在《晏子春秋》一书中，《说郛》此则亦辑自《晏子春秋》，不过经过改写，文字简洁多了。

晏子讽谏

陶宗仪

景公所爱马暴死．公怒．令刀解养马者．晏子请数之．曰．尔有罪三．公使汝养马．汝杀之．当死罪一．又杀公之所爱马．当死罪二．公以一马之故杀人．百姓怨吾君．诸侯轻吾国．汝当死罪三．景公喟然曰．舍之．

【学其短】

〇本文录自陶宗仪《说郛》卷二引《晏子春秋》，但已改写，原无题。

〇陶宗仪，见页一六七注。

〇晏子，名婴，春秋时齐国的大夫。

〇景公，春秋时齐国的君主，前五四七年至前四九〇年在位。

人尽可夫

【念楼读】 “父亲只有一个，丈夫则凡是男人都做得的”。这句话初听不免错愕，细想起来，却合情合理，并不出格。

父子关系是天生的，谁都只可能有一个生身父亲。夫妻关系则是男女配合，女子接受求婚不会限定于一个对象，男女双方都可以选择。从这个意义上看，说每个男人都有可能当某个女人的丈夫，也没有什么不对。

【念楼曰】 “人尽夫也，父一而已”，这句话出于《左传》，乃是祭仲夫人讲给她女儿听的，教她在政治斗争中应该帮父亲，不能帮丈夫。后来“人尽夫也”变为“人尽可夫”，用以形容滥交的女人了。二十世纪四十年代上海拍过一部以此为名的电影，主演白光便成了荡妇淫娃的代表。

明末统治阶级危机深重，因而社会思想比较活跃，谢肇淛才能发表他对女子从一而终的不同观点，才能承认“人尽夫也”这句话有合理性，承认“不但夫择妇，妇亦(可)择夫”，现代的情形，正是如此。

“人尽可夫”本是客观事实，被“名教”维护者歪曲成骂人的话，谢肇淛四百年前能为其正名，实属难得。如今有些人在公开场合大骂女人“人尽可夫”，关上房门又唯恐别家的女人不肯“人尽可夫”，比起四百年前的谢先生来，真该掌嘴。

格言

谢肇淛

父一而已．人尽夫也．此语虽得罪于名教．亦格言也．父子之恩．有生以来．不可移易者也．委禽从人．原无定主．不但夫择妇．妇亦择夫矣．谓之人尽夫亦可也．

【学其短】

○本文录自谢肇淛《五杂组》卷之八，原无题。

○谢肇淛，见页一八七注。

○人尽夫也，语出《左传》。

囊萤映雪

【念楼读】 车胤和孙康，历来是用功读书的模范。《晋书》说，车胤“夏月常囊萤以照书”。《尚友录》说，孙康“于冬月尝映雪读书”。

某天孙去看车，说是不在家。问他的家人他到哪儿去了，家人回答道：“到野外捉萤火虫去了。”

改日车胤来孙家回访，只见孙呆呆地站立在门外抬头望天。问他为什么没读书，回答道：“我看今日这天，不像个要下雪的样子。”

【念楼曰】 《晋书·车胤传》说车胤勤读书：

> 家贫不常得油，夏月则练囊盛数十萤火以照书，以夜继日焉……以寒素博学，知名于世。

《尚友录》则说孙康：

> 少好学，家贫无油，于冬月尝映雪读书……后官御史大夫。

二人的模范事迹从晋朝宣传到明朝，从来没有人敢怀疑；直到浮白主人编出这个笑话来，大家看后或听后才忍不住笑。可不是么，大白天去捉萤火虫，到夜里再来用功，岂非荒唐。何况据写《昆虫记》的法布尔亲自试验，萤火虫根本无法用于读书，它顶多只能照亮一个一个的字母罢了。抗战时读初中，熄灯后想看旧小说，趁大月光到雪地里试过，却实在无法看清字句，手脚更冻得不行，只能回寝室钻进冷被窝做好学生。

名读书

浮白主人

车胤囊萤读书．孙康映雪读书．一日．康往拜胤．不遇．问何往．门者曰．出外捉萤火虫去了．已而胤答拜康．见康闲立庭中．问何不读书．康曰．我看今日这天．不像个下雪的．

【学其短】

○本文录自浮白主人《笑林》。

○浮白主人，明人，余未详。

○车胤，字武子，东晋南平（说今湖北公安）人。

○孙康，西晋京兆（今西安）人。

人情冷暖

【念楼读】 有人说，古时苏秦讲过这样的话："人一穷，父母不把他当儿孙；人一富，亲戚见了他都畏惧"。从苏秦本人的情形来看，也的确是这个样子。但如今世道变了，变成"人一富，父母见了他就畏惧；人一穷，亲戚见了他怕三分"了。

说这话的人，大概深有体会，才会这样发感慨吧。

【念楼曰】 苏秦是跑官要官的祖师爷。当他"说秦王书十上而说不行"，跑官不得回家时，"妻不下纴，嫂不为炊，父母不与言"。于是他悬梁刺股，刻苦钻研，终于"揣摩成"了"说当世之君"的本事，当上了赵国的大官。之后他路过家乡，"父母郊迎三十里，妻侧目而视，侧耳而听，嫂蛇行匍伏，四拜自跪而谢"。这种前倨后恭的表现，才使苏秦产生"贫穷则父母不子，富贵则亲戚畏惧"的感慨。

苏秦的话，读过《古文观止》的人都知道。"雪滩钓叟"（可能就是钮琇本人吧）把它反过来一说，便刻画出来了另一副社会丑态。儿女"一阔脸就变"，尤其是飞上了高枝的，父母见了他大气都不敢出；下岗失业后到亲戚朋友家去，也仍然会使人害怕，怕你开口借钱。这岂不就是"富贵则父母不子，贫贱则亲戚畏惧"的现代版么。

时代变了，社会也在变，人情冷暖、世态炎凉却不会变。

钓叟慨言

钮琇

雪滩钓叟曰：昔苏季子云：贫穷则父母不子，富贵则亲戚畏惧。今世异是，富贵则父母不子，贫穷则亲戚畏惧。此言殊有感慨。

【学其短】

○本文录自钮琇《觚賸》卷二。

○钮琇，字玉樵，清康熙时江苏吴江人。

○苏季子，即苏秦，战国时东周洛阳人。

读常见书

【念楼读】 姚鼐辞官回家，临行时翁方纲去看他，请他留下几句话。他说：

“爱读书的朋友，总想读大家没有读过的书；我却以为，大家常读的书就够我读的了。”

【念楼曰】 姚鼐是乾隆皇帝修《四库全书》时候的人，姚本人也参加了此书的编修工作。那时候极少有外国书，人们的新作并不及时刊刻，刻出来也不能称之为书。士大夫心目中的书不出“四库”范围，其中又只有儒家经典才是必须精读的，其他则归于杂学，释老更是被视为异端。姚鼐说的“常见书”，指的便是公认的经典。

姚鼐距今已两百多年了。随着时代的发展，信息量在增加，知识需要更新，人们不读新书（也就是“未见”过的书）已经不可能了。但是，作为公共知识分子，仍然得先读懂基本的也就是常见的书。如果要研究人文或从事文字工作，那就还得先读通文史哲方面的经典，这更是“人间所常见书”。

近年来在“著名作家”“文坛巨子”身上出现过不少笑话，如将进入仕途称为“致仕”，还要强辩说“文法上并不错”；将黄庭坚的诗“江湖夜雨十年灯”，说成是自己“梦中所得句”……便是只热心作“文化苦旅”，热心讲《红楼梦》，少读“人间所常见书”之故啊。

临别赠言

易宗夔

姚姬传乞终养归里．濒行时．翁覃溪学士来乞言．公曰．诸君皆欲读人间未见书．某则愿读人间所常见书耳．

【学其短】

○本文录自易宗夔《新世说》卷一，原无题。
○易宗夔，见页一六九注。
○姚姬传，名鼐，清安徽桐城人。
○翁覃溪，名方纲，清直隶大兴(今北京)人。

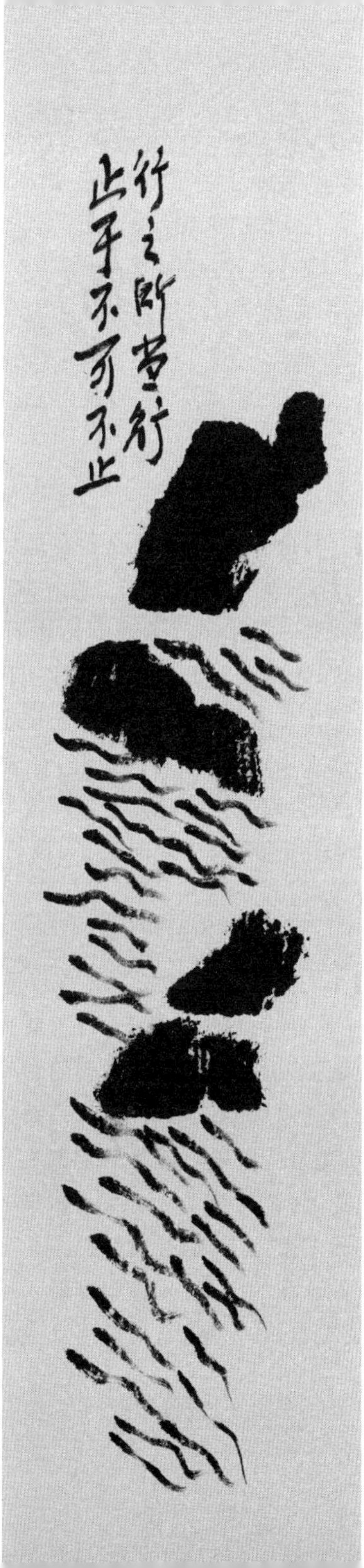

苏轼文十篇

自己的文章

【念楼读】 我自己的文章，像充蓄在地层中的大股泉水，随便在哪里开个口子，就会喷涌出来。在平旷之处，它自然会汇流成河，浩浩荡荡，一泻千里。若遇到山崖石壁，它也能适应地形的变化而变化，无论有多少曲折险阻，终归要达到自己的目的。

这种变化是不可预见，无法事先设定的。

还是拿水来做比方，我只知道，有源，泉水便会成流。流水是遏制不住的，该怎样流便让它怎样流好了。

如果泉源干涸，水也就断流了，该打止时便得打止，文章也就不要再做了。

【念楼曰】 人们赞美苏东坡的文章写得好，有如行云流水。行云流水，任其自然，自然也就是“行于所当行”，“止于不可不止”。这是无须勉强，也来不得半点勉强的。

回想自己以前奉命写东西，都是勉强的。后应邀为文，指定撰论，亦难免带些勉强。就是自己想写文章时，或因心情不佳，或因学殖荒落，也常感力不从心，如果还要写，也就是勉强了。故而可称为文者绝少，唯有惭愧。

苏东坡这样的文豪，几百年难得一见，当然学不了。但他所说的，为文要自然，勿勉强，却是现身说法，凡能执笔者皆当诚心领受。

自评文

苏轼

吾文如万斛泉源，不择地皆可出。在平地滔滔汩汩，虽一日千里无难。及其与山石曲折，随物赋形，而不可知也。所可知者，常行于所当行，常止于不可不止。如是而已矣。其他，虽吾亦不能知也。

【学其短】

○苏轼文十篇，均据中华书局本《苏轼文集》（下简称《文集》）选录，本文录自卷六十六。

○苏轼，字子瞻，号东坡居士，北宋眉州（今属四川）人。

读陶诗

【念楼读】 听说江州东林寺里有陶渊明的诗集，正准备打发人去找。恰好在江州做官的李君派人给我送来了一部，忙接过来，翻开一看，字大而悦目，纸张又厚实，不禁满心欢喜。

自从得到了这部诗集，我就一直没有离开过它。每当身心感到不舒服，便拿它来读一首——绝不超过一首。生怕把它读完，以后的日子就无法排遣了。

【念楼曰】 放在手边，不时翻读，但又克制着，一回只读一首，仅仅一首，生怕这卷诗会很快读完。此种情形，非饱经书的饥渴者恐难以体会到，更不是能凭空想象出来的。

常言道，"旧书不厌百回读"。苏轼对陶诗特别喜爱，从小便已熟读。一回只读一首，当然不是不读第二遍。只是好书难得，爱惜至极，故宁愿细细品尝，多保持一点新鲜感。此盖是书痴书淫的自白，未入道者不足语此。

《和陶诗一百二十首》，在《苏东坡集续集》中，小引云：

> 吾于诗人无所甚好，独好渊明之诗。渊明作诗不多，然其诗质而实绮，癯而实腴，自曹刘鲍谢李杜诸人，皆莫及也。

这可算是对陶诗的最高评价了。

不知现在还有没有这样的诗和这样爱诗的人。

书渊明诗　苏轼

余闻江州东林寺有陶渊明诗集，方欲遣人求之，而李江州忽送一部遗予，字大纸厚，甚可喜也，每体中不佳，辄取读，不过一篇，惟恐读尽后无以自遣耳。

【学其短】

〇本文录自《文集》卷六十七，原题《书渊明羲农去我久诗》。『羲农去我久』，为陶渊明《饮酒二十首》第二十首的第一句，通常即以此做篇名。

〇江州，今属江西。

惜别

【念楼读】 去年闰九月间，姜君从琼州来到儋耳，从此几乎每天都同我在一起。过了半年，已是今年三月，他也要回去了。临行时，没有东西给他带去作纪念，便写了柳宗元《饮酒》《读书》这两首诗相赠，聊以表示我的一点惜别之情。

是啊，读书，饮酒。姜君走了以后，除了这两件事情以外，恐怕再也没有别的什么能够使我打发这百无聊赖的日子了。

元符三年三月二十一日。

【念楼曰】 我没有养过鸣虫，听说虫儿在绝无同类可以听到的情况下是不会鸣叫的，而且寿命也不会久长。苏公平平常常的几句话，读后却不禁有感，原来寂寞是能致命的啊。

被迫离开了京城，离开了文化中心，投荒万里，来到如今语言还难通的海南岛，苏轼不知道会多么寂寞。这时能够来一位可以相对低鸣、彼此倾听的同类，又不知道会多么高兴。三年之中，仅此半年，便要分手，想起以后仍只能读书饮酒以销寂寞，当然会惜别了。

海口五公祠，真正的主角是别殿中的苏东坡。坐在旁边的，一个是陪父亲在海南的苏过，一个便是这位“琼士姜君”。虽然他只从琼州到儋耳去住了半年，但给他这个座位也是应该的。

书别姜君　苏轼

元符己卯闰九月，琼士姜君来儋耳，日与予相从，至庚辰三月乃归，无以赠行，书柳子厚饮酒读书二诗以见别意，子归，吾无以遣日，独此二事，日相与往还耳。二十一日书。

【学其短】

○本文录自《文集》卷六十七，原题《书柳子厚诗后》，据别本改。

○己卯为元符二年（一〇九九），苏轼谪居海南的第三年，时六十二岁。

○琼士姜君，琼州（治今海南海口琼山区）秀才姜唐佐（君弼）。

○儋耳，地在今海南儋州新州镇。

○柳宗元《饮酒》《读书》二诗，见《柳河东集》卷四十三。

桃花作饭

【念楼读】 有位先生听说，古时有人赞颂桃花，说全亏桃花给了他灵感，使他领悟了人生的哲理。这位先生也想要领悟人生哲理，便尽量去接触桃花，甚至将桃花做在饭里吃，一直吃了五十年桃花饭，灵感却始终没有出现。

这回见到张长史的书法，我又联想起此事。据说张长史曾遇见一个挑夫，为了抢在公主出行的队伍之前通过路口，挑夫显出了矫捷的姿势，张长史据此悟出了写草字的诀窍。如果谁想要写好字，便天天跟在挑夫后面等着瞧，难道便能瞧得出什么名堂来吗？

【念楼曰】 志明禅师在沩山，因见桃花而悟道，有偈语云：

三十年来寻剑客，几回落叶又抽枝。
自从一见桃花后，直至如今更不疑。

可见“桃花悟道”乃是实有的事，不过那是修行功夫具足，一见桃花，遽尔大彻大悟，桃花只是一个由头罢了。“去年今日此门中”和“尽是刘郎去后栽”的桃花，也是抓的由头。禅师参禅和文士作诗，道理全一样，机缘和悟性都是没法排队等来的。

我辈凡夫，根器本差（“本质不好”），并无求道之心，无论什么大红花都不艳羡，当然也就无从悟道，带着一家鸡犬升天更是休想。不过五十年一贯的桃花饭，倒也不曾吃过。

书张长史书法

苏轼

世人见古有见桃花悟道者，争颂桃花，便将桃花作饭吃，吃此饭五十年，转没交涉。正如张长史见担夫与公主争路，而得草书之法，欲学长史书，日就担夫求之，岂可得哉。

【学其短】

○本文录自《文集》卷六十九。

○张长史，唐代大书法家张旭。

过滩

【念楼读】 快到曲江了，要过滩。这条逆水而行的船，被激流冲得歪歪斜斜的，全靠上十个船夫用竹篙撑着往前走。上十支篙的尖不断地戳在江石上，发出硬碰硬的声音。从舱中看过去，只见汹涌的江水和飞溅的浪沫。

船上的几个乘客脸色都变了，我却一直坐着写我的字，不管四周如何喧闹嘈杂，写字的兴致还是一样高。

我一生经历的风浪还少吗？变动也经历得够多了。本来在写字，此刻就是放下笔，驾船的事也插不上手，又能够做什么呢？恐怕还不如继续写我的字吧。

【念楼曰】 看《冰海沉船》，对最后时刻还在坚持演奏的乐队印象深刻，最佩服的却是那独坐玩纸牌的老头。因为前者尚有光荣尽职的感情因素，后者则纯系理智做出的判断：大限已到，求生既已无望，便无须乱抓稻草，更不必呼天抢地求上帝保佑，或恶狠狠地诅咒仇家，说什么“一个也不宽恕”了。

我只坐过湖南的木船，过滩时水浅，出事通常只会打湿书籍衣物，最怕是耽误时间。但在不大不小的风波中，也看得出人的风度修养。事已至此，索性由他，且修自己的胜业，或写字，或作文，或喝茶闲谈，都比瞎抓乱叫好。

书舟中作字

苏轼

将至曲江，船上滩欹侧，撑者百指，篙声石声荦然，四顾皆涛濑，士无人色，而吾作字不少衰，何也？吾更变亦多矣，置笔而起，终不能一事，孰与且作字乎？

【学其短】

◯ 本文录自《文集》卷六十九。

◯ 曲江，在广东韶关南部、北江上游。

黑不黑

【念楼读】 我收藏的墨有好几百锭，常常拿出来自己比着玩，看黑不黑。比来比去，总觉得它们都不够黑，比较满意的，不过一两锭罢了。可见在这世上，尽善尽美的东西，真是少得很。

人的心思真怪，净想着自己没有的东西。买茶叶呢，毛尖、银针，总要选白的，越白越好；买墨呢，那就要最黑的，越黑越好。想要黑时，漆一样的也觉得不够黑；想要白时，雪一般的也觉得不够白。

究竟是事物本来的样子无法使人满意呢，还是人们自己不该有那么多心思和想法呢？

【念楼曰】 东坡是用墨大家，也是藏墨和鉴赏墨的大家。其题跋中关于墨者达三十五篇，所藏名家手制佳墨亦多。别人出示之墨，他一见便能知为何人所作。在海南岛他还自己制过“海南松煤东坡法墨”，据说品质与李廷珪制者不相上下，“足以了一世著书用”。本篇是他的经验之谈，且带有一点常见的自讽。

人有梦想，这是人的弱点，但也是人之所以为人的一个原因。求黑时嫌漆白，求白时嫌雪黑，老是在追求着更真、更善、更美，这就是理想主义。在黑暗中的人，理想主义就是前方的一盏灯，再遥远，再微弱，却是它，而且只有它，才给了人力量和希望。

书墨

苏轼

余蓄墨数百挺，暇日辄出品试之，终无黑者，其间不过一二可人意。以此知世间佳物，自是难得。茶欲其白，墨欲其黑。方求黑时嫌漆白，方求白时嫌雪黑，自是人不会事也。

【学其短】

○ 本文录自《文集》卷七十。

屠龙和踹猪

【念楼读】 制笔者制造出来的笔，一般买笔者（都是文人学士）看了中意的，到真会写字的人手里都没有用；会写字的人觉得好用的，一般买笔者却又不愿意买。

庄子在寓言中说，有人花三年时间和千金费用，学会了屠龙之技，却无处可施展；又说有人在猪市上帮屠夫踹猪，倒越干越红火。蔡君谟的话更明白："本领越是高明，处境越是穷困。"制笔者的情形正是如此，又难道只有制笔者的情形是如此吗？

高明的制笔者吴政是不在了，好在他还有一个儿子吴说，继承了这门不行时的手艺。

【念楼曰】 屠龙不如踹猪（履豨），译成大白话，就是拿解剖刀不如拿剃头刀，制原子弹不如制茶叶蛋。这类情形，近年来在实用技术范围内有了一些变化，但写诗不如唱流行歌，著书不如写通俗小说，大概仍是事实。

这个"不如"，若只是"朝钱看"，倒也没啥。因为写"帘卷西风"本不是为了钱，怎会跟"吹打弹唱伏侍普天下看官"的去比，这样做岂不辱没了自己。怕只怕衡文者将市场价值当成了唯一的标准，把靠"色艺双绝"走红的艺员捧成"高知"，把写口吐飞剑的"作家"尊为教授，这就不是在搞文化，而是在踹猪了。

书吴说笔

苏轼

笔若适士大夫意，则工书人不能用；若便于工书者，则虽士大夫亦罕售矣。屠龙不如履豨，岂独笔哉！君谟所谓艺益工而人益困，非虚语也。吴政已亡，其子说颇得家法。

【学其短】

〇本文录自《文集》卷七十。

〇履豨，用脚踹猪的腿胫，来验视猪的强孱和肥瘠。

〇君谟，姓蔡名襄，北宋四大书法家之一，极为苏轼推重。

月下闲人

【念楼读】 十二日的晚上，我已经准备脱衣上床了，见照进屋来的月光特别明亮，知道外边夜色一定很好，便想出门走走。

叫谁和我一同去走呢？只有到附近的承天寺找张怀民。正好怀民也不想睡，两人便在寺里的空坪中散起步来。

此时已是深夜，月正当头。月光洒在空地上，发出清冷的光，恰似一汪积水。水面上像水草纵横交互的，原来是旁边竹树投下的影子。

哪个无云的夜晚没有皎洁的月光呢？哪处住人的地方没有高大的竹树呢？只不过不一定有怀民和我这样半夜出门看月色的闲人罢了。

【念楼曰】 小时读《红楼梦》，大观园里结诗社起别名，宝钗给宝玉起了个“富贵闲人”，觉得这真是“最俗的一个号”。满十岁后，偶尔涉足社会，见某些场合的门上贴着“闲人免入”的纸条，很怕长大后成为闲人。进了中学，读了新文学书，知道革命文学家反对有闲，说过“有闲即是有钱”，有钱即是资产阶级。及至革命真的来到，天天叫大干快上，只争朝夕，更容不得闲人了。

元丰六年（一〇八三），苏轼被贬到黄州已经三载，东坡上开的荒地早已成为熟土，他仍能半夜跑到月光下做闲人，其气度真我辈“忙人”所不能及。

记承天夜游

苏轼

元丰六年十一月十二日夜，解衣欲睡，月色入户，欣然起行。念无与为乐者，遂至承天寺寻张怀民。怀民亦未寝，相与步于中庭。庭下如积水空明，水中藻荇交横，盖竹柏影也。何夜无月？何处无竹柏？但少闲人如吾两人者耳。

【学其短】

○本文录自《文集》卷七十一。

○承天，寺名，在黄州（今湖北黄冈市）。

○元丰六年（一〇八三），苏轼四十六岁，被贬黄州已三年。

○张怀民，苏轼的友人。

脱　钩

【念楼读】 我在惠州，曾寄居嘉祐寺，松风亭就在寺旁，而位置颇高。有次忽想上去看看，也许因为开头脚步太快，没走多远腿脚就累了。只想快些到阴凉处歇息，抬头一看，亭台还在树尖子上哩，天呀，还要多久才走得到啊！

腿脚越累越觉得路长，越觉得路长腿脚就越累。又勉强走了一会儿，忽然大彻大悟：为什么一定要走到亭子里才能歇息，难道在路边就不能歇息吗？于是一屁股坐了下来。刚才还像上了钩的鱼，不知如何是好，这一下就像鱼脱开钩，立刻轻快了。

我们一生都在走着，身子在走，心灵也在走，走得很累很累。看来，不能不歇的时候还是得歇一歇。无论在多么严重的情况下，多么危急的环境中，即使身子不允许歇息，人的心灵也不妨暂时脱开一下钩子，享受一点自由。

【念楼曰】 原文“两阵相接，鼓声如雷霆，进则死敌，退则死法”这几句，不大好译。虽然过去听说过督战队、执法队什么的，又在银幕上见过苏联红军要刚刚接过枪的“兵”向前冲锋，后面确实架着机关枪。但此类太惨酷的事情，不必信其有，宁可信其无罢。

东坡于此，不过极而言之。我想，他写的“累”指的虽是腿脚，注意的却是心灵。

记游松风亭　苏轼

余尝寓居惠州嘉祐寺．纵步松风亭下．足力疲乏．思欲就林止息．仰望亭宇．尚在木末．意谓如何得到．良久忽曰．此间有甚么歇不得处．由是心若挂钩之鱼．忽得解脱．若人悟此．虽两阵相接．鼓声如雷霆．进则死敌．退则死法．当恁么时．也不妨熟歇．

【学其短】

○本文录自《文集》卷七十一。

○惠州（今属广东），苏轼五十九岁起，谪居于此三年。

○就林止息，林本作『床』，据别本改。

知惭愧

【念楼读】 吃饱了，喝足了，往临皋亭的凳子上一靠。从左边窗子看出去，看得到高天上缭绕的白云；从右边望下去，看到的是从这里宛转流过的江水。把前边的门户统统打开，对面一大片青翠欲滴的山景，又呈现在我眼前……

我为这里景色之美深深地陶醉了。这时候，我的思想好像格外灵敏，却又格外单纯，单纯到只剩下对创造出美的大自然的感激和对自己很少参加创造只知充分享受的惭愧。

【念楼曰】 我曾为屠格涅夫、吉辛、孟浩然、史悟冈笔下的景色所感动，觉得这要比纸上、布上的，甚至比视网膜上的，更能入心脾、夺情志。此不仅因为，他们的观察比我细致，他们的感觉比我灵敏，而且也因为，他们对大自然的理解和爱意，比我深刻、强烈得多。

这便是文学的力量，是文学家不同于我辈常人的地方。

苏东坡在承天寺，还用了十几个字写景，在临皋亭这里则更少直接的描写，只写自己的感动和惭愧。美同样感动过别的文学家，而且还间接地感动过我，但在“造物者之无尽藏”面前，能够知惭愧如东坡者，却似乎很少。

大自然给了人一切，包括人本身；人却只在利用它，甚至侈言改造它。人啊！

书临皋亭

苏轼

东坡居士酒醉饭饱，倚于几上，白云左绕，清江右洄，重门洞开，林峦坌入。当是时，若有思而无所思，以受万物之备，惭愧惭愧。

【学其短】

〇本文录自《文集》卷七十一。

〇临皋亭在黄州。苏轼被贬黄州后不久即居临皋亭下，两年多后移居东坡雪堂。

陆游文十篇

岑参的诗

【念楼读】 从少年时代起，我就十分喜欢岑参的诗。住在乡下时，我在外面喝了酒，带醉归来，往睡椅上一躺，总爱叫孩子们朗诵岑诗，听着听着，不觉移情，慢慢酒意便消，或竟酣然入睡，身心都安适了。

我觉得，除了李白、杜甫，在诗的世界里，成就没有比岑参更伟大的了。

今年从唐安调来嘉州，这里是岑参工作和生活过的地方，于是我在公廨里为他画了像，又辑录他的遗诗八十多首，刻印成集，供爱好并懂得诗歌的人来读。这不仅是为嘉州保存文化历史，也是替自己还愿——还我这一生中对岑参许下的心愿。

【念楼曰】 题跋是陆游最好的文章，我以为。

古人的题跋，也有庸俗应酬、敷衍塞责的，但像东坡、山谷、放翁等大手笔，究竟不太屑于这样做。他们的文笔真好，从中看得出作者的真感情、真见识，其价值已远远超出一般书话、书评所能达到的最高境界。

我在书业中时，也学着写过些书话、书评，想努力和读者交流一点艺术的体验或人生的感悟。且不说自己在这两方面的所知本来就浅陋，讲不出什么东西来；便是几句文章，也总写不好。看来今后仍只能小抄小贩，借以藏拙，把此类文章让给比自己高明的人来写。

跋岑嘉州诗集

陆游

予自少时．绝好岑嘉州诗．往在山中．每醉归．倚胡床睡．辄令儿曹诵之．至酒醒或睡熟乃已．尝以为太白子美之后．一人而已．今年自唐安别驾来摄犍为．既画公像斋壁．又杂取世所传公遗诗八十馀篇刻之．以传知诗律者．不独备此邦故事．亦平生素意也．【学其短】

○ 陆游文十篇，均据《渭南文集》（下简称《文集》）选录，本文录自卷二十六，文末原署『乾道癸巳八月三日山阴陆某务观题』。

○ 陆游，见页九三注。

○ 岑嘉州，指唐诗人岑参，他曾任嘉州（今四川乐山）刺史。

○ 唐安，今四川崇庆。

○ 犍为，嘉州的古称。

不如不印

【念楼读】 荣州的地方官，给我送来了这部新刻印的书。

刻书印书，当然是好事，但好事也得做好才行。现在读了点书做了官的人，到哪里都喜欢刻书印书，却一点也不注重编校的质量，印出来的书错字连篇。拿了这样的书送人、发卖，使之流行全国，这不是为读者服务，而是在祸害读者，不是发扬文化，而是糟蹋文化。

刻印出这样的书来，真不如不刻不印还好一些，唉！

【念楼曰】 此时陆游在成都范成大那里当参议官，文名越来越大。三荣守给他送书，肯定有求名之意，不料却挨了这样一个大嘴巴。

常说“伸手不打笑脸人”，如今“读书类”报刊上的批评声音本来就少，或一见焉，字里行间又每透露出宿怨的痕迹，或则借题发挥，能够就事论事，批评不避亲，“阿弥岭的鬼——寻熟人”的盖少，伸手打笑脸人的就更少了。难道随着时代进步，世故反而更深了吗？

印书要少错，关键在校对。有云校书如扫落叶，言其难得干净也。第一要能识错，这就先要懂得书，懂得作者的意思；第二要视错如仇（校雠就是校仇），必去之而后快。这样的人，又哪里是几元钱一千字的工钱能雇得到的呢？

跋历代陵名

陆游

三荣守送来，近世士大夫所至，喜刻书版，而略不校雠，错本书散满天下，更误学者，不如不刻之愈也，可以一叹。

【学其短】

○本文录自《文集》卷二十六。文末原署『淳熙乙未立冬，可斋书』。淳熙，宋孝宗年号。可斋，陆氏斋名。

○三荣，荣州的别称，即今四川荣县。

信运气

【念楼读】 写《燕歌行》（“汉家烟尘在东北”）的唐代大诗人高适，渤海郡人，表字仲武。编这本《中兴间气集》的先生，也署名“渤海高仲武”，却是另外一人。

高适诗作的高妙，用不着说了。这位高仲武先生的诗学，从他写的对诗人和诗的评语来看，却实在不敢恭维。其庸俗、鄙陋，和近世《宋百家诗》中的小序，正是一路货色。

唐代是诗的时代，作诗的高手如林，对诗有理解、能选能评的人也应该不会少。可是流传到今天的，却是这《中兴间气集》，是这位高仲武先生的点评。所谓“文章千古事”，看来这“事”在很大程度上还得靠运气。

不过话又说回来，这位高先生毕竟是唐人，他选的毕竟是唐诗。《中兴间气集》里还是有不少好诗好句，尽可供后人欣赏，只是不要去看那些点评就是了。

【念楼曰】 曾国藩尝自为墓志铭：

> 不信书，信运气。公之言，告万世。

或以为黑色幽默。而见如今写武侠小说尚不如平江不肖生、还珠楼主的文化商人，被奉为文学大师带博士生，民国年间摆在地摊上卖的《十二金钱镖》，改编成电影竟得了奥斯卡金像奖，则亦不由得你不信运气也。

跋中兴间气集　　陆游

高适字仲武，此集所谓高仲武，乃别一人名仲武，非适也。议论凡鄙，与近世宋百家诗中小序可相甲乙，唐人深于诗者多，而此等议论乃传至今，事固有幸不幸也。然所载多佳句，亦不可以所托非其人而废之。

【学其短】

〇本文录自《文集》卷二十七，二篇录一。

天风海雨

【念楼读】 从来写牛郎织女，总离不开山盟海誓，难舍难分；总把环境设定在情人久别重逢的场合，温馨而私密……

只有苏东坡咏七夕的这首《鹊桥仙》，写仙子凌空挥手，告别尘寰；伴随她的只有长空吹过的风，星海飞来的雨。这是多么超凡脱俗，完全屏弃了啼笑姻缘、欢喜冤家的模式，进入到彼岸——高出我们的理想世界中去了。读起来的感觉，已不是感伤，更不是片刻欢娱，而是清空高洁，是净化了的心灵。

搞创作的人，是不是可以从此悟出一点什么来呢？

【念楼曰】 东坡《鹊桥仙》：

> 缑山仙子，高情云渺，不学痴牛骏女。
> 凤箫声断月明中，举手谢、时人欲去。
> 客槎曾犯，银河微浪，尚带天风海雨。
> 相逢一醉是前缘，风雨散、飘然何处。

作为七夕词确实十分杰出。杰出就杰出在别人都写“痴牛骏女”，他却“不学痴牛骏女”。这又不是故意别拗一调，而是有他个人的立意、个人的创作手法做骨子，此其所以为东坡。

我没有学过文学，对于这方面的事，向来不敢多谈。放翁对昔人作诗“率不免……”的批评，倒使我想起了如今创作和出版上的“一窝蜂”现象。一个宝贝走了红，就有无数个宝贝；一个格格赚了钱，就有无数个格格。“天风海雨”这类属于彼岸的东西，只怕早就过时了。

跋东坡七夕词后　陆游

昔人作七夕诗，率不免有珠栊绮疏惜别之意。惟东坡此篇，居然是星汉上语。歌之曲终，觉天风海雨逼人。学诗者当以是求之。

【学其短】

○本文录自《文集》卷二十八。文末原署『庆元元年元日，笠泽陆某书』。庆元，宋宁宗年号。笠泽，太湖古称。陆氏所居鉴湖古一名太湖，故亦称笠泽。

○珠栊绮疏，精巧的窗户，引申为美好的房室。

忆儿时

【念楼读】 还记得十三四岁的时候，我跟着父亲住在城南的别墅里。有次偶然在藤床上见到一部陶渊明的诗集，拿着看看，觉得有味，便慢慢地开始读。一读读到天色向晚，家里人喊我去吃晚饭。我正读得高兴，不顾家人的三喊四催，总不肯把书放下，直到天黑，硬是没有去吃这一餐。

如今回想起来，这件事情还是清清楚楚的，就像几天前才发生的一样。可今年已是庆元乙卯年，十三四岁的小孩早已变成七十出头的衰翁了。

【念楼曰】 这是我读过的写自己少时读书生活的文章中最好的一篇。东坡《书渊明诗》一首亦佳，却不涉及儿时。

我自己也写过几篇回忆自己读书生活的文字，却远不能够写得像这样有感情，又有风趣，故知此事很不容易。

陆游祖父陆佃（农师）是著名学者，著有《埤雅》《陶山集》，藏书甚多。父亲陆宰曾著《春秋后传补遗》，也很爱书，绍兴年间家里藏书达一万三千多卷。藤床上放着陶诗，子弟尽可翻阅；只要在用心看书，晚饭不来吃也没关系。家庭中有这样的文化氛围，有这样的读书空气，对少年儿童来说，的确是一种幸福。

这几年常听说要“老有所为”“老有所乐”，依我看，七十衰翁能回忆少时贪读好书的幸福，并把它写出来，那就是最有所为、有所乐了。

跋渊明集

陆游

吾年十三四时，侍先少傅居城南小隐，偶见藤床上有渊明诗，因取读之，欣然会心，日且暮，家人呼食，读诗方乐，至夜卒不就食。今思之，如数日前事也。庆元二年岁在乙卯九月二十九日，山阴陆某务观书于三山龟堂，时年七十有一。

【学其短】

○本文录自《文集》卷二十八。

○先少傅，陆游对自己已故的父亲陆宰的称呼。

○龟堂，陆氏斋名。

故都风物

【念楼读】　从前天下太平时，生活在故都汴梁城内，对那里四时八节的景物、民间百姓的风情，司空见惯，觉得这些尽人皆知的事，记录下来似乎没有什么必要。及至金寇南侵，汴京失守，倏忽已七十年，从那里出来的人，逐渐凋零殆尽，这时才显出了这本书的价值。

吕先生写这本《岁时杂记》的时候，还在道君皇帝即位初期的崇宁、大观年间。又过了二十来年，汴京才沦陷。难道老前辈的眼光如此深远，竟预见到了后来发生的事情吗？

吕公已矣，唯书尚存。现在我们这些在江南的人，却苟安旦夕，连伤怀故国、痛惜山河的心情也未必常有。翻阅此书，不禁泪下。

【念楼曰】　南宋被金人赶到江南，和东晋的情形相似。东晋过江诸人聚于新亭，或叹曰："风景不殊，正自有山河之异。"皆相视流涕。唯有被时人推重为管仲（夷吾）的王导变色曰："当共戮力王室，克服神州，何至作楚囚相对？"陆游提到新亭对泣，是痛南宋忧国无人，其诗：

不望夷吾在江左，新亭对泣亦无人。

正是这个意思。

世风民俗"人人知之，若不必记"，倘经变故，则倏忽已为陈迹。我们这辈人亲身经历过的放诗歌卫星、全民打麻雀之类的事，能记得住的还是及时记下为好。

跋吕侍讲岁时杂记

陆游

承平无事之日．故都节物及中州风俗．人人知之．若不必记．自丧乱来七十年．遗老凋落无在者．然后知此书之不可阙．吕公论著．实崇宁大观间．岂前辈达识．固已知有后日邪．然年运而往．士大夫安于江左．求新亭对泣者．正未易得．抚卷累欷．

【学其短】

○本文录自《文集》卷二十八。文后原署『庆元三年二月乙卯，笠泽陆某书』。

○故都，指北宋都城汴梁（今河南开封）。

提个醒

【念楼读】 古时的作者，读书读得多，识的字也多，写文章时偶尔用上几个古字，正是随手拈来，本无心分别字体的今古，更不是为了炫耀自己的学识。

现今的作者，却偏要从《史记》《汉书》中寻些后来已经不用了的古字，将其装点在自己的句子里，以此表现自己的“高水平”。殊不知在他们洋洋得意的时候，已经有人忍不住要笑呢。

偶然见到这部《前汉通用古字韵编》，正是为装门面服务的书，便在上面写下这几行，给年轻人提个醒。

【念楼曰】 清朝末年，章太炎提倡“复古”（当然他有反对清政府的目的），故意从先秦古籍中找些早已死去的古字来用。周氏兄弟曾从之读书，也一度染上这毛病，所作《摩罗诗力说》《文化偏至论》等，内容平平，徒做古奥状，实在不足为训。

如今知识和书籍早成了商品，得按主顾的需求备货，内容是否有益，有时便顾不上多想。所以老残在东昌城书店里看见的书，大半是“三百千千”，再就是《八铭塾钞》，正属于《前汉通用古字韵编》一类。还有文海楼、文瀚楼请马二先生、匡超人精选的《三科乡会墨程》等，即所谓教辅、教参，亦是出版社的财源利薮。我们哪敢学放翁的样，提醒年轻朋友少看少买，但求老板们在敦请处州马纯上、乐清匡迥诸位大家名家来精编精选的同时，还能为真正读书人想读的书留一线生机和几畦园地。

跋前汉通用古字韵编　陆游

古人读书多．故作文时偶用一二古字．初不以为工．亦自不知孰为古孰为今也．近时乃或钞缀史汉中字．入文辞中．自谓工妙．不知有笑之者．偶见此书．为之太息．书以为后生戒．

【学其短】

○本文录自《文集》卷二十八。文末原署『己未三月二十四日，龟堂识』。

今昔不同

【念楼读】 王右军的《乐毅论》，字形虽小，而笔意奔放，气势开张，给人的印象不像是小字。“上皇山樵”的《瘗鹤铭》摩崖刻石，字形虽大，但结构紧凑，笔画收敛，给人的印象又不像是大字。

后世书法家之所以永远只能抬起头望前辈，甚至抬起头还望不到，恐怕正是在这些地方。

【念楼曰】 我本来是很不赞成说“一代不如一代”的。小时看《江湖奇侠传》，桂武小两口要一重门一重门地打出丈人家，妹妹、嫂子把守的几张门还容易过，丈母娘那里便差一点出不来，临到老外婆将铁拐杖一摆，就只有磕头哀求的份了。反正徒弟总打不过师傅，这便是传统文化之精髓，什么派全都一样。

当时看这些书，也津津有味，不觉得有什么不对。直到自己胡子头发发白了，才感到年岁硬是不饶人，如说越老反而越强，只能是存心说谎。而世间所有技艺，纪录也总在创新，古希腊人跑马拉松也绝对赶不上如今的选手。

但是在艺术创作上，有时今人确实难以企及昔人。只谈书法，现代有些“大师”们的字，不说难比《乐毅论》《瘗鹤铭》，就是放在“放翁五十犹豪纵”旁边，恐亦“不可仰望”。奇怪的是，他们的展览会总不停地在举行，甚至写一个“寿”字、“福”字，当场便有企业家出几十万来“买”，岂不怪哉？

跋乐毅论

陆游

乐毅论纵横驰骋，不似小字；瘗鹤铭法度森严，不似大字。此后世作者所以不可仰望也。

【学其短】

○本文录自《文集》卷二十九。文末原署『庚申重九，陆某书』。庚申，南宋宁宗庆元六年。

○《乐毅论》，法帖，王羲之书，小楷四十四行。

○《瘗鹤铭》，传为南朝梁时摩崖刻石，原刻在焦山（在今江苏镇江）西麓石壁上。

想鉴湖

【念楼读】 我家住鉴湖(亦称镜湖)北岸,牧童们常在湖边放牛。每当轻风将树上的枝叶吹得微微颤动,青草地在初升的阳光照射下,升起一层有如薄雾的轻烟,牧童和牛在其中慢慢地踱着,为这番景色所吸引的我,自身也仿佛成为图画中人了。

自从被调到临安来编史书,经年不见鉴湖风景,觉得生活真是越来越单调,吃饭、休息都越来越乏味。现在好不容易完成了任务,可以退休了。三天之后,如果还不坚决请退,请退以后,如果不能一再坚持,坚持早日回到鉴湖上去的话,我是可以指着日头发誓的。

【念楼曰】 韩滉的《五牛图》已成稀世之宝。跋韩滉画牛,无一字及韩氏之画,只叙因画牛而想起故乡的牛,又因而勾起强烈的归乡之念,则画之动人可想见矣。

古人题画,有极好的文章,这也可以算一篇,本想将它放在"记画文"一章,因为是陆游的文章,所以还是放在这里了。

放翁此时已老,渴望回归故乡,回归大自然。其要求退休的决心之大,甚至指着日头发誓,这在如今恐怕是不会再有的了。

如今的人都怕退休,怕下台。这是什么缘故呢?是如今做官不再"无味",味道越来越好了呢,还是因为找不到像鉴湖那样的好地去方去养老呢?

跋韩晋公牛

陆游

予居镜湖北渚。每见村童牧牛于风林烟草之间。便觉身在图画。自奉诏䌷史。逾年不复见此。寝饭皆无味。今行且奏书矣。奏后三日。不力求去。求不听辄止者。有如日。

【学其短】

○本文录自《文集》卷二十九。文末原署『嘉泰癸亥四月一日笠泽陆某务观书』。嘉泰，宋宁宗年号。

○韩晋公，唐韩滉，封晋国公，善画牛。

无聊才作诗

【念楼读】 《花间集》全是唐末五代时人的作品。天下大乱，国家不稳，平民百姓在兵荒马乱中求活命都不容易，读书人却还有闲情逸致，写出如此浪漫美丽的作品来，岂不令人叹息。

但转念一想，亦未必那时的士大夫都不忧国忧民了，而是因为有思想的人这时反而无事可做，上面也不让他们做，所以他们只好作诗词排遣空虚无聊吧。

【念楼曰】 编《唐诗百家全集》时，我发现了一个有趣的现象：

通常被认为作品最富有“人民性”，最能“反映民生疾苦”的诗人，其个人生活往往倒比较优裕，很少吃苦。最突出的例子当然是白居易，官做得大，房子建造得华美，小老婆也讨得多。他的《卖炭翁》《秦中吟》，小学生都读过，可谓深入人心；但在他的两千八百多首诗中，“忆妓多于忆民”却是不争的事实。

相反的，那些生活贫困、地位寒微或身世不幸的诗人，例如刘希夷、崔曙、周贺、寒山的诗中，却极少有“可怜身上衣正单，心忧炭贱愿天寒”这样的句子。

这个现象，初看似不好理解，但仔细想想，也就释然了。因为“朱门酒肉臭”的气味，这些穷酸落魄的人可能根本没有闻到过；而在真正受冻挨饿时，大概也不可能还有心情写诗，只能在压力稍小时偷着乐一乐，以写诗发泄一点个人的无聊。

跋花间集

陆游

花间集皆唐末五代时人作．方斯时．天下岌岌．生民救死不暇．士大夫乃流宕如此．可叹也哉．或者亦出于无聊故耶．

【学其短】

○本文录自《文集》卷三十。文末原署『笠泽翁书』。

张岱文十篇

不出名的山

【念楼读】 绍兴城内外，有五座不出名的山。

世上的山水，本来都是天然之物，这五座山却有点不一样。曹山和吼山，是人工采石凿出来的，并未由天做主。怪山又叫飞来山，能“飞来”就是能够自己挪地方，不服天公的安排。黄琢山老被华岩寺挡着，蛾眉山四面建起了民居，它们都藏匿起来，姿态和颜色多被遮掩了。

难道人定能胜天吗？人工开凿的不仍是天成的山石吗？叫“飞来”的不仍是天生的山峰吗？建筑再高不仍然遮不尽天然的山色吗？

人不能胜天，却可以补天。我写这五座山，只是为了补天公没替它们扬名的不足，算是继承女娲的遗志吧。

【念楼曰】 《越山五佚记序》写的五座山，确实不怎么出名，如今也只有一座吼山，是绍兴的游览地。

黄裳称张岱为“绝代的散文家”，谓其文“绝对不与人相同”。周作人也说“他的特点是要说自己的话”。说自己的话，即不说和别人一样的话。《越山五佚记序》写家乡山水，也是寻常题材，因为文字“绝对不与人相同”，便成了自具特色的作品。

越山五佚记序

张岱

越中山水.曹山吼山为人所造.天不得而主也.怪山为地所徙.天不得而围也.黄琢蛾眉为人所匿.天不得而发也.张子志在补天.为作越山五佚.则造仍天造.徙仍天徙.匿仍天匿也.故张子之功.不在女娲氏下.

【学其短】

○本文录自张岱《琅嬛文集》（以下简称《文集》）卷二。

○张岱，见页二三注。

○越山五佚，意谓绍兴（古称越州）郡城内外五座不出名的山。

出游通知

【念楼读】 有幸住在名胜之区，脚下全是好山好水；更有幸都成了闲人，聚会无须假装正经。乌篷船恰能容我们几个，下酒菜也只须带两三盆。服装任意，茶饭随心。侃起大山来哪怕不着边，爱吹打弹唱亦无妨尽兴。近晚便回家，倒不必学雪夜访戴的故事；只要有兴致，斜风细雨也照样可以出门。特此邀各位前来，再续快游的好梦。

【念楼曰】 出游现在成了时髦，有双休，有长假，不少的人还有公费报销，好像是盛世才有的"与民同乐"的样子。其实古人只要能免于匮乏，免于恐惧，也是很爱游，而且很会游的。

张岱的游踪，不出苏鲁浙皖四省，比今天一个科长还不如。但从文章看，他"游"的品位和"游"给他的美感都是无以复加的。即以这一则小启为例，游必须有友，友必须有趣而且有闲，有共同的理解和赏识，此便是深知游道三昧才说得出的话。

小时候读书，"浴乎沂，风乎舞雩"和"且往观乎，洧之外"的情景，最使我神往。及至成年，先戴铁帽子，后背十字架，殊少快游，徒生遐想。如今倒是不乏被照顾出游的机会，缺少的却是同游的人，有些机会只好放弃。

《游山小启》是一篇骈文，全用对偶句，别有意趣。如今此种文体渐成绝响，"念楼读"试着用语体拟写，却全不成样子。

游山小启 张岱

幸生胜地，鞋靸间饶有山川；喜作闲人，酒席间只谈风月。野航恰受，不逾两三；便榼随行，各携一二。僧上凫下，觞止茗生；谈笑杂以诙谐，陶写赖此丝竹。兴来即出，可趁樵风；日暮辄归，不因剡雪。愿邀同志，用续前游。

【学其短】

○本文录自《文集》卷二。

○航，船。

○榼，装酒菜的容器。

○僧上凫下，上面像和尚一样光着头，下面像鸭子一样赤着脚。

○剡雪，典出《世说新语》，可参看《逝者如斯》页一四八《乘兴》。

二叔的笔墨

【念楼读】 二叔署理陈州时，敌军到了三十里外，全城戒严。有位老朋友冒险来看他，因城门不能开，只能用绳子将朋友吊进城来相见。

二叔本来会画，此时日夜守城，无暇作画，但为情义感动，仍然在灯下泼墨挥毫，给老朋友画了这幅山水。

二叔和他这位朋友的行为，都不是平常人能够有的。看此画笔触，瘦硬倔强，挺拔弩张，犹能想象二叔当年扼守孤城，面对如林剑戟的神气。

【念楼曰】 张岱《家传·附传》中，有一节谈到了他的二叔：

> 仲叔讳联芳，字尔葆，以字行，号二酉。……喜习古文辞，旁攻画艺。少为渭阳石门先生所喜，多阅古画。年十六七，便能写生，称能品。后遂驰骋诸大家，与沈石田、文衡山、陆包山、董玄宰、李长蘅、关虚白相伯仲。……署篆陈州，时贼逼宛水，刀戟如麻。仲叔登陴死守，日宿于戍楼；夜尚烧烛为友人画重峦叠嶂，笔墨安详，意气生动。识者服其胆略。

此节与本文参看，可见：

（一）寥寥数语写不平常事，却全是纪实，并无虚言。

（二）题画是艺术文，形容画法如猬毛倒竖，夹有剑戟之气，给读者的感觉，则与家传所云“笔墨安详”者有异。材料掺不得半点假，口味却可以做出迥然不同的来，此正是特级厨师的手艺。

题仲叔画

张岱

余叔守孤城，距贼垒三十里，有故人缒城来访，余叔多其高义，就灯下泼墨作山水赠之，此二事皆非今人所有，故此画皴法，如蝟毛倒竖，稜稜砺砺，笔墨间夹有剑戟之气。

【学其短】

○本文录自《文集》卷五。

○仲叔，张联芳，字尔葆，号二酉。

考文章

【念楼读】 张君的文章，去应试没有考上。如今将它印出来，不是想说明张君的考运差，而是想说明张君考运差的原因，还在他自己的文章上。

八股文章，就是写给那么一些人看的。硬要写成上帝召凡人去做的庆祝天上白玉楼落成那样的文章，又不是给七岁能诗的李长吉看，张子不能被赏识，就是很自然的了。

文章印出来后，张君拿来给我看，看得我目瞪口呆。我说："这哪能是试官考学生的文章，简直是学生考试官的文章呀！"

听到的人，无不哈哈大笑。

【念楼曰】 一个人写出文章来，交由另外的人去评定甲乙，打分数，定取舍，本来是上帝也未必能办好的事情，故俗谚云：

一命二运三风水，四积阴功五读书。

也就是说，试官考童子，童子若想凭文章考上，从来就是靠不住的。如今虽有统一命题，恐怕也还是如此。

李商隐作《李贺小传》，谓其"细瘦通眉长指爪"，"将死时，忽昼见一绯衣人，驾赤虬，持一版书，若太古篆或霹雳石文者"，云"帝成白玉楼，立召君为记"，贺"下榻叩头"，随即死去。这是宋玉《招魂》、王尔德《渔人和他的灵魂》的写法，正适合李贺这位"鬼才"。张岱在这则短文中，用的便是此典。

跋张子省试牍

张岱

刻张子遗卷．非怪张子之不遇也．欲以明张子之不遇．张子自有以不遇之也．区区帖括家．为地甚窄．乃欲以太古篆作霹雳文．非李贺通眉长爪．能下榻便拜乎．刻成．张子持以示余．余读毕张口不能翕．曰．此不是试官考童子文．乃童子考试官文也．闻者大噱．【学其短】

○本文录自《文集》卷五。

写景高手

【念楼读】 写景的高手，古人第一该推郦道元，第二该推柳宗元，近世便得算袁宏道。

读《寓山注》，见大雅若拙，不作时世妆以媚俗，颇有《水经注》的风骨。一景一物，题材范围很窄，难得的是寄托却很旷远；深情丽色，亦能以简淡的笔墨出之，这一点又像《永州八记》。而其创词炼句，却又能力避庸熟，自出心裁，给人的印象是既新鲜，又干净，首首都很漂亮，比得上袁中郎写浙西山水的名篇。

能够将郦、柳、袁三人写景的笔杆子抓起来，再写下去，如今恐怕就只能借重注“寓山”的这一位了。

【念楼曰】 祁彪佳《寓山注》的文章确实写得漂亮，本书“写景文十篇”中也收入了他的一篇《水明廊》。

文章写到明朝中叶，八大家的路子已经走到了尽头。有这方面兴趣和天赋的人，不得不求新求变，张岱和祁彪佳便是这方面成绩突出的好手。写园林不称记、志、叙而称“注”，似是初创，这则跋语的写法也不多见。

不过最要紧的还是真本事。文章要写得好，引人读，耐得读，若无自己的思想和文采，光靠在形式上“出新”，则如小孩子砌积木，颠来倒去也无法出奇制胜。

跋寓山注

张岱

古人记山水手。太上郦道元。其次柳子厚。近时则袁中郎。读注中遒劲苍老。以郦为骨。深远冶淡。以柳为肤。灵巧俊快。以袁为修眉灿目。立起三人。奔走腕下。近来此事。不得不推重主人。

【学其短】

○本文录自《文集》卷五。

○《寓山注》，可参看页一一六《寓山的水》。

米家山

【念楼读】 学画米家云山的人，总想画出满纸烟云、朦胧掩映的效果，所以一动手就放笔直干，几乎全是泼墨。殊不知米家父子作画之前，胸中自有丘壑，整个画面的轮廓早布置好了，何处该实，何处该虚，何处该粗，何处该细都了然于心，再用他们独有的技法点染而成。这看似信笔而为，并不刻意摹写，其实为了一幅水墨云山，真不知得付出多少精神，多少气力。

从前有位书法名家对人说："因为太匆促，所以来不及作草书。"学画米山的人，总要懂得这一层意思。

【念楼曰】 此一则也是为别人的画题跋，却无一语道及其人其画，好像有点"跑题"，至少是"缺乏具体分析"，阅卷老师未必给高分，我则以为它能得作序跋的妙义。

为人作序跋也真难(写"书评"则更难)，何况顾亭林在《日知录》中的挖苦话——"人之患，在好为人序"，老像神话中的利剑那样悬在我头顶上。但推托有时又难为情，那么也只有跑题，在别人的命题下写自己的文章。你画米山，我就从米山谈到古人"忙促不及作草书"，只要能谈出一点半点道理，又谈得有味道，亦即有益于人，可以交卷了。

再跋蓝田叔米山　张岱

画米家山者，止取其烟云灭没，故笔意纵横，几同泼墨，然不知其先定轮廓，后用点染，费几番解衣盘礴之力也。昔之善书者，谓忙促不及作草书，正须解会此意。

【学其短】

○本文录自《文集》卷五。
○蓝田叔，作者的族叔。
○米家山，宋代米芾、米友仁父子以大笔触的水墨表现烟雨云山，世称「米家山」，简称「米山」。

我

【念楼读】 理想呢，早已无影无踪。

事业呢，成了逝去的风。

为国捐躯最好，却怕打冲锋。

也想下田种地，腿脚又抽筋。

写书写了二十年，只留下废纸若干斤。

就是这样一个人，大家看呀，中不中？

【念楼曰】 在日丹诺夫、姚文元一类文化奴才总管看来，写这几行东西的人，若非反动派卖国贼，定是投降派寄生虫，即使不按古米廖夫的判例立即执行，也得送往古拉格群岛，或者驱逐到巴黎等什么地方去，才得眼中清净，天下太平。

张岱说他砍头怕痛，所以没有做忠臣。但他本来只是个大少爷，并未做过明朝的官，因为已经写了十七年的明史《石匮书》尚未写完，于是“披发入山”，“以世家而下同乞丐”，在贫穷中继续著述，终于完成了此书和它的后集。此书和他的《琅嬛文集》《陶庵梦忆》，都是汉文学的瑰宝，而绝不是如他所说的“仅堪覆瓮”的废纸。在这里，他不过开开玩笑罢了。

专制之一恶是开不得玩笑。审查文字有如看犯人供词，必须句句属实。瞿秋白临死说了句豆腐好吃，也被视为叛徒。欲人人都抄（肯定不可能人人做得出，故只能抄）两行“孔曰成仁，孟曰取义”再死，这死岂不也太难了吗？

自题小像

张岱

功名耶落空，富贵耶如梦，忠臣耶怕痛，锄头耶怕重，著书二十年耶而仅堪覆瓮，之人耶有用没用。

【学其短】

〇本文录自《文集》卷五。
〇『功名耶落空』的『空』字读作『钻空子』之『空』。

人和狼

【念楼读】 中山狼的故事大家都熟悉，却不知道当东郭先生帮狼藏起来，骗走猎人以后，狼立刻龇牙露齿，要吃东郭先生，这时在人狼之间，还有如下一番对话：

“唉，狼啊，你怎能忍心吃我这老头？也不想一想，我如果不救你，你自己的肉还不知会被谁吃呢？难道你连救命恩人都忍心吃吗？”

“不错，你是救了我。但你是人，我是狼啊。狼饿了，就是要吃人的，哪有心思分别你是老是小，是恩人还是仇人呢？”

“唉，看来你真要吃我了，残忍的狼啊，你真是一头狼啊！”

【念楼曰】 《伊索寓言·农夫与(冻僵的)蛇》末云：

> 这故事说明，邪恶的人是不会变的，即使人家对他十分慈善。

不过咱们添上了后面一节，终于又骗得狼重新钻入袋中，结果依然是善有善报、恶有恶报，或曰“公理战胜”。

我们教小孩子唱打倒野心狼唱了许多年，这种教训我看是终归无用的。还是狼说得对：“你是人，我是狼。”价值判断本自不同，道德标准怎能一致。至于迦尔洵说：

> 狼不吃狼，人却欣然地吃人呢。

则是另类文章，又当别论。

中山狼操

张岱

东郭先生匿中山狼，绐猎者去。狼磨牙欲食之，悔而有作：

吁嗟狼兮，尔乃食予。予不尔救，尔将食谁？狼曰余饥，所见惟食，不问恩仇，不择肥瘠。狼兮，终忍食余兮，终忍食余兮。狼兮。

【学其短】

○本文录自《文集》卷六。

○中山狼，明马中锡著寓言《中山狼传》，后康海又作杂剧《中山狼》演其事。

○操，琴曲名。

茶壶酒壶

【念楼读】 宜兴陶艺最讲究制茶壶，龚春所制的当然是第一，其次是时大彬，再其次就要推陈用卿了。

锡工精制酒壶，则以王元吉称第一，归懋德数第二。

茶壶不过是一种陶器，酒壶不过是一种锡器。可是上面这些人制作的壶，一脱手每把就要值五六两银子，陶土和锡的价格，竟相当于同等重量的白银，岂不是天大的怪事么。

不仅如此，这些茶壶酒壶，有的还上了收藏鉴赏家的橱架，居然与商周青铜古物并列，一样地受到珍重。这就充分说明，它们和它们的制作者，在人们的心目中占有怎样的地位。

【念楼曰】 为文介绍创作，最怕胡吹乱捧，形容词满天飞，“大师”帽子随便戴。当写武侠、言情通俗小说的人都被捧成了“大师”，这类吹捧文字便堕落成了街头巷尾的小广告，自爱者决不屑为，也不会看。

本篇对龚春诸人亦可谓极致倾倒，却通篇无一形容词。“绝代的散文家”（黄裳语）的笔墨，真不可及。更重要的是，他介绍的龚春、时大彬……都是真正的大师。如今一把供春壶的价格好几十万，比“五六金”又高出了几千倍。此全靠其本身的“品地”，而断非文章之力，即使是绝代的文章。

砂罐锡注

张岱

宜兴罐以龚春为上．时大彬次之．陈用卿又次之．锡注以王元吉为上．归懋德次之．夫砂罐．砂也．锡注．锡也．器方脱手．而一罐一注价五六金．则是砂与锡与价．其轻重正相等焉．岂非怪事．一砂罐一锡注．直跻之商彝周鼎之列．而毫无惭色．则是其品地也．

【学其短】

〇本文录自《陶庵梦忆》卷二。

他读的书多

【念楼读】 张伯起印了一部集注《文选》的书，有位先生就问：

“书名叫《文选》，为什么却选了这么多诗？”

“都是昭明太子选的，总有他的道理吧。”

“昭明太子现在在哪里？”

“死了。”

“既然死了，就不找他的毛病算了。”

“就是没死，他的毛病也难找。”

“为甚么呢？”

“他的书读得多呀。”

【念楼曰】 刘勰《文心雕龙》说：“今之常言，有文有笔，以为无韵者笔也，有韵者文也。”此盖是南北朝时期对文体区分的共识。编《文选》的昭明太子萧统，比刘勰小三十五岁，早死一年，可算同时代人，故《文选》选韵文（当然包括诗）乃是最正常不过的事情。在刘勰和昭明太子他们那时候，如果不选诗，又怎能称《文选》？

“一士夫”却硬要质疑：“既云文选，何故有诗？”其实这和余秋雨硬要将读书人开始做官说成“致仕”也差不多，问题不过只是欠缺了一点知识。金文明忍不住要说话，像张岱这样极简单几句就行了，既可解人颐，也免伤和气。

不死亦难究

张岱

张凤翼刻文选纂注。一士夫语之曰。既云文选。何故有诗。张曰。昭明太子为之。他定不错。曰。昭明太子安在。张曰。已死。曰。既死不必究他。张曰。便不死亦难究。曰。何故。张答曰。他读得书多。

【学其短】

○ 本文录自《快园道古》卷四。

○ 张凤翼，字伯起，明长洲（今苏州）人。

○ 《文选》，梁昭明太子萧统编撰，亦称《昭明文选》。

郑燮文十篇

对不住

【念楼读】 我知道自己的诗格调不高，尤其是七言律诗，大有陆放翁的毛病——浅，不止一次有老朋友提出批评。但也有人不知是出于错爱还是什么原因，还是建议我将它们印成集子。想来想去，觉得自己的本事只这么大，就是再做努力，也未必能写得更好。于是便没有听从批评，反而接受了建议，真是对不住读者了。

【念楼曰】 萝卜白菜，各有各爱，因为各人有各人的口味。萝卜白菜尚且如此，文学作品并不是实用的东西，就更不可能有什么统一的标准。所以作家的确不必太听批评家的话，只要自己想写想发表，写和发表便是了。

真正的文学批评，也是一种作品，作者同样有写作和发表的自由，不过不应该要求别人一定得听，正如文学作品不能要求别人一定得看，看了一定得说好。

板桥的诗，本来不如其文，也不如其词其道情，但也还是可读可存的。看来他当时没听批评，反而接受了出诗集的建议，并没有错。

陆放翁是伟大的诗人，但他有些诗境界浅露，含蕴不足，也是公认的。“六十年间万首诗”，写得太多，又哪能首首都是精品，有的也只能“对不住”他自己和读者。

郑板桥有此自知，把话先说出来，似乎更高明一点。

前刻诗序

郑燮

余诗格卑卑，七律尤多放翁习气，二三知己屡诟病之，好事者又促余付梓，自度后来亦未必能进，姑从谀而背直，惭愧汗下，如何可言。

【学其短】

○此九篇均录自郑燮《板桥全集》（以下简称《全集》）。本文录自《全集·诗集》，文末原署『板桥自题』。

○郑燮，号板桥，江苏兴化人。（以下不再注明）。

鬼打头

【念楼读】 郑板桥的诗,勉强能够刻印出来呈献给读者的,全都在这里了。

在我身后,无论用什么名义"增编""补辑",将我平日为了交差应请,胡乱写出来的东西,勉强杂凑再来出版,都是违背我的意愿的。死若有知,我一定会为此气得发狂。硬要干这事的混蛋,难道就不怕我的鬼魂会来打你的头么?

【念楼曰】 从上一篇《前刻诗序》看,郑板桥不听批评,坚持要刻印自己的诗,还是很有发表欲的。从这一篇《后刻诗序附记》看,他又很怕身后别人将他的"无聊应酬之作"拿来印行,要化"为厉鬼以击其脑"。其实坚决要印和坚决不印,都是为了珍重作品,珍重读者,前后一致,并不矛盾。

作者一生中所写的东西,未必都有发表的价值。无聊应酬之作不必说了,还有奉命来作的表态文章、应景文章、大批判文章,不仅艺术上未必能给本人增光,政治上事过境迁也多半过时了。作者如果悔其前作,或者爱惜羽毛,不愿意再翻旧衬衣,也应予以理解。

当然,为了研究人和史,有时也有搜辑遗文的必要。若只是为了牟利,把爷娘亲自删去的房帷私语搬出来充卖点,将先人日记任意改动后再卖钱,就太不堪了,难道就不怕鬼打头么?

后刻诗序附记

郑燮

板桥诗刻，止于此矣。死后如有托名翻板，将平日无聊应酬之作改窜阑入，吾必为厉鬼以击其脑。

【学其短】

○本文录自《全集·诗集》。

不求人作序

【念楼读】 我出书向来不喜欢求人作序。请领导同志写吧，不免有拉大旗作虎皮的嫌疑，想沾光反而丢脸；请专家学者写吧，又得热脸挨冷脸，忍受那种居高临下、爱理不理的样子，还不如不要那几句表扬。

写几封家信，本不是做文章，当然更写不出什么好的文章来。如果有人对它还感兴趣，也许可以看一看，不感兴趣便当作废纸处理好了，那就更加无须请人作序了。

【念楼曰】 出书求人作序，如今在书评报刊上遭讥讪荼毒的，已经够多了，看起来实在可怜。我倒觉得，讥讪的锋芒不必老是对着可怜巴巴的求序者，而应该对着“好为人序”的名家大家们。若天下没这么多人好为人序，好当主编（主编往往和作序者一身二任），泡沫书、垃圾书起码要少一半，真正做了好事。

其实我完全不反对书前有序，而且还很喜欢读写得好的序文，而且还不一定同时要读序后的正文。序文比所序的书有更强更久的生命，这样的例子真不少。这就必须：（一）序文对所序的书有真正独特的见解；（二）作序者对书作者其人其事有真正深厚的感情；（三）是篇好文章。这样的序，只读它不读其书，也不会吃亏；问题就是这样的序文实在难得一见，恐怕也不是“求”能够求得到手的。

家书自序

郑燮

板桥诗文，最不喜求人作序。求之王公大人，既以借光为可耻；求之湖海名流，必致含讥带讪，遭其荼毒而无可如何。总不如不序为得也。几篇家信，原算不得文章，有些好处，大家看看；如无好处，糊窗糊壁，覆瓿覆盎而已，何以序为。

【学其短】

○ 本文录自《全集·家书》。文末原署『郑燮自题，乾隆己巳』。

胸无成竹

【念楼读】 晁补之为文与可画竹作诗，云：

与可画竹时，胸中有成竹。

苏轼在《文与可画筼筜谷偃竹记》中说得更好：

故画竹必先得成竹于胸中，执笔熟视，乃见其所欲画者，急起从之，振笔直遂，以追其所见，如兔起鹘落，少纵则逝矣。

这是大作家对大画家作画经验的总结，文章也写得气势生动，读之正如看文氏的画，活灵活现，动人极了。

但我画竹，却和文氏完全不同。他画竹时胸中有成竹，我画竹时胸中却无成竹，几竿几丛，枝枝叶叶，全凭意之所向，兴之所至，自由挥洒而成。往往信手画出，神气反而更加具足，至少我自己看来是如此。

在绘画艺术上，我是后辈，怎么敢妄比前代名家。我想说的不过是，只要真理解竹子，真爱竹子，全心全意想画好竹子，作画时胸中有成竹也好，没有成竹也好，都是能够画得出来的。

【念楼曰】 文同是画竹名家，苏轼更以"三绝诗书画"而兼旷代文豪，其权威性自不待言。若在现代，绝对的权威如是说，跟着做阐释，做详解，立学派的人，真不知会有多少，怎么敢公然立异？此其所以为郑板桥乎。

题画竹一

郑燮

文与可画竹，胸有成竹，郑板桥画竹，胸无成竹。浓淡疏密，短长肥瘦，随手写去，自尔成局，其神理具足也。藐兹后学，何敢妄拟前贤，然有成竹无成竹，其实只是一个道理。

【学其短】

〇本文录自《全集·题画》。

〇文与可，名同，宋画家。

文与画

【念楼读】 住在江边，秋天早晨起来看竹。初阳刚照上竹林，露气化成缕缕轻烟，正在慢慢升起。晨光在枝梢间投下了或浓或淡的影子，竹叶上间或有露珠闪烁发光……眼中的景象，觉得很有画意，心中便起了作画的冲动，但是我心中的竹子，却要比眼中的更高雅，更潇洒，更美……

回到屋里，磨好墨，铺开纸，动起笔来。纸上立刻出现了竹的形象。我极力想画出我心中的竹子，可是笔下画出来的，却又总是跟它有距离，总还不够完美。

看来，创作永远也难以达到理想的境界，艺术永远也难以将人的感觉完全表现出来。感觉永远是第一位的。只有凭着感觉，凭着对大自然的美的领悟，才有可能超越笔墨的局限，画出自己能力以上的作品来。

这里说的是作画，难道只有作画是如此吗？

【念楼曰】 中国画是文人画，不通文即不通画理，也不能成为画家。郑板桥的画名高，也是得力于他的文名和书法，至少是相得益彰的，画匠画师是写不出他这样的文字的。

西洋画路子不同，但我想文学和美学的修养，对于所有的画家，恐怕一样重要。画西画的也有画师和画匠，他们的收入可能高于凡·高，但毕竟只是画师和画匠。

题画竹二

郑燮

江馆清秋.晨起看竹.烟光日影露气.皆浮动于疏枝密叶之间.胸中勃勃遂有画意.其实胸中之竹.并不是眼中之竹也.因而磨墨展纸.落笔倏作变相.手中之竹.又不是胸中之竹也.总之.意在笔先者.定则也.趣在法外者.化机也.独画云乎哉.

【学其短】

○本文录自《全集·题画》。

润格

【念楼读】 作画:八尺银六两,六尺银四两,四尺银二两。

书法:条幅、对联银一两,斗方、扇子银五钱。

板桥书画,只收白银。诸君惠顾,无任欢迎。礼品食物,请勿费心。非我所好,概不领情。白银兑现,其乐融融。画会画得好,字更有精神。近乎不必套,赊欠更不行。闲话请尽量少讲,留下时间给老夫写字画画是正经。

【念楼曰】 润格便是文人卖文,画家鬻画的价目。他们既然以此为业,取酬便是理所应当。不过以前润格由作者自定,愿者上门;如今则标准由买方掌握,爱给多少给多少罢了。

此文于风趣中表现出清贫画家的耿直和无奈。他定的润格其实相当低。清末林琴南的画,八尺润金四十八两;顾鹤逸每尺二十五两,八尺高达二百两。顾、林的画品,其实尚不及板桥 。如果还任人揩油,或以少许礼品食物来套取,板桥道人岂不会揭不开锅盖?

民国郭守庐卖文小启,也貌似取笑,实为讽世,后二节云:

妻不会卖乖鬻俏,子不会得势拿权。一支秃笔,与我生命相连。没甚新鲜,为的金钱。

当不上旧式名流,交不上时髦政客。没字招牌,哪里有人认得。管甚黑白,出张润格。

板桥笔榜

郑燮

大幅六两．中幅四两．小幅二两．书条对联一两．扇子斗方五钱．凡送礼物食物．总不如白银为妙．公之所送．未必弟之所好也．送现银则中心喜乐．书画均佳．礼物既属纠缠．赊欠尤为赖账．年老神倦．不能陪诸君子作无益语言也．

【学其短】

○ 本文录自《全集·杂著》。

○ 笔榜，润格（取酬标准）。传世文后有诗，『画竹多于买竹钱，纸长六尺价三千。任渠话旧论交接，只当秋风过耳边』，末署『拙公和上（尚）属书谢客，板桥郑燮』，乃是为和尚画竹的题诗，笔榜则是临时添写的。

难得糊涂

【念楼读】 难得糊涂,难得糊涂。

人要聪明,难。人要糊涂,我看也难。聪明的人,要学得糊涂,那就更难了。

人生还是糊涂一点好啊。要挖空心思应付的问题,先将它摆一摆再说吧。出现了升官发财的机会,让别人先去争吧。凡事不必抢,不必争,也不必信先吃亏后占便宜的鬼话,只图眼前少费劲少伤脑筋。正如《沙陀搬兵》中李克用唱的,"落得个清闲",岂不好么?

【念楼曰】 《苦竹杂记》中有《模糊》一篇,讲郝兰皋、傅青主,云:

> 模糊与精明相对,却又与糊涂各别。大抵糊涂是不能精明,模糊是不为精明。

但板桥明谓"由聪明而转入糊涂更难",那么原不是说天生的糊涂虫难得,企慕的也正是知堂所喜欢的郝傅一流也。

郝君的家奴散出后入县衙充书役,相逢"仰面径过",置之不问;善本书、端石砚不知为谁携去,亦遂置之。傅君家训云:

> 世事精细杀,只成得好俗人,我家不要也。

知堂接着说道:

> 目前文人多专和小同行计较,真正一点都不模糊,此辈雅人想傅公更是不要了吧?

读之不禁会心一笑,啊,这讲的是谁呢?

题额

郑燮

难得糊涂。聪明难，糊涂难，由聪明而转入糊涂更难。放一着，退一步，当下心安，非图后来福报也。

【学其短】

○本文录自《全集·杂著》。文末原署『乾隆辛未秋九月十有九日，板桥』。

雪婆婆

【念楼读】 民间俗信，十月二十五是雪婆婆的生日。过了这一天，就有可能下雪了。

我的生日，正好也是十月二十五，于是便请杭州身汝君给我刻了“雪婆婆同日生”这颗闲章。

有人说，闲章上几个字，虽说是小玩意，也要有出典，才能不失风雅，你这是什么典故啊。

我说，古来民间的俗话，后代成了典故的，实在很不少。《后汉书·马援列传》云，马援子廖为卫尉，上疏劝诫奢靡，引长安语曰：

> 城中好高髻，四方高一尺。城中好广眉，四方且半额。

唐李贤注云：“当时谚也。”谚就是民间俗语。可是后来李后主形容大周后之美，说什么：

> 修眉范月，高髻凌云。

文人马祖常作诗，还有这样的句子：

> 已知京兆夸高髻，不信章华斗细腰。

这“高髻”也就成为文人笔下的典故了。那么，今天老百姓口头上的“雪婆婆”，难道后世就不会成为典故么？

【念楼曰】 “五四”后胡适写《白话文学史》，郑振铎写《中国俗文学史》，从民谣俗谚里寻文学的源流，开了一代风气。二百年前的郑板桥，已是他们的滥觞。

题印一

郑燮

雪婆婆同日生.杭州身汝刻.

俗以十月廿五日为雪婆婆生日.燮与之同日生.故有是刻.或以不典为诮.予应之曰.古之谚语今之典.今之谚语后之典.宫中作高髻.四方高一尺.真俗语而今为典矣.

【学其短】

○本文录自《全集·杂著》。『雪婆婆同日生』六字为印文，以下则是『边款』即刻在印石边上的文字，下同。

○『宫中作高髻西方高一尺』，见《后汉书》卷二十四，但郑燮将『城中好高髻』写成『宫中作高髻』了。

郑为东道主

【念楼读】 《左传》僖公三十年的《烛之武退秦师》是篇精彩的好文章。烛之武说秦伯曰：

若舍郑以为东道主，行李之往来，共（供）其困乏，君亦无所害。

我正好姓郑，于是将“舍郑以为东道主”拿来，去掉一个“舍”字和一个“以”字，成了“郑为东道主”，又请朱君为我刻了一颗闲章，用于招友同游，邀人叙话，岂不正好。

《春秋左传》为五经之一，将传文掐头去尾，使之为我所用，也许有人会觉得不妥。其实不管是什么经典，用它时都不必字字照搬。凡作文，无论大小长短，都得自己做主。

自己作主，才是自己的文；不然的话，就只能算奴才之文了。

【念楼曰】 人民个个做了主人，奴才早该没有了。但戏台上的影子却常常挥之不去，亦未必个个青衣小帽，尽有《法门寺》《审头刺汤》里锦衣玉带的角色，但终于还是石秀所骂的“与奴才做奴才的奴才”。

奴才的特点便是不能自作主张。尽管他有时候吆三喝四，威风十足，却全是主子命令他讲的话。

郑板桥区区“七品官耳”，却能自作主张，所以他写的都是主子文章，不是奴才文章。当然也只有在他不当县太爷以后才能如此，不然吃了朝廷的俸禄，便不得不归朝廷管，说话写文章也不得不遵朝廷功令。

题印二

郑燮

郑为东道主．朱青雷刻．舍郑以为东道主．板桥割去舍字以字．便是自作主张．凡作文者．当作主子文章．不可作奴才文章也．

【学其短】

○ 本文录自《全集·杂著》。

○「舍郑以为东道主」，见《左传·烛之武退秦师》。

博爱

【念楼读】 早就有人说,"一走进摆设兰花的屋子,立刻会嗅到浓烈的芳香;但若是在屋里待得太长久,嗅觉饱和便不会觉得香了"。

人们为了闻香,为了审美,从野外山中挖来兰草,移植作为盆景。这样做,赏玩兰花的人,自然会感到快乐;但是,被赏玩的兰花会不会快乐呢?

我爱兰,爱的是深山幽谷中的兰。我不愿损伤它,夺取它,只愿在大自然中跟它做伴,为它写生,并向它献上这样一首小诗:

深谷中悬岩下栖息着寂寞的兰,
稀疏几枝竹叶遮不住多少风寒。
不害怕冷清只要能自由地生长,
我也愿来此处远离吵闹的尘寰。

【念楼曰】 只有郑板桥这样的艺术家,才会想到兰花会不会快乐,才会将兰草视为和人类一样的生命。周作人《山中杂信》也曾对笼中鸟表同情:"为要赏鉴,在它自由飞鸣的时候,可以尽量地看或听,何必关在笼里擎着走呢?"又引佛经戒律禁盗空中鸟,"(鸟)纵无主,鸟身自为主,盗(罪)皆重也"。他接着说道:"鸟身自为主——这句话的精神何等博大深厚,然而又岂是那些提鸟笼的朋友所能了解的呢?"

草木虫鱼,一切有情,都是博爱的对象啊!

画兰竹石

郑燮

昔人云．入芝兰之室．久而忘其香．夫芝兰在室．美则美矣．芝兰弗乐也．我愿居深山巨壑之间．有芝不采．有兰不掇．各全其天．各乐其命．乃为诗曰．高崖峻壁见芝兰．竹影斜遮几片寒．便以乾坤为巨宅．与君高枕卧其间．

【学其短】

○本文录自《全集·集外诗文·题画》，为《画兰竹石》最后一则。

○有上款『绣华老长兄亲翁政画』，下款『板桥居士姻弟郑燮拜手』。

○芝兰，芝通芷，芷兰在此处即指香兰。画的本也只是兰竹石，并未画属于菌类的灵芝。

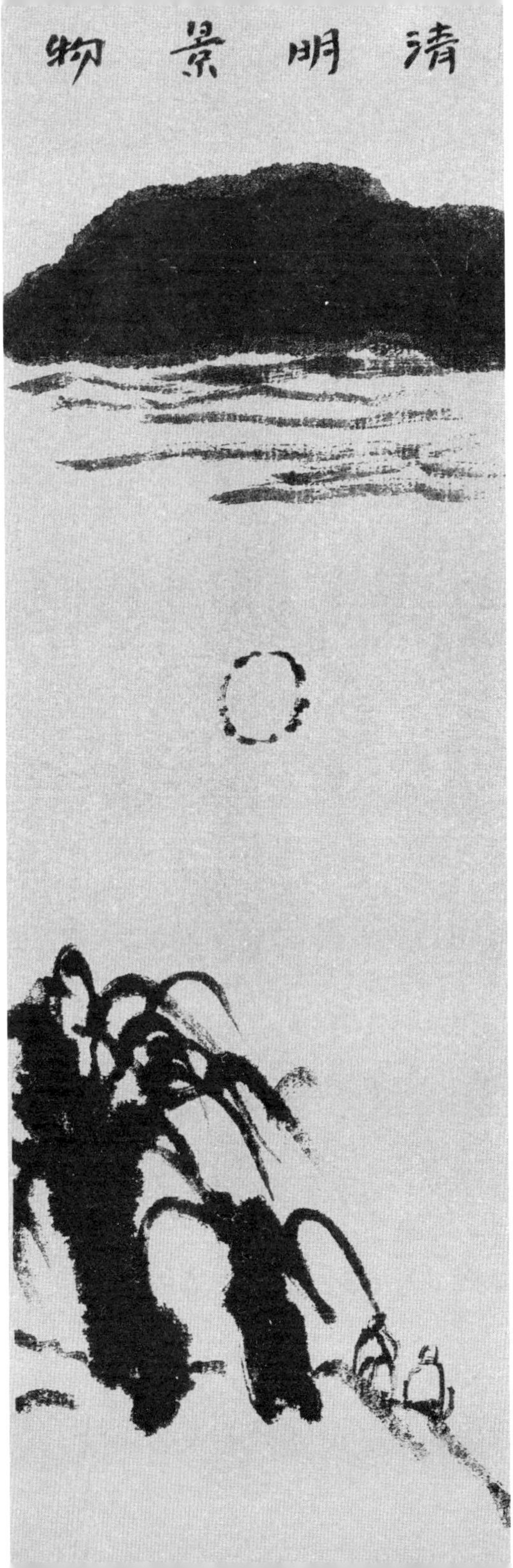

王闿运日记

儿女读书

【念楼读】 正月初七日，雪。

杨慕李、孙翼之二人来访。

我督促儿女们读书，诵读声中，不知不觉打了个盹，一觉醒来，读书的孩子们早散了。比起二十年前用功的情形来，真是不同的两代人啊。

【念楼曰】 日记成为文体的一种，早在宋朝就出现了，范成大和陆游都留有史料性和文学性都很强的作品。明朝以后，作者渐多，这大概和写作中个人主体意识的加强有关。

王闿运的《湘绮楼日记》，为清季四大笔记之一（其余三种的作者为曾国藩、翁同龢、李慈铭），都是作者生前宣传众口，死后很快成书的。这里的九篇均选自壬辰（光绪十八年，即一八九二年）卷，时王闿运已五十八岁，居衡阳。

钱基博《现代中国文学史》开头第一句便是：

> 方民国之肇造也，一时言文章老宿者，首推湘潭王闿运云。

可见王氏在当时文坛上的地位。于日记，他自言"皆章句饾饤、闾里琐小之事"，前句指个人读书心得，后句指日常生活、社会见闻，所以更有价值。

《湘绮楼日记》生动地记载了清朝最后一辈文人的生活。王闿运死于一九一六年即民国五年，再过四年五四运动开始，老一辈就进入历史了。

人日

王闿运

人日。有雪。杨慕李孙翼之来。儿女读书。余昏昏睡去。比醒。已散去矣。校之廿年前。真成两代也。

【学其短】

○此九篇均录自王闿运《湘绮楼日记》壬辰卷（下简称《日记》）。

○人日，正月初七。

○王闿运，号湘绮，清末民初湘潭人（以下不再注明）。

清明

【念楼读】 三月十三日，阴雨天气，又有风，颇觉凉爽。

昨晚上下大雨，睡了个好觉。

安排学生课程作业后，外出散步。只见新涨的湘水，满江呈现出去年的黄色，映带着两岸的嫩绿，显出浓浓的春意。野地上的山兰开满了白花，几株通红的马缨点缀其间。树林全换上了青翠的新装，从中传出求偶斑鸠急迫的啼唤声，已是一派清明时节的光景了。

【念楼曰】 三月十三，正是清明时节。此时王闿运在衡州（今衡阳）主讲船山书院，"督课"便是督书院诸生的课。课余稍作行散，所见应是书院外郊野的风景，而文笔萧散，自然流丽，甚为可读。

清代的文章向以桐城派为"正宗"，殿军便是曾国藩和"曾门四子"——吴汝纶、张裕钊、薛福成和黎庶昌，都走唐宋八大家的路子，讲气势，重声调，读起来好听，但总是强调"载道"即为主流意识形态服务，道学气浓，生气就少了。

王闿运"人物总看轻宋唐以下"（吴熙挽王联），文宗魏晋，不做韩柳派的"古文"，亦不做道学门面语。所作《秋醒词序》《到广州与妇书》等文，看得出上至六朝郦道元、徐陵，下洎汪中、龚自珍诸人的影响，本文不过是一个最小最小的例子。

因为语体替代了文言，清末民初不少好文章渐少人知，在文体研究上未免有缺憾。

三月十三日　王闿运

十三日.阴雨.风凉.督课一日.夜大雨.沉酣.湘流复黄.新绿映水.饶有春意.湘兰满花.马缨红缀.杂树皆碧.鸠啼甚急.正清明景物也.

【学其短】

○本文录自《日记》『壬辰三月』。

杀人与要钱

【念楼读】 七月廿二日，晴。

刘某某来，也说吴抚台新官上任头把火，就会要在长沙修洋船码头，我则以为未必。

照我想，他的头一件事，一定会抓紧在中秋节前杀一批犯人。先杀人，再创收，这才是既突出了政治又能搞活经济的得力大员嘛！

书房当西晒，今日移房，未做别事。

【念楼曰】 文人论政，未必要登庙堂之上，私底下评说时事，有时更值得注意，这就只有求之于日记、书信等纯粹属于私人的文字了。

王闿运“平生帝王学”（杨度挽联中语），虽然是名士，是文人，却也曾有政治抱负，也参与过政治。他先后入肃顺、曾国藩幕，对晚清军政人物都很熟悉；还一度热衷“游说”，积极论政。所作《湘军志》，评议当轴人物，更是毫不留情，表现出一种跅弛自雄的姿态。这时已入老年，更有点倚老卖老了。

这里说的吴抚台吴大澂，是一位“名臣”，光绪十八年（一八九二）六月起任湖南巡抚。“立洋马头”为当时新政，“杀人”和“要钱”则是历来政府必抓的两手，越是“能员”自然抓得越紧。其实湘绮亦未必实有所指，不过文人积习，谈到做官尤其是做大官的，至少也要调侃他几句，不会轻易放过。要是在如今，不闯祸才怪。

七月廿二日

王闿运

廿二日。晴。刘心葵来谈。亦云吴大澂欲立洋马头。余独以为不然。节前将至矣。以余度之。必先杀人。而后要钱。乃为文武之材也。外斋日灼。移内。未事。

【学其短】

○本文录自《日记》『壬辰七月』。

○吴大澂，清末吴县（今苏州）人，时任湖南巡抚。

张之洞来信

【念楼读】 八月二十九日,阴。

收到张之洞的来信,看字迹,已经不像早年,大概是师爷代笔的。不然的话,总督大人后来一定又练过颜字——也不像是杨锐的笔墨。

【念楼曰】 王闿运此时只是衡州(阳)船山书院的山长,论地位顶多相当于如今市属大专学校的校长;张之洞则官居湖广总督,等于管大区的中央局书记。但是,看他们二人之间书信往来,王闿运可以布衣傲王侯,在日记中漫称张"红顶",无所用其恭敬;张之洞对他恐怕还得客气一些,才能显出"礼贤下士"的风度来。

清制:总督为正二品,帽顶用红珊瑚(起花与不起花者有别);但如加了"右都御史"衔,则为从一品,帽顶视同正一品用红宝石了。红珊瑚,红宝石,帽顶都是红的,故王以"红顶"称之。

这些制度、仪注方面的细节,如今许多人都不太明白了,在电影电视里常常弄错。比如说,一堂顶戴全是红顶,或全是金顶,大小文武官员补子上全绣仙鹤,事实上这都是绝不可能的。

很希望有人将这类制度、名物方面的知识,分别撰写成书,亦不必很厚很详细,简单明了便行。

八月廿九日

王闿运

廿九日．阴．得张孝达书．笔迹不似早年．盖幕客所为．不然则红顶必学颜书也．亦不似杨锐之作．

【学其短】

○本文录自《日记》『壬辰八月』。

○张孝达，名之洞，晚清直隶南皮（今属河北）人。

○杨锐，戊戌六君子之一，时在张之洞幕中。

祭奠亡妻

【念楼读】 九月八日，晴。

今天是亡妻梦缇的生日，为她举行祭奠。全家素食默哀，女儿们个个流泪。孩子们对亡母的深情，使我得到了安慰。我也停止了一切活动，整天沉浸在悲哀中。

【念楼曰】 钱基博《现代中国文学史》说，王闿运"夫人蔡氏名菊生，亦知书，能诵《楚辞》"。其伉俪之笃，从闿运《到广州与妇书》长达二千余言，文情并茂中，便可以看得出来。蔡亡故以后，王的哀思确是很深沉，很真切的。

但王闿运并不是一个"从一而终"的男子，梦缇在时他即已纳妾，还有这个妪、那个妪(周妪即有名的周妈)，日记中不止一次记有"某妪侍寝"，都是公然行之。这在多妻时代本不是稀罕之事，看来亦与其家中夫妇之道无多抵触。

动物中一夫一妻制遵守得最好的是大雁，失偶后即终身不再交配，传说如此，实际情况是不是这样的呢？恐尚有待证明。其实顶贞节的动物大约还当推"偕老同穴"，这是一种小鱼，体小时结成对子，通过小孔进入海葵腔内，长大后即无法出来，终生在里面交配繁殖，借流动的海水获得食物并排出受精卵，一雄一雌，绝不可能有"第三者插足"。但人类的近亲猿猴从来都是多妻的，在进化树上的位置却比鱼、鸟高多了。动物行为学和人类学的专家，对此一定进行过不少研究，可惜我原文看不懂，译文又不想看。

九月八日

王闿运

八日．晴．梦缇生辰也．设奠．小儿能哀．尚有可取．诸女皆垂涕．余亦素食思哀．竟日无营．

【学其短】

〇本文录自《日记》『壬辰九月』。

〇梦缇，王闿运妻，姓蔡名菊生。

和合二仙

【念楼读】 十月十六日，阴雨。白天的课没讲完，开灯后才结束。

易中硕的诗，个性鲜明，形象生动，读时作者的面目和神态如在眼前。他和曾震伯这两个风流才子，乃是我平生所见到的顶聪明的人，只可惜不够稳重，迹近轻浮。二人都信托我，愿和我结交，我却没有能力来规范他们，心中颇为歉仄。

幕布拉开时锣鼓喧天，场面精彩，登台的和合二仙妙相庄严，令人欢喜；可是一眨眼变成了一对蚌壳精，正剧变成了调笑的闹剧，给观众的印象便差得多了，这也是无可奈何的事情。

珰儿今日去彭家。

【念楼曰】 易顺鼎（中硕，号哭庵）和曾广钧（重伯），都是很有才华的世家子弟（顺鼎父易佩绅累官山西布政使，广钧则是曾国藩之孙），他们作诗做得好，做人则毛病颇多，王闿运曾写信给易云：

> 海内有如祥麟威凤，一见而令人钦慕者，非吾贤与重伯耶？然亦惹非笑，不尽满人意者，重伯好利，仲硕好名故也。……故吾为仙童之说，谓夫仙童有玉皇香案者，兄日姊月，所见美富，……一旦入世，则老虎亦为可爱，金银无非炫耀，乃至耽著世好，情及倡优，不惜以灵仙之姿为尘浊之役，物欲所蔽，地狱随之矣。

王闿运比易顺鼎大二三十岁，故能如此直言相劝。但“和合二仙”不能接受规劝，终于成了一对蚌壳精，成就都十分有限。

十月十六日

王闿运

十六日．阴雨．讲课不能毕．改于灯下完之．看易中硕诗．如与对面．易与曾震伯．皆仙童也．余生平所仅见．而不能安顿．有儳焉之势．托契于余．无以规之．颇称负负．大锣大鼓之后．出一对和合．俄成蚌蛤精．戏亦散矣．奈何奈何．珰往彭家．

【学其短】

○本文录自《日记》『壬辰十月』。

○易中硕，名顺鼎，湖南龙阳（今汉寿）人。

○曾震伯，即曾重伯，名广钧，湖南湘乡（今双峰）人。

做生日

【念楼读】 十一月二十八日，下雪了。明天是我的生日，今日家中办饭，提前为我“做生”。

小程打发人通知说，道台明天要来拜寿。实在觉得不便接待，连忙写信阻止，并且请城里的客人都不要来。

我向来不太怕“做生”，只怕“做生”客太多，要“躲生”更麻烦。现在则觉得“做生”还不如“做死”，死后开吊，客人来得再多，自己躺着任他们磕头作揖，无须答礼迎送，倒比“做生”省事得多。

书院学生二十一人来祝贺送礼，止也止不住。大雪，又冷，招待简单草率，不免好笑。到了晚上，点起灯烛，放起鞭炮，总算热闹一场。

【念楼曰】 庆贺生日，本意应该是高兴本人又活过了一年的意思，这只有在家庭之中对年纪大的才须如此，也才有意义。但不知怎么推广开来，居然成为社会礼俗，似乎非办不可；若是“做”的借此招摇，“来”的有心趋奉，事情就更加复杂。王闿运本不怕“做生”，但道台硬要来，“院生贺礼，亦不可止”，也就觉得“生不如死”了。

王闿运说他“向不喜躲生”，“躲生”便是在自己生日前离家躲开。不见了寿星，来拜寿的自然就会散去。先父“躲生”躲了一世，直到他老人家八十八岁撒手归西，这件事我一直十分同情，所以自己从来不“做生”。

十一月廿八日

王闿运

廿八日．雪．家人治具餪祝．程郎遣报．道台欲来．甚窘．与书程生阻止之．兼止城中客．向不喜躲生．今乃知生之不如死也．死而客来．吾但偃卧待之．何所畏哉．院生贺礼．亦不可止．冰雪严寒．仓皇吝啬．甚可笑矣．夜烛爆热闹．诸生来者廿一人．

【学其短】

○本文录自《日记》『壬辰十一月』。

○餪，音暖，喜庆前请吃。

做年糕

【念楼读】 十二月廿二日，雨。派佣人到城里买年货，准备过年。自己整天都在家中，没有外出。

家里本该打年糕，却都说不会。什么东西都要买，渐渐显出做官的派头来了。

王迪安来，谈话甚久。

【念楼曰】《东京梦华录》记述北宋时汴梁居民生活，说在重阳节前一两日，“各以粉面蒸糕遗送”。唐刘禹锡重阳作诗，想写糕，“以六经无糕字”，便不写了。这说明糕的起源虽不很“古”，但唐宋时即已常见，大概此与米麦粉碎的技术普及有关，也与人们的饮食逐渐精细化有关。

湖南为稻米产区，过去乡村中等以上人家，重阳节未必蒸糕，年糕却是家家户户都要“打”的。腊八以后，将糯米蒸熟，置石臼中用碓舂或杵捣，使之融烂成团，然后制成方块，再切成糕。如制成饼状，则称糍粑。这既是年节的食品，而以冬至日冷水泡之，更可以保存到来年春天插田时。

王闿运认为不知做糕便“不成家”了，这与他的家庭出身不无关系。其祖父为乡村医生，父亲是小商人，并不富裕，更不是官宦人家，日常吃用没有条件动辄用“买”的办法解决，只能靠“家中”妇女自己动手做，如今却不做了。其实此时他早已续妾，雇佣的“妪”亦不止一二，人手并不短缺。

十二月廿二日

王闿运

廿二日.雨.遣僮入城办年事.因居内未出.家中不知作糕.遂罢之.渐不成家.有官派矣.王迪安来.谈半日.

【学其短】

〇本文录自《日记》『壬辰十二月』。

走夜路

【念楼读】 十二月二十三日，阴。

陈家办丧事，请我去“点主”，早饭后便动身前往，到了那里，才知道吊客都还没有到。原来衡州的风俗，丧礼得在晚上举行。于是只好留下，等到题写了铭旌才走。

回来的路上，轿子到白鹭桥，渡船泊在对岸喊不过来。路上遇到另一户江西商家出殡，许多灯笼火把，却不能为我们照明。幸好求得一户村民帮助，才得回家。

【念楼曰】 读前人日记，可以赏其才情，可以了解社会，我则更注意其中的土风民俗。这里所说，衡州（今衡阳）的丧礼要在晚上举行，出殡也在晚上，打着灯笼火把抬棺材上山，便是非常有价值的材料。日记只用几十个字，便将过河“呼渡不得”，炬火“未能照我”，求助路旁村民等走夜路的尴尬写出，却仍不失风趣，写作上是很成功的。

那时出葬要请名人“点主”、写“铭旌”，这本来是两件事。点主是用笔在死者“神主”（主位牌）的“主”字上填上预先留空的一点，写铭旌则是在长条白布（绸）上写出死者的姓名头衔，都是隆重的仪式，都得由有地位有名望的人当着众人来做。《儒林外史》里的鲍文卿是个戏子，若不是向太守念旧，便找不到人题铭旌。但一主不烦二客，这两件事通常便只请一位名人兼任。王闿运这时已是大名人，等到晚上题了铭旌，坐上轿子却还得摸黑回家，岂不怪哉。

十二月廿三日

王闿运

廿三日．阴．朝食毕．临陈丧．客尚无一至．衡俗成服以夕．为写铭旌而还．舁至白鹭桥．呼渡不得．几困于夜．江西客夜葬．炬火甚盛．而未能照我也．乞于路旁一村民．乃仅得还．

【学其短】

○本文录自《日记》『壬辰十二月』。

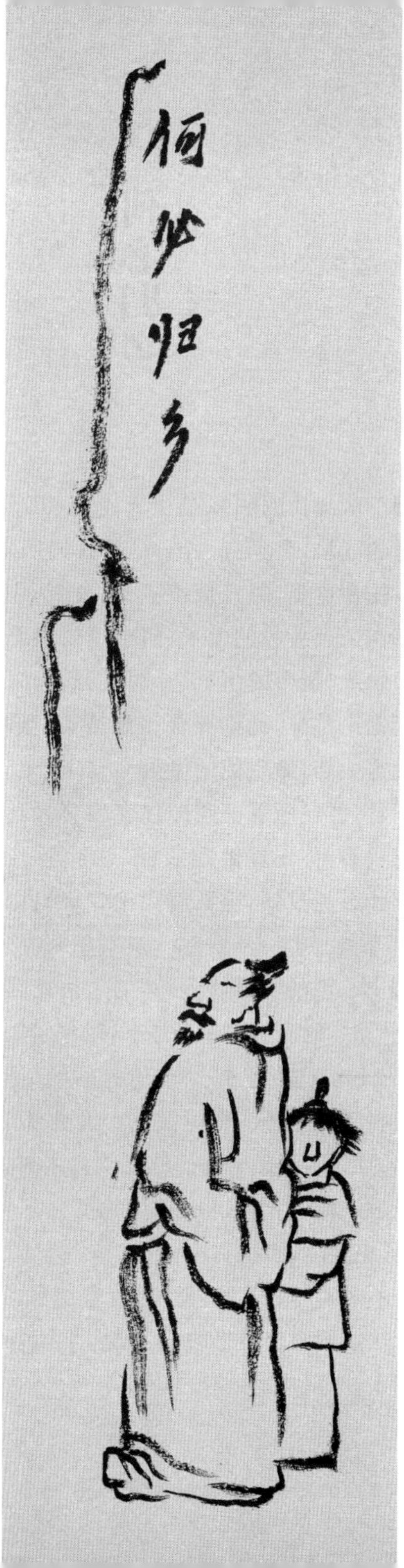

苏轼的短信

何必归乡

【念楼读】 从我住的临皋亭往下走，只几十步，便到了长江边。日夜奔腾的江水，至少有一半，是从我们四川的雪山上融化后流下来的。住在这里，每日烧茶煮饭、洗脸洗脚用的全是它，我时时刻刻都在亲近故乡的山水，何必还要想着回乡呢？

江中的水，眼中的山，天上的风云，世间的景色，本来属于所有的人。无论是谁，无论在什么地方，只要有闲适的心情，便都可以享受这一切，做它们的主人。

子丰君，住在新置的花园住宅中，你的感觉不知比我在此地如何？依我看，你还在做着京官，总不至于春秋两季要完税，更不会要交什么免役钱，这我就无论如何也比不上了。

【念楼曰】 东坡的文章好，所写的短信尤其出色。

写此信时，他谪居在临皋亭下，怅望着“犹自带，岷峨雪浪，锦江春色”的江水，怎不会忆及出川前后的历历往事？怎不会感慨比汹涌的峡江更险恶的宦海波澜？而他却能以旷达的胸怀化解常人难解的郁结，满足于在此地能饮食沐浴故山之水……

像东坡这样，一个人只要能享受、会享受“本无常主”的风月江山，他乡也就是故乡了。

信末不忘对“两税”和“助役钱”略加嘲讽，显示出他的旷达并不是出于怯懦而假装出来的，大概还因为范子丰是彼此理解和同情他的友人，所以才无须顾忌。

与范子丰　苏轼

临皋亭下．不数十步．便是大江．其半是峨眉雪水．吾饮食沐浴皆取焉．何必归乡哉．江山风月．本无常主．闲者便是主人．问范子丰新第园池．与此孰胜．所不如者．上无两税及助役钱耳．

【学其短】

○东坡的短信九篇，均据中华书局本《苏轼文集》（下简称《文集》）选录，次序则按作者生平经历，未尽依原书卷次。本篇录自《文集》卷五十。

○苏轼，见页一二九注。

○临皋亭，在黄州（今湖北黄冈），苏轼四十五岁至四十八岁时谪居于此。

○范子丰，华阳（今属四川）人。

田家乐

【念楼读】 我在东坡上修了陂塘，开了五十亩水稻田。自己参加耕作，家眷种桑养蚕，生活马马虎虎，总算过得下去。

前几天有头耕牛发病，快要死了。叫牛医来诊，搞不清楚是什么病。老妻过去一瞧，说是发“豆斑疮”，用青蒿熬粥灌它便能救治。照她所说的做，果然将它治好了。

请老友放心吧！不要以为我苏轼下放到了黄州，就只在泥巴里头盘，成了纯粹一个老农夫。——不，我太太还有雅兴侍弄“黑牡丹”，安逸着呢！

老远地写信讲这些，你一定会觉得好笑，不是吗？

【念楼曰】 体力劳动有时确能给人带来快乐。《安娜·卡列尼娜》中的列文，和农奴一起干大活流大汗后，躺在干草堆上晒太阳时，说了句颇含哲理的话：

> 最有意义的事情是劳动，而报酬就在劳动本身。

我相信这是真诚的话，虽然流大汗的农奴未必如是想。

苏轼从文酒生涯中被搞到东坡上来“躬耕”，在这里也显得快乐。但他的心情和列文还有所不同，这是一种东方式的生活之艺术，即所谓黄连树下弹琴。特别是对章惇这位很可能有点幸灾乐祸，或者正在等待被遣谪者认错的“老朋友”，恐怕还有幽他一默的一层意思。

与章子厚

苏轼

某启．仆居东坡．作陂种稻．有田五十亩．身耕妻蚕．聊以卒岁．昨日一牛病几死．牛医不识其状．而老妻识之．曰．此牛发痘斑疮也．法当以青蒿粥啖之．用其言而效．勿谓仆谪居之后．一向便作村舍翁．老妻犹解接黑牡丹也．言此．发公千里一笑．

【学其短】

○本文录自《文集》卷五十五，作者时在黄州，于故营地之东得废圃躬耕，名之曰『东坡』，因而得了『东坡居士』这个外号。

○章子厚，名惇，浦城（今属福建）人。

○黑牡丹，水牛的戏称。唐五代时以赏牡丹为雅，刘训有次请客，故意牵来水牛，指着它对客人说：『此刘家黑牡丹也。』

黄州风物

【念楼读】 一想起李六先生的死,应付人事的心情便越来越索然了;再读到他的诗,更不禁心中难过。

黄州这里的风土人情,和我还算相安;居家日用所需,也都容易弄到。家住长江边,窗下即是陡峭的江岸,坐在书桌旁,可以望见滚滚波涛,水天一色。对岸武昌一带的名胜,我也常常独自一人,坐渡船过江去游览。

老兄此次北行,能够绕点路,花几天工夫,来此地一游吗?

【念楼曰】 李六先生承之非常同情苏轼等"元祐党人"。唐介被贬谪,他赠诗云:"去国一身轻似叶,高名千古重如山。"吕献可去世,他又写道:"奸进贤须退,忠臣死国忧。吾生竟何益,愿卜九泉游。"皆传诵一时。难怪苏轼"一览其诗,为涕下也"。

好朋友走了一个便少了一个,还在的便更加值得珍重,能邀约来相见自然是极为企盼的。但这也反衬出作者是多么渴望朋友,是多么寂寞。

被贬黄州,对苏轼来说是不公平,但他能欣赏黄州的风土人情,笔下的江山是如此可喜,真可说是"此心安处,便是吾乡"。"此心"当然不会忘记朝廷的不公和权臣的阴险,但那是"人事",属于现实政治的世界,而他却有另一个世界,一个读朋友的诗、看江天一色的世界,容得他在其中写写信,写写诗,享受一点在现实政治生活中无从享受的自由。

答吴子野　　苏轼

每念李六丈之死，使人不复有处世意。复一览其诗，为涕下也。黄州风物可乐，供家之物亦易致，所居江上，俯临断岸，几席之下，风涛掀天，对岸即武昌诸山，时时扁舟独往，若子野北行，能迂路一两程，即可相见也。

【学其短】

○本文录自《文集》卷五十七，作者时在黄州。○吴子野，名复古，揭阳（今属广东）人。○李六丈，即李师中，字诚之或作承之，北宋应天府楚丘（今山东曹县）人。

青灯

【念楼读】 年将尽时，天气越来越冷，加上刮风下雨，蛰伏在家中，即使没什么特别不顺心的事，也不免会无端地觉得凄凉。

只有到夜深人静时，在糊着纸的窗户下面，点上一盏油灯，让那青荧的灯光照亮摊开的书卷，随意读几行自己喜爱的文字，心情才会开朗起来，慢慢便觉得寂居的生活也自有它的趣味。只可惜无人与共，只能由我独享了。

你知道了，也会为我开颜一笑吧。

【念楼曰】 文人写读书生活，如宋濂之自叙苦读，顾炎武之展示博学，都很令人佩服，却不使人感到亲切。“绿满窗前草不除”“仰视明月青天高”之类又嫌做作，总不如东坡此寥寥数语，写得出夜读之能破岑寂也。

东坡说“灯火青荧”，后来陆放翁又有诗云“青灯有味似儿时”，如今在电灯光下很难想象此种境界。抗战以来我一直在平江乡下，夜读全靠油灯，如果用的是清油，外焰便会出现青蓝色，正如炉火纯青时。三根灯芯的亮度略等于十支烛光，读木刻大字本正好。可惜我那时还不够格读东坡全集，只在《唐宋文醇》中接触过前后《赤壁赋》和《快哉亭记》等几篇。有光纸石印本的小说倒偷着看了不少，比七号还细的牛毛小字真把一双眼睛害苦了，弄得抗战胜利后进城读高中，就不得不戴上一副近视眼镜。

与毛维瞻　　苏轼

岁行尽矣，风雨凄然，纸窗竹屋，灯火青荧，时于此间，得少佳趣，无由持献，独享为愧，想当一笑也。

【学其短】

○本文录自《文集》卷五十九，作者时在黄州。

○毛维瞻，西安（今浙江衢州）人。

谢寄茶

【念楼读】 惠寄的茶叶，风味极佳，数量也不少。自从来到岭南之后，我还从来没有得到过这么多这么好的茶叶，不禁为之惊喜。

我正在慢慢品味它。此地还有几个懂得喝茶的人（有在家的读书人，也有出家的和尚），有时也同来品尝。一时间吃不了的，便包好收起来了。

谢谢你的情谊，这是值得永远珍重的。

【念楼曰】 知堂《五老小简》文极赏此篇，称其：

> 随手写来，并不做作，而文情俱胜，正恰到好处。

以为孙、卢、方、赵诸人俱不能及。题《尺牍奇赏》时又云：

> 尺牍唯苏黄二公最佳，自然大雅。

“自然大雅”和“并不做作”，就是一个意思。

雅和不做作的反面，即是俗气的梳妆打扮和装模作样，这本是一切文章的大忌，尺牍乃私人之间的通信，不是写给大众看的，当然更怕这样。能够用简简单单几句话，把自己的意思或情愫朴素地传达给对方，那就很好了。

如今用手机发短信，简简单单几句话也许不成问题，但要不俗气、不做作却不容易，这关乎人的修养、气质和风度，也不是看几篇苏东坡、黄山谷的尺牍便学得到的。但看总比不看好，这一点却可以肯定。

答毛泽民

苏轼

某启。寄示奇茗。极精而丰。南来未始得也。亦时复有山僧逸民。可与同赏。此外但缄而藏之尔。佩荷厚意。永以为好。

【学其短】

○本文录自《文集》卷五十三，作者时在惠州（从五十九岁到六十二岁谪居于此）。

○毛泽民，名滂，江山（今属浙江）人。

○『缄而藏之』，『藏』别一本作『去』。

谢饭

【念楼读】 流落到了海边这个人生地不熟的处所，笑谈欢会的快乐本就十分稀罕，何况能和既是至亲又是故交，如您这样的人相聚呢？真是高兴极了。但款待太殷勤，席面太丰盛，却又使我多少有些紧张，感到惭愧。

竟夕交谈，精神极佳，足见贵体康健逾恒。听说您第二天就开船走了，很抱歉竟来不及备酒饯行，唯愿旅途多多保重，早日平安回府。

谨致祝福，言不尽意。

【念楼曰】 程之才虽是苏轼的姨表兄，又是苏轼的姐夫，但苏轼姐姐四十二年前在程家被虐待而死后，两家便绝交了。程之才此时是以提刑官的身份，被派到岭南来巡视的，他“很想弥补过去的争端，和这位出名的亲戚重修旧好”（林语堂《苏东坡传》第二十五章）。程也是位文人，能诗文，苏轼接受了他的好意，“从此他们的关系日见真诚，彼此互寄了不少书信和诗篇”（同上）。两个六十多岁的老者“相逢一笑泯恩仇”，也是颇有意思的事。

这只是一封应酬信。应酬本是尺牍的主要功能之一，能用平淡的语言写出真挚的意思，便是文情俱胜的好尺牍。收信人虽是老相识，却是新相知，故不能不讲客气；但东坡讲客气并无虚文，一样现出了真性情、真面目。

与程正辅　　苏轼

某启。漂泊海上，一笑之乐固不易得。况义兼亲友如公之重者乎。但治具过厚。惭悚不已。经宿尊体佳胜。承即解舟，恨不克追饯。涉履慎重。早还为望。不宣。

【学其短】

○本文录自《文集》卷五十四，作者时在惠州。

○程正辅，名之才，是苏轼的表兄，又曾是苏轼的姐夫，此时在朝为官，奉派来岭南视察。

苦涩的孤独

【念楼读】 收到了来信，很高兴地得知，别后你生活得很有意思，我的心也就放下了。

近几天晚上的月色极佳，正好在月下举杯同饮，可惜却无法做到。想必你也只能和我一样，呆呆地望着自己在月光下的影子，在没有朋友的难堪的寂寞中，默默地吞下这一杯苦涩的孤独。

此境此情，一时无法尽行倾诉，只能匆匆写下这几行。最要紧的是，务必请多多保重。

【念楼曰】 现存最早的诗文选集《文选》，六十卷中有三卷"书"，李陵《答苏武书》、太史公《报任少卿书》便列在第一和第二。这些都是好文章，却不叫尺牍。谢在杭《五杂组》卷十四云：

> 古人不作寒暄书，其有关系时政及彼己情事，然后为书以通之，盖自是一篇文字，非信手苟作者。……自晋以还，始尚小牍。

这小牍便是尺牍，是信手写来叙寒暄通情愫的东西，完全属于私人性质，写得好更能表现个人的风格。它的第一个著名的作者便是晋朝的王羲之，《全晋文》卷二十二至二十六差不多全是他的尺牍（杂帖）。

但尺牍之入本集，有专本，却是宋人才有的事，苏东坡要算是写得最多也最好的。从此文学便越来越成为个人的事业，直到二十世纪五十年代以后，强调文学"为人民服务""为政治服务"，才又有了变化。

与林天和

苏轼

某启．近日辱书．伏承别后起居佳胜．甚慰驰仰．数夕月色清绝．恨不对酌．想亦顾影独饮而已．未即披奉．万万自重．不宣．

【学其短】

○ 本文录自《文集》卷五十五，作者时在惠州。

○ 林天和，时在增城为县令，余未详。

邀饮茶

【念楼读】 雨过天晴，最是令人高兴。饭后我准备烹天庆观的乳泉，来泡极品福建新茶，好好地享受一回。

想来想去，除你之外，再没有人可以请来同饮了。

不过今天早市上买不到肉，只能吃素菜饭。如果不嫌弃，就请早些过来。

【念楼曰】 柴米油盐酱醋茶，过去人家开门七件事，茶列最后，可有可无。但它在文人生活中却重要得多，有许多讲究。比如用水，唐人有谓扬子江心水第一，无锡惠泉水第二；有谓庐山水帘洞水第一，无锡惠泉水第二。谁是第一到清朝还在争论，“天下第二泉”倒是举世认同，有瞎子阿炳的《二泉映月》可证。

苏轼谪居儋耳，那里“百井皆咸”，只有天庆观中有一孔泉，甘如“醪醴湩乳”。他尝“中夜而起，挈瓶而东”，到那里汲水回来烹茶，作有《天庆观乳泉赋》。这就是他诗中写的“活水还须活火烹”和“大瓢贮月归春瓮”了。

有好茶好水，还须有人。《遵生八笺》云：

> 煮茶得宜，而饮非其人，犹汲乳泉以灌蒿莱，罪莫大焉。

喝茶虽是个人的事，若得一二解人同饮，佐以言谈，更有意味。如《岩栖幽事》所云，“一人得神，二人得趣，三人得味”，这真是“得半日清闲，可抵十年的尘梦”（《雨天的书·喝茶》）。

与姜唐佐秀才

苏轼

今日雨霁，尤可喜。食已，当取天庆观乳泉，泼建茶之精者，念非君莫与共之。然早来市中无肉，当共啖菜饭耳，不嫌，可只今相过。某启上。

【学其短】

〇本文录自《文集》卷五十七，作者时在儋耳（地在今海南儋州市，苏轼从六十二岁到六十五岁谪居于此）。

〇姜唐佐，字公弼，琼山（今属海南）人。

八载重逢

【念楼读】 八年来，远隔岭外海南，和亲朋好友断绝交往已经太久，说老实话，慢慢地也就不大关心了。

时常念想着的，只是米兄你那豪迈出群的才气，举世难及的文章，妙不可言的书法，什么时候才能让我重新领略，帮助我洗脱这八年来沾染的荒烟瘴呢？

盼望的已经盼到了，其他的一切一切，也就用不着再多说了。

【念楼曰】 古人尺牍几十年来我读过不少，尺牍的实物却到不久前才见到一回。它是一块长一尺多宽约寸半厚不过两分的木板，上写着：

弟子黄朝再拜问起居　长沙益阳　字元宝

墨写的黑字还很清楚，木的本色则已变成棕褐。因为它是东吴嘉禾年间的作品，在长沙地下埋藏了一千七百多年，一九九六年才出土。

见后的感想，第一便是墨写的字真耐久，Park（派克）、Waterman（华德曼）诸名牌蓝墨水断不能及。第二就是难怪古人行文简短，一尺多长的木板顶多宽两三寸，才便于投递，上面又能写多少字？和木牍竹简同时使用的还有帛书，汉魏以后又用上了纸。“载体”变了，后人写信于是越写越长。

但什么也不如电脑方便。据说有人在网上征异性朋友，日发信百封，长者千言。如要他削木板写毛笔，本领再大也不行。

与米元章　　苏轼

某启。岭海八年。亲友旷绝。亦未尝关念。独念吾元章迈往凌云之气。清雄绝俗之文。超妙入神之字。何时见之。以洗我积年瘴毒耶。今真见之矣。馀无足言者。不一一。

【学其短】

○本文录自《文集》卷五十八，作者时已北归（苏轼六十六岁才从岭外回江南）。

○米元章，名芾，润州（今江苏镇江）人。

○岭海八年，苏轼于绍圣元年（一〇九四）贬岭南，建中靖国元年（一一〇一）始北归。

邀约的短信

不知会晴不

【念楼读】 不知近况如何？怎样打发这漫长的日子？

初九日去不去采菊花呢？到时很想和你同去，只不知道天会不会晴。

【念楼曰】 《全晋文》从卷二十二后半起，一直到卷二十六的一大半，收的全是王羲之的“杂帖”也就是短信。写信当然不会另外再取题目，《采菊帖》这个题目，跟《狼毒帖》《鹰嘴帖》一样，都是后人取的。

蔡元培挽鲁迅，称赞他的“托尼学说，魏晋文章”。将鲁迅比托尔斯泰也许不伦，但魏晋文章的简淡萧远的确比后世有的“古文”好得多。

字写得好的人，文章亦赖此得传。王羲之的书法，在当时便人见人爱，寸楮尺素，都被珍重收藏。在《全晋文》中，他共占了五卷，五卷中“杂帖”又占了四卷多。后世苏东坡、黄山谷、郑板桥等人的零笺片语，也都能收入全集，流传后世，就是这个缘故。

王羲之的信也确实写得好。周作人称其“文章与风趣多能兼具”，又“能显出主人的性格”，所以得与书法同样见重。像这本只是一封普通的约会信，而娓娓道来，自然亲切，尤其最后一句“但不知当晴不耳”，活生生写出了想去采菊的心思，抑又何其有情致耶。持与今人约会的短信相较，真不禁有今不如古之叹。

采菊帖

王羲之

不审复何以永日。多少看未。九日当采菊不。至日欲共行也。但不知当晴不耳。

【学其短】

○本文录自《王右军集》卷二。

○王羲之，字逸少，东晋琅邪临沂（今属山东）人，后定居会稽山阴（今浙江绍兴），曾为右军将军。

人生如寄

【念楼读】 时刻挂念着你，听说你想去剡溪养病，我放心不下，更是整天郁闷。所闻所见，徒增伤感，觉得人生真如匆匆过客，再也没有什么赏心乐事。甚盼与你相见，快谈一日，便可消千载之愁。

吴兴是一山城，十分闲静，疗养环境不比剡溪差，医药方面还有特色。所以希望你能前来，既可弘扬佛法以结善缘，又可畅叙友情慰我长想。

【念楼曰】 这是谢安从吴兴写给好友支遁和尚的一封信，约他来吴兴会面畅谈，同时疗养治病。

支遁这时想去剡溪，这可是一处文化上相当著名的地方。李白诗：

> 湖月照我影，送我至剡溪。
>
> 谢公宿处今尚在，绿水荡漾清猿啼。

此谢公指谢灵运，乃是谢安的侄曾孙。在《世说新语》中，谢氏诸人屡屡出现。他们逃禅游仙，和支遁这样的高僧交朋友，充分表现了六朝人物精神生活的多方面。

在写给支遁的这封信中，谢安完全放下了当宰相，任征讨大都督的架子，他先说"人生如寄"，当求快意，继言吴兴有知己，可以晤言消愁。一句话，就是要懂得"风流得意之事"的和尚快点来。这和他指挥淝水大战，得胜后淡淡地说"小儿辈顷已破贼"，正是同一风度。

与支遁书

谢安

思君日积．计辰倾迟．知欲还剡自治．甚以怅然．人生如寄耳．顷风流得意之事．殆为都尽．终日戚戚．触事惆怅．惟迟君来．以晤言消之．一日当千载耳．山县闲静．差可养疾．事不异剡．而医药不同．必思此缘．副其积想也．

【学其短】

○本文录自《高僧传》卷四。

○谢安，字安石，东晋阳夏（今河南太康）人。

○支遁，即支道林，东晋僧人。

○剡，地名，在剡溪（曹娥江上游），今浙江嵊州南境。

且住为佳

【念楼读】 天气真不好，是不是一定得走？眼看就要过节了，如果还能够多住几天，我看也好吧！

【念楼曰】 此信全文不过二十二字，是留人（称之为“汝”，应是他的晚辈，或是年轻的朋友）多住几天再走的，也属于邀约的性质。

古时行路难，故很重去留。而人生也就是一次漫长的旅行，同为过客，总是聚少离多，“且住为佳”实在是一种艺术的生活法。

颜鲁公此篇，也是因书法流传下来的。二十二个字的寥寥数语，又何其深情雅致，真像是一首小诗，不能不令人倾心拜倒。

后来辛稼轩作了一首《霜天晓角·旅兴》：

> 吴头楚尾，一棹人千里。
> 休说旧愁新恨，
> 长亭树、今如此。
>
> 宦游吾倦矣，玉人留我醉。
> 明日落花寒食，
> 得且住、为佳耳。

“明日落花寒食”和“寒食只数日间”同一意思，“得且住、为佳耳”更全用颜文，都可以打一百分。

寒食帖

颜真卿

天气殊未佳．汝定成行否．寒食只数日间．得且住．为佳耳．

【学其短】

○ 本文录自《全唐文》卷三百三十七。

○ 颜真卿，字清臣，唐京兆万年（今西安）人，祖籍临沂（今属山东），封鲁郡公。

请来奏琴

【念楼读】 我从尘嚣纷攘中逃出来，一进入山林泉石的佳境，四壁的图书任我披览，心神立刻清爽了。渴盼上人能在午前抱琴而来，为我一挥手，让你的琴声，使这里的一切更加美好和生动。

【念楼曰】 王维为部长级高官，"闲爱孤云静爱僧"，富贵中人偏爱跟和尚来往。这位素上人的琴艺能得到王维赏识，并得王维发信请到尚书右丞的辋川别墅来"挥弦"，肯定是一位有文化懂艺术的高级和尚。

此信只三十三字，要言不烦，毫不掩饰自己"乍脱尘鞅，来就泉石"的快乐心情，又很细致地照顾到了僧家的生活习惯。"禺俟"，就是在午前敬候；因为和尚过午不食，要设素斋款待，当然得请上人午前来。

王维是大诗人、大画家，非常懂得生活的艺术。他又是大官僚，有钱财，有园林，也有条件营造"艺术的生活"。这一切，被三十三个字表现得淋漓尽致。

都说王维"诗中有画，画中有诗"，又说他的作品有禅味，信中也充分体现了这种独特的风格。它营造和追求的，是一个恬静清寂的世界。这和他的诗句"松菊荒三径，图书共五车""松风吹解带，山月照弹琴"，可以互为表里。

招素上人弹琴简 王维

仆乍脱尘鞅，来就泉石，左右坟史，时自舒卷，颇觉思虑斗然一清，禺俟挥弦，写我佳况。

【学其短】

○ 本文录自《全唐文》卷三百二十五。
○ 王维，字摩诘，唐河东（今山西永济）人。
○ 素上人，一位和王维交好的僧人。

一碗不托

【念楼读】 天气终于放晴，而且晴得这样令人高兴，出城的计划一定要实行了吧？不过路上的泥泞还没全干，少不了劳累。

清明节来我处小聚，切盼你和唐公不要失约。不过想请你们吃一碗汤饼罢了，十分简单的。

请一定来，见面再畅谈，这里就不再多说了。

【念楼曰】 欧阳修约请客人，比起王维来，气派便很不同。两人都是大官、大文豪，都有文人雅兴：王显得潇洒，欧却显得朴素，此即个性与风格的差异。

不托是什么，欧阳修自己在《归田录》中说："汤饼唐人谓之不托，今俗谓之馎饦矣"。那么馎饦又是什么呢？据《齐民要术》的介绍，它应当是面片；而汤饼本可指所有水煮的面食，我看还该是饺子或馄饨才对。

饺子和馄饨都是产麦食面的地方普通待客的食物，并不奢华。欧公此时早已为官，此等均系厨中应有之物。苏颂学识渊博，官也做得更大，如果只是请他和唐公来吃一碗面片，未免有点装寒酸，一装，也就不朴素了。

其实唐宋时士大夫的生活已日益精致化，段成式《酉阳杂俎》云，"萧家馄饨，漉去汤肥，可以瀹茗"，某宋人笔记中也说，某名士家厨之饼可映字，馄饨汤可注砚。六一居士并不是不讲究生活的人，我想他家的那"一碗不托"，总也与此相去不远。

与苏子容　欧阳修

某启．晴色可佳．必遂出城之行．泥泞窃惟劳顿．清明之约．幸率唐公见过．吃一碗不托尔．馀无可以为礼也．专此．不宣．

【学其短】

〇本文录自《欧阳文忠公全集》卷一百四十五。

〇欧阳修，见页七注。

〇苏子容，名颂，北宋泉州（今属福建）人。

〇唐公，疑或是唐介（子方）。

〇不托，汤饼的别名。

邀住西山

【念楼读】 山上正在陆续盖房,已经建好了一个亭子。我晨起后先读几卷佛经,倦了便往亭中坐坐。

从亭中闲看西山,青蓝的底子上渲染着别的颜色,笔意近似米家父子一派。午后又散步到钟乳石窟那里去听泉,自觉精神一天比一天好,各种病都没有再发。

两弟有意来游,极是好事。到三月初,花会开得更好,鸟儿也会啼唱得更有精神。那时欢迎你们来小住几个月,享受一下山里的烟云、林泉的合奏。

【念楼曰】 晚明文字能别开生面的,多推"公安三袁"。中道长兄宗道(伯修)、二兄宏道(中郎),皆以文章名世,其"四五弟"则并不知名。

"三袁"之中,伯修居长,又先中进士入翰林,当然是带头的;中郎著作最多,影响最大,是"公安派"的主将;小修"有才多之患"(钱牧斋语),成绩虽稍逊中郎,文采则不遑多让。其《游西山十记》,好像在有意和伯修《西山五记》比高低,可读性实在更强;写人物的《回君传》,持与中郎有名的《拙效传》相较,也有青出于蓝的表现。

约弟来游,为述山中景物,堆蓝设色,花鸟新奇,信中文字,亦可谓"烟云供养,受用不尽"矣。

寄四五弟

袁中道

山中已有一亭，次第作屋，晨起阅藏经数卷，倦即坐亭上，看西山一带，堆蓝设色，天然一幅米家墨气，午后闲走乳窟听泉，精神日以爽健，百病不生。吾弟若有来游意，极好，三月初间，花鸟更新奇，来住数月，烟云供养，受用不尽也。

【学其短】

〇本文录自施蛰存《晚明二十家小品》。
〇袁中道，字小修，公安（今属湖北）人，与兄宗道、宏道合称『三袁』。

去木末亭

【念楼读】 秦淮河已经成了澡堂子，浊秽不堪。夫子庙前更是人流混杂，实在无法停留。那里的什么“包酒”，闻都闻不得，更不要说进口了。

还不如去木末亭玩吧，在那里可以吃高座寺的饼，叫一份鱼一份肉，喝上两斤惠泉酒，那才叫快活哩。

【念楼曰】 王季重的文章，喜欢用诙谐的口气进行调侃，这是许多人喜欢他或不喜欢他的原因。

有人说：“季重滑稽太甚，有伤大雅。”从他自己选入《悔谑》的下面这一则看：

> 陈渤海有丽竖拂意，斥令退后，此僮恧然。谑庵曰：“你老爷一向如此，用人靠前，不用人靠后。”

“丽竖”即长相好看的幼年男仆，是供主人发泄变态性欲用的。谑庵曰“用人靠前”，即暗示男性间的性行为。他以男色为谑，的确很不“雅”。但从整体上看，他开的玩笑里头，可以看出对于病态社会的针砭，与大多数黄色笑话仍有区别。

此信邀姓赵的朋友去游木末亭，其实是阻止他去游秦淮河。木末亭不知在什么地方，总不会在南京闹市吧，我想。

简赵履吾　　王思任

秦淮河故是一长溷堂．夫子庙前更挤杂．包酒更嗅不得．不若往木末亭．吃高座寺饼．饮惠泉二升．一鱼．一肉．何等快活也．

【学其短】

○本文录自周亮工《尺牍新钞》卷十。

○王思任，字季重，号谑庵，明末山阴（今绍兴）人。

○赵履吾，未详。

○秦淮河、夫子庙，都在南京闹市区。

○惠泉，酒名，出无锡惠山。

游秦淮

【念楼读】 普普通通几样小菜，本地出产的一瓶白酒，招待实在太寒碜。可是趁着毛毛雨，你我二人，一叶小船，自斟自饮，娓娓清谈，在争喧斗艳的秦淮河上，亦未尝不可以另外创造一个小小的清静世界。

那些劲歌金曲、陪酒女郎，本来就庸俗喧嚣得讨厌，我们对其是不会感兴趣的，不是吗？

【念楼曰】 王思任说秦淮河已经成了个大澡堂，不要去游；丁雄飞却说在这里躲在船中“自有一种清境”，邀叔叔去泛舟。如此脱略，大概是“少年叔侄如兄弟”，不必拘泥礼数吧。

王丁二人，可以有不同的看法。其实，王思任未必那么怕挤杂，丁雄飞也未必只喜欢野蔬村酿。文人气性，想怎么说就怎么说，至少在晚明还有这么点自由。

秦淮艳地，本是公子哥儿、富贵闲人流连的地方。直到今天，写董小宛、冒辟疆、李香君、侯方域他们的作品，还在大肆美化这种“牙板金樽”的生活。殊不知当时就有丁家叔侄这样的人，宁愿追求“一种清境”，十分鄙视河上的俗气。

而在“现代”作品中，妓女和嫖客被写成了朱丽叶和罗密欧，桨声灯影里早就没有丁家叔侄此类书呆子的座位了。

邀六羽叔泛秦淮　丁雄飞

野蔬村酿．不足道也．第微雨飘舟．小杯细语．觉秦淮艳地．自有一种清境留与我辈．牙板金樽．徒增俗气耳．

【学其短】

○本文录自周亮工《尺牍新钞》卷八。

○丁雄飞，字菡生，晚明江浦（今南京市浦口区）人。

莫负此清凉

【念楼读】 小船早已停泊在绿阴深处，酒菜也预备好了，你这位主角请赶快动身来吧。别人在这里已经等得够久了。

真希望你快来，用这里充满荷香的冷风，来扇醒大家的瞌睡，不然的话，岂不白白辜负了这夏日中难得的一片清凉。

【念楼曰】 读晚明人的文字，总有一种和读唐宋古文不同的感觉，那就是他们并不一定想讲什么道理，只是把自己想讲的话讲出来，而又总是讲得那么别致，那么不落俗套。张惣在“绿阴深处”停船待客，是宁愿摒弃俗艳繁华，想从清静中得到点安闲，正是晚明读书人常有的一种生活态度。

《儒林外史》是写明朝读书人的小说。小说中的杜少卿，即属此类人物，也是作者吴敬梓的影子。吴敬梓在小说末尾的词中写道：

> 记得当时，我爱秦淮，偶离故乡。
> 向梅根冶后，几番啸傲；
> 杏花村里，几度徜徉。……

虽说“我爱秦淮”，可是“偶离故乡”来到此地，喜欢去的却是梅根冶、杏花村这类“一片清凉”之处，并不想到秦淮河房的风月场中去凑热闹。

可见吴敬梓虽是清朝人，其精神气质却是晚明的，甚可爱也。

与周栎园

张惣

绿阴深处，舣舟载酒，相待久矣。主人翁须亟来，借芰荷风泠然醒之。否则一片清凉，恐彼终付瞌睡中耳。

【学其短】

〇 本文录自周亮工《尺牍新钞》卷十。

〇 张惣，字僧持，明江宁（今南京）人。

〇 周栎园，名亮工，明末清初祥符（今开封）人，即《尺牍新钞》的编者。

一醉方休

【念楼读】 园里的莲花已经盛开,成片成堆红色的、粉红色的花朵下面,许许多多鱼儿在往来游戏。因为莲花多而且密,田田的莲叶则更多更密,鱼儿又游得相当快,古乐府所写的:

鱼戏莲叶东,鱼戏莲叶西,
鱼戏莲叶南,鱼戏莲叶北。

在这里就只见鱼儿在游,却说不出鱼的东西南北了。

欢迎你来此一游。如果能来,会为你切好雪白的藕丝,剥出新鲜的莲子,还备有绍兴的女儿酒,一定会让你喝个一醉方休。

【念楼曰】 吴锡麒和张问陶,都是乾嘉时诗坛的领军人物。他们的诗,当时传诵极广,至今的清诗选本中也还在选,如吴锡麒的《雨中过七里泷歌》中写船上饮酒:

玉壶买春雨堪赏,尺半白鱼新出网。
饮酣抱瓮卧船头,听得舟人齐拍掌。

张问陶的《阳湖道中》写江南春色:

风回五两月逢三,双桨平拖水蔚蓝。
百分桃花千分柳,冶红妖翠画江南。

诗人请诗人来喝酒的短信,写出来不是诗也是诗。我只能借梁晋竹一句现成的话来形容:“甚矣,文人之笔足以移情也。”

简张船山

吴锡麒

园中荷花已大开矣。闹红堆里，不少游鱼之戏，惟叶多于花，浑不能辨其东西南北耳。倘能来，当雪藕丝，剥莲蓬，尽有越中女儿酒，可以供君一醉。

【学其短】

○本文录自叶楚伧《历代名人短笺》。
○吴锡麒，号穀人，清钱塘（今杭州）人。
○张船山，名问陶，清遂宁（今属四川）人。

明年再见

【念楼读】 在关外“帮闲”了三年，建议不被采纳，提意见也没人听；如果还继续待下去，脸皮就太厚了。因此我决定回南边，腊月初就雇车动身。

远离好友，不免伤感。明年冬天，我仍将北上。韩文公说，“燕赵多慷慨悲歌之士”，朋友正应该在这里结交。后会有期，用在这里并非套话，那我们就约定明年再见吧。

【念楼曰】 后会之期，约定在“明岁之冬”，时间显得长了点，但仍然是约会。古时生活节奏慢，从关外到江南，单程就要一个来月（回家过年得腊初起程），那么为期也并不太远吧。

在关外“淹滞三年”，龚君似乎并不得意。他的身份是一名幕友（俗称师爷），即被官员聘请去办文案的人，在明清两代，这也是读书人考试不利后的一条出路。其中虽出过左宗棠那样的人物，但大多数都是在橐笔佣书，用今天的话说就是受雇的文员，得看东家的脸色行事，自己做不得自己的主的。

《雪鸿轩尺牍》和《秋水轩尺牍》，在晚清社会上相当普及，几乎成了写信的范本，民国时期仍余风未泯，这当然是抬高了它们。但平心而论，它们的文辞还比较讲究，所反映的中下层士人的生活，也有一些社会文化史的价值，亦不必一笔抹杀。

与孙星木

龚联辉

居庸关外．淹滞三年．谏不行．言不听．而犹未去．则可愧之甚矣．兹已决意南旋．腊初买车起程．惟与知己远违．未免怏怅．明岁之冬．仍作北游．慷慨悲歌之士．总在燕南赵北之间．后会正可期耳．

【学其短】

○本文录自龚联辉《雪鸿轩尺牍》。

○龚联辉，字未斋，清会稽（今绍兴）人。

○孙星木，未详。

问候的短信

喜见手迹

【念楼读】 所遣奴仆来送书信，见到了你的手迹，十分高兴，差不多等于执手晤面了。

信纸虽然只有两张，每张上有八行，每行七个字，七八五十六，也就得到你的一百一十二个字了。

【念楼曰】 马融是著名学者，又做过不小的官。据说他"绛帐传经"，听讲的生徒常有千人，绛帐后设女乐，看得出是一个有学问、富感情、广交游的人。窦章出身名门，史称其"少好学，有文章"，正是适合交朋友的对象。从此信看，他们二人的友情是很真挚的。

在此信中，马融别具一格地一个字一个字地数出来信的字数，这既说明他对友人窦章手迹的珍重，又显出一种书呆子式的幽默，读来风趣盎然。

窦章的来信写了一百一十二个字，马融的去信更短，只写了三十七个字。那时纸刚发明，原来信写在尺把长的木牍上(故称"尺牍")，一百一十二字要算是一封长信了。

孟陵当然不会是"奴"的名字，那么是不是帮窦章送信给马融的人也就是"奴"主人的名字呢？如果它不是人名而是地名，这地方又在哪里呢？难道是广西苍梧吗？

与窦伯向书

马融

孟陵奴来，赐书，见手迹，欢喜何量，次于面也。书虽两纸，纸八行，行七字，七八五十六字，百十二言耳。

【学其短】

○本文录自《全后汉文》卷十八。

○马融，字季长，后汉茂陵（今陕西兴平东北）人。

○窦伯向，名章，后汉平陵（今陕西咸阳）人。

○孟陵，广西苍梧的古称。

如何可言

【念楼读】 自与吾兄话别，于今已二十六年。虽常通信，亦未能尽吐胸怀。读先后两次来书，不禁伤感。

近日大雪严寒，五十年来所未有，不知吾兄体气如常否？明年夏秋，希望仍能再得来信。

悠悠往事，实在一言难尽。我服药已久，效果也只平平，无非过一年算一年，只要今年不比去年太差就算不错了。吾兄可要多多爱护自己的身体。

暂时就写了这些，忆念老友的怅惘之情，却是写也写不尽的。

【念楼曰】 王羲之这封信，在明代张溥所编的《汉魏六朝百三名家集·王右军集》卷一中，是分作两封信的。“如何可言”以上题作《积雪凝寒帖》，以下题作《服食帖》，而统归于《十七帖》。从文义看，这样似有割裂之嫌，于是便依《全晋文》卷二十二作为一封信了。

关于《十七帖》，张彦远《法书要录·右军书记》云：

> 十七帖长一丈二尺，即贞观中内本，一百七行，九百四十二字，是烜赫著名帖也。十七帖者，以卷首有“十七日”字，故号之。

原来这是唐太宗叫人将王羲之二十多封信接起来裱成一个长卷，作为书法的标本，故号之“帖”；称“十七帖”，则因第一行开头为“十七日先书……”，并不是只有十七封。

与周益州书

王羲之

计与足下别．廿六年于今．虽时书问．不解阔怀．省足下先后二书．但增叹慨．顷积雪凝寒．五十年中所无．想顷如常．冀来夏秋间．或复得足下问耳．比者悠悠．如何可言．吾服食久．犹为劣劣．大都比之年时．为复可耳．足下保爱为上．临书但有惆怅．

【学其短】

〇本文录自《全晋文》卷二十二。

〇王羲之，见页三八一注。

〇周益州，名抚，字道和，东晋浔阳（今江西九江）人，永和三年（三四七）为益州刺史。

苦雨

【念楼读】 这雨落个不停，落得人的情绪低到了极点。路上又全是泥泞，不能前往书局相见，只能写信问好了，想必你的身体和精神，一定都很佳胜。

我的手指痛得厉害，如今执笔写字都感困难，恐怕会要成为残废。难道是老天爷怜惜我写字写得太苦，想用这个办法让我休息吗？

真是闷得受不了啊！

【念楼曰】 “苦雨”这个题目是周作人的，文章则发表在民国十三年（一九二四）七月二十二日的《晨报副镌》上，乃是写给“伏园兄”的一封信，一开头就说：

> 北京近日多雨，你在长安道上不知也遇到否，想必能增你旅行的许多佳趣。雨中旅行不一定是很愉快的，我以前在杭沪车上常遇雨，每感困难，所以我于车上的雨不能感到什么兴味……

人们在雨天的情思总是抑郁的，泥深路烂无法出门会见朋友，当然更加抑郁，再加上病痛，就只有靠写信来排遣了。

现代化减少了气候对人们生活的影响，“苦雨”的感觉在城市里便不太强烈。若只从“实用主义”的角度看，这当然是文明进步带来的好处，对于古人的这类情怀，今人却不免越来越感觉有隔膜了。

周氏信中又诉说雨水对他的生活带来种种不便，故而称“苦雨”。这种心情，和欧阳修与梅圣俞信中所写的，我看差不多。

与梅圣俞　　欧阳修

某启。雨不止。情意沉郁。泥深不能至书局。体候想佳。某以手指为苦。旦夕来书字甚难。恐遂废其一支。岂天苦其劳于笔研。而欲息之邪。闷中谨白。

【学其短】

○本文录自《欧阳文忠公全集》卷一百四十九。
○欧阳修，见页七注。
○梅圣俞，名尧臣，宣州宣城（今属安徽）人。

悲士不遇

【念楼读】 头发白了，牙齿也松动了，还得带着一支秃笔，走上几千里路，夜夜在冷炕上滚来滚去。这就像一头老牛，跌跌绊绊拉不动犁，眼泪流淌在磨破了的肩膀上，够惨的了。

每到菱角笋子上市时，我常常一个人呆坐着，一颗心却奔向远方，奔向了故乡，只想着故乡的朋友和风物。想得最多的，便是策之你那里了。

架上的书，请好好收拾保存着。回乡后如果我身体还好，就来和你同读，好吗？

【念楼曰】 董仲舒作《士不遇赋》，他自己倒是“遇”到汉武帝，得到皇帝赏识，做了大官。赋中提到的“不遇”之士六人，卞随、务光、伯夷、叔齐、伍员、屈原，或则不愿为君王服务，或则愿为君王服务而不可得，都走上了绝路。中国的士人（读书人）的命运，全得看是“遇”还是“不遇”，确实可悲。

士（读书人）一多，官有限，“遇”的机会越来越少，“不遇”者自然越来越多。如果你能乐天知命，也还罢了；如果不安分，在不允许独立、不给你自由的政治社会条件下，偏想追求自由独立，像徐文长这样，那就只得“营营一冷坑上”，靠“一寸毛锥”向策之倾诉自己“不遇”之悲了。

但徐文长的文字好，他漂泊在异乡，将萦绕心头的故乡友人、儿时食物和读过的旧书娓娓道来，仍能传之后世。

与马策之

徐渭

发白齿摇矣。犹把一寸毛锥，走数千里道。营营一冷坑上，此与老牯踉跄以耕，拽犁不动，而泪渍肩疮者何异？噫！可悲也。每至菱笋候，必兀坐神驰，而尤摇摇者，策之之所也。厨书幸为好收藏，归而尚健，当与吾子读之也。

【学其短】

○本文录自施蛰存《晚明二十家小品》。

○徐渭，字文长，明山阴（今绍兴）人。

○马策之，未详。

南京风景

【念楼读】 雨花台的一大片草坪，又密又软又整齐，像一床厚厚的绿色的毯子，坐卧在上面都看不见泥土，这是别处难得见到的。

栖霞山往祖堂去的那条石级路，两旁的风景十分幽静，也大可流连。

清凉寺前的山坡上，视野开阔，给人的感觉则非常旷远。

我常去这几处地方走走，深深地感觉到了大自然无穷无尽的美。这对于孤寂空虚的心灵，的确是一种洗涤，一种抚慰。告诉你，相信你一定会为我高兴。

【念楼曰】 给朋友讲自己的生活，讲自己开心的事，讲此处的风光，讲此处可以游目骋怀的地方，也是一种问候的方式，往往更能引起对方的兴趣，增进彼此的感情。因为问候本是关心，自己要关心对方，对方也在关心自己，报告这些，比一般问讯更为具体，也更显得亲切。

陈磐生给何彦季讲的是南京风景，是雨花台的草坪，栖霞山的磴道，清凉寺的前坡，是他自己对这几处风景的感觉。古人写风景，无论用韵文，用散文，多是写自己的感觉，将物（客观世界）与我（主观精神）结合得很好。

与何彦季

陈衎

雨花台细草，绵软如茵，坐卧其上，不见泥土，他山所无也。摄山往祖堂，磴道幽甚，清凉寺前草坡平旷，极宜心目。弟于数处，皆时游憩，内养不足，正借风景淘汰耳。

【学其短】

○本文录自周亮工《尺牍新钞》卷一。

○陈衎，字磐生，明侯官（今福州）人。

○何彦季，未详。

酒杯花事

【念楼读】 与公别后，我的春天，都从书页中悄悄翻过去了，再也没有闻过门外的花香和酒气。

回想起那次同游佛寺，在鸟鸣草绿、生机盎然的环境中，我们的兴致是多么高，谈论得多么畅快。这种美妙情景，恐怕只能从梦中再去追寻了。

【念楼曰】 前面说过，士有“遇”有“不遇”。“遇”本来只有遇得君王的赏识，才能“出仕”（不是余秋雨说的“致仕”）做官。但到后来，又有了第二条路——像陈眉公这样做“山人”。

“山人”不必做官，只要做“翩然一只云间鹤，飞去飞来宰相衙”便得了。信是写“与王元美”的，此王公即当朝刑部尚书王世贞，“追随杖履之后”，“酒杯花事”便可以尽情享受。当然这得有本事，才写得出这样的信来。

“从句读中暗度春光，不知门外有酒杯华（通‘花’）事”，对于“行乐须及春”的人来说，的确是很大的损失。但是，生活中看来仍有“从句读中”寻求快乐的人，陈眉公自己倒不一定是这样的。

有人说周作人不问世事，整天面前摊着一本书，院子里花开花谢全不知道，这就简直是连门内的花事也不关心了。试问：若书中无乐趣，又怎能达到此种境界？而能不知花事但知读书，无论是对社会还是对个人，又究竟是好事还是不好呢？

与王元美

陈继儒

别来从句读中暗度春光．不知门外有酒杯华事．每忆祇园昙观．草绿鸟啼．追随杖履之后．笑言款洽．如此佳况．忽落梦境矣．

【学其短】

〇本文录自施蛰存《晚明二十家小品》。

〇陈继儒，号眉公，晚明华亭（今属上海）人。

〇王元美，名世贞，明太仓（今属江苏）人。

西风之叹

【念楼读】 住在城中，被这里的一班关系户包围着。真像那个当了丞相府长史官的张君嗣，人们都来找长史官，却不知道张君嗣本人已经累得要死，烦得要死了，真不知该如何才能应付得好，应付得了。

和你相距得这么远，无法像从前那样，以自由之身在山野中随时晤谈，纵情欢笑。想想张季鹰西风起时为了故乡的莼菜鲈鱼弃官回家，的确可以理解；但比起他的决心和毅力来，又只能自愧不如。

【念楼曰】 士人侥幸得"遇"，做上了官，若能完全融入官僚政治的体制，无论升降浮沉，都会各得其所。如若不能或不完全能够如此，则苦恼就难得避免。此陶潜（渊明）之所以赋"归去来"，张裔（君嗣）之所以"疲倦欲死"也。

此信中最后两句，用了《晋书》中的典故。张翰（季鹰）原在外为官，以秋风起，思吴中鲈鱼莼菜之味，叹曰：

> 人生贵得适意，何能羁宦数千里以要名爵乎。

遂辞官回家了。

张君嗣的故事见页四五二至四五三。此时的陈际泰已经和张翰一样动了乡思，却还和张君嗣一样被名利场中人从早到夜包围着，心情不免更加烦躁，"每有西风，何能无叹"，正是理所当然。

复张天如

陈际泰

人居城中，友生嬲之不置。如男子张君嗣附之，疲倦欲死，奈何奈何。相隔既遥，不能如山间麋鹿常相聚，每有西风，何能无叹。

【学其短】

○ 本文录自周亮工《尺牍新钞》卷三。

○ 陈际泰，字大士，晚明临川(今属江西)人。

○ 张天如，名溥，晚明太仓(今属江苏)人。

寂寞

【念楼读】 春雨虽然好，妨碍你我好朋友之间的交往就不好了。

这几天来，总在想着你因为这雨被困在家中，该在做些什么事情呢？

如果明后天还不晴，总不能老不见面吧？你正在读哪些书，也该让我知道知道了。

【念楼曰】 欧阳修因“雨不止”而情意沉郁，莫廷韩说“春雨虽佳”，断相知往还便可恨了。天象与人心未必相关，亦视人的主观感觉如何为转移耳。

欧莫二人“苦雨”，都是因为雨阻断了知心朋友之间的往来；这在现代生活中已经不成问题，但现代也还有别样的“雨”吧。雨本身无所谓好不好，讨嫌不讨嫌，但如果它阻断了朋友间的往还，就会使人觉得不好，觉得讨嫌了。常说情随境迁，但“境”在心中引起的感受，也是因“情”而异的。

人总是需要友情，需要朋友的。俗话说，“在家靠父母，出外靠朋友”，这是纯粹从实用价值上着眼。知识分子不会这么说，那么恐怕就是为了排解寂寞了。雨天带来了寂寞，寂寞中更加渴望朋友的友情，于是才有了这些信。

与徐文卿

莫是龙

春雨虽佳，恨断吾相知往还耳。不审斋头作何事也。旦夕不晴，须当一面。案上置何书，且愿闻之。

【学其短】

○本文录自周亮工《尺牍新钞》卷二。

○莫是龙，字廷韩，号秋水，明华亭（今属上海）人。

○徐文卿，未详。

举火不举火

【念楼读】 谢谢你的关心，来问我家困难生活的情形是否有了变化。应该说，变化还是有的。

从前别人家生火做饭时，我家总是不生火做饭，不免使人觉得奇怪。如今别人家生火做饭时，我家偶尔也生火做饭，就更加使人觉得奇怪了。

这也算是有了变化吧。

【念楼曰】 此信写法奇特，绝无多语，只从“不举火为奇”到“举火为奇”说明变化。从前穷得有时缺米缺柴，只能“不举火”；现在穷得只能偶得柴米，才会“举火”。如果所说属实，杜君真是穷得不能再穷了，怎么还有纸笔来写信呢？

《颜氏家训·勉学篇》云朱詹家贫，累日不爨，即不举火：

> 乃时吞纸以实腹。寒无毡被，抱犬而卧。犬亦饥虚，起行盗食，呼之不至，哀声动邻。

累日不举火，便不能不“吞纸以实腹”；杜家“以举火为奇”，家贫更甚，又如何维持一家人生命？莫非文人会哭穷，言过其实了？焦广期《此木轩杂著》谈到家中最多而无用者是别人一定要送来的时文集子，然后举朱詹为例云：

> 不幸遭值荒岁，此几上累累者，庶可备数月之粮乎。

难道说杜君他也是“吞纸以实腹”的吗？

复王于一　　杜濬

承问穷愁何如往日．大约弟往日之穷．以不举火为奇．近日之穷．以举火为奇．此其别也．

【学其短】

○本文录自周亮工《尺牍新钞》卷二。

○杜濬，字于皇，号茶村，明末清初黄冈（今属湖北）人。

○王于一，未详。

告罪

【念楼读】 谢谢您一连三次来访，我却一次也没能回步，真正对不起。

暑天酷热，大太阳底下实在去不得。三次游湖，两回访友，我都中了暑。老病之躯，被迫整天躲在屋里，无法出门，只能请您恕罪了。

【念楼曰】 别人来访过三回，自己未能答访一次，确实说不大过去。此信落款"板桥弟郑燮"，可见这位光缵四哥原是位朋友，朋友称哥，交情自然不浅，那么"谅之"总是没有问题的。

我也是一个不喜欢去"奉看"或"答访"的人。朋友来倒是很欢迎，但也得有话可谈，至少是"相看两不厌"的。不好办的是那些"不速之客"，有的一次又一次来"枉顾"，使你觉得不能不去答访，但是又实在不能去或不愿去，简直成了精神上的一大压力，生活中的一大痛苦。

古时通信不便，古人只能以书简互相通问，才为我们留下了这些美妙的文字。如今电话拿起便等于晤面，用手机发短信更为方便，真不知有的老同志何以还要如此不惮地走访，难道真是为了锻炼身体，想保持"老来腰脚健"吗？

专靠电话和电脑联系，不能留下纸面文字也不大好，有时还是写一写信吧。

与光缵四哥 郑燮

承三枉顾而不得一回候．罪何如也．溽暑炎熇．蒸耳灼目．三游湖而三病．两拜客而两病．老朽残躯．惟裹足杜门为便耳．高明谅之．

【学其短】

〇本文录自影印墨迹。落款云『板桥弟郑燮顿首光缵四哥足下』。
〇郑燮，见页三一九注。
〇光缵四哥，未详。

节序怀人

【念楼读】 元宵之夜，结伴看灯，你呼我赶，真是一段快乐的记忆。时间匆匆过去，如今已是秋天，有时仍不免想起那次同游的朋友。

家兄的信，迟迟没有奉答。希望你不要生气——这里拖沓的没复的信还有一大堆呢。

中秋节我准备回省城一趟。想想那里香甜的月饼和新鲜的藕吧，能不能又一次结伴同行啊？

【念楼曰】 周作人在《再谈尺牍》文中评论许葭村的尺牍道：

> 《秋水轩尺牍》与其说有名还不如说是闻名的书，因为如为他作注释的管秋初所说，“措词富丽，意绪缠绵，洵为操觚家揣摩善本”，不幸成了滥调信札的祖师，久为识者所鄙视，提起来不免都要摇头，其实这是有点儿冤枉的。秋水轩不能说写得好，却也不算怎么坏，据我看比明季山人如王百谷所写的似乎还要不讨厌一点，不过这本是幕友的尺牍，自然也有他们的习气，……不会讲出什么新道理来，值得现代读者倾听。但是从他们谈那些无聊的事情可以看出一点性情才气，我想也是有意思的事。

做幕友是“士不遇”的另一条出路，即为得“遇”的官们去帮忙或帮闲，而山人则只帮闲不帮忙。其实二者并无高下之分，选读他们的尺牍，也只是欣赏一点性情才气，无论如何，总比看效忠信或随大流表态的各种公开信好一些。

复钱绳兹

许思湄

元夜连袂看灯．极一时征逐之乐．流光如驶．忽届新秋．节序怀人．何能已已．承寄家兄一函．为理积牍．裁答久稽．或不罪其疏节耶．弟拟中秋返省．饼圆似月．藕大如船．三五良辰．何堪虚度．不知足下亦作思归之计否．

【学其短】

○本文录自许思湄《秋水轩尺牍》。

○许思湄，字葭村，清山阴（今绍兴）人。

○钱绳兹，未详。

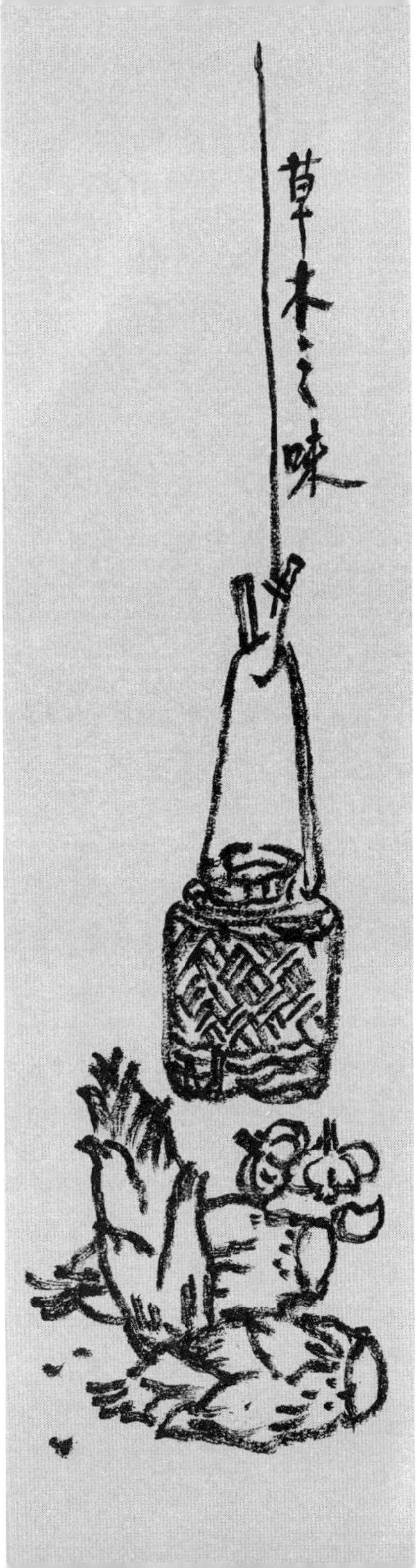

赠答的短信

毋相忘

【念楼读】 春君：你好！

这枚绿玉佩送给你，它代表着我的一片真心，愿你能永远珍重它，视如你我的情意。

【念楼曰】 琅玕珍重奉春君，绝塞荒寒寄此身。
竹简未枯心未烂，千年谁与再招魂。

此系周作人《苦茶庵打油诗补遗》之二十，原注："《流沙坠简》中有致春君竹简。"

《流沙坠简》是一部出土简牍集，收二十世纪初期从甘肃汉代烽燧遗址中发掘出来的简牍。"致春君"十四字写在两支竹简上，乃是两千年前的一件情书。顾廷龙有临本，为其书法代表作。我有《千年谁与再招魂》一文云：

> 两千年前的烽燧，早已夷为沙土……可是这件用十四个字（是墨写的还是血写的呢？）热烈恳求春君"幸毋相忘"的情书，历经两千年的烈日严霜，飞沙走石，却仍然保持了美的形态和内涵，表现出那番血纷纷的白刃也割不断，如刀的风头也吹不冷的感情，使得百世而下的我们的心仍不能不为之悸动，从中领受到一份伟大的美和庄严。
>
> 有实物为证，这件汉简，真可以称为不朽的情书了。

长沙近年也出土了一批吴简，其中却找不出如"致春君"这样有意思的。看来那时我们长沙人即已鄙视浪漫注重实际，心思和笔墨都用在问候长官和记明细账上面了。

致问春君

奉谨以琅玕一，致问春君，幸毋相忘。

奉

【学其短】

○本文录自罗振玉、王国维编《流沙坠简》。

○奉，人名，汉时戍守居延者，其姓氏已不可考。

橘子三百枚

【念楼读】 送上橘子三百枚，因为此时天还没有打霜，暂时只能有这么些，无法更多了。

【念楼曰】 橘子本来要蓄在树上，等到打霜以后，才能熟透，才最好吃。抗战以前，父亲在岳麓山下湖南大学旁边一处叫朗公庙二号的地方，买过一座橘园，带有几间瓦屋。每年将橘子“判”给别人时（“判”就是在挂果后由买主踏看后估定价格，采摘运走时付钱），都要留下一两树自家吃，因此我从小便知道了这一点关于橘子的常识。

橘子熟透的标准，一是真正红透，二是皮不附瓤，极易剥离。只有这样的橘子，才真正好吃，这是自家有橘园的人才能享受得到的口福。市上出售的橘子，都是皮色青青时下树，那红色都是“沤”出来的。王羲之当然不会吃这种橘子，也不会拿来送人，这三百枚，应该是从向阳的枝丫上头选摘下来的早熟果吧。后来韦应物有诗云：

> 怜君卧病思新橘，试摘犹酸亦未黄。
> 书后欲题三百颗，洞庭须待满林霜。

也就是说橘不见霜不能摘下送人，用的正是王羲之的典故。

奉橘帖

王羲之

奉橘三百枚。霜未降。未可多得。

【学其短】

○本文录自《王右军集》卷二。

○王羲之，见页三八一注。

几张字

【念楼读】 您今天一定要走吗？我不能出城相送，心中十分抱歉，谨祝一路平安。

您想要的字，勉力写成十来张送上。近来腕力孱弱，实在写得不成样子，请不要嫌弃。

匆匆作信，许多事情都来不及缕陈，只能言不尽意了。

【念楼曰】 颜真卿在朝为殿中侍御史（后升至尚书，封鲁郡公），外放为太守，也是地方主官。仓曹只是州郡管粮谷事务的小官，却能和颜真卿交朋友（《全唐文》收有颜氏《与卢仓曹》的另一封信），还能要他写字相送，一送就是“十余纸”。由此可见当时士大夫相交感意气，不太重功名，有才艺者亦不以才艺相矜，今人实在应该觉得惭愧。

卢仓曹一次竟能得到十多张颜鲁公的法书，在今天看来真是天大的幸事，在当时却只是普通的人情。我想颜真卿写过《借米帖》，也许他生活困难常常缺粮，因此不能不对管粮库的人特别客气一点也说不定。

唐人真迹，如今若能存世，一张的价值，至少也要上亿元。但鲁公当时写送给卢君的十几张，在彼此心目中的价值，大概最多亦不过一两石米。时移事易，读古人文字，于笔墨之外，的确还能寻得许多趣味。

与卢仓曹　颜真卿

足下今日定成行否．不得一至郊郭．深用怅然．珍重珍重．所欲拙书．今勒送十馀纸．望领之．勿怪弱恶也．不具不具．

【学其短】

○本文录自《颜鲁公文集》卷四。

○颜真卿，见页三八五注。

达头鱼

【念楼读】 连日阴雨，不知贵体如何？

北边有人送来一些“达头鱼”，乃是一种海鱼，我原来不曾听说过的，尝尝味道还可以，便分送一点给你，充当大菜可能不够一餐，只是请尝尝新罢了。

天晴以后，书局再见。

【念楼曰】 梅圣俞《宛陵先生文集》卷二十二中有《北州人有致达头鱼于永叔者，素未闻其名，盖海鱼也，分以为遗，聊知异物耳，因感而成咏》一首云：

> 孰云北河鱼，乃与东溟异。适闻达头干，偶得书尾寄。
> 枯鳞冒轻雪，登俎为厚味。向来昧知名，渔官疑窃位。
> 有如臧文仲，不与柳下惠。从兹入杯盘，应莫惭鲍肆。

欧阳修集中也有诗《奉答圣俞达头鱼之作》，开头四句是：

> 吾闻海之大，物类无穷极。虫虾浅水间，蠃蚬如山积。

末八句是：

> 嗟彼达头微，偶传到京国。干枯少滋味，治洗费炮炙。
> 聊兹知异物，岂足荐佳客。一旦辱君诗，虚名从此得。

“达头鱼”这种海鱼，现在好像没听到谁提起了，大概是给它改名字了吧。从古至今，编注欧公诗文集者很多，却没见谁认真考究一下“达头鱼”，注明它的形态、产地和异名。

与梅圣俞　　欧阳修

某启。阴雨累旬。不审体气如何。北州人有致达头鱼者。素未尝闻其名。盖海鱼也。其味差可食。谨送少许。不足助盘飧。聊知异物耳。稍晴。便当书局再相见。

【学其短】

○本文录自《欧阳文忠公全集》卷一百四十九。

○欧阳修，见页七注。

○梅圣俞，见页四〇九注。

谢赠酒裘

【念楼读】 我受您的恩赐已经够多的了。今日下雪，您又送来酒和皮衣，正是时候。酒一次喝不了，又无器物可以贮存，我只好将酒器一同留下，待喝完后送回。羔皮背心不是“布衣”能够常穿的，寒冬过后，亦当晒过奉还。

杭州对岸西兴码头上的脚夫常说：“风在老爷家过热天，在我家过冷天。”皮衣之于我，看来情形亦是如此，哈哈！

【念楼曰】 张元汴状元及第，成了翰林院修撰，后来又升为侍读，故称“太史”。他好读书，多著述，能惜才爱才。《明史·文苑传》云：

> (徐渭)击杀继妻，论死系狱，里人张元汴力救得免，乃游金陵，抵宣辽，……入京师，主元汴。元汴导以礼法，渭不能从，久之，怒而去。后元汴卒，(渭)白衣往吊，抚棺痛哭，不告姓名去。

“主元汴”，即是做客住在元汴家，所以元汴才给他送酒与裘。

但徐渭仍然一怒而去了。他穷虽穷，脾气还是挺大的。不过张元汴的好他不是不记得，于是“白衣往吊，抚棺痛哭”，生死见交情。

这封短信写得十分俏皮，引用了“西兴脚子”的话。码头上从事搬运的“脚子”，夏天在骄阳下羡慕老爷们坐在水阁凉亭里吹风，冬天在北风中羡慕老爷们穿着皮袍子烤火，于是用这句笑话自嘲，苦笑中隐藏着无奈。

徐文长一代奇才，却“不得志于时”，得靠张太史赠酒赠裘。以此自嘲，更可哀矣。

答张太史

徐渭

仆领赐至矣。晨雪。酒与裘。对证药也。酒无破肚赃。罄当归瓮。羔半臂。非褐夫所常服。寒退。拟晒以归。西兴脚子云。风在戴老爷家过夏。在我家过冬。一笑。

【学其短】

○本文录自施蛰存《晚明二十家小品》卷一。

○徐渭，见页一三九注。

○张太史，名元汴，字子荩，号阳和，与徐渭为绍兴同乡。

两件棉衣

【念楼读】 送上粗布棉衣两件，聊供御寒。知道你的脾气，不敢用绸缎之类做面料。务请先收下，有话见面时再说。

【念楼曰】 朱舜水现在少有人提起了，其实他倒真是个不屈的遗民，明亡后据舟山抗清；失败后，亡命越南、暹罗、日本等地，力图复国，多次潜回内地进行活动，知事不成，才留居日本以终老。

舜水只是一“诸生”，但学问文章都不错，居日本二十余年，讲学、著作不辍，对日本汉学有相当大的影响，所以他又是中日文化交流史上的一个相当重要的人。他在日本靠讲学维生（事实上是水户侯在供养他），却还有力量帮助像三好安宅这样的日本学者。可见他的境况，比起身处海外的“民运人士”来，大约还要宽裕些，这也是蛮有意思的一件事。

舜水能留在日本是很不容易的。他曾说过：

> 日本禁留唐人已四十年……乃安东省庵苦苦恳留，转展央人，故留驻在此，是特为我一人开此厉禁也。

前有朱舜水，后有梁启超、孙中山诸人，再后又有茅盾、郭沫若一辈。中国政治流亡者在国外的历史，包括他们当时留下的文字，收集起来，加以研究，似乎亦有价值，不过现在大概还不是时候。

与三好安宅　　朱之瑜

奉上粗布棉衣二件．聊以御寒而已．以足下狷洁．不敢以细帛污清节也．诸面谈．不一．

【学其短】

○本文录自中华书局版《朱舜水集》。

○朱之瑜，号舜水，明余姚（今属浙江）人，明亡后流亡日本。

○三好安宅，朱之瑜在日本的友人。

谢赠兰

【念楼读】 送来的兰花，开得多么漂亮啊，真要谢谢你啦！

【念楼曰】 这封信只有六个字，要算是最短的了。

开始学做文章，总是怕做不长。有笑话说，某人参加“小考”，规定文章要上三百字，结果他写不出来，交了白卷。回到家里，妻子问他：“一天到晚只见你抱着书在读，书上头尽是字，难道你肚子里头连三百个字都没有？”

他哭丧着脸回答道：“肚里的字倒不止三百个，只是我无论如何也没办法把它们串起来啊！”

辛辛苦苦学会了把字串起来以后，又总是“下笔不能自休”，一写便写得很长很长。其实值得写，应该写，非得写的东西，哪里会有那么多。

明明一句话可以说明白的，偏要说上好几句，十几句，岂不是给自己和别人添麻烦？这封回信如果换一个人来写，真不知又要浪费多少笔墨。

契诃夫说过，“写作的技巧，就是删掉一切多余字句的技巧”，并且谈到他在一本小学生练习簿上看到的对大海的描写，只有两个字：

海，大。

他以为，描写海是很难的，这两个字，形容得最好。

与王献叔

沈守正

蕙何多英也。谢。

【学其短】

○本文录自周亮工《尺牍新钞》卷四。
○沈守正，字无回，明武林（今杭州）人。
○王献叔，不详。

谢赠墨

【念楼读】 向你讨要墨的人极多，你却单单给了我，讲老实话，这是我原来完全没有想到的。

有人对我说："陈君看重你，就像你看重墨啊。"看来事实确是如此。

那么，就请让我将他的这句话，拿来作为对你的答谢吧。

【念楼曰】 文房之物，文人也有拿来互相馈赠的。纸和笔属于易耗品，要送就得多；砚又太平常，除非是古董；比较适合作礼品的，便只有墨了。

用来馈赠的，当然不会是普通的墨。要么就是古墨，要么就是自制的或者别人为自己专门定制的墨，这些自然都得加上斋名题记。《风雨谈·买墨小记》谈到的"曲园先生著书之墨""墨缘堂书画墨"等，便可以作为例子。还有一种上有题字如：

> 故乡亲友劳相忆，丸作隃麋当尺鳞。
>
> 仲仪所贻，苍珮室制。

更一看便知道是专门制来送人的了。

陈君"独以赠"宋祖谦的墨是什么样子，现在已不得而知了。当时求墨于他者"众矣"，可见其名声相当大，想必不止一锭两锭，应当也是专制的墨。文人像苏东坡那样亲自动手的可不多，一般都是自定款式、题词，交给苍珮室之类专门制墨的地方去做。

与陈伯玑

宋祖谦

求墨于足下者，众矣，而独以赠予，此不可解也。或曰，伯玑之嗜子，犹子之嗜墨也。此语可为吾两人写照。敢持以献，聊当报琼。

【学其短】

○本文录自周亮工《尺牍新钞》卷一。

○宋祖谦，字去损，明末清初莆田（今属福建）人。

○陈伯玑，名允衡，清初建昌（今江西永修）人。

笋和茶

【念楼读】 送上些笋干和茶叶，实在不成敬意。好在我们本是村夫野老的交情，分享这些山乡土产还是合适的。

【念楼曰】 茶树属山茶科，是灌木或小乔木；竹子属禾本科，则是草类了。茶树原产中国，竹子也主要产于中国，中国人实在是吃笋和茶的老祖宗，如今倒要向日本人学什么“茶道”，说起来真丢人。

在吃笋上中国人却始终保持了特殊的地位，不仅历史悠久，可以举《诗·大雅》“其蔌（蔬菜）维何？维笋及蒲”做证明，而且吃法多种多样。美食家李笠翁论植物类食物之美，曰清，曰洁，曰芳馥，曰松脆，曰鲜。竹笋在这五个方面都能得高分，故笠翁评之曰：

> 此蔬食中第一品也，肥羊嫩豕，何足比肩？但将笋肉齐烹，合盛一簋，人止食笋而遗肉，则肉为鱼而笋为熊掌可知矣。……《本草》中所载诸食物，益人者不尽可口，可口者未必益人，求能两擅其长者，莫过于此。

竹笋最好是吃“山中之旋掘者”，但干制若能得法，也很不错。袁子才《随园食单·小菜单》，开头所列笋脯、天目笋、玉兰片、素火腿、宣城笋尖、人参笋六种，便全是笋干。这和茶叶一道送给康小范的，我想也可能是笋干，不大可能是“山中旋掘者”。那是“惟山僧野老躬治园圃得以有之”的滋味，即使名士高人，在城市中也难得领略到。

与康小范

胡介

笋茶奉敬．素交淡泊．所能与有道共者．草木之味耳．

【学其短】

○本文录自周亮工《尺牍新钞》卷五。

○胡介，字彦远，号旅堂，清钱塘（今杭州）人。

○康小范，名范生，清安福（今属江西）人。

故乡的酒

【念楼读】 故乡的酒，给你送上一壶。今天是五月初五，隔墙同饮菖蒲酒，就算一同过了端阳节，也算是你和我结伴回了一趟老家吧。

趁着热，赶快喝啊！

【念楼曰】 节日是传统风俗习惯借以保存下来的一块“根据地”。四时八节，除了过“年”(春节)，重要的便是端午和中秋了。

过端午的活动，现存记载最早的，当然是吃粽子和赛龙舟，挂艾叶、菖蒲也可以算一宗，从宋朝起就有人把端午节叫作菖蒲节，但饮菖蒲酒的习惯似乎早已消失，过节时最多买一把菖蒲叶挂在门上，应应景。

此信中所说的“泛蒲”，便是饮菖蒲酒。“泛”的意思是饮完酒后把酒杯倒翻过来扣在桌上，表示干了杯。但请黄济叔“趁热急饮”的一壶里，究竟浸没浸菖蒲叶或菖蒲根，我仍不免存疑。菖蒲叶大家都见过，那么长而光滑的东西，怎么好浸入酒坛，也难浸出什么味来。而菖蒲根则非常苦，亦非城市中人所易得。小时五月五日吃雄黄酒，其实也没人真用酒吞服雄黄(雄黄亦不溶于酒)，不过在酒杯中调点雄黄粉，用指头蘸起给小孩额上画三横一竖。

与黄济叔　周圻

故乡酒，奉一壶，同济叔隔墙泛蒲，亦是我两人一端午，亦当我两人一还家也，趁热急饮。

【学其短】

○本文录自周亮工《尺牍新钞》卷十二。

○周圻，字百安，清抚州（今江西临川）人。

○黄济叔，名经，号山松，清如皋（今属江苏）人。

谢送花

【念楼读】 天气真使人没劲，你的信却带来了一股生气。那么多玫瑰花，使我的全身心和整个书房都充满了色香和快乐。

我爱这玫瑰，希望它能长在。于是买来一坛好酒，将花朵浸泡其中，不时喝上一小口，品味它的色和香；又将零散的花瓣装入枕囊，让它伴随我入梦。——于是我和它永不分离了。

【念楼曰】 周作人《瓜豆集·关于尺牍》引《芸香阁尺一书》中《复李松石》中论岳飞，《致顾仲懿》中论郭巨埋儿事，谓：

> 对于这两座忠孝的偶像敢有批评，总之是颇有胆力的，即此一点就很可取。……文虽未免稍纤巧（因为是答校书的缘故吧？）却也还不俗恶，在《秋水轩》中亦少见此种文字。不佞论文无乡曲之见，不敢说尺牍是我们绍兴的好也。

韵仙是一位“校书”即高级妓女。现在的妓女，还有没有跟客人做文字交流，互相送花的呢？但韵仙能以“玫瑰万片”饷人。从回信看，芸香阁（即朱熙芝）对待她，也像如今的人对待自己的女朋友，不大像“嫖小姐”。

社会史上的这种现象，需要做一种文化上的解释。如今的人去找妓女，只是为了解决性的需要，妓女也被正名为“性工作者”了。而古时本阶级的男女没有社交的自由，恋爱对象只能到妓女中去找。辜鸿铭说得好：“中国人的狎妓，有如西洋人的恋爱；中国人的娶妇，则如西洋人的宿娼。”在朱熙芝的时代，情形的确是这样。

答韵仙

朱荫培

困人天气．无可为怀．忽报鸿来．饷我玫瑰万片．供养斋头．魂梦都醉．因沽酒一坛浸之．馀则囊之耳枕．非曰处置得宜．所以见寝食不忘也．

【学其短】

○本文转录自周作人《关于尺牍》。

○朱荫培，字熙芝，清无锡人，有《芸香阁尺一书》。

倾诉的短信

不失自我

【念楼读】 此次北上去见丞相，一路忙于应酬，日夜得不到半点休息。

人们热烈奉迎丞相府长史官，我张君嗣顶着这个头衔，却累得要死，简直苦不堪言，烦着哪！

【念楼曰】 张裔原为巴郡太守，诸葛亮先是提拔他为益州治中从事，后来出师北伐，又任他为留(丞相)府长史。《三国志》蜀书卷十一云：某年张裔"北诣亮谘事，送者数百，车乘盈路。裔还，书与所亲曰……"，就是这封有名的信。

如果说诸葛亮是蜀国的总理，那么张裔(君嗣)便是国务院秘书长。秘书长去见总理，商量军国大事，谁不想趁此献一献殷勤，探一探口风呢？于是张氏不能不被热烈迎送的人弄得"疲倦欲死"，只好向"所亲"诉苦。

秘书长是大官，当秘书长的张君嗣却同别人一样是个普通的"男子"。有些当大官的，却往往只记得自己是个大官，忘记了自己也是个普通的人，沉湎于应酬，忘记了疲倦，于是纵情享受，甚至腐化贪污，把人的尊严和责任都忘记得一干二净。"男子张君嗣"却心知肚明，欢迎欢送，恭维奉承，这些都是冲着"丞相长史"来的，自己不过是躬逢其胜，赶上了这一趟。

富贵中人，很容易忘乎所以。"男子张君嗣"能够对争先恐后来敬丞相府长史的人觉得烦，可算是不失自我的了。

与所亲书

张裔

近者涉道，昼夜接宾，不得宁息，人自敬丞相长史，男子张君嗣附之，疲倦欲死。

【学其短】

○本文录自《全三国文》卷六十一。

○张裔，字君嗣，三国时成都人。

刀与绳

【念楼读】 我在齐王府里做官，知道齐王有野心，时刻担心这会给我带来杀身之祸。见了刀子和绳子，甚至连死的心都有，觉得还不如早点寻死的好，死了就摆脱了，不过旁人未必知道我这种心情。

【念楼曰】 顾荣是吴丞相顾雍之孙，后与陆机兄弟同时归晋，时称三俊，算是士大夫中的上层人物。他生逢乱世，很会保身。赵王伦得势时，他当大将军长史，多所保全。有次他——

> 与同僚宴饮，见执炙者貌状不凡，有欲炙之色。荣割炙啖之，坐者问其故。荣曰："岂有终日执之者而不知其味者乎？"及伦败，荣被执将诛，而执炙者为督率，遂救之，得免。

后来顾荣又被齐王冏弄去当了大将军长史，他却不愿充当齐王的工具，知道这会带来奇祸。

这封信充分流露出顾荣"恒虑祸及"的忧虑之情，也可以说是他为齐王政争失败、自己脱身埋下的伏笔。

当然顾荣并未自杀，他找到了一个苟全性命的法子，就是每天"纵饮伪醉"，尽量使自己"边缘化"，不挨王爷"核心"的边。后来"八王之乱"七个王被杀，齐王亦在其中，而顾荣又一次幸免于难。

古时读书人必做官，除非像陶渊明那样不怕贫穷吃苦，但这个官有时实在难做，甚至还得带上准备自杀的刀与绳。

与杨彦明书

顾荣

吾为齐王主簿，恒虑祸及，见刀与绳，每欲自杀，但人不知耳。

【学其短】

〇本文录自《全晋文》卷九十五。

〇顾荣，字彦先，晋吴郡（今苏州）人。

〇杨彦明，未详。

〇齐王，司马冏，晋室『八王之乱』的八王之一，后为长沙王司马乂所杀。

一口气

【念楼读】 被赶出官场后，我便干脆放任自己，在歌场舞榭里玩了差不多二十年。人怕就怕没有自知之明，现在已经明白了自己不堪使用，如果还要去献媚争宠，岂不是更加不堪了？

有个丑女人被男人一脚踢开后，从邻居那里借来几件首饰戴上，又去找到男人说："原来我不会打扮，你不要我；如今我会打扮了，你总会要我了吧？"结果又被一脚踢开了。她的姐姐便骂她道："被赶出一回就够没脸了，还要去找第二回的羞辱么？"

这话虽然难听，但是也有道理，不是吗？

【念楼曰】 康对山被赶出官场，说来也够冤枉的。他本是弘治朝的状元公，学问文章和官声都不错的。刘瑾擅权时，有意拉拢他，多次请他上门去，他也没去。后来李梦阳被刘瑾一党关了起来，从牢狱中写了张纸条给他："对山救我。"为了朋友，他只好去找刘瑾，第二天李梦阳便出了狱。就为了这件事，刘瑾倒台后，他也"坐瑾党落职"了。

康氏所说丑妇人的故事，意味很是深长。在专制制度下做事，受冤枉总是难免的；受了冤枉，亦无法报复，一口气只能咽在自己肚子里。但总还要有这口气在，王国维所谓"义无再辱"是也。

答寇子惇

康海

放逐后。流连声伎。不复拘检。垂二十年。人苦不自知。仆既自知之。而又自忘之。此则深惑尔矣。有丑妇被黜者。借邻女之饰。更往谓夫曰。曩以不修。子故弃妾。今修矣。子何辞焉。其夫拒趋而出。其姊尤之曰。一出已羞。更复何求。其言虽鄙。可以理喻。惟万万念之。

【学其短】

○本文录自叶楚伧《历代名人短笺》。

○康海，字德涵，号对山，明武功（今属陕西）人。

○寇子惇，名天叙，明榆次（今属山西）人。

梦想

【念楼读】 告诉你吧，在生活上，我并没有特别的嗜好，也没有过高的要求；只是每每见到流水边丛生着竹子和树木，竹树中露出一扇小小的窗户，便很想住到这扇窗户后面去。

【念楼曰】 莫是龙是一位画家，“竹树临流，小窗掩映”的描写，富有画意，很美。

人的日常生活，常被概括为“衣食住行”四个字。在这四个字中，“食”总被排在第一位，其实“住”恐怕更重要些。每天十二个时辰，总有一半以上“住”在自己的屋子里；如果能住在“竹树临流，小窗掩映”的环境里，当然好。

但这样的环境，不是想有就能有的，只有在梦想中它才可以随时浮现出来。于是，生活也就容易一些，并且有趣味一些了。

梦想是一个好东西啊，它使人生变得温馨，变得美好。

我也有过自己的梦想。解放前，梦想过“山那边”的“好地方”；三年困难时期拉板车的时候，梦想过满桌子的大鱼大肉；如今年已“望八”，便梦想着古希腊哲人说的“往者原”：

> 在那里没有雪，没有风暴，也没有烦恼人的别的事情，死后的人们可以在那里开怀畅饮……

如果那里也有“竹树临流，小窗掩映”，住在窗内又没人来叫去开会听报告，那就真的太好了。

与友人

莫是龙

仆平生无深好．每见竹树临流．小窗掩映．便欲卜居其下．

【学其短】

○本文录自周亮工《尺牍新钞》卷二。

○莫是龙，见页四一九注。

不要脸

【念楼读】 来信全是赞誉我的好话，真是过于抬举了。

其实我是根本不值得抬举的。一大把年纪了，还要拿着几篇文章，跟着一班年轻人，老着脸皮去请不一定了解你，更不一定尊重你的人来评论好坏；这就像老姑娘嫁给奶妈的丈夫做填房，还有什么光彩，有什么可以炫耀的啊。

【念楼曰】 这封短信，诉说的是文人的无奈和屈辱。

古代社会是官本位的，学文也是为了做官，做了官才能有一切。若不能做官，则一切都没有。要想“持数行文字”谋求生活待遇，则不仅难得买主，脸色也够瞧的。

就是在今天，以文字被人雇佣，供人使用，势必要由“不必知己”的人来审定，叫你改就要改，也是十分耻辱的事情。

唐朝称乳母的丈夫为阿爹，乃是贱称。窦怀恩做了皇帝乳母的丈夫，自称国爹，传为笑柄。卖文维生，等于去跟窦怀恩这样的皇室家奴当二奶，那就成奴下奴了。

最近偶然见到一本“学术著作”，作者在后记中大讲本书得到了省委宣传部某部长的赏识，又承省新闻出版局某局长关照，才得以出版。“此正如老女嫁国爹”，不是什么光彩的事，作者却不知羞耻，反而得意扬扬，真是不要脸。使陈痴山见之，更不知会如何想，如何写。

答朱子强

陈孝逸

誉言匝楮，何宠之深也！弟年纪寖大，尚持数行文字，从少妙辈问妍媸，于不必知己之人，此正如老女嫁国畬，言不辱者，强颜尔。

【学其短】

○本文录自周亮工《尺牍新钞》卷三。

○陈孝逸，字少游，别号痴山，明临川（今属江西）人。

○朱子强，未详。

相知就好

【念楼读】 只隔一道河水，距离实在不远。只怪得我的住处偏僻，联系不便，很少和你通信，也就没有机会详谈，实在抱歉得很。

但是，依照我粗疏的性格，没谈不等于不愿谈，更不等于不可谈。

就是联系了、谈了，认识和态度，也不会跟没有联系没有交谈时有多大的区别。这是因为，你我二人的交情虽浅，我对你的了解却早就不浅，不但不浅，实在还相当的深哪。

【念楼曰】 古时朋友为"五伦"之一，排在最末了，倒更加值得珍重。君臣、父子、兄弟关系，都是不可选择的，尤其是君父，生下来就坐在你头顶上，拥有无限的权利，剩给你的只有一大堆义务。做夫妇本该是自由选择的结果，这自由也被取消，结果往往都成了怨偶。只有朋友，总还得两相情愿才做得成，所以比较起来更为难得。

朋友难得，最难得者则在相知。唯有相知，才能有交流。这种交流本应该是不带功利的，否则便不是交流，而是交易了。

卓人月与吴君来往甚稀，相知却不浅，是能知交友之道者。

常说"君子之交淡如水"，能相知就好。不香无味的水，其实正是生命所需的。多加糖油，反会腻味。

与吴来之

卓人月

盈盈一水.相隔不遥.而以所居僻陋.鸿便甚稀.久不获布一语于左右.然弟生平廓落迂疏.当其不言.胸中未尝有不可言之言.及其既同而言.亦无以加于未有言之初.此虽与吾兄交甚浅.而亦有以知其深耳.

【学其短】

○本文录自周亮工《尺牍新钞》卷四。

○卓人月,字珂月,浙江塘栖(今杭州)人。

○吴来之,不详。

吃惯了苦

【念楼读】 考试把人都考老了，这次又未能侥幸，真是苦也。但我就像苦菜上的虫，吃惯了苦味，反而不觉其苦。回回落榜，只当作春残花谢，秋深叶落，乃是应有的一幕了。

【念楼曰】 这又是一个诉苦的。他说“堇虫习堇，翻不觉苦”，既是旮旯里吊颈——自宽自解，也是无可奈何中的一种自嘲。其实卓君虽然科场不利，早已成为“有意出新，独辟生面”的诗人，“年年被放”，还年年要去，也是在自讨苦吃。

曾国藩把考试说成是“国家之功令，士子之职业”，情形确实如此。在科举时代，读书就是为了应考。连科皆捷的少年鼎甲只能是极少数，许多人的一生精力都消耗在考试当中了。《儒林外史》里的周进哭棚、范进中举，戏剧舞台上的《祭头巾》，写的便是这类悲喜剧。

这样，中国便成了公认的“考试大国”。

历史上的“考试大国”现在怎么样呢？各级升学考试姑且不说，只拿形形色色的“成人考试”“自学考试”“普法考试”……来说，就数也数不清，苦菜叶子真是吃都吃不完啊。据说俞理初临终前有言：

> 此去无所苦，但怕重抱书包上学堂耳。

看似滑稽，其实却是比苦菜还要苦的一句话。

与洪戴之　　卓发之

弟以老生落第，最是人间苦谛，然堇虫习堇，翻不觉苦，年年被放，只是春阑花堕，秋深叶陨耳。

【学其短】

○本文录自周亮工《尺牍新钞》卷四。

○卓发之，字天星，号左车，明钱塘（今杭州）人。

○洪戴之，名吉臣，明仁和（今属杭州）人。

难忘的月光

【念楼读】 夜里，月光倾泻在院中空地上。地面仿佛成了水面，走近时几乎不敢将脚踏上去。

上床以后，大好的月光，竟使我通晚不能入睡。似乎没过多久，晨鸡便开始啼叫，远处的晓钟也敲响了……

【念楼曰】 大好月色不是常有的东西，所以人们对它的感觉也不寻常，而且总是偏于清冷。阴晴圆缺的变化，又容易使人联想到悲欢离合上去。望着月光睡不着觉的经历，在乡下住过的读书人多少总有过几回。我在“文革”中被长久拘禁，曾写过一首五古，也是被月光照得“通夕为之不寐”时写的，开头四句是：

明月照铁窗，铁栅映月色。不知我妻儿，可望今宵月？

最后四句则是：

地球转不停，月落一时黑。摸索起披衣，坐等东方白。

月光在我记忆中留下深刻印象的还有几回，从近往远说，一回是夜宿峨眉金顶，原为看日出，却看到了好月光，它投射在后山绝壁上的景象，竟使得穿棉大衣的我战栗不已。一回是十六岁时，初次为情所苦，半夜起来爬到岳麓山顶上，满山都沉浸在凄凉的月光中，自己的心也凄凉透了。一回是才下乡就走兵，七八岁的我跟着大人高一脚低一脚，月光照着的水田比泥土地更白，糊里糊涂地“蹈”上去，鞋袜全弄湿了。

与宋比玉　　黄虞龙

夜来月色映空庭如积水，令人至不敢蹈。弟通夕为之不寐，俄而鸡鸣钟动，怅然久之。

【学其短】

〇本文录自周亮工《尺牍新钞》卷七。
〇黄虞龙，字俞言，明晋江（今属福建）人。
〇宋比玉，名钰，明莆田（今属福建）人。

孤臣孽子

【念楼读】 翁兄离职之后，大局更加无望了。今日已大不如前日，看来明年还会不如今年。大厦将倾，麻雀燕子还能守得住自己的窝巢吗？

我本想弃职回家，见满朝文武，还在为私人和宗派的利益互相倾轧，无一人公忠为国，皇上真正成了孤家寡人，又不忍舍弃他决然离去。

明知自己虽然占有名义，其实不过是一名“伴食中书”，有我不多，无我亦不会少；但若是一旦发生变故，皇上要找个“伴食”的人也找不到了，那又怎么办呢？

【念楼曰】 写信向朋友诉说的，大都是个人的内心感受，还有个人生活中的事情。范景文写给黄道周的这封信，却是一位当朝高官，在国难当头时，表白他的一片孤臣孽子之心。

在明崇祯朝，范、黄二人都曾因直言极谏，被削籍为民。后来黄道周被“戍逐”到外地去了，范景文则于崇祯十五年（一六四二）又被重新起用，此信便是在这时写的。信中说的“翁兄”不知是谁，也许是翁正春，但正春在天启时即因反魏忠贤“乞归”了，时间早了些。

明朝的统治，到崇祯后期，已经无法不亡了。文武百官在平日高谈忠节，到头来卖主求荣，或起义（附闯）或投诚（降清）。只有范景文在闯王进京后投井自杀，实践了为崇祯“伴食”的诺言。

寄黄石斋

范景文

翁兄去后，时事不可言矣。今日既非前日，恐明年又非复今年。此堂非燕雀可处，急欲图归。奈满堂皆互向人，主上孤立无依，不忍恝然去国。明知伴食无补，然恐一旦有事，求一伴食者亦不可得耳，言之潸然。

【学其短】

○ 本文录自叶楚伧《历代名人短笺》。
○ 范景文，字梦章，明末吴桥（今属河北）人。
○ 黄石斋，名道周，明末漳浦（今属福建）人。

他得先来

【念楼读】 大人物那里，我是不会先去的。我现在这种情况，正在困难之中，如果是朋友，他就得先来看我啊。

【念楼曰】 文人不得志，则处于弱势。扶强不扶弱，本是人类的通病。但居于弱势者，再弱也不能弱了自己的志气，在强势者面前，更不能因己弱而自卑，因彼强而“伏软”。人势有强弱，人格却不能分贵贱。弱者能坚持自己的尊严，人格也就高贵了。

这封信能打动人的，就是作者的人格。

人格者，做人必有之“格”也。从信中看得出，作者正“在难”，也就是在困难之中。越是这样，就越要保持自己的人格，如上面所说的。

英国作家毛姆《在中国屏风上》中写到，他访问中国时，写信约辜鸿铭见面交谈。辜鸿铭却不肯去，说毛姆希望和他见面，就应当前来看他。

这封信的作者亦是如此。这并不是骄傲，而是为了保持自己的人格，故不能招之即去。

黄经即黄济叔，经是他的名，济叔是他的字。因树屋主人则是周亮工的别号。书信中自称用名，称对方和别人则只能用字或别号，这是过去的规矩。

答因树屋主人　黄经

乃公处经不可以先往．经在难．故人固当先经耳．

【学其短】

〇本文录自周亮工《尺牍新钞》卷二。

〇因树屋主人，即周亮工，见页二〇九注。

妻死伤心

【念楼读】 我回乡时，妻子病已濒危，没有几日，便故去了。

几十年同艰共苦的人，就这样突然从眼前消失；《葛生》诗中那些悲哀的句子，真像是为哭泣伤心的我而写的。

现在才知道，和顺夫妻一死一生，乃是人生最大的不幸，千古皆然，偏偏让我碰上了，这痛苦怎么承受得起。

【念楼曰】 和顺的夫妻，尤其是“数十年同艰共苦者”，先死去了一个，那另一个“目中忽无此人”，当然会十分痛苦。这种痛苦，本人当时是无法以语言文字表达的，因为语言文字无此力量，人亦无此力量。——但终究总不会没有一点流露，于是便有了潘岳的《悼亡诗》，元稹的《遣悲怀》，有了苏轼的“十年生死两茫茫”，有了归有光《项脊轩记》最末那使人读后久不能忘的一段。吴锡麒这封短信，还有他提到的“蒙楚一诗”即《诗经·唐风·葛生》，也都是此种倾诉：

葛生蒙楚，蔹蔓于野。予美亡此，谁与独处。

可以读作：

葛藤遮住了灌木丛啊，瓜蒌爬到了荒丘野外。

只剩下孤单的我一人，屋里的人啊已经不在。

这和下面四章一样都是悼亡诗，女悼男、男悼女都一样。郑笺云“刺晋献公也”，释作“夫从征役，妻居家而怨思”，未免太牵强了一点。

寄邹论园　吴锡麒

仆归里后，内子已自病危，乃不数日间，遽然化去，以数十年同艰共苦者，而目中忽无此人，觉蒙楚一诗，字字皆为我辈画出泪痕，方知此种伤心，固自同于千古，特仆不幸适然觏之，惨惨何已。

【学其短】

○本文录自叶楚伧《历代名人短笺》。

○吴锡麒，见页三九九注。

○邹论园，未详。

文友的短信

小巫见大巫

【念楼读】 我到河北来后，与外间隔绝。这里文化落后，写文章的人少，山中无老虎，猴子自然容易出名。所以对我的吹嘘，请不必信以为真。

现在这里又来了一位王朗先生，在东吴则有您和张昭先生，都是文章高手。我同列位一比，就好像小道士在水陆道场上遇到了老道长，还敢出什么风头呢？

【念楼曰】 陈琳为“建安七子”之一，本有文名，倒不一定是在河北地方吹起来的。说做文章，他比王朗、两张，实在不能说是小巫见大巫，这里不过是在讲客气话。

小巫见大巫的比喻很新奇，增加了这封信的神气。陈琳说他的文章“神气尽矣”，其实大大不然。他在河北为袁绍草檄文骂曹操，骂得曹操大汗直流，头痛的老毛病都“好”了，可以为证。

陈琳靠着一支会写文章的笔杆子，先帮何进，后帮袁绍，袁绍败了，又帮曹操做记室（秘书）。曹操不愧为英雄，还笑问陈：“你骂人为什么骂得那样狠？”陈答道：“我的文章就像一支箭，谁的弓弦拉起来搭上了它，它就‘不得不发’啊！”

这句话说尽了为主子服务的文人的本领，也说尽了他们的无奈。箭虽铦利，控弦者才是主人。

答张纮书

陈琳

自仆在河北，与天下隔，此间率少于文章，易为雄伯，故使仆受此过差之谭，非其实也。今景兴在此，足下与子布在彼，所谓小巫见大巫，神气尽矣。

【学其短】

○本文录自《全后汉文》卷九十二。

○陈琳，字孔璋，后汉广陵（今属江苏）人。

○张纮，字子纲，后汉广陵（今属江苏）人。

○景兴，姓王名朗，三国东海（今属山东）人。

○子布，姓张名昭，三国彭城（今徐州）人。

哀乐由人

【念楼读】 我作诗的理想很高,也很用心。并不追求形式的华丽,不跟随流俗的喜好;既不盲目师古,也不标榜新潮。虽然没有伟大诗人的才力,却也和他们一样不甘心平庸。写出来的诗,如果自己不满意,便毫不顾惜地将其扯碎烧掉。

这次录出一百五十首送上,希望您能够喜欢。虽然这可能只是一种单方面的痴心妄想,有如水中捉影、冰上琢花,却确实是我真诚的期待。

【念楼曰】 少时读新诗,诗集有题词献给自己爱人的,杜牧却是献给朝中的大官(当然是懂得诗可称文友的大官)。他还有篇《授司勋员外郎谢宰相书》,话说得更加谦卑,更加可怜:

> 相公拔自污泥,升于霄汉。……当受震骇,神魂飞扬,抚己自惊,喜过成泣。药肉白骨,香返游魂;言于重恩,无以过此。

其实司勋员外郎只是吏部所属司员,杜牧原为睦州刺史,品级不比员外郎低,不过从外任调回了朝中,便值得如此感恩,难道此《献诗启》也是献给这位宰相的吗?

唐人向大官呈献自己的作品,差不多是进身和升迁的必由之阶。有的巴结得太过分,像韩愈的《后十九日复上宰相书》和《与于襄阳书》,简直肉麻得读不下去。文人无法独立,只能哀乐由人,有才如杜司勋亦不能免,真是可怜。

献诗启

杜牧

某启．某苦心为诗．惟求高绝．不务奇丽．不涉习俗．不今不古．处于中间．既无其才．徒有其意．篇成在纸．多自焚之．今谨录一百五十篇．编为一轴．封留献上．握风捕影．铸木镂冰．敢求恩知．但希镌琢．冒黩尊重．下情无任惶惧．谨启．

【学其短】

○本文录自《全唐文》卷七百五十二。

○杜牧，字牧之，唐京兆万年（今西安）人。

难得洒脱

【念楼读】 去年冬天，我一家人赶着骡子，带上行李，住到此地东门外来了。朋友们见面时高兴，多喝了点酒，病了好些天，趁此休息了些时候。一休息下来，人便懒散了，许多来信堆在桌上都没有回复。

老兄也和我一样，懒得连信都不想写了，这样似乎也不太好。虽说朋友相交不必太热络，彼此知道些近况大概也还是必要的。

今将近作一束寄请吾兄和滕兄过目。如果让别的大人先生们见到，那就贻笑大方了。

【念楼曰】 这也是一封寄自己的作品去给别人看的信，以辞藻论似不如小杜，态度却比较自然，比较不做作。其所以能如此，原因只在于小杜是将诗文作为贽敬，去呈献给高高在上的人，希望得到他们的“镌琢”；范君则是在平等地和朋友交流，“非求存慰”，并没有什么功利的目的，正所谓“人到无求品自高”。

文人要保持独立的人格，最要紧的便是不要俯首求人，这在威权社会中似乎很难做到，不管这威权是君王，是宗法，还是别的什么东西。范仲淹也只有在干脆赋闲不求进取时，才会有这一分洒脱。

与石曼卿　　范仲淹

某再拜。去冬以携家之计，驻嬴东郊。朋来相欢，积饮伤肺，赖此闲处，可以伛息。书问盈几，修答盖稀，足下亦复懒发，绝无惠问，非求存慰，欲知起居之好尔。近诗一轴，寄于足下与滕正言，达于诸公，必笑我也。

【学其短】

○本文录自叶楚伧《历代名人短笺》。

○范仲淹，字希文，北宋吴县（今苏州）人。

○石曼卿，名延年，北宋宋城（今商丘南）人。

○滕正言，即滕子京（宗谅），北宋洛阳人。

以诗会友

【念楼读】 阴雨天持续已久，总算开天放晴了，不知吾兄日来做何消遣？

雨天中想以《归田乐》为题作几首诗，作成两首以后，兴致忽然又没有了，很盼望圣俞老兄你也能来作两首。我俩合作写一组诗，也是很有意思的事情。

明天饭后，盼能过来一见。

【念楼曰】 文人的好朋友，往往也是文人。因为同是文人，互相了解便比较容易，也容易找到共同的语言，这本是产生友谊、保持友谊的重要条件。欧阳修和梅圣俞，跟唐朝的白居易和元稹一样，乃是最要好的诗友，互相唱和的诗都很多，而且也都写得比较好。如此次所作的《归田乐》，欧之《夏》：

> 南风原头吹百草，草木丛深茅舍小。麦穗初齐稚子娇，
> 桑叶正肥蚕食饱。…………………… 田家此乐知者谁，
> 我独知之归不早。乞身当及强健时，顾我蹉跎已衰老。

梅之《秋》：

> 秋风忽来鸣蟪蛄，豆叶半黄陂水枯。织妇夜作露欲冷，
> 社酒已熟人相呼。…………………… 田家此乐乐有余，
> 食肉缉皮裘岂无。我虽爱之乏寸土，待买短艇归江湖。

一唱一和，真是以诗会友。

与梅圣俞　　欧阳修

某启．经节阴雨．犹幸且晴．不审尊候何似．闲作归田乐四首．只作得二篇．后遂无意思．欲告圣俞续成之．亦一时盛事．来日食后．早访及为望．

【学其短】

○本文录自《欧阳文忠公全集》卷一百四十九。
○欧阳修，见页七注。
○梅圣俞，见页四〇九注。

不欲作

【念楼读】 这篇送行文我实在不想写，是被逼着写出来的。自己一看，觉得有些犯讳，恐怕真的不合时宜。

你的文章却写得既得体，又漂亮。相形之下，更显得我的修养不足了。

敬请帮我认真把一把关，如果觉得拿出去不妥，我是可以重新再给他写几句的。

【念楼曰】 谁没有写过自己“不欲作”的文章呢？流沙河说：

恨平生尽写，宣传文学。早岁蛙声歌桀纣，中年狗皮卖膏药。

他说恨，而知恨亦即是知耻。知耻近乎勇，我还不够格。不过已赋遂初，恕不从命，这种“不欲作”的文章总算可以不作了。

但是还有另一类文字常常来要你“作”。请写书评呀，请赐大序呀，“拙作”请予指正呀……大都是自己作不好，不会作，因而“不欲作”的，但为了情面，为了应酬，为了敷衍，有时仍不能不勉强“作”之。结果当然只能写出一些旁人不愿看，自己不满意的东西来。真不如保留自家的“褊浅”，请他另找高明，把这类活计交给惯作“春容大雅之辞”的专家去做，实为德便。

与周淀山

归有光

送行文为诸友所强.极不欲作.而出语辄犯时讳.见昨所示春容大雅之辞.知其褊浅矣.乞高明裁示.如不可出.当别作数语酬之耳.

【学其短】

○本文录自王士禛《池北偶谈》卷十三。

○归有光，见页六七注。

○周淀山，未详。

请删削

【念楼读】 我的集子虽说编成了，却总是不放心，生怕滥收了不值得保存的文字，被人瞧不起。倒不如请爱护我的人审读一次，帮我删掉那些不该收入的。

现送上试印本一部，请将你认为应该删去的文字指出来。你是十分了解我的人，一定会帮助我的。

【念楼曰】 对自己的文章有点自信的人，不会怕别人提意见。曹植给杨修的信中说：

> 世人之著述，不能无病。仆常好人讥弹其文，有不善者，应时改定。

此种欢迎别人来“咬文嚼字”的精神，应该说是十分了不起的，尤其是才高八斗的曹子建。如今浪得虚名的作家，未必有子建之才，却容不得半点讥弹，气量未免太窄。

对于肯来“咬嚼”的人，的确应该感谢，因为他帮助你改掉了“不善”。咬嚼要用劲，还得防备硌了牙或者会反胃，不是人人都做得来或愿意做的。

皇甫子循的文集已经试印了，还能“惧有议之者”，先送一部给“深相知”“能益我”的表侄看看，请他将认为可以“删弃”的篇目指出来，这实在是很谦虚也很高明的态度。

与清甫表侄

皇甫汸

鄙集虽完，甚不自满，惧有议之者，孰若爱我而删弃之乎，谨以一部奉览，足下深相知，必能益我也。

【学其短】

〇本文据王士禛《池北偶谈》卷十三《前辈墨迹》所引。

〇皇甫汸，字子循，明长洲（今苏州）人。

〇清甫，未详。

以泪濡墨

【念楼读】 我的《寒鸦赋》，真想请你给作一篇序文。

你是亲眼见到我写它的。除了你，还有谁能相信，我硬是流着眼泪把它写出来的呢？

【念楼曰】 作品希望能够得到一篇好序，大概是作者普遍都会有的一种心情。用一封二十三个字的短信求序，知道他一定会写，一定写得好，这人当然只能是自己的好朋友。如果不是好朋友，又怎么会守在旁边，目击自己"以泪濡墨"呢？

以泪濡墨，便是流着泪写文章。记得有人说过，一个能够流泪的人，总是好人；一首能够使人流泪的诗，总是好诗。《老残游记》的作者刘鹗，更把一切好的作品都视为人的哭泣，说：

> 《离骚》为屈大夫之哭泣，《庄子》为蒙叟之哭泣，《史记》为太史公之哭泣，《草堂诗集》为杜工部之哭泣；李后主以词哭，八大山人以画哭，王实甫寄哭泣于《西厢》，曹雪芹寄哭泣于《红楼梦》。

《寒鸦赋》既然是"以泪濡墨"写出来的，那便是宋祖谦的哭泣；吴冠五能陪着他哭泣，还能为他作序，肯定也是个"能够流泪的人"了。还是刘鹗说得好：

> 棋局已残，吾人将老，欲不哭泣也，得乎？

与吴冠五　宋祖谦

仆所作寒鸦赋，幸足下一序，非足下目击，不知仆以泪濡墨。

【学其短】

◎本文录自周亮工《尺牍新钞》卷一。
◎宋祖谦，见页四四三注。
◎吴冠五，字宗信，明末清初屯溪(今安徽黄山市)人。

选诗

【念楼读】 老人贪吃，叨扰过甚，多多得罪，深以为歉。

承不弃选拙诗为一集，甚盼吾兄要助手先誊录一份寄下，以便再做些调整。病躯日益不支，只要一口气上不来，我就会和吾兄永别，那时阴阳异路，我也就没有可能再参与了。

【念楼曰】 顾梦游的诗从明朝写到清朝，写了一世，直到晚年，才让龚贤给他选编了这么一本《茂绿轩集》。他去龚家吃饭，显然不是为了"口腹"，定是为了自己的集子，信中仍殷殷嘱托，请龚贤"先录一帙见示"，亦无非想早点见到选目，考虑要不要调整。

前人对"结集"的态度，多半都是十分谨慎的，《李长吉歌诗叙》注云：

> 乐府惟李贺最工，张籍、王建辈皆出其下，然全集不过一小册。杜牧叙曰："贺生平所著歌诗，凡二百三十三首。"今二百三十三首具在，则长吉诗无逸者矣。其逸者，非逸也，皆贺所不欲存者也。

反观今人，则"在位"时便忙着出"全集"，不仅平日无聊应酬之作一体全收，连别人代笔的报告讲话都不割爱，文字上则任其芜杂，错字也懒得改。这不要说比不上李长吉，就是比起顾梦游来，也地隔天远。

与龚野遗　　顾梦游

老病增馋，以口腹累高士，罪岂可忏耶。承选拙诗，幸侍者先录一帙见示，有未安处，及生前改窜也。一气不属，与仁兄异路矣，奈何奈何。

【学其短】

○本文录自周亮工《尺牍新钞》卷二。

○顾梦游，字与治，清初江宁（今南京）人。

○龚野遗，名贤，字半千，清初昆山（今属江苏）人。

谈作诗

【念楼读】 我以为，诗的面目要自然，诗的内涵要深刻。

作诗的人，如果过于注重诗的形式，一味追求新奇，刻意雕琢，只想“创新”，就反而会削弱诗的思想，破坏诗的意境。这样“做”出来的诗，必然生涩隐晦，难于读懂。

但是，如果走向另一个极端，说是返璞归真，实是专事模仿，陈词旧调，敷衍成章，跟市场上搞批发零售的商贩一样，拿不出真正有吸引力的新货色，其诗则必然浅薄庸滥，千人一面，这就比生涩隐晦的更不如了。

【念楼曰】 诗不能写得太晦涩，也不能写得太浅露。施愚山自己写的诗，可以说是讲到做到的，如《天涯路》：

天涯望不远，尽是行人路。日日换行人，天涯路如故。

渺渺白云远，萋萋芳草暮。来者知为谁，但见行人去。

四十字中三见“行人”，却一点也不觉得重复。又如《书丁道人壁》：

山豆花开野菊秋，隔林茅屋是丹丘。

客来问道惟摇手，随意清泉绕屋流。

在钱谦益、吴伟业之后，施氏算是可与王士禛、朱彝尊齐名的诗人了。蒋虎臣也是个很有个性的人，他于顺治三年（一六四六）探花及第，入了翰林，四十几岁便“告老”辞官，却不回江南，西上峨眉山学佛，就死在那里。

与蒋虎臣

施闰章

夫诗以自然为至，以深造为功。才智之士，镂心刿肾，钻奇凿诡，矜诩高远，铲削元气，其病在艰涩。若借口浑沦，脱手成篇，因陈袭故，如官庖市贩，咄嗟辐辏，而不能惊魂骇目，深入人肺肠，浸就浅陋，其病反在艰涩下。

【学其短】

○本文录自周亮工《尺牍新钞》卷十。

○施闰章，字尚白，号愚山，清宣城（今属安徽）人。

○蒋虎臣，名超，清金坛（今属江苏）人。

刻《文选》

【念楼读】 天天都没有一点空闲，不能与先生抵掌快谈，深以为憾。

得知文选楼刻印《文选》，此乃大大的好事。前有昭明太子，后有辟疆园主，我能追随你们之后，更多接触秦汉魏晋的好文辞，真好，真好！

【念楼曰】 昭明太子将“远自周室，迄于圣代”的文章，“都为三十卷，名曰《文选》”，时在南朝梁时，去王士禛已千二百年，“文选楼刻《文选》”，则是他眼前的事。那么，此信谈的显然不是《文选》，而是刻《文选》，有关出版事业了。

爱书的人，听到刻书印书的消息，都会十分欢喜的。倒不一定得是未曾见过的，或能归己所有。只要是好的书，印得又好，就足以使得他“良快良快”。

书要印得好，便须得有合适的人。《三科乡会墨程》也要有马二先生来选才行，如果都是萧金铉、季恬逸一流人选的，那就不堪领教。——如今替出版商选书的却大都如此，是可叹也。

在嘉兴请马二先生选书的文海楼，在杭州请匡超人选书的文瀚楼，都是书商。此文选楼则是文人刻书的地方，有如全氏汲古阁，刘氏嘉业堂，二者不可同日而语。后来阮元在扬州又有一座文选楼，那却是王士禛死后多年的事。

与顾修远

王士禛

日日无暇，不得一把臂，奈何。文选楼刻文选，妙绝佳话。前有萧维摩，后有顾辟疆。弟得左顾右盼其间，良快良快。

【学其短】

○本文录自周亮工《尺牍新钞》卷一。
○王士禛，号阮亭、渔洋山人，清新城（今恒台）人。
○顾修远，名沅，建有『辟疆小筑』，清长洲（今苏州）人。
○萧维摩，即梁昭明太子萧统，《文选》的编者。

读书之味

【念楼读】 我近年来精神越来越涣散，书当然还在读，可是读过便忘，记是记不住了，读却仍然不能不读。眼睛看着书，就像嘴里含着美味佳肴，倒不急于吞下肚里去，生怕一吞下去便没了。

现在读书，我真的只是为了品尝一点佳美的味道，至于对自己有没有补益，能不能够充实自己，这些已经不予考虑，也不能考虑了。

【念楼曰】 说到提倡学以致用，有副对联说得十分明白：

有功家国书常读；无益身心事莫为。

不能有功，便是无益，那就不必怎么读它。宋真宗《劝学篇》：

富家不用买良田，书中自有千钟粟。
安居不用架高堂，书中自有黄金屋。
娶妻莫恨无良媒，书中有女颜如玉。
出门不患无随从，书中车马多如簇。

“学以致用”想要“致”的项目虽然有可能变更，要求“有功家国”这一点却怎么也不会变的。

朱幼清所取的却是另一种态度，即是学不必致用，读不必有功，只求其有味便够了。他说“含美馔于两颊，而不忍下咽”，是能知味者，也是我十分忻慕的，虽然对他和那位陆三的情况一直未能详知。

与陆三　　朱幼清

年来神散，读过便忘，然必欲贮之腹中，犹含美馔于两颊，而不忍下咽，我之于书，味之而已。

【学其短】

○本文录自叶楚伧《历代名人短笺》。
○朱幼清，未详。
○陆三，未详。

说事的短信

说写字

【念楼读】 我家先世本是看重文化的南朝人，祖辈多人长于书法，各种字体在当时都颇有名声。到了我这一代，便大不如前了。虽说有幸得到张旭前辈的指点，懂得一些皮毛，但因自己天分太低，终究写不出满意的字来。

【念楼曰】 中国人习惯了谦虚。家宴请客，明明一桌子美味佳肴，也要说“没有什么吃得的，真对不起”。颜真卿在此帖（写给谁已不可考）中说自己的书法“不能佳”，也是谦虚，而态度真诚，绝非虚伪。他说他的祖上多善书法，确系事实。其《世系谱序》称颜氏先人有“巴陵、记室之书翰，特进、黄门之文章”，“巴陵”指刘宋时官巴陵太守的颜腾之，“记室”指南齐时官湘东王记室的颜协，都是著名的书家。真卿的曾祖、伯曾祖颜勤礼和颜师古，也都以学问、书法著名于唐初。及至真卿，并不是“斯道大丧”，而是“斯道大昌”了。苏轼称其书：

> 雄秀独出，一变古法，如杜子美诗，格力天纵，奄有汉魏晋宋以来风流，后之作者殆难复措手。

朱长文《续书断》列之为“神品”，谓其书法：

> 点如坠石，画如夏云，钩如屈金，戈如发弩，低昂有态，自羲、献以来，未有如公者也。

又岂是“不能佳”的？他却不仅不自满，还“自恨”不能佳，故能百尺竿头更进一步。

草篆帖

颜真卿

真卿自南朝来，上祖多以草隶篆籀为当代所称，及至小子，斯道大丧，但曾见张旭长史，颇示少糟粕，自恨无分，遂不能佳耳。

【学其短】

○本文录自《颜鲁公文集》卷四。

○颜真卿，见页三八五注。

○张旭，字伯高，唐吴县（今苏州）人。

说挨整

【念楼读】 常说三十年为一世。柳宗元被降职下放，已经十二年，差不多就是半世了。惊雷闪电，是老天爷在发脾气，也不会发上一整天。下面的人讲几句话，惹得上面生了气，难道这下面的人就要被记恨一辈子，一世不得翻身吗？

【念楼曰】 柳宗元和刘禹锡等“八司马”参与“永贞变法”，议论风发；不巧的是唐顺宗即位即病，只八个月便退了位，八人遂全遭贬逐。柳氏被贬到永州，一待就是十年；后移至柳州，又待了五年，就死在那里了，得年才四十有七。

柳宗元是文人“参政议政”触霉头吃了大亏的一个例子。一九五七年因“争鸣”被划成“右派分子”的人，结果或劳动教养，或下放北大荒，境遇比柳氏更惨，而且右派的帽子一戴就是二十二年，比吴武陵说的十二年还多了十年，已经不止“半世”。像林昭那样要交五分钱子弹费的，更是“毕世”了。

柳宗元被贬，还有吴武陵替他鸣不平，公开写信对“圣人”表示不满。其实柳以礼部员外郎贬永州司马，仍旧是地方官，还可以自由创作《永州八记》，发一发“少人而多石”之类的牢骚，更远非“右派分子”可比。

在咱们历史上，政治自由和言论自由从来是很少的。争取自由需要付出的代价就是挨整，动辄半世、毕世，说起来真可怕，亦使人伤心。

与孟简书

吴武陵

古称一世三十年。子厚之谪十二年。殆半世矣。霆砰电射。天怒也。不能终朝。安有圣人在上。毕世而怒人臣耶。

【学其短】

○本文录自叶楚伧《历代名人短笺》。
○吴武陵，唐信州（今江西上饶）人。
○孟简，字几道，唐平昌（今山西介休）人。
○子厚，即柳宗元，唐河东（今山西运城）人。

说苏洵

【念楼读】 天气暑热，又兼雨湿，谨祝贵体安好。

四川来了位能写文章的读书人苏洵，希望您能够接见他一次。他说这是出于对您的人格和名望的崇敬，并非个人有何希求。

他从远地而来，误以为我是您能够相信的人，先来找我介绍。一见之后，我觉得不能够拒绝他，也不能够不报告您，于是决定写这封信。行不行，见不见？一切听从裁夺。

【念楼曰】 欧阳修比苏洵只大两岁，比富弼只小三岁，三人当时的地位却相当悬殊，所以苏洵才需要通过欧阳修介绍去见富弼。说是说只“思一见而无所求”，其实“奔走德望”的目的，归根结蒂也还是希望有德望的人能够给自己以帮助，这本是士子们在考试之外的又一条出路。

“苏老泉，二十七，始发愤，读书籍”。但他发愤读书以后，仍然屡试不第，年近五十，才和两个儿子（苏轼、苏辙）同至京师谋发展。如果没有欧阳修的鼎力介绍，“三苏”凭自己的本事当然也会出头，但那就不一定会这么快，这么顺利。

介绍信总还是会要写的，无论到什么时候，只要能够像欧阳修这样写得恰如其分便好。

与富郑公书

欧阳修

某启。暑雨。不审台候何似。有蜀人苏洵者。文学之士也。自云奔走德望。思一见而无所求。然洵远人。以谓某能取信于公者。求为先容。既不可却。亦不忍欺。辄以冒闻。可否进退。则在公命也。

【学其短】

○本文录自《欧阳文忠公全集》卷一百四十四。

○欧阳修，见页七注。

○富郑公，名弼，字彦国，封郑国公，北宋洛阳人。

○苏洵，字明允，号老泉，北宋眉山（今属四川）人。

说果木

【念楼读】 我在白鹤峰下的新房，最近已经建成了，想向你讨几样果木来栽上。

树太大难栽活，太小了老年人又等不及它结果子，所以请给我树龄大小适中的。

树蔸子带的土坨还得留大点，千万别伤了根。

啰里啰嗦，请多多原谅。

【念楼曰】 此信在《苏轼全集》卷五十五中，前面多出了二十几个字：

> 龙眼晚实愈佳，特蒙分惠，感怍不已。钱数封呈，烦聒，增悚。

在《东坡七集》里，这些却是另外一封信的最后几句。《全集》在后面还多出了两行：

> 柑、橘、柚、荔枝、杨梅、枇杷、松、柏、含笑、栀子，
> 漫写此数品，不必皆有，仍告，书记其东西。十二月七日。

从中可以看出苏东坡的生活趣味和生活态度。

啰里啰嗦不嫌烦聒地反复交代，树苗大小要适中，树蔸子带的土不能太少，说明他对栽树颇为内行，不是只知住花园别墅，双手不接触泥土的。

搞园艺本是亲近自然的好方式，可以满足自己的审美趣味，现代人也颇有向往于此的，只是难得有白鹤峰那样的地方来建屋栽树。

与程天侔

苏轼

白鹤峰新居成．当从天侔求数色果木．太大则难活．太小则老人不能待．当酌中者．又须土砧稍大．不伤根者为佳．不罪不罪．

【学其短】

○本文录自《东坡七集·续集》卷七。
○苏轼，见页一二九注。
○程天侔，名全父，余未详。

说雅俗

【念楼读】 人的身心，若不常常接受古今好思想好文章的洗礼熏陶，必然染上庸俗的灰尘；一照镜子，便会发现自己的形象越来越猥琐，开口说话也不免带着越来越重的俗气。

【念楼曰】 黄庭坚是性情中人，诗词书法都极具特色，所作小文也清隽脱俗，很耐咀嚼，这封短信便是一个很好的例子。

黄庭坚不愿见庸俗的面目，不乐听庸俗的语言，自己更不甘于庸俗。他的办法便是时常“用古今浇灌之”，从古今书册中去亲近古人，使自己浸淫在他们的风格和气味里。这才能使人脱离庸俗，渐入佳境。

这佳境便是雅。雅是俗的对立面，从来是有志行的读书人所追求的境界。春秋时孟尝君田文是有名的贤公子，其父田婴却最多只能算是中材，王充著《论衡》便评论道：

> 夫田婴俗父，而田文雅子也。……故婴名暗而不明，文声贤而不灭。

到底是雅比俗好，还是俗比雅好，千百年来，人们心里都是雪亮的。但不知怎么搞的，近几十年来，却一反故常，偏要提倡“通俗化”。大众本多俗人（我亦其一），若要提高全国全民的文化素质，正患其不能渐进于雅。原已俗不可耐的演义小说，还要统统拿来重新“戏说”；赵本山那样“面目可憎”，还要加上“小沈阳”那样的故作媚态，黄庭坚若生于今世，恐怕只能向阴曹地府去办移民了。

答宋殿直

黄庭坚

人胸中久不用古今浇灌之，则尘俗生其间，照镜觉面目可憎，对人亦语言无味也。

【学其短】

〇 本文录自叶楚伧《历代名人短笺》。

〇 黄庭坚，字鲁直，号山谷道人，北宋分宁（今江西修水）人。

〇 宋殿直，殿直乃是官名，余未详。

说大伯

【念楼读】 从贵处借用的那个人，问他的名字他不说，只要人喊他“张大伯”。

什么老东西，居然一来就要做别人父亲的老兄，也未免太托大，太不自量了吧。

如果他谦逊一点，叫他声大叔还差不多，“大伯”嘛，休想！

【念楼曰】 一个借用的“剩员”，居然敢在御前书画博士面前自称“大伯”，料想他不会有这样大的胆子。据我看，一定是方言或者谐声引起的误会。碰上米芾这个颇有几分“癫”气的人，于是留下了这封很有特色的短信。

米芾的字画都极有名，文章却少见。这封信实际上只是一张便条，若不是大书法家的墨迹成了“帖”，恐怕不会流传下来。寥寥三十三字，全是脱略诙谐的口吻，算得上一篇幽默短文，与“米颠”的形象正相吻合。

前三十年容不得幽默。朋友间写个便条，也得注意莫犯错误，怕别人拿去“上纲上线”。及至“文化大革命”开始，更是动笔之先必恭录一段“最高指示”，最有风趣的人亦不敢开玩笑。要叫大伯就叫吧，如果他是三代贫农或者老革命，谁还敢讨价还价啊。

曾国藩做京官时，有张姓医生自称“张大夫”，曾氏记作“张待呼”，在家书中表示奇怪，也是因方言谐音引起误会之一例。

与人帖

米芾

承借剩员．其人不名．自称曰张大伯．是何老物．辄欲为人父之兄．若为大叔．犹之可也．

【学其短】

〇本文录自叶楚伧《历代名人短笺》。

〇米芾，字元章，人称『米南宫』，北宋襄阳人。

说借书

【念楼读】 魏老八家藏有苏东坡笺释的《易经》和《书经》，我向他借看，他不肯。这是个只认官衔不认人的人，唯有请吾兄出面。因为你在都察院做官，“察”的就是他们这些人；你开了口，他是不敢不借的。

此外还有什么好书，也千万先寄给我看看。

【念楼曰】 自己的面子小，得求面子大的人帮忙，古今一样，此不足奇。奇的是想方设法求人，求的却是借两本书看，倒是读书人才有的脾气。

从古就有“借书一痴，还书一痴”之说。还有藏书家告诫儿孙，将书“鬻及借人为不孝”的。所以也不能因为别人不肯借书，便说他“俗恶”。

但如果肯不肯借书的标准是“只认官衔不认人”，对读书人不肯，对做官的便肯，那么说他“俗恶”也不冤枉。

为什么说，王子敬“作科道”，那位魏老八就不敢不借呢？

清朝的中央监察机关都察院，内设吏、户、礼、兵、刑、工六科给事中，又按全国行政区划设十五道监察御史，对口稽查各部各省的政事和刑名案件。六科给事中和十五道监察御史，即所谓“科道官”，有检举揭发和公开批评各部各省官员的权力，“乃朝廷耳目之官”（张居正语），故人皆畏之。

与王子敬

归有光

东坡易书二传，在家曾求魏八，不与。此君殊俗恶，乞为书求之，畏公作科道，不敢秘也。有奇书，万望见寄。

【学其短】

○本文录自《震川先生别集》卷七。

○归有光，见页六七注。

○王子敬，归氏门生。

○魏八，不详。

说交友

【念楼读】 与君结识，可谓奇缘；用套话来形容，真是相见恨晚。但如果在十年前就结识了，那时你我的见解都不如今日，知心的程度便不会如此之深，观点也不会如此一致了。

能够结识一位朋友当然是十分难得的。我则以为，不愁不相识，只愁相识了却又不能互相理解，彼此切磋。只要能达到这种境界，相见晚一些，又有什么不好呢？

【念楼曰】 都说竟陵派的作品“幽深孤峭”，大约是他们太不愿意说前人说过的话，语语必出于己，求之过深处，便不免显得有点做作，不十分自然了。

在待人接物上，钟惺也有一点“拗”，《明史》本传说他“为人严冷，不喜接俗客”，县志说“无酬酢主宾，人以是多忌之”。这种性格，自然和喜交游会做客的陈眉公大异其趣。

朋友难得的确实是都有见识而又彼此相知，能够在理解的基础上交流。抵掌畅谈固佳，静默相对亦自不恶，也不必要斤斤计较有益无益。钟惺这样说，未必是跳不出孔圣人设下的圈子，也可能是有意“严冷”一下，给眉公一个软钉子。

走在人生的道路上，所怕的便是寂寞。有一二人结伴，走起来觉得不那么冷清，就轻松多了。朋友就是这可以结伴同行的人，正不必还要他提供什么益处。这一点，钟惺自然是懂得的。

与陈眉公

钟惺

相见甚有奇缘，似恨其晚，然使十年前相见，恐识力各有未坚透处，心目不能如是之相发也。朋友相见，极是难事，鄙意又以为不患不相见，患相见之无益耳。有益矣，岂犹恨其晚哉。

【学其短】

○本文录自施蛰存《晚明二十家小品》。
○钟惺，字伯敬，明竟陵（今湖北天门）人。
○陈眉公，即陈继儒，见页四一五注。

说借钱

【念楼读】 想到芳野地方走走，请借五钱银子给我做用费。既说是借，自当奉还。——说是这么说，不过我这老头子的话，也不一定能够兑现呢。

【念楼曰】 这是日本诗人松尾芭蕉用汉文写的一封向人借钱的短信。周作人说它“在寥寥数语中，画出一个飘逸的俳人来”，确实如此。文章、气质，均可入明人尺牍，称为上品。

松尾芭蕉，日本正保至元禄(清顺治至康熙)时人。《中国大百科全书》说，他把俳谐发展为具有高度艺术性和鲜明个性的庶民诗，他的作品被日本近代文学家推崇为俳谐的典范。近代杰出作家芥川龙之介盛赞芭蕉是《万叶集》以后的最大诗人，至今他依然被日本人民奉为“俳圣”。

芭蕉擅长的俳句是日本独有的只有十七音的短诗，比中国的绝句还短，例如这一首：

古池呀，——青蛙跳入水里的声音。

还有一首：

望着十五夜的明月，终夜只绕着池走。

都明白如话，而意味悠远。如今有些中国人着意造作的“汉俳”，在报刊上发表出来的，我却看得一头雾水，简直比“走到大托铺，壁上画只富”更加不知所云。

与去来君　松尾芭蕉

欲往芳野行脚．希惠借银五钱．此系勒借．容当奉还．唯老夫之事．亦殊难说耳．

【学其短】

〇本文录自周作人《日记与尺牍》。

〇松尾芭蕉，日本十七世纪的俳谐诗人。

〇去来君，松尾芭蕉的一位门人。

说荻港

【念楼读】 到达荻港时，已是向晚时分。船泊在岸边，只有一片芦苇，在风中轻摇轻响。

近处再无旁人，但见一叶渔舟，在夕阳中缓缓而去。“欸乃一声山水绿”，猛然觉得，这不是柳子厚诗中的画面吗？

如果由你挥毫，用倪云林、黄子久的笔法，将这幅小景画下来，我相信，一定会成为不朽之作的。

惠赠手杖谢领，会面之后，随你去哪里，都可以追随了。

【念楼曰】 吴、奚二人是画友亦是文友，吴写信告奚，已舟抵荻港，文笔颇有画意。

这荻港在什么地方呢？郑板桥《道情十首》咏老渔翁，“沙鸥点点轻波远，荻港萧萧白昼寒”，使荻港一词更带上了诗情。但那只是泛指，并不是实有的地名。

辞典上共有三处荻港：一处在安徽滁州西北，并不近水，当然不是；一处在安徽繁昌的长江边上，是个水陆码头，发达已久，恐亦不会“芦风萧萧，四无行人”；还有一处则只能在民国二十年（一九三一）商务印书馆出版的《中国古今地名大辞典》中找到，在浙江吴兴县（今湖州市）南，临苕溪，最为近似。因为吴和奚都是钱塘（今杭州）人，活动多在浙西苏南一带，这里应是他们往来之地，当然这亦只是我的猜测。

柬奚铁生

吴锡麒

舟抵荻港．芦风萧萧．四无行人．渔子拏小舟而出．遥赴夕阳中．欸乃一声山水绿．此时此景．得足下以倪黄小笔写之．便可千古．奉到青藤一枝．伏听驱使．

【学其短】

○本文录自叶楚伧《历代名人短笺》。

○吴锡麒，见页三九九注。

○奚铁生，名冈，清钱塘（今杭州）人。

○拏，驾船。

说官司

【念楼读】 打官司双方举证陈词，都会力求有理有据。如何判断是非呢？我的经验是，只有从准备最充分、组织最严密的说辞中去发现他的破绽。

人们打官司，都有他们自己的目的。凡是他特别用心的地方，便是他特别需要罗织或掩饰的地方。振振有词，反而容易露出马脚，他的巧也就成为他的拙了。

至于有理的一方，通常并不会多说话。话也总是简单平实，不会有过多的增饰，甚至还会出现口误或记错。诚实和虚伪，有经验的人本可一望而知，因为诚实者总是不需要特别做作的。

【念楼曰】 此信只取其说事明白，这是观察入微、分析合理的结果，看似容易，却也难得。

人世上的事，说简单也简单，说复杂也复杂，就看人们怎样去对待它。一切事物无不有其情理，若能原其情推其理，本应该是不复杂的；怕就怕不讲情理，故意矫情言理，或者硬搞一套古往今来从未有过的歪理出来命令大家“照办”。

就说打官司吧，两造相争，当然得依法判断，而这法首先得是公平的。可是有的法官成为右派，其“错误”却是“主张依法办案”的单纯司法观点。一句“最高指示”，即可推翻所有法律，践踏一切公权，“和尚打伞，无法无天”，那就毫无情理可讲了。

复友人

李石守

凡两讼者，各据所见，无不凿凿。听讼之耳，何由鉴别，惟从其弥缝极工处，便知其极破绽处。盖天下之人，无故而多一语，此语必有所为，其极工处，乃其极拙处。若夫理直者，其言自简，了无曲折，反有拙漏，故望而知其诚伪也。

【学其短】

〇 本文录自叶楚伧《历代名人短笺》，作者及其友人俱不详。

劝勉的短信

赶快走啊

【念楼读】 天道往还，有春的生机，就有冬的杀气；人事反复，有得志之日，就有失意之时。能掌握时机，决定进退，而又能堂堂正正行之，就算得大智大勇的贤者。我当然不行，不过略微能知道自己该怎么做罢了。

勾践这个人，只看他雄视阔步指点江山的样子，便可知只能共患难，不能同安乐。过去他打猎，你我是他的弓箭和猎狗；如今猎物已尽，弓箭便没有用处，猎狗也可以杀来吃了。这样的事，他这种心狠手辣的人是一定做得出来的，你还是和我一样，早点离开他吧。

如果还不快走，大祸必会临头。千万别再迟疑了，赶快走啊！

【念楼曰】 两个楚国人，辛辛苦苦进入越国，帮勾践“十年生聚，十年教训”，好不容易才灭了吴国。范蠡知道兔死狗烹、鸟尽弓藏的道理，赶快离开勾践，下海当大老板去了。文种却要帮忙帮到底，不听范蠡这番忠言，结果被勾践赐死，请他到地下去帮先王。结局反差之大，故事性之强，无逾此二人者矣。

此二人都是心想事成高明得很的人，结局不同只因知不知“进退”。当然，如果更高明一点，一开头就不进，不去与“鹰视狼步”的领袖共患难，早些下海早发财，西施也省得去陪夫差那么些年，岂不更妙。

自齐遗文种书

范蠡

吾闻天有四时，春生冬伐；人有盛衰，泰终必否。知进退存亡，而不失其正，惟贤人乎！蠡虽不才，明知进退。高鸟已散，良弓将藏；狡兔已尽，良犬就烹。夫越王为人，长颈鸟喙，鹰视狼步，可与共患难，而不可共处乐；可与履危，不可与安。子若不去，将害于子，明矣。

【学其短】

○本文录自《全上古三代文》卷五。

○范蠡，春秋时楚国宛（今南阳）人，助越灭吴后离去，经商致富，称陶朱公。

○文种，春秋时楚国郢（今湖北荆州西北）人，助越灭吴后反被越王赐死。

阿房即阿亡

【念楼读】 被我国征服的原六国地区，到处都造反了，皇上还在大建阿房宫。这阿房啊，恐怕要成为“阿亡”了。

您过去一直不向始皇帝讲真话，无非是为了迎合他的意旨，以为这样才能永保富贵。可是，如今的二世皇帝已经好几次斥责您了，您也该想到自己的危险了吧！

【念楼曰】 范蠡说“狡兔已尽，良犬就烹”。文种是良犬讲良心，才死于丧良心主子之手。李斯则本是条没良心的恶犬，焚书坑儒等万恶之事都是他助成的，后来又伙同赵高害死扶苏、蒙恬，奉承秦二世大修阿房宫，残民以逞，结果被腰斩，死亦不足蔽其恶。

焚书坑儒，是想叫天下人都不敢说话；殊不知焚书坑儒以后，还有冯去疾这样的人。正史未载冯去疾其人其事，有可能出于虚构，但人们虚构出来的也就是人们希望有的，更何况“坑灰未冷山东乱，刘项原来不读书”啊！

“阿房者，阿亡也。”统治者将大兴土木作为粉饰门面维持统治的手段，而浪费民力国力的结果反而是统治更快地垮台，阿房即阿亡，一点不错。

秦皇和李斯倒行逆施自食恶果，报应来得和“四人帮”一样快。“阿房者，阿亡也”的警告对他们并没有起作用，也起不了作用，但对天下后世竭天下之力想扬国威、行霸道的小秦皇、小李斯，仍不失为一服清凉散。

与李斯书

冯去疾

山东群盗大起，而上方治阿房宫。阿房者，阿亡也。君前以不直谏阿上意，谓爵禄可以永终。然今上数诮让君，君其危哉。

【学其短】

○本文录自王符曾《古文小品咀华》。

○冯去疾，秦人，余未详。

○李斯，战国楚国上蔡（今属河南）人，入秦为丞相，后死于赵高手中。

积极与消极

【念楼读】 我认为，人的成就主要表现在三个方面：最重要的是道德，其次是事功，再次是立言。

伯陵先生您的个人修养和操行的确十分高尚，连生活小节都无瑕可指，这当然可贵。但道德不该只限于一身，它可以并且应当通过著作和事功表现出来，这一点希望您能更加注意。最好能在上述三个方面都做出成绩，您就可以达到更高的境界了。

【念楼曰】 挚峻和司马迁是从少时起就交好的朋友，两人对现实的态度却并不相同。

司马迁抱着入世的态度，修身立德以周公孔子为法，著述立言争文采表于后世，治事立功日夜思竭其才力，乃至给挚峻写信，为李陵游说，亦莫非想积极地帮助朋友，以为这样就可以“自我实现”。而事乃有大谬不然者，积极的结果是“佴之蚕室”，连睾丸阴茎都被割掉了。

挚峻却抱着出世的态度，他回答司马迁道：

> 能者见利，不肖者自屏，亦其时也。《周易》：“大君有命，小人勿用。”徒欲偃仰从容，以送余齿耳。

自居于“不肖”“小人”，将立德立功立言的事业让给“能者”和“大君”去做，于是终身不仕，老死山林，至少保全了传宗接代的器官。

与挚伯陵书

司马迁

迁闻君子所贵乎道者三。太上立德，其次立功，其次立言。伏惟伯陵，材能绝人，高尚其志，以善厥身，冰清玉洁，不以细行荷累其名，固已贵矣。然未尽太上之所繇也。愿先生少致意焉。

【学其短】

〇本文录自《全汉文》卷二十六。

〇司马迁，见页三注。

〇挚伯陵，即挚峻，西汉长安（今西安）人。

〇繇，同『由』。

戒阿谀奉承

【念楼读】 君房先生：被选任宰辅大臣，当然是极好的事。但只有心中想着施仁政，辅佐君王行义道，才会使天下百姓高兴。

千万别阿谀奉承。如果君王不对时也一味顺从他，完全放弃了自己的责任，那就会害国害民，最后还会害了自己。

【念楼曰】 严子陵是不愿做官的人，如今富春江上还留有一座钓台，作为他"独向清江钓秋水"的见证。

侯霸却是个很会做官的人，在汉成帝时为太子舍人；王莽篡国后反得提升，最后当上了淮平（临淮）郡的太守，很能保全地方；王莽败灭，又被光武帝征为尚书令，旋即升任司徒，"位至鼎司"了。

鼎司指国之三公，即司徒、司马、司空，又称太师、太傅、太保，为古代朝廷中最重要的大臣，相当于宰相。后来官制变迁，这些渐渐都成了虚衔。侯霸能历事三朝，成为不倒翁，一是比较能干，二是十分听话，一直能得皇帝的欢心。他的下任韩歆，即因顶撞光武帝，被责令自杀。

严光给侯霸打预防针，不为无见。后来侯霸视事九年，并没有"阿谀顺旨"到"要领绝"的程度，也许是严光的劝勉起了作用。

口授答侯霸

严光

君房足下：位至鼎司，甚善。怀仁辅义天下悦，阿谀顺旨要领绝。

【学其短】

○本文录自《全后汉文》卷二十七。

○严光，字子陵，汉余姚（今属浙江）人。

○侯霸，字君房，汉密县（今河南新密市）人。

绝交

【念楼读】 还记得吗？我到丰县做县令时，你母亲刚去世，你便脱下孝服，前来见我。后来我当了侍书御史，你又忙不迭跑到御史衙门来。

如今你的官做大了，便派办事员来召见我这个降了职的郎官。难道你真以为自己就要当丞相、廷尉，我真成了你的下属，会以你的传见为荣吗？

刘伯宗呀刘伯宗，你对待老熟人，是不是太无情无义了啊？

【念楼曰】 朱穆二十来岁便当了县级官，因被举高第，桓帝时又当上了侍御史；数年后又升任冀州刺史，秩二千石，是位次九卿的高官了。可是因为查办宦官葬父逾制开棺陈尸（不开棺陈尸又怎能查明逾制的程度？），他被征诣廷尉问话，结果降作"左校"。这是管理制造工徒的"将作大匠"属下的小官，秩六百石（县令秩六百石至一千石），被一撸到底了。给刘伯宗的绝交信，大约便是这时写的。

刘伯宗的表现，现在来看亦属寻常。也可能他自己为"部民"时，去谒县令、见御史，态度太谦卑，太巴结了；如今成了秩二千石的高官，传见郎官也是按规矩行事，自然而然摆起了上级的架子，却忘记此郎官原来是自己卑躬屈膝巴结过的人。

与刘伯宗绝交书

朱穆

昔我为丰令，足下不遭母忧乎，亲解缞经，来入丰寺。及我为侍书御史，足下亲来入台。足下今为二千石，我下为郎，乃反因计吏以谒相与。足下岂丞尉之徒，我岂足下部民，欲以此谒为荣宠乎？咄！刘伯宗于仁义之道，何其薄哉！

【学其短】

○本文录自《全后汉文》卷二十八。

○朱穆，字公叔，东汉南阳郡宛（今河南南阳）人。

○刘伯宗，未详。

勿禁渔

【念楼读】 天地之间的水面宽得很。人去搅动它，不会使它显得更浊；不去搅动，也不会让它显得更清。人在江湖水面上本来是完全自由的。

现在政府却不许老百姓下江湖捕鱼了，撒一网，装一笱，都要扣留他们的渔具，不交罚款便取不回。听说有时罚款高达上十匹布，老百姓怎么负担得起？

我真有点不明白：以前管漆园的庄子，怎么能稳坐在江边垂钓，楚王的使者到了身后也不回头？还有《楚辞》写的那位渔父，怎么能悠然自得地摇着桨唱"沧浪之水清兮"，自由自在地在江上打鱼呢？

【念楼曰】 京戏里有一出《打渔杀家》，萧恩带着女儿桂英打鱼为生，本不想再惹是生非，安分守己地做顺民；偏偏又来人讨渔税，激化了矛盾，于是结果只能"杀家"——重出江湖。王胡之劝庾氏莫夺渔具莫罚款，其实还是为了"稳定"着想，是在退火，不是点火。

其实有时候禁渔也是必要的。《国语》："水虫孕，水虞于是乎禁罝罜䍡。"在鱼的繁殖季节，历史上从来提倡禁渔，但保护资源不宜以命令强迫行之，尤其不该一年四季霸着江湖"讨渔税"，断了小民的生路。鱼要活，人也要活。

与庾安西笺

王胡之

此间万顷江湖．挠之不浊．澄之不清．而百姓投一纶下一筌者．皆夺其鱼器．不输十匹．皆不得放．不知漆园吏何得持竿不顾．渔父鼓枻而歌沧浪也．

【学其短】

○本文录自《全晋文》卷二十。

○王胡之，字修龄，东晋琅邪临沂（今属山东）人。

○庾安西，名翼，字稚恭，东晋鄢陵（今属河南）人，为安西将军。

难为兄

【念楼读】 你家这位“小和尚”弟弟，其实是颇有思想的。人很潇洒，却少有轻率随便的时候。发言能说透道理，诗文也称得上一流。讲句玩笑话，只怕二位还难得做他的老兄，对于他的“进步”，你们就不必过于操心了。

【念楼曰】 南北朝时，陈寔的儿子元方、季方都很有名，孙辈争论他俩谁更有名，陈寔裁判道：

> 元方难为兄，季方难为弟。

从此“难兄难弟”便作为成语流传下来了。

王昕、王晖是“扪虱谈兵”的王猛的后人，兄弟九人，俱有才学，世称“王氏九龙”。信中说的“弥郎”即王晞，小名沙弥，意思就是小和尚。王昕、王晖是王晞的哥哥，关心弟弟的进步，多次从洛阳寄信给和王晞在一起的邢臧，传达教训之意。

哥哥关心弟弟当然是很好的事情，但也得先了解弟弟的实际情况，做到有的放矢。如果弟弟已经“丽绝当世”，水平早就超过了哥哥，那就不必以居高临下的态度出之，还是平等相待为好。

这道理也适用于一切传道授业解惑的人，尤其是自以为有这种责任的人。如果硬要以为只有自己高明，随时随地都要来“宣传群众，教育群众”，种种麻烦很可能便由此而起。

与王昕王晖书

邢臧

贤弟弥郎．意识深远．旷达不羁．简于造次．言必诣理．吟咏情性．往往丽绝当世．恐足下方难为兄．不暇虑其不进也．

【学其短】

〇本文录自《全后魏文》卷四十三。

〇邢臧，字子良，北朝鄚（今河北任丘）人。

〇王昕、王晖，北朝剧（今山东寿光）人。

请宽心

【念楼读】 有幸和令弟同事，因而得知您心境开朗，著作宏富，丝毫没有为小小得失牵累，一心以自己的文章启迪令人传之后世，竹溪先生您真可以说是事业有成，自我实现了。

小人得志暂时风光的人多着呢，真正能够以学问文章留名今后的又能有几人？那些只图眼前风光的人，他们是不会有今后的，一定的。

【念楼曰】 只知道林希逸工诗文，善书画，学问也好，研究《易》《礼》《春秋》和老庄、列子，都有著作刊行；却不知道他因何“戚戚得丧”，大约总是在朝为官犯错误受了处分吧。

文天祥和林希逸的弟弟“为寅恭”，便是同僚好友，还有“年谊”（同科考试及第）。他关心同僚的兄长，体贴入微，令人感动。我从小学三年级起就知道文天祥是著名将领，是为国捐躯的烈士，“孔曰成仁，孟曰取义”直到如今还背得出来，却不太知道他也是一个充满了人情味的人。

不知从什么时候起，英雄烈士都成了“特殊材料制成的”，既能克制世俗的欲望，也能拒绝正常的情感，完全“脱离了低级趣味”。如果告诉他，文天祥不仅曾经如此同情“犯错误”的人，还十分喜欢声色女乐，只怕他还会不相信呢。

勉林学士希逸

文天祥

某夙有幸，获与介弟为寅恭，因之有以询居处著作之万一，不戚戚得丧，而言语文章，足以诏今传后，竹溪先生何憾哉，一日之赫赫者多矣，千载而赫赫者几人，为一日计者，无千载也，决矣。

【学其短】

○本文录自叶楚伧《历代名人短笺》。

○文天祥，号文山，南宋庐陵（今江西吉安）人。

○希逸，指林希逸，号竹溪，南宋福清（今属福建）人。

不可与同游

【念楼读】 灵谷寺的松林的确幽美，寺前那条溪涧给人的印象也不差。要去游玩，最好是约唐存忆一同前往。

像吕豫石那样一副人事处长相，脚还没提起肚子已经往前挺；李玄素则一身长袍大褂，走起路来大摇大摆，差不多要甩断挂起来给人看的玉鱼。在热闹大街上拦着骑马坐轿的打招呼，故意大声讲话，引起路人注意，才是他们的本色。好山好水之间，是容不得这号角色的。

【念楼曰】 别人要去游灵谷寺（在南京紫金山之阳，原名蒋山寺），约谁同去，本是别人的事。王君却偏要苦苦地劝他，只能约某人去，不能约某某等人去；而不能去的理由，则在其“足未行而肚先走”“两摆摇断玉鱼”，总之是官架子太足，太俗了。于此可见王君的性情直率可爱，其刻画人物的手段入木三分，妙不可言。

王君笔下的吕豫石、李玄素之流，现在的“精英阶层”中仍然大大的有，不过长袍大褂变成了名牌西服，拦住大声打招呼的也该是进口名牌敞篷车了。

名胜风景处，俗人不可与同游，这一点尤其深得我心。每年两次可与离休局、处长同游，我总是宁愿放弃。

答李伯襄

王思任

灵谷松妙．寺前涧亦可．约唐存忆同往则妙．若吕豫石一脸旧选君气．足未行而肚先走．李玄素两䙰摇断玉鱼．往来三山街．邀喝人下马．是其本等山水之间．着不得也．

（六十五字）

◯ 本文录自王思任《文饭小品》。

◯ 王思任，见页三九三注。

◯ 李伯襄，未详。

交好人

【念楼读】 野梨子又酸又涩，简直跟枳实一样，不能入口。将它的枝段和优良果树嫁接以后，结出来的梨就勉强可以吃得了。再嫁接几次，口味居然赛过了又甜又脆的哀家梨。

由此可见，人之相交，一定要交品质好、学问好的好人。

【念楼曰】 以果木嫁接作譬喻，说明应该“相与好人”，算得上会写信的高手了。但也有人质疑，说“相与好人”便可以转化人的气质，事实上恐怕没有这样简单。

第一，是好人不是那么现成好找的。“行要好伴，住要好邻”，这话谁都会同意，却只能是一厢情愿。中苏两党论战时，苏方来信所引俄罗斯的谚语不是说“人们可以选择老婆，却无法选择自己的邻居”吗？

第二，是“嫁接”的办法也容易发生偏向。且不说桃根是不是最好的嫁接材料，即使都嫁接成功，清一色地“改造”成了“哀梨”，世界上的梨子全是一种口味，岂不又会使人觉得过于单调了吗，到那时，酸涩的野梨只怕倒成了如今的“土鸡蛋”，想吃也难得吃到了。

孔夫子赞成交“益友”，段一洁说“不可不相与好人”，出发点都没错。但“益”的标准是于我有益，“相与好人”是为了自己好，则过于从功利考虑了。

人生在世，恐怕不能事事全为功利，还应该有自己的理想和自己的兴趣追求。

与吴介兹

段一洁

野梨酸涩类枳，断桃根接之，稍可啖，再接之，三接之，甘脆远过哀梨，可见人不可不相与好人也。

【学其短】

○本文录自叶楚伧《历代名人短笺》。
○段一洁，未详。
○吴介兹，未详。

敬恕二字

【念楼读】 吾兄连年作战有功，已经当上总兵官，独当一面。国家论功行赏，给的待遇很是优厚。很快你又要升任提督军门，位置更高，荣名更大，责任也更大了。

我愿奉赠吾兄两个字：律己要"敬"，做大事小事都要小心谨慎，不敢疏忽；待人要"恕"，功不全归自己，过不推诿别人，事事都要留有余地。能时时记住这两个字，自会胜任愉快，永远成功，谨此祝贺。

【念楼曰】 以上十封信，都是文人写给文人的，文人规劝文人的。写信的如范蠡曾是越国上将军，接信的如李斯正做秦朝丞相，但他们本质上仍然是文人。只有这封信，写信的曾国藩时为总督，节制江南四省军政，也仍是文人行事；接信的鲍超却是一介武夫，接到信得请营中的"老夫子"念把他听，给他讲解。

鲍超虽然不识字，却是曾国藩手下一员得力的战将。此时他已"开府作镇"，当上镇台（相当师级），马上就要升提督军门（军级）了。曾国藩要使用他，就得教育他，使他少犯错，不坍台。都说曾氏能用人，会用人，这封信便是范例之一。"乱世英雄起四方"，出身草莽，因为不怕死，打仗打成了大官的，历朝历代都有。不听教训，结果身败名裂的，曾手下有李世忠、陈国瑞，后来也不乏其人。

与鲍春霆

曾国藩

足下数年以来，水陆数百战，开府作镇，国家酬奖之典，亦可谓至优极渥，指日荣晋提军，勋位并隆，务宜敬以持躬，恕以待人，敬则小心翼翼，事无巨细，皆不敢忽，恕则凡事留馀地以处人，功不独居，过不推诿，常常记此二字，则长履大任，福祚无量矣。

【学其短】

〇本文录自《曾文正公全集》。
〇曾国藩，号涤生，清湖南湘乡白杨坪（今属双峰）人。
〇鲍春霆，名超，清四川奉节（今属重庆）人。

家人的短信

实至名归

【念楼读】 见到徐伯章的来信，那草字真是写得妙极了。懂得书法的人看了，无不极口称赞。

可见才艺只能靠努力养成，有了才艺自然会得到赏识，名声一定会起来，实至则名归啊。

【念楼曰】 班固、班超兄弟和他们的姊妹班昭，真可谓一门三杰，历史上很少见。除了受父亲班彪的影响，同胞间互相砥砺，也应该是他们学问事业有成的重要原因。

徐伯章是班超的朋友，后来又是班超立功西域的重要助手。班固见徐伯章的草字写得好，众人“莫不叹息”，立即抓住这件事情给弟弟班超写信，给他讲“艺由己立，名自人成”的道理，进行教育和鼓励。这在平常朋友通信中是不大常见的。

班超大约也曾用功练习过书法，后来却决心建功万里外，投笔从戎了。班固自己亦不以书法成名，这里谈的只是个人成功得靠自己努力的普遍真理，伯章书“稿势殊工”，不过是写信的一个由头。

“艺由己立”，关键在己，自己不能练出真本事，是立不起来的。“名自人成”，关键好像在别人，别人不认可，不赞赏，确实也成不了名；但仔细一想，关键仍在自己，如果自己不能凭本事立起来，别人又怎么会认可，会赞赏呢？

与弟超书

班固

得伯章书，稿势殊工，知识读之，莫不叹息。实亦艺由己立，名自人成。

【学其短】

○本文录自《全后汉文》卷二十五。

○班固，字孟坚，后汉安陵（今陕西咸阳东北）人。

○弟超，班固之弟班超，字仲升。

○伯章，姓徐名干，后汉平陵（今咸阳西北）人，班超的同事。

注重人格

【念楼读】 听说你要外出当差，家中四壁空空，如何筹措一切？

论名望我家最低，论家境我家最穷。但不能因为地位低就抬不起头，不能因为家里穷不自尊自重，人格是最要紧的。

【念楼曰】 司马徽在《三国演义》第三十七回中以高士面貌出现过，那是小说家言。他确实有品德，时人称之为“水镜先生”，可见其行事相当透明，见解比较透彻。儿子走向社会，司马徽交代他的不是如何处世应酬，争取机会，而是只怕他“志不壮”“行不高”，不能够自尊自重，丧失品格。

俗话说，“人穷志短，马瘦毛长”；司马徽教子，却教他越穷越要有志气。这和《颜氏家训》所云，齐朝一士大夫教子鲜卑语及弹琵琶，“以此伏事公卿，无不宠爱”，正是极端相反的两种态度。

读书人从来便可以分成两类。一类的生活目标是“伏事公卿”，只要能升官发财，无论干什么都可以。一类的生活目标却是要养成并保持高尚的品格，即使“室如悬磬”，也不能“摧眉折腰事权贵，使我不得开心颜”。水镜先生当然属于后一类。

此处以“人格”为题，古时当然无此词语，但教子“勿以薄而志不壮，贫而行不高”，亦可以“注重人格”形容之，至少我是这样看的。卢梭首倡“天赋人权”，人权既属天赋，则人人生而有之，并不是卢梭喊出来的。人格也应该是人人生而有之，往来古今一样的吧。

诫子书　司马徽

闻汝充役．室如悬磬．何以自辨．论德则吾薄．说居则吾贫．勿以薄而志不壮．贫而行不高也．

【学其短】

○本文录自《全后汉文》卷八十六。

○司马徽，字德操，后汉阳翟（今河南禹州）人。

为子求妇

【念楼读】 容儿是长子，也成年了。作为他的父亲，我只有这样，上等人家谁会嫁女给他？就从平民小户中给他找对象吧，我还真想早一点抱孙子呢。

找亲家本无须门当户对，好子女亦未必出自高门。扬子云写得出仿《论语》的《法言》，却并不姓孔。我家舜帝爷是圣人，他父母和弟弟的名声却不好。说什么木有根水有源，反正虞家世世代代都出痴子，无非下一代再出一个就是了。

【念楼曰】 举出虞舜"父顽母嚚"（语出《史记》）的例子来对抗"龙生龙，凤生凤"的观点，可谓高明。（嚚，音寅，愚顽、奸诈的意思。）

三国时无"阶级出身"之说，但看重世家旧族，本质上和这也差不多。

只是，找亲家看阶级出身、家庭成分，在二十世纪五六十年代似乎尤其被人重视，简直害苦了整整一代人。但虞翻生于一千七百多年前，能够破除门户之见，说出"芝草无根，醴泉无源"这样的话来，毕竟非常难得。

家书尤其是父兄写给子弟的，往往都一本正经，板着面孔说话，这也是讲究尊卑长幼秩序的传统文化的一种特色。虞翻此信能打破常规，以"虞家世法出痴子"一语结束，看似自嘲，实系幽默，使人耳目一新。

与弟书

虞翻

长子容当为求妇．其父如此．谁肯嫁之者．造求小姓．足使生子．天其福人．不在旧族．扬雄之才．非出孔氏．芝草无根．醴泉无源．家圣受禅．父顽母嚚．虞家世法出痴子．

【学其短】

〇 本文录自《全三国文》卷六十八。

〇 虞翻，字仲翔，三国时吴余姚（今属浙江）人。

勿求长生

【念楼读】 有理想的人，只怕活得没价值，不怕活得不久长。敬神仙，求长生，像水中捞月，无论如何也捞不上，只能是一种妄想罢了。

【念楼曰】 成汉是晋室衰败时出现的“十六国”中最早建立的小国之一，以成都为中心，从西晋太安到东晋永和间，存在了四十多年。因为远离中原战乱，成汉前三十年中“事少役稀，百姓富实”。天师道教于是在那里盛行，教主范长生竟做了丞相，社会上信神仙求长生的人越来越多。陈惠谦的侄儿沉溺得可能过深，才引出这样一封信。

“君子疾没世而名不称焉”是孔子的话，他追求的不是长生，而是自我实现。陈惠谦用这句话来教育侄儿：人不能把活下去当成人生唯一的目的，不该痴心妄想追求长生久视，因为这“如系风捕影”，事实上做不到。

系风捕影，就是想捆住天风、捉住人影，乃是水中捞月一样根本不可能的事情。

能够认识到妄求长生“如系风捕影”，又能够写出这样的信来，陈惠谦当然是读通了书的人。她侄儿想必也是个读书人，如果不是，陈惠谦也不会对牛弹琴，浪费笔墨。有的人不读书，没思想，不能也不敢怀疑神仙和准神仙的存在和万能，于是迷信它，崇拜它……一直干着系风捕影的蠢事。

戒兄子伯思

陈惠谦

君子疾没世而名不称，不患年不长也。且夫神仙愚惑，如系风捕影，非可得也。

【学其短】

○ 本文录自《全后汉文》卷九十六。

○ 陈惠谦，东汉成固（今陕西城固）人，度辽将军张亮则之妻。

将人当作人

【念楼读】 你们年纪尚小，早晚生活安排，定有不少困难。现派去一名劳役，帮助你们做点打柴挑水之类的事情。他虽系奴仆，同样是人生父母养的，对待他务必要和善一些。

【念楼曰】 陶渊明在《责子诗》中嗟叹过，自己“白发被两鬓”了，“虽有五男儿”，长子“阿舒已二八”还只有十六岁，最幼的“通子重九龄，但觅梨与栗”，更不懂事。所以他去彭泽当县令，便派一名“力”（干力气活的奴仆）回家来助“薪水之劳”，照顾自己的儿子，这是出于父子之情。但在顾惜自己儿子的同时，他还能顾惜到这名“力”也是人家的儿子，说出“此亦人子也，可善遇之”这句话来，可谓充满了博爱的精神，“幼吾幼以及人之幼”了。就凭这一句话，陶渊明便当之无愧可称为人道主义者。

“此亦人子也”，就是将人当作人；但是还有一种与此相反的态度，则是不将人当作人。秦始皇之对儒生，希特勒之对犹太人，斯大林之对富农和“人民公敌”，便是不将人当作人。“死掉几个亿，还有几个亿”，也是不将人当作人。

在人类历史上，如陶公这样的智者哲人，他们的仁爱之心、人道主义的思想，永远是最灿烂的明星，指示着进化和提升的方向。屠戮、虐杀、迫害人之子的独裁者和暴君，则一个个都已经或必然会被钉在耻辱柱上，永远被人唾骂。

遣力给子书

陶潜

汝旦夕之费，自给为难，今遣此力，助汝薪水之劳，此亦人子也，可善遇之。

【学其短】

〇本文录自叶楚伧《历代名人短笺》。

〇陶潜，又名渊明，字元亮，东晋浔阳（今江西九江）人。

人与文

【念楼读】 你年纪还轻，最要紧的是学习。事业要做大，成就要久长，也先要好好学习。孔夫子说，他思考问题思考到不吃不睡的程度，思考来思考去还是空对空，总不如埋头学习，才能实实在在得益。

不学习犹如脸贴着墙，会一无所知；外表再好看也是猴子穿新衣，成不了人。

学习首先要学会做人，同时也要学会做文章。做人要讲规矩，要稳重，要认真；做文章却要放得开，可以自由潇洒一点。

【念楼曰】 宋徽宗、李后主和这位梁简文帝，都是天生的文化人胚子。他们如果不生在帝王家，便不会亡国，被俘，被害，便可以多写好多年诗词，多画好多年的画，这对于诗，对于画，对于他们自己，实在都是最大最大的好事。

简文帝七岁能诗，是南朝宫体诗的主要作者，写过不少清丽可诵的好诗，如《金闺思》二首：

游子久不返，妾身当何依。日移孤影动，羞睹燕双飞。（其一）

自君之别矣，不复染膏脂。南风送归雁，聊以寄相思。（其二）

他以“立身先须谨重，文章且须放荡”教子，我以为也不错。如果错了，那岂不是“文章先须谨重，立身必须放荡”吗？何况他的诗文也并不怎么放荡。

诫当阳公大心书

萧纲

汝年时尚幼，所阙者学，可久可大，其唯学欤！所以孔丘言：吾尝终日不食，终夜不寝，以思，无益，不如学也。若使墙面而立，沐猴而冠，吾所不取。立身之道，与文章异，立身先须谨重，文章且须放荡。

【学其短】

○本文录自《全梁文》卷十一。
○萧纲，梁简文帝，字世缵。
○当阳公，名大心，字仁恕，萧纲子。

不可不守

【念楼读】 每个人都应该尽自己的责任，不应该放弃自己的责任。去年我受处分，就是因为坚持原则，不肯随风使舵跟着去当历史的罪人。虽被贬谪外地，但我并不以此为耻辱。绪儿和汝儿你们也应该理解我，要知道人是不应该放弃责任的啊。

【念楼曰】 颜真卿多次以“言事得罪”，第一次在四十一岁为待御史时，反对宰相吉温以私怨构陷属官，被派去洛阳做采访判官；第二次在四十四岁任武(兵)部员外郎时，不附和宰相杨国忠，被外放为平原郡太守；第三次是四十九岁以功除宪(刑)部尚书才八个月，又以“于军国之事知无不言”为宰相忌，出为冯翊(同州)太守；第四次在五十二岁内调刑部侍郎后，唐肃宗将玄宗迁入西宫，他“首率百官”去问候玄宗，被贬为蓬州长史；第五次在五十八岁复任刑部尚书后，上疏切谏不得阻遏百官论政，接着又言太庙祭器不修，宰相元载遂以“诽谤”之罪，贬他作硖州别驾，旋移贬吉州别驾。这封信就是他在吉州时写的。

这次被贬，颜真卿在外州外郡待了十一年，直到六十九岁时，忌恨他的元载垮了台，才回朝复任刑部尚书，而后又以直言为宰相卢杞所憎，终于被卢借刀杀人——在七十五岁时因奉派劝谕叛军，被扣押，七十七岁时送掉了老命，实践了“不可不守”的宣言。

与绪汝书　　颜真卿

政可守，不可不守。吾去岁中言事得罪，又不能逆道徇时，为千古罪人也。虽贬居远方，终身不耻。绪汝等当须会吾之志，不可不守也。

【学其短】

○本文录自《全唐文》卷三百三十七。

○颜真卿，见页三八五注。

○绪、汝，很可能是颜氏二子颋、硕的小名。

贺侄及第

【念楼读】 我被贬到海南，流落在广州时，在颠沛的旅途中得知侄儿考取，倦苦的心情不禁为之一喜。

三哥一生孝义，律己严明；嫂子治家能干，教子有方，你们如今终于得到了回报。

明天就要渡海，匆匆写此数行，让嫂嫂知道我的心意就行了。

【念楼曰】 科举制度肇自隋唐，至宋代已臻完备。子弟读书应试，成为士人家庭中的头等大事。苏轼只有一个同胞的弟弟，这位三哥肯定是排行的，而且已经去世，故堂侄考试及第，便只能向嫂氏祝贺；称之曰太君，则其年纪至少已逾六旬，早过了防闲的警戒线。不然的话，古时叔嫂不通音问，“嫂溺援之以手”也不允许，苏东坡又怎么能给嫂嫂写信？

苏轼谪海南时在绍圣四年（一〇九七），四月在惠州接到命令，独身携幼子苏过启程，六月十一日由雷州渡海，七月二日抵达安置地儋州。那么这封信应该是从惠州到雷州途经广州时写的，其时他也是六十二岁的老人了。

人愈老，愈处于狼狈流离之中，愈会觉得亲情的可贵，当然这也只有在承认亲情、尊重亲情的社会中才能如此。

与史氏太君嫂　　苏轼

某谪海南。狼狈广州。知时侄及第。流落中尤以为庆。乃知三哥平生孝义。廉静自守。嫂贤明教诲有方。天不虚报也。明日当渡大海。聊致此书。嫂知意而已。

【学其短】

○本文录自中华书局《苏轼全集》第六十卷。

○苏轼，见页一二九注。

缓缓归

【念楼读】 路畔田头，野花已经开遍，你也可以慢慢收拾回家来了吧！

【念楼曰】 “乱世英雄出四方，有枪就是草头王。”写这封信的钱镠，就是这样一位乱世英雄。他原是个私盐贩子，恰逢残唐乱世，便拿起刀枪，凭自己本事，居然成了称霸一方的吴越国王。

这封信是他写给回娘家的夫人，催她回来的，却写得旖旎有致，充满了温情，全不像赳赳武夫的手笔。

看得出钱大王很爱夫人，希望她快点归来。信只有两句，第一句“陌上花开”，点明此际春光大好，提醒夫人不要辜负大好芳时。明明心情迫切，第二句“可缓缓归矣”却欲擒故纵，含蓄委婉，完全以商量的口气，显出了一片好男人的温柔。

在家庭和夫妻生活中，女人所希冀的，莫过于男人能注意并尊重她们的身心，“以所爱妇女的快乐为快乐而不耽于她们的供奉”(Symons 氏论凯沙诺伐语)。而在古代东方，女人普遍只是工具和器物，实在太不可能有这样的享受，似此者可谓难得。

后来苏东坡以《陌上花》为题作诗，有句云：

遗民几度垂垂老，游女长歌缓缓归。

钱大王这封信从此化为歌诗，传播开来，流传后世，这就是比唐昭宗赐给他的丹书铁券更可贵的奖赏了。

与夫人书

钱镠

陌上花开，可缓缓归矣。

【学其短】

〇本文录自叶楚伧《历代名人短笺》。

〇钱镠，五代时吴越国王，临安（今杭州）人。

维君自爱

【念楼读】 住城内不如住郊区，住郊区又不如住山中。你愿意搬到西林寺中小住，当然很好。但山居不免寂寞，务请善自珍摄，多多保重。

【念楼曰】 周亮工《尺牍新钞》全书作者二百三十七人中，女子只占二人，又只有周庚(明瑛)一人给丈夫写了信。

从此信可以看出，这是一对互相体贴的夫妻，又是两个彼此理解，能够平等地进行文字交流的朋友。在中国古代历史上，此最难得。

古时妻子与丈夫以文字交流，最早的当然是徐淑，可惜知名度不高。卓文君和司马相如开头浪漫，最后却只留下一首悲悲切切求男人"白头不相离"的哀歌。王献之《别郗氏妻》动了真情，郗氏却不见答复，也不知她能不能文。李清照和赵明诚，如《金石录后序》所叙，实可谓空前佳偶，他们夫妇之间除了诗词，也一定会有书信往来，却未能传之后世。周庚这封信，真要算是吉光片羽。

我想，女人若无特别原因，总是不会乐意"夫子"住到别处的。周庚与陈承纩既是夫妻，又是文友，才会有所不同，但"惟君自爱"四字轻轻落墨，意思却也深长。

与夫子

周庚

城不如郊．郊不如山．徙之西林诚善也．山静日长．惟君自爱．

【学其短】

○本文录自周亮工《尺牍新钞》卷之十。

○周庚，字明瑛，明末清初莆田（今属福建）人。

○夫子，此指周庚之夫陈承纩（号挟公）。

怎样习字

【念楼读】 怎样习字呢？首先总要力求写得好看。学颜真卿、柳公权，如果学得好，字写出来既好看，又有骨力；学赵孟頫、董其昌，字写出来看是好看，就怕气魄不够，失之于纤弱。

你的天分并不低，问题是从前初学之时，没有善于讲解指导的老师；近来稍有进步，自己又好高骛远，急于求成。如今想要提高，既不可脱离原有的基础，又不可见异思迁、随意模仿，才不会走弯路。

【念楼曰】 此信写于同治五年（一八六六）二月十八日，此时曾国藩以钦差大臣、两江总督的身份，主持直隶、山东、河南三省的"剿捻"，正在山东。以位高任重、百事纷集之身，尚能对儿子应该怎样习字进行教导，实在难得。

曾国藩是教子成功的典型。他教子成功，一是时时不忘教，二是事事会得教。比如此信教导怎样习字，便讲得十分切实中肯，完全出于自己的切身体会。在这件事上，还有一个最好的例子，便是咸丰九年（一八五九）八月十二日谈"作字换笔之法"一信，对横、直、捺、撇四种笔画都做了图解，"凡换笔（处）皆以小圈识之"。这封信在所有曾集包括全集中都完全印错了，读者将其和拙编《曾国藩往来家书全编》上卷一六〇至一六三页对照一看，便可明白。

字谕纪鸿　　曾国藩

凡作字，总要写得秀。学颜柳，学其秀而能雄。学赵董，恐秀而失之弱耳。尔并非下等姿质，特从前无善讲善诱之师。近来又颇有好高好速之弊。若求长进，须勿忘而兼以勿助，乃不致走入荆棘耳。

【学其短】

○本文录自《曾文正公全集》。
○曾国藩，见页五四五注。
○纪鸿，曾国藩之次子。

临终的短信

不要造大墓

【念楼读】 我一生带兵作战，知道带兵作战是不会有好结果的。在战争中，我不止一次派人挖过大墓，因为大墓中用的木料多，可以取出来制作攻城或守城的器材，所以又知道，修造大墓大棺大椁，对死者是不会有好处的。我死之后，你们收敛做坟，千万不要多花人力物力，只用平时穿的衣服葬我就行。

人生到处为家，便到处可死可葬。如今离开先人坟墓已远，死在哪里便埋在哪里吧，什么地形、朝向都不必讲究，由你们决定便是了。

【念楼曰】 郝昭在曹家父子手下当将军，以战功封侯。长沙马王堆的大墓里埋葬的也是一位侯爵，那木椁现陈列在湖南省博物馆，足足占了一间大厅，如果当时挖出来“以为攻战具”，确实能顶用。

郝昭之不可及处在于：他为将而“知将不可为”，他挖过别人的祖坟便知道自己的坟迟早也会被别人挖，要预为之计。于是他留下这篇遗书，告诫儿子千万别造大墓，说明厚葬只会使挖坟的更早动手，这实在是十分明智的。

如今有的人连骨灰也不留，省得以后像斯大林那样，得麻烦后人从水晶棺里拖出来烧，亦不失为现代的郝昭乎。

遗令戒子

郝昭

吾为将，知将不可为也。吾数发冢，取其木以为攻战具，又知厚葬无益于死者也。汝必敛以时服。且人生有处所耳，死复何在耶。今去本墓远，东西南北，在汝而已。

【学其短】

○本文录自《全三国文》卷三十六。

○郝昭，字伯道，三国时魏太原人。

记恨街亭

【念楼读】 这些年来，您爱护我就像父辈爱护子侄，我尊重您也像子侄尊重父辈，现在一切都不必说了。

从前鲧被处死，他的儿子禹仍然得到重用。今日我犯法当斩，请求您也能好好看待我的儿子。希望我们之间这些年的情义，不要因为街亭这件事就完了。

只要家人能够得到丞相您的照顾，我虽伏法，在九泉之下，也就不会记恨了。

【念楼曰】 “马氏五常，白眉最良”。马谡（幼常）和他的哥哥马良（季常），都是从襄阳跟着刘备、诸葛亮打天下的，是蜀汉地地道道的老干部。结果“白眉”的季常死于对吴作战，小弟幼常又以“失街亭”被诸葛亮挥泪斩掉了。

说是说“犹子犹父”，但若是真父子，还会斩吗？即使真的大义灭亲要斩，还用得着做这样的临终请托吗？

用马谡守街亭，是诸葛亮的责任。失街亭斩马谡，诸葛亮不能不负疚于心。在戏台上，他不是对马谡做了承诺吗？那么这封遗书，是收到效果的了，诸葛亮终究还是诸葛亮。

马谡引“殛鲧兴禹之义”，却似乎不很恰当。即使他自己的重要性比得上鲧，难道他的儿子能够比得上大禹？所以马谡也终究是马谡。

临终与诸葛亮

马谡

明公视谡犹子，谡视明公犹父。愿深惟殛鲧兴禹之义，使平生之交，不亏于此。谡虽死，无恨于黄壤也。

【学其短】

〇本文录自《全三国文》卷六十一。

〇马谡，字幼常，三国时宜城（今属湖北）人。

生离

【念楼读】 我们在一起的时候，每天从早到晚都很快乐，苦恼的只是不能在一切方面极尽满足。本以为可以白头偕老，谁知竟被迫永久分离。这一直是我心上无法愈合的伤口，它永远在流着血。

早晚再见上一面已经不可能了。死去时我只能带着这颗流血的心和永远无法弥补的遗憾。真是没有一点办法，没有一点办法啊！还是早点死了吧！

【念楼曰】 都说人生最大的悲哀是生离死别，这封信便真真写出了生离死别的悲哀。

献之为王羲之幼子，初婚郗氏。后来简文帝的三女儿新安公主的丈夫死了，她选中王献之去"替补"，献之遂被迫为郗氏离婚。

献之只活了四十二岁，他是道家信徒，临死时按道教规矩，家人要为他上章忏悔一生过错，问他要忏悔些什么，他只说了一句：

> 不觉有余事，惟忆与郗家离婚……

并且给郗氏写了这封诀别的信。

信中"常苦不尽触类之畅"，"类"字据，《全晋文》作"颇"，余嘉锡《世说新语笺疏》作"额"；"方欲与姊极当年之疋"，"疋"《名家集》作"足"。

别郗氏妻　　王献之

虽奉对积年，可以为尽日之欢，常苦不尽触类之畅。方欲与姊极当年之足，以之偕老，岂谓乖别至此！诸怀怅塞实深，当复何由日夕见姊耶？俯仰悲咽，实无已已，唯当绝气耳！

【学其短】

○本文录自《全晋文》卷二十七。

○王献之，字子敬，东晋临沂（今属山东）人，王羲之之子。

○郗氏妻，名道茂，高平（今山东微山）人。

死别

【念楼读】 流放在万里外的蛮荒之地那么多年，本该死在那边的，却死不了。好不容易回到自己熟悉的地方，还未定居下来，便得病快要死了，难道不是命该如此吗？

但我知道，个人生死，不过天地间一小事，所以并没有什么需要诉说的。

大师深明佛学，精通佛法，发愿普度众生，永别之时，盼能为此珍重。

【念楼曰】 说人贪生怕死，好像很难听，其实这不过是一切动物包括人的本能。当然动物也有不怕死的时候，如蜂之卫王，兽之护幼；假如要对自然法则做道德的判断，也可说是无私无畏。不过动物没有人脑子，不会讲成仁取义一类的话。

但死终是每个人必然的归宿，再贪生也贪不到永生，再怕死也不可能不死，能够不夭死、不横死、不枉死就不错了。若后代已经长成，本身机体已坏，还要苦苦挣扎，求上帝或马克思缓发通知，既属徒劳，亦觉无谓。

苏轼说是活了六十六岁，其实满六十四还差半年，挨了那么久的整，刚刚回来就要病死，自然不会毫无留恋。但是他明白，人在“命”也就是自然法则面前是“不足道”的，所以也就能平静对待，不失常态。

他不能逃过死，却能死得不失风度。

与径山维琳

苏轼

某岭海万里不死，而归宿田里，遂有不起之忧，岂非命也夫！然死生亦细故尔，无足道者，惟为佛为法为众生自重。

【学其短】

○本文录自《文集》卷六十一，作者时在常州，已病重，半月后去世。

○苏轼，见页一二九注。

○径山，杭州佛寺。

○维琳，僧人，俗姓沈，好学能诗。苏轼为杭州通判时，请其到径山住持。三十年后，苏轼北归，途中发病，维琳得信即来常州照料至苏轼去世。

义无反顾

【念楼读】 临死之前，我的心中充满了自豪。凭着一身浩然正气，相信我绝不会下地狱，儿子你尽可放心。

生当乱世，时局艰危，你不可自暴自弃。虽然幽明异路，我还是会时时照看着你的。

【念楼曰】 韩玉是金朝屈死的忠臣。他曾率兵大败西夏，上官忌其功，反诬他通夏人，致其下狱论死。这是他在狱中所写的遗书。

只在荧屏和银幕上看过岳飞和兀术的人，可能会认为"金邦"的臣民不是金人便是汉奸。其实《金史》和《清史稿》一样早已成为中国的正史，金人、满族人早已成为中国人，元好问、关汉卿一直被认为是中国的诗人、剧作家。如果说南宋有忠臣，金朝又何尝不能有忠臣。

忠臣的绝笔包括遗书传世者相当多，韩玉此篇文句简洁，可称佳作。他是相信死而有知的，故能"此去冥路，吾心浩然"。我们读了这封信，也不禁要想，冥路恐怕还是应该会有的吧，虽然它的名字可以叫作极乐世界，叫作天国，或者叫作乌托邦，叫作什么主义。

有了这个地方，像韩玉这样的忠臣烈士，会死得更加义无反顾。不能写信的人喊起"二十年后又是一条好汉"来，嗓音也会更亮。

临终遗子书　　韩　玉

此去冥路．吾心浩然．刚直之气．必不下沉．儿可无虑．世乱时艰．努力自护．幽明虽异．宁不见尔．

【学其短】

○本文录自叶楚伧《历代名人短笺》。

○韩玉，字温甫，金渔阳（今北京密云）人。

朝闻夕死

【念楼读】 弟弟和孩子们读书，一定要读经世致用的书，背诵八股文章是没有用处的。吕坤的《呻吟语》一书，内容切实，尤其不能不读。

我身为大臣，不能救亡拯艰，只能一死报国，虽然抱歉，却无遗恨。“朝闻道，夕死可矣”的古训，总算“一是一，二是二”地照做了，你们不必难过。

【念楼曰】 明朝先亡于李闯，后才亡于清朝。李闯进京，一路上迎降者多，抵抗者少。武臣坚决抵抗，力战至死的有周遇吉，京剧《宁武关》将他演得有声有色，可惜却因为“反对农民起义”被禁演。文臣坚守危城而死国的，则有写这篇遗书的朱之冯。

关于“臣死国”，李卓吾讲过一番很精彩的话，大意是说，读圣贤书，是教你如何为国做事，不是如何以死报国。朱公是天启进士，靠“呫哔之学”也就是八股文章做官的，遗言说“呫哔之学无用”，正是他以死换来的教训。

朱之冯为崇祯守宣府，闯军大举来攻，他的办法只有“于城楼设太祖位歃血誓死守”，再就是“尽出所有犒士”，但“人心已散，莫为效力”，于是他只能于城破日悬梁自尽了。但他留下的“读书须读经世书”，却是深切著名的道理。临死仍不忘向子弟介绍必读的好书，其从容就义，实在比慷慨赴死更难。

甲申绝笔

朱之冯

吾弟吾儿读书须读经世书，呫哔之学无用也。吕新吾先生呻吟语不可不读。我以死报国，此心慊然。朝闻夕死，原无二也。勿以为念。

【学其短】

○本文录自叶楚伧《历代名人短笺》。

○朱之冯，字乐三，明末大兴（今属北京）人。

切勿失信

【念楼读】 扬州早晚就要失守了。辛苦了好几个月，仍然得此结果，也是意料中事。

城破之际，便是我死之时。尽忠朝廷，乃是臣子的本分，只是先帝的大仇未报，未免有遗恨。

后事已托副将史德威办理。我已答应将他收入本支，列为侄辈，请叔父、长兄、诸弟、诸侄千万勿使我失信。

【念楼曰】 初识字时国难当头，小学校里高挂着岳飞、文天祥、于谦和史可法的画像，还唱《满江红》，读《正气歌》，《答多尔衮书》和《咏石灰》随后也读到了。对这几位，我心中当然是十分敬佩的，但总不禁要想，为什么我们的英雄都是失败者，不成为烈士便成了冤魂呢？

梅花岭的悲剧过去三百七十多年了。“扬州十日”的惨史，百年前孙中山号召“驱除鞑虏”时又重提过一回。但随着辛亥的走进历史和满汉畛域的消失，老疮疤揭起的痛楚早已淡化。多尔衮已经成了中华民族大一统的功臣，他的《致史阁部书》也可与《敦促杜聿明投降书》先后辉映了。

这封遗书认真交代的只有一点，就是要将“为我了后事”的人“收入吾支”，请叔父长兄等“切勿负此言”。此看似细事，然重诺不苟且的精神，却和其克尽臣节同样是人格的表现，从小亦能见大。

遗书

史可法

可法遗书于叔父大人长兄三贤弟及诸弟诸侄．扬城日夕不守．劳苦数月．落此结果．一死以报朝廷．亦复何恨．独先帝之仇未复．是为恨事耳．得副将史德威为我了后事．收入吾支．为诸侄一辈也．切勿负此言．四月十九日．可法书于扬城西门楼．

【学其短】

〇 本文录自叶楚伧《历代名人短笺》。

〇 史可法，号道邻，明末祥符（今开封）人。

嬉笑赴死

【念楼读】 大儿记着：菜菔子、盐水豆合在一起，细细咀嚼，居然可以嚼出核桃肉的滋味，这是我独有的经验。只要这一点不失传，要砍头便砍头，我也没什么遗憾了。

【念楼曰】 金圣叹的文章，向来别具一格，绝不一般。他因“哭庙之狱”，和其他十七个秀才一同被斩，做了专制政权屠刀下的惨死鬼。《字付大儿》是他最后的遗墨，也写得别具一格，绝不一般。这和他的绝命诗：

鼙鼓三声响，西山日正斜。黄泉无客店，今夜宿谁家。

还有他的临刑时说的一句话：

断头至痛也，籍没至惨也，而圣叹以无意得之，大奇。

风格都是一致的。据当时人记录，金氏说了这句话后，“于是一笑受刑”，可见他是嬉笑赴死的。这种嬉笑实在是对于专制威权的一种蔑视，因为是嬉笑而非怒骂，故得以流传开来，也就等于公开宣告，“民不畏死，奈何以死惧之”，比得上嵇康的一曲《广陵散》。

有人指责金圣叹的嬉笑，以为这是“在鼻梁上涂白粉装小丑”，“将屠夫的凶残化为一笑”。这就不仅对金圣叹不公平，而且和刑场上的看客嫌死刑犯没大喊“二十年后又是一条好汉”觉得不过瘾一样，实在太没人性了。

字付大儿

金人瑞

字付大儿看。盐菜与黄豆同吃，大有胡桃滋味。此法一传，我无遗憾矣。

【学其短】

〇此文录自徐珂《清稗类钞·讥讽类》。

〇金人瑞，字圣叹，明末清初吴县（今苏州）人。

图书在版编目（CIP）数据

念楼学短 / 锺叔河著 . -- 长沙 : 湖南美术出版社 ,2018.12
ISBN 978-7-5356-8339-7（2019.2 重印）

Ⅰ . ①念… Ⅱ . ①锺… Ⅲ . ①古典散文 – 散文集 – 中国②古典散文 – 古典文学研究 – 中国 Ⅳ . ① I262 ② I207.62

中国版本图书馆 CIP 数据核字 (2018) 第 017568 号

念楼学短（上、下）
NIANLOU XUE DUAN
锺叔河　著

出 版 人：黄　啸
责任编辑：刘海珍
特约编辑：刘　早
责任校对：汤兴艳　彭　慧　王玉蓉　李　芳
营销推广：ONEBOOK
设　　计：萧睿子
排　　版：周智兰
装帧制作：墨白空间 · 张　萌
出　　版：湖南美术出版社
发　　行：后浪出版公司
印　　刷：北京盛通印刷股份有限公司
字　　数：508 千字
开　　本：889 × 1194　　1/32
印　　张：38
版　　次：2018 年 12 月第 1 版
印　　次：2019 年 2 月第 2 次印刷
书　　号：ISBN 978-7-5356-8339-7
定　　价：238.00 元（上、下）

读者服务：reader@hinabook.com 188-1142-1266
投稿服务：onebook@hinabook.com 133-6631-2326
购书服务：buy@hinabook.com 133-6657-3072
网上订购：www.hinabook.com（后浪官网）